中华国学文库

搜神记
搜神后记

〔晋〕干　宝撰
〔晋〕陶　潜撰
李剑国　辑校

中华书局

图书在版编目(CIP)数据

搜神记/(晋)干宝著;李剑国辑校. 搜神后记/(晋)陶潜著;李剑国辑校. —北京:中华书局,2020.5(2023.10 重印)
(中华国学文库)
ISBN 978-7-101-14476-5

Ⅰ.①搜…②搜… Ⅱ.①干…②陶…③李… Ⅲ.①笔记小说-中国-东晋时代②《搜神记》-注释③《搜神后记》-注释
Ⅳ.I242.1

中国版本图书馆 CIP 数据核字(2020)第 053306 号

书　　名　搜神记　搜神后记
著　　者　〔晋〕干　宝　〔晋〕陶　潜
辑 校 者　李剑国
丛 书 名　中华国学文库
责任编辑　许庆江
责任印制　陈丽娜
出版发行　中华书局
　　　　　(北京市丰台区太平桥西里 38 号　100073)
　　　　　http://www.zhbc.com.cn
　　　　　E-mail:zhbc@zhbc.com.cn
印　　刷　河北新华第一印刷有限责任公司
版　　次　2020 年 5 月第 1 版
　　　　　2023 年 10 月第 2 次印刷
规　　格　开本/880×1230 毫米　1/32
　　　　　印张 19½　插页 2　字数 400 千字
印　　数　6001-7500 册
国际书号　ISBN 978-7-101-14476-5
定　　价　56.00 元

中华国学文库出版缘起

《中华国学文库》的出版缘起，要从九十年前说起。

1920年，中华书局在创办人陆费伯鸿先生的主持下，开始编纂《四部备要》。这套汇集三百三十六种典籍的大型丛书，精选经史子集的"最要之书"，校订成"通行善本"，以精雅的仿宋体铅字排印。一经推出，即以其选目实用、文字准确、品相精美、价格低廉的鲜明特点，最大限度地满足了国人研治学问、阅读典籍的需要，广受欢迎。丛书中的许多品种，至今仍为常用之书。

新中国成立之后，党和国家倡导系统整理中国传统文献典籍。六十馀年来，在新的学术理念和新的整理方法的指导下，数千种古籍得到了系统整理，并涌现出许多精校精注整理本，已成为超越前代的新善本，为学界所必备。

同时，随着中华民族以前所未有的自信快速发展，全社会对中国固有的学术文化——国学，也表现出前所未有的关注和重视。让中华文化的优秀成果得到继承和创新，并在世界范围内进行传播和弘扬，普惠全人类，已经成为中华民族的历史使命。当此之时，符合当代国民阅读需要的权威的国学经典读本的出现，实为当务之急。于是，《中华国学文库》应运而生。

《中华国学文库》是我们追慕前贤、服务当代的产物，因此，它自当具备以下三个基本特点：

一、《文库》所选均为中国学术文化的"最要之书"。举凡哲学、历史、文学、宗教、科学、艺术等各类基本典籍，只要是公认的国学经典，皆在此列。

二、《文库》所选均为代表当代最新学术水平的"最善之本"，即经过精校精注的最有品质的整理本。其中既有传统旧注本的点校整理本，如朱熹《四书章句集注》，也有获得学界定评的新校新注本，如余嘉锡《世说新语笺疏》。总之，不以新旧为别，惟以善本是求。

三、《文库》所选均以新式标点、简体横排刊印。中国古籍向以繁体竖排为标准样式。时至当代，繁体竖排的标准古籍整理方式仍通行于学术界，但绝大多数国人早已习惯于现代通行的简体横排的图书样式。《文库》作为服务当代公众的国学读本，标准简体字横排本自当是恰当的选择。

《中华国学文库》将逐年分辑出版，每辑十种，一次推出；期以十年，以毕其功。在此，我们诚挚希望得到学术界、出版界同仁的襄助和广大读者的支持。

中华书局自 1912 年成立，至今已近百岁。我们将《中华国学文库》当作向中华书局百年诞辰敬献的一份贺礼，更是向致力于中华民族和平崛起、实现复兴大业的全国人民敬献的一份厚礼。我们自当努力，让《中华国学文库》当得起这份重任，这份荣誉。

中华书局编辑部

2010 年 12 月

整理说明

古籍辑佚，需要广泛从古书中搜集佚文，涉猎愈广，所得愈丰。《搜神记》及《搜神后记》久佚，今传《搜神记》二十卷、《搜神后记》十卷，系胡应麟辑录，刊行前可能又经胡震亨、姚士粦等增补。胡应麟等搜集《搜神记》与《后记》佚文，主要是从《北堂书钞》、《艺文类聚》、《法苑珠林》、《太平御览》、《太平广记》等唐宋类书及《三国志》注、《后汉书》注等旧注中搜觅。而其佚文也主要存于这些书中，所以倒也能得其大部。但其搜觅范围并不很广泛，许多古籍未加利用，所以遗漏自然亦多。辑佚贵在完备，一部辑佚书倘若遗漏较多，那是不完善的。本书所辑《搜神记》较旧本新增四十六条，《后记》新增八条。这批佚文出自三十多种古书，其中有些出自《初学记》、《太平御览》、《太平广记》等，旧本辑录及修订者翻检粗疏而漏辑。此中绝大多数佚文所出，则为辑录及修订者未曾检阅，如《高僧传》、《水经注》、《文选》注、《辩正论》注、《元和姓纂》、《历代名画记》、《太平寰宇记》、《杜工部草堂诗笺》、《三洞群仙录》、《绀珠集》、《说郛》等等。这些都不是僻书，辑录及修订者检书不多，未曾下大功夫。至于敦煌所出几种类书残卷，明人不可能看到，就怪不得他们了。

《搜神》二记散逸于宋，佚文主要存于南北朝到北宋的古籍中，这是搜寻的重点区域。但是，这并不意味着元明清书可以置弃。事实上这时期的某些书中确也有佚文存在，而不见于前代其他书中。例如，明代陈耀文所编类书《天中记》，卷五七引有《搜神记》"木蠹生虫，羽化为蝶"二句，就不见于他书，为《天中记》所独引。今本卷一三辑入此条，汪绍楹校称"本条未见南宋以前各书引作《搜神记》"，似乎怀疑非本书，系后人妄补。有了《天中记》的这条引文，即可祛疑。此条肯定是转引自早出的他书，只是原书不存，找不到原始出处。由此来看，晚出的书对于辑佚也还是颇有用处的。清代吴任臣《山海经广注》卷一所引《搜神记》"仲子隐于鹊山"，也属于这种情况。

明清书转引《搜神》二记很多，绝大多数已见前代书，但仍可用作校勘。不过有一点应当充分注意，就是今本《搜神》二记大约在万历三十年(一六〇二)后刊行问世，此后所出之书常据胡震亨刊本引用，如《古微书》、《广博物志》、《绎史》、《渊鉴类函》等等，如果利用这些引文资料来考辨今本条目之真伪、文字之正误，那就要出大问题。另外，明清书所引用的《搜神记》，还有八卷本《搜神记》以及道书类的《搜神记》、《搜神广记》，如《天中记》、《玉芝堂谈荟》、《广博物志》等所引或即出此同名书，这些都非干宝书，因此也要谨慎从事才可，不得一见《搜神记》三字就当作佚文辑录。

古书引用，书名常有错误，因此需要仔细考辨，避免误辑。本书附录的《〈搜神记〉〈搜神后记〉佚文辨正》十二条，就是辨析那些引作《搜神记》或《续搜神记》而并非二书内容的引文。例如，唐写本《略出籝金》卷二《仁孝篇》引《搜神记》"孝王灵母死"条，汪绍楹辑入《搜神记佚文》。"孝王灵"即孝子王灵之，又作王虚之，事亦见《太平御览》卷四一一、卷九六六引宋躬《孝子传》及《艺文类聚》卷八六引宋躬《孝子传》。《南史》卷七三《孝义传上》亦载此事，作"王虚之"，事在齐永明中。王灵(虚)之既为南齐人，其必不出干宝书，亦非陶书，很可能是句道兴《搜神记》的佚文。又如，元杨士弘编《唐音》卷四王维《送秘书晁监归日本》张震注引"碧海中有树"一段，出自《搜神记》。《唐诗鼓吹》卷一柳宗元《送张源中丞充新罗册立使》郝天挺注亦引此，文句大同，然出《十洲记》。通过和《十洲记》原文比较，郝注乃引述大意，而张注实际上是删缩郝注而成。其称《搜神记》，必是误书。

还有一种引书错误，是将《搜神记》误作《续搜神记》，或者相反。例如今本卷九"庾亮"条，只见于《世说新语·伤逝篇》注引，引作《搜神记》。其实此条提到庾亮亡，而据《晋书》本传，庾亮卒于咸康六年(三四〇)，比干宝晚卒四年。显然此条当出《续搜神记》，《世说》注有误。今本辑录者不察，将此条辑入《搜神记》卷九。

诸书所引《搜神》二记佚文，书名还常常出现不一致的情况，同一条故事往往此作《搜神记》而彼作《续搜神记》。甚至同书所引也常常自相矛盾，这主要是因为《艺文类聚》、《太平御览》等类书大抵取材前代类书,材料来源出自多处的缘故。今本辑录者在处理这个问题时极为粗率,或者归属失当,或者二书并辑。笔者的处理原则是,凡遇到这种情况,首先要确定故事发生的时代,凡在干宝之后者自然属于陶书。有些条目从字面上看得很清楚,例如"武昌山毛人"条,《艺文类聚》、《茶经》、《太平御览》、《太平寰宇记》、顾况《茶赋》注等等都引作《续搜神记》,而《艺文类聚》卷八六引作《搜神记》。此条明谓"晋孝武帝世",自然应出《续记》。有时字面上没有明显的时代痕迹,但提到著名人物,也可轻而易举地确定时代。如"谢允"和"斛茗瘕"条都提到桓宣武。桓宣武即桓温,孝武帝宁康元年(三七三)卒,谥宣武侯。其人晚于干宝,因此此二条出《续记》无疑。但有的人物不为人知,不容易引起注意,很容易被忽略。如"谢奉"条的谢奉就是。据《世说新语·雅量》及注,谢奉历仕安南将军、广州刺史、吏部尚书,与桓温、谢安同时。又据《晋书·礼志中》,升平五年(三六一)穆帝崩,哀帝立,时奉为尚书,因此谢奉生活年代晚于干宝。此条今本辑为干书,显然是不知谢奉为何时人。还有从地名也可确定时代,"马势妇"条文中提到"富阳",据《宋书·州郡志一》,吴郡富阳本名富春,晋简文郑太后讳春,孝武帝改曰富阳。显然今本辑录者忽略了这一点,所以也误辑为《搜神记》。以上两条的时代确定,依赖的不是明确的纪时文字或重要人物的时代标识,而是从记事中发现蛛丝马迹进行考辨。今本辑录者缺少这种考证功夫,所以归属失当。

但更多的情况是从时间因素上无法判定归属,这里还有一条线索是考察它的来源。例如"卢充"条,诸书所引或为《续搜神记》或为《搜神记》。此事又见孔约《孔氏志怪》,《世说新语·方正篇》注等有引。考察孔约《志怪》佚文,此书当出晋末,本条应当是取自《孔氏志怪》,所以笔者辑入《搜神后记》。

如果从以上几方面都无法判定的话,笔者确定了三条原则,就是从早原则、从众原则和干书优先原则。

所谓从早原则,就是以早出书为准。如《法苑珠林》、《艺文类聚》等早出,则可能取为归属依据。这样考虑的缘故是早出的书可能更可靠一些。例如"郭璞活马"条,《艺文类聚》卷九三、《太平广记》卷四三五、《太平御览》卷八九七、《古今事文类聚》后集卷三八、《古今合璧事类备要》别集卷八一等并引,《类聚》、《广记》出《搜神记》,《御览》、《事文类聚》、《事类备要》作《续搜神记》。《类聚》早出,且与《广记》互证,所以断为干书。又如"虹丈夫"条,《初学记》卷二引作《续搜神记》,《太平御览》卷一四作《搜神记》,《初学记》早出,也以之为据。再如,"丁令威"条,《艺文类聚》卷七八、唐写本伯二五二四号类书残卷《神仙篇》、《三洞群仙录》卷三等引作《搜神记》,《类聚》卷九〇、《事类赋注》卷一八等引作《续搜神记》,今本《后记》辑入。考虑《类聚》、唐写本类书早出,《类聚》虽书名二歧而唐写本类书作《搜神记》,所以断为干书条目。"虬塘"条,《舆地纪胜》卷八一引作《搜神记》,而《大明一统志》卷五九引作《续搜神记》,也以前者为准。

所谓从众原则,是说诸书或不同版本所引有歧,以多者为准。例如,"徐泰"条《御览》卷三九九引作《续搜神记》,《广记》卷一六一、卷二七六皆引作《搜神记》,故从《广记》。"虞国"条

《广记》卷三六○引，谈恺刻本、明钞本、黄晟校刊本、《四库全书》本等注出《搜神记》，孙潜校本、陈鳣校本作《续搜神记》，故辑为干书。“章荀”条，《开元占经》卷一○二，《太平御览》卷一三、卷七六四引作《续搜神记》，惟《太平广记》卷四五六引作《搜神记》，所以辑入陶书。

所谓干书优先原则，是说在出处两歧的情况下，凡时代早于干宝的，一般辑入《搜神记》。如，“高山君”条，《太平广记》卷四三九引作《搜神记》，明钞本作《续搜神记》，此为汉事，故辑为干书。“无鬼论”条，《太平广记》卷三二三引作《搜神记》，《太平御览》卷三九六、卷八八四作《续搜神记》。事出三国吴，故断为干书。时代不明的，通常也如此处理。如“胡博士”条，《太平御览》卷九○九引作《搜神记》，《御览》卷三二、《岁时广记》卷三六作《续搜神记》，今从《御览》卷九○九，也断为干书。

这三条原则，在运用时须作综合考虑，不可执于一端不知变通。实际上第三条原则显得更重要一些，凡遇到出处两歧，又不能有比较充分的理由证明出自《续记》，也就只好判归干宝了。

说实在的，这三条原则未必合理，操作起来也不大好掌握。拿早出原则来说，《御览》虽比《类聚》、《初学记》等为晚，但《御览》多取材于南北朝和唐初类书，就某条材料来说或许来历很早呢。确立这三条原则，实在是出于无奈，不得已而为之，没办法的办法，既要辑佚，你总得给这些有分歧的条目暂时定下个归宿吧。

关于条目的辑校，前人往往采用最省事的办法，即将佚文一一抄出。如果某个条目有多种引文,而文字详略不同,或异文较多,也往往一并录出。鲁迅辑录《古小说钩沉》,大抵采用整合的办法,就是在多种引文中选择某种比较完整、讹误较少的引文作为基础,以其他引文进行缀合补正,尽量使整合后的条目比较完备准确。这无疑是比较科学的辑佚法,较之罗列材料多了整理、校勘的工作。辑佚的终极目的毕竟是最大限度地复原原貌,而不仅仅是提供佚文资料。笔者所采用的辑校方法,基本上也是这样。不过,笔者认为,只就现存佚文资料校辑还不够,因为这样常常达不到复原目的。因为类书古注等引文常不完整,大都经过删节,或者所引只是原文的片段。只将这些残文断片钩稽出来显然远远达不到复原目的。自然复原也只是近似的,就某条文字来说不可能与原书字字不差,但通过努力也还是有可能使残缺过甚的文字比较完备些,与原文不至于相差过大。

一个基本事实是,古小说材料常陈陈相因。就《搜神记》来说,材料常常也是有案可查的,比如许多条目取自《列仙传》、《孝子传》、《汉书·五行志》、《风俗通义》、《列异传》等,这就是干宝说的"承于前载"。而在干宝之后,比如《幽明录》、《录异传》、《稽神异苑》、《后汉书》、《宋书·五行志》、《晋书·五行志》等也多从《搜神记》取材。这样,《搜神记》前后书的相关材料,就可以用作校勘资料,不仅可以用来校正文字,更可以用来补缀阙文。但这首先需要确认二者之间的真实关系。一般来说这只限于后者照钞前者,倘若后者对前者有所删改,或者只是撮述大意,就得谨慎从事,不能轻易用来校补。至于二者只是记事相同，并无文字上的因袭关系，那就更不能用他文来补缀本文。今本《搜神记》往往以他书文字取代本书佚文，或是随便用他书补缀，就是违背了这一原则。而要弄清之间关系，主要是进行文字比较。

这里举几个例子加以说明。

“王子乔”条，仅见唐写本伯二五二四号类书残卷《神仙篇》引，文字简略，乃撮述大意。此条取自《列仙传》，因此参酌《列仙传》今本及《太平广记》卷四所引《列仙传》校补。

“庆都”条，仅见《太平御览》卷一三五《春秋合诚图》末注：“《汉书》云尧母十四月生尧，《帝王世纪》、《搜神记》同。”未有原文，姑据《尚书序正义》引《帝王世纪》辑录。《帝王世纪》晋初皇甫谧撰，干宝当取其书而成。

“陈节方”条，仅见《太平御览》卷八一六引，《御览》卷三四五、卷六九五引《列异传》亦载，而卷六九五所引与此合，知采《列异传》。引文皆片断，今互校辑录成文。旧本只据《御览》卷八一六辑录，不完整。

“丁兰”条，见引于《太平御览》卷四八二。《法苑珠林》卷四九引刘向《孝子传》载此，文句与此大同，唯互有详略，盖引用各有删削所致。可见本条取自刘向《孝子传》。另外《珠林》注又引郑缉之（刘宋人）《孝子传》，补刘书之所未备，文句与《搜神记》有相合者，疑据《搜神记》而记。三者有密切关系，故而以刘、郑二书校补。《初学记》卷一七、《御览》卷四一四引孙盛《逸人传》以及句道兴《搜神记》所载丁兰事，与《搜神记》不同，乃不取校。

"叶令王乔"条,《水经注》卷二一《汝水》引其事,末称:"是以干氏书之于《神化》。"可见《水经注》记事当据《搜神记》。《后汉书·方术列传》有《王乔传》,文字与《水经注》几同,可见也是据《搜神记》而记。此事又载《风俗通义·正失篇》,但文句不同。《史通·杂说中》云:"案应劭《风俗通》载楚有叶君祠,即叶公诸梁庙也。而俗云孝明帝时有河东王乔为叶令,尝飞凫入朝。及干宝《搜神记》,乃隐应氏所通,而收流俗怪说。"是则干宝所记不是取自《风俗通义》。旧本据《风俗通义》辑录是不妥当的,笔者则据《后汉书》校辑。

"董仲舒"条,其佚文见引于《分门集注杜工部诗》卷一一《五盘》泰伯(李觏)注,只"巢居知风"四字,《九家集注杜诗》卷六同。按通常辑佚方法钞出这四字也就够了,但残缺过多,总是个遗憾。《太平广记》卷四四二、《太平御览》卷九一二、《天中记》卷三又卷六〇引《幽明录》此条,则记事完备。我们有理由认为《幽明录》钞自《搜神记》,因为《幽明录》本来就是大量取资前人书,如"焦湖庙祝"、"忠孝侯印"、"周南"、"葛祚"、"庞企远祖"等条都取自《搜神记》。所以笔者依据《广记》、《御览》校辑此条,相信绝不是滥辑伪冒。

不过在佚文较为完整的情况下,一般则不轻易补缀,需要多作斟酌。如"吴先主"条尽管也载于《幽明录》,但经对照,二者文句有些不同,因此不敢将《幽明录》多出的"呵叱初不顾,径进入宫"二句补入,只是在校记中说明。

"徐登赵炳"条,《北堂书钞》卷一四五、《艺文类聚》卷一九、《六帖》卷六二、《太平御览》卷三九二、《古今事文类聚》后集卷二一所引以及《绀珠集》卷七、《类说》卷七所摘，只是两个片断。《后汉书·方术列传》载此，文句多合而文详，当采《搜神记》，故而据《后汉书》并参酌诸书校辑。

“徐光”条，《艺文类聚》卷八七，《太平御览》卷三九一、卷九七八，《事类赋注》卷二七等所引有不完备处，孙綝斩徐光事《御览》卷三九一仅陈梗概。《法苑珠林》卷三一引《冤魂志》此节完整，而《冤魂志》文字与《搜神记》大同，此条应当采自《搜神记》，所以以《冤魂志》校补。

“黄玉刻文”条，见引于《编珠》卷一，《初学记》卷二，《六帖》卷二，《太平御览》卷一四、卷八〇五等，均不及《宋书·符瑞志》所载完备。《宋书》多采《搜神记》妖怪符瑞之事，此条当据《搜神记》，是故据《宋志》并参酌诸书校辑。

“三鳣鱼”条，见《颜氏家训·书证篇》：“《后汉书》云：‘鹳雀衔三鳣鱼。’多假借为鱣鮪之鱣。……《续汉书》及《搜神记》亦说此事，皆作鳣字。”其事见《太平御览》卷九二五引华峤《后汉书》、卷九三七引谢承《后汉书》及范晔《后汉书》卷五四《杨震传》，文大同。姑据范书，参酌华书、谢书校辑。

此外例子还很多，如“麟书”、“燕昭王墓斑狐”、“贺瑀”等等，正文中都有详细的辑校说明，不再赘述。

《太平御览》等所引佚文，间有注文。注文不是《御览》编纂者所加，乃传本所有。《广韻》前所载陈州司法孙愐天宝十载《唐韻序》云：“案《搜神记》、《精怪图》、《山海经》、《博物志》、《四夷传》、《大荒经》、《南越志》、《西域记》、《西壑传》、《汉纂药论》、《证俗方言》、《御览字府》及九经三史诸子中，遗漏要字，训义解释，多有不载，必具言之。”范宁举而以为知《搜神记》古有音注〔一〕，说是。然则《搜神记》音注作于天宝前。范宁引日本丰田穣《〈搜神记〉、〈搜神后记〉源流考》，以为“其为唐时所注”。不过，《太平御览》的编纂实际是主要取材于南北朝唐初类书《修文殿御览》、《艺文类聚》、《文思博要》〔二〕，因此《搜神记》注可能是南北朝人所作。由于注文是古注，所以在辑录时也一并辑入。

辑录古书，搜罗辑校资料是关键，其中也包括不同的版本资料。《搜神记》、《后记》的佚文主要保存在《北堂书钞》、《艺文类聚》、《法苑珠林》、《初学记》、《太平御览》、《太平广记》等唐宋类书中，尤以《珠林》、《御览》、《广记》三书为夥。而这些古籍又各自有不同的版本，因此不仅必须选择善本，更需要利用多种版本对校，以便择善而从。《艺文类聚》有上海古籍出版社版汪绍楹校本（以宋绍兴刻本为底本），较好，本书辑校主要利用这个校本。《太平广记》中华书局版汪绍楹校本（以明谈恺刻本为底本），是重要校本，其中录有明沈与文野竹斋钞本和清陈鳣校本的珍贵资料，因此也是本书辑校的主要依据。不过有憾于校勘不很细致，所以我们还利用了《四库全书》本、黄晟校刊本及《笔记小说大观》本来核校异文。此外还参考了台湾严一萍《太平广记校勘记》，严氏主要依据清康熙间人孙潜以钞宋本所校的谈刊本《广记》。张国风近年出版的《太平广记会校》，取校版本主要是沈、孙、陈三本，视汪、严为备，因此尤为重要。《太平御览》最通行的版本是中华书局影印的商务印书馆影宋本，是辑校主要依据。同时还使用《四库全书》本和鲍崇城校宋刊本。事实证明鲍校本有优于中华书局影印本的地方，借助它纠正了后者一些错误。《法苑珠林》版本亦多，有百卷本、百二十卷本两个系统，后者是后人重分卷帙〔三〕。笔者所利用的，前者有《大正新修大藏经》排印本、中国书店影印清宣统二年刻本，后者有《四部丛刊初编》影印径山寺本、《四库全书》本。中华书局出版的《法苑珠林校注》也用为参考，此本底本是道光中常熟蒋因培妾董姝校刊本。笔者主要用的是中国书店影印本，其他版本用作参考。《大正新修大藏经》本有详细的校勘记，列出各本异文，也一一对校。在使用上述类书时发现，《四库全书》本有滥改文字的现象，而所依据的恰正是今本《搜神记》，所以在使用《四库全书》时格外谨慎。而且《四库》收书多不是善本，例如所收《北堂书钞》就是明人陈禹谟增补窜改的劣本〔四〕，笔者用的是光绪十四年孔广陶校刊本。以上诸书本来还应当多参考些版本，不过限于条件也只能这样了。至于其他用作校辑的古书，也尽量选用善本或好的校本。

前辈学者汪绍楹校注《搜神记》和《搜神后记》，做了很有价值的工作。值得称道的主要有四点：一是对今本条目的引用情况及本事源流做出说明，如果未见于引用，也予以说明。二是对一些可疑条目作了些考辨。三是订正文字脱误。四是补辑佚文。汪绍楹筚路蓝缕的创造性劳作，无疑给《搜神》二记的使用者提供了重要参考，也给进一步的整理工作提供了比较牢靠的基础。但无庸讳言，汪绍楹校注也有许多缺陷和不足，他的整理工作还是初步的。首先是，汪绍楹并没有很清醒地意识到今本是明人的辑录本，而且在刊行前经过胡震亨等人的修订，其中塞进大量假货，而只是认为今本经过后人改窜。因此他对误辑滥辑他书的伪目只是注明"本条未见各书引作《搜神记》"或"《续搜神记》"，大都没有探究其作伪的真实材料来源；对部分伪目虽有考辨，但常因不知作伪的材料来源及其手法，也就显得有些不得要领。其次，资料搜集还不完备，影响到对某些问题的判断和文字校勘；而文字校勘乃至标点断句也还有不少粗疏错误之处。比如，从《初学记》辑出的所谓《进搜神记表》，其实据《文房四谱》所引的完备资料，应当是干宝撰写过程中的"请纸表"。汪校本卷一二"刀劳鬼"条，前半云："临川间诸山，有妖物，来常因大风雨，有声如啸，能射人。其所著者，有顷便肿，大毒。有雌雄，雄急而雌缓。急者不过半日间，缓者经宿。其旁人常有以求之，救之之少迟则死。俗名曰刀劳鬼。"今本所辑依据《太平御览》卷八八四引，其实《法苑珠林》卷六亦引。我们则据二书的各种版本互校辑作："临川间诸山县有妖魅，来常因大风雨，有声如啸，能射人。其所著者如蹄，有顷头肿大。毒有雌雄，雄急雌缓，急者不过半日，缓者不延经宿。其方人，常有以求之，求之少晚则死。俗求之，名曰刀劳鬼。"显然，今本所辑"其旁人常有以求之"云云有误，汪氏未能校正，而且"有顷便肿，大毒。有雌雄"断句亦误，应当是"有顷便肿大，毒有雌雄"。顺便说，《法苑珠林校注》断作"其所著者如蹄头肿，大毒。有雌雄"，也是错的。最后一点是，所辑《搜神记》佚文有失于察辨而误辑，辑录也不完备。

不管怎么说，汪绍楹校注取得很大成绩，是笔者重新辑校的最重要的参考书，本书采纳了他许多校注成果。自然对其错误之处也作出纠正，或者对其看法提出商榷意见。

《搜神记》和《搜神后记》问世后影响巨大，在其失传后明代胡震亨刊本的出现无疑起到使之继续发挥其影响的重大作用，至今仍旧是阅读研究的唯一依据。由于胡刊本的大部分条目还是可靠的，所以应当充分肯定其功绩，但这两部严重歪曲原貌的半真半假的辑本所带来的负面作用也不能不有清醒的认识。笔者深感有必要整理出新的辑本取代胡刊本，所以在多年前开始重新校辑《搜神记》和《搜神后记》。完全复原原书是不可能的，但至少应当尽可能地接近原貌，比旧辑本更真实一些、可靠一些、准确一些、完备一些。同时也希望通过这两部作品的校辑，也给古书辑佚整理提供一些经验和方法。限于学识，在基本思路和方法上可能尚有可酌处，具体文字的辑校也可能有误，条目有可能漏辑，敬请方家赐正为盼。

〔一〕见《关于〈搜神记〉》，《文学评论》一九六四年第一期。

〔二〕中华书局影印宋刻本《太平御览》卷前引用《国朝会要》云："先是帝阅前代类书，门目纷杂，失其伦次，遂诏修此书。以前代《修文御览》、《艺文类聚》、《文思博要》及诸书，参详条次，分定门目。"陈振孙《直斋书录解题》卷一四类书类亦云："以前代《修文御览》、《艺文类聚》、《文思博要》及诸书，参详条次修纂。……或言国初古书多未亡，以《御览》所引用书名故也。其实不然，特因前诸家类书之旧耳。以《三朝国史》考之，馆阁及禁中书总三万六千馀卷，而《御览》所引书多不著录，盖可见矣。"陈氏所论甚确。《修文殿御览》，北齐后主高纬敕撰，见《北齐书·后主纪》，《旧唐书·经籍志》类事类著录三百六十卷。已佚。《艺文类聚》，唐高祖武德中欧阳询等奉诏撰。《文思博要》，一千二百卷，唐太宗贞观中高士廉、房玄龄、魏徵等十六人奉诏撰，见《新唐书·艺文志》类书类。亦佚。

〔三〕《法苑珠林校注》周绍良《校注记略》："（《法苑珠林》）初著录于道宣《大唐内典录》卷五，至宋入藏。宋、元、明、清诸藏皆为百卷，唯《嘉兴藏》改为百二十卷。《四库》著录及《四部丛刊》影印皆据《嘉兴藏》本。以与古本卷数不合，卷次错乱，简叶相违，章段崩离，检索为难。至清道光年间，常熟燕园蒋氏刻本回复为百卷。"

〔四〕《四库全书总目》卷一三五子部类书类一："此本为明万历间常熟陈禹谟所校刻。钱曾《读书敏求记》云：'世行《北堂书钞》，搀乱增改，无从订正。……'朱彝尊《曝书亭集》亦称：'……今世所行者出陈禹谟删补，至以贞观后事及五代十五国之书杂入其中，尽失其旧。……'"

凡例

一、本书辑校原则方法，前已有详述。兹将有关辑校体例及技术规范，叙列如下。

二、本书于明刊二十卷本《搜神记》、十卷本《搜神后记》称作旧本，本书之新辑本称作新本。

三、《搜神记》原著录为三十卷，《搜神后记》十卷。今依原书卷帙，新本《搜神记》亦编为三十卷，《搜神后记》编为十卷。由于所存段目有限，新分各卷不免篇幅不足，实亦无奈之事，不得不尔。

四、《搜神记》原书体例分篇记事，可考者有《神化》、《感应》、《妖怪》、《变化》四篇。今亦按类编排，凡题材属此四篇者因类相从，其馀题材亦区分为若干类别依类辑录。《后记》亦仿此例。

五、《学津讨原》本各条加有标目，《秘册汇函》、《津逮秘书》、《盐邑志林》本无。今标目一概自拟，然与《学津》本相合者亦多。

六、诸书所引佚文大抵陈陈相因，今以南北朝唐宋为主，元明次之。明后期及清，旧辑本已行，凡引旧本者概不取校；而转引他书之佚文，或取为校勘之用。

七、正文辑校，以某书所引为本而以他书校补，出校记；凡参酌诸引互校缀合，择善而从，除必要说明外，不再出校，以免繁琐。

八、正文凡校改补遗之处，径直改动，于校记中说明。校勘编码一律置于句末。

九、《搜神记》原书条目，条末或系论赞。论赞一概提行别为一段，以与正文区别。论赞原当以‘干宝曰’或‘著作郎干宝曰’领起，惟文献征引多未引出，今未敢妄补。

一〇、《搜神记》及《后记》原有古注，夹于正文或条末。注文一律辑入，采用小字区别。

一一、各篇正文之后，依次为辑录说明与校勘记，不再冠以相关字样。

一二、对于旧本之讹误，校记中予以校正，较重要异文及误辑滥辑情况亦予以说明。

一三、汪绍楹校注多有采纳，对其疏误亦有所辨正。

一四、辑录说明与校记中，凡引用文献重复出现者，书名皆蒙上省略。如《汉书·五行志》、《地理志》省作《汉志》，《旧唐书·经籍志》、《新唐书·艺文志》省作《旧唐志》、《新唐志》，《法苑珠林》省作《珠林》，《太平御览》省作《御览》，《太平广记》省作《广记》等等，皆为通行简称。

目　录

搜神记

搜神记卷二　神化篇之二

搜神记卷一五　妖怪篇之六

搜神记卷一六　变化篇之一

搜神记卷一七　变化篇之二

搜神记卷一八　变化篇之三

搜神记卷二三

搜神记卷二四

搜神记卷二五

搜神记卷二六

搜神记卷二七

搜神记卷二八

搜神记卷二九

搜神记卷三〇

搜神后记

搜神后记卷三

搜神后记卷四

搜神记

干宝撰搜神记请纸表

臣前聊欲撰记古今怪异非常之事〔一〕,会聚散逸,使自一贯〔二〕,博访知古者〔三〕。片纸残行〔四〕,事事各异〔五〕。又乏纸笔,或书故纸。(诏答云:"今赐纸二百枚。")

据《文房四谱》卷四辑。原称"干宝表曰"。《初学记》卷二一、《太平御览》卷六〇一亦引,无"又乏纸笔,或书故纸"八字及"诏答"等九字。此表原无题,汪绍楹校注《搜神记》据《初学记》辑补,因不知有乏纸之请及诏答赐纸,故拟题《进搜神记表》,颇误。今仿《初学记》卷二一引晋虞预《请秘府纸表》,拟题如右。

〔一〕臣前聊欲撰记古今怪异非常之事　《四库全书》本《御览》"聊欲撰"作"欲罗"。鲍崇城校宋刊本"撰"作"略"。

〔二〕使自一贯　《初学记》、《御览》"自"作"同"。

〔三〕博访知古者　《初学记》、《御览》"知古"作"知之"(《四库全书》本《御览》作"之知")。

〔四〕片纸残行　《御览》"行"作"缺",当讹。

〔五〕事事各异　《御览》"异"作"毕",当讹。

干宝搜神记序

建武中，有所感起，是用发愤焉。

虽考先志于载籍，收遗逸于当时，盖非一耳一目之所亲闻睹也，亦安敢谓无失实者哉！卫朔失国，二传互其所闻；吕望事周，子长存其两说。若此比类〔一〕，往往有焉。从此观之，闻见之难，由来尚矣〔二〕。夫书赴告之定辞，据国史之方策，犹尚若兹，况仰述千载之前，记殊俗之表，缀片言于残阙，访行事于故老，将使事不二迹，言无异涂，然后为信者，固亦前史之所病。然而国家不废注记之官，学士不绝诵览之业，岂不以其所失者小，所存者大乎？今之所集，设有承于前载者，则非余之罪也；若使采访近世之事，苟有虚错，愿与先贤前儒分其讥谤。及其著述，亦足以明神道之不诬也。群言百家，不可胜览，耳目所受，不可胜载。今粗取足以演八略之旨，成其微说而已。幸将来好事之士，录其根体，有以游心寓目而无尤焉。

《晋书》卷八二《干宝传》载："宝父先有所宠侍婢，母甚妒忌，及父亡，母乃生推婢于墓中。宝兄弟年小，不之审也。后十馀年，母丧，开墓而婢伏棺如生。载还，经日乃苏。言其父常取饮食与之，恩情如生。在家中吉凶辄语之，考校悉验。地中亦不觉为恶。既而嫁之，生子。又宝兄尝病气绝，积日不冷。后遂悟，云见天地间鬼神事，如梦觉，不自知死。宝以此遂撰集古今神只灵异人物变化，名为《搜神记》，凡三十卷。"下录其序。案：《世说·排调篇》注引《孔氏志怪》："宝父有嬖人，宝母至妒，葬宝父时，因推着藏中。经十年而母丧，开墓，其婢伏棺上。就视，犹暖，渐有气息。舆还家，终日而苏，说宝父常致饮食，与之接寝，恩情如生。家中吉凶辄语之，校之悉验。平复数年后方卒。宝因作《搜神记》，中云'有所感起'是也。"唐无名氏《文选集注》卷六二江文通《拟郭弘农游仙诗》注引《文选钞》："猛（吴猛），豫章建宁人。干庆为豫章建宁令，死已三日。猛曰：'明府算历未应尽，似是误耳。今为参之。'乃沐浴衣裳，复死于庆侧。经一宿，果相与俱生。庆云见猛天曹中论诉之。庆即干宝之兄。宝因之作《搜神记》。故其序云：'建武中，所有感起，是用发愤焉。'"据此，序文前部当叙宝父婢及兄复生之事，本传所载即据其序，故于序文中削去。今据本传、《文选集注》辑。

〔一〕若此比类　《册府元龟》卷五五五《国史部·采撰一》无"比"字。

〔二〕由来尚矣　《册府元龟》前有"一"。

搜神记卷一

神化篇之一

案:《水经注》卷二一《汝水》云:"王乔之为叶令也……或云即古仙人王乔也,是以干氏书之于《神化》。"知本书原有《神化篇》,盖叙神仙道化之事。诸凡神仙、道术、卜筮等事系此篇。

1 赤松子

赤松子者,神农时雨师也。服水玉〔一〕,以教神农。能入火自烧〔二〕。至昆仑山〔三〕,常入西王母石室。随风雨上下,炎帝少女追之,亦得俱去〔四〕。至高辛时,复为雨师〔五〕。今之雨师本之焉〔六〕。

本条《法苑珠林》卷六三引,出《搜神记》,据辑,校以《列仙传》卷上。

〔一〕服水玉　《初学记》卷二三引刘向《列仙传》作"服水玉散"。旧本讹作"服冰玉散"。

〔二〕自烧　旧本“自”作“不”。《四库全书》本（卷七九）《珠林》据《搜神记》改作“不”（见《四库全书考证》）。

〔三〕至昆仑山　《列仙传》前有“往往”二字，王照圆《列仙传校正》：“《文选·游仙诗》注……《艺文类聚》灵异部……两引俱无往往二字，此衍也。”谓为衍字，说是，《太平御览》卷三八、卷六六三引及《历世真仙体道通鉴》卷三《赤松子》亦无此二字。

〔四〕亦得俱去　《列仙传》、《真仙通鉴》作“亦得仙俱去”，旧本同。

〔五〕复为雨师　旧本此句下妄增“游人间”三字。

〔六〕今之雨师本之焉　《列仙传》“本之”作“本是”，旧本同。

2 宁封子

宁封子，黄帝时人也，世传为黄帝陶正。有人过之〔一〕，为其掌火，能出入五色烟〔二〕，久则以教封子。封子积火自烧，而随烟上下，视其炭烬〔三〕，犹有其骨。时人共葬之宁北山中，故谓之宁封子焉。

本条《法苑珠林》卷九六引，出《搜神记》，据辑，校以《列仙传》卷上。

〔一〕有人过之　旧本“人”作“异人”。

〔二〕能出入五色烟　《列仙传》无“入”字，《初学记》卷二三、卷二五，《太平御览》卷三七五、卷八七一引及《历世真仙体道通鉴》卷三《宁封子》同。旧本亦作“出”。《艺文类聚》卷八〇“火”部引《列仙传》“出入”作“作”，同卷“烟”部全句引作“能令火出五色烟”，《御览》卷八三三乃作“出入”。

〔三〕视其炭烬　《列仙传》、《真仙通鉴》“炭”作“灰”，旧本同。

3 赤将子轝

赤将子轝者，黄帝时人也。不食五谷而啖百草华。至尧时为木工。能随风雨上下。时时于市门中卖缴〔一〕，亦谓之缴父。

本条《法苑珠林》卷六三引，出《搜神记》，据辑，校以《列仙传》卷上。

〔一〕于市门中卖缴　《列仙传》无"门"字，《历世真仙体道通鉴》卷三《赤将子舆》亦同。

4 偓佺

偓佺者，槐山采药父也。好食松实，形体生毛〔一〕，长七寸〔二〕，两目更方。能飞行逮走马〔三〕。以松子遗尧，尧不服也〔四〕。时受服者，皆三百岁也。

本条《法苑珠林》卷六二引，出《搜神记》，据辑，校以《列仙传》卷上。

〔一〕形体生毛　"生"字据《列仙传》补。

〔二〕七寸　《列仙传》作"数寸"，《历世真仙体道通鉴》卷三《偓佺》亦同。

〔三〕逮走马　《列仙传》、《真仙通鉴》"逮"作"逐"，旧本同。《艺文类聚》卷八八、《文选》卷七扬雄《甘泉赋》注、《事类赋注》卷二四引《列仙传》作"逮"。逮，及也。

〔四〕尧不服也　《列仙传》、《真仙通鉴》"不"下有"暇"字，旧本同。《类聚》卷八八及《初学记》卷二八引刘向《神仙传》"暇"作

"能"。此句下《列仙传》有"松者简松也"五字,《真仙通鉴》同,《类聚》卷八八"简"作"樠",《初学记》作"松者横也"。王照圆《校正》:"此五字疑亦校书者所附记,《类聚》引无之。简,大也。"案:《类聚》卷七八引《列仙传》无此五字。

5 彭祖

彭祖者,殷时大夫也。陆终生六子,坼剖而产焉〔一〕。第三子曰篯铿,封于彭,为商伯〔二〕。历夏而至商末,号七百岁〔三〕。常食桂芝〔四〕。历阳有彭祖仙室,前世云,祷请风雨,莫不辄应〔五〕。常有两虎在祠左右。今日祠之讫,地则有两虎迹也。

干宝曰〔六〕:先儒学士多疑此事。谯允南通才达学,精核数理者也。作《古史考》,以为作者妄记,废而不论。余亦尤其生之异也。然按六子之世,子孙有国,升降六代,数千年间,迭至霸王,天将兴之,必有尤物乎?若夫前志所传,修已背坼而生禹,简狄胸剖而生契,历代久远,莫足相证。近魏黄初五年,汝南屈雍妻王氏生男儿,从右胳下水腹上出,而平和自若,数月创合,母子无恙,斯盖近事之信也。以今况古,固知注记者之不妄也。天地云为,阴阳变化,安可守之一端,概以常理乎?《诗》云:"不坼不副,无灾无害。"原诗人之旨,明古之妇人尝有坼副而产者矣,又有因产而遇灾害者,故美其无害也。

本条《法苑珠林》卷六二、《史记·秦始皇本纪》之《正义》、《山堂肆考》卷一八引,出《搜神记》。又《史记·楚世家》之《集解》引"干宝曰"云云,汪绍楹以其"语兼论诘","疑或出《干子》"。今案《搜神记》之体,凡篇前有序，事末或系论赞，疑当出《搜神记》。今参酌《珠林》、《史记正义》辑录，补以《史记·楚世家》及《集解》，校以《列仙传》卷上。

〔一〕陆终生六子坼剖而产焉　此二句《珠林》、《史记正义》无，而见于《史记·楚世家》。《集解》引"干宝曰"，首云"先儒学士多疑此事"，乃承"陆终生六子，坼剖而产焉"，故疑正文中有此语，姑据《楚世家》补此二句。

〔二〕第三子曰篯铿封于彭为商伯　案：旧本作"姓钱名铿，帝颛顼之孙，陆终氏之中子"，此取自《列仙传》，非本文。《列仙传》姓作"篯"，《神仙传》卷一《彭祖》及《太平广记》卷二引《神仙传》同，又《通志·氏族略五·篯氏》亦云："音笺。《姓苑》云彭祖姓篯名铿。"然后世讹作"钱"，《元和姓纂》卷五《二仙·钱》称"颛顼曾孙陆终生彭祖"。旧本改作"钱"，误。

〔三〕历夏而至商末号七百岁　"岁"字据《列仙传》补。《列仙传》作"历夏至殷末八百馀岁"，《历世真仙体道通鉴》卷三《篯铿》引同。《艺文类聚》卷六四、《太平御览》卷一七四引《列仙传》作"历夏至商末号七百岁"，《文选》卷一四班固《幽通赋》注引作"历夏至商末号年七百"。

〔四〕常食桂芝　《列仙传》下有"善导引行气"一句，《真仙通鉴》引同。

〔五〕祷请风雨莫不辄应　"雨"字《珠林》作"云"，据《列仙传》改。

〔六〕干宝曰　此节据《史记·楚世家》之《集解》。《路史·后纪》卷九下《高辛纪下》注："干宝云前志所谓修己背坼而生禹，简狄胸剖而生契。"节引二句，似为本条议论之辞，姑系事末。原《搜神记》之体，凡篇前有序，事末或系论赞。

6 葛由

葛由〔一〕，蜀羌人也。周成王时，好刻木作羊卖之。一日，乘木羊入蜀中〔二〕。蜀中王侯贵人追之上绥山。绥山在峨眉西南，高无极也。随之者不复还，皆得仙道〔三〕。山上有桃〔四〕，故里语曰〔五〕："得绥山一桃，虽不能仙，亦足以豪。"山下立祠数十处。

本条《法苑珠林》卷六一引，出《搜神记》，据辑，校以《太平广记》卷二二五引《法苑珠林》、《列仙传》卷上。

〔一〕葛由　《法苑珠林》前有"前周"二字，旧本从之。案：道世《珠林》之《感应缘》引事皆冠以朝代，《列仙传》无此二字，今删。

〔二〕一日乘木羊入蜀中　《珠林》《四库全书》本（卷七六）"日"作"旦"，旧本同。《列仙传》作"一旦骑羊而入西蜀"。

〔三〕仙道　《珠林》宣统本、径山寺本"仙"作"神"，此从《大正新修大藏经》本及《四库全书》本。《列仙传》作"仙"。

〔四〕山上有桃　《珠林》无此四字，今本《列仙传》亦无，《艺文类聚》卷九四、《太平御览》卷九〇二引《列仙传》有此四字。案：据下文"得绥山一桃"，原文当有，王照圆《校正》以为今本脱去。疑本书原当亦有此四字，据补。《事类赋注》卷二六作"绥山多桃"，旧本补于"上绥山"下。

〔五〕故里语曰　《珠林》"语"讹作"论"，《广记》引作"语"，据改。《列仙传》作"谚"，旧本据改。

7 王子乔

王子乔者，周灵王太子晋也。好吹笙，作凤凰鸣。游伊、洛之间，道士浮丘公接以上嵩高山，三十馀年。后求之于山上，见桓良曰〔一〕："告我家，七月七日待我于缑氏山头。"至时，果乘白鹤驻山头，望之不得到。举手谢时人，数日而去。后立祠于缑氏山下及嵩高首焉。

本条见唐写本伯二五二四号类书残卷（《鸣沙石室古籍丛残》、《敦煌宝藏》）《神仙篇》，前条引《搜神记》丁令威事，接下以"又"字引出此条，知亦出《搜神记》。文曰："王子晋得仙，乘白鹤，七月七日于缑城山头遥别家人，举手谢而去。"乃撮述大意。案：事取《列仙传》卷上，《太平广记》卷四亦引全文。今参酌类书残卷、《列仙传》今本及《广记》校辑。旧本未辑。

〔一〕见桓良曰　《列仙传》《道藏》本"桓"作"柏"，王照圆《校正》本作"桓"，校云："桓，《藏经》本作柏，误。"案：《艺文类聚》卷九〇、《文选》卷二一何劭《游仙诗》注，《初学记》卷四、卷五，《太平御览》卷三一、卷三九、卷九一六，《太平广记》，《事类赋注》卷七，《姓氏急就篇》卷上，《乐府诗集》卷二九《王子乔》皆引作"桓"，《永乐琴书集成》卷一二引《琴书》亦作"桓"。

8 崔文子

有崔文子者〔一〕，学仙于子乔〔二〕。子乔化为白蜺，而持药与文子〔三〕。文子惊怪，引戈击蜺，中之，因堕其药。俯而视之，王子乔之尸也。置之室中，覆以弊筐，须臾而化为大鸟。开而视之，翻飞而去〔四〕。

本条《太平御览》卷三五一引，出干宝《搜神记》，据辑，校以《楚辞·天问》王逸注。

〔一〕有崔文子者　旧本下有“泰山人也”四字，乃据《列仙传》卷上《崔文子》补，“泰”原作“太”。案：《列仙传》所记事不同。

〔二〕学仙于子乔　《御览》影印宋本“乔”讹作“高”，据鲍崇城校宋刊本改。下句同。案：《天问》注载此事，作“王子侨”，《历世真仙体道通鉴》卷三《王子乔》引《天问》注作“王子乔”。

〔三〕而持药与文子　“与”字《御览》影印宋本阙，据《四库全书》本、鲍崇城校宋刊本及《天问》注补。

〔四〕翻飞而去　《四库全书》本作“翻然飞而去”，旧本同，无“而”字。

9 尹喜

老子将西入关，关令尹喜，好道之士，睹真人当西，乃要之途也。

本条《水经注》卷一七《渭水》引，出干宝《搜神记》，据辑。案：当非全文，《列仙传》卷上有《老子》与《关令尹》，文字与此皆不同。旧本未辑。汪绍楹辑入《搜神记佚文》。

10 冠先

冠先〔一〕，宋人也。以钓为业，居睢水旁百馀年。得鱼，或放或卖或自食之。常着冠带〔二〕。好种荔〔三〕，食其葩实焉。宋景公问其道，不告，即杀之。后数十年，踞宋城门上鼓琴，数十日乃去。宋人家家奉祠之。

本条《法苑珠林》卷三一引，出《搜神异记》，据辑，校以《列仙传》卷上。

〔一〕冠先 《列仙传》今本作"寇先"，《历世真仙体道通鉴》卷三、《永乐琴书集成》卷一五同。"寇"同"寇"，又作"寇"，《水经注》卷二四《睢水》、《姓氏急就篇》卷上引《列仙传》作"寇"。然《太平御览》卷一〇〇〇引作"冠先生"，《广韵》"换"韵亦作"冠"。《姓解》卷三作"秱"，云："音贯，《列仙传》有秱先。"又《元和姓纂》卷九灌姓："《列仙传》有灌光。"岑仲勉校："先、光字肖，往往互讹，此实冠姓之文也，应移正。"《通志·氏族略·冠氏》："《列仙传》有冠玉（先字之讹）。"王照圆《校正》："寇当作冠。"说是。案：姓书每举冠先为冠姓之例，冠者，非言其姓，言其以钓为业而好着冠带。先则先生之省。

〔二〕常着冠带 "着"字据《列仙传》补。

〔三〕好种荔 《列仙传》今本"荔"作"荔枝"，《御览》引作"荔"，《真仙通鉴》同。案：荔为草名。《说文》"艸"部："荔，艸也，似蒲而小，根可作刷。"《广雅·释草》："马䪼，荔也。"王先谦《疏证》："苏颂《本草图经》云：'蠡实，马蔺子也。北人音讹，呼为马楝子。叶似䪼而长厚，三月开紫碧花，五月结食作角，子如麻大而赤色有棱，根细长，通黄色，人取以为刷。'案：蠡、蔺、荔一声之转，故张氏注《子虚赋》谓之马荔，犹言马蔺也。荔叶似䪼而大，则马䪼之所以名矣。"《列仙传》今本作"荔枝"误。

11 琴高

琴高，赵人也。以鼓琴为宋康王舍人[一]。行涓、彭之术，浮游冀州、砀郡间二百馀年[二]。后复时入砀水中取龙子。与诸弟子期曰："期日皆洁斋[三]，待于水旁，设屋祠[四]。"果乘赤鲤鱼出，入坐祠中，砀中旦有万人观之[五]。留一月，复入水[六]。

本条《法苑珠林》卷三一引，出《搜神异记》，据辑，校以《列仙传》卷上、《水经注》卷二三《获水》。

〔一〕宋康王舍人　"宋康王"，《珠林》原引作"康王"，《水经注》同。案：赵国无康王，宋有康王。《列仙传》今本及《太平广记》卷四、《事类赋注》卷二九引《列仙传》作"宋康王"，《历世真仙体道通鉴》卷三《琴高》同，据补"宋"字。

〔二〕浮游冀州砀郡间二百馀年　《珠林》《四库全书》本（卷四一）及《列仙传》"砀"作"涿"，《列仙传》校："一作砀。"下文"砀水"作"涿水"。《广记》、《太平御览》卷九三六引及《真仙通鉴》同。旧本从之。《水经注》则作"砀郡"、"砀水"。《文选》卷六左思《魏都赋》注引《列仙传》作"碭水"，胡克家《考异》卷一："袁本、茶陵本碭作砀。案此亦尤（案：指尤袤）改也。"《四部丛刊初编》影印六臣注本作"砀"。案：据《汉书·地理志下》、《晋书·地理志上》，砀郡秦置，汉高帝五年改梁国，沿袭至西晋。涿郡高帝置，魏文帝更为范阳郡。

〔三〕期日皆洁斋　旧本"期"讹作"明"。

〔四〕屋祠　《珠林》宣统本、径山寺本均作"星祠"，《大正新修大藏经》本作“屋祠”,《四库全书》本作“祠屋”。案:《列仙传》作“祠”,无“屋”亦无“星”字,然《魏都赋》注、《太平御览》卷九三六引作“屋祠”,《广记》、《事类赋注》作“祠屋”。屋祠者,祠祀之所,言祠琴高也。星祠者当是祠星之所。古有明星祀,《说文》“女”部“嫡”字解引《甘氏星经》:“太白号上公,妻曰女嫡,居南斗,食厉。天下祭之,曰明星。”本书《何敞》言敞“驻明星屋中”作术消蝗,明星屋即指祭祀女嫡之处。疑作“星祠”讹,据《大正藏》本改。旧本同《四库全书》本。

〔五〕砀中旦有万人观之　《四库全书》本“旦”作“且”,旧本同。案:《列仙传》作“旦”。

〔六〕复入水　《四库全书》本与《列仙传》“水”下有“去”字,旧本同。

12 祝鸡翁

祝鸡翁者,雒阳人也〔一〕。居尸乡北山下,养鸡百年馀。鸡至千馀头,皆有名字,欲取,呼之名,则种别而至。后之吴山,莫知所去矣。

本条《水经注》卷一六《穀水》引,出《搜神记》,据辑。原出《列仙传》卷上,视此较详。案:旧本未辑。汪绍楹辑入《搜神记佚文》。

〔一〕雒阳人也　“雒”原作“洛”。案:“洛阳”汉作“雒阳”,至魏代汉改“洛”。《三国志·魏书·文帝纪》注引《魏略》:“诏以汉火行也,火忌水,故‘洛’去‘水’而加‘隹’。魏于行次为土,土,水之牡也,水得土而乃流,土得水而柔,故除‘隹’加‘水’,变‘雒’为‘洛’。”今本《列仙传》亦误作“洛”,《艺文类聚》卷九一、《太平御览》卷九一八、《事类赋注》卷一八引《列仙传》皆作“雒”。干宝之世虽作“洛阳”，然因袭汉事，宜仍其旧，今改。

13 陵阳子明

陵阳子明，上宣城陵阳山得仙〔一〕，其后因山为氏。

本条《元和姓纂》卷五《十六蒸·陵阳》、《通志略·氏族略三·陵阳氏》、《万姓统谱》卷一三一《十蒸》引，出《搜神记》。案：陵阳子明事迹载于《列仙传》卷下，未言其后因山为氏，然则干宝记其事非本《列仙》也。今据《元和姓纂》辑录。旧本未辑。

〔一〕上宣城陵阳山得仙　《通志略》、《万姓统谱》作“止陵阳山得仙”。案：《宋书·州郡志一·宣城太守》云：“广阳令，汉旧县，曰陵阳，子明得仙于此县山，故以为名。晋成帝杜皇后讳‘陵’，咸康四年更名。”又云：“宣城太守，晋武帝太康元年分丹阳立。”宣城郡自丹阳郡分出，陵阳原属丹阳，故《后汉书·郡国志四·丹阳郡》有陵阳，梁刘昭注：“陵阳子明得仙于此县山，故因为名。”干宝之时，陵阳属宣城郡，未改广阳。《晋书·地理志下》“宣城郡”注：“太康二年置。”统县有陵阳，注：“仙人陵阳子明所居。”

14 河伯

冯夷，弘农华阴潼乡堤首里人也〔一〕。服八石，得水道仙〔二〕，为河伯〔三〕。

本条《法苑珠林》卷七五引，下又接引《幽明录》曰“馀杭县南有上湘”云云，而末注“右此一验出《搜神记》”，错简如此。事与《淮南子·齐俗训》注、《后汉书》卷五九《张衡传》注引《圣贤冢墓记》同。今据《珠林》辑，校以《淮南子》注、《圣贤冢墓记》。

〔一〕冯夷弘农华阴潼乡堤首里人也　《珠林》原无“冯夷”二字，“堤”作“阳”。案：《淮南子》注：“冯夷，河伯也，华阴潼乡堤首里人也。服八石，得水仙。”《圣贤冢墓记》：“冯夷者，弘农华阴潼乡堤首里人也。服八石，得水仙，为河伯。”今据补正。《太平寰宇记》卷二八《同州·朝邑县》引张揖云：“冯夷，河伯字也。华阴潼津乡堤首阳里人也。水死，化为河伯。”（据中华书局点校本）作潼津乡。《博物志》卷七：“冯夷，华阴潼乡人也。得仙道，化为河伯。”当有脱文。又《珠林》首有“宋时”二字，乃为所引《幽明录》自加释时之词，而误错于此，今删。旧本有此二字。又，旧本脱“里”字。

〔二〕得水道仙　《淮南子》注、《圣贤冢墓记》均无“道”字。

〔三〕案：《珠林》卷六三引《搜神记》“司中司命风伯雨师”下有案语：“案《抱朴子》曰：‘河伯者，华阴人。以八月上庚日度河溺死，天帝署为河伯。’又《五行书》曰：‘河伯以庚辰日死，不可治船远行，溺没不反。’”此当是道世为本条所加案语而错简。旧本以之与《珠林》卷七五所引连缀成文，又遗落“服八石，得水道仙”，颇误。

15 鲁少千

鲁少千，山阳人。汉文帝微服怀金过鲁少千〔一〕，欲问其道。

少千拄金杖，执象牙扇，出应门。

本条《北堂书钞》卷一三三、卷一三四，《太平御览》卷七〇二、卷七一〇、卷八一一，《事类赋注》卷一四，《天中记》卷四八，《山堂肆考》卷一八一并引，出《搜神记》，今参酌诸书校辑。

〔一〕汉文帝微服怀金过鲁少千　《书钞》两处引用及《御览》卷八一一、《天中记》均作"鲁少年"。案：《太平广记》卷四五六引《列异传》（魏曹丕撰，晋张华补撰）载鲁少千以仙人符治蛇魅事，作"年"误。

16 淮南操

淮南王安设厨宰，以俟宾客。正月上辛[一]，有八老公诣门求见[二]。王曰："群蛾子复来也[三]。"八公知不见，乃更形为八童子[四]。王惊，见之，盛礼设乐，以享八公。援琴而弦歌曰："月明上天，照四海兮[五]。知我好之[六]，公来下兮。公将与余，生毛羽兮。升腾青云[七]，蹈梁甫兮。观见三光[八]，过北斗兮。驱乘风云，使玉女兮。含精吐气，芝草郁兮。悠悠将将，天相保兮[九]。"今所谓《淮南操》是也[一〇]。

本条《太平御览》卷五七三、《永乐琴书集成》卷一二引，出《搜神记》，今据《御览》，校以《永乐琴书集成》及《乐府诗集》卷五八《八公操》。

〔一〕正月上辛　"辛"字《御览》讹作"午"，旧本沿其误。案：《穀梁传》哀公元年："我以十二月下辛卜正月上辛。"《史记·乐书》："汉家常以正月上辛祠太一甘泉。"上辛，农历每月上旬辛日。

据《永乐琴书集成》、《乐府诗集》改。

〔二〕有八老公诣门求见　《琴书集成》"公"作"翁",下同。案:旧本此句下无"王曰群蛾子复来也",而易为:"门吏白王,王使吏自以意难之,曰:'吾王好长生,先生无驻衰之术,未敢以闻。'"此乃自《太平广记》卷八引《神仙传》删改而成。

〔三〕群蛾子复来也　《琴书集成》"蛾子"作"饿子"。案:"蛾"同"蚁"。《礼记·学记》:"蛾子时术之。"郑玄注:"蛾,蚍蜉也。"孔颖达疏:"按《释虫》云:'蚍蜉,大蚁。小者蚁。'是蚁为蚍蜉大者,又云蚁子。"疑作"饿子"误。

〔四〕乃更形为八童子　案:旧本此句下有"色如桃花"四字,乃据《广记》引《神仙传》所增。

〔五〕月明上天照四海兮　《琴书集成》作"皇皇上天,昭下土兮",《乐府诗集》大略同,惟"皇"作"煌","昭"作"照"。

〔六〕之　《琴书集成》、《乐府诗集》作"道"。

〔七〕升腾青云　《琴书集成》、《乐府诗集》"升"作"超"。

〔八〕三光　《琴书集成》、《乐府诗集》作"瑶光"。

〔九〕"含精吐气"至"天相保兮"　据《琴书集成》补。《乐府诗集》亦有此四句,第三句作"嚼芝草兮"。

〔一〇〕今所谓淮南操是也　《琴书集成》作"故有《淮南王操》"。

17 钩弋夫人

初,钩弋夫人有罪,以谴死,殡尸不臭而香〔一〕。及昭帝即位,改葬之,棺空无尸,独丝履存焉。

本条《法苑珠林》卷三六，《太平御览》卷五四九、卷九八一并引，出《搜神记》。今据《御览》卷五四九校辑。

〔一〕殡尸不臭而香　案：旧本作："既殡，尸不臭，而香闻十馀里。因葬云陵。上哀悼之，又疑其非常人，乃发冢开视。棺空无尸，惟双履存。"实是据《太平御览》卷一三六引《汉武故事》所辑，而以《御览》所引本文以"一云"出之。

18 阴生

汉阴生者，长安渭桥下乞小儿也。常于市丐，市中㕔之〔一〕，以粪洒之。旋复见里〔二〕，洒衣不污如故。长吏知，试系着桎梏〔三〕，而续在市丐。试欲杀之，乃去。洒之者家室屋自坏，杀十馀人。长安中谣言曰："见乞儿，与美酒，以免坏屋之咎。"

本条《法苑珠林》卷五六引，出《搜神记》，据辑，校以《列仙传》卷下。

〔一〕市中㕔之　《四库全书》本（卷七一）"㕔之"作"厌苦"，旧本同。《列仙传》作"市人厌苦"。

〔二〕旋复见里　"里"字《珠林》宣统本、径山寺本、《大正新修大藏经》本讹作"黑"，《列仙传》作"旋复在里中"，据改。《珠林》《四库全书》本作"旋复在市中"，旧本同，末增"乞"字。

〔三〕试系着桎梏　《列仙传》作"械收系，着桎梏"。下文"试"亦作"械"。旧本同。

19 乡卒常生

谷城乡卒常生〔一〕，不知何所人也。数死而复生，时人为不然。后大水出，所害非一，而卒辄在缺门山上大呼，言卒常生在此，云复雨水五日必止。止则上山求祠之，但见卒衣杖革带。后数十年，复为华阴市门卒。

本条《法苑珠林》卷三一引，出《搜神异记》，据辑，校以《列仙传》卷上。

〔一〕谷城乡卒常生　《珠林》《四库全书》本（卷四一）及《列仙传》“卒”作“平”，旧本同。案：《北堂书钞》卷七七《卒篇》引《列仙传》作“谷城乡卒常生”，是应作“卒”。常生初为乡卒，其后复为市门卒，皆为卒也。元赵道一《历世真仙体道通鉴》卷三亦讹作“平常生”。周叔迦、苏晋仁《法苑珠林校注》据《搜神记》改“卒”为“平”，误。

20 丁令威

辽东城门有华表柱，忽有一白鹤集柱头〔一〕。时有少年举弓欲射之，鹤乃飞，徘徊空中而言曰：“有鸟有鸟丁令威，去家千岁今来归〔二〕，城郭如故人民非〔三〕，何不学仙冢垒垒〔四〕？”遂高上冲天而去。后人于华表柱立二鹤，至此始矣。今辽东诸丁，云其先世有升仙者，不知名字。

本条《艺文类聚》卷七八、唐写本类书残卷伯二五二四号（《鸣沙石室古籍丛残》、《敦煌宝藏》）《神仙篇》、《三洞群仙录》卷三、《古文苑》卷九《游仙诗》章樵注、《九家集注杜诗》卷二九《秋日夔州咏怀寄郑监审李宾客之芳一百韵》注、《古今事文类聚》前集卷三四、《古今合璧事类备要》前集卷五〇、《群书类编故事》卷一〇、《古诗纪》卷一四一、《古乐苑》卷五一、《琅邪代醉编》卷二一、《稗史汇编》卷一五九、《山堂肆考》卷一五〇引作《搜神记》,《类聚》卷九〇、《事类赋注》卷一八、《九家集注杜诗》卷三一《卜居》注、《山谷诗集注》卷一一《戏书秦少游壁》注、《山谷外集诗注》卷九《玉京轩》注、《后山诗注》卷二《从苏公登后楼》注、《增广笺注简斋诗集》卷一七《与季申信道自光化复入邓书事四首》其三注、《增修笺注妙选群英草堂诗馀》前集下王介甫《千秋岁引》注、《云谷杂纪》卷三、《野客丛书》卷一九、百卷本《记纂渊海》(《四库全书》)卷九七、《唐诗鼓吹》卷一许浑《经故丁补阙山居》注、《天中记》卷五八引作《续搜神记》,《古今事文类聚》后集卷四二作《续神记》,脱"搜"字。《六帖》卷九四亦引,阙出处。案:旧本《搜神后记》辑入。《类聚》、唐写本类书早出,《类聚》书名二歧而唐写本类书作《搜神记》,其馀宋人类书诗注多承旧籍,殆非亲见原书,不足为据,今姑断为干书。《云笈七签》卷一一〇《洞仙传·丁令威》、《历世真仙体道通鉴》卷一一《丁令威》亦载其事。今据《类聚》卷七八,参酌诸书校辑。

〔一〕忽有一白鹤集柱头　《三洞群仙录》"白鹤"作"仙鹤"。案:旧本以上作:"丁令威,本辽东人,学道于灵虚山。后化鹤归辽,集城门华表柱。"汪绍楹按云:"此二十四字,全同宋王象之《舆地纪胜》十八太平州《仙释门》文。灵虚(《舆地纪胜》作'墟')山在当涂,亦见同卷《景物门》。疑后人据之增入,非本书原有。应删正。"

〔二〕去家千岁今来归　《记纂渊海》"岁"作"里"。

〔三〕城郭如故人民非　《草堂诗馀》"郭"作"中";《三洞群仙录》、《云谷杂纪》"如故"作"犹是",《古今合璧事类备要》、《野客丛书》、《山堂肆考》作"皆是"。

〔四〕何不学仙冢垒垒　《类聚》卷九〇作“何不学仙去，空伴冢累累”。《云笈七签》、《历世真仙体道通鉴》作“何不学仙离冢累”。

21 叶令王乔

王乔者，河东人也。显宗世，为叶令。乔有神术，每月朔望，常自县诣台朝。帝怪其来数，而不见车骑，密令太史伺望之。言其临至，辄有双凫从东南飞来。于是候凫至，举罗张之，但得一只舄焉。乃诏尚方诊视，则四年中所赐尚书官属履也〔一〕。每当朝时，叶门下鼓不击自鸣，闻于京师。后天下玉棺于堂前，吏民推排〔二〕，终不摇动。乔曰：“天帝独召我邪？”乃沐浴服饰寝其中，盖便立覆。宿昔葬于城东，土自成坟。其夕，县中牛皆流汗喘乏，而人无知者。百姓乃为立庙，号叶君祠。牧守每班录，皆先谒拜之。吏民祈祷，无不如应。若有违犯，亦立能为祟。帝乃迎取其鼓，置都亭下，略无复声焉。或云此即古仙人王子乔也〔三〕。

本条《水经注》卷二一《汝水》引，末称：“是以干氏书之于《神化》。”当据本书，而原属《神化篇》也。《后汉书·方术列传上》有《王乔传》，文字与《水经注》几同，盖据本书。《史通·杂说中》：“案应劭《风俗通》载楚有叶君祠，即叶公诸梁庙也。而俗云孝明帝时有河东王乔为叶令，尝飞凫入朝。及干宝《搜神记》，乃隐应氏所通，而收流俗怪说。”今据《后汉书》校辑。案：旧本据《风俗通义·正失篇》辑，未妥。

〔一〕则四年中所赐尚书官属履也　《水经注》“中”作“前”。

〔二〕吏民推排　“民”原作“人”，《水经注》作“民”。案：唐人避太宗李世民讳改“民”作“人”，此当为李贤注《后汉书》时所改。今据《水经注》改。下同。

〔三〕案：旧本此条辑作：“汉明帝时，尚书郎河东王乔为邺令。乔有神术，每月朔，尝自县诣台。帝怪其来数而不见车骑，密令太史候望之。言其临至时，辄有双凫从东南飞来。因伏伺，见凫，举罗张之，但得一双舄。使尚书识视，四年中所赐尚书官属履也。”文句全同《风俗通义·正失篇·叶令祠》，“使尚书识视”中之“书”字，原作“方”。

22 蓟子训

蓟子训〔一〕，不知所来。到洛，见公卿数十处，皆持斗酒片脯候之，曰：“远来无所有，示致微意。”坐上数百人，饮啖终日不尽。去后，数十处皆白云起，从旦至暮。时有百岁公，说小儿时见训卖药会稽市，颜色如此。训不乐住洛，遂遁去。正始中，长安东霸城中有见之者，与一老公摩挲铜人〔二〕，曰：“适见铸此，已近五百岁〔三〕。”

本条《编珠》卷一，《艺文类聚》卷一、卷七八，《太平御览》卷八，《事类赋注》卷二，《古今事文类聚》前集卷三四、卷四五，《古今合璧事类备要》前集卷五〇、卷四五、卷五八、后集卷一，《韵府群玉》卷二〇，《群书类编故事》卷一〇，《山堂肆考》卷一五〇并引，出《搜神记》。《古今合璧事类备要》前集卷五八、后集卷一无出处。今据《类聚》卷七八辑录。

〔一〕蓟子训　《群书类编故事》“蓟”讹作“蒯”。

〔二〕铜人 《古今合璧事类备要》前集卷五八、《韵府群玉》作“铜狄人”,《古今合璧事类备要》后集卷一作“铜狄”。

〔三〕案:旧本末多数句:“见者呼之曰:‘蓟先生小住。’并行应之。视若迟徐,而走马不及。”乃据《后汉书·方术列传下·蓟子训传》补辑,未妥。

23 白玉棋局

昔有人骑入南谷山中,见一小池,横石桥,遂骤马过桥。见二少年,临池弈棋,置白玉棋局。见骑马者,拍手负局而走。

本条《杜工部草堂诗笺》卷二七《存殁口号二首》其二注引,又见《补注杜诗》卷二九王洙注,出《搜神记》,据辑。案:旧本未辑。

搜神记卷二

神化篇之二

24 少翁

汉武帝幸李夫人，夫人后卒，帝哀思不已。方士少翁言能致其神〔一〕，乃施帷帐，明灯烛。帝遥望，见美女居帐中，如李夫人之状，而不得就视之〔二〕。

本条《法苑珠林》卷九七引，出《搜神记言》（《大正新修大藏经》本作《搜神异记》），据辑。

〔一〕方士少翁言能致其神　案：致李夫人神者诸书记载不一，《史记·封禅书》、《汉书·郊祀志上》及《外戚传上·孝武李夫人传》为齐人少翁（《史记》李夫人作王夫人），《汉武故事》（《古小说钩沉》辑本）及《北堂书钞》卷一三二引桓谭《新论》作李少翁，然《文选》卷二三潘岳《悼亡诗》注、《太平御览》卷六九九引《新论》则为李少君，《拾遗记》卷五亦为李少君。旧本据改作

"齐人李少翁"。

〔二〕而不得就视之　《大正藏》本作"而不得就,乃遥视之"。案:此下旧本云:"帝愈益悲感,为作诗曰:'是耶?非耶?立而望之,偏娜娜何冉冉其来迟!'令乐府知音家弦歌之。"乃据《汉书·外戚传上》补辑而有讹误。

25 徐登赵炳

徐登者,闽中人也。本女子,化为丈夫,善为巫术。又赵炳〔一〕,字公阿,东阳人,能为越方。时遭兵乱,疾疫大起,二人遇于乌伤溪水之上。遂结言约,共以其术疗病。各相谓曰:"今既同志,且各试所能。"登乃禁溪水,水为不流。炳复次禁枯树,树即生荑。二人相视而笑,共行其道焉。登年长,炳师事之。贵尚清俭,礼神唯以东流水为酌,削桑皮为脯。但行禁架,所疗皆除。后登物故,炳东入章安,百姓未之知也。炳乃故升茅屋,梧鼎而爨。主人见之惊懅,炳笑不应。既而爨孰,屋无损异〔二〕。又尝临水,从船人乞渡,船人不许〔三〕。炳乃张盖坐其中〔四〕,长啸呼风,乱流而济。于是百姓神服,从者如归。章安令恶其惑众,收杀之。人为立祠室于永康,至今蚊蚋不能入也〔五〕。

本条《北堂书钞》卷一四五、《艺文类聚》卷一九、《六帖》卷六二、《太平御览》卷三九二、《古今事文类聚》后集卷二一并引,出《搜神记》。又见《绀珠集》卷七干宝《搜神记》、《类说》卷七《搜神记》(明嘉靖伯玉翁旧钞本题晋干宝撰),皆为片断。《后汉书·方术列传下》载此,文句相合而文详,知采本书。今据《后汉书》,参酌诸书校辑。案:旧本据《后汉书》及《书钞》、《类聚》辑为三条，未妥。

〔一〕赵炳　旧本“炳”讹作“昞”。《后汉书》注引《抱朴子》作“炳”。

〔二〕“徐登者”至“屋无损异”　据《后汉书》辑。

〔三〕船人不许　《后汉书》作“船人不和之”，注：“和犹许也。俗本作‘知’者误也。”此据《类聚》、《御览》。

〔四〕坐其中　《绀珠集》及嘉靖伯玉翁旧钞本《类说》作“坐水中”，《后汉书》、《类聚》、《六帖》、《御览》、《类说》天启刊本、《古今事文类聚》并作“坐其中”。

〔五〕“于是百姓神服”至“至今蚊蚋不能入也”　据《后汉书》辑。

26 寿光侯

寿光侯者，汉章帝时人也。能劾百鬼众魅，令自缚见其形。其县人有妇，为魅所病，侯为劾之。得大蛇数丈，死于门外。又有大树，树有精，人止者死，鸟过者坠。侯劾之，树盛夏枯落，有大蛇，长七八丈，悬死其间。章帝闻之，征问，对曰：“有之。”帝曰：“殿下有怪，夜半后常有数人绛衣披发，持火相随，岂能劾之？”侯曰：“能，此小怪耳。”帝伪使三人为之。侯劾三人，三人登时着地无气。帝惊曰：“非魅也，朕相试尔。”即使解之〔一〕。

本条《法苑珠林》卷三一引，出《搜神记》。事采《列异传》（《太平御览》卷九三四引），后又载《后汉书》卷八二下《方术列传下》。今据《珠林》，参酌《列异传》、《后汉书》校辑。

〔一〕案：旧本下云：“或云：汉武帝时，殿下有怪，常见朱衣披发相随，持烛而走。帝谓刘凭曰：‘卿可除此否？’凭曰：‘可。’乃以青符掷之，见数鬼倾地。帝惊曰：‘以相试耳！’解之而苏。”此为《神仙传·刘凭》（《太平广记》卷一一引，又见《广汉魏丛书》本《神仙传》卷五）中事，非本文，旧本辑入颇谬。

27 左慈

左慈，字元放，庐江人也。有神通。尝在曹公坐，公曰：“今日高会，恨不得吴松江鲈鱼为脍。”放云：“可得也。”求铜盘贮水〔一〕，放以竹竿饵钓盘中，须臾引一鲈出。公大拊掌，会者皆惊。公曰：“一鱼不周座席，得两为佳〔二〕。”放乃复饵钓之，须臾引出，皆长三尺馀〔三〕，生鲜可爱。公使目前脍之，周赐座席，皆洽会者。公曰：“今既得鲈，恨不得蜀生姜耳。”放曰：“可得也。”公恐其近道买，因曰：“吾昔使人至蜀买锦，可敕人告吾使，使增市二端。”人去，须臾还，得生姜，又云：“于锦肆下见公使，已敕增市二端。”后经岁馀，公使还，果增市二端锦。问之，云：“昔某月某日见人于肆下，以公敕敕之，增市二端锦。”后公出近郊，士人从者百许人。放乃赍酒一罂，脯一片，手自倾罂，行酒百官，百官皆醉饱。公还验之，酤卖家昨悉亡其酒脯矣。公恶之，阴欲杀元放。元放在公座，将收之，放却入壁中，霍然不见。乃募取之，或见于市，乃捕之，而市人皆放同形。后或见放于阳城山头，行人逐之，放入于群羊。行人知放在羊中，告之曰：“曹公不复相杀，本成君术，既验，但欲与相见。”羊中忽有一大老羝，屈前两膝，人立而言曰：“遽如许。”人即云：“此羊是。”竞往欲取，而群羊数百，皆为羝羊，并屈前膝人立云："遽如许。"于是莫知所取焉。曹公执而煞之，乃见一束茅草〔四〕。

《老子》曰："吾之所以为大患者，以吾有身也。及吾无身，吾有何患哉！"若老子之俦，可谓能无身矣，岂不远哉也〔五〕！

本条《北堂书钞》卷一四五、《法苑珠林》卷三二、《太平御览》卷八六二并引，出《搜神记》。《后汉书·方术列传下·左慈传》亦载，文句大同，当本本书。又敦煌写本类书残卷《方术》引《搜神记》："左慈，字元放。魏初庐江人也。善有神术，变身为羊。曹操执而煞之，乃见一束茅草。"（斯二〇七二，《敦煌宝藏》第十五册）今据《珠林》，参酌诸书校辑。

〔一〕求铜盘贮水　《御览》"铜盘"作"铜藻盘"。

〔二〕得两为佳　《御览》作"可更得不"，《后汉书》作"可更得乎"。

〔三〕三尺馀　《御览》"三"作"二"。

〔四〕曹公执而煞之乃见一束茅草　此十二字据类书残卷补，原作"曹操"，蒙上改。

〔五〕"老子曰"至"岂不远哉也"　汪绍楹云："按：'老子曰'以下，见《神仙传》（《太平广记》十一引）。又按：本书见《法苑珠林》引者，条末间附道家言论，疑为引书时增附，非本书原有。"今案：本书条末间有干宝议论之辞，此当为原书所有，非《珠林》增附也。又者，"老子曰"云云，未见《广记》卷一一引《神仙传》，汪氏误记。

28 干吉

孙策欲渡江袭许，与干吉俱行〔一〕。时大旱，所在熇厉。策催诸将士，使速引船，或身自早出督切。见将吏多在吉许，策因此激怒，言："我为不如干吉邪，而先趋务之〔二〕？"便使收吉。至，呵问之曰："天旱不雨，道涂艰涩，不时得过，故自早出。而卿不同忧戚，安坐船中，作鬼物态，败吾部伍，今当相除。"令人缚置地上暴之，使请雨。若能感天，日中雨者，当原赦，不尔行诛。俄而云气上蒸，肤寸而合，比至日中，大雨总至，溪涧盈溢。将士喜悦，以为吉必见原，并往庆慰，策遂杀之。将士哀惜，共藏其尸。天夜，忽更兴云覆之。明旦往视，不知所在。策既杀干吉，每独坐，仿佛见吉在左右，意深恶之，颇有失常。后出射猎，为刺客所伤〔三〕。治创方差，而引镜自照，见吉在镜中，顾而弗见，如是再三。因扑镜大叫，创皆崩裂，须臾而死。

本条《三国志·吴书·孙破虏讨逆传》注、《北堂书钞》卷一三六、《太平御览》卷七一七、《建康实录》卷一、《天中记》卷四九、《骈志》卷一〇并引，出《搜神记》。今据《吴书》注辑录。

〔一〕孙策欲渡江袭许与干吉俱行　《吴书》注原作"策"、"吉"，今补其姓。《吴书》注原作"于吉"，《骈志》作"干吉"。案：古书姓多作"干"。《后汉书》卷三〇下《襄楷传》："臣前上琅邪宫崇受干吉神书，不合明听。"注："干姓，吉名也。"唐林宝《元和姓纂》卷四干姓："《左传》，宋大夫干犨之后。……吴军师干吉。……"《云笈七签》卷一一一《洞仙传》有《干吉》。明凌迪知《万姓统谱》卷二五："干，干吉，琅邪人，吴军师。为孙策所杀，俄失其尸。周旋人间又百馀年，仙去。"古书干姓、于姓常相混，干宝即多误作于宝，当作"干吉"为是，今改。

〔二〕而先趋务之　旧本及《骈志》"务"作"附"。案：《说文》力部：

"务,趣也。"趣,同"趋"。

〔三〕出射猎为刺客所伤　此八字《吴书》注无。案:下文云策"治创方差",则应叙其受伤事。盖《吴书》传文已叙云:"先是,策杀贡(案:即吴郡太守徐贡),贡小子与客亡匿江边。策单骑出,卒与客遇,客击伤策。"故注引《搜神记》略去。《法苑珠林》卷六三引《冤魂志》载此事云:"后出射猎,为刺客所伤。"姑据补。《洞仙传·干吉》(《云笈七签》卷一一一)则曰:"策寻为许贡伏客所伤。"

29 介琰

介琰者,不知何许人也。吴先主时从北来,云从其师白羊公入东海。琰与吴主相闻,吴主留琰,乃为琰架宫庙。一日之中,数四遣人往问起居,或见琰如十六七童子,或如壮年。吴主欲学术,琰以帝常多内御,积月不教也〔一〕。

本条《初学记》卷一八引,出干宝《搜神记》,《姓氏急就篇》卷上引《搜神记》只"吴介琰"三字。今据《初学记》辑。

〔一〕案:旧本所辑颇异于《初学记》,其文曰:"介琰者,不知何许人也。住建安方山。从其师白羊公杜,受玄一无为之道,能变化隐形。尝往来东海,暂过秣陵,与吴主相闻。吴主留琰,乃为琰架宫庙。一日之中,数遣人往问起居。琰或为童子,或为老翁,无所食啖,不受饷遗。吴主欲学其术,琰以吴主多内御,积月不教。吴主怒,敕缚琰,著甲士引弩射之。弩发,而绳缚犹存,不知琰之所之。"此实是据《洞仙传》之《介琰》、《杜契》二传(《云笈七签》卷一一〇、卷一一一)、《真诰》卷一三及《初学记》缀合而成,讹误颇多,"杜"下脱"契"字,"玄一无为之道",《洞仙传·介琰》原作"玄白之道","著甲士"原作"著车甲辕"。

30 焦湖庙巫

焦湖庙有一柏枕,或云玉枕〔一〕,枕有小坼。时单父县人杨林为贾客,至庙祈求。庙巫谓曰:"君欲好婚否?"林曰:"幸甚。"巫即遣林近枕边,因入坼中,遂见朱门琼室。有赵太尉在其中,即嫁女与林。生六子,皆为秘书郎。历数十年,并无思乡之志〔二〕。忽如梦觉,犹在枕傍,林怆然久之〔三〕。

本条《太平寰宇记》卷一二六《庐州·合肥县》引,出《搜神记》、《幽明录》。又《北堂书钞》卷一三四、《太平广记》卷二八三引作《幽明录》,《广记》文同《寰宇记》,《书钞》乃颇异。《舆地纪胜》卷四五《庐州·景物上·柏枕》引《晏公类要》(案:晏殊所编类书)亦同《寰宇记》。敦煌写本伯四六三六号古类书残卷(《敦煌宝藏》)亦引《幽明录》,文字残缺颇剧。今据《寰宇记》,参酌《广记》校辑。案:旧本未辑。汪绍楹据《寰宇记》辑入《搜神记佚文》。

〔一〕焦湖庙有一柏枕或云玉枕　《寰宇记》光绪八年刊本"云"作"名",此从嘉庆八年刊本。《广记》、《舆地纪胜》亦作"云"。《书钞》引作"焦湖庙祝有柏枕",鲁迅《古小说钩沉》谓"云玉枕者,《搜神记》说也"。案:鲁迅说非。《广记》引《幽明录》亦云"焦湖庙有一柏枕,或云玉枕",是知《搜神记》原文固如此,而为《幽明录》所袭,《书钞》所引删削不完,非但言柏枕也。此事得于传闻,本有柏枕、玉枕二说,干宝兼取之,故先言“柏枕”,又称“或云玉枕”。又,《广记》所引前有“宋世”二字,此乃《广记》编纂者所妄加。《广记》引事皆加朝代,而此事初无年月可寻,遂据《幽明录》所出臆加“宋世”二字,不知事本载于《搜神记》,焉能事出宋世?即《幽明录》本文亦断不可有此语。《广记》妄加朝代如此者颇夥,读者不可不辨。

〔二〕思乡之志　《寰宇记》嘉庆本“乡”作“归”,《广记》、《舆地纪胜》同。此据光绪刊本。

〔三〕案:《书钞》所引文字颇异,录下备考:“焦湖庙祝有柏枕,三十馀年。枕后一小坼孔。县民汤林行贾,经庙祈福。祝曰:‘君婚姻未?可就枕坼边。’令林入坼内,见朱门琼宫瑶台,胜于世。见赵太尉,为林婚,育子六人,四男二女。选林秘书郎,俄迁黄门郎。林在枕中,永无思归之怀,遂遭违忤之事。祝令林出外间,遂见向枕。谓枕内历年载,而实俄忽之间矣。”

31 徐光

吴时有徐光,常行幻术于市里。从人乞瓜,其主勿与,便从索瓣,杖地而种之。俄而瓜生蔓延,生花成实,乃取食之,因赐观者。鬻者反视所出卖,皆亡耗矣〔一〕。常过大将军孙綝门〔二〕,褰裳而趋,左右唾溅〔三〕。或问其故,答曰:“流血覆道,臭腥不可耐〔四〕。”綝闻而怒杀之,斩其首无血〔五〕。后綝上蒋陵,有大风荡綝车,顾见光在松树上,拊手笑之〔六〕。俄而綝诛〔七〕。

本条《艺文类聚》卷八七,《太平御览》卷三九一、卷九七八,《事类赋注》卷二七,《天中记》卷五三,《骈志》卷一〇并引,出《搜神记》(《天中记》光绪刊本"搜"讹作"披")。《全芳备祖》后集卷八引作《神仙传》,误。《法苑珠林》卷三一、《太平广记》卷一一九引《冤魂志》(《广记》作《还冤记》),亦载孙綝杀徐光事,然无种瓜事,但言:"徐光在吴市,常行幻术于市廛间。种枣橘栗,立得食之,而市肆卖者,皆已耗失。"(《珠林》)《珠林》卷七六引徐光种瓜事,脱出处,当亦出《冤魂志》(案:王国良《颜之推冤魂志研究》"徐光"条据百二十卷本《珠林》卷四一辑录,罗国威《〈冤魂志〉校注》据《广记》辑录,均未辑种瓜事)。《冤魂志》文字与《搜神记》大同,然则《冤魂志》乃采《搜神记》也。今参酌《类聚》、《御览》等书校辑,酌取《冤魂志》校补。

〔一〕"吴时有徐光"至"皆亡耗矣"　《珠林》卷七六作:"三国时吴有徐光者,不知何许人也。常行幻化之术于市里内。从人乞瓜,其主弗与,便从索子,掘地而种。顾眄中间瓜生,俄而蔓莚生华,俄而成实,百姓咸瞩目焉。子成,乃取而食之,因以赐观者。向之鬻瓜者反视所赍,皆耗矣。橘柚枣栗之属,亦如其幻化,皆此类也。"

〔二〕常过大将军孙綝门　"綝"《珠林》卷三一讹作"琳",据《广记》改。孙綝,《三国志》卷六四《吴书》有传。

〔三〕左右唾溅　径山寺本《珠林》(卷四一)"溅"讹作"浅",《广记》作"践",旧本亦作"践"。

〔四〕臭腥不可耐　"耐"字《珠林》卷三一原无,据《广记》补。

〔五〕"常过大将军孙綝门"至"斩其首无血"　案:孙綝斩徐光事见《御览》卷三九一引,首云"孙琳(綝)杀徐光而无血",仅陈梗概。《珠林》、《广记》引《冤魂志》载有详情,姑据《珠林》补。

〔六〕拊手笑之　《御览》卷三九一"拊"作"附",据《珠林》改。

〔七〕“后綝上蒋陵”至“俄而綝诛”　案：孙綝斩徐光事旧本全据《广记》辑录，又掺合《御览》，此节作：“及綝废幼帝，更立景帝，将拜陵，上车，有大风荡綝车，车为之倾。见光在松树上，拊手指挥，嗤笑之。綝问侍从，皆无见者。俄而景帝诛綝。”

32 钱小小

吴先主杀武卫兵钱小小，形见大街[一]。顾借赁人吴永，使永送书与桁南庙[二]，借木马二疋。以酒噀之，皆成好马，鞍勒全耳。

本条《太平御览》卷八九七引，出《搜神记》，据辑。

〔一〕形见大街　中华书局影印宋刊本“形”讹作“刑”，据《四库全书》本及鲍崇城校刊本改。

〔二〕桁南庙　《四库全书》本及鲍崇城校刊本“桁”作“街”，旧本同。案：《正字通》“木”部：“桁，与航同。朱雀桁，浮桥也。”

33 许懋

许懋，吴人，好黄白术。一日，遇一道人，将一画扇簇挂于壁上，有药炉、童子在上。道人呼童子，而童子跪于炉前，画扇频动，炉火光炎，少顷药成。道人曰：“黄白之术，役天地之数，非积功累行，不可求之。”遂告懋曰：“五十年后，当于茅山相寻。”遂不知所在。

本条《三洞群仙录》卷一七引，出《搜神记》。案：旧本未辑。汪绍楹辑入《搜神记佚文》，按云："本条文句，疑非本书。"然黄白之术汉代已有，画扇之趣亦未必定出唐人幻设，今断为本书。

34 营陵道人

汉北海营陵有道人，能令人与已死人相见。其同郡人，妇死已数年，闻而往见之，曰："愿令我一见亡妇，死不恨矣。"道人曰："可。卿往见之，若闻鼓声，疾出勿留。"乃语其相见之术。俄而得见之，于是与妇言语悲喜，恩情如生。良久，闻鼓音，声悢悢。悢，力尚反。不能得时出门〔一〕，闭户掩婿，婿乃徒出。当出户时，奄闭其衣裾户间〔二〕，掣绝而去。至后岁馀，此人身亡，室家葬之。开冢，见妇棺盖下有衣裾。

本条《法苑珠林》卷九七、《太平御览》卷五五一、《太平广记》卷二八四、《天中记》卷四〇并引。《御览》、《广记》出《搜神记》，《珠林》出《搜神记言》（《大正新修大藏经》本作《搜神异记》），《天中记》出《列异传》、《搜神记》。事原载《列异传》（《古小说钩沉》，《文选》卷三一江淹《杂体诗》效潘岳《悼亡》注、《御览》卷八八四引）。今据《珠林》，参酌诸书校辑。

〔一〕闻鼓音声悢悢不能得时出门　此据中华书局影印宋本《御览》，《四库全书》本作"闻鼓音，恨不能得住"，《珠林》作"闻鼓音声，恨恨不能得住"，《广记》作"闻鼓声，恨恨不能得往（明钞本作住）"。旧本同《广记》，改"往"为"住"。案：悢悢，象声词。《文选·杂体诗》注引《列异传》："乃闻鼓声悢悢，不能出户。"作"悢悢"是。

〔二〕奄闭其衣裾户间　此据中华书局影印宋本《御览》，鲍崇城校刊本及《珠林》无“奄”字,《四库全书》本《御览》作“忽掩其衣裾户间”。《广记》作“奄忽其衣裾户间”,明钞本、孙潜校本“忽”作“闭”。旧本同《四库全书》本《御览》。案:奄,同“掩”。

35 天竺胡人

永嘉年中,有天竺胡人来渡江南,言语译道而后通。其人有数术,能断舌续断,吐火变化,所在士女聚共观试。其将断舌,先吐以示宾客,然后刀截,流血覆地。乃取置器中,传以示人。视之,舌头半舌,观其口内,唯半舌在。既而还取含之,坐有顷,吐已示人,坐人见舌还如故,不知其实断不也。其续断,取绢布与人,各执一头,对剪一断之。已而取两段,合持祝之,则复还连,绢与旧无异,故一体也。时人多疑以为幻作,乃阴而试之,犹是所续故绢也。其吐火者,先有药在器中,取一片,与黍糖含之〔一〕,再三吹吁,已而张口,火满口中。因就爇处取以爨之,则便火炽也。又取书纸及绳缕之属投火中,众详共视,见其烧然,消糜了尽。乃拨灰中,举而出之,故是向物。如此幻术,作者非一。时天下方乱,云建安霍山可以避世,乃入东治,不知所在也。

本条《艺文类聚》卷一七,《太平御览》卷三六七、卷七三七、卷八一七,《天中记》卷二二、卷四九并引,出《搜神记》,又见《法苑珠林》卷六一、卷七六,均脱出处,《太平广记》卷二八四引《法苑珠林》。今据《珠林》卷七六,参酌诸书校辑。

〔一〕取一片与黍糖含之　旧本“取一片”误作“取火一片”。《珠林》卷六一、《御览》卷七三七“含”作“合”,旧本同。

搜神记卷三

神化篇之三

36 许季山

右扶风臧仲英〔一〕，为侍御史。家人作食，有尘垢在焉，炊熟，不知釜处。兵弩自行。火从箧中起，衣尽烧而箧簏如故。儿妇女婢使，一旦尽亡其镜，数日后从堂下投庭中，言："还汝镜。"女孙年四岁，亡之，求之不知处。二三日，乃于圊中粪下啼。若此非一。许季山卜之曰："家当有青狗，内中御者名盖喜〔二〕，与共为之。诚欲绝之，杀此狗，遣盖喜归乡里。"仲英从之，遂绝。仲英迁太尉长史、鲁相〔三〕。

本条《太平广记》卷三五九引，出《搜神记》，亦见《类说》卷七《搜神记》。原载《风俗通义》卷九《怪神篇》。今据《广记》，参酌《类说》、《风俗通义》校辑。

〔一〕右扶风臧仲英　"右扶风"原作"扶风"，据《风俗通义》改。汉有右扶风郡，魏改扶风郡。

〔二〕内中御者名盖喜　《类说》作“内中御者名益喜”，《风俗通义》作“内中婉御者益喜”，婉，顺从，亲近。旧本改作“内中侍御者名益喜”，误。

〔三〕案：旧本全取《风俗通义》，而又据《广记》校改。其文曰：“右扶风臧仲英，为侍御史。家人作食，设案，有不清尘土投污之。炊临熟，不知釜处。兵弩自行。火从箧簏中起，衣物尽烧，而箧簏故完。妇女婢使，一旦尽失其镜，数日，从堂下掷庭中，有人声言：‘还汝镜。’女孙年三四岁，亡之，求不知处。两三日，乃于圊中粪下啼。若此非一。汝南许季山者，素善卜卦，卜之曰：‘家当有老青狗物，内中侍御者名益喜，与共为之。诚欲绝，杀此狗，遣益喜归乡里。’仲英从之，怪遂绝。后徙为太尉长史，迁鲁相。”

37 童彦兴

桥玄，字公祖，梁国人也，初为司徒长史。五月末夜卧，见东壁正白，如开门明〔一〕，呼左右，左右莫见。因起自往，手扪摸之，壁如故。还床又见，心大恐。其旦，应劭往候之，玄告，劭曰：“乡人有童彦兴者〔二〕，许季山外孙也。其探赜索隐，穷神知化，虽眭孟、京房无以过也〔三〕。然天性褊狭，羞于卜筮者。”玄闻，往请之，须臾便与俱还〔四〕。公祖虚礼盛馔，下席行觞。彦兴辞，公祖辞让再三〔五〕，尔乃应之，曰：“府君怪见白光如门明者，然不为害也。六月上旬鸡鸣时，闻南家哭，即吉到。秋节迁北行郡，以金为名，位至将军、三公。”到六月九日，太尉杨秉薨。

七月，拜钜鹿太守，钜边有金焉。复为度辽将军，遂登三事〔六〕。

本条《太平御览》卷七二八引，出《搜神记》，据辑，以《风俗通义·怪神篇》酌补。

〔一〕如开门明　原作“如门”，据《风俗通义》改。

〔二〕乡人有童彦兴者　《风俗通义》“童”作“董”。旧本作“董”。

〔三〕虽眭孟京房无以过也　此句据《风俗通义》补。

〔四〕须臾便与俱还　此句据《风俗通义》补。

〔五〕公祖辞让再三　“辞”字原脱，据《风俗通义》补。

〔六〕案：旧本除开头数语及文中依据《御览》外，全取《风俗通义》。文曰：“大尉乔玄，字公祖，梁国人也。初为司徒长史。五月末，于中门卧。夜半后，见东壁正白，如开门明。呼问左右，左右莫见。因起自往，手扪摸之，壁自如故。还床复见，心大怖恐。其友应劭适往候之，语次相告。劭曰：‘乡人有董彦兴者，即许季山外孙也。其探赜索隐，穷神知化，虽眭孟、京房，无以过也。然天性褊狭，羞于卜筮者。间来候师王叔茂，请往迎之。’须臾便与俱来。公祖虚礼盛馔，下席行觞。彦兴自陈：‘下土诸生，无他异分，币重言甘，诚有踧踖。颇能别者，愿得从事。’公祖辞让再三，尔乃听之。曰：‘府君当有怪，白光如门明者，然不为害也。六月上旬鸡鸣时，闻南家哭，即吉。到秋节，迁北行郡，以金为名。位至将军、三公。’公祖曰：‘怪异如此，救族不暇，何能致望于所不图？此相饶耳。’至六月九日未明，太尉杨秉暴薨。七月七日，拜钜鹿太守，‘钜’边有‘金’。后为度辽将军，历登三事。”桥玄，《后汉书》卷五一有传。旧本姓作“乔”，桥姓后世去“木”作“乔”。

38 管辂筮怪

安平太守王基，家数有怪，使管辂筮之。卦成，辂曰："君之卦，当有一贱妇人生一男，堕地便走，入灶中死。又床上当有一大蛇衔笔，大小共视，须臾便去。又乌来入室〔一〕，与燕斗，燕死乌去。有此三卦。"王基大惊曰："精义之致，乃至于此！幸为处其吉凶。"辂曰："非有他祸〔二〕，直以官舍久远，魑魅魍魉共为妖耳。儿生入灶，宋无忌之为也。大蛇衔笔者，老书佐也。乌与燕斗者，老铃下也。夫神明之正者，非妖能乱也；万物之变，非道所止也；久远之浮精，必能之定数也。今卦中不见其凶，故知假托之类，非咎妖之征。昔高宗之鼎，非雉所雊；太戊之阶，非桑所生。然而妖孽并至，二年俱兴，安知三事不为吉祥？愿府君安神养道，勿恐于神奸也。"后卒无他，迁为安南将军〔三〕。辂乡里乃太原问辂："君往者为王府君论怪，云老书佐为蛇，老铃下为乌。此本皆人，何化之微贱乎？为见于爻象，出君意乎？"辂言："苟非性与天道，何由背爻象而任胸心者乎？夫万物之化，无有常形；人之变异，无有常体。或大为小，或小为大，固无优劣。夫万物之化，一例之道也。是以夏鲧天子之父，赵王如意汉祖之子，而鲧为黄能〔四〕，如意为苍狗。斯亦至尊之位，而为黔喙之类也。况蛇者协辰巳之位，乌者栖太阳之精，此乃腾黑之明象，白日之流景。如书佐、铃下，各以微躯化为蛇乌，不亦过乎！"

本条《太平广记》卷三五九引，出《搜神记》。又《法苑珠林》卷三二引《搜神记》："夏鲧，天子之父，赵王如意，汉祖之子，而鲧为黄能，意为苍狗。”《三国志》卷二九《魏书·管辂传》注引《管辂别传》“辂乡里乃太原问辂”云云一节,中有此数语,是知本条尚有此事。今据《广记》谈本、明钞本及《管辂别传》校辑。案:旧本辑前事,多据《魏书·管辂传》及《管辂别传》校改,又据《魏书·王基传》补王基字里;后事则全取《管辂别传》。

〔一〕又乌来入室　《广记》中华书局点校本“乌”作“鸟”,明钞本、陈鳣校本、《四库全书》本作“乌”,《管辂传》同,据改。

〔二〕非有他祸　《广记》明钞本“他”作“大”。

〔三〕迁为安南将军　旧本作“安南督军”,误,魏无安南督军之官。然王基亦未尝为安南将军。《三国志》卷二七《魏书·王基传》载,王基任安平太守之后,所任将军历为讨寇将军、扬烈将军、镇南将军、征东将军、征南将军。为征南将军在高贵乡公甘露四年(二五九),此后未升迁,元帝景元二年(二六一)卒。然则安南将军疑为征南将军之误。

〔四〕黄能　《管辂别传》作“黄熊”,《珠林》作“黄能”。案:《国语·晋语八》:“昔者鲧违帝命,殛之于羽山,化为黄熊,以入于羽渊。”《四库全书》本“熊”作“能”。《楚辞·天问》:“化为黄熊,巫何以活?”王逸注称“言鲧死后化为黄熊,入于羽渊”。洪兴祖补注:“《国语》作黄能。……能,三足鳖也。说者曰:兽非入水之物,故是鳖也。”《论衡·是应篇》:“鳖三足曰能。”今从《珠林》。

39 北斗南斗

管辂,字公明,善解诸术。至平原,见赵颜貌主夭亡而叹。颜奔告父,父乃求辂延命。辂曰:“子归,觅清酒一榼,鹿脯一斤,吾卯日必至君家,且方便求请。”其父觅酒脯而候之,辂果至。语颜曰："汝卯日刈麦地南大桑树下〔一〕，有二人围棋次，汝但一边酌满盏，置脯于前，饮尽更斟，以尽为度。若问汝，但拜之，勿言，必合有人救汝。"颜依言而往，果见二人围棋。颜置脯斟酒于前。其人贪戏，但饮酒食脯，不顾。饮数巡，北边坐者忽见颜在，叱曰："何故在此？"颜唯拜之。南面坐者人语曰："适来饮他酒脯，宁无情乎〔二〕？"北边坐者曰："文书已定。"南边坐人曰："借文书看之。"见赵子寿可十九岁。乃取笔挑上，语颜曰："救汝至九十年活。"颜拜而回。管语颜曰："大助子喜，且得增寿。北边坐人是北斗，南边坐人是南斗。南斗注生，北斗注死。凡人受胎，皆从南斗，祈福皆向北斗〔三〕。"

本条《分类补注李太白诗》卷一〇《草创大还赠柳官迪》萧士赟注引，出晋干宝《搜神记》。此事又见句道兴《搜神记》与八卷本《搜神记》，皆详。句本末注事出《异勿志》，"勿"当为"物"字之讹，不详何人书。《天中记》卷二亦引，出《搜神记》，实是八卷本《搜神记》，旧本即据《天中记》辑录，惟赵颜讹作"颜超"（案：句本作"赵颜子"，八卷本作"赵颜"）。今据《分类补注李太白诗》注辑录，校以《天中记》及八卷本。

〔一〕汝卯日刈麦地南大桑树下　"卯"原讹作"那"，"南"原讹作"甫"，据八卷本及《天中记》改。

〔二〕宁无情乎　"情"原讹作"请"，据《天中记》及八卷本改。

〔三〕皆从南斗祈福皆向北斗　"皆"原作"尝"，据《天中记》改。《天中记》作"皆从南斗过至北斗，所有祈求，皆向北斗"。八卷本作"皆南斗过北斗，所有祈求，皆向北斗矣"。案：旧本全文据《天中记》辑录，录于下："管辂至平原，见颜超貌主夭亡，颜父乃求辂延命。辂曰：'子归，觅清酒一榼，鹿脯一斤，卯日，刈麦地南大桑树下，有二人围棋次。但酌酒置脯，饮尽更斟，以尽为度。若问汝，汝但拜之，勿言。必合有人救汝。'颜依言而往，果见二人围棋。颜置脯斟酒于前。其人贪戏，但饮酒食脯，不顾。数巡，北边坐者忽见颜在，叱曰：'何故在此？'颜唯拜之。南边坐者语曰：'适来饮他酒脯，宁无情乎？'北坐者曰：'文书已定。'南坐者曰：'借文书看之。'见超寿止可十九岁。乃取笔挑上，语曰：'救汝至九十年活。'颜拜而回。管语颜曰：'大助子，且喜得增寿。北边坐人是北斗，南边坐人是南斗。南斗注生，北斗注死。凡人受胎，皆从南斗过北斗。所有祈求，皆向北斗。'"文字有讹，"颜超"原作"赵颜"，"大助子，且喜得增寿"原作"大助子喜，且得增寿"。

40 淳于智筮鼠

淳于智字叔平，济北人〔一〕。性深沉，有思义。少为书生〔二〕，善《易》。高平刘柔夜卧，鼠啮其左手中指，意甚恶之。以问智，智为筮之曰："鼠本欲杀君而不能，当相为，使之反死〔三〕。"乃以朱书其手腕横文后三寸为田字，辟方一寸二分，使夜露手以卧。其明，有大鼠伏死手前。

本条《太平御览》卷八八五、《太平广记》卷四四〇引，出《搜神记》。事又载王隐《晋书》（《御览》卷三七〇、卷七二七引）。今据《广记》辑录，校以《御览》、王隐《晋书》及《晋书》卷九五《淳于智传》。案：旧本据《晋书·淳于智传》增改。

〔一〕济北人　旧本作"济北庐人也"。案：此据《晋书·淳于智传》增补，而讹“卢”为“庐”。

〔二〕少为书生　《御览》卷七二七引王隐《晋书》“书生”作“诸生”。

〔三〕当相为使之反死　《广记》明钞本“反”作“代”。《晋书·淳于智传》作“当为君使其反死”，旧本从之而脱“君”字。

41 淳于智卜狐

谯国夏侯藻母病困，将诣淳于智卜。有一狐当门，向之嗥唤。藻愁愕，遂驰诣智。智曰：“其祸甚急。君速归，在嗥处拊心啼哭，令家人惊怪，大小毕出，一人不出，啼哭勿休，然后其祸仅可救也。”藻如之，母亦扶病而出。家人既集，堂屋五间，拉然而崩。

本条《太平御览》卷八八五、《太平广记》卷四四七、百卷本《记纂渊海》（《四库全书》）卷九八、《稗史汇编》卷一五八引，出《搜神记》。事又载王隐《晋书》（《御览》卷七二七引）及《晋书》卷九五《淳于智传》。今据《御览》辑录，校以《广记》、王隐《晋书》及《晋书·淳于智传》。

42 淳于智卜丧病

上党鲍瑗，家多丧病，贫苦。或谓之曰：“淳于叔平，神人也。君何不试就卜，知祸所在？”瑗性质直，不信卜筮，曰：“人生有命，岂卜筮所移！”会智适来，应思远谓之曰〔一〕：“君有通灵之思，而但为贵人用。此君寒士，贫苦多屯蹇，可为一卦。”智乃令詹作卦。卦成，谓瑗曰：“为君安宅者女子工耶？”瑗曰：“是也。”

又曰："此人已死耶？"曰："然。"智曰："此人安宅失宜，既害其身，又令君不利。君舍东北有大桑树，君径至市，入市门数十步，当有一人持新马鞭者，便就请买，还以悬此桑树，三年当暴得财也。"瑗遂承其言诣市，果得马鞭，悬之。正三年，浚井，得钱数十万，铜铁杂器，复可二十馀万。于是家业用展，病者亦愈〔二〕。

本条《太平御览》卷七二七引，出王隐《晋书》，末注："《搜神记》同。"据辑，校以《御览》卷一八〇、卷三五九及《事类赋注》卷八引王隐《晋书》，《御览》卷四八四引《晋中兴书》，《晋书》卷九五《淳于智传》。案：旧本未据《御览》辑录，似删改《晋书·淳于智传》而成。

〔一〕应思远谓之曰　"应思远"，《晋书·淳于智传》作"应詹"，下文"智乃令詹作卦"，詹即应詹，盖思远其字。"詹"通"瞻"，仰望。《晋书》云："应詹少亦多病，智乃为符，使詹佩之，诵其文，既而皆验，莫能学也。"

〔二〕案：旧本作："上党鲍瑗，家多丧病，贫苦。淳于智卜之，曰：'君居宅不利，故令君困尔。君舍东北有大桑树。君径至市，入门数十步，当有一人卖新鞭者，便就买还，以悬此树。三年，当暴得财。'瑗承言诣市，果得马鞭。悬之三年，浚井，得钱数十万，铜铁器复二万馀。于是业用既展，病者亦无恙。"

43 郭璞筮偃鼠

永嘉五年十一月〔一〕，有偃鼠出延陵〔二〕。郭璞筮之，遇《临》之《益》，曰："此郡东县当有妖人，欲构劚者〔三〕，寻亦自死矣。"

本条《法苑珠林》卷六三引，出《搜神记》，据辑。案：旧本据《晋书·五行志中》改。

〔一〕永嘉五年十一月　前原有“晋”字，今删。

〔二〕有偃鼠出延陵　《晋书·五行志中》“偃”作“鼹”，《宋书·五行志二》作“偃”。旧本作“鼹”。

〔三〕欲构剬者　《宋志》、《晋志》“构剬”作“称制”，案：“剬”同“制”。

44 郭璞筮病

杨州别驾顾球娣[一]，生十年便病。至年五十馀，令郭璞筮之，得《大过》之《升》，其辞曰：“大过卦者义不嘉，冢墓枯杨无英华。振动游魂见龙车，身被重累婴天邪[二]。法由斩树杀灵蛇[三]，非己之咎先人瑕。案卦论之可奈何！”球乃访迹其家事，先世曾伐大树，得大蛇杀之，女便病。病后有群鸟数千，回翔屋上，人皆怪之，不知何故。有县农行过舍边，仰视，见龙牵车，五色晃烂，甚大非常[四]，有顷遂灭。

本条《太平广记》卷二一六引，出《搜神记》，据辑。

〔一〕娣　明钞本、旧本作“姊”。

〔二〕天邪　旧本作“妖邪”。

〔三〕法由斩树杀灵蛇　谈本、黄晟校刊本、《四库全书》本“树”作“祀”，旧本同。明钞本作“树”。

〔四〕甚大非常　旧本“甚”作“其”。

45 郭璞活马

赵固常乘一疋赤马以征战，甚所爱重，常系所住斋前〔一〕。忽腹胀，少时死。郭璞从北过，因往诣之。门吏云："将军好马今死〔二〕，甚爱惜，今盛懊惋。"景纯便语门吏云〔三〕："入通，道吾能活此马，则必见我。"门吏闻，惊喜，即启固。固踊跃，令门吏走迎之。始交寒温，便问："卿能活我马不？"璞曰："马可活耳。"固忻喜，即问："须何方术？"璞云："得卿同心健儿二三十人，皆令持长竹竿，于此东行三十里，当有丘陵林树，状若社庙。有此者，便以竿搅扰打拍之，当得一物，便急持归。既得此物，马便活矣。"于是命左右骁勇之士五十人使去，果如璞言，得大丛林，有一物似猴而非，走出。人共逐得，便抱持归。入门，此物遥见死马，便跳梁欲往。璞令放之，此物便自走往马头间，嘘吸其鼻。良久，马即起喷鼻，奋迅鸣唤，便不复见此物。固厚资给，璞得过江。

本条《艺文类聚》卷九三、《太平广记》卷四三五、《太平御览》卷八九七、《古今事文类聚》后集卷三八、《古今合璧事类备要》别集卷八一、《群书类编故事》卷二四、《稗史汇编》卷五八并引，《类聚》、《广记》、《稗史汇编》出《搜神记》，《御览》、《古今事文类聚》、《古今合璧事类备要》、《群书类编故事》作《续搜神记》。《御览》文详，而《类聚》、《广记》等删削颇剧。旧本《搜神记》、《搜神后记》皆辑入，惟一简一繁而已。今以《类聚》早出，且与《广记》互证，姑断为干书。据《御览》辑，校以诸书及《晋书》卷七二《郭璞传》。

〔一〕常系所住斋前　《御览》影印宋本作“常所系看斋前”，疑有脱讹，《四库全书》本作“常系于斋前”，据鲍崇城校刊本改。

〔二〕将军好马今死　《御览》影印宋本“好”作“将”，疑涉上而讹，据《四库全书》本、鲍校本改。《晋书》本传作“良”。

〔三〕景纯便语门吏云　《御览》影印宋本“便”讹作“使”，据《四库全书》本改。

搜神记卷四

感应篇之一

案：《水经注》卷三九《庐江水》引张公直事，末云："故干宝书之于《感应》焉。"是则原书有《感应篇》，记神灵感应之事。诸凡符瑞、神灵、孝感、梦征、报应等事皆系此篇。

46 附宝

黄帝有熊氏，少典之子，姬姓也。母曰附宝，其先即炎帝母家有蟜氏之女〔一〕，世与少典氏婚。及神农之末，少典氏又娶附宝。见大电光绕北斗枢星〔二〕，照郊野〔三〕，感附宝。孕二十五月〔四〕，而生黄帝于寿丘。

本条见《太平御览》卷一三五引，出《帝王世纪》（皇甫谧撰，魏晋间人），末注："干宝云'二十五月而生'，馀同。"又《本草纲目》卷五二："《搜神记》云黄帝母名附宝，孕二十五月而生帝。"今据《御览》卷一三五，参酌《御览》卷一三、卷七九引《帝王世纪》校辑。案：旧本未辑。汪绍楹辑入

《搜神记佚文》。

〔一〕有蟜氏之女　“蟜”,影印宋本《御览》作“娇”。案:《四库全书》本、鲍崇城校刊本作“蟜”,《御览》卷一三、卷七九,《国语·晋语四》并作“蟜”,疑作“蟜”是,据改。

〔二〕见大电光绕北斗枢星　“电”,影印宋本《御览》作“霓”。案:《四库全书》本、鲍崇城校刊本作“电”,《艺文类聚》卷一〇、《初学记》卷一、《尚书序正义》、《御览》卷一三又卷七九引《帝王世纪》,《御览》卷七九引《诗含神雾》,《史记·五帝本纪正义》皆作“电”,据改。

〔三〕郊野　《史记·五帝本纪正义》“郊”作“祁”。

〔四〕二十五月　《艺文类聚》卷一〇、《初学记》卷一引《帝王世纪》作“二十月”,《尚书序正义》引《帝王世纪》作“二十四月”,《史记·五帝本纪正义》亦作“二十四月”。

47 女枢

帝颛顼高阳氏,黄帝之孙,昌意之子,姬姓也。母曰景仆,蜀山氏女,为昌意正妃,谓之女枢。金天氏之末,瑶光之星,贯月如虹〔一〕,感女枢幽房之宫,生颛顼于若水〔二〕。

本条见《太平御览》卷一三五,出《帝王世纪》,末注:“《搜神记》同。”又《路史·后纪》卷八《高阳》:“昌意……取蜀山氏,曰景嬫。”注:“一作景朴,即《史》云昌朴,《大戴礼》为昌濮,《搜神记》、《世纪》作景仆,云即女枢,又以为昌意正妃,妄。”案:《艺文类聚》卷一一、《初学记》卷九、《尚书序正义》、《御览》卷七九引《帝王世纪》文详,据以校补。此条旧本未辑。

汪绍楹辑入《搜神记佚文》,文简。

〔一〕瑶光之星贯月如虹　《御览》卷一四引《诗含神雾》作“瑶光如蜺贯月”。卷七九又卷一三五引《河图》作“瑶光之星,如蜺贯月,正白”。

〔二〕若水　《御览》卷一三五作“弱水”,《类聚》、《初学记》、《御览》卷七九作“若水”。案:《山海经·海内经》:“昌意降处若水。”《史记·五帝本纪》:“嫘祖为黄帝正妃,生二子……其二曰昌意,降居若水。”《索隐》:“江水、若水皆在蜀。”据改。

48 庆都

尧母曰庆都,观河,遇赤龙,晻然阴风,感而有孕,十四月而生尧。

本条见《太平御览》卷一三五《春秋合诚图》末注:“《汉书》云尧母十四月生尧,《帝王世纪》、《搜神记》同。”姑据《尚书序正义》引《帝王世纪》辑录。案:旧本未辑。汪绍楹据《尚书序正义》辑入《搜神记佚文》。

49 玉历

虞舜耕于历山,得玉历于河际之岩。舜知天命在己,体道不倦〔一〕。

本条《初学记》卷九、《锦绣万花谷》后集卷七、《玉海》卷一九五、《天中记》卷一二、《骈志》卷一、《山堂肆考》卷三二、《骆丞集》卷四《又破设蒙俭露布》注并引,出《搜神记》(《初学记》有干宝撰名),据《初学记》辑。

〔一〕案:《初学记》同卷引《孝经援神契》"舜龙颜大口"云云,旧本亦辑入本条,颇谬。旧本所辑曰:"舜龙颜大口,手握褎。宋均注曰:握褎,手中有'褎'字。喻从劳苦,受褎饬,致大祚也。"

50 麟书

《孝经右契》曰〔一〕:鲁哀公十四年,孔子夜梦三槐之间,丰、沛之邦,有赤烟气起〔二〕,乃呼颜回、子夏侣往观之。驱车到楚西北范氏之庙〔三〕,见刍儿捶麟,伤其前左足,束薪而覆之。孔子曰:"儿来,汝姓为谁?"儿曰:"吾姓为赤松,字时侨,名受纪〔四〕。"孔子曰:"汝岂有所见乎?"儿曰:"吾所见一兽〔五〕,如麕,羊头〔六〕,头上有角,其末有肉,方以是西走。"孔子曰:"天下已有主也,为赤刘,陈、项为辅,五星入井,从岁星。"儿发薪下麟示孔子,孔子趋而往〔七〕,麟蒙其耳,吐三卷书〔八〕,广三寸,长八寸。每卷二十四字,其言赤刘当起,曰:"周亡,赤气起,大耀兴,玄丘制命,帝卯金〔九〕。"孔子精而读之。

本条《初学记》卷二九、《六帖》卷九五、百卷本《记纂渊海》(《四库全书》)卷四、《山堂肆考》卷二一七引,出《搜神记》。《太平御览》卷八八九引有《孝经右契》此节,《古今合璧事类备要》别集卷六二亦引。事又载《宋书·符瑞志上》,事较《初学记》、《六帖》、《御览》为备。今据《初学记》,参酌诸书校辑。

〔一〕孝经右契曰　《初学记》"右"作"古",《六帖》、《御览》作"右"。案:《太平御览经史图书纲目》有《孝经左契》、《孝经右契》,《御览》卷六一〇引有《孝经中契》,作"右"是,据改。

〔二〕有赤烟气起　《六帖》“烟”作“氤”,旧本同。

〔三〕范氏之庙　《宋志》作“范氏街”,旧本同。《六帖》、《古今合璧事类备要》“范”讹作“苑”。

〔四〕儿来汝姓为谁儿曰吾姓为赤松字时侨名受纪　旧本名字作“名时乔,字受纪”,误。《宋志》作“儿来,汝姓为赤诵,名子乔,字受纪”。

〔五〕兽　《宋志》、《六帖》、《御览》、《古今合璧事类备要》作“禽”,旧本同。案:古时兽亦称禽,《说文》“内”部:“禽,走兽总名。”

〔六〕如麢羊头　《宋志》作“巨如羔羊”。

〔七〕儿发薪下麟示孔子孔子趋而往　《御览》作“孔子发薪下,麟视孔子”,《六帖》、《记纂渊海》、《古今合璧事类备要》作“孔子发薪下,麟视孔子,趋而往”,当有脱误。

〔八〕书　《宋志》作“图”,旧本同。

〔九〕“广三寸”至“帝卯金”　诸引皆无,据《宋志》补。旧本亦辑,然“曰”讹作“日”,“大”讹作“火”。

51 黄玉刻文

孔子作《春秋》,制《孝经》,既成,使七十二弟子向北辰星磬折而立,使曾子抱《河》、《洛》事北向。孔子斋戒,向北辰而拜,告备于天,曰:“《孝经》四卷,《春秋》、《河》、《洛》凡八十一卷,谨已备。”天乃洪郁起白雾,摩地,赤虹自上而下,化为黄玉,长三尺〔一〕,上有刻文,孔子跪受而读之曰:“宝文出,刘季握。卯金刀,在轸北。字禾子,天下服。”

本条隋杜公瞻《编珠》卷一,《初学记》卷二,《六帖》卷二,《太平御览》卷一四、卷八〇五,《锦绣万花谷》前集卷二〇、后集卷二,《古今合璧事类备要》前集卷四、卷四三、外集卷六一,百卷本《记纂渊海》(《四库全书》)卷二,《新编古今奇闻类纪》卷二,《龙筋凤髓判》卷三注,《天中记》卷三、卷五〇,《说略》卷二六,《山堂肆考》卷六、卷一八六并引,出《搜神记》(《初学记》、《山堂肆考》卷六作干宝《搜神记》,《山堂肆考》且冠晋字),《绀珠集》卷七干宝《搜神记》、《类说》卷七《搜神记》亦有摘录。又《宋书·符瑞志上》亦载,盖本本书,文备。今据《宋志》,参酌诸书校辑。

〔一〕化为黄玉长三尺　《御览》卷一四"黄玉"作"玉璜",《锦绣万花谷》后集、《古今合璧事类备要》外集、《天中记》卷五〇、《说略》作"黄金"。《御览》卷八〇五"三"作"二"。

52 陈宝

秦文公时〔一〕,陈仓人掘地得物,若羊非羊,若猪非猪,众莫能名〔二〕,牵以献文公。道逢二童子〔三〕,童子曰:"此名为媪〔四〕,常在地中,食死人脑。若欲杀之,以柏捶其首〔五〕。"媪亦语曰:"彼二童子名陈宝〔六〕,得雄者王,得雌者霸。"于是陈仓人乃舍媪,逐二童子。二童子化为雉,飞入于林。陈仓人以告文公,文公发徒大猎。雌上陈仓北阪,化为石。置之汧渭之间,文公为立祠,名"陈宝祠"。其雄者飞至南阳,今南阳雉县,即其地也。秦欲表其符,故以名县。每陈仓祠时,有赤光长十馀丈〔七〕,从雉县来,入陈仓祠中,有声如雄雉。其后光武起于南阳,皆如其言也。

本条《史记·秦本纪》之《正义》引《括地志》引，只片断："《搜神记》云其雄者飞至南阳，其后光武起于南阳，皆如其言也。"《文献通考》卷九〇《郊社考》引《搜神记》同。《天中记》卷一二引《搜神记》亦据此转引，惟删末五字。《括地志》前引《晋太康地志》叙其事，故略之。《古今合璧事类备要》前集卷六引《搜神记》，只一句："陈仓童子化为石。"《史记·封禅书》之《索隐》引《列异传》亦载此事，又见引于《北堂书钞》卷八九，《艺文类聚》卷九〇，《太平御览》卷三七五、卷九一七、卷九五四，《太平广记》卷四六一。后又载《宋书·符瑞志上》。各书所载要皆前后相袭，然颇多异文。《水经注》卷一七《渭水》、卷三一《淯水》所载则不同，另有所本。姑据《列异传》及《括地志》所引本书，参酌《晋太康地志》（《文选》卷八《羽猎赋》注引作《太康记》）、《宋书·符瑞志》校辑。

〔一〕秦文公时　《列异传》、《宋志》作"秦穆公"，下文又云文公立祠。《晋太康地志》、《水经注》作"秦文公"。案：据《史记·秦本纪》，文公后为宁、出、武、德、宣、成、缪（穆）公，文、穆相距百馀年，穆公方获雉，焉得文公立祠？世系淆乱如此。且《秦本纪》云："（文公）十九年，得陈宝。"又《封禅书》："文公获若石云，于陈仓北阪城祠之。"获宝立祠者皆文公甚明。疑后人以穆公称霸，遂妄改文公为穆公，而于文公立祠之事仍其旧。旧本卷八辑作"秦穆公时"，清人马骕《绎史》卷二八辨云："《搜神记》言穆公得之，至文公时立祠。文乃穆之远祖，其说非也。"今从《晋太康地志》改。

〔二〕掘地得物若羊非羊若猪非猪众莫能名　此据《宋志》，《晋太康地志》作"陈仓人猎得兽，若彘，不知名"，《文选》注所引《太康记》末句作"而不知其名"。

〔三〕道逢二童子　《水经注》卷三一："昔秦文公之世，有伯阳者，逢二童，曰舀，曰被。”

〔四〕娟　诸书引《列异传》名各异，《类聚》、《御览》卷九五四、卷九一七作“媪”，旧本同。《御览》卷三七五作“蝹述”，《史记索隐》作“娟”，《广记》作“媪述”。《晋太康地志》作“娟”，而《文选》注引作“糟弗述”，《宋志》作“猬”。未详孰是，今从《史记索隐》、《晋太康地志》。

〔五〕若欲杀之以柏捶其首　《类聚》、《广记》、《御览》卷九五四“捶”作“插”，旧本同。《御览》卷三七五作“烧”，今从《御览》卷九一七及《晋太康地志》。《宋志》作“以柏东南枝指之，则死矣”。

〔六〕陈宝　《广记》作“鸡宝”，明钞本及《文选》注引《太康记》作“宝鸡”，《宋志》作“宝”。

〔七〕有赤光长十馀丈　《史记索隐》引《列异传》作“有光雷电之声”。

53 邢史子臣

宋大夫邢史子臣〔一〕，明于天道。周敬王之三十七年〔二〕，景公问曰：“天道其何祥？”对曰：“后五年五月丁亥〔三〕，臣将死；死后五年五月丁卯，吴将亡；亡后五年，君将终；终后四百年，邾王天下。”俄而皆如其言。所云“邾王天下”者，谓魏之兴也。邾，曹姓，魏亦曹姓，皆邾之后。其年数则错，未知邢史失其数邪，将年代久远，注记者传而有谬也？

本条《三国志·魏书·文帝纪》注引，出干宝《搜神记》，据辑。《宋书·符瑞志上》亦载，盖本本书。

〔一〕邢史子臣　《艺文类聚》卷八七、《太平御览》卷九七八、《事类赋注》卷二七引《古文琐语》"邢"作"刑",《北堂书钞》卷一六〇引《琐语》作"形"。

〔二〕周敬王之三十七年　《宋志》作"四十七年"。案:《史记·周本纪》:"四十二年,敬王崩,子元王仁立。"《集解》:"徐广曰:皇甫谧曰敬王四十四年,元己卯,崩壬戌也。"知"四十七年"误。敬王三十七年,当宋景公三十四年(前四八三)。

〔三〕后五年五月丁亥　《三国志·文帝纪》注"五年"原作"五十年",中华书局点校本删"十"字。旧本沿误未改。

54 土德

魏推五德之运〔一〕,以土承汉。

本条《文选》卷二〇陆机《皇太子宴玄圃宣猷堂有令赋诗》注、卷二四陆机《答贾长渊》注引,出干宝《搜神记》。据卷二〇校辑。案:此为片断,不知所属,姑独为一条。旧本未辑。汪绍楹据《文选》卷二〇注辑入《搜神记佚文》。

〔一〕魏推五德之运　《文选》卷二四"推"作"惟"。

55 张掖开石

初,汉元、成之世,先识之士有言曰:"魏年有和,当有开石于西三千馀里,系五马,文曰'大讨曹'。"及魏之初兴也,张掖之柳谷有开石焉,始见于建安,形成于黄初,文备于太和。周围七寻,中高一切,苍质素章,龙马、麟鹿、凤皇、仙人之象,粲然咸著。此一事者,魏晋代兴之符也〔一〕。至晋泰始三年,张掖太守焦胜上言:"以留郡本国图校今石文,文字多少不同,谨具图上。"按其文有五马象:其一有人平上帻,执戟而乘之;其一有若马形而不成。其字有"金",有"合"〔二〕,有"中",有"大司马",有"王",有"大吉",有"正",有"开寿";其一成行,曰"金当取之"。程猗《说石图》曰:"金者,晋之行也〔三〕。"

本条《三国志·魏书·明帝纪》注、《册府元龟》卷二一《帝王部·征应》、《玉海》卷一九六引,出《搜神记》,据《三国志》注辑,以《册府元龟》校补。《宋书·符瑞志上》亦载,文字多有不同,当搀合他书。结末"程猗《说石图》"一节,《文选》卷二〇陆机《皇太子宴玄圃玄猷堂有令赋诗》注、卷三〇谢朓《和王著作八公山》注、卷五四刘峻《辩命论》注并引,出干宝《搜神记》,今据卷二〇校辑。旧本未辑此节。汪绍楹辑入《搜神记佚文》。唐刘赓《稽瑞》云:"王隐《晋书·瑞异记》曰:'刘向《五行传》云魏年有和,当有开石出于三千馀里(下略)。'《魏氏春秋》、《汉晋春秋》及张掖太守所上图、《搜神记》及程猗瑞校此图,大同而小异。诸图故不遍书,书其篇目而已。"所言《搜神记》亦即此条。而所称"程猗瑞校此图",即程猗《说石图》,"瑞"字衍。

〔一〕魏晋代兴之符也　《册府元龟》"代"作"大"。

〔二〕有合　据《册府元龟》补。案:《宋书·符瑞志上》所载石文为"上上三天王述大会讨大曹金但取之金立中大金马一疋中正大吉关寿此马甲寅述水",凡三十五字。其中无"合"字。

〔三〕程猗说石图曰金者晋之行也　案:《宋书·符瑞志上》:"既而晋以司马氏受禅。太尉属程猗说曰:'夫大者,盛之极也。金者,晋之行也。中者,物之会也。吉者,福之始也。此言司马氏之王天下,感德而生,应正吉而王之符也。'猗又为赞曰:'皇德遐通,实降嘉灵。乾生其象,坤育其形。玄石既表,素文以成。瑞虎合仁,白麟耀精。神马自图,金言其形。体正而王,中允克明。关寿无疆,于万斯龄。'"

56 马后牛

初,武帝太康三年,建邺有寇。馀姚人伍振筮之,曰:"寇已灭矣。三十八年,扬州有天子。"至元帝即天位,果三十八年。先是,宣帝有宠将牛金,屡有功。宣帝作两口榼,一口盛毒酒,一口盛善酒,自饮善酒,毒酒与金,金饮之即毙。景帝曰:"金名将,可大用,云何害之?"宣帝曰:"汝忘石瑞,马后有牛乎?"元帝母夏侯妃与琅邪国小史姓牛私通,而生元帝。愍帝之立也,改毗陵为晋陵。时元帝始霸江、扬,而戎翟称制,西都微弱。晋将灭于西而兴于东之符也。

本条见《宋书·符瑞志上》,"晋将灭于西而兴于东之符也"前有"干宝以为"四字,疑据本书,据辑。案:旧本未辑。

搜神记卷五

感应篇之二

57 应妪

后汉中兴初，有应妪者〔一〕，生四子而寡〔二〕。昼见神光照社〔三〕，试探之，乃得黄金。自是诸子宦学，并有才名，至玚七世通显。

本条《北堂书钞》卷八七、《艺文类聚》卷三九、《初学记》卷一三、《太平御览》卷五三二、《海录碎事》卷七下、《岁时广记》卷一四、《古今合璧事类备要》外集卷五并引，出《搜神记》（《海录碎事》阙出处）。又《绀珠集》卷七干宝《搜神记》、《类说》卷七《搜神记》均有摘录。《后汉书》卷四八《应劭传》亦载，盖本本书。又见《太平广记》卷一三七等引《孝子传》。今参酌诸书所引及《后汉书·应劭传》校辑。

〔一〕有应妪者　旧本作"汝南有应枢者"。案：诸引及《后汉书·应劭传》皆作"应妪"，而《广记》称"后汉汝南应枢"，旧本此条主要据《广记》辑录，承误未改。又，《锦绣万花谷》前集卷一八、《新编分门古今类事》卷一五、《天中记》卷三九引《孝子传》均讹作“应枢”。

〔二〕寡　《类聚》讹作“尽”，旧本沿误未改。《御览》、《后汉书·应劭传》作“寡”。

〔三〕昼见神光照社　《广记》引《孝子传》此下多出数句：“枢见光，以问卜人。卜人曰：‘此天符也，子孙其兴乎？’”《锦绣万花谷》、《新编分门古今类事》、《天中记》引《孝子传》略同。旧本据《广记》补入，未妥。

58 窦氏蛇祥

汉定襄太守窦奉妻，生子武，并产一蛇，奉送蛇于林中。及武长大，有海内俊名。后母卒，及葬未窆，宾客聚集。有大蛇自榛草而出，径至丧所，委地俯仰，以头击柩，涕血皆流，俯仰诘屈，若哀泣之容，有顷而去。时人知为窦氏之祥。

本条《艺文类聚》卷九六、《法苑珠林》卷七〇、《六帖》卷九八、《太平御览》卷九三四、《太平广记》卷四五六、《古今合璧事类备要》别集卷八九、《山堂肆考》卷二二三并引，出《搜神记》。《后汉书》卷六九《窦武传》亦载，盖据本书。今参酌诸书校辑。

59 三鳝鱼

杨震，字伯起。弘农华阴人也。常客居于湖，不答州郡礼命数十年,众人谓之晚暮〔一〕,而震志愈笃。后有冠雀衔三鳝鱼〔二〕,飞集讲堂前。都讲取鱼进曰:"蛇鳝者,卿大夫服之象也。数三者,法三台也。先生自此升矣。"年五十〔三〕,乃始仕州郡。

本条见《颜氏家训·书证篇》:"《后汉书》云:'鹳雀衔三鳝鱼。'多假借为鳣鲔之鳣。……《续汉书》及《搜神记》亦说此事,皆作鳝字。"其事见《太平御览》卷九二五引华峤《后汉书》、卷九三七引谢承《后汉书》及范晔《后汉书》卷五四《杨震传》,文大同。原文不存,今姑据范书,参酌华书、谢书校辑。旧本未辑。汪绍楹辑入《搜神记佚文》,止于"先生自此升矣"。

〔一〕晚暮　谢书"暮"作"贵"。

〔二〕后有冠雀衔三鳝鱼　"冠雀",谢书、华书作"鹳雀"。范书注:"冠音贯,即鹳雀也。""鳝鱼",《御览》引华书、谢书及范书均作"鳣鱼",据《颜氏家训》改,下同。《家训》云:"《后汉书》云:'鹳雀衔三鳝(音善)鱼。'多假借为鳣鲔之鳣。俗之学士,因谓之为鳣鱼。案:《魏武四时食制》:'鳣鱼大如五斗奁,长一丈。'郭璞注《尔雅》:'鳣长二三丈。'安有鹳雀能胜一者,况三乎?鳣又纯灰色,无文章也。鳝鱼长者不过三尺,大者不过三指,黄地黑文。故都讲云:'蛇鳝,卿大夫服之象也。'《续汉书》及《搜神记》亦说此事,皆作'鳝'字。孙卿云:'鱼鳖鳅鳣。'及《韩非》、《说苑》,皆曰:'鳣似蛇,蚕似蠋。'并作'鳣'字。假'鳣'为'鳝',其来久矣。"而范书注(中华书局点校本)云:"鳣音善。《韩子》云:'鳣似蛇。'臣贤案:《续汉》及《谢承书》'鳣'字皆作'鳝',然则'鳝'、'鳣'古字通也。鳣鱼长者不过三尺,黄地黑文,故都讲云:'蛇鳝,卿大夫之服象也。'郭璞云:'鳣鱼长二三丈。音知然反。'安有鹳雀能胜二三丈乎？此为鳣明矣。"全据《家训》为说，而"鳣"、"鳝"二字相为淆乱，致文义不明。"鳝"同"鱓"，即鳝鱼；"鳣"今音沾，即鲟鳇鱼。鹳雀所衔者乃鳝鱼，颜之推辨之甚确。

〔三〕年五十　谢书作"时年过五十"。

60 忠孝侯印

常山张颢，为梁国相〔一〕。时天新雨后，有鸟如山鹊，飞翔入市。近地，市人擿之，稍下堕地。民争取，即化为一圆石。颢命椎破之，得一金印，文曰"忠孝侯印"。颢以上闻，藏之秘府。颢后官至太尉。后议郎汝南樊行夷，校书东观〔二〕，上表言："尧舜之时，尝有此官。今天降印，宜可复置。"

本条《艺文类聚》卷九〇，《后汉书·孝灵帝纪》注，敦煌写本伯三六三六号类书残卷(《敦煌宝藏》)，《初学记》卷五、卷二六，《六帖》卷五，《太平御览》卷五一、卷二〇一、卷九二一，《太平广记》卷四六一，《事类赋注》卷七、卷一九，《海录碎事》卷五，《锦绣万花谷》后集卷五，《古今事文类聚》后集卷四四，《古今合璧事类备要》前集卷六、别集卷七二，《玉海》卷八四，《唐诗鼓吹》卷二韩偓《鹊》注，《天中记》卷 八并引。除类书残卷、《广记》、《海录碎事》等皆作《搜神记》(《初学记》作干宝《搜神记》)。类书残卷、《海录碎事》、《古今合璧事类备要》别集阙出处。《广记》谈恺刻本脱出处，《四库全书》本作《酉阳杂俎》，案《酉阳杂俎》今本无，《广记》前条鹊事出《酉阳杂俎》，疑库本涉上而误，应出《搜神记》也。事又载《博物志》卷七、《幽明录》(《古小说钩沉》，《类聚》卷四六、《初学记》卷二七引)。诸书文字多合，信出一源。今据《广记》，参酌诸书校辑。

〔一〕常山张颢为梁国相　类书残卷末云“前汉事”,误,张颢为后汉人。《御览》卷五一引作“常山张颢为梁州牧”,旧本从之,误。后汉无梁州而有梁国。《后汉书·郡国志二》:“梁国,秦砀郡,高帝改。”

〔二〕后议郎汝南樊行夷校书东观　“樊行夷”,《初学记》卷二六“行”作“衡”,《博物志》作“行”。《玉海》作“樊衡”。

61 张氏钩

京兆长安有张氏者〔一〕,昼独处室,有鸠自外入,止于对床〔二〕。张氏恶之〔三〕,披怀而祝曰〔四〕:“鸠尔来,为我祸耶?飞上承尘;为我福耶?来入我怀。”鸠翻飞入怀。以手探之,则不知鸠之所在,而得一金带钩焉,遂宝之。自是之后,子孙昌盛。有为必偶,资财万倍。蜀客贾至长安中,闻之,乃厚赂内婢,婢窃钩以与蜀客。张氏既失钩,渐渐衰耗,而蜀客亦数罹穷厄,不为己利。或告之曰:“天命也,不可以力求。”于是赍钩以反张氏,张氏复昌。故关西称“张氏传钩”云。

本条《北堂书钞》卷一三二,《艺文类聚》卷九二,《法苑珠林》卷五六,《太平御览》卷三五四、卷四七二、卷七〇一、卷七六七、卷九二一,《太平广记》卷四六三,《古今事文类聚》后集卷四五,《古今合璧事类备要》别集卷七一,百卷本《记纂渊海》(《四库全书》)卷九七,《群书类编故事》卷二四,《天中记》卷五九并引,《珠林》、《古今事文类聚》脱出处,馀作《搜神记》(《御览》卷四七二作干宝《搜神记》),又《广记》卷一三七引《法苑珠林》。《绀珠集》卷七干宝《搜神记》、《类说》卷七《搜神记》亦有摘录。《幽明录》

采入,见《初学记》卷二七、《御览》卷八一一、《事类赋注》卷九、《海录碎事》卷八下引。今参酌诸书校辑。事又载《蒙求集注》卷上引《三辅决录》(东汉赵歧撰),事有不同。

〔一〕京兆长安有张氏者　《珠林》前有"晋"字,乃释道世妄加,盖以《搜神记》出晋时也。诸书皆无此字。

〔二〕对床　诸书多作"床",《御览》卷七六七作"前床",此从《御览》卷四七二及《幽明录》。

〔三〕张氏恶之　《书钞》"恶"作"疑",《古今事文类聚》、《古今合璧事类备要》、《群书类编故事》、《天中记》作"患"。

〔四〕披怀而祝曰　《广记》引《珠林》"祝"作"咒"。

62 管弼

河间管弼,侨居临水北岸,田作商贾,往往如意。尝载两舫米下都粜,垂行,忽于宅中见一物,形似鼍而长大,行还辄得大利。如此,一家遂巨富,二十年恒有万斛米。

本条《太平御览》卷四七二引,出干宝《搜神记》,据辑。案:旧本未辑。汪绍楹辑入《搜神记佚文》。

搜神记卷六

感应篇之三

63 祀星

《周礼·春官宗伯》曰祀司中、司命、风伯、雨师，星也〔一〕。风伯〔二〕，箕星也。雨师，毕星也。郑玄谓司中、司命，文昌第五、第四星也〔三〕。

本条《法苑珠林》卷六三引，出《搜神记》，据辑，校以《周礼》及郑玄注。

〔一〕周礼春官宗伯曰祀司中司命风伯雨师星也　“曰祀”原讹作“日礼”。案：《周礼·春官宗伯·大宗伯》云：“大宗伯之职……以禋祀祀昊天上帝，以实柴祀日月星辰，以槱燎祀司中、司命、飌师、雨师。”“飌”同“风”。今改。

〔二〕风伯　原作“风师”，据《法苑珠林校注》本（以董氏闺阁百家道光刻本为底本）改。旧本作“风伯”。

〔三〕郑玄谓司中司命文昌第五第四星也　“郑”字原无，今补。“第五第四”原误作“第四第五”。案：郑玄注：“郑司农云……司中，三能、三阶也。司命，文昌宫星。风师，箕也。雨师，毕也。玄谓……司中、司命，文昌第五第四星，或曰中能、上能也。”据改。旧本沿误未改。又案：《珠林》以下尚云：“案《抱朴子》曰：‘河伯者，华阴人。以八月上庚日度河溺死，天帝署为河伯。’又《五行书》曰：‘河伯以庚辰日死，不可治船远行，溺没不反。’”与前文无涉，汪绍楹以为当是《珠林》九十二卷（案：此为百二十卷本，百卷本为第七十五卷）“冯夷”条下按语，说是，今不取。又，旧本下有“雨师一曰屏翳，一曰号屏，一曰玄冥”十四字，为《珠林》所无。考《初学记》卷二引《纂要》：“雨师曰屏翳。”注：“亦曰屏号。……《风俗通》云：‘玄冥为雨师。’”《天中记》卷二云：“《广雅》云：‘雨师谓之屏翳。’《山海经》：‘屏翳在海东，人谓之雨师。’《天问》：‘屏号起雨，何以兴之？’虞喜《志林》：‘雨师屏翳。’《大象赋》：‘太白降神于屏翳。’注云：‘其精降为雨师之神。’张景阳诗：‘飞廉应南箕，丰隆迎号屏。……’《风俗通》云：‘雨师玄冥。’”疑据《初学记》或《天中记》增补。

64 苍水使者

秦时，有人夜渡河，见一人丈馀，手横刀而立，叱之，乃曰：“吾苍水使者也〔一〕。”

本条《分门集注杜工部诗》卷一六、《杜工部草堂诗笺》卷三五、《补注杜诗》卷一三、《九家集注杜诗》卷一三、《集千家注杜工部诗集》卷一二《荆南兵马使太常卿赵公大食刀歌》王洙注、《锦绣万花谷》别集卷二二引，出《搜神记》,据辑。案:旧本未辑。

〔一〕吾苍水使者也　案:《吴越春秋》下卷第六《越王无余外传》:“禹乃东巡,登衡岳,血白马以祭,不幸所求。禹乃登山,仰天而啸,忽然而卧。因梦见赤绣衣男子,自称玄夷苍水使者。闻帝使文命于斯,故来候之。非厥岁月,将告以期,无为戏吟。故倚歌覆釜之山,东顾谓禹曰:‘欲得我山神书者,斋于黄帝之岳岩之下。三月庚子,登山发石,金简之书存矣。’禹退,又斋。三月庚子,登宛委山,发金简之书,案金简玉字,得通水之理。”所谓苍水使者即玄夷苍水使者。

65 戴文谌

沛国戴文谌〔一〕,隐居阳城山中〔二〕。曾于客堂食际,忽闻有呼曰:“我天帝使者,欲下凭君〔三〕,可乎?”文谌闻甚惊。又曰:“君疑我也?”文谌乃跪曰:“居贫,恐不足降下耳。”既而洒扫设位,朝夕进食甚谨。后谌于室内窃言之,其妇曰:“此恐是妖魅依凭耳。”文谌曰:“我亦疑之。”及祠飨之时,神已知之,乃言曰:“吾相从,方欲相利,不意有疑心异议。”文谌辞谢之际,忽堂上如数十人呼声。出视之,遂见一大鸟,五色,白鸠数十随之〔四〕,有云覆之,东北入云而去,遂不见。

本条《艺文类聚》卷九二、《太平广记》卷二九四、《广博物志》卷一四引,出《搜神记》。又《太平御览》卷九二一引《广州先贤传》(案《旧唐书·经籍志》杂传类有陆胤《广州先贤传》七卷,《新唐书·艺文志》又有刘芳《广州先贤传》七卷)、《太平广记》卷四六三引《穷神秘苑》(唐焦璐撰)亦载。《广州先贤传》文简，与此几同，皆经缩略；《穷神秘苑》事详，情事相合，殆据本书，接近原文。今参酌诸书校辑。

〔一〕沛国戴文谌　《广州先贤传》、《穷神秘苑》“谌”作“谋”。旧本作“谋”。

〔二〕隐居阳城山中　汪绍楹校：“按《晋书·地理志》，广州始安郡有阳山县。本事亦见《广州先贤传》，疑当作‘阳山’，‘城’字衍。”案：阳城山在颍川郡许县，东汉陈寔曾隐此（见《后汉书》卷六二本传）。“阳城山”不当误，或戴文谌先隐居阳城山后又寓居广州，故入《广州先贤传》，亦未可知。

〔三〕欲下凭君　《广记》卷四六三明钞本“凭”作“降”。凭，依也。

〔四〕白鸠数十随之　《广记》卷四六三明钞本“十”作“百”。

66 胡母班

胡母班〔一〕，曾至太山之侧，忽于树间逢一绛衣驺，呼班云：“太山府君召。”班惊愕〔二〕，逡巡未答。复有一驺出呼之，遂随行。数十步，驺请班暂瞑目。少顷，便见宫室，威仪甚严。班乃入阁拜谒，主者为设食，语班曰：“欲见君无他，欲附书与女婿耳。”班问：“女郎何在？”曰：“女为河伯妇。”班曰：“辄当奉书，不知何缘得达？”答曰：“今适河中流，便扣舟呼青衣，当自有取书者。”班乃辞出。昔驺复令闭目，有顷，忽如故道。遂西行，如神言而呼青衣。须臾，果有一女仆出，取书而没。少顷复出，云：“河伯欲暂见君。”婢亦请瞑目，遂拜谒河伯。河伯乃大设酒食，词旨殷勤。临别，谓班曰：“感君远为致书，无物相奉。”于是命左右:“取吾青丝履来。”甚精巧也,以贻班。班出,瞑然忽得还舟。遂于长安经年而还,至太山侧,不敢潜过,遂扣树,自称姓名:“从长安还,欲启消息。”须臾,昔驺出,引班如向法而进,因致书焉。府君谓曰〔三〕:“当别遣报。”班语讫,如厕,忽见其父着械徒作,此辈数百人。班进拜,流涕问:“大人何因及此?”父云:“吾死,不幸见谴三年,今已二年矣,困苦不可处。知汝今为明府所识,可为吾陈之,乞免此役,便欲得社公耳。”班乃依教,叩头陈乞。府君曰:“死生异路,不可相近,身无所惜。”班苦请,方许之,于是辞出,还家。岁馀,儿子死亡略尽。班惶惧,复诣太山,扣树求见,昔驺遂迎之而见。班乃自说:“昔辞旷拙,及还家,儿死亡至尽。今恐祸故未已,辄来启白,幸蒙哀救。”府君拊掌大笑曰:“昔语君‘生死异路,不可相近’故也。”即敕外召班父,须臾至庭中。问之:“昔求还里社,当为门户作福,而孙息死亡至尽,何也?”答云:“久别乡里,自忻得还,又遇酒食充足,实念诸孙,召而食之耳。”于是代之,父涕泣而出,班遂还。后有儿,皆无恙。

本条《太平广记》卷二九三、《天中记》卷八引,出《搜神记》。《三国志·魏书·袁绍传》注引《汉末名士录》,末识云:“班尝见太山府君及河伯,事在《搜神记》,语多不载。”《列异传》已有载,见《太平御览》卷六九七引,仅为片断。今据《广记》(谈本、明钞本、孙潜校本),参酌《列异传》校辑。

〔一〕胡母班　旧本“胡母班”下有“字季友,泰山人”六字,乃据《后汉书·袁绍传》注引《汉末名士录》所增。《三国志·袁绍传》注引《汉末名士录》作“季皮”,季者行三,“班”通“斑”,故字季皮。

〔二〕班惊愕　《广记》“班”作“母班”，以下皆同。案：胡母乃复姓，今删“母”字。

〔三〕府君谓曰　“谓”原作“请”，明钞本、孙校本作“谓”，据改。

67 赵公明参佐

散骑侍郎、汝南王祐〔一〕，疾困，与母辞诀。既而闻有通宾者，曰某郡某里某人，尝为别驾，祐亦雅闻其姓字。有顷，奄然来至，曰：“与卿士类，有自然之分，又州里，情便款然。今年国家有大事，出三将军，分布征发。吾等十馀人，为赵公明府参佐。至此仓卒，见卿有高门大屋，故来投。与卿相得，大不可言。”祐知其鬼神，曰：“不幸笃疾，死在旦夕，遭卿，以性命相乞〔二〕。”答曰：“人生有死，此必然之事，死者不系生时贵贱。吾今见领兵千人〔三〕，须卿，得度簿相付。如此地难得，不宜辞之。”祐曰：“老母年高，兄弟无有，一旦死亡，堂前无供养〔四〕。”遂歔欷，不能自胜。其人怆然曰：“卿位为常伯，而家无馀财。向闻与尊夫人辞诀，言辞哀苦。然则卿国士也，如何可令死？吾当相为。”因起去：“明日更来。”其明日又来，祐曰：“卿许活吾，当卒恩不〔五〕？”答曰：“大老子业已许卿，当复相欺耶？”见其从者数百人，皆长二尺许，乌衣军服，赤油为志。祐家击鼓祷祀，诸鬼闻鼓声，皆应节起舞，振袖飒飒有声。祐将为设酒食，辞曰：“不须。”因复起〔六〕，谓祐曰：“病在人体中如火，当以水解之。”因取一杯水，发被灌之。又曰：“为卿留赤笔十馀枝，在荐下。可与人使簪之，出入辟恶灾，凡举事者皆无恙。”因道曰：

"王甲李乙,吾皆与之。"遂执祐手与辞。时祐得安眠。夜中忽觉,即呼左右〔七〕,令开被:"神以水灌我,将大沾濡。"开被而信有水,在上被之下,下被之上,不浸,如露之在荷。量之,得三升七合。于是疾三分愈二,数日大除。凡其所道当取者,皆死亡,唯王文英半年后乃亡。所道与赤笔人,虽经疾病及兵乱〔八〕,皆亦无恙。初有妖书云:"上帝以三将军赵公明、锺士季〔九〕,各督数万鬼兵取人〔一〇〕,莫知所在。"祐病差见此书,与所道赵公明合焉。

本条《太平御览》卷六〇五、《太平广记》卷二九四、《事类赋注》卷一五、《文房四谱》卷一并引,出《搜神记》。《天中记》卷三八亦引片断,无出处。今据《广记》,参酌诸书校辑。

〔一〕散骑侍郎汝南王祐　《广记》原作"散骑侍郎王祐",《御览》、《事类赋注》、《文房四谱》、《天中记》俱亦作"王祐"。汪绍楹校:"按:《晋书·汝南王司马亮传》:'亮子矩,矩子祐,永嘉(怀帝司马炽年号)末,南渡江。元帝司马睿命为军谘祭酒。太兴末,领右军将军。太宁(明帝司马绍年号)中,进号卫将军,加散骑常侍。'此当作'汝南王祐',脱'汝南'二字,以'王祐'为姓名,与十六卷'新蔡王昭'同。"案:汪说甚是。文中祐云"老母年高,兄弟无有",据《晋书·汝南王司马亮传》及《惠帝纪》,祐父汝南怀王矩与父亮于永平元年(二九一)为楚王玮所害,则无父矣,故独言老母。《晋书》亦未载祐有兄弟。祐卒于咸和元年(三二六),在干宝前,时代亦相合。又下文有王文英,汪注:"《北堂书钞》三四(案:为卷一三四)引《洞林》:'丞相从事中郎王文英',年代适合,疑即此人。"《洞林》即《易洞林》,三卷,郭璞撰,见《隋书·经籍志》五行类。据改。

〔二〕以性命相乞　“乞”原作“托”。汪绍楹校：“明钞本《太平广记》‘托’作‘乞’。当据正。”据改。孙潜校本亦作“乞”。

〔三〕千人　旧本作“三千”。

〔四〕堂前无供养　“堂”字据明钞本、孙校本补。

〔五〕当卒恩不　明钞本、孙校本“恩”作“念”。

〔六〕因复起　“起”下原有“去”字，据明钞本、孙校本删。

〔七〕即呼左右　“即”原作“忽”，据明钞本、孙校本改。

〔八〕虽经疾病及兵乱　“虽”原作“皆”，据明钞本、孙校本改。

〔九〕上帝以三将军赵公明锺士季　疑脱一将军姓名。

〔一〇〕各督数万鬼兵取人　“兵”原作“下”，据明钞本、孙校本改。

68 陈节方

陈节方谒诸神〔一〕，东海君以织成青襦一领遗之。有神王方平，降陈节方家，以刀二口，一长五尺〔二〕，一长五尺三寸，名泰山环，语节方曰：“此刀不能为馀益，然独卧可使无鬼，入军不伤。勿以入厕溷，且不宜久服，三年后求者，急与。”果有戴卓以钱百万请刀。

本条《太平御览》卷八一六引，出《搜神记》。《御览》卷三四五、卷六九五引《列异传》亦载，而卷六九五所引，与此合，知本书采《列异传》。引文皆片断，今互校辑录。案：旧本只据《御览》卷八一六辑录。

〔一〕陈节方谒诸神　“陈节方”，《御览》卷八一六引作“陈节”，旧本同，此从《列异传》。

〔二〕以刀二口一长五尺　《御览》卷三四五原作“以刀一口，长五尺”，有脱讹，《古小说钩沉》校改如上，今从之。

69 张璞

张璞，字公直，不知何许人也。为吴郡太守，征还，道由庐山。子女观于祠室，婢使指像人以戏曰：“以此配汝。”其夜，璞妻梦庐君致聘曰：“鄙男不肖，感垂采择，用致微意。”妻觉怪之，问故〔一〕，婢言其情。于是妻惧，催璞速发。明引中流，而舟不为行，阖船震恐。乃皆投物于水，船犹不行。或曰：“投女则船为进。”皆曰：“神意已可知也，以一女而灭一门，奈何？”璞曰：“吾不忍见之。”乃上飞庐卧，使妻沉女于水。妻因以璞亡兄孤女代之，置席水中，女坐其上，船乃得去。既璞见女之在也〔二〕，怒妻曰：“吾何面目于当世也？”乃复投己女于水中。及得渡，遥见二女在岸下〔三〕，有吏立于侧〔四〕，曰：“吾庐君主簿也。庐君谢君，知鬼神非匹，又敬君之义，故悉还二女。”问女，言但见好屋吏卒，不觉在水中也。

本条《水经注》卷三九《庐江水》、《太平广记》卷二九二、《庐山记》卷三、《后山诗注》卷二《出清口》任渊注、《永乐大典》卷六七〇〇引《江州志》、《稗史汇编》卷一三二引。《广记》、《后山诗注》、《稗史汇编》引作《搜神记》；《江州志》引作干宝《搜神记》。《水经注》云“故干宝书之于《感应》焉”，知取自本书《感应篇》。《庐山记》引作干宝《搜神记》，而文同《水经注》。今据《广记》，参酌《水经注》等校辑。

〔一〕问故　据《稗史汇编》补。

〔二〕既璞见女之在也　《广记》谈本“既”作“即”，据《四库全书》

本改。

〔三〕遥见二女在岸下　“岸”字据《广记》明钞本、孙潜校本补。

〔四〕有吏立于侧　《广记》“侧”上有“岸”字，据明钞本、孙校本删。《水经注》作“旁有一吏立”。

70 如愿

昔有商人欧明[一]，乘船过青草湖[二]。忽遇风，晦暝，而逢青草湖君[三]。邀归止家，堂宇甚丽。谓欧明曰：“惟君所须富贵金玉等物，吾当与卿。”明未知所答。旁有一人私语明曰：“君但求如愿，不必馀物。”明依其人语，湖君默然。须臾，便许。及出，乃呼如愿，是一少婢也。湖君语明曰：“君领取至家，如要物，但就如愿，所须皆得。”明至家，数年遂大富。后至岁旦，如愿起晏，明鞭之。如愿以头钻粪帚中，渐没，失所在。明家渐贫。故今人岁旦，粪帚不出户者，恐如愿在其中也[四]。

本条《岁华纪丽》卷一注引，出《搜神记》。案：《录异传》亦载此事，《古小说钩沉》辑本据《荆楚岁时记》注，《初学记》卷一八，《太平御览》卷二九、卷四七二、卷五〇〇，《海录碎事》卷二，《增广分门类林杂说》卷八引辑（案：明钞本《太平广记》卷二九二、《事物纪原》卷八、《山谷诗集注》卷六《常父答诗有煎点径须烦绿珠之句复次韵戏答》任渊注、《山谷外集诗注》卷一三《宫亭湖》史容注、《山谷别集诗注》卷下《戏用题元上人此君轩诗韵奉答周彦起予之作病眼空花句不及律书不成字》史季温注、《舆地纪胜》卷二五亦引），文详，然事有不同。今据《岁华纪丽》辑，旧本乃据《初学记》卷一八引《录异传》辑录。

〔一〕欧明　《荆楚岁时记》注、《御览》卷二九引《录异传》"欧"作"区"。旧本作"欧"。

〔二〕青草湖　《录异传》辑本作"彭泽湖"，旧本同，《海录碎事》引作"清明湖"。

〔三〕青草湖君　《录异传》辑本作"青洪君"，旧本同，《荆楚岁时记》注引作"青湖君"，《海录碎事》作"清明君"。

〔四〕"后至岁旦"至"恐如愿在其中也"　《录异传》所记事异，辑本云："岁朝，鸡一鸣，呼如愿，如愿不起。明大怒，欲捶之，如愿乃走。明逐之于粪上，粪上有昨日故岁扫除故薪，如愿乃于此得去。明不知，谓逃在积薪粪中，乃以杖捶使出。久无出者，乃知不能。因曰：'汝但使我富，不复捶汝。'今世人岁朝鸡鸣时，转往捶粪，云使人富也。"《荆楚岁时记》注所引乃作："后至正旦，如愿起晚，商人以杖打之。如愿以头钻入粪中，渐没失所。后商人家渐渐贫。今北人正旦夜，立于粪扫边，令人执杖打粪堆，以答假痛；又以细绳系偶人，投粪扫中，云令如愿，意者亦为如愿故事耳。"旧本所辑文字较异，全文如下："庐陵欧明，从贾客，道经彭泽湖。每以舟中所有，多少投湖中，云：'以为礼。'积数年。后复过，忽见湖中有大道，上多风尘。有数吏，乘车马来候明，云：'是青洪君使要。'须臾达，见有府舍，门下吏卒，明甚怖。吏曰：'无可怖。青洪君感君前后有礼，故要君。必有重遗君者，君勿取，独求如愿耳。'明既见青洪君，乃求如愿。使逐明去。如愿者，青洪君婢也。明将归，所愿辄得，数年大富。"

71 蒋子文

蒋子文者〔一〕，广陵人也。嗜酒好色，挑挞无度。常自谓己青骨〔二〕,死当为神。汉末为秣陵尉,逐贼至锺山下,为贼击伤额,因解绶缚之,有顷遂死。及吴先主之初,其故吏见文于道头,乘白马,执白羽扇〔三〕,侍从如平生。见者惊走,文进马追之,谓吏曰:“我当为此土地之神,以福尔下民耳。尔可宣告百姓,为我立祠,当有瑞应也;不尔,将有大咎。”是岁夏大疫疾,百姓辄相恐动,颇有窃祠之者矣。未几文又下巫祝曰〔四〕:“吾将大启祐孙氏,官宜为吾立祠。不尔,将使虫入人耳为灾也〔五〕。”孙主以为妖言〔六〕。俄而果有小虫如鹿蝱〔七〕,入人耳皆死,医巫不能治,百姓逾恐。孙主尚未之信也,既而又下巫祝曰:“若不祀我,将又以火吏为灾〔八〕。”是岁火灾大发,一日数十处。火渐延及公宫,孙主患之。时议者以为鬼有所归,乃不为厉,宜告飨,有以抚之〔九〕。于是使使者封子文为中都侯,次弟子绪,为长水校尉,皆加印绶,为立庙堂。转号锺山为蒋山,以表其灵,今建康东北蒋山是也。自是灾沴止息〔一〇〕,百姓遂大事之。

本条《北堂书钞》卷七七,《艺文类聚》卷七九,《法苑珠林》卷六二,《太平御览》卷二六九、卷八八二,《太平广记》卷二九三、卷四七三,《事始》(《说郛》卷一〇),《乐府诗集》卷四七,《景定建康志》卷四四《祠祀志一·诸庙》,《至正金陵新志》卷一一上《祠庙》,《古诗纪》卷五一、卷一四四,《稗史汇编》卷一三二,《古乐苑》卷二四又卷五二并引,出《搜神记》(《乐府诗集》、《古诗纪》、《古乐苑》有撰名)。《广记》卷二九三注“出《搜神记》、《幽明录》、《志怪》等书”,属《搜神记》者乃此事。《广记》卷四七三所引,末云“《幽明录》亦载焉”(《古小说钩沉》漏辑)。今据《珠林》,参酌诸书校辑。

〔一〕蒋子文者　《珠林》前有“汉”字,乃道世所加,诸引皆无。

〔二〕青骨　《法苑珠林校注》校:"《碛砂藏》本、《南藏》本、《嘉兴藏》本作'精骨'。"《珠林》《四部丛刊》影印径山寺本卷七八同;《类聚》作"骨清",旧本同;《御览》卷三七五引《列异传》作"骨青"。

〔三〕执白羽扇　《珠林》、《广记》卷二九三无"扇"字,旧本同。《书钞》作"执白刃"。

〔四〕未几文又下巫祝曰　"曰"字原无,《广记》明钞本、孙潜校本卷二九三有此字,据补。

〔五〕将使虫入人耳为灾也　《广记》孙校本卷二九三"虫"作"蚉"。

〔六〕孙主以为妖言　《类聚》、《御览》卷八八二、《建康志》、《金陵新志》原作"吴主",从下改。

〔七〕鹿蝱　《珠林》作"粗蝱",《广记》卷二九三作"鹿虻",孙校本"鹿"作"尘",卷四七三作"虫蝱"。案:南宋罗愿《尔雅翼》卷二六:"又一种小者名鹿蚉,大如蝇,啮牛马亦猛。"又明朱橚《普济方》卷四二六:"又一种小虻名鹿蝱。"今从《广记》卷二九三。虻、蝱、蚉,字同。旧本讹作"尘蝱"。

〔八〕将又以火吏为灾　《广记》二引"火吏"俱作"大火"。

〔九〕抚之　《珠林》"抚"作"禁",此从《广记》卷二九三。旧本作"抚"。

〔一〇〕灾沴止息　《珠林》《四部丛刊》本、《校注》本及《广记》二引"沴"作"厉",旧本同。

72 戴侯祠

豫章有高山峻石,仰之绝脰。有戴氏女〔一〕,久疾不瘥。出觅药,见一小石,形像偶人〔二〕,女礼之曰:"尔有人形,岂神?能差我宿疾者，吾将事汝〔三〕。”其夜，梦有人告之曰：“吾将祐汝。”自后疾渐差。遂为立祠山下，名“石侯祠〔四〕”。戴氏为巫，故俗名“戴侯祠”。

本条《事始》(《说郛》卷一〇)、《太平广记》卷二九四、《太平寰宇记》卷一〇六《洪州·分宁县》并引，出《搜神记》。又《太平御览》卷五一引《列异传》、《北堂书钞》卷一六〇引《列仙传》(案：今本无，其事非仙，当为《列异传》之讹)亦载。今据《广记》，参酌诸书校辑。

〔一〕有戴氏女　《寰宇记》引云“武宁县有女戴氏”。案：魏晋豫章无武宁县，而晋有豫宁，《宋书·州郡志三》载吴曰西安，晋武帝太康元年更名豫宁。隋废。《新唐书·地理志五》载，长安四年析建昌置武宁，景云元年曰豫宁，宝应元年复故名。贞元十五年析武宁置分宁。《寰宇记》系此事于分宁县，云分宁为“武宁县地”。故疑“武宁县”三字乃乐史转述之语，非原文。盖石侯祠宋初犹存于分宁(详下)，乐史故加“武宁县”三字以明地占。

〔二〕见一小石形像偶人　《寰宇记》作“见一石立，似人形”。

〔三〕吾将事汝　《广记》“事”作“重”，据《书钞》、《御览》、《寰宇记》改。

〔四〕案：《书钞》于“石侯祠”下接云：“后人取石投火，咸曰：‘此神石，不宜犯之。’取者曰：‘此石，何神？’乃投井中。神当出井中。明晨视之，出井，取者发疾死。”又案：《寰宇记》末云：“因立祠。今犹存焉。”“今犹存焉”当为乐史语，今不取。

73 黄石公

益州之西、云南之东有神祠，克山石为室，下有民奉祠之〔一〕。自称“黄石公〔二〕”,因言此神张良所受黄石公之灵也。清净不烹杀,请而不享。诸祈祷者,持一百纸〔三〕、一双笔、一丸墨,置石室中,而前请乞。先闻石室中有声,须臾问来人何欲。既言,便具语吉凶,不见其形。至今如此。

本条《北堂书钞》卷九〇,《法苑珠林》卷六二,《初学记》卷二一,《北户录》卷二,《太平广记》卷二九四,《文房四谱》卷一、卷四、卷五,《天中记》卷三八,《说略》卷一四、卷二二并引,出《搜神记》(《初学记》、《文房四谱》卷五作干宝《搜神记》)。又《太平御览》卷四四引《九州要记》亦载。《海录碎事》卷一九引《搜神记》:“南朝呼笔四管为一床。”案此句实钞自《北户录》。《北户录》于“笔为双、为床、为枚”之下有注,注引《搜神记》以释“双”,以下继释“床”释“枚”云:“南朝呼笔四管为一床。梁简文帝答徐瑀(案:《天中记》‘瑀’作‘摛’,《梁书》、《陈书》、《南史》有徐摛,而无徐瑀。《艺文类聚》卷二六引有梁简文帝《答徐摛书》,作‘摛’是)书云:‘时设书幌,下(案:《天中记》作‘乍’)置笔床。’《梁令》云:‘写书,笔一枚一万字。’”而《海录碎事》编者叶廷珪转钞时误读,以之与上文相连,误为《搜神记》语。《天中记》亦全钞《北户录》语,以为《搜神记》云,其误尤甚。而今人或亦误读《北户录》,谬以此九字为《搜神记》唐人注文(见范宁《关于〈搜神记〉》,《文学评论》一九六四年第四期),竟不知《搜神记》正文中本无“一床笔”之语,何得有此注?不审之甚!今据《广记》,参酌诸书校辑。

〔一〕下有民奉祠之　旧本“民”作“神”,误。

〔二〕黄石公　《广记》作“黄公”,脱“石”字,旧本沿其误。

〔三〕持一百纸　《书钞》“百”作“白”。“纸”《广记》作“钱”,误,旧本沿其误。

74 范丹

陈留外黄范丹〔一〕，字史云。少为尉从佐，使檄谒督邮〔二〕。丹有志节，自恚为厮役小吏。一日〔三〕，于陈留大泽中，杀所乘马，捐弃衣帻〔四〕，诈逢劫者。有神下其家曰："我史云也，为劫人所杀，疾取我衣帻于陈留大泽中〔五〕。"家取得衣帻〔六〕。丹遂之南阳〔七〕，转入三辅，从英贤游学。十三年乃归，家人不复识焉。陈留人高其志行，及殁，号曰"贞节先生"。

本条《太平广记》卷三一六引，出《搜神记》，据辑。

〔一〕范丹　《后汉书·独行列传》"丹"作"冉"，注："'冉'或作'丹'。"《后汉书·爰延传》："范丹为功曹。"《东观汉记》卷二一有《范丹传》。

〔二〕少为尉从佐使檄谒督邮　汪绍楹校注本"使"字属上读，误。《后汉书》卷五三《周燮传》："南阳冯良……少作县吏，年三十，为尉从佐，奉檄迎督邮。"注："从佐，谓随从而已，不主案牍也。"

〔三〕一日　原作"及"，据《永乐大典》卷八五七〇引《太平广记》改。旧本作"乃"。

〔四〕捐弃衣帻　原作"捐弃官帻"，汪绍楹校："明钞本《太平广记》'官'作'冠'，当据正。"孙潜校本亦作"冠"。《大典》此句作"弃衣帻"，与下文合，据改"官"为"衣"。

〔五〕疾取我衣帻于陈留大泽中　"帻"字据《大典》补。

〔六〕家取得衣帻　"衣"原作"一"，汪绍楹校："明钞本《太平广记》'一'作'衣'，当据正。"孙校本同，据改。旧本作"一"。

〔七〕南阳　原作“南郡”，旧本同。案：《后汉书》本传：“到南阳，受业于樊英。”《后汉书·方术列传》：“樊英字季齐，南阳鲁阳人也。……隐于壶山之阳，受业者四方而至。”李贤注：“山在今邓州新城县北，即张衡《南都赋》云‘天封大狐’是也。”唐邓州新城正在汉南阳境。据《后汉书》改。

搜神记卷七

感应篇之四

75 灵女庙

汉代十月十五日，宫中故事，以豚酒上灵女庙，吹埙击筑，奏《上弦之曲》〔一〕，连臂踏地，歌《赤凤来》之曲，乃巫俗也〔二〕。

本条《初学记》卷三、《太平御览》卷二七、《岁时广记》卷三七、百卷本《记纂渊海》（《四库全书》）卷二、《古今合璧事类备要》前集卷一八、《山堂肆考》卷一三并引，出干宝《搜神记》（《记纂渊海》、《古今合璧事类备要》、《山堂肆考》无作者名）。又《天中记》卷五："《搜神记》曰：'乃巫俗也。'"《玉烛宝典》卷一〇亦引此节，无出处。今据《岁时广记》，参酌诸书校辑。案：此事原载《西京杂记》卷三，乃戚夫人侍儿贾佩兰所说宫内风俗等事，末载戚夫人死后侍儿皆为民妻。本条采自《西京杂记》，然佚文仅此一节，不知是否取全文，姑辑如上。旧本所辑为全篇，而开头至"歌《赤凤皇来》"乃据《天中记》卷四三所引，视原文有所删节，又据《天中记》卷五补缀"乃巫俗也"四字；后半部则据原书，惟末删"戚夫人死，侍儿皆复为民妻也"十二字。

〔一〕上弦之曲　《西京杂记》"弦"作"灵"。《初学记》卷一五、《御览》卷五七二引《西京杂记》皆作"云",《玉烛宝典》作"玄"。

〔二〕案:旧本所辑录下:"戚夫人侍儿贾佩兰,后出为扶风人段儒妻。说在宫内时,尝以弦管歌舞相欢娱,竞为妖服,以趋良时。十月十五日,共入灵女庙,以豚黍乐神,吹笛击筑,歌《上灵之曲》。既而相与连臂,踏地为节,歌《赤凤皇来》。乃巫俗也。至七月七日,临百子池,作于阗乐。乐毕,以五色缕相羁,谓之相连绶。八月四日,出雕房北户,竹下围棋,胜者终年有福,负者终年疾病。取丝缕,就北辰星求长命,乃免。九月,佩茱萸,食蓬饵,饮菊花酒,令人长命。菊花舒时,并采茎叶,杂黍米酿之,至来年九月九日始熟,就饮焉。故谓之菊花酒。正月上辰,出池边盥濯,食蓬饵,以祓妖邪。三月上巳,张乐于流水。如此终岁焉。"

76 白水素女

谢端〔一〕,晋安侯官人也。少丧父母,无有亲属,为邻人所养〔二〕。至年十七八,恭谨自守,不履非法,始出作居。未有妻,乡人共愍念之,规为娶妇,未得。端夜卧早起,躬耕力作,不舍昼夜。后于邑下得一大螺〔三〕,如三升壶〔四〕,以为异物,取以归,贮瓮中畜之。十数日,端每早至野,还见其户中有饭饮汤火,盘馔甚丰,如有人为者,端谓是邻人为之惠也。数日如此,端便往谢邻人,邻人皆曰:"吾初不为是,何见谢也?"端又以为邻人不喻其意。然数尔不止,后更实问,邻人笑曰:"卿以自娶妇,密着室中炊爨，而言吾人为炊耶[五]？”端默然心疑，不知其故。后方以鸡初鸣出去，平早潜归，于篱外窃窥其家，见一少女美丽，从瓮中出，至灶下燃火。端便入门，径造瓮所视螺，但见壳[六]。仍到灶下问之曰：“新妇从何所来，而相为炊？”女人惶惑[七]，欲还瓮中，不能得，答曰：“我天汉中白水素女也。天帝哀卿少孤，恭慎自守，故使我来，权相为守舍炊烹，十年之中使卿居富得妇[八]，自当还去。而卿今无故窃相伺掩，吾形已见，不宜复留，当相委去。虽尔，后自当少差，勤于田作，渔采治生。今留此壳去，以贮米谷，常可不乏。”端请留，终不肯。时天忽风雨[九]，翕然而去。端为立神座，时节祭祀。居常饶足，不致大富耳。于是乡人以女妻端。端后仕至令长云。今道中素女是也[一〇]。

本条见引于《艺文类聚》卷九七，《北户录》卷二，《太平广记》卷六二，《太平御览》卷八、卷九四一，《太平寰宇记》卷一〇〇《福州·侯官县》，《元丰九域志》卷九《福建路·古迹》，《三洞群仙录》卷一，《舆地纪胜》卷一二八《福州·景物上》，《方舆胜览》卷一〇《福州·山川》，《淳熙三山志》卷六《螺女江》，百卷本《记纂渊海》（《四库全书》）卷九九，《榕阴新检》卷一三引《竹窗杂录》，《大明一统志》卷七四《福州府·山川》，《山堂肆考》卷二〇，并出《搜神记》，《竹窗杂录》云干宝《搜神记》。又《天中记》卷二引《搜神记》、《发蒙记》，卷五七引《述异记》，末云“《搜神记》稍同”。其属干宝书无疑。旧本《搜神后记》辑入此条，首云“晋安帝时”，乃以晋安郡误为晋安帝，遂据而误断所属。《榕阴新检》卷一〇引《仙史类编》亦载此事。《广记》所引文详，今以为据，参酌他书校辑。

〔一〕谢端　《寰宇记》引作“谢瑞”，宋本“瑞”作“端”。案：诸书俱引作“谢端”，又《初学记》卷八引《发蒙记》（西晋束皙撰）、梁任昉

《述异记》卷上并同。"端"取端正自守之义,作"瑞"讹。

〔二〕为邻人所养 《北户录》、《御览》卷九四一"邻"作"乡"。

〔三〕后于邑下得一大螺 《寰宇记》作"于此钓得一螺","此"指螺江,又称钓螺江。江名乃后起,因谢端事而得名。疑钓螺乃乐史援入后世增饰之说,非原文。《元丰九域志》系事于"螇江"下,云:"《搜神记》云闽人谢端钓得异螇,因名之。"疑"螇"乃"螺"之讹。《淳熙三山志》则作"江滨得大螺一",江名"螺女江",要皆宋人俗说。

〔四〕如三升壶 《类聚》、《天中记》作"如斗许",《北户录》作"如三斗盆",《御览》卷九四一作"如三升盆",《寰宇记》、《竹窗杂录》、《山堂肆考》作"大如斗",《舆地纪胜》、《方舆胜览》、《大明一统志》作"如斗"。

〔五〕而言吾人为炊耶 《广记》原作"而言吾为人炊耶",汪绍楹校:"明钞本《太平广记》作'而言吾人为炊耶'。"孙潜校本"为人"亦作"人为"。据改。

〔六〕壳 《广记》谈恺刻本讹作"女",明钞本作"壳"。旧本同谈恺刻本。

〔七〕女人惶惑 旧本"人"作"大"。

〔八〕十年之中使卿居富得妇 《三洞群仙录》"十"作"数"。

〔九〕风雨 《北户录》"雨"作"雷"。

〔一〇〕今道中素女是也 旧本于"素女"下增"祠"字。

77 糜竺

糜竺尝从洛归[一],未达家数十里,路傍见一好新妇[二],从竺求寄载。行可数里〔三〕，妇谢去，谓竺曰："我天使也，当往烧东海麋竺家。感君见载，故以相语。"竺因私请之，妇曰："不可得不烧。如此，君可驰去，我当缓行，日中火当发。"竺乃急行还家，遽出财物，日中而火大发〔四〕。

本条《三国志》卷三八《蜀书·麋竺传》注，《艺文类聚》卷八〇，《古本蒙求注》卷下，《蒙求集注》卷下，《太平御览》卷八六八、卷八八四，《事类赋注》卷八，《通志》卷一一八上《列传·蜀》，百卷本《记纂渊海》(《四库全书》)卷五，《古今事文类聚》续集卷一八，《古今合璧事类备要》外集卷五五，《分门类林杂说》卷七，《天中记》卷一〇并引，出《搜神记》。今据《蜀书》注，参酌诸书校辑。

〔一〕麋竺尝从洛归　"麋竺"，《事类赋注》、《古今事文类聚》、《记纂渊海》、《天中记》等引"麋"讹作"糜"。案：古籍中麋竺常误作"糜竺"。《元和姓纂》卷二麋姓："楚大夫受封南郡麋亭，因以为姓。"麋姓望出东海朐山，《姓纂》云："汉有麋敬。《蜀志》有麋竺，生芳(案：《蜀志》作'竺弟芳')。宋有麋勖之。又麋信撰《说要》，注《穀梁》。"《万姓统谱》卷四亦云："楚大夫受封于南郡麋亭，因以为氏。楚工尹麋之后。又望出东海、南阳。"《氏族博考》卷八云："蜀将麋竺则鹿从米，与麻从米不同。今糜亦姓。"旧本"麋竺"下有"字子仲，东海朐人也。祖世货殖，家赀巨万"十六字，乃据《蜀书·麋竺传》妄补。

〔二〕好新妇　原作"妇人"，《类聚》、《御览》卷八六八、《古今事文类聚》、《记纂渊海》、《古今合璧事类备要》作"好新妇"，义胜，今从之。旧本作"好新妇"。新妇，汉魏六朝唐五代泛称妇人为新妇。《御览》卷八八四、《事类赋注》作"新妇"。

〔三〕可数里　《类聚》、《御览》卷八六八、《古今合璧事类备要》作“二十馀里”，旧本同；《御览》卷八八四作“一十馀里”；《古今事文类聚》作“三十馀里”。

〔四〕案：《分门类林杂说》所引文字有异：“麋竺，字子贡，东海驹山人也。曾从母车路归，去家数十里，路旁见一妇人，请竺寄载之，竺令上车。行十里，妇人辞竺曰：‘我是人（案：当为天字）使，遣我往烧东海麋家。感君见载，无以相报。’竺因愁请之，曰：‘东海麋家者竺是也，愿勿烧之。’妇人曰：‘天命岂敢违之。然君但急行，我当缓来，明日日中火必发也。’竺于是疾达家，悉出资产。至日中火起，唯烧茅茨而已。汉末为蜀丞相，世仕蜀郡。”所叙遇天使事盖转叙之语，非录原文；而其字里仕宦皆据史传而叙，尤非原文所有，此《类林杂说》之体也。然所叙有讹误。《三国志》本传云：“麋竺字子仲，东海朐人也。”竺亦未尝为蜀相，为安汉将军。

78 孤石庙

宫亭湖孤石庙，尝有一估客下都观，经其下，见二女子云：“可为妾买两量丝履，自厚相报。”估客至都，市好丝履，并箱盛之。自市一书刀〔一〕，亦在箱中。既还，以箱及香置庙中而去，忘取书刀。湖中正泛〔二〕，忽有一鲤鱼跳入船中，破鱼腹，得书刀焉。

本条《北堂书钞》卷一三七，《太平御览》卷三四五、卷六九七、卷九三六并引（《御览》卷九三六凡两引），出《搜神记》，今参酌校辑。

〔一〕一书刀　《御览》卷六九七作“一书一刀”，误；卷九三六后引作

"一刀"。此从《书钞》、《御览》卷三四五及卷九三六前引。《释名》卷七:"书刀,给书简札有所刊削之刀也。"

〔二〕湖中正泛 《御览》卷九三六前引"泛"作"帆",此从《书钞》及《御览》卷三四五。旧本改作"至河中流"。

79 黄祖

庐江龙舒陵亭〔一〕,有流水,边有一大树,高数十丈,常有黄鸟千数巢其上〔二〕。时久旱,长老共相谓曰:"彼树常有黄气,或谓有神灵,可以祈雨。"因以酒脯往祭。亭中有寡妇李宪者,夜起,室中或有光,忽见一妇人,着绣衣。妇人曰:"我树神黄祖也,能兴云雨。以汝性洁,佐汝为生。朝来父老皆欲祈雨,吾已求之于帝,明日日中当验。"宪乃具告亭中众人,大惊异。至日中,果大雨,遂为立祠。神谓宪曰:"诸乡老在此〔三〕,吾居近水,当少致鲤鱼。"言讫,有鲤数十头飞集堂下,坐者莫不惊悚。如此岁馀,神曰:"将有大兵,今辞汝去。"留一玉环曰:"持此可以避难。"后袁术、刘表相攻,龙舒之民皆流亡,唯宪里不被兵。

本条《太平广记》卷二九二、《太平御览》卷九五三、《太平寰宇记》卷一二六《庐州·庐江县》并引,出《搜神记》。今据《寰宇记》,参酌诸书校辑。

〔一〕庐江龙舒陵亭 "龙舒",《御览》作"舒县"。案:《后汉书·郡国志四》,庐江郡有龙舒侯国、舒县。龙舒汉为侯国,旧本作"龙舒县",误加"县"字。"陵亭",《御览》《四库全书》本作"陆亭",旧本同。案:《寰宇记》记此事在"陵山"下,作"陵亭"是。

〔二〕常有黄鸟千数巢其上　《广记》"千"作"十"。《御览》"千数"作"数千枚"，旧本同。

〔三〕诸乡老在此　《广记》"乡老"作"卿"，旧本同。

80 丁姑

淮南全椒县有丁新妇者，本丹阳丁氏女，年十六适全椒谢家〔一〕。其姑严酷，每使役，皆有程限，或违顷刻，仍便笞捶〔二〕。不可堪处〔三〕，以九月七日自经而死〔四〕。遂有灵响闻于民间，仍发言于巫祝曰："念人家妇女，工作不已〔五〕，使避九月七日，勿用作。"吴平后，其女幽魂思乡欲归。永平元年九月七日，见形，着缥衣，戴青盖，从一婢。至牛渚津求渡，有两男子共乘船捕鱼，仍呼求载。两男子笑，共调弄之，言："听我为妇，即当相渡也。"丁妪曰〔六〕："谓汝是佳人，而无所知。汝是人，当使汝入泥死；是鬼，使汝入水。"便却入草中。须臾，有一老翁乘船载苇又至，妪从索渡，翁曰："船上无装，岂可露渡？恐不中载耳。"妪言无苦。翁因出苇半许，安处着船中〔七〕，径渡之，至南岸。临去，语翁曰："吾是鬼神，非人也，自能得过，然宜使民间粗相闻知。翁之厚意，出苇相渡，深有惭感，当有以相谢者。翁速还去，必有所见，亦当有所得也。"翁曰："愧燥湿不至，何敢蒙谢！"翁还西岸，见两少男子覆水中。进前数里，有鱼千数〔八〕，跳跃水边，风吹置岸上，翁遂弃苇载鱼以归。于是丁妪遂还丹阳。今江南人皆呼为"丁姑"，九月七日不用作事，咸以为息日也。今所在祠之。

本条《太平广记》卷二九二、《太平寰宇记》卷一二八《滁州·全椒县·

丁姑祠》、《舆地纪胜》卷四二《滁州·古迹·丁姑庙》引,出《搜神记》。又《元丰九域志》卷五《滁州》:"丁姑祠,事见《搜神记》。"今据《广记》,参酌诸书校辑。

〔一〕谢家　《广记》明钞本、孙潜校本"谢"作"民"。

〔二〕仍便笞捶　《寰宇记》作"必加鞭笞"。

〔三〕不可堪处　"处"字据《广记》孙校本及《寰宇记》补。

〔四〕以九月七日自经而死　旧本"七日"作"九日",下文"七日"《舆地纪胜》亦作"九日"。案:九月九日乃重阳节,作"九日"当误。《广记》各本皆作"七日"。

〔五〕工作不已　此据《寰宇记》。《广记》各本及《太平广记钞》卷五四作"作息不倦",旧本同。

〔六〕丁妪曰　明钞本、孙校本"妪"作"姬",下同。《寰宇记》、《舆地纪胜》作"姑"。案:妪、姑皆为妇女通称,姬则为其美称。

〔七〕安处着船中　《广记》谈恺刻本"处"下衍"不"字,明钞本、孙校本无此字,旧本承其误。

〔八〕有鱼千数　《寰宇记》作"有鱼数千头",《舆地纪胜》作"小鱼数千头"。

81 成公智琼

魏济北国从事掾弦超〔一〕,字义起。以嘉平中夜独宿,梦有神女来从之。自称天上玉女,东郡人,姓成公,字智琼〔二〕。早失父母,天帝哀其孤苦〔三〕,遣令下嫁从夫。义起当其梦也,精爽感悟,嘉其美异,非常人之容。觉寤钦想,若存若亡。如此三四夕。一旦，显然来游，驾辎軿车，从八婢，服绫罗绮绣之衣，姿颜容体，状若飞仙。自言年七十，视之如十五六女。车上有壶榼、清白琉璃五具〔四〕，饮啖奇异，馔具醴酒，与义起共饮食。谓义起曰："我天上玉女，见遣下嫁，故来从君。不谓君德，盖宿时感运，宜为夫妇。不能有益，亦不能为损。然行来常可得驾轻车乘肥马，饮食常可得远味异膳，缯素常可得充用不乏。然我神人，不能为君生子，亦无妒忌之性，不害君婚姻之义。"遂为夫妇。赠其诗一篇，其文曰："飘飖浮勃逢〔五〕，敖曹云石滋。芝英不须润〔六〕，至德与时期。神仙岂虚降〔七〕，应运来相之。纳我荣五族，逆我致祸灾。"此其诗之大较。其文二百馀言，不能悉录。又注《易》七卷，有卦有象，以彖为属，故其文言既有义理，又可以占吉凶，犹扬子之《太玄》、薛氏之《中经》也。义起皆能通其旨意，用之占候。作夫妇经七八年。父母为义起取妇之后，分日而燕，分夕而寝。夜来晨去，倏忽若飞，唯义起见之，他人不见也。虽居暗室，辄闻人声，常见踪迹，然不睹其形。每义起当有行来〔八〕，智琼已严驾于门，百里不移两时，千里不过半日。义起后为济北王门下掾，文钦作乱，景帝东征〔九〕，诸王见移于邺宫，官属亦随监国西徙。邺下狭窄，四吏共一小屋。义起独卧，智琼常得往来，同室之人，颇疑非常。智琼止能隐其形，不能藏其声，且芬香之气，达于室宇，遂为伴吏所疑。后义起尝使至京师，空手入市，智琼给其五匹弱绯、五端细纻〔一〇〕，采色光泽，非邺市所有。同房吏问意状，义起性疏辞拙，遂具言之。吏以白监国，委曲问之，亦恐天下有此妖幻，不咎责也。后夕归，玉女已求去〔一一〕，曰："我神仙人也〔一二〕，虽与君交，不愿人知。而君性疏漏，我今本末已露，不复与君通接。积年交结，恩义不轻，一旦分别，岂不怆恨。势不得不尔，各自努力矣。”呼侍御人下酒啖食。发簏，取织成裙衫两裆遗义起〔一三〕，又赠诗一首。把臂告辞，涕零溜漓，肃然升车，去若飞流。义起忧感积日，殆至委顿。去后积五年，义起奉国使至洛，到济北鱼山下。陌上西行，遥望曲道头，有一马车〔一四〕，似智琼。驱驰前至，视之，果是玉女也。遂披帷相见，悲喜交至。控左授绥〔一五〕，同乘至洛，遂为室家，克复旧好。至太康中犹在，但不日日往来，每于三月三日、五月五日、七月七日、九月九日、月旦、十五，辄下往来，来辄经宿而去。张敏为之赋神女，其序曰〔一六〕：“世之言神仙者多矣，然未之或验也。至如弦氏之妇，则近信而有征者。甘露中，河济间往来京师者，颇说其事，闻之常以鬼魅之妖耳。及游东土，论者洋洋，异人同辞，犹以流俗小人好传浮伪之事，直谓讹谣，未遑考核。会见济北刘长史，其人明察清信之士也。亲见义起，受其所言，读其文章，见其衣服赠遗之物，自非义起凡下陋才所能构合也。又推问左右知识之者，云当神女之来，咸闻香熏之气，言语之声，此即非义起淫惑梦想明矣。又人见义起强甚，雨行大泽中而不沾濡，益怪之。夫鬼魅之近人也，无不羸病损瘦，今义起平安无恙，而与神人饮燕寝处，纵情兼欲，岂不异哉！余览其歌诗，辞旨清伟，故为之作赋。”赋曰：“皇览余之纯德，步朱阙之峥嵘。靡飞除而入秘殿，侍太极之穆清。帝愍余之勤肃，将休余于中州。托玄静以自处，实应夫子之好仇。于是主人怃然而问之曰：‘尔岂是周之褒姒、齐之文姜，孽妇淫鬼，来自藏乎？傥亦汉之游女、江之娥皇，厌真偿〔一七〕、倦仙侍乎？’

于是神女乃敛袂正襟而对曰:‘我实贞淑,子何猜焉!且辩言知礼,恭为令则;美姿天挺,盛饰表德。以此承欢,君有何惑?’尔乃敷茵席,垂组帐。嘉旨既设,同牢而飧。微闻芳泽,心荡意放。于是寻房中之至嬿,极长夜之欢情。心眇眇以忽忽,想北里之遗声。既淡泊于幽默,扬觉寐而中惊〔一八〕。赋斯时之要妙,进伟服之纷敷。俛抚衽而告辞,仰长叹以歙吁。乘云雾而变化,遥弃我其焉如。”

弦超为神女所降,论者以为神仙,或以为鬼魅,不可得正也。著作郎干宝以《周易》筮之,遇《颐》之《益》,以示同寮郎,郭璞曰:“《颐》贞吉,正以养身,雷动山下,气性唯新。变而之《益》,延寿永年,乘龙衔风,乃升于天:此仙人之卦也〔一九〕。”

本条《艺文类聚》卷七九、《法苑珠林》卷五、《太平御览》卷六七七、《古诗纪》卷一四四、《西晋文纪》卷六并引,出《搜神记》。此作原出晋初张敏,《北堂书钞》卷一二九引其《神女传》,仅为片断。后又载入《列异传》(殆张华所续撰者),见《太平御览》卷七六一引,亦断片耳。《太平广记》卷六一《成公智琼》,出《集仙录》,即五代前蜀杜光庭《墉城集仙录》(今本阙此条),文句与《珠林》所引《搜神记》大同而颇有详于《珠林》处。《墉城集仙录》序称“编记古今女仙得道事实”,“纂彼众说,集为一家”,自序提到十馀种书,中有《搜神记》,是知智琼事采自《搜神记》。《御览》卷三九九、卷七二八引《智琼传》,《太平寰宇记》卷一三《郓州·东阿县》、《乐府诗集》卷四七引《述征记》(郭缘生撰)亦载此事。又《海录碎事》卷一三上引,阙出处,文并简。《艺文类聚》卷七九节引晋张敏《神女赋》,前有序。《集仙录》只录序,较《类聚》完整。《文选》卷三〇谢灵运《拟魏太子邺中集诗·拟陈琳诗》注引张敏《神女赋》二句 。《集仙录》与《珠林》所引《搜神记》均误以《神女赋》张茂先(张华)作,《乐府诗集》卷四七亦引张茂先《神女赋序》，文简，实是传文。干宝此记，或转录自《列异传》，亦或径据《神女传》及《神女赋并序》而录，当亦录有赋。今据《集仙录》，参酌《类聚》、《珠林》等书校辑。赋亦辑入，旧本未辑。

〔一〕魏济北国从事掾弦超　“济北国”，《集仙录》、《珠林》、《古诗纪》均作“济北郡”，旧本同。据《晋书·地理志上》、《宋书·州郡志一》，汉置济北国，宋改郡，今改，下文“郡使”亦改“国使”。

〔二〕智琼　《珠林》“智”作“知”，其馀诸书俱作“智”，“知”通“智”。

〔三〕天帝哀其孤苦　《搜神记》汪绍楹校注本（据《学津讨原》本）“帝”讹作“地”，《津逮秘书》本不误。

〔四〕清白琉璃五具　《列异传》“清”作“青”，旧本同。

〔五〕飘飖浮勃逢　《类聚》、《珠林》、《古诗纪》“逢”作“述”。案：勃指勃海，《史记·封禅书》：“蓬莱、方丈、瀛洲，此三神山者，其傅在勃海中，去人远……诸仙人及不死之药皆在焉。”“逢”借作“蓬”，《墨子·耕柱》：“逢逢白云。”孙诒让《间诂》：“逢、蓬通。”作“述”讹。旧本脱“飖”字。

〔六〕芝英不须润　旧本“芝”下衍“一”字。

〔七〕降　旧本作“感”。

〔八〕每义起当有行来　《广记》中华书局点校本校：“来原作永，据明钞本改。”案：行来，来往也。前文亦云“行来常可得驾轻车乘肥马”。吴康僧会译《旧杂譬喻经》卷一八“梵志吐壶”条：“愿大王赦宫中，自在行来。”然此处“行来”词义有别，乃偏义复词，偏指“行”，即出门。黄晟校刊本、《四库全书》本作“求”，义亦通。

〔九〕文钦作乱景帝东征　《集仙录》“景帝”原作“魏明帝”。案：《三国志·高贵乡公纪》：“（正元）二年春正月乙丑，镇东将军毌丘俭、扬州刺史文钦反。戊寅，大将军司马景王（案：即司马师）征之。”又见《晋书·景帝纪》。今改。

〔一〇〕智琼给其五匹弱绯五端细纻　“匹”,《广纪》谈本原作“匣”,据明钞本、孙潜校本改。“细”,原作“絪”,据孙校本改。

〔一一〕玉女已求去　明钞本“已”作“遂”。

〔一二〕我神仙人也　《珠林》无“仙”字,旧本同。

〔一三〕取织成裙衫两裆遗义起　旧本“裆”讹作“副”。案:两裆,又作裲裆。《释名》卷五《释衣服》:“裲裆,其一当胸,其一当背也。”王先谦引皮锡瑞曰:“裲裆字,古作两当。”王先谦曰:“案:即唐宋时之半背,今俗谓之背心。当背当心,亦两当之义也。”(王先谦《释名疏证补》)

〔一四〕马车　旧本误乙为“车马”。

〔一五〕控左授绥　《珠林》“绥”讹作“接”。旧本“授”改作“援”,颇谬。案:《仪礼·士昏礼》:“婿御妇车授绥,姆辞不受。”郑玄注:“婿御者亲而下之。绥,所以引升车者。仆人之礼,必授人绥。”弦超坐于御者座位(在左)亲自驾车,并将车绥授与智琼,引其升车,行仆人之礼,以示对智琼之敬爱。

〔一六〕张敏为之赋神女其序曰　《珠林》作“张茂先为作《神女赋》”,《集仙录》作“张茂先为之赋神女,其序曰”。案:《神女赋》乃张敏作,而误为张茂先(即张华,华字茂先)者,疑敏之字(案:其字失考)与“茂先”二字形似而讹,亦或竟涉《列异传》之撰人而致误。《隋书·经籍志》以《列异传》为魏文帝(即曹丕)撰,《旧唐书·经籍志》以为张华撰,考《列异传》佚文多有出曹丕之后者,殆曹作而张续之。张敏《神女传》及《神女赋序》被采入《列异传》,则在张华所续者。抑或干宝盖据《列异传》取神女事,而非敏之原作,遂误以《神女赋》出华手,亦未可知也。今改“茂先”

为“敏”。

〔一七〕真僁　“僁”字当讹,疑为“伴”字。《说文·夫部》:“㚘,并行也。从二夫。辇字从此。读若伴侣之伴。”盖后又加人旁为“伕”,因讹作“僁”。“僁”,“愆”之俗写。真伴,仙人伴侣。唐释贯休《禅月集》卷一五《偶作因怀大同道友》:“天童好真伴,何日更相亲?”南宋王明清《玉照新志》卷五:“记得潜虚真伴侣,出门争赠买山钱。”

〔一八〕既淡泊于幽默扬觉寐而中惊　此二句《类聚》无,据《文选》注补。

〔一九〕“弦超为神女所降”至“此仙人之卦也”　此节据《御览》卷七二八引《智琼传》辑补。案:《御览》卷三九九引《智琼传》,文句与《珠林》、《集仙录》全合,当取《搜神记》,而又载有此节文字,颇疑亦属本书,殆干宝论赞之辞,疑前当有“著作郎干宝曰”。而“著作郎干宝”之称疑原当作“余”,《搜神记》中有“余”数处,皆宝自述之辞,是可证也。《智琼传》盖从《搜神记》中钞出,而改其称谓。惟无从取证,姑仍其旧。

82 成夫人

永嘉中〔一〕,有神见兖州,自号樊道基。有妪,号成夫人。夫人好音乐,能弹箜篌,闻人歌弦辄起舞〔二〕。

本条《艺文类聚》卷四四引,出《搜神记》,又《天中记》卷四三引,文同,当据《类聚》转引。据辑。

〔一〕永嘉中　前原有“晋”字,今删。

〔二〕案：干宝《晋纪》（《太平御览》卷三五九引）亦载，视此为繁，然亦有未备者。录以备考："晋永嘉初，有神见兖州甄城民家，免奴为主簿，自号为樊道基。有妪，号成夫人。欲迎致，便载车行，当得此免奴主簿从行为译，以宣所宜。汝南梅迹字仲真，去郯，来经兖州。闻其然，因结羊世茂、阮士公诸宾往观之。成夫人便遣主簿出，当与贵客语。主簿死不肯避，成夫人因大嗔，索士公马鞭，脱主簿鞭之。"（案：梅迹当作梅赜。《世说新语·方正》及注作梅颐，《世说新语笺疏》引程炎震语："梅颐当作梅赜。《尚书·舜典》孔疏云：'东晋之初，豫章内史梅赜上孔氏《传》。'……《隋书·经籍志》亦作梅赜。"）

搜神记卷八

感应篇之五

83 曾子

曾子从仲尼,在楚而心动。辞归,问母,曰:“思之啮指。”孔子闻之曰:“曾之至诚也,精感万里〔一〕。”

本条《太平御览》卷三七〇、南宋薛据《孔子集语》卷下《曾子》、《天中记》卷一七引,出《搜神记》,据《御览》辑。

〔一〕案:旧本“思之”作“思尔”,“曾之至诚也”作“曾参之孝”,皆与《御览》不同。

84 阴子方

宣帝时,阴子方者〔一〕,至孝,有仁恩〔二〕。尝腊日晨炊,而灶神形见,子方再拜受庆。家有黄羊,因以祠之〔三〕。自是已后,暴至巨富。田有七百馀顷，舆马仆隶，比于邦君[四]。子方常言："我子孙必将强大。"至识三世，而遂繁昌[五]。故后常至腊日祠灶，而荐黄羊焉。

本条《玉烛宝典》卷一二，《北堂书钞》卷一五五，《艺文类聚》卷五、卷九四，《初学记》卷四，《六帖》卷六九，《太平御览》卷九〇二，《岁时广记》卷三九，百卷本《记纂渊海》（《四库全书》）卷二，《古今合璧事类备要》外集卷六，《龙筋凤髓判》卷二注，《天中记》卷五，《山堂肆考》卷一四并引，出《搜神记》（《初学记》、《龙筋凤髓判》注作干宝《搜神记》）。《后汉书》卷三二《阴识传》、《荆楚岁时记》注采此。今据《类聚》，参酌诸书校录。

〔一〕阴子方者　旧本"阴子方"上有"南阳"二字，乃据《风俗通义·祀典》引《汉记》补。

〔二〕有仁恩　《类聚》卷九四作"有二息"，此从《初学记》、《御览》及《后汉书》。旧本作"积恩好施，喜祀灶"，乃据《风俗通义》滥补。

〔三〕家有黄羊因以祠之　《荆楚岁时记》注作"家有黄犬，因以祭之，谓为黄羊"。

〔四〕田有七百馀顷舆马仆隶比于邦君　此数句诸引俱无，惟见《后汉书》。案：《后汉书》载此事，文句与本书合，知袭本书。此事原出《东观汉记》，《风俗通义·祀典》、《类聚》卷八〇有引，与本书文字不同，惟《类聚》所引有"田至七百顷"一句，与《后汉书》合。疑本书原当有此，据《后汉书》补。旧本亦补入。

〔五〕至识三世而遂繁昌　旧本此下有"家凡四侯，牧守数十"八字，乃补自《风俗通义》，"四"原作"二"，据《后汉书》改。

85 丁兰

丁兰，河内野王人。年十五丧母，乃刻木作母事之，供养如生。兰妻夜火灼母面，母面发疮。经二日，妻头发自落，如刀锯截，然后谢过。兰移母大道，使妻从服，三年拜伏。一夜，忽如风雨，而母自还〔一〕。邻人有所借，木母颜和则与，不和不与。后邻人忿兰，曰："枯木何知。"遂用刀斫木母，应刀血出。兰还号，乃殡殓，造服行丧。报雠，廷尉以木减死〔二〕。汉宣帝嘉之，拜太中大夫〔三〕。

本条《太平御览》卷四八二引，出《搜神记》，据辑。案：《法苑珠林》卷四九引刘向《孝子传》载此，文句与此大同，惟互有详略，盖引用删削所致，然则本条取自刘书。《珠林》注又引郑缉之《孝子传》，补刘书之所未备，然末云"宣帝嘉之，拜太中大夫者也"，与本书合。《隋书·经籍志》杂传类著录宋员外郎郑缉之《孝子传》十卷，知郑书出本书后，疑据本书而载。今姑以刘、郑二书校补。《初学记》卷一七、《御览》卷四一四引孙盛《逸人传》、句道兴《搜神记》载丁兰木母事，与本书不同，今不取。旧本未辑。汪绍楹据《御览》辑入《搜神记佚文》。

〔一〕"兰妻夜火灼母面"至"而母自还"　原无此节，据刘向《孝子传》补。

〔二〕"后邻人忿兰"至"廷尉以木减死"　原作"后邻人忿兰，盗斫木母，应刀血出，兰乃殡殓，报雠"，据郑缉之《孝子传》补。

〔三〕太中大夫　原作"中大夫"，案：《汉书·百官公卿表上》："大夫掌论议，有太中大夫、中大夫、谏大夫，皆无员，多至数十人。武帝……太初元年更名中大夫为光禄大夫,秩比二千石,太中大夫秩比千石如故。”是则宣帝时已无中大夫之官。郑缉之《孝子传》作“太中大夫”,据改。

86 董永

董永父亡〔一〕,无以葬,乃自卖为奴。主知其贤,与钱千万遣之〔二〕。永行三年丧毕,欲还诣主,供其奴职。道逢一妇人曰:“愿为子妻。”遂与之俱。主谓永曰:“以钱丐君矣。”永曰:“蒙君之恩,父丧收藏。永虽小人,必欲服勤致力,以报厚德。”主曰:“妇人何能?”永曰:“能织。”主曰:“必尔者,但令君妇为我织缣百匹。”于是永妻为主人家织,十日而百匹具焉。主惊,遂放夫妇二人而去。行至本相逢处,乃谓永曰:“我是天之织女,感君至孝,天使我偿之。今君事了,不得久停。”语讫,云雾四垂,忽飞而去〔三〕。

本条《太平广记》卷五九、《少室山房笔丛》卷四一《庄岳委谈下》、《稗史汇编》卷六四引,出《搜神记》。案:此事原载刘向《孝子传》(一名《孝子图》),见《法苑珠林》卷四九、《太平御览》卷四一一、句道兴《搜神记》引,又《御览》卷八一七、唐写本《孝子传》(《敦煌变文集》)及唐写本伯二五二四号类书残卷《孝感篇》(《鸣沙石室古籍丛残》、《敦煌宝藏》)亦引《孝子传》,《古本蒙求注》卷中亦引,无出处(《蒙求集注》卷上引旧注,即古本注)。诸书文皆不同,本书所据不详。今据《广记》辑,姑据刘向《孝子传》校补。

〔一〕董永父亡　旧本“董永”下有“千乘人。少偏孤,与父居。肆力田亩，鹿车载自随”数句，乃据《珠林》引刘向《孝子传》补。《珠林》注云：“郑缉之《孝子传》曰永是千乘人。”遂补“千乘人”三字。《太平御览》卷四一一引刘向《孝子图》亦称“千乘人”。

〔二〕与钱千万遣之　旧本“千”作“一”。

〔三〕“主惊”至“忽飞而去”　《广记》、《少室山房笔丛》、《稗史汇编》所引止于“十日而百匹具焉”。姑据《御览》卷四一一引刘向《孝子图》补。旧本作：“女出门，谓永曰：‘我天之织女也。缘君至孝，天帝令我助君偿债耳。’语毕，凌空而去，不知所在。”主要据《珠林》辑补。案：明张鼎思《琅邪代醉编》卷三五：“《搜神记》：董永，东汉末人。性孝，贷主人万钱葬父，许身为奴。道遇一女，求为妻。同造主人，织缣三百，一月而毕。辞永去曰：‘我天之织女也。’生一子名仲，深于天文术数之学。”此盖据后世传闻而转述，非本书原文。

87 郭巨

郭巨〔一〕，兄弟三人，早丧父。礼毕，二弟求分，以钱二千万，二弟各取千万。巨独与母出居客舍，夫妇佣赁，以给供养〔二〕。居有顷，妻产男。巨念与儿妨事亲，一也〔三〕；老人得食，熹分儿孙，减馔，二也。乃于野凿地，欲埋儿。得石盖，下有金一釜，中有丹书曰：“孝子郭巨，黄金一釜，以用赐汝。”于是名振天下。

本条《艺文类聚》卷八三、《骈志》卷一四引，出《搜神记》。《骈志》当转引自《类聚》。今据《类聚》辑，校以《骈志》。

〔一〕郭巨　旧本下有“隆虑人，一云河内温人”几字。案：明凌迪知

《万姓统谱》卷一一九："郭巨，隆虑人。"《法苑珠林》卷四九引刘向《孝子传》，《太平御览》卷四一一引刘向《孝子图》及卷八一一引宋躬《孝子传》均称郭巨"河内温人"，盖据此增补。

〔二〕以给供养　旧本"供"讹作"公"。

〔三〕巨念与儿妨事亲一也　"与"字《骈志》作"育"。"一"字原无，《骈志》引有。《类聚》中华书局点校本汪绍楹校："按亲下疑脱一字。"《四库全书》本有"一"字。据补。旧本有"一"字。

88 衡农

衡农〔一〕，字剽卿，东平人。少孤，事继母至孝。常宿于他舍，值雷雨，频梦虎啮其足。农呼妻相出于庭，叩头三下〔二〕，屋忽然而坏，压死者几百馀人〔三〕，唯农夫妻获免。

本条《太平御览》卷五一一、《天中记》卷一七引，出《搜神记》。今据《御览》，校以《天中记》。

〔一〕衡农　《御览》卷五一一引皇甫谧《列女传》作"卫农"，"卫"字讹。《艺文类聚》卷三三引《三辅决录》、《御览》卷八四二引《列女后传》皆作"衡农"。

〔二〕三下　此二字据《天中记》补。旧本亦有此二字。

〔三〕几百馀人　《天中记》"几"作"三"。皇甫谧《列女传》作"数十人"。案：旧本据《天中记》辑，而改"百"为"十"，盖以舍中不足容三百人也。

89 周畅

周畅少孝[一]，独与母居。每出入[二]，母欲呼之，常自啮其手，畅即应手痛而至[三]。治中从事未之信，候畅时在田，母啮手，而畅即归[四]。为河南尹，元初二年大旱，畅乃葬路旁露骸，为立义冢，应时注雨[五]。

本条《六帖》卷三〇，《太平御览》卷三五、卷三七〇引，出《搜神记》，据《御览》辑，校以《六帖》。

〔一〕少孝　《六帖》作"至孝"。旧本作"性仁慈，少至孝"，"性仁慈"三字乃据《后汉书》卷八一《独行列传·周嘉传》增补。

〔二〕出入　《六帖》作"出"。

〔三〕畅即应手痛而至　旧本"应"改作"觉"。《六帖》作"畅心痛即驰归"。

〔四〕"周畅少孝"至"而畅即归"　据《御览》卷三七〇辑。

〔五〕"为河南尹"至"应时注雨"　据《御览》卷三五辑。"为河南尹"前原有"周畅"二字，蒙上删。"元初"，《后汉书·周嘉传》作"永初"。案永初、元初均为后汉安帝年号。旧本作"元初二年，为河南尹，时夏旱，久祷无应。畅收葬洛阳城旁客死骸骨万馀，为立义冢，应时澍雨"，乃据《后汉书》，而年号则从《御览》。

90 阳雍伯

后汉阳公字雍伯[一]，雒阳县人。少以侩卖为业[二]。至性笃孝，父母终殁，葬之于无终山，遂家焉。阳公以为人生于世，当思入有思，故常为人补履〔三〕，终不取价。山高八十馀里，而上无水。公以往返辛勤，乃行车汲水，作义浆于阪头〔四〕，以给行路。行者皆饮之。居三年，有一人就饮之，饮讫，怀中出石子一升与公〔五〕，使至高平好地有石处种之，谓曰："种此可生好玉。"公未娶，又语云："汝后当得好妇。"言毕忽然不见。公乃种其石。数岁，时时往视，见玉子生石，人莫知之。时有徐氏者大富，为右北平著姓〔六〕。有好女，甚有名行，时人多求之，不许。公有佚气〔七〕，乃试求焉。徐氏笑之，以为狂，然闻其好善，乃戏媒人曰："雍伯能得白璧一双来〔八〕，当听为婚。"媒者致命。公至所种石中，索得五双白璧，以贽徐氏〔九〕。徐氏大惊，遂以女妻公。天子闻而异之，拜为大夫。乃于种玉处，四角作大石柱，各一丈。中央一顷之地，名曰"玉田"。至今相传云：玉田之揭〔一〇〕，起于此矣，而今不知所在。北平阳氏，即其后也〔一一〕。

本条《水经注》卷一四《鲍丘水》，《艺文类聚》卷八三，《初学记》卷八，唐写本伯二五二四号类书残卷《报恩篇》（《鸣沙石室古籍丛残》、《敦煌宝藏》），斯七八号及斯二五八八号（《敦煌宝藏》），《古本蒙求注》卷下，《蒙求集注》卷下，《太平寰宇记》卷七〇《蓟州·渔阳县》，《太平御览》卷四五、卷四七九、卷五一九、卷八〇五、卷八二八，《事类赋注》卷九，《唐诗纪事》卷六九《罗虬》，《海录碎事》卷一五，《山谷诗集注》卷一《送刘季展从军雁门二首》其二注，《增广笺注简斋诗集》卷一《玉延赋》注，《三体唐诗》卷三岑参《酬畅当嵩山寻麻道士见寄》注，《锦绣万花谷》前集卷一八，《古今事文类聚》续集卷二六，《记纂渊海》卷一〇三、卷一〇七，百卷本《记纂渊海》（《四库全书》）卷三九、卷四〇，《古今合璧事类备要》前集卷六一、续集卷五六、外集卷六二，《辽史》卷四〇《地理志四·蓟州·玉田县》，《历世真仙体道通鉴》卷一五，《韵府群玉》卷一九，《唐音》卷四王维《奉和圣制幸玉霄公主山庄因题石壁十韵之作应制》注，《群书类编故事》卷二〇，《大明一统志》卷一《顺天府·山川》，《山堂肆考》卷一六，日本庆安五年刊《游仙窟》注并引，出《搜神记》（《古今合璧事类备要》续集无出处）。《绀珠集》卷七摘录干宝《搜神记》、《类说》卷七摘录《搜神记》、《说郛》卷四摘录干宝《搜神记》并有此条。又《路史·后纪》卷九下注："《仙传拾遗》：阳翁伯适北燕，葬父无终山。为右北亭（案：当作平）人。祚玉田事，亦见干宝《记》。"《太平广记》卷四《阳翁伯》，注"出《仙传拾遗》"，文详。《仙传拾遗》，五代杜光庭撰。《分门类林杂说》卷七亦引，注"出《汉书》"，误。今参酌诸书校辑。

〔一〕阳公字雍伯　"雍伯"，《水经注》作"翁伯"，云无终山有阳翁伯玉田。《仙传拾遗》亦作"翁伯"。中华书局点校本《初学记》误作"伯雍"（《四库全书》本作"雍伯"），旧本亦误。雍伯之姓，《水经注》，类书残卷伯二五二四号及斯二五八八号，《御览》卷四五、卷五一九，《寰宇记》，《山谷诗集注》，《笺注简斋诗集》，《绀珠集》，《类说》，《海录碎事》，《记纂渊海》卷一〇七，百卷本卷四〇，《真仙通鉴》，《唐音》注，《大明一统志》作"阳"；《类聚》，类书残卷斯七八号，《蒙求注》二本，《事类赋注》，《御览》卷四七九、卷八〇五、卷八二八，《古今事文类聚》，《古今合璧事类备要》续集与外集，《群书类编故事》，《山堂肆考》、《游仙窟》注作"羊"；《初学记》、《唐诗纪事》、《锦绣万花谷》、《古今合璧事类备要》前集、《分门类林杂说》、《说郛》作"杨"，旧本同。案：《水经注》引《阳氏谱叙》："翁伯是周景王之孙，食采阳樊。春秋之末，爰宅无终，因阳樊而易氏焉。"是则以"阳"为是。又

《太平广记》卷二九二引《孝德传》称“魏阳雍”（案：当脱“伯”字），以为是三国曹魏时人。《三体唐诗》作“王雍伯”，姓氏误。

〔二〕少以侩卖为业　“侩卖”，《游仙窟》注作“缯卖”。案：《史记》卷九五《樊郦滕灌列传》太史公曰：“方其鼓刀屠狗卖缯之时，岂自知附骥之尾，垂名汉庭，德流子孙哉！”《搜神记·鹄奔亭》：“欲之旁县卖缯。”然云“缯卖”似失当，疑“缯”乃“侩”之形讹。侩卖，买卖中间人，牙侩也。

〔三〕阳公以为人生于世当思入有思故常为人补履　此数句据《游仙窟》注，“阳”原作“羊”。案：“有思”出《韩非子·诡使》：“闲静安居，谓之有思。”

〔四〕作义浆于阪头　“义浆”，《游仙窟》注作“美浆”。

〔五〕怀中出石子一升与公　“一升”，《水经注》、《类聚》、《御览》卷八〇五、《事类赋注》、《辽史》、《山堂肆考》、《游仙窟》注作“一斗”，旧本同。此从类书残卷三本，《古本蒙求注》，《御览》卷四五、卷四七九、卷五一九，《寰宇记》，《绀珠集》，《类说》，《三体唐诗》，《古今事文类聚》，《古今合璧事类备要》，《韵府群玉》，《真仙通鉴》，《说郛》，《唐音》注。《仙传拾遗》作“白石一升”。

〔六〕为右北平著姓　“右北平”，《类聚》，类书残卷，《蒙求注》二本，《御览》卷四五、卷五一九、卷八〇五，《古今事文类聚》作“北平”，《事类赋注》、《寰宇记》、《游仙窟》注作“右北平”。案：《汉书·地理志下》、《后汉书·郡国志五》、《晋书·地理志上》载，秦置右北平郡，西晋改北平郡，辖土垠、无终等县。作“右北平”是。《孝德传》云：“今右北平诸阳，其后也。”亦作“右北平”。

〔七〕公有佚气　《游仙窟》注作“羊公有狡”。

〔八〕雍伯能得白璧一双来　伯二五二四号及斯二五八八号类书残

卷作“得璧玉两双”,斯七八号作“得碧玉两双”。

〔九〕以贽徐氏 《游仙窟》注“贽”作“至”。

〔一〇〕玉田之揭 《游仙窟》注作“玉之碣”,误。

〔一一〕北平阳氏即其后也 此句据类书残卷姑补于此,“阳”原作“杨”,《孝德传》作“阳”,据改。

91 罗威

罗威,字德行〔一〕。少丧父〔二〕,事母至孝。母年七十,天大寒,常以身自温席,而后授其处〔三〕。

本条《初学记》卷三、《太平御览》卷七〇九、《岁时广记》卷四、《天中记》卷四八并引,出《搜神记》(《初学记》作干宝《搜神记》),据《初学记》辑。

〔一〕德行 《初学记》卷一七引陆徊《广州先贤传》作“德仁”,《御览》卷四〇三、卷九〇〇引《广州先贤传》同。《御览》卷七〇九亦作“德行”,《四库全书》本乙作“行德”。旧本作“德仁”。

〔二〕少丧父 旧本作“八岁丧父”,乃据《初学记》引《广州先贤传》。

〔三〕授其处 《岁时广记》“处”作“母”。《初学记》卷一七引袁山松《后汉书》亦作“处”。

92 徐泰

嘉兴徐泰〔一〕,幼丧父母,叔父隗养之〔二〕,甚于所生。隗病,泰营侍甚谨。是夜三更中,梦二人乘船,持箱上泰床头,发箱出簿书，示曰："汝叔应合死也。"泰即于梦中下地，叩头祈请哀愍。良久，二人曰："汝县有同姓名人不？"泰思得，语鬼云："有张隗，不姓徐。"此二人云："亦可强逼。念汝能事叔父，当为汝活之。"遂不复见。泰觉，叔乃瘥。

本条《太平御览》卷三九九引作《续搜神记》，《太平广记》卷一六一、卷二七六引作《搜神记》。今姑断为干书，据《御览》，参酌《广记》校辑。

〔一〕徐泰　《广记》作"徐祖"。

〔二〕叔父隗养之　《御览》影印宋本"父"讹作"又"，据《四库全书》本、鲍崇城校刊本改。

93 孟宗

孟宗至孝，坟以梓木为表，感花萼生于枯木之上〔一〕。

本条唐写本伯二五三七号《略出籝金》卷二《仁孝篇》(《鸣沙石室古籍丛残》、《敦煌宝藏》)引，出《搜神记》，据辑。案：旧本未辑。汪绍楹辑入《搜神记佚文》。此条下又引"孝王灵"事，王灵即王灵之，又作"王虚之"，事又载南齐宋躬《孝子传》(《艺文类聚》卷八六、《太平御览》卷四一一及卷九六六引)及《南史》卷七三《孝义传上》。据《南史》，王灵之乃南齐人，故此条必不出干宝书，若非误书引书，则颇疑所引乃句道兴《搜神记》也(参见本书附录三《佚文辨正》)。然则本条孟宗之事，或亦出句本。今姑辑为干书。

〔一〕案：《三国志·吴书·孙皓传》注引《楚国先贤传》："宗母嗜笋。冬节将至，时笋尚未生，宗入林中哀叹，而笋为之出，得以供母。

皆以为至孝之所致感。累迁光禄勋,遂至公矣。”《太平御览》卷九六三亦引。事又见《御览》卷九六三引《吴志》、《敦煌变文集》卷八《孝子传》。情事与本书不同,然皆为孟宗母死后孝感事,录以备参。

94 张嵩

张嵩者,陇西人也,有至孝之心。年始八岁,母患卧在床〔一〕。其母忽思堇菜而食,嵩忽闻此语,苍忙而走,向地觅堇菜,全无所得。遂乃发声大哭云:“哀哀父母,生我劬劳。母今得患,何时得差?天若怜我,愿堇菜化生。”从旦至午〔二〕,哭声不绝。天感至孝,非时为生堇菜。遂将归家〔三〕,奉母食之。因食堇菜,母患得痊愈。张嵩后长大成人,母患命终。家中所造棺椁坟墓〔四〕,并自手作,不使奴婢之力〔五〕。葬送亦不用车牛人力,唯夫妇二人推之〔六〕。葬讫,三年亲自负土培坟〔七〕,哭声不绝,头发落尽〔八〕。天知至孝,于墓所直北起雷之声。忽有一道风云而至嵩边,抱嵩至墓东八十步〔九〕。然始霹雳,冢开,出其棺。棺额上云:“张嵩至孝,通于神明。今日天感至诚〔一〇〕,放却活延命,更得三十二年,将归侍养〔一一〕。”闻者无不嗟叹,自古至今,未闻斯事。天子遂拜嵩为金城太守〔一二〕,后迁为尚书左仆射。

本条敦煌写本残卷伯二六五六号引《搜神记》。案:《敦煌变文集》卷八句道兴《搜神记》(王庆菽校录)亦有此事。句本《搜神记》系用日本中村不折藏本为底本,又用斯五二五号、斯六〇二二号、伯二六五六号三本比勘补录。伯二六五六号凡四条,为张嵩得堇、焦华得瓜、羊角哀左伯桃、张嵩母复活。张嵩得堇之事，条末注“事出《搜神记》也”，其馀皆未注出处。张锡厚《敦煌写本〈搜神记〉考辨》(《文学评论丛刊》十六辑)以为伯二六五六号前后残佚，无题记，不是句道兴《搜神记》残卷，很可能是某种行孝的文本。案张说是也，王庆菽校录《搜神记》用伯二六五六号参校固可，然据而补入羊角哀左伯桃一条，则未妥。敦煌写本多有类书残卷，中常引行孝、孝感之事，此卷殆亦类书之属。台湾黄永武主编《敦煌宝藏》所收此卷亦题《搜神记》，盖承《敦煌变文集》之误。伯二六五六号张嵩事分在两处，实乃一条。句本《搜神记》即为一条。句本《搜神记》末注“事出《织终传》”，不详何书，当据《搜神记》，观其文句与伯二六五六号大同，乃可知也。张嵩，十六国时期前赵人。汤球《十六国春秋辑补》卷九《前赵录·王弥传》载，张嵩陇西人。为前赵主刘渊征东大将军王弥长史。刘渊三〇四—三〇九年在位，当西晋惠、怀间，干宝可得记张嵩事也。《前赵录·王弥传》亦附记张嵩孝母母复活事，乃辑自《太平御览》卷五五七引崔鸿《前赵录》。而张嵩得堇菜，《御览》卷四一一引崔鸿《十六国春秋·前赵录》为刘殷事，汤球辑入卷三《前赵录·刘聪传》(屠乔孙等辑录《十六国春秋》卷九《前赵录》亦辑此二事)。干宝所记与北魏崔鸿不同，各据所闻也。今据伯二六五六号，校以《敦煌变文集》。此条旧本未辑。

〔一〕“张嵩者”至“母患卧在床”　伯二六五六号前阙，开头处乃“患卧在床”，据《敦煌变文集》补。《敦煌变文集》“张嵩”前有“昔有”二字，乃句道兴所加，今删。

〔二〕午　伯二六五六号讹作“母”，据《敦煌变文集》改。

〔三〕遂将归家　伯二六五六号“将”下衍“父”字，据《敦煌变文集》删。

〔四〕家中所造棺椁坟墓　《敦煌变文集》“家中”下有“富贵”二字。

〔五〕不使奴婢之力　《敦煌变文集》作“不役奴仆之力”。

〔六〕唯夫妇二人推之　《敦煌变文集》作“惟夫妇二人，身自负上母棺,以力擎于车上,推之。遣妻牵挽而向墓所。其时,日有卒风暴雨,泥涂没膝,然葬送,道上清尘而起”。

〔七〕三年亲自负土培坟　《敦煌变文集》作“于墓所三年,亲自负土培坟”。伯二六五六号“培”原作“坯”,据改。

〔八〕头发落尽　《敦煌变文集》下有“哭声不止”四字。

〔九〕抱嵩至墓东八十步　《敦煌变文集》“至”作“置”。“步”字据《敦煌变文集》补。

〔一〇〕今日天感至诚　伯二六五六号“诚”讹作“成”,据《敦煌变文集》改。《敦煌变文集》“天”作“孝”,当讹。

〔一一〕放却活延命更得三十二年将归侍养　《敦煌变文集》作“放母却活延命,更得三十二年,任将归奶侍养”。伯二六五六号“更”原作“便”,据改。

〔一二〕金城太守　“金城”原讹作“今成”。《敦煌变文集》作“□城”,缺一字。案:金城,郡名,西晋治榆中县,前凉移治金城县。十六国时期金城郡曾属前赵。《资治通鉴》卷九三载,晋咸和二年(三二七),前凉主张骏遣武威太守窦涛、金城太守张阆、武兴太守辛晏、扬烈将军宋辑等,帅众数万攻掠赵秦州诸郡。赵主刘曜(刘渊族侄)遣南阳王刘胤将兵击之,大败凉军,斩首二万级,进据振武。河西大骇,张阆、辛晏帅其众数万降赵,骏遂失河南之地。金城入赵,盖在此时。

95 东海孝妇

《汉书》载:东海孝妇,养姑甚谨。姑曰:“妇养我勤苦,我已老,何惜馀年,久累年少。”遂自缢死。其女告官云:“妇杀我母。”官收系之，拷掠毒治〔一〕。孝妇不堪楚毒，自诬服之〔二〕。时于公为狱吏，曰：“此妇养姑十馀年，以孝闻彻，必不杀也。”太守不听。于公争不得理，抱其狱辞哭于府而去。自后郡中枯旱三年〔三〕。后太守至，思求其所咎，于公曰：“孝妇不当死，前太守枉杀之，咎当在此。”太守即时身祭孝妇之墓，未反而大雨焉。长老传云：孝妇名周青〔四〕。青将死，车载十丈竹竿，以悬五旛。立誓于众曰：“青若有罪，愿杀血当顺下；青若枉死，血当逆流。”既行刑已，其血青黄，缘旛竹而上极标，又缘旛而下云尔。

本条《法苑珠林》卷四九引，出《搜神记》，据辑。又《天中记》卷二三引《搜神》，卷二四引《搜神记》，《琅邪代醉编》卷五引作《续搜神记》，乃删取自《珠林》。

〔一〕毒治　《珠林》百卷本作“治毒”，百二十卷本（《四库全书》、《四部丛刊》）卷六二作“毒治”，据改。

〔二〕自诬服之　《珠林》百卷本及《四部丛刊》本“诬”讹作“谋”，据《四库全书》本改。《说苑》卷五《贵德篇》、《汉书》卷七一《于定国传》亦作“诬”。旧本作“诬”。

〔三〕自后郡中枯旱三年　旧本“三年”下增“不雨”二字，《珠林》各本及《说苑》、《汉书》皆无。

〔四〕周青　《珠林》百卷本及《四部丛刊》本作“用青”，《四库全书》本作“周青”，《天中记》卷二三同。《琅邪代醉编》则作“用青”。案：《太平御览》卷四一五、卷六四六，《天中记》卷二四引王韶之《孝子传》作“周青”。今姑定其姓为“周”，然作“用青”亦不误，古有用姓。《广韵》卷四“用”韵：“又姓，汉有用蚪，为高唐令。”旧本作“周青”。

96 先雄

犍为符先泥和〔一〕，其女者名雄〔二〕。泥和至永建元年为县功曹〔三〕，县长赵祉遣泥和拜檄谒巴郡太守，以十月乘船于城湍堕水死〔四〕，尸丧不得。雄哀恸号咷，命不图存，告弟贤及夫〔五〕，令“勤觅父尸，若求不得，吾欲自沉觅之”。时雄年二十七〔六〕，有子男贡，年五岁，贯三岁，乃各为作绣香囊一枚〔七〕，盛金珠环，预婴二子。哀号之声，不绝于口，昆族私忧。至十二月十五日〔八〕，父丧未得，雄乘小船，于父堕处哭数声，竟自投水中，旋流没底。见梦告弟：“至二十一日，与父俱出。”投期如梦〔九〕，与父相持，并浮出江。县长表言郡，太守萧登〔一〇〕，承上尚书，遣户曹掾为雄立碑，图像其形，令知志孝〔一一〕。

本条《法苑珠林》卷四九引，出《搜神记》，《琅邪代醉编》卷一九亦引，当据《珠林》。据《珠林》辑。

〔一〕犍为符先泥和　《后汉书》卷八四《列女传》：“孝女叔先雄，犍为人也。父泥和，永建初为县功曹。”是则复姓叔先。《太平御览》卷三九六引《益部耆旧传》作“叔光雄”，讹“先”为“光”。《华阳国志》卷三《蜀志》、《水经注》卷三三《江水》则作“先泥和”，《御览》卷六九引《益部耆旧传》作“女名光（先）雄”。汪绍楹校注引钱大昕说，以为叔先复姓，或单称先，如诸葛之称葛。先泥和乃犍为郡符县人，《御览》卷六九引《益部耆旧传》云“犍为符泥和氏”，与此同。《后汉书·郡国志五》作符节县，《汉书·地理志上》、《华阳国志》则作符县。

〔二〕其女者名雄　《华阳国志》、《水经注》云“女络”，《水经注》又引《益部耆旧传》曰：“张真妻，黄氏女也，名帛。真乘船覆没，求尸不得，帛至没处滩头，仰天而叹，遂自沉渊。积十四日，帛持真手于滩下出。时人为说曰：‘符有先络，僰道有张帛者也。’”汪绍楹引钱大昕说，以为“络”、“帛”协韵，故以“雄”为“络”之误。今案作“络”诚非讹字，然《后汉书》明谓叔先雄，当亦无误，观《益部耆旧传》既称雄又称络，疑固有此二名也。

〔三〕泥和至永建元年为县功曹　旧本作“永建三年泥和为县功曹”，《珠林》《四库全书》本（卷六二）作“三年”。案：《华阳国志》、《水经注》皆作“元年”，《后汉书》作“永建初”，初亦元年。作“三年”讹。

〔四〕以十月乘船于城湍堕水死　“十月”，《华阳国志》、《水经注》作“十二月”。“城湍”，《华阳国志》、《水经注》作“成湍滩”；《后汉书》作“湍水”，《舆地纪胜》卷一四六《嘉定府・碑记・孝女碑》同（案：《舆地纪胜》称碑“在犍为清溪口杨洪山下”，“国朝元祐中重立”）；《御览》卷六九引《益部耆旧传》乃作“城湍”。城湍，城壕，护城河。

〔五〕告弟贤及夫　《珠林》宣统本、径山寺本（《四部丛刊》）、《四库全书》本“夫”作“夫人”，旧本同。《大正新修大藏经》本无“人”字，据删。《法苑珠林校注》据《高丽藏》本亦删“人”字。

〔六〕年二十七　《华阳国志》作“年二十五”，《水经注》作“年二十五岁”。

〔七〕乃各为作绣香囊一枚　“乃各”二字《珠林》原作“又”，文义不洽，据《御览》卷四一五引《益部耆旧传》改。《琅邪代醉编》无“又”字。旧本将“又为”改作“乃各”。

〔八〕至十二月十五日　《琅邪代醉编》“五”作“三”，《华阳国志》、《水经注》作“至二年二月十五日”。

〔九〕投期如梦　《珠林》《四库全书》本“投”作“至”，旧本同。

〔一〇〕萧登　《珠林》宣统本、径山寺本、《四库全书》本、《法苑珠林校注》讹作“肃登”，《琅邪代醉编》同，据《大正藏》本及《华阳国志》改。旧本作“肃登”。

〔一一〕令知志孝　《珠林》《四库全书》本“志”作“至”，旧本同。

搜神记卷九

感应篇之六

97 和熹邓后

和熹邓后，梦登梯，以扪天体，荡荡正青，若锺乳者，后仰漱之〔一〕。以询占梦，言："尧梦攀天而上，汤梦及天舐之，此皆圣王之梦，吉不可言〔二〕。"

本条《太平御览》卷七六五引，出《搜神记》。事又载《东观汉记》卷六《和熹邓皇后传》、《后汉书》卷一〇上《和熹邓皇后纪》、《宋书·符瑞志上》。今据《御览》辑，以《东观汉记》校补。旧本据《后汉书》校补。

〔一〕后仰漱之　《东观汉记》"漱"作"噏"，《后汉书》作"嗽饮"，《宋志》作"吮"。

〔二〕"以询占梦"至"吉不可言"　据《东观汉记》补。

98 孙坚夫人

初,孙坚夫人孕[一],而梦月入其怀,既而生策。及权在孕,又梦日入其怀[二],以告坚曰:“妾昔妊策,梦月入我怀;今也又梦日入我怀,何也?”坚曰:“日月者阴阳之精,极贵之象,吾子孙其兴乎?”

本条《三国志·吴书·孙破虏吴夫人传》注,《太平御览》卷三、卷四,《事类赋注》卷一,《天中记》卷一,《山堂肆考》卷三并引,出《搜神记》。又《宋书·符瑞志上》、《建康实录》卷一亦载,盖据本书。今据《吴书》注,参酌诸书校辑。

〔一〕孙坚夫人孕　《天中记》“夫人”下有“吴氏”二字,旧本同。案:《天中记》多转钞前代书,此条即钞自《三国志·吴书》注,而据《吴夫人传》加“吴氏”二字。《御览》、《事类赋注》无此二字。

〔二〕又梦日入其怀　《御览》卷四“日”作“月”,下文作“妾昔怀策,梦日入怀”,日月相反。《事类赋注》俱为梦月。《宋志》与《吴书》注同。

99 张车子

有周擥力感切。啧音责。者[一],贫而好道。夫妇夜耕困卧,梦天公过而哀之,敕外有以给与。司命案录籍云:“此人相贫,限不过此,唯有张车子应赐钱千万。车子未生,请以借之。”天公曰:“善。”曙觉言之。于是夫妻戮力,昼夜以治生,所为辄得,赀至千万。先时有张妪者〔二〕,常往肇啧佣赁墅舍〔三〕。有身,月满当孕,便遣出〔四〕,驻车屋下。产得儿,主人往视,哀其孤寒,作糜粥以食之。问:“当名汝儿作何?”妪曰:“在车下生,梦天告之,名为车子。”肇啧乃悟,曰:“吾昔梦从天换钱,外白以张车子钱贷我,必是子也,财当归之矣。”自是居日衰减。车子长大,富于周家〔五〕。

本条《雕玉集》卷一二,《初学记》卷一八,《太平御览》卷三九九、卷四七二,《锦绣万花谷》前集卷二四,《古今事文类聚》前集卷三六,《古今合璧事类备要》前集卷五二,《分门类林杂说》卷八,《韵府群玉》卷三并引,出《搜神记》(《初学记》二引、《御览》卷四七二、《锦绣万花谷》、《类林杂说》作干宝《搜神记》)。又《文选》卷一五张衡《思玄赋》:“或辇贿而违车兮,孕行产而为对。”旧注叙周犨事(案:与此情事颇异),李善注:“见《鬼神志》及《搜神记》。”《后汉书》卷五九《张衡传》李贤注事同旧注,然亦称见《搜神记》,盖据旧注。《天中记》卷二三所引,亦注“见《鬼神志》、《搜神记》”。今据《御览》卷四七二,参酌诸书校辑。

〔一〕有周肇啧者　《御览》影印宋刊本二引俱作“周肇啧”,《四库全书》本卷三九九及鲍崇城校宋本卷四七二“肇”作“擥”,《天中记》同,《四库全书》本卷四七二则作“临”。《初学记》卷一八“贫门”作“周犨啧”,同卷“富门”及《类林杂说》作“周犨啧”。《雕玉集》、《文选》注、《古今事文类聚》、《古今合璧事类备要》、《韵府群玉》作“周犨”,《锦绣万花谷》作“周犫”,“犫”同“犨”。

〔二〕张妪者　《天中记》“妪”作“姬”。

〔三〕墅舍　《御览》卷三九九作“合”,连下读。《四库全书》本二引俱作“野合”,《天中记》同。旧本亦作“野合”。

〔四〕便遣出　《御览》卷四七二“便”作“使”，卷三九九作“便”，今从之。《天中记》作“便遣出外”，旧本同。

〔五〕案：《思玄赋》旧注情事不同，录以备参：“昔有周犨者，家甚贫，夫妇夜田。天帝见而矜之，问司命曰：‘此可富乎？’司命曰：‘命当贫。有张车子财，可以假之。’乃借而与之，期曰：‘车子生，急还之。’田者稍富，致赀巨万。及期，忌司命之言，夫妇辇其贿以逃。与行旅者同宿，逢夫妻寄车下宿，夜生子。问名于夫，夫曰：‘生车间，名车子也。’从是所向失利，遂便贫困。”《后汉书》注乃删略旧注而成，云：“有夫妇夜田者，天帝见而矜之，问司命曰：‘此可富乎？’司命曰：‘命当贫。有张车子财，可以借而与之。’期曰：‘车子生，急还之。’田者稍富。及期，夫妇辇其贿以逃。同宿有妇人夜生子。问名于其父，父曰：‘生车间，名车子。’其家至此之后遂大贫敝。”《雕玉集》所引与此事同，文多残阙，亦录之（括号中为所补之字）：“（周犨），周时人也。家贫，夫妻恒田中夜锄。天（帝见）而怜之，谓司命曰：‘可赐之以富。’司命（曰）：‘此人运当于贫。今有张车子财获，以借之，可数年耳。’周犨于是日日致富。迳十馀年，犨持徙居遣货，宿于路衢。夜中有同□□妇女，于车间产子。其夫谓妻曰：‘可□□□□□□子。’犨即问其姓，客云姓（张）。□□□□自是日日见贫。一年之间，□□如本也。”《古今事文类聚》前集卷三六引《搜神记》乃据《文选》注，微有删削。

100 张奂妻

后汉张奂为武威太守，其妻梦带奂印绶[一]，登楼而歌。觉以告奂，奂令占之。曰："夫人方生男，复临此郡，命终此楼。"后生子猛，建安中，果为武威太守。杀刺史邯郸商，州兵围急，猛耻见擒，乃登楼自焚而死。

本条《太平广记》卷二七六引，出《搜神记》，亦见《类说》卷七《搜神记》。事又载《东观汉记》卷二一《张奂传》、《三国志·魏书·庞淯传》注引《典略》、《后汉书》卷六五《张奂传》。今参酌《广记》、《类说》校辑。

〔一〕其妻梦带奂印绶　《广记》"带奂"讹作"帝与"，旧本同。案：《东观汉记》、《三国志》注、《后汉书》均作"带奂"。

101 吴先主

吴先主病，遣人于门观不祥。巫启见一鬼，着绢巾，似是大臣将相〔一〕。其夜，先主梦见鲁肃来入，衣巾如之。

本条《太平御览》卷八一七、《天中记》卷四九引，出《搜神记》，据《御览》辑。案：旧本未辑。汪绍楹辑入《搜神记佚文》。

〔一〕似是大臣将相　《广记》卷三一七引《幽明录》作"似是故将相"。案：《幽明录》此句下有"呵叱初不顾，径进入宫"二句。

102 道士吕石

吴时，嘉兴徐伯始病，使道士吕石安神座。石有弟子戴本、王思二人，居在海盐，伯始迎之以助。石昼卧，梦上天，北斗门下见外鞍马三疋，云明日当以一迎石，一迎本，一迎思。石梦觉，语本、思："如此，死期至，可急还，与家别。"不卒事而去。伯始怪而留之，曰："惧不见家也。"间一日，三人同日死〔一〕。

本条《太平御览》卷四〇〇引，出《搜神记》，据辑。

〔一〕同日死　旧本"日"改作"时"。

103 刘雅

淮南书佐刘雅〔一〕，梦见青刺蜴从屋栋落其腹内〔二〕，因苦腹痛。

本条《北户录》卷一，《太平御览》卷七四一、卷九四六并引，出《搜神记》（《御览》卷九四六作干宝《搜神记》），今据《御览》卷九四六辑，校以《北户录》、《御览》卷七四一。

〔一〕刘雅　《御览》卷七四一"雅"作"稚"。

〔二〕梦见青刺蜴从屋栋落其腹内　"青刺蜴"原作"青蜥蜴"。《御览》卷七四一作"青刺蜴"，旧本同。《北户录》作"刺蜴"。案：《北户录·蛤蚧》："蛤蚧，首如蟾蜍，背浅绿色，上有土黄斑点，若古锦文。长尺馀，尾绝短。其族则守宫、刺蜴、蝘蜓。多居古木窍间。"蛤蚧、守宫、刺蜴、蝘蜓，皆壁虎之属，栖室内，捕食蚊蝇等，而蜥蜴野生。据《御览》卷七四一及《北户录》改。

104 费季

吴人费季，客贾数年〔一〕。时道路多劫，妻常忧之。季与同辈旅宿庐山下，各相问去家几时。季曰："吾去家已数年，临来与妻别，就求金钗以行，欲观其志，当与吾否耳。得钗，仍以着户楣上。临发忘道[二]，此钗故当在户上也。"尔夕，妻梦季曰："吾行遇盗，死已二年。若不信吾言，吾行时尝取汝钗，遂不以行，留在户楣上，可往取之。"妻觉，揣钗得之[三]，家遂成服发丧。后一年馀，季行来归还。

本条《太平广记》卷三一六、《吴郡志》卷四七、《姑苏志》卷五九引，出《搜神记》。今据《广记》，参酌《吴郡志》、《姑苏志》校辑。《太平御览》卷七一八引《录异传》亦载，事同文异。

〔一〕客贾数年　《吴郡志》"贾"作"游"。《姑苏志》作"久客于楚"，旧本同。

〔二〕临发忘道　《广记》明钞本"道"作"取"。《姑苏志》作"临发失与道此"，旧本作"临发失与道"。

〔三〕揣钗得之　《广记》《四库全书》本"揣"作"探"。揣，探也。

105 诸仲务女

诸仲务一女显姨[一]，嫁为米元宗妻，产亡于家。俗闻产亡者以墨点面[二]，其母不忍，仲务密自点之，无人见者。元宗为始新县丞，梦妻来上床，分明见新白妆面上有墨点。

本条《太平广记》卷二七六、《永乐大典》卷一三一三五引，出《搜神记》，据《广记》辑。

〔一〕诸仲务一女显姨　《大典》"女"讹作"名"，"姨"作"姊"。

〔二〕俗闻产亡者以墨点面　《广记》明钞本“闻”作“间”，《大典》作“闻”。

106 温序

温序字公次〔一〕，太原祁人〔二〕。任校尉〔三〕，行部，为隗嚣所得，伏剑死〔四〕。而世祖怜之〔五〕，送葬到洛阳城旁，为筑冢。长子寿，为印平侯〔六〕，梦序告之曰：“久客思乡。”寿即弃官，上书乞骸骨〔七〕，帝许之。

本条《北堂书钞》卷九二引，出《搜神记》，据辑。

〔一〕温序字公次　《东观汉记》卷一六、《后汉书》卷八一《独行列传·温序传》作“字次房”。

〔二〕太原祁人　“祁”，孔广陶校刊本讹作“郡”，《四库全书》本作“祁”。案：《后汉书》称序“太原祁人也”。

〔三〕任校尉　“校尉”，孔广陶校刊本作“护军校尉”，《四库全书》本无“护军”二字。《东观汉记》、《后汉书》、《后汉纪》卷五作“护羌校尉”。汪绍楹校：“《资治通鉴》系此事于光武建武八年，作‘校尉温序’。《考异》云：‘检《西羌传》，九年方置此官。则序无缘作护羌，今但云校尉。’据此作‘护军校尉’似是。然汉有护军都尉，无护军校尉，亦可疑。”检《东观汉记》、《后汉纪》、《后汉书》，东汉无护军校尉，今从《四库全书》本。

〔四〕行部为隗嚣所得伏剑死　旧本作：“行部至陇西，为隗嚣将所劫，欲生降之。序大怒，以节挝杀人。贼趋欲杀序，荀宇止之曰：‘义士欲死节。’赐剑，令自裁。序受剑，衔须着口中，叹曰：

‘无令须污土。’遂伏剑死。”案:《东观汉记》、《后汉纪》、《后汉书》载温序自刎事,与此文句不同。旧本实是依据《艺文类聚》卷二〇引《续汉记》增补。荀宇,《东观汉记》、《后汉纪》、《后汉书》等皆作荀宇,《类聚》误姓作“荀”,旧本亦从误。

〔五〕而世祖怜之　“世”原作“始”。《四库全书》本作“更始怜之”,旧本同。案:《后汉书》本传:“光武闻而怜之。”光武帝庙号世祖,据改。

〔六〕为印平侯　孔广陶校刊本无此四字,据《四库全书》本补。案:《后汉纪》、《后汉书》作“邹平侯相”,而《艺文类聚》卷七九引袁宏《汉纪》作“印平侯”,与今本袁宏《后汉纪》不同。

〔七〕上书乞骸骨　旧本据《后汉书》于“骸骨”下补“归葬”二字。

107 虞荡

冯乘虞荡夜猎,见一大麈射之。麈便云:“虞荡,汝射杀我耶?”明晨,得一麈而入,少时荡死。

本条《太平御览》卷九〇六引,出《搜神记》,据辑。

108 士人陈甲

吴郡海盐县北乡亭里,有士人陈甲,本下邳人,元帝时寓居华亭〔一〕。猎于东野大薮,欻见大蛇,长六七丈,形如百斛船,玄黄五色,卧冈下。士人即射杀之,不敢说。三年后,与乡人共猎。至故见蛇处,语同行云:“昔在此杀大蛇。”其夜,梦见一人,乌衣黑帻，来至其家。问曰："我昔昏醉，汝无状杀我。吾昔醉，不识汝面，故三年不相知。今自来就死〔二〕。"其人即惊觉。明旦，腹痛而卒。

本条《太平广记》卷一三一引，出《搜神记》，据辑。

〔一〕元帝时寓居华亭　"元帝"前原有"晋"字。案：干宝晋人，依例不当称晋，乃《广记》纂录者所加，以明其时，今删。

〔二〕今自来就死　旧本"自"讹作"日"。

搜神记卷一〇

妖怪篇之一

案:《法苑珠林》卷三一《妖怪篇·述意部》:"妖怪者,干宝《记》云……"本书原当有《妖怪篇》。《左传》宣公十五年:"天反时为灾,地反物为妖。"《说文》"虫"部:"衣服歌谣草木之怪谓之祅,禽兽虫蝗之怪谓之蠥。"所叙为灾异变怪,吉凶征兆之事。

109 妖怪

妖怪者,盖是精气之依物者也。气乱于中,物变于外,形神气质,表里之用也。本于五行,通于五事。虽消息升降,化动万端,然其休咎之征,皆可得域而论矣。

本条见引于《法苑珠林》卷三一《妖怪篇·述意部》。前云:"妖怪者,干宝《记》云……""记"当指《搜神记》,盖属《妖怪篇》序论。

110 山徙

夏桀之时，厉山亡。秦始皇之时，三山亡。周显王三十二年[一]，宋大丘社亡。汉昭帝之末，陈留昌邑社亡。京房《易传》曰："山默然自移，天下有兵[二]，社稷亡也。"故会稽山阴郭中有怪山[三]，世传本琅琊东武海中山也[四]。时天夜，风雨晦冥，旦而见武山在焉。百姓怪之，因名曰怪山。时东武县山，亦一夕自亡去。识其形者，乃知其移来。今怪山下见有东武里，盖记山所自来，以为名也。又交州郁州山移至青州[五]。凡山徙，皆不极之异也[六]。

本条《法苑珠林》卷六三，明孙瑴《古微书》卷三一《孝经内事图》按语引，出《搜神记》。今据《珠林》辑，校以《古微书》。

〔一〕三十二年　《汉书·郊祀志上》作"四十二年"。案：《史记·封禅书》但言"或曰宋大丘社亡"，未有纪时。

〔二〕天下有兵　《四部丛刊》影印径山寺本、《四库全书》本（卷八〇）作"天下兵乱"，旧本同。

〔三〕故会稽山阴郭中有怪山　"郭"原作"琅琊"。案：《太平广记》卷三九七引《广古今五行记》："会稽山阴郭中有怪山，世传本琅琊东武山。时天夜雨晦冥，旦而见在此焉。百姓怪之，因名曰怪山。"当本本书。琅琊不在山阴，不得言"山阴琅琊中"，"琅"当为"郭"字，涉下而讹，又增"琊"也，据改。

〔四〕东武海中山也　原无"海中"二字，据《古微书》补。《吴越春秋·勾践归国外传》亦作"东武海中山也"。旧本补"海中"

二字。

〔五〕又交州郁州山移至青州　《珠林》、《古微书》“郁州”作“脆州”。案:《山海经·海内东经》:“都州在海中。一曰郁州。”郭璞注:“今在东海朐县界,世传此山自苍梧从南徙来,上皆有南方物也。”《水经注·淮水》作“郁洲”。知“脆州”乃“郁州”之讹,据改。据《晋书·地理志下》,苍梧郡汉属交州,吴黄武五年分交州之南海、苍梧等四郡立广州,俄复旧,永安六年复分交州立广州,晋时苍梧郡属广州。此言交州,沿其旧也。又,郁州属东海郡朐县,而东海郡西晋属徐州,不属青州。然《晋书·地理志下》云:“自元帝渡江,于广陵侨置青州。”而广陵在徐州境,故此言郁州山移至青州者,粗举其地耳。

〔六〕案:《珠林》下云:“此二事未详其世。《尚书·金縢》曰:‘山徙者,人君不用道士,贤者不兴,或禄去公室,赏罚不由君,私门成群,不救,当为易世变号。’说曰:‘善言天者,必质之于人。天有四时五行,日月相推,寒暑迭代。其转运也,和而为雨,怒而为风,散而为露,乱而为雾,凝而为霜雪,立为蚟蜺(案:《大正新修大藏经》本作虹蜺,径山寺本作蚔蜺),此天地之常数也。若四时失运,寒暑乖违,则五纬盈缩,星辰错行,日月薄蚀,彗孛流飞,此天地之色诊也;此寒暑不时,天地承(案:《大正藏》本作亟,是也)否也。故石立土踊,天地之痤赘也;山崩地陷,天地之痈疽也;冲风暴雨,天地之奔气也;雨泽不降,川渎涸竭,天地之焦枯也。’”《古微书》按语所引乃本《珠林》,惟删去“此二事未详其世”,“说曰”改“又曰”,删“善言天者”至“星辰错行”。此段议论实乃《珠林》编纂者道世语,观“此二事未详其世”一语甚明。道世引事,为求实证皆明其时代,此二事原书未有纪时,道世亦无从考知，故特作说明，干宝原文必不尔也。且夫所引《尚书·金滕》，《金滕》中并无此语，干宝亦不能有此误。又者，“说曰”一节与《太平广记》卷二一八《孙思邈》（出《谭宾录》）载孙思邈对卢照邻论医道之语相合，惟文繁于此，又见《广记》卷二一《孙思邈》（出《仙传拾遗》及《宣室志》）。汪绍楹以为乃《法苑珠林》作者道世引他书附入，非本书，甚是。旧本《搜神记》将此节连带辑入，又从《广记》补入“人有四肢五脏……此亦人之常数也”一段，颇误。

111 马化狐

周宣王三十三年，幽王生，是岁有马化为狐。

本条《法苑珠林》卷三二、《天中记》卷六〇引，出《搜神记》，二书文同，据辑。

112 郑女生四十子

鲁哀公之八年〔一〕，郑有女一生四十子〔二〕，其二十人为人，二十人死。其九年，晋有豕生人，能言。吴赤乌七年，有妇人一生三子〔三〕。

本条《法苑珠林》卷七〇引，出《搜神异记》，据辑，校以《古本竹书纪年》。

〔一〕鲁哀公之八年　“鲁”原作“周”。案：《大唐开元占经》卷一一三引《纪年》(即《竹书纪年》):"晋定公二十五年,西山女子化为丈夫,与之妻,能生子。其年郑一女而生四十人,二十人死。"晋定公二十五年(前四八七)当周敬王三十三年、鲁哀公八年,是知"周"当为"鲁"之讹,据改。《四库全书》本(卷八七)作"周哀王",旧本同。案:《史记·周本纪》载:"(周定王)二十八年,定王崩,长子去疾立,是为哀王。哀王立三月,弟叔袭杀哀王而自立,是为思王。"周哀王在位才三月,安得云八年?必是浅人见"周哀公"有误,遂妄改"公"为"王"也。《法苑珠林校注》据旧本亦改作"周哀王"。

〔二〕郑有女一生四十子　"女"原作"人",据《竹书纪年》改。

〔三〕三子　《大正新修大藏经》本《珠林》作"三十子"。

113 御人产龙

周烈王之六年〔一〕,林碧阳君之御人产二龙〔二〕。

本条《法苑珠林》卷七〇引,出《搜神异记》,据辑,校以《古本竹书纪年》。

〔一〕周烈王之六年　《古本竹书纪年》(据《开元占经》卷一一三所引)系此事于今王(即魏襄王)四年,据《史记·周本纪》,此年当周慎靓王六年(前三一五)。

〔二〕林碧阳君之御人产二龙　《古本竹书纪年》作"碧阳君之诸御产二龙"。

114 齐地暴长

周隐王二年四月〔一〕，齐地暴长，长丈馀，高一尺五寸〔二〕。京房《易妖》曰〔三〕："地长四时暴〔四〕，占春夏多吉，秋冬多凶。"历阳之郡，一夕沦入地中而为泽水，今麻湖是也〔五〕，不知何时。《运斗枢》曰〔六〕："邑之沦，阴吞阳，下相屠焉〔七〕。"

本条《法苑珠林》卷六三引，出《搜神记》，据辑，校以《古本竹书纪年》。

〔一〕周隐王二年四月　《古本竹书纪年》(《太平御览》卷八八〇引)无"四月"二字。

〔二〕高一尺五寸　《古本竹书纪年》无"五寸"二字。

〔三〕京房易妖曰　《珠林》《四库全书》本(卷八〇)"妖"作"传"，嘉靖伯玉翁钞本《类说》卷三七《法苑珠林》同。宣统刊本、径山寺本(《四部丛刊》)、《大正新修大藏经》本作"妖"。案:《汉书》、《晋书》、《宋书》之《五行志》，多引京房《易传》，而《宋书·五行志》又兼引京房《易妖》颇夥。京房乃西汉著名今文易学家，《汉书》有传。其学以《易》推灾异，实术数之学。京房著述极众。《汉书·艺文志》易类著录《孟氏京房》十一篇、《灾异孟氏京房》六十六篇。《隋书·经籍志》易类著录京房《周易章句》十卷、《周易错》八卷，五行类著录京房《周易占事》十二卷、《周易占》十二卷(注:梁《周易妖占》十三卷，京房撰)、《周易守林》三卷、《周易集林》十二卷、《周易飞候》九卷又六卷、《周易四时候》四卷、《周易错卦》七卷、《周易混沌》四卷、《周易委化》四卷、《周易逆刺占灾异》十二卷。此皆与《易》相关者,他书犹多。《易妖》者殆即《周易妖占》。至于京房《易传》,当泛称其书中占释之辞,未必定指某书。今传京房《易传》三卷,乃后人改题,原为何书已难确考。

〔四〕地长四时暴　旧本改作“地四时暴长”,《四库全书》同,疑据旧本改。

〔五〕今厤湖是也　“厤”原作“麻”,汪绍楹校:“‘麻’当作‘厤’。以形近致讹。《太平寰宇记》一二四亦作‘麻湖’,是传讹已久。”案:历阳陷湖原出《淮南子·俶真训》及高诱注,未言湖之名何。《太平御览》卷一六九引《淮南子》,有注云:“汉明帝时,历阳沦为麻湖。”然《括地志》(《史记·项羽本纪正义》引)曰:“和州历阳县,本汉旧县也。《淮南子》云:‘历阳之都,一夕而为湖。’汉帝时,历阳沦为历湖。”此或《御览》注所本。是则本作历湖,名与历阳相涉也。故或又作历阳湖,《独异志》卷上载此事云:“今和州历阳湖是也。”“历”之古字为“厤”,以形似而讹作“麻”,后世遂沿讹不改,《御览》卷一六九又引《十道志》:“麻湖在县西十里。”亦误作“麻湖”。《寰宇记》于“历阳县”下分列麻湖与历阳湖,别为二湖,然皆地陷而成湖,实即厤湖也。而南宋祝穆《方舆胜览》卷四九《和州·山川》只列《历湖》一目,辨云:“在历阳县西三十里,今谓之麻湖,盖讹为‘历’字。”以为麻湖之“麻”乃讹写“历”字而成。王象之《舆地纪胜》卷四八《和州·景物上》作“㵐”,乃加水旁。云:“在历阳县西三十里。……古‘历’字作‘厤’,今误为‘麻’。今谓之麻湖者,谬也。”清刘文淇《舆地纪胜校勘记》卷一一云:“张氏鉴云上‘麻’字当作‘厤’。按以《说文》考之,张说是也。”讹“厤”为“麻”非在干宝之世,今改作“麻”。

〔六〕运斗枢曰　“斗”原作“升”，据《四库全书》本改。案：《太平御览经史图书纲目》有《春秋运斗枢》，乃附会《春秋》之纬书。

〔七〕案：“历阳之郡”以下，汪绍楹以为“此当是另条”。非是。盖地长湖陷，事类相关，故合记之。本书事例颇多，如前所记郑女生四十子、豕生人即是，皆为异产也。

115 洧渊龙斗

鲁昭公十九年，龙斗于郑时门之外洧渊。京房《易传》曰：“众心不安，厥妖龙斗其邑中也〔一〕。”

本条《法苑珠林》卷三一引，出《搜神记》，据辑。

〔一〕案：《汉书·五行志下之上》亦载此事，在“洧渊”下、“京房《易传》”上多出一节文字：“刘向以为近龙孽也。郑以小国摄乎晋、楚之间，重以强吴，郑当其冲，不能修德，将斗三国，以自危亡。是时子产任政，内惠于民，外善辞令，以交三国，郑卒亡患，能以德消变之效也。”旧本补辑“刘向以为近龙孽也”一句。

116 九蛇绕柱

鲁定公元年秋，有九蛇绕柱。占以为九世庙不祀，乃立炀宫。

本条《开元占经》卷一二〇、《太平御览》卷九三四、《事类赋注》卷二

八、《天中记》卷五六、《山堂肆考》卷二二三并引，出《搜神记》，据《开元占经》辑，校以《御览》、《事类赋注》。

117 马生人

秦孝公二十一年，有马生人。昭王二十年，牡马生子而死〔一〕。刘向以为马祸也。故京房《易传》曰："方伯分威〔二〕，厥妖牡马生子。上无天子，诸侯相伐，厥妖马生人也。"

本条《法苑珠林》卷七〇引，出《搜神异记》。又《南华真经义海纂微》卷五七、《庄子翼》卷五引作《搜神记》。今据《珠林》辑，校以《汉书·五行志下之上》。

〔一〕牡马生子而死　《珠林》宣统本、径山寺本"牡"作"牝"，据《四库全书》本(卷八七)、《法苑珠林校注》及《汉志》改。下同。

〔二〕方伯分威　《珠林》宣统本、径山寺本及《法苑珠林校注》"威"作"灭"，据《大正新修大藏经》本、《四库全书》本及《汉志》改。

118 魏女子化丈夫

魏襄王十三年〔一〕，有女子自首化为丈夫〔二〕，与妻生子。故京房《易传》曰："女子化为丈夫，兹谓阴昌，贱人为王；丈夫化为女子，兹为阴胜阳〔三〕，厥咎亡也〔四〕。"

本条《法苑珠林》卷三二引，出《搜神记》，据辑，校以《汉书·五行志下之上》。

〔一〕十三年　《珠林》宣统本、径山寺本、《法苑珠林校注》及嘉靖伯玉翁钞本《类说》卷三七《法苑珠林》（案：天启刊本卷四三《法苑珠林》无此条）作"三年"，据《四库全书》本（卷四三）、《汉志》、《太平御览》卷八八七引《鸿范五行传》补"十"字。

〔二〕有女子自首化为丈夫　《珠林》径山寺本、《四库全书》本、旧钞本《类说》及《汉志》、《鸿范五行传》均无"自首"二字。

〔三〕阴胜阳　《汉志》无"阳"字。案：《宋书·五行志五》引京房《传》作"阴胜阳"。

〔四〕厥咎亡也　《汉志》此下云："一曰：男化为女，宫刑滥也；女化为男，妇政行也。"旧本从《汉志》补之，未妥。

119 五足牛

秦文王五年〔一〕，游于朐衍，有献五足牛者，时秦世丧用民力〔二〕。京房《易传》曰："兴繇役，夺民时，厥妖牛生五足。"

本条《法苑珠林》卷七〇引，出《搜神异记》。据辑。

〔一〕秦文王五年　案：此事取《汉书·五行志下之上》，《志》云秦孝文王五年。旧本据《汉志》补"孝"字。汪绍楹以为，据《史记·秦本纪》，孝文王在位只一年，安得有五年之事。《史记·六国年表》载："秦惠文王初更五年，王北游戎地，至河上。"朐衍正为戎地（案：师古注："朐衍，地名，在北地。"），可证孝文王当作惠文王。汪氏说是。然《珠林》所引但言"文王"，未知为孝为惠。本书虽承《汉志》，未必定作"孝文王"，改孝为惠亦未可知。即便作"孝文王"，亦沿误而已，非为传讹也。今姑仍《珠林》之旧。

〔二〕时秦世丧用民力　《四库全书》本(卷八七)“丧”作“大”。案:旧本此句下据《汉志》妄补“天下叛之”四字。《汉志》于“有献五足牛者,刘向以为近牛祸也”下云:“先是,文惠王初都咸阳(案:此有误。文惠王应作惠文王。初都咸阳乃秦孝公事,见《史记·秦本纪》),广大宫室,南临渭,北临泾,思心失,逆土气。足者,止也,戒秦建止奢泰,将致危亡。秦遂不改,至于离宫三百,复起阿房,未成而亡。一曰,牛以力为人用,足所以行也。其后秦大用民力转输,起负海至北边,天下叛之。”

搜神记卷一一

妖怪篇之二

120 龙见温陵井

汉惠二年正月癸酉旦〔一〕，有两龙见于兰陵廷东里温陵井中〔二〕。京房《易传》曰：“有德遭害，厥妖龙见井中。行刑暴恶〔三〕，黑龙从井出。”

本条《法苑珠林》卷三一引，出《搜神记》，据辑，校以《汉书·五行志下之上》。

〔一〕癸酉旦　原引作“癸酉朔旦”。案：据陈垣《二十史朔闰表》，汉惠帝二年正月乃庚午朔，初四为癸酉。《汉志》作“癸酉旦”，据删“朔”字。《汉书·惠帝纪》亦略载此事，称“春正月癸酉”。

〔二〕有两龙见于兰陵廷东里温陵井中　原引作“两龙现于兰陵庭东坐温陵井中”，《四库全书》本（卷四二）“坐”作“里”，据《汉志》改。颜师古注：“兰陵县之廷东里也。温陵，人姓名也。”案：此句下旧本据《汉志》补“至乙亥夜去”五字。

〔三〕行刑暴恶　《珠林》宣统本、径山寺本及《法苑珠林校注》“暴”作“甚”,《四库全书》本及《汉志》作“暴”,据改。案:旧本“行刑暴恶”上有“又曰”二字,乃据《汉志》补。

121 马狗生角

汉文帝十二年,吴地有马生角,在耳〔一〕,上向。右角长三寸,左角长二寸,皆大二寸。后五年六月〔二〕,齐雍城门外有狗生角〔三〕。刘向以为马不当生角,犹下不当举兵向上也,吴将反之变云。京房《易传》曰:“臣易上,政不顺,厥妖马生角,兹谓贤士不足〔四〕。”

本条《法苑珠林》卷七〇引,出《搜神异记》,据辑,校以《汉书·五行志》。旧本据《汉志》辑,且分作二条。案:《珠林》引为一条,其标目为《汉文帝时有马与狗皆生角》。而《汉志》原为两条,“京房《易传》”云云乃马生角占辞,狗生角自有占辞,此未录。盖干宝于此条主要记马生角,而以狗生角同在汉文帝时,且属同类之事,故插叙之耳。分作二条似未妥。

〔一〕在耳　《四库全书》本(卷八七)作“在耳前”,旧本同,《汉书·五行志下之上》作“角在耳前”。

〔二〕后五年六月　旧本作“文帝后元五年六月”。案:文帝后五年即指文帝后元五年,《汉书·五行志中之上》即作“后五年”。据《汉书·文帝纪》载,文帝十六年,“明年改元”,史称后元。张晏注:“新垣平候日再中,以为吉祥,故改元年,以求延年之祚也。”

〔三〕齐雍城门外有狗生角　“齐雍城门”,《珠林》宣统本、径山寺本讹作“密应城门”，据《四库全书》本（卷八七）及《汉书·五行志中之上》改。师古注：“雍城门者，齐门名也。”

〔四〕案：旧本此下据《汉书·五行志下之上》补“又曰：天子亲伐，马生角”九字。“狗生角”条据《汉书·五行志中之上》补“京房《易传》曰：执政失，下将害之，厥妖狗生角”十七字。

122 下密人生角

汉景帝二年九月〔一〕，胶东下密人，年七十馀，生角，角有毛生。故京房《易传》曰：“冢宰专政〔二〕，厥妖人生角。”《五行志》以为人不当生角，犹诸侯不当举兵向京师也〔三〕，其后有七国之难起〔四〕。

本条《法苑珠林》卷三二引，出《搜神记》。事出《汉书·五行志下之上》，据《珠林》辑，校以《汉志》。

〔一〕汉景帝二年九月　《珠林》“二年”作“元年”，据《汉志》改。

〔二〕冢宰专政　“专”字《珠林》宣统本、径山寺本阙，据《四库全书》本（卷四三）及《汉志》补。

〔三〕犹诸侯不当举兵向京师也　旧本“当”讹作“敢”。

〔四〕案：旧本下云：“至晋武帝泰始五年，元城人年七十生角，殆赵王伦篡乱之应也。”此乃据《晋书·五行志下》（取自《宋书·五行志五》）滥补，“应”原作“象”。

123 犬豖交

汉景帝三年，邯郸有犬与家豖交〔一〕。时赵王遂与六国共反〔二〕，外结匈奴以为援。《五行志》以为赵王昏乱。犬，兵革失众之占；豕者，北方匈奴之象。逆言失听，交于异类，以生害也〔三〕。

本条《法苑珠林》卷三一引，出《搜神记》。《汉书·五行志中之上》载此事，为干书所本，然非照录，隐括大意而已。今据《珠林》，校以《汉志》。

〔一〕邯郸有犬与家豕交　旧本作“邯郸有狗与彘交”，乃据《汉志》。

〔二〕时赵王遂与六国共反　“时赵王”旧本作“是时赵王悖乱”，乃据《汉志》。

〔三〕“犬兵革失众之占”至“以生害也”　《珠林》宣统本、径山寺本及《法苑珠林校注》作“豕类外交之异，匈奴，犬豕之类也”，文有脱讹，今从《四库全书》本（卷四二），其文与《汉志》同。案：旧本末云：“京房《易传》曰：夫妇不严，厥妖狗与豕交，兹谓反德，国有兵革。”乃据《汉志》增补。

124 乌斗

汉景帝三年十一月，有白颈乌与黑乌群斗楚国吕县。白颈不胜，堕泗水中，死者数千。刘向以为近白黑祥也〔一〕。楚王戊暴逆无道，刑辱申公，与吴谋反。乌群斗者，师战之象也。白颈者小，明小者败也。堕于水者，将死水地。王戊不悟，遂举兵应吴，与汉大战，兵败而走。至于丹徒，为越人所斩。堕泗水之效也〔二〕。京房《易传》曰：“逆亲亲，厥妖白黑乌斗于国。”燕王旦之谋反也，又有一乌一鹊斗于燕宫中〔三〕，乌堕池死〔四〕。《五行志》以为楚、燕皆骨肉蕃臣〔五〕，骄恣而谋不义，俱有乌鹊斗死之祥。行同而占合,此天人之明表也。燕阴谋未发,独王自杀于宫,故一乌而水色者死;楚炕阳举兵,军师大败于野,故乌众而金色者死,天道精微之效也。京房《易传》曰:“颛征劫杀[六],厥妖乌鹊斗也。”

本条《法苑珠林》卷五七引,出《搜神记》,据辑。《珠林》宣统本止于“堕泗水之效也”,以下据《大正新修大藏经》本、径山寺本及《四库全书》本。事出《汉书·五行志中之下》,据校。

〔一〕近白黑祥也 “白”字原讹作“日”,据《四库全书》本(卷七二)及《汉志》改。

〔二〕堕泗水之效也 《汉志》作“堕死于水之效也”。

〔三〕宫中 旧本下有“池上”二子,乃据《汉志》补。

〔四〕乌堕池死 “池”字原讹作“地”,据《汉志》改。

〔五〕楚燕皆骨肉蕃臣 “皆”字原讹作“背”,据《汉志》改。

〔六〕颛征劫杀 “劫”字原讹作“去”,据《四库全书》本及《汉志》改。

125 牛祸

汉景帝中六年[一],梁孝王田北山,有献牛足出背上者。刘向以为牛祸,思心霿乱之咎也[二]。至汉桓帝延熹五年[三],临沅县有牛生鸡,两头四足。

本条《法苑珠林》卷七〇引,出《搜神异记》,据辑。案:《珠林》所引牛生鸡事,旧本另作一条,似未妥。牛足出背事本《汉书·五行志下之上》,牛生鸡事所出不详。干宝取二事而合为一条者,皆为牛祸也。

〔一〕中六年　旧本讹作"十六年"。

〔二〕思心霿乱之咎也　《四库全书》本(卷八七)"心"作"虑"。案:旧本作:"内则思虑霿乱,外则土功过制,故牛祸作。足而出于背,下奸上之象也。"乃据《汉志》增补。

〔三〕汉桓帝延熹五年　"桓帝"原作"灵帝"。案:延熹乃桓帝年号,灵帝年号凡四:建宁、熹平、光和、中平,无一与延熹形似音近者,讹当在"灵"字,今改。旧本亦改。《珠林》《大正新修大藏经》本"延熹"讹作"延嘉",

126 赵邑蛇斗

汉武帝太始四年七月[一],赵有蛇从郭外入,与邑中蛇斗孝文庙下,邑中蛇死。后二年秋,有卫太子事,自赵人江充起。

本条《法苑珠林》卷三一、《太平御览》卷八八五引,并出《搜神记》,今据《珠林》辑,校以《汉书·五行志下之上》。

〔一〕七月　《珠林》宣统本作"十月",《御览》同,径山寺本(卷四二)、《四库全书》本(卷四二)、《汉志》及《武帝纪》俱作"七月",据改。

127 辂軨厩鸡变

汉宣帝黄龙元年,未央殿辂軨厩中[一],雌鸡化为雄鸡,毛衣亦变[二],不鸣不将,无距。元帝初元中[三],丞相府史家,雌鸡化为雄鸡[四],冠距鸣将。至永光年中,有献雄鸡生角者。《五行志》以为王氏之应也[五]。

本条《法苑珠林》卷三二引，出《搜神记》，据辑。原出《汉书·五行志中之上》，据校。

〔一〕未央殿辂軨厩中　《汉志》无"厩"字，旧本同。案：《汉志》孟康注："辂軨，厩名也。"

〔二〕毛衣亦变　《汉志》作"毛衣变化"，旧本同。

〔三〕元帝初元中　旧本"中"作"元年"。案：《汉志》作"中"。据《汉书·元帝纪》，初元凡五年。旧本误。

〔四〕雌鸡化为雄鸡　《汉志》作"雌鸡伏子，渐化为雄"，旧本同。

〔五〕案：旧本末云："贤者居明夷之世，知时而伤，或众在位，厥妖鸡生角。"乃据《汉志》妄增。

128 范延寿

汉宣帝之世[一]，燕代之间[二]，有三男共取一妇，生四子。及其将分，妻子而不可均，乃致争讼。廷尉范延寿断之曰："此非人类，当以禽兽处之。禽兽从母不从父也，请戮三男子，以儿还母。"宣帝嗟叹曰："事何必古。若此，则可谓当于理而猒人情也。"延寿盖见人事而知用刑矣，未知论人妖将来之应也。

本条《北堂书钞》卷四四、《法苑珠林》卷四四、《太平御览》卷六四七引，并出《搜神记》。今参酌诸书校辑。

〔一〕汉宣帝之世　《珠林》、《御览》并作"汉宣帝之世"，《御览》卷二三一引谢承《后汉书》亦谓"范延寿宣帝时为廷尉"。案：《汉书·百官公卿表》载：成帝河平二年，"北海太守安平范延寿子路为廷尉，八年卒"。又卷八四《翟方进传》载：河平中，司隶校尉陈庆"与廷尉范延寿语"。则延寿为廷尉非在宣帝世，疑本书记载有误。《书钞》引作"汉灵帝时"，尤误。

〔二〕燕代之间　"燕代"，谢承《后汉书》作"燕赵"。

129 茅乡社大槐树

汉建昭五年，兖州刺史浩赏，禁民私所立社[一]。山阳橐茅乡社有大槐树[二]，吏伐断之，其夜树复立故处。说曰：凡断枯复起，皆废而复兴之象也，是世祖之应耳。

本条《法苑珠林》卷六三引，出《搜神记》，据辑，校以《汉书·五行志中之下》。

〔一〕禁民私所立社　《汉志》"所"下有"自"字，旧本同。

〔二〕山阳橐茅乡社有大槐树　《珠林》脱"茅"字，据《四库全书》本（卷八〇）及《汉志》补。颜师古注："橐，县名也，属山阳郡。茅乡，橐县之乡也。"

130 鼠巢

汉成帝建始四年九月，长安城南有鼠衔黄蒿[一]、柏叶，上民冢柏及榆树上为巢，桐柏为多[二]。巢中无子，皆有干鼠屎数十[三]。时议臣以为恐有水灾起。鼠，盗窃小兽[四]，夜出昼匿，今正昼去穴而登木，象贱人将居贵显之位也[五]。桐柏，卫思后园所在也。其后赵后自微贱登至尊,与卫后同类。赵后终无子而为害。明年,有鸢焚巢,杀子之象云〔六〕。京房《传》曰:"臣私禄罔辟〔七〕,厥妖鼠巢也。"

本条《法苑珠林》卷三一引,出《搜神记》,据辑,校以《汉书·五行志中之上》。

〔一〕黄蒿　《珠林》原引作"黄藁",据《汉志》改。旧本未改。

〔二〕桐柏为多　《汉志》"为"作"尤"。

〔三〕干鼠屎数十　《珠林》原引无"鼠"字,"十"作"升",据《汉志》改。

〔四〕兽　《汉志》作"虫",旧本同。

〔五〕贵显之位也　"位"字原讹作"象",据《汉志》改。旧本讹作"占"。

〔六〕杀子之象云　《汉志》"象云"作"异也"。

〔七〕臣私禄罔辟　《珠林》《四库全书》本(卷四二)"辟"作"干",旧本同。案:《汉志》李奇注:"辟,君也。擅私爵禄,诬罔其君。"作"干"误。

131 长安男子

汉成帝河平元年〔一〕,长安男子石良、刘音〔二〕,相与同居。有如人状在其室中,击之,为狗,走出。去后,有数人被甲持兵弩至良家。良等格击,或死或伤,皆狗也〔三〕。自二月至六月乃止。其于《洪范》,皆犬祸,言不从之咎也。

本条《艺文类聚》卷九四引，出《搜神记》，据辑，校以《汉书·五行志中之上》。

〔一〕河平元年　原作“河清元年”，案：汉成帝无河清年号，据《汉志》改。

〔二〕刘音　原作“刘晋”，据《汉志》改。

〔三〕“有如人状在其室中”至“皆狗也”　《类聚》原作：“有如人状在其室，击之，为狗，去复至，数人被甲持兵弩来，格之或伤，尽狗也。”据《汉志》补正。

132 燕生雀

汉绥和二年三月，天水平襄有燕生雀，哺食至大，俱飞去。京房《易传》曰：“贼臣在国，厥咎燕生雄雀〔一〕。”一曰〔二〕，生非其类，子不嗣也〔三〕。

本条《法苑珠林》卷七〇引，出《搜神异记》，据辑，校以《汉书·五行志中之下》。

〔一〕燕生雄雀　《汉志》无“雄”字。此句下《汉志》有“诸侯销”三字。旧本同《汉志》。

〔二〕一曰　原作“又曰”，《汉志》作“一曰”。案：此非京房《易传》语，不得称“又曰”，据改。旧本作“又曰”。

〔三〕子不嗣也　《汉志》“也”作“世”，旧本同。

133 大厩马生角

汉绥和二年，大厩马生角，在左耳前，围长各二寸。哀帝建平二年[一]，定襄有牡马生驹[二]，三足，随群饮食。《五行志》以为：马，国之武用；三足，不任用之象也。

本条《法苑珠林》卷七〇引，出《搜神异记》，据辑，校以《汉书·五行志下之上》。案：旧本辑为二条，《珠林》为一条，标目作《汉定襄有牝马生驹三足》，而在《汉志》中亦为一条，作二条未妥。

〔一〕“大厩马生角”至“哀帝建平二年” 此二十字《珠林》脱去，据《汉志》补。旧本“围长各二寸”下有“是时王莽为大司马，害上之萌，自此始矣”十六字，乃据《汉志》补。“建平二年”误作“建平三年”。

〔二〕牡马生驹 《珠林》“牡”作“牝”，据《汉志》改。

134 零陵树变

汉哀帝建平三年[一]，零陵有树僵地[二]，围一丈六尺，长一十四丈七尺[三]。民断其本，长九尺馀，皆枯。三月，树卒自立故处[四]。汝南西平遂阳乡有树仆地[五]，生枝叶如人形[六]，身青黄色，面白，头有髭发，稍长大，凡长六寸一分[七]。京房《易传》曰：“王德欲衰，下人将起，则有木生为人状。”其后有王莽之篡。

本条《法苑珠林》卷六三引，出《搜神记》，据辑，校以《汉书·五行志中之下》。案：旧本辑为二条，《珠林》为一条，标目作《汉哀帝时有灵树变》。《汉志》亦作二条，然遂阳事在前，且与山阳槖茅乡大槐树事合为一条，零陵事乃在下条，次第与此不同。疑干宝以二事皆为哀帝建平三年事，故合为一条而调整次序，作二条似未妥。

〔一〕案:旧本此句前尚有成帝永始元年事,云:"成帝永始元年二月,河南街邮樗树生枝如人头,眉目须皆具,亡发耳。"乃据《汉志》妄增。

〔二〕僵地 《珠林》宣统本、径山寺本"僵"字讹作"量",据《四库全书》本(卷八〇)及《汉志》改。

〔三〕长一十四丈七尺 "一十四丈",《汉志》作"十丈"。

〔四〕树卒自立故处 "卒"字原作"本",盖涉上"民断其本"而讹,据《汉志》改。旧本此句下有"京房《易传》曰:弃正作淫,厥妖木断自属。妃后有颛,木仆反立,断枯复生"数语,乃据《汉志》妄增。

〔五〕汝南西平遂阳乡有树仆地 《珠林》宣统本、径山寺本及《法苑珠林校注》讹作"汝南平阳遂乡有树博地",据《汉志》改,《汉志》"树"作"柱",旧本作"材"。

〔六〕生枝叶如人形 《汉志》"枝叶"作"支",旧本同,惟改"支"为"枝"。

〔七〕头有鬓发稍长大凡长六寸一分 原作"头发稍长六寸一分",有脱文,据《汉志》补正。

135 豫章男子

汉建平中,豫章有男子化为女子,嫁为人妇,生一子。长安陈凤曰:"阳变为阴,将亡继嗣〔一〕。"生一子者,将复一世乃绝也。故后哀帝崩〔二〕,平帝没,而王莽篡焉。

本条《法苑珠林》卷三二引,出《搜神记》,据辑。

〔一〕将亡继嗣　《汉书·五行志下之上》在此句下有“自相生之象。一曰嫁为人妇”十一字，旧本据补。然此记非照录《汉志》原文，未妥。

〔二〕故后哀帝崩　《珠林》宣统本、径山寺本及《法苑珠林校注》“后”作“使”，据《四库全书》本（卷四三）改。旧本作“后”。

136 赵春

汉平帝元始元年二月，朔方广牧女子赵春病死。既棺敛，六日出在棺外〔一〕，自言见夫死父〔二〕，曰：“年二十七，不当死。”太守谭以闻。说曰：“至阴为阳，下人为上〔三〕。”其后王莽篡位。

本条《法苑珠林》卷九七、《太平御览》卷八八七引，《珠林》出《搜神记言》（《大正新修大藏经》本作《搜神异记》），《御览》作《搜神记》。事采《汉书·五行志下之上》。今据《御览》、《珠林》酌定，校以《汉志》。

〔一〕六日出在棺外　旧本“六”误作“七”。《汉志》亦作“六”。

〔二〕自言见夫死父　《御览》作“自言见死人及父”，《珠林》宣统本、径山寺本作“自言见死夫”，据《四库全书》本（卷一一六）及《汉志》改。

〔三〕案：此句下旧本据《汉志》补“厥妖人死复生”六字。然《汉志》此为京房《易传》语，而“至阴为阳，下人为上”前云“一曰”，旧本所补颇谬。

137 长安女子

汉元始元年六月，有长安女子生儿，两头两颈〔一〕，面俱相向〔二〕。四臂共胸,俱前向。尻上有目,长二寸〔三〕。故京房《易传》曰:"'睽孤,见豕负涂。'厥妖人生两头。两颈,不一也〔四〕;足多〔五〕,所任邪也〔六〕;足少,不胜任〔七〕。下体生于上,不敬也;上体生于下,媟渎也〔八〕;生非其类,淫乱也;生而大,速成也〔九〕;生而能言,好虚也〔一〇〕。"

本条《法苑珠林》卷七〇引,出《搜神异记》,据辑,校以《汉书·五行志下之上》。

〔一〕两颈 《汉志》作"异颈"。

〔二〕面俱相向 "俱"原作"得"。案:本书后文《雒阳女子》条有"面俱相向"语,当为"俱"字之讹,今改。旧本作"俱"。

〔三〕长二寸 《汉志》"寸"下有"所"字,旧本同。

〔四〕两颈不一也 《汉志》作"二首,下不壹也"。案:旧本此前有"下相攘善,妖亦同。人若六畜首目在下,兹谓亡上,政将变更。厥妖之作,以谴失正,各象其类"数语,乃据《汉志》补。"政"原作"正","厥"原作"凡"。

〔五〕足多 旧本改"足"为"手",妄也。盖以四臂为手多而非足多,殊不知京房《易传》并非专对长安女子生儿而言,乃泛论足多足少之应。《法苑珠林校注》据旧本改,颇误。

〔六〕所任邪也 "任"字《珠林》宣统本、《大正新修大藏经》本、径山寺本、《法苑珠林校注》讹作"住",据《四库全书》本(卷八七)及《汉志》改。

〔七〕不胜任 《汉志》"不"上有"下"字,旧本据补。旧本又据《汉志》于此句下补"或不任下也"一句。

〔八〕媟渎也 "媟"字《珠林》宣统本、《大正藏》本、径山寺本讹作

“泄”,据《四库全书》本及《汉志》改。

〔九〕生而大速成也　《汉志》“生”上有“人”字,“速”上有“上”字,旧本补此二字。

〔一〇〕好虚也　此句下旧本据《汉志》补“群妖推此类,不改乃成凶也”十一字。

搜神记卷一二

妖怪篇之三

138 蛇见德阳殿

汉桓帝即位,有大蛇见德阳殿上〔一〕。雒阳市令淳于翼曰:"蛇有鳞,甲兵之象也。见于省中,将有椒房大臣受甲兵之诛也〔二〕。"乃弃官遁去。到延熹二年,诛大将军梁冀,捕治宗属〔三〕,扬兵京师也。

本条《后汉书·五行志五》注、《天中记》卷五六引干宝《搜神记》,《法苑珠林》卷三一亦引,出《搜神记》,文略。今据《后汉志》注,参酌《珠林》校辑。

〔一〕有大蛇见德阳殿上　"德阳殿",《天中记》误作"阳德殿"。案:《后汉书》卷四一《第五伦传》:"后德阳殿成。"注:"《汉宫殿名》曰:'北宫中有德阳殿。'"

〔二〕甲兵之诛也　旧本"诛"误作"象"。

〔三〕捕治宗属　旧本"宗"误作"家"。

139 赤厄三七

汉灵帝数游戏于西园，令后宫婇女为客舍主〔一〕，身为商贾〔二〕，行至舍间，婇女下酒，因共饮食，以为戏乐。盖是天子将欲失位，降在皂隶之象也〔三〕。其后天下大乱〔四〕，遂传古志之曰"赤厄三七"〔五〕。三七者，经二百一十载，当有外戚之篡，丹眉之妖。篡盗短祚，极于三六，当有龙飞之秀，兴复祖宗。又历三七，当复有黄首之妖，天下大乱矣。自高祖建业，至于平帝之末，二百一十年，而王莽篡位，盖因母后之亲。十八年而山东贼樊崇、刁子都等起〔六〕，实丹其眉，故天下号曰"赤眉"。于是光武以兴祚，其名曰秀。至于灵帝中平元年而张角起，置三十六方〔七〕，众数十万人，皆是黄巾，故天下号曰"黄巾贼"，故今道服由此而兴〔八〕。初起于邺，会于真定，诳惑百姓曰："苍天已死黄天立，岁名甲子年，天下大吉。"起于邺者，天下始业也，会于真定也。小民相向跪拜信趣出〔九〕，荆、杨尤甚。弃财产〔一〇〕，流沉道路，死者数百〔一一〕。角等初以二月起兵，其冬十二月悉破。自光武中兴至黄巾之起，未盈二百一十年，而天下大乱，汉祚废绝，实应三七之运也。

本条《法苑珠林》卷四四引，出《搜神记》，据辑，校以《后汉书·五行志一》。

〔一〕客舍主　《后汉志》作"客舍主人"。旧本据补"人"字。

〔二〕身为商贾　《后汉志》"贾"下有"服"字。旧本作"身为估服"。

〔三〕降在皂隶之象也　《珠林》"象"作"谣"，旧本同。案：《宋书·五行志一》载司马道子于府北园列肆酤酒为戏事，云："汉灵帝尝若此，干宝以为君将失位，降在皂隶之象也。"《晋书·五行志上》作"干宝以为贵者失位，降在皂隶之象也"。"干宝以为"即指本书，据改。

〔四〕其后天下大乱　《珠林》宣统本、《大正新修大藏经》本、径山寺本、《法苑珠林校注》原作"其后天子"，文有脱讹，据《四库全书》本（卷五七）及《后汉志》补正。

〔五〕遂传古志之曰赤厄三七　《四库全书》本作"古志有曰：赤厄三七"，旧本同。

〔六〕樊崇刁子都等起　原阙"崇刁"二字，据《后汉书·五行志一》、卷二一《任光传》等改。案：《后汉书·五行志一》："建武元年，赤眉贼率樊崇、逢安等共立刘盆子为天子。"又《五行志六》："时世祖在雒阳，赤眉降贼樊崇谋作乱，其七月发觉，皆伏诛。"《任光传》："力子都者，东海人也。起兵乡里，钞系徐、兖界，众有六七万。更始立，遣使降，拜子都徐州牧，为其部曲所杀。"《四库全书》本作"刁子都"。《资治通鉴》卷三八亦作"刁子都"，注："刁，一作力。《姓谱》：'力，黄帝佐力牧之后。汉有力子都。'"《资治通鉴考异》卷二："刁子都，范书作力子都。同编修刘攽曰：'力，当作刁，音雕。'"今从。

〔七〕三十六方　《珠林》"方"原作"万"，旧本同。《法苑珠林校注》本作"方"。案：《后汉书·孝灵帝纪》："中平元年春二月，钜鹿人张角自称黄天，其部帅有三十六方，皆着黄巾，同日反叛。""方"字原亦作"万"，中华书局点校本校改为"方"，《后汉书·

五行志五》作“三十六方”。据改。

〔八〕故今道服由此而兴　旧本“故”作“至”。

〔九〕小民相向跪拜信趣出　《四库全书》本“信趣出”作“趋信”,旧本同。《法苑珠林校注》据旧本改。

〔一〇〕弃财产　《四库全书》本上有“乃”字,旧本同。

〔一一〕死者数百　旧本“数百”作“无数”。

140 夫妇相食

汉灵帝建宁三年〔一〕,河内有妇食夫,河南有夫食妇。夫妇,阴阳二仪之体也,有情之深者也。今反相食,阴阳相侵,岂特日月之眚哉!灵帝既没,天下大乱,君有妄诛之暴,臣有劫弑之逆,兵革伤残〔二〕,骨肉为雠,生民之祸至矣〔三〕,故人妖为之先作。恨而不遭辛有、屠黍之论〔四〕,以测其情也。

本条《法苑珠林》卷四四引,出《搜神记》,据辑。

〔一〕建宁三年　《后汉书·五行志五》作“建宁三年春”,旧本据补“春”字。

〔二〕伤残　旧本“伤”作“相”。

〔三〕至矣　旧本“至”作“极”。

〔四〕辛有屠黍之论　“屠黍”原引作“屠乘”,旧本同。《法苑珠林校注》本作“屠黍”。案:《吕氏春秋》卷一六《先识览》:“晋太史屠黍见晋之乱也,见晋公之骄而无德义也,以其图法归周,周威公见而问焉。”“乘”、“黍”形似而讹,据改。《说苑》卷一三《权谋》作“屠馀”。

141 校别作树变

汉灵帝熹平三年〔一〕，右校别作中有两樗树，皆高四尺〔二〕。其一株宿昔暴长，长一丈馀，粗大一围，作胡人状，头目鬓发备具〔三〕。其五年十月〔四〕，正殿侧有槐树〔五〕，皆六七围，自拔倒竖，根上枝下。其于《洪范》〔六〕，皆为木不曲直。又中平中〔七〕，长安城西北六七里，有空树，中有人面，生鬓〔八〕。

本条《法苑珠林》卷六三引，出《搜神记》。原采《后汉书·五行志二》，据《珠林》辑，校以《后汉志》。

〔一〕熹平三年　《珠林》宣统本、《大正新修大藏经》本、径山寺本"熹"讹作"嘉"，据《四库全书》本（卷八〇）、《法苑珠林校注》本及《后汉志》改。

〔二〕四尺　《后汉志》"尺"下有"所"字，旧本改作"许"。所，许也。

〔三〕头目鬓发备具　《后汉志》"鬓"下有"须"字，旧本据补，然"备"作"俱"。

〔四〕十月　《后汉志》下有"壬午"二字，旧本据补。

〔五〕正殿侧有槐树　《后汉志》作"御所居殿后槐树"。

〔六〕其于洪范　《珠林》宣统本、《大正藏》本、径山寺本"范"讹作"渐"，据《四库全书》本及《法苑珠林校注》本改。

〔七〕又中平中　《珠林》宣统本、《大正藏》本、径山寺本误作"中平又"，《四库全书》本、《后汉志》作"中平中"，据改。《法苑珠林校注》本据《搜神记》改。

〔八〕"长安城西北六七里"至"生鬓"　旧本此节置于"根上枝下"

下、"其于《洪范》"上。

142 雒阳女子

汉光和二年〔一〕,雒阳上西门外女子生儿〔二〕,两头异肩,四臂共胸,面俱相向〔三〕。自是之后,朝廷霿乱,政在私门〔四〕,二头之象也〔五〕。后董卓杀太后,被以不孝之名,废天子又害之〔六〕,汉元以来,祸莫大焉〔七〕。

本条《法苑珠林》卷七〇引,出《搜神异记》,据辑,校以《后汉书·五行志五》。

〔一〕汉光和二年　《珠林》宣统本、径山寺本(卷八七)"光"讹作"元",据《大正新修大藏经》本、《四库全书》本、《法苑珠林校注》本及《后汉志》改。

〔二〕雒阳上西门外女子生儿　《珠林》宣统本、径山寺本、《四库全书》本及《校注》本"雒"作"洛",据《大正藏》本及《后汉志》改。魏始改"雒阳"为"洛阳"。见《三国志·魏书·文帝纪》注引《魏略》。

〔三〕两头异肩四臂共胸面俱相向　《后汉志》作"两头异肩共胸,俱前向",下云:"以为不祥,堕地弃之。"旧本据辑。

〔四〕政在私门　旧本此句下据《后汉志》补"上下无别"四字。

〔五〕二头之象也　《珠林》"象"作"像",据《后汉志》改。

〔六〕废天子又害之　《珠林》宣统本、径山寺本、《大正藏》本"害"讹作"周",据《四库全书》本、《校注》本及《后汉志》改。《后汉志》作"放废天子,后复害之",旧本同。

〔七〕祸莫大焉　《后汉志》"大焉"作"逾此",旧本同。

143 人状草

汉光和七年〔一〕,陈留,东郡,济阴冤句、离狐界中〔二〕,草生作人状〔三〕,操持兵弩,牛马龙蛇鸟兽之形〔四〕,白黑各如其色,羽毛头目足翅皆备,非但仿佛,像之尤纯。旧说曰:近草妖也。是岁有黄巾贼起,汉遂微弱。吴五凤元年六月,交址稗草化为稻〔五〕。

本条《法苑珠林》卷六三引,出《搜神记》,据辑。案:旧本以吴稗草化稻事别为另条,似未当。盖皆为草妖事,故干宝合而叙之。

〔一〕汉光和七年　《后汉书·五行志二》作中平元年夏,《风俗通义》佚文(《太平御览》卷九九四引)作光和七年。案:光和七年十二月改元中平,作光和七年是。

〔二〕陈留东郡济阴冤句离狐界中　《珠林》原作"陈留、济阴、东郡、冤句、离狐界中"。案:《后汉志》作"东郡,陈留济阳、长垣,济阴冤句、离狐县界"。《风俗通义》作"陈留、济阴诸郡"。据《后汉书·郡国志三》,陈留、济阴、东郡皆郡名,陈留郡辖县有济阳、长垣侯国,济阴郡辖县有冤句、离狐。疑原引次序有误,今改。旧本改作"陈留济阳、长垣,济阴,东郡,冤句、离狐界中",郡县关系有淆乱处。《珠林》宣统本、径山寺本"狐"字讹作"狱",《大正新修大藏经》本讹作"只",今改。

〔三〕草生作人状　旧本作"路边生草,悉作人状",乃据《御览》引《风俗通义》改。

〔四〕牛马龙蛇鸟兽之形　《珠林》宣统本、《大正藏》本"形"字讹作

"所"。

〔五〕案:旧本此下云:"昔三苗将亡,五谷变种。此草妖也。其后亮废。"乃据《宋书·五行志三》滥补。

144 怀陵雀斗

汉中平三年八月,怀陵上有万馀雀,先极悲鸣,已因乱斗相杀,皆断头,悬着树枝枳棘。到六年,灵帝崩。夫陵者,高大之象也。雀者,爵也。天诫若曰:怀爵禄而尊厚者〔一〕,自还相害〔二〕,至灭亡也。

本条《法苑珠林》卷五七、《天中记》卷五八引,出《搜神记》。原出《后汉书·五行志二》,据《珠林》辑,校以《后汉志》。

〔一〕怀爵禄而尊厚者 《后汉志》"怀"上有"诸"字,旧本同。

〔二〕自还相害 《后汉志》"自还"互乙,旧本同。

145 越嶲男子

汉建安七年,越嶲有男子化为女子。周群曰〔一〕:"哀帝时亦有此变〔二〕,将有易代之事也。"至二十五年,献帝封山阳公。

本条《法苑珠林》卷三二引,出《搜神记》,据辑。事本《后汉书·五行志五》,据校。

〔一〕周群曰 《后汉志》作"时周群上言",旧本同。

〔二〕亦有此变 《珠林》宣统本、《大正新修大藏经》本、径山寺本及

《法苑珠林校注》“亦”作“尔”，据《四库全书》本（卷四三）改。《后汉志》作“亦有此异”。

146 荆州童谣

建安初，荆州童谣曰：“八九年间始欲衰，至十三年无孑遗。”言自中兴以来〔一〕，荆州独全〔二〕，及刘表为牧，民又丰乐。至建安八年九年当始衰〔三〕。始衰者，谓刘表妻死，诸将并零落也。十三年无孑遗者，言十三年表当又死〔四〕，因以丧破也〔五〕。是时，华容有女子忽啼呼云：“荆州将有大丧。”言语过差，县以为妖言，系狱月馀〔六〕。忽于狱中哭曰：“刘荆州今日死。”华容去州数百里，即遣马吏验视〔七〕，而刘表果死。县乃出之。续又歌吟曰：“不意李立为贵人。”后无几，曹公平荆州〔八〕，以涿郡李立，字建贤，为荆州刺史。

本条《后汉书·五行志一》注、《三国志·刘表传》注、《文献通考》卷三〇九《物异考》引，《后汉志》注、《文献通考》引作干宝《搜神记》，《三国志》注作《搜神记》。《三国志》注文详，《后汉志》注只引后半华容女子事，然前半亦在正文有记，当据《搜神记》。今据《后汉志》注、《三国志》注二书互校辑录。

〔一〕言自中兴以来　汪绍楹校注：“《后汉书集解》云：‘何焯校本“兴”作“平”。’”案：中平乃后汉灵帝年号。

〔二〕独全　《后汉志》作“无破乱”。

〔三〕至建安八年九年当始衰　旧本无“八年”二字。案：《后汉志》亦云“至此逮八九年”，旧本误。

〔四〕言十三年表当又死　“言十三年”四字《三国志》注无，据《后汉志》补。旧本无此四字。

〔五〕因以丧破也　《后汉志》作“民当移诣冀州也”。

〔六〕月馀　《后汉志》注作“百馀日”。

〔七〕即遣马吏验视　旧本“吏”讹作“里”。

〔八〕曹公平荆州　《三国志》注“曹公”作“太祖”，据《后汉志》注改。

147 山鸣

建安七八年中，长沙醴陵县有大山常大鸣，如牛呴声，积数年〔一〕。

《论语摘辅像》曰：“山土崩，川闭塞，漂沦移，山鼓哭，闭衡夷，庶桀合，兵王作。”时天下尚乱，豪桀并争。曹操事二袁于河北；孙吴创基于江外；刘表阻乱众于襄阳，南招零、桂，北割汉川，又以黄祖为爪牙，而祖与孙氏为深雠，兵革岁交。十年，曹操破袁谭于南皮。十一年，走袁尚于辽东。十三年，吴禽黄祖。是岁，刘表死，曹操略荆州，逐刘备于当阳。十四年，吴破曹操于赤壁。是三雄者，卒共参分天下，成帝王之业。是所谓“庶桀合，兵王作”者也。十六年，刘备入蜀，与吴再争荆州。于时战争四分五裂之地，荆州为剧，故山鸣之异作其域也。

本条《后汉书·五行志三》注引，称“干宝曰”。《四库全书总目》卷一四二《搜神记》提要列举今本《搜神记》佚文，中有此条。然余嘉锡《四库提要辨证》卷一八乃云：“《续汉·五行志》引论山鸣一条，称干宝曰，不言《搜神记》。宝所著《晋纪》，本传言自宣帝迄愍帝五十三年。以年数推之，当起于武帝太始元年。然既托始宣帝，则当兼有汉、魏之事。（诸书所引《晋纪》，多及魏代事。）史言五十三年者，专计晋年耳。今《晋书·宣帝纪》记事始于建安六年。山鸣之事，在建安七八年，安知不出《晋纪》？（本传言'性好阴阳术数，留思京房、夏侯胜等传'，故宝著书喜言灾异。）必谓是本书逸文，终嫌无据也。"案：观其文历述建安雄争，乃以为山鸣之应，非追述晋前之事也。且夫引纬书以为推灾异立论之本，尤非记事之体。与《搜神记》之《妖怪篇》题旨相合，当非《晋纪》之文（案：汤球《晋纪》辑本未辑）。今辑为本书。旧本未辑。自"《论语摘辅像》曰"以下汪绍楹辑入《搜神记佚文》。

〔一〕"建安七八年中"至"积数年"　此数句据《后汉志》补。案：今本《后汉书》八志原属西晋司马彪所撰《续汉书》。此事当采司马《志》。刘昭注《志》，以《志》文已载长沙醴陵山鸣事，故引干宝语而略去其事。文中"时天下尚乱"，"山鸣之异作其域"，正与《志》文相应。

搜神记卷一三

妖怪篇之四

148 鹊巢陵霄阙

魏黄初中,有鹰生燕巢中[一],口爪俱赤。至青龙中[二],明帝为陵霄阙[三],始构,有鹊巢其上[四]。帝以问高堂隆,对曰:"《诗》云:'惟鹊有巢,惟鸠居之。'今兴宫室,起陵霄阙,而鹊巢之[五]。此宫室未成,身不得居之象也[六]。"

本条《法苑珠林》卷七〇引,出《搜神异记》,《三国志·魏书·高堂隆传》、《宋书·五行志三》、《晋书·五行志中》亦载。今据《珠林》,以《魏书》、《宋志》、《晋志》校补。

〔一〕魏黄初中有鹰生燕巢中　《宋志》作"黄初末宫中有燕生鹰",《晋志》作"黄初元年未央宫中又有燕生鹰"。旧本据《晋志》,改作"魏黄初元年,未央宫中,有鹰生燕巢中"。

〔二〕至青龙中　《宋志》、《晋志》作"景初元年"。案:《魏书》作"青龙中”。本书盖取自《魏书·高堂隆传》。

〔三〕陵霄阙　《宋志》作“陵霄阁”,《晋志》与此同。旧本改作“凌霄阁”。案:《魏书》作“陵霄阙”。陵,通“凌”。

〔四〕有鹊巢其上　此句之下《宋志》、《晋志》有“鹊体白黑杂色”一句,《魏书》无。

〔五〕今兴宫室起陵霄阙而鹊巢之　《珠林》原引无,据《魏书》补。《宋志》、《晋志》作“今兴起宫室而鹊来巢”,旧本据补。

〔六〕案:《宋志》下接云:“‘天意(《晋志》作戒)若曰,宫室未成,将有他姓制御之,不可不深虑。’于是帝改容(《晋志》作颜)动色。”《魏书》高氏对语犹繁。

149 廷尉府鸡变

魏明帝景初二年,廷尉府中有雌鸡变为雄,不鸣不将。是岁,宣帝平辽东[一],百姓始有与能之议,此其象也。然晋三后并以人臣终,不鸣不将,又天意也。

本条见《宋书·五行志一》、《晋书·五行志上》,原“是岁”前有“干宝曰”,知采本书,据辑。案:旧本未辑。清汤球《晋纪》辑本据《晋志》辑入,误。

〔一〕宣帝平辽东　《宋志》作“晋宣帝”,《晋志》无“晋”字,今从《晋志》删。

150 青龙黄龙

自明帝终魏世，青龙黄龙见者，皆其主废兴之应也。魏土运，青木色也，而不胜于金，黄得位，青失位之象也。青龙多见者，君德国运，内相克伐也，故高贵乡公卒败于兵〔一〕。

本条见《宋书·五行志五》、《晋书·五行志下》引，《文献通考》卷三一三《物异考》采入。称"干宝曰"，文同，据辑。案：旧本未辑。《晋纪》辑本据《晋志》辑入，误。

〔一〕故高贵乡公卒败于兵　此下云："案刘向说：'龙贵象，而困井中，诸侯将有幽执之祸也。'魏世龙莫不在井，此居上者逼制之应。高贵乡公著《潜龙诗》，即此旨也。"《宋书》点校本以此节亦属干宝语，非也，《晋书》点校不误。案本条记事乃魏青龙元年龙见井中，以下数事（《宋志》六事，《晋书》八事），皆亦为魏世龙见井中之征，"刘向说"云云乃《五行志》撰者占释之辞。

151 鱼集武库屋上

魏齐王嘉平四年五月，有二鱼集于武库屋上，高贵乡公兵祸之应。

本条见《宋书·五行志四》、《晋书·五行志下》，《文献通考》卷三一三《物异考》采入。中称"干宝又以为"，据辑。案：旧本未辑。《晋纪》辑本据《晋志》辑入，误。

152 大石自立

吴孙亮五凤二年五月，阳羡县离里山大石自立。孙皓承废故之家得位，其应也〔一〕。

本条见《宋书・五行志二》、《晋书・五行志中》引，中称“干宝以为”，据辑。案：《晋纪》辑本据《晋志》辑入，误。

〔一〕孙皓承废故之家得位其应也　旧本改作“是时，孙皓承废故之家，得复其位之应也”。

153 荧惑星

吴以草创之国，信不坚固，边屯守将皆质其妻子〔一〕，名曰“保质”。童子少年，以类相与嬉游者，日有十数。永安二年三月〔二〕，有一异儿，长四尺馀，年可六七岁，衣青衣，来从群儿戏。诸儿莫之识也，皆问曰：“尔谁家小儿？今日忽来？”答曰：“见尔群戏乐，故来耳。”详而视之，眼有光芒，爚爚外射〔三〕。诸儿畏之，重问其故，儿乃答曰：“尔恶我乎〔四〕？我非人也，乃荧惑星也。将有以告尔：‘三公鉏，司马如〔五〕。’”诸儿大惊，或走告大人。大人驰往观之，儿曰：“舍尔去乎〔六〕！”竦身而跃，即以化矣。仰面视之，若引一匹练以登天。大人来者，犹及见焉，飘飘渐高，有顷而没。时吴政峻急，莫敢宣也〔七〕。后四年而蜀亡〔八〕，六年而魏废〔九〕，二十一年而吴平〔一〇〕，于是九服归晋。

魏与吴、蜀，并为战国，“三公鉏，司马如”之谓也〔一一〕。

本条《三国志·吴书·孙皓传》注、《开元占经》卷三〇引，出《搜神记》。又《天中记》卷二引，只“三公锄司马相如”七字。《宋书·五行志二》、《晋书·五行志中》载此事，中称“干宝曰”。今据《吴书》注辑录，以他书校补。案：《晋纪》辑本据《晋志》辑入，误。

〔一〕妻子　《开元占经》作“两女子”，误。

〔二〕永安二年三月　《开元占经》作“凤皇三年三月”。案：永安乃景帝孙休年号，凤皇乃末帝孙皓年号。《开元占经》所云“后五年而蜀亡，六年而晋兴，至是而吴灭于司马氏矣”，纪时有误。凤皇三年（二七四）去天纪四年（二八〇）吴亡六年，与所云“至是（六年）而吴灭于司马氏矣”固合，然又与“后五年而蜀亡，六年而晋兴”抵牾。殆承《三国志》注之误（详下）而又妄改年号。旧本作“永安三年”，误。

〔三〕爚爚外射　《开元占经》作“焰焰若火”。

〔四〕尔恶我乎　旧本“恶”作“恐”。

〔五〕三公鉏司马如　《开元占经》作“天下归司马氏”。旧本作“三公归于司马”，乃据《太平御览》卷七及《天中记》卷二引《宋书》改。

〔六〕舍尔去乎　《开元占经》作“尔舍去乎”。

〔七〕莫敢宣也　《开元占经》“宣”作“害”。

〔八〕后四年而蜀亡　《三国志》注及《开元占经》原作“五年”，《建康实录》卷四同，《宋志》、《晋志》俱作“四年”。案：蜀亡在炎兴元年（二六三）十一月，去吴永安二年（二五九）四年，连首尾虚计乃五年，然观下文，魏废在咸熙二年（二六五），吴平在天纪四年

(二八〇),而称六年、二十一年者皆乃实计,作"五年"误,据改。

〔九〕魏废　《三国志》注及《开元占经》原作"晋兴",据《宋志》、《晋志》改。

〔一〇〕二十一年而吴平　《三国志》注原作"至是而吴灭",盖裴松之转述之辞,非原文。《开元占经》作"至是而吴灭于司马氏矣"。据《宋志》、《晋志》改。

〔一一〕"于是九服归晋"至"三公鉏司马如之谓也"　《三国志》注原作"司马如矣",据《宋志》、《晋志》补。

154 陈焦

吴孙休永安四年,安吴民陈焦死七日复生,穿冢出〔一〕。此与汉宣帝同事〔二〕。乌程侯皓承废故之家,得位之祥也。

本条见《宋书·五行志五》、《晋书·五行志下》,《文献通考》卷三〇八《物异考》从《晋志》采入。中称"干宝曰"。据《宋志》辑。案:《晋纪》辑本据《晋志》辑入,误。

〔一〕吴孙休永安四年安吴民陈焦死七日复生穿冢出　《建康实录》卷三系此事在永安四年九月,文作"吴人陈焦死,埋六日更生,穿土而出"。

〔二〕此与汉宣帝同事　旧本未辑此句。

155 吴服制

吴景帝以后,衣服之制,长上短下。又积领五六,而裳居一二。

上饶奢，下俭逼，上有馀，下不足之妖也。故归命放情于上，百姓恻于下之象也〔一〕。

本条《开元占经》卷一一四引，出《搜神记》。又《宋书·五行志一》、《晋书·五行志上》并载，于“上饶奢”之前称“干宝曰”。今据《开元占经》，参酌《宋志》、《晋志》校辑。案：《晋纪》辑本据《晋志》辑入，误。

〔一〕故归命放情于上百姓恻于下之象也　《宋志》、《晋志》无此十五字。案：此条旧本据《宋志》或《晋志》辑录，改“妖”为“象”，殊为无谓。

156 鬼目菜

吴孙皓天纪三年八月，建业有鬼目菜生工黄狗家〔一〕，依缘枣树，长丈馀，茎广四寸，厚三分〔二〕。又有荬菜生工吴平家〔三〕，高四尺，厚三分〔四〕，如枇杷形，上圆径一尺八寸〔五〕，下茎广五寸，两边生叶绿色。东观案图，名鬼目作芝草，荬菜作平虑〔六〕，遂以狗为侍芝郎，平为平虑郎，皆银印青绶。明年，晋平吴，王浚止船，正得平渚，姓名显然，指事之征也。黄狗者，吴以土运承汉，故初有黄龙之瑞。及其季年，而有鬼目之妖，托黄狗之家。黄称不改，而贵贱大殊，天道精微之应也。

本条见《宋书·五行志三》、《晋书·五行志中》，于“皆银印青绶”下云“干宝曰”。又《建康实录》卷四载此事，注文引作“干宝传”。今据《宋志》辑，校以《三国志·吴书·孙皓传》、《建康实录》。案：旧本未辑。《晋纪》辑本据《晋志》辑入，误。

〔一〕建业有鬼目菜生工黄狗家　“建业”,《晋志》作“建邺”,误。案:《晋书·地理志下》:“建邺,本秣陵,孙氏改建业。武帝平吴,以为秣陵。太康三年,分秣陵北为建邺,改业为邺。”“鬼目菜”,《建康实录》“菜”作“草”。“工黄狗”,《吴书》作“工人黄耇”,《建康实录》作“工人黄猗”,“猗”同“狗”。

〔二〕三分　《晋志》作“二分”。案:《吴书》作“三分”。

〔三〕又有荬菜生工吴平家　《吴书》、《建康实录》作“又有买菜生工人吴平家”。案:《宋志》载晋安帝义熙二年陈盖家有苦荬菜,即荬菜,“荬”、“买”音同。

〔四〕厚三分　《宋志》、《晋志》无此句,据《吴书》、《建康实录》补。

〔五〕上圆径一尺八寸　《吴书》作“上广尺八寸”。

〔六〕平虑　《吴书》、《建康实录》作“平虑草”。

搜神记卷一四

妖怪篇之五

157 衣服车乘

晋兴后[一]，衣服上俭下丰，又为长裳以张之，着衣者皆厌褄盖裙。君衰弱，臣放纵，下掩上之象也。陵迟至元康末，妇人出两裆，加乎胫之上[二]，此内出外也。为车乘者，苟贵轻细，又数变易其形，皆以白篾为纯，古丧车之遗象。乘者，君子之器，盖君子立心无恒，事不崇实也。及晋之祸，天子失柄，权制宠臣，下掩上之应也。永嘉末，六宫才人，流徙戎翟，内出外之应也。及天下乱扰，宰辅方伯，多负其任，又数改易，不崇实之应也[三]。

本条《开元占经》卷一一四引，出《搜神记》。又《宋书·五行志一》、《晋书·五行志上》亦载，《宋志》叙此事，"及晋之祸"前有"干宝曰"三字，《晋志》作"干宝以为"，是则取《搜神记》。今据《开元占经》，参酌《宋志》校辑。案：《晋纪》辑本据《晋志》、《宋志》辑入，误。

〔一〕晋兴后　《晋志》作“武帝泰始初”。

〔二〕胫之上　《晋志》“胫”作“交领”。

〔三〕案：旧本据《晋志》辑录，止于“晋之祸征也”，删下文“及惠帝践阼”云云。

158 胡器胡服

自泰始以来，中国相尚用胡床、貊盘，及为羌煮、貊炙。贵人富室，必置其器，吉享嘉会，皆此为先。胡床、貊盘，戎翟之器也；羌煮、貊炙，戎翟之食也。戎翟侵中国之前兆也〔一〕。太康中，天下文饰，以毡为絔头及带身、袴口〔二〕。于是百姓相戏曰：“中国其必为胡所破也。”夫毡，胡之产者也，而今天下以为絔头、带身、袴口，胡既三制之矣，能无败乎？元康中，氐、羌反，至于永嘉，刘渊、石勒遂有中都。自后四夷迭据华土，是其应也。

本条《北堂书钞》卷一四五、《太平御览》卷八五九节引羌煮貊炙一节，《书钞》卷一三四、《御览》卷七〇八、《文选》卷三一鲍照《拟古三首》注节引毡絔头一节。《事物纪原》卷八、《杜工部草堂诗笺》卷三一《树间》引“胡床戎翟之器也”七字。并出《搜神记》。《天中记》卷四八亦引后节，无出处。亦见《宋书·五行志一》，在“能无败乎”下有“干宝曰”三字，《晋书·五行志上》文字大同，惟未称“干宝曰”。今据诸书互校辑录。案：旧本辑为二条，未妥。《晋纪》辑本据《宋志》辑入，误。

〔一〕“自泰始以来”至“戎翟侵中国之前兆也”　旧本作：“胡床、貊盘，翟之器也；羌煮、貊炙，翟之食也。自太始以来，中国尚之。贵人富室，必畜其器，吉享嘉宾，皆以为先。戎翟侵中国之前兆也。”案:《御览》引云:“羌煮、貊炙,翟之食也。自太始以来,中国尚之。戎翟侵中国之前兆也。”疑旧本据此而又补以他书。

〔二〕以毡为絈头及带身袴口　“絈头”,《书钞》卷一三四、《御览》卷七〇八、《天中记》作“陌头”,《文选》注作“貊头”,《宋志》、《晋志》作“絈头”。案:“絈”音“陌”,又作“帕”、“帞”、“陌”、“貊”、“袹”、“袹”。《方言》卷四:“络头,帞头也(注:音貊)。……自关以西秦晋之郊曰络头,楚江湘之间曰帞头,自河以北赵魏之间曰幧头。”《释名》卷四《释首饰》:“绡头……或谓之陌头,言其从后横陌而前也。”王先谦《释名疏证补》:“陌、貊、帕、袹,义同。”然玄应《一切经音义》卷一三以为:“帞头,莫格反。……字从巾,经文(案:指《楼炭经》)从阜作陌,非字体也。”乃以“帞”或“帕”为正体。今从《宋志》、《晋志》,以其从糸与从巾一义也。“带身”,《宋志》、《晋志》作“络带”,下文则作“带身”。旧本同。案:带身、络带,即腰带。《北堂书钞》卷一二九《络带》引《吴时外国传》:“大秦国人皆着袴褶、络带。”又引《述异记》:“床上有织成宝饰络带。”“袴口”,《宋志》作“衿口”。

159 方头履

昔初作履者〔一〕,妇人员头,男子方头。员者顺之义〔二〕,盖作者之意,所以别男女也。履者,所履践而行者也。太康初,妇人皆方头履,言去其从〔三〕,与男无别〔四〕。

本条《开元占经》卷一一四、《太平御览》卷六九八、《天中记》卷四八引,出《搜神记》。今据《开元占经》辑,校以《御览》及《宋书·五行志一》、

《晋书·五行志上》、《天中记》。

〔一〕昔初作履者　《御览》、《晋志》、《天中记》"履"作"屐",旧本同。

〔二〕员者顺之义　钞本《开元占经》"顺"作"从",义同。

〔三〕言去其从　《宋志》作"此去其圆从"。

〔四〕与男无别　《开元占经》"男"下原有"女"字,据《御览》、《宋志》、《晋志》、《天中记》删。案:旧本此条作:"初作屐者,妇人圆头,男子方头,盖作意欲别男女也。至太康中,妇人皆方头屐,与男无异。此贾后专妒之征也。"乃缀合《御览》、《晋志》而成。"此贾后专妒之征也"一句,诸书所引及《宋志》并无,乃《晋志》所加。

160 彭蜞化鼠

太康四年,会稽郡彭蜞及蟹皆化为鼠〔一〕,甚众〔二〕,覆野,大食稻为灾。始成者有毛肉而无骨,其行不能过田塍。数日之后,则皆为壮〔三〕。至六年,南阳获两足虎〔四〕。虎者阴精,而居乎阳,金兽也;南阳,火名也。金精入火,而失其形,王室乱之妖也〔五〕。

本条《法苑珠林》卷三二,《初学记》卷二九,《六帖》卷九八,《太平御览》卷九一一、卷九四二、卷九四三,《蟹略》卷二,《天中记》卷五七并引,出《搜神记》(《初学记》、《御览》卷九一一作干宝《搜神记》)。前事又见《宋书·五行志五》、《晋书·五行志下》;后事又见《宋书·五行志二》、《晋书·五行志中》,分别称"干宝曰"、"干宝以为"。今参酌诸书校录。案:《珠林》所引两足虎事,旧本别为一条,似未妥。盖皆为太康之妖,故宝书合叙。

〔一〕会稽郡彭蜞及蟹皆化为鼠　“彭蜞”，《六帖》，《御览》卷九一一、卷九四二作“蟛蜞”；《御览》卷九四三作“彭蝟”；《珠林》宣统刻本、径山寺本、《四库全书》本（卷四三）、《法苑珠林校注》本作“彭蚑”；《大正新修大藏经》本作“蟛碁”；《天中记》作“蟛蚑”，旧本同。案：“彭蜞”、“蟛蜞”、“彭蚑”、“蟛碁”、“蟛蚑”皆同声异字，“彭蝟”则异称。唐苏鹗《苏氏演义》卷下：“彭越子，似蟹而小……或传云：汉黥布覆彭越，醢于江，遂化为蟹，因名彭越子。恐为误说。此盖彭蝟子矣（原注：蝟又作蜎），语讹以蝟子为越子，缘彭越有名于世，故习俗相传，因而不改。据崔正雄云，彭蝟子，小蟹也。亦曰彭蚑子，海边涂中食土。”今从《初学记》。“蟹”，《六帖》作“羊”。

〔二〕甚众　《珠林》、《御览》《四库全书》本卷九四二、《天中记》“甚”作“其”，旧本同，此从《御览》影印宋本及《宋志》、《晋志》。

〔三〕则皆为壮　《珠林》宣统本、径山寺本、《四库全书》本、《校注》本“壮”作“牝”，《大正藏》本及《天中记》作“壮”。案：彭蜞及蟹化鼠，初无骨力弱，数日后则壮，不得谓为牝也。旧本作“牝”。

〔四〕获两足虎　“获”字《宋志》作“送”，《晋志》作“献”。《晋志》“虎”作“猛兽”，乃唐初人避李渊祖父李虎讳改。

〔五〕案：《宋志》引干宝曰“虎者阴精”云云，下有“六，水数，言水数既极，火慝得作，而金受其败也。至元康九年，始杀太子，距此十四年。二七十四，火始终相乘之数也。自帝受命，至愍怀之废，凡三十五年”一节，中华书局点校本亦点在“干宝曰”引文之内，非是。《晋志》乃将干宝语断至“王室乱之妖也”，是也。又案：旧本此下尚有一段文字：“其七年十一月景辰，四角兽见于河间。天戒若曰：‘角，兵象也；四者，四方之象。当有兵革起于四方。'后河间王遂连四方之兵,作为乱阶。"乃是据《晋志》妄补。《晋志》、《宋志》原别为另条。

161 鲤鱼现武库

太康中〔一〕,有鲤鱼二枚,现武库屋上。武库,兵府;鱼有鳞甲〔二〕,亦是兵之类也。鱼又极阴,屋上太阳,鱼现屋上,象至阴以兵革之祸干太阳也。及惠帝之初,诛太后父杨骏,矢交宫阙,废太后为庶人也〔三〕,死于幽宫。元康之末,而贾后专制,谤杀太子,寻亦废故〔四〕。十年之间,母后之难再兴〔五〕,自是祸乱构矣。京房《易妖》曰〔六〕:"鱼去水,飞入道路,兵且作。"

本条《法苑珠林》卷三一引,出《搜神记》。又《宋书·五行志四》载此事,中云"干宝曰",《晋书·五行志下》据载,惟"干宝曰"作"干宝以为"。今据《珠林》辑,校以《宋志》。案:《晋纪》辑本据《晋志》、《玉海》卷一八三辑入,当误。

〔一〕太康中　《珠林》前原有"晋"字。此乃《珠林》编者释道世所加,今删。

〔二〕鱼有鳞甲　《珠林》引无"鱼"字,据《宋志》补。

〔三〕诛太后父杨骏矢交宫阙废太后为庶人也　前一"太后"《珠林》宣统本、径山寺本、《四库全书》本(卷四二)、《法苑珠林校注》本原引作"皇后",《大正新修大藏经》本作"太后",后一"太后"原引作"后"。旧本同。案:据《晋书·惠帝纪》与《后妃传》载,杨骏女季兰为武帝皇后,惠帝即位尊为皇太后,永平元年诛太傅杨骏,废皇太后为庶人,徙于金墉城,元康二年太后绝膳而崩。是皆应作“太后”,《宋志》即作“废太后”,今改。

〔四〕废故　《宋志》作“诛废”,旧本同。案:《晋书·惠帝纪》载,永康元年四月贾后废为庶人,被害于金墉城。

〔五〕母后之难再兴　旧本在此句下据《晋志》或《宋志》补“是其应也”四字。

〔六〕京房易妖曰　《珠林》《大正藏》本“妖曰”二字互乙,“妖”与“鱼”字连读,疑脱“厥”字,原应作“京房《易》曰:厥妖鱼去水”云云。然作“京房《易妖》”亦不误,《宋志》即作“京房《易妖》”。案:《隋书·经籍志》五行类著录京房《周易妖占》十三卷,《易妖》即此,《宋志》引《易妖》者颇多。《晋志》此条则作“京房《易传》”。

162 晋世宁舞

太康之中,天下为《晋世宁》之舞。其舞,抑手以执杯盘而反复之〔一〕,歌曰:“晋世宁,舞杯盘。”总干山立,武王之事也;发扬蹈厉,太公之志也;《武》乱皆坐,周、召之治也。其治民劳者,舞行缀远;其治民逸者,舞行缀近。今执杯盘于手上而反复之〔二〕,至危也。杯盘者,酒食之器也。而名曰《晋世宁》者,言时人苟且酒食之间〔三〕,而其智不及远,如器在手也〔四〕。

本条《太平御览》卷五七四、《乐府诗集》卷五六、《古诗纪》卷五〇、《古乐苑》卷二九、《天中记》卷四三引,并出《搜神记》,又《南齐书·乐志》、《通典》卷一四五《杂舞曲》引作“干宝云”,《宋书·五行志一》、《晋书·五行志上》亦载,《宋志》中称“故《记》曰”,《记》者当即《搜神记》。

今参酌《宋志》、《御览》校辑。案：旧本据《御览》辑，补“歌曰：晋世宁，舞杯盘”八字。

〔一〕其舞抑手以执杯盘而反复之　《宋志》、《晋志》作“手接杯盘而反复之”（《宋志》无“而”字），此从《御览》。《通典》作“矜手以接盘反复之”，《乐府诗集》、《古诗纪》、《古乐苑》作“矜手以接杯盘而反复之”。矜，挥动；抑，下压。

〔二〕今执杯盘于手上而反复之　《宋志》“执”原作“接”，蒙上改。

〔三〕言时人苟且酒食之间　《宋志》作“言晋世之士偷苟于酒食之间”，《晋志》同，惟“偷苟”二字互倒。案：“晋世之士”当为《宋书》撰者沈约所改，今从《御览》。

〔四〕如器在手也　《宋志》作“晋世之宁犹杯盘之在手也”，《晋志》同，此从《御览》。

163 折杨柳

太康末，京、洛始为《折杨柳》之歌。其曲始有“兵革苦辛”之辞，终以禽获斩截之事[一]。后杨骏被诛，太后幽死，“折杨”之应也[二]。

本条《水经注》卷一六《穀水》、《太平御览》卷五七三引，出《搜神记》，又《宋书·五行志二》、《晋书·五行志中》亦载，当取本书。今据《御览》，校以他书。

〔一〕其曲始有兵革苦辛之辞终以禽获斩截之事　《水经注》作“有兵革辛苦之辞”，《御览》“革”作“车”，据《宋志》、《晋志》补。

〔二〕折杨之应也　旧本作“杨柳之应也”，盖据《晋志》“折杨柳之应也”而漏“折”字。

164 江南童谣

太康后〔一〕,江南童谣曰:“局缩肉,数横目,中国当败吴当复。”又曰:“宫门柱,且莫朽,吴当复,在三十年后。”又曰:“鸡鸣不拊翼,吴复不用力。”于时吴人皆谓在孙氏子孙,故窃发乱者相继。按“横目”者“四”字,自吴亡至元帝兴〔二〕,几四十年,皆如童谣之言。“局缩肉”,不知所斥〔三〕。

本条见《宋书·五行志二》、《晋书·五行志中》,《宋志》中称“干宝云”,今据《宋志》辑录。案:旧本未辑。

〔一〕太康后　《宋志》原有“晋武帝”三字,今删。《晋志》作“武帝太康三年平吴后”。

〔二〕自吴亡至元帝兴　“元帝”《宋志》原作“晋元帝”,《晋志》无“晋”字,据删。

〔三〕局缩肉不知所斥　《宋志》云:“元帝懦而少断,‘局缩肉’,直斥之也。干宝云‘不知所斥’,讳之也。”据辑。

165 妇人移东方

太康后〔一〕,天下为家者,移妇人于东方,空莱北庭,以为园囿。夫王朝南向,正阳也;后北宫,位太阴也;世子居东宫,位少阳也。今居内于东,是与外俱南面也。亢阳无阴,妇人失位而干少阳之象也。贾后谗戮愍怀,俄而祸败亦及。

本条出《宋书·五行志一》,原在"以为园囿"下称"干宝曰",是则当取自《搜神记》,据辑。案:旧本未辑。《晋纪》辑本据《宋志》辑入,误。

〔一〕太康后 《宋志》上原有"晋武帝"三字,今删。

166 炊饭化螺

永熙初[一],卫瓘家人炊饭,堕地,尽化为螺,出足起行[二]。螺被甲,兵象也,于《周易》为《离》,《离》为戈兵。明年,瓘诛。

本条见《宋书·五行志一》,原在"螺被甲"上有"干宝曰"三字,当出《搜神记》,据辑。案:旧本未辑。《晋纪》辑本据《宋志》辑入,误。

〔一〕永熙初 前原有"晋惠帝"三字,当为《宋书》撰者沈约所加,今删。

〔二〕出足起行 此句下原有"螺龟类近龟孽也"七字。案:此事《宋志》系于"龟孽"类,当为沈约说明之语,非干书所有,今删。

167 吕县流血

元康五年三月[一],吕县有流血,东西百馀步[二]。至元康末,穷凶极乱,僵尸流血之应也。后八载而封云乱徐州,杀伤数万人,是其应也。

本条见《宋书·五行志三》、《晋书·五行志中》,"僵尸流血之应也"

之下有“干宝以为”四字，据辑。案：《晋纪》辑本据《晋志》辑入，误。

〔一〕元康五年三月　《宋志》前云“晋惠帝”，《晋志》云“惠帝”，今删。案：《晋书·惠帝纪》系此事于元康六年三月。据下文“后八载而封云乱徐州”，应作五年。《惠帝纪》载太安二年（三〇三）封云寇徐州，八年之前正为元康五年（二九五）。

〔二〕东西百馀步　《宋志》、《晋志》此句下有“此赤祥也”一句，当为《志》文占释之辞，非本文。

168 高原陵火

元康八年十一月，高原陵火。太子废，其应也。汉武帝世，高园便殿火，董仲舒对，与此占同。

本条见《宋书·五行志三》、《晋书·五行志上》，《宋志》中称“干宝云”，《晋志》称“干宝以为”。据《宋志》辑。案：旧本未辑。《晋纪》辑本据《晋志》辑入，误。

169 周世宁

元康中〔一〕，安丰有女子曰周世宁，年八岁，渐化为男，至十七八而气性成。女体化而不尽，男体成而不彻，畜妻而无子。

本条《法苑珠林》卷三二引，出《搜神记》，据辑。

〔一〕元康中　《珠林》原有“晋”字，干宝晋人，不当如此，乃道世引述所加，今删。

170 缬子髻

元康中，妇人结髻者〔一〕，既成，以缯急束其环，名曰"缬子髻〔二〕"。始自中宫〔三〕，天下翕然化之。及其末年，有愍怀之事〔四〕。

本条《太平御览》卷三七三引，出《搜神记》。事又见《宋书·五行志一》、《晋书·五行志上》。今据《御览》校辑。案：《晋纪》辑本据《太平御览》卷三七三引干宝《晋纪》辑入，文不同。

〔一〕妇人结髻者　《宋志》、《晋志》"髻"作"发"，旧本同。

〔二〕缬子髻　《宋志》、《晋志》作"撷子紒"。"撷"同"缬"，"紒"同"髻"。旧本作"撷子髻"。

〔三〕始自中宫　旧本"中宫"作"宫中"。案：《汉书·外戚列传·孝成赵皇后传》颜师古注："中宫，皇后所居。"作"宫中"误。

〔四〕及其末年有愍怀之事　《宋志》作"其后贾后果害太子"。案：太子即愍怀太子司马遹。旧本"愍怀"作"怀惠"，以为怀帝、惠帝，误。

171 五兵佩

元康中，妇人之饰有五兵佩〔一〕。又以金银、象角、瑇瑁之属为斧钺戈戟，而戴之以当笄。男女之别，国之大节，故服物异等〔二〕，贽币不同〔三〕。今妇人而以兵器为饰，又妖之大也〔四〕。遂有贾后之事，终以兵亡天下〔五〕。

本条《初学记》卷二六,《太平御览》卷三三九、卷六九二引,并出《搜神记》(《御览》卷三三九作干宝《搜神记》)。《宋书·五行志一》亦载,于“男女之别”前称“干宝曰”,《晋书·五行志上》作“干宝以为”。今参酌诸书校辑。案:《晋纪》辑本据《晋志》、《宋志》辑入,误。

〔一〕五兵佩　旧本作“五佩兵”,误。案:《周礼·夏官司马·司兵》:“司兵掌五兵五盾。”郑玄注:“郑司农云:五兵者,戈、殳、戟、酋矛、夷矛。”又注:“车之五兵,郑司农所云者是也。步卒之五兵,则无夷矛而有弓矢。”《汉书·吾丘寿王传》:“古者作五兵。”颜师古注:“五兵,谓矛、戟、弓、剑、戈。”

〔二〕故服物异等　旧本“服”作“食”。

〔三〕贽币不同　旧本阙此句。

〔四〕又妖之大也　《晋志》作“此妇人妖之甚者”,旧本改作“盖妖之甚者也”。

〔五〕遂有贾后之事终以兵亡天下　《晋志》作“于是遂有贾后之事”,旧本同。

172 江淮败屩

元康之末,以至于太安之间,江淮之域有败屩自聚于道〔一〕,多者或至四五十量。余尝视之,使人散而去之〔二〕,或投林草,或投渊谷〔三〕。明日视之,悉复聚矣。民或云见狸衔而聚之,亦未察也。说者曰〔四〕:夫屩者,人之贱服,最处于下〔五〕,而当劳辱,下民之象也。败者,疲弊之象也。道者,地理四方,所以交通王命,所由往来也。今败屩聚于道者,象下民罢病,将相聚为乱,绝四方而壅王命。在位者莫察。太安中,发壬午兵,百姓嗟怨。江夏男子张昌遂首乱荆楚,从之者如流。于是兵革岁起,天下因之,遂大破坏〔六〕。

本条《北堂书钞》卷一三六、《开元占经》卷一一四、《太平御览》卷六九八、《天中记》卷四八并引,出《搜神记》。《宋书·五行志一》载之,中称"宝说曰",《晋书·五行志上》作"干宝以为",知采《搜神记》。今据《开元占经》,参酌诸书校辑。案:《晋纪》辑本据《晋志》、《宋志》辑入,误。

〔一〕江淮之域有败屩自聚于道　《宋志》"屩"作"编"。

〔二〕余尝视之使人散而去之　《开元占经》"使"原作"时",案《宋志》作"干宝尝使人散而去之",据改。《书钞》作"余常亲将人散之"。

〔三〕或投林草或投渊谷　此八字据《书钞》,《宋志》、《晋志》"渊"作"坑"。

〔四〕说者曰　《御览》、《天中记》作"世之所说",旧本同。

〔五〕最处于下　此句据《宋志》,《晋志》无,旧本同。

〔六〕"在位者莫察"至"遂大破坏"　据《宋志》补。原文末有"此近服妖也"一句,乃《宋志》之辞,不取。《开元占经》作"后张昌逆乱"。

173 石来

太安元年,丹杨湖熟县夏架湖〔一〕,有大石浮二百步而登岸。民惊噪〔二〕,相告曰:"石来!"寻有石冰入建邺。

本条见《宋书·五行志二》、《晋书·五行志中》,“寻有石冰入建邺”前称“干宝曰”,据《晋志》辑。案:《晋纪》辑本据《晋志》辑入,当误。

〔一〕丹杨湖熟县夏架湖　《宋志》“杨”作“阳”,旧本同。案:《晋书·地理志下》丹杨郡有丹杨县,注:“丹杨山多赤柳,在西也。”

〔二〕民惊噪　旧本“噪”讹作“叹”。

174 云龙门

太安元年四月癸酉〔一〕,有人自云龙门入殿前,北面再拜曰:“我当作中书监。”即收斩之。夫禁庭,尊秘之处,今贱人径入而门卫不觉者〔二〕,宫室将虚,而下人逾之之妖也〔三〕。

本条见《宋书·五行志五》、《晋书·五行志下》,《宋志》中称“干宝曰”,《晋志》作“干宝以为”。今据《宋志》辑。案:《晋纪》辑本据《晋志》、《宋志》辑入,当误。

〔一〕太安元年四月癸酉　《宋志》前云“晋惠帝”,据《晋志》删。旧本脱“癸酉”二字。

〔二〕今贱人径入而门卫不觉者　旧本“径”误作“竟”。

〔三〕下人逾之之妖也　《晋志》“逾之”作“逾上”,旧本同。案:旧本此下有“是后帝迁长安,宫阙遂空焉”二句,乃据《晋志》。《宋志》作“是后帝北迁邺,又西迁长安,盗贼蹈藉宫阙,遂亡天下”。是皆《五行志》占事之辞,非干宝语,中华书局点校本皆在引文之外。旧本辑为本文,甚谬。

175 张骋牛言

太安中〔一〕，江夏郡功曹张骋〔二〕，乘车周旋，牛忽言曰："天下方乱，吾甚极为〔三〕，乘我何之？"骋及从者数人皆惊惧，因绐之曰："令汝还，勿复言。"乃中道还。至家，未释驾，犬又言曰："归何早也〔四〕？"骋益忧惧，秘而不言。安陆县有善卜者，骋从之，卜人曰〔五〕："大凶，非惟一家之祸，天下将有兵起〔六〕，一郡之内皆破亡乎？"骋还家，牛又人立而行，百姓聚观者众。其秋，张昌贼起，先略江夏，诳曜百姓，以汉祚复兴，有凤凰之瑞，圣人当出〔七〕，从军者皆绛抹额〔八〕，以彰火德之祥。百姓波荡，从乱如归。骋兄弟并为将军、都尉，未期而败〔九〕。于是一郡残破，死伤者大半，而骋家族灭矣。京房《易妖》曰："牛能言，如其言占吉凶。"

本条《开元占经》卷一一七、《太平广记》卷三五九引，并出《搜神记》。事又载《宋书·五行志五》、《晋书·五行志下》，当本本书。今据《广记》，参酌《开元占经》校辑，并校以《宋志》、《晋志》。

〔一〕太安中　《开元占经》、《广记》原有"晋"字，今删。

〔二〕张骋　《开元占经》"骋"作"驶"。

〔三〕吾甚极为　汪绍楹校："明钞本《太平广记》'为'作'焉'，当据正。"案：此处"为"乃句末语气词，实与"焉"字义同。钞本《开元占经》亦作"为"。《四库全书》本"极为"作"疾焉"。

〔四〕犬又言曰归何早也　《广记》原作"牛又言曰归何也"，此从《开元占经》（无"言"字）、《宋志》、《晋志》。旧本前无"犬"字。

〔五〕骋从之卜人曰　《广记》"人"原作"之",据明钞本、孙潜校本改。旧本作"者"。《开元占经》作"驶从人占之"。

〔六〕天下将有兵起　"兵起",原作"起兵",据明钞本、孙校本、陈鳣校本乙改。

〔七〕圣人当出　"出"字原作"世",据明钞本、陈校本改。

〔八〕绛抹额　旧本"额"讹作"头"。案:《事物纪原》卷九《抹额》引《二仪实录》曰:"禹娶涂山之夕,大风雷电,中有甲卒千人,其不被甲者,以红绡帕抹其头额,云:'海神来朝。'禹问之,对曰:'此武士之首服也。'秦始皇至海上,有神朝,皆抹额绯衫大口袴侍卫。自此遂为军容之服。"

〔九〕未期而败　旧本"期"作"几"。

176 戟锋皆火

成都王之攻长沙也〔一〕,反军于邺,内外陈兵,是夜戟锋皆有火〔二〕,遥望如悬烛,就则亡焉〔三〕。

本条《太平御览》卷三五三引,出干宝《搜神记》,据辑。

〔一〕成都王之攻长沙也　《宋书·五行志二》、《晋书·五行志上》系此事于惠帝永兴元年。旧本据《晋志》补"晋惠帝永兴元年"七字。

〔二〕火　《宋志》、《晋志》作"火光",旧本同。

〔三〕就则亡焉　旧本"就"下有"视"字。末多"其后终以败亡",乃据《宋志》、《晋志》所增。

177 生笺单衣

永嘉以来[一]，士大夫竞服生笺单衣[二]。识者怪之曰："此古繐衰之布[三]，诸侯大夫所以服天子[四]。"其后愍、怀晏驾[五]。

本条《太平御览》卷六九一引，出《搜神记》，据辑，校以《宋书·五行志一》、《晋书·五行志上》。

〔一〕永嘉以来　《晋志》"以来"作"中"，旧本同。

〔二〕生笺单衣　《御览》原脱"笺"字，据《宋志》、《晋志》补。生笺单衣，即用生笺布所制之单衣。

〔三〕此古繐衰之布　《御览》影印宋本"繐衰"作"练纕"，旧本同，《四库全书》本与鲍崇城校宋刊本作"练缞"，《宋志》、《晋志》作"繐衰"。案：《仪礼·丧服》："繐衰裳，牡麻绖，既葬除之者。传曰：繐衰者何？以小功之繐也。"郑玄注："治其缕，以小功而成布，尊四升半。细其缕者，以恩轻也；升数少者，以服至也。凡布细而疏者谓之繐，今南阳有邓繐。"据改。

〔四〕诸侯大夫所以服天子　《御览》影印宋本无"侯"字，据《四库全书》本及《宋志》、《晋志》补。《晋志》作"诸侯所以服天子也"，无"大夫"二字，旧本同。

〔五〕其后愍怀晏驾　《御览》《四库全书》本"愍怀"作"愍帝"，《宋志》乃与此同，旧本改作"怀愍"。案：怀帝（司马炽）、愍帝（司马邺）在位时皆为汉将刘曜所俘，分别于永嘉七年（三一三）、太兴元年（三一八）为汉主刘聪所杀。

178 无颜帢

昔魏武军中,无故作白帢,此丧征也〔一〕。缟素,凶丧之象;帢,毁辱之言也。盖革代之后,攻杀之妖也。初为白帢,横缝其前以别后,名之曰“颜”,俗传行之〔二〕。永嘉初,乃去其缝,名“无颜帢”。其后二年,四海分崩,下人悲叹,无颜以生也〔三〕。

本条《太平御览》卷六八七引,出干宝《搜神记》。又《天中记》卷四七引作《搜神记》。《宋书·五行志一》、《晋书·五行志上》载此,中有“干宝以为”语,当采此记。今据《御览》、《宋志》校录。案:《晋纪》辑本据《晋志》辑入,误。

〔一〕昔魏武军中无故作白帢此丧征也　此十四字据《御览》辑,“帢”作“帽”,《天中记》同,据《宋志》、《晋志》改。案:帢、帽为同物异名,帽也。

〔二〕“缟素”至“俗传行之”　此节据《宋志》辑,《御览》作“初横缝其前,名之曰颜”。

〔三〕“永嘉初”至“无颜以生也”　此节据《御览》辑。“无颜帢”,《御览》、《天中记》作“无颜帻”,据《宋志》改。案:旧本“无故作白帢”之下,乃据《宋志》辑录而有所删削,又缀合《御览》。其文曰:“此缟素凶丧之征也。初,横缝其前以别后,名之曰颜,帢传行之。至永嘉之间,稍去其缝,名无颜帢。而妇人束发,其缓弥甚,紒之坚不能自立,发被于额,目出而已。无颜者,愧之言也。覆额者,惭之貌也。其缓弥甚者,言天下亡礼与义,放纵情性,及其终极,至于大耻也。其后二年,永嘉之乱,四海分崩,下人悲难，无颜以生焉。”其中“帢传行之”，讹“俗”为“帢”。

179 男女二体

惠、怀之世〔一〕，京洛有人，一身而有男女二体，亦能两幸〔二〕，而尤好淫。天下兵乱，由男女气乱而妖形作也。当中兴之间〔三〕，又有女子，其阴在腹肚，居在扬州，亦性好淫色〔四〕。故京房《易妖》曰：“人生子，阴在首，则天下大乱；若在腹，则天下有事；若在背，则天下无后。”

本条《法苑珠林》卷三二引，出《搜神记》，据辑。校以《宋书·五行志五》、《晋书·五行志下》。案：旧本辑为二条，似未妥。

〔一〕惠怀之世　前原有“晋”字，今删。旧本作“惠帝之世”，乃据《晋志》，《宋志》与此同。

〔二〕亦能两幸　《宋志》、《晋志》作“亦能两用人道”，旧本同。

〔三〕当中兴之间　《珠林》《四库全书》本（卷四三）“中”作“太”，《宋志》、《晋志》作“元帝太兴初”，旧本作“太兴初”。案：元帝践位建元建武，明年改元太兴，亦正晋代中兴之间。

〔四〕“又有女子”至“亦性好淫色”　旧本作“有女子，其阴在腹，当脐下。自中国来至江东。其性淫而不产。又有女子，阴在首，居在扬州，亦性好淫”。乃据《晋志》。《宋志》无前女子之事。

180 任侨妻

建兴四年〔一〕，西都倾覆，元皇帝始为晋王，四海宅心。其年十月二十二日,新蔡县吏任侨妻胡氏〔二〕,年二十五,产二女,相向,腹心合,自胸以上脐以下分〔三〕。此盖天下未壹之妖也。时内史吕会上言:"案《瑞应图》云:'异根同体,谓之连理;异亩同颖〔四〕,谓之嘉禾。'草木之异〔五〕,犹以为瑞,今二人同心,天垂灵象。故《易》云:'二人同心,其利断金。'休显见生于陕东之国〔六〕,斯盖四海同心之瑞,不胜喜跃,谨画图上。"时有识者哂之。

君子曰:智之难也。以臧文仲之才,犹祀爰居焉。布在方册,千载不忘,故士不可以不学。古人有言:"木无支,谓之瘣;人不学,谓之瞽。"当其所蔽,盖阙如也。可不勉乎!

本条《法苑珠林》卷七〇、《天中记》卷五一引,出《搜神异记》,据《珠林》辑。事又载《宋书·五行志五》、《晋书·五行志下》,当本本书,据校。

〔一〕建兴四年　《珠林》诸本前有"汉"字,误,《四库全书》本(卷八七)作"晋",《宋志》、《晋志》云"晋愍帝",今删。

〔二〕新蔡县吏任侨妻胡氏　旧本"侨"作"乔"。

〔三〕自胸以上脐以下分　旧本作"自腰以上脐以下各分",乃据《宋志》、《晋志》而讹"胸"为"腰"。

〔四〕异亩同颖　《珠林》宣统本、径山寺本、《四库全书》本(卷八七)"颖"字讹作"类",《大正新修大藏经》本作"穗",《法苑珠林校注》本及《宋志》、《晋志》均作"颖"。案:《尚书·微子之命》:"唐叔得禾,异亩同颖。"传:"亩,垄;颖,穗也。禾各生一垄而合为一穗。"据改。《宋志》作"异苗同颖",义亦通。

〔五〕草木之异　"异"字原作"属",旧本同,据《宋志》、《晋志》改。

〔六〕陕东之国　"陕"字原作"陈",旧本同,据《宋志》、《晋志》改。案:《晋书·愍帝纪》载,建兴元年以琅邪王司马睿为侍中、左丞相、大都督陕东诸军事。

181 淳于伯冤气

建武元年六月[一]，扬州旱。去年十二月丙寅，丞相府斩督运令史淳于伯，血逆流上柱二丈三尺。其年即旱，而太兴元年六月又旱。杀伯之后旱三年，冤气之应也[二]。

本条见《宋书·五行志二》、《晋书·五行志中》，《文献通考》卷三〇四《物异考》从《晋志》采入。原文在"而太兴元年六月又旱"下云："干宝曰'杀伯(《晋志》作淳于伯)之后旱三年'是也。"知出《搜神记》。又，《宋志三》、《晋志中》载建兴四年斩淳于伯频旱三年事，云"干宝以为冤气之应也"，当属同一条。今参酌诸记校辑。案：《晋纪》辑本据《晋志》辑入二条，当误。

〔一〕建武元年六月　《宋志》原有"晋愍帝"三字，《晋志》作"愍帝"，今删。案："愍帝"乃"元帝"之误，《晋书》中华书局点校本已改。

〔二〕案：旧本辑作："晋元帝建武元年六月，扬州大旱。十二月，河东地震。去年十二月，斩督运令史淳于伯，血逆流，上柱二丈三尺，旋复下流四尺五寸。是时淳于伯冤死，遂频旱三年。刑罚妄加，群阴不附，则阳气胜之罚，又冤气之应也。"所辑颇滥。"十二月，河东地震"，见《晋志中》，原有"雨肉"二字。此为别一事，《宋志》所记无此。"刑罚妄加，群阴不附，则阳气胜之罚"，乃《晋志》释辞，非干宝语。"旋复下流四尺五寸"，《晋志》、《宋志》并无，乃据《晋书》卷六九《刘隗传》增补。

182 王谅牛

大兴元年三月〔一〕,武昌太守王谅〔二〕,有牛生子,两头八足〔三〕,两尾共一腹。不能自生,十馀人以绳引之,子死母活。其三年后死。又有牛生〔四〕,一足三尾,生而死也。

本条《法苑珠林》卷七〇引《搜神异记》,《初学记》卷二九、《太平御览》卷九〇〇引干宝《搜神记》,《六帖》卷九六引《搜神记》。又《宋书·五行志五》、《晋书·五行志下》亦载。今据《珠林》,校以他书。

〔一〕大兴元年三月　《珠林》、《初学记》、《御览》均有"晋"字,今删。《珠林》《大正新修大藏经》本、《初学记》、《宋志》、《晋志》"大兴"作"太兴","大"通"太"。

〔二〕武昌太守王谅　"武昌太守",《初学记》作"武陵太守",《六帖》、《御览》作"武阳太守",《宋志》、《晋志》乃作"武昌太守"。案:王谅《晋书》有传,丹杨人,曾任武昌、交州刺史。作"武陵"、"武阳"并讹。《建康实录》卷五作"武昌太守王谦",名讹。

〔三〕两头八足　《初学记》、《六帖》、《御览》"两头"作"一头"。

〔四〕其三年后死又有牛生　"死又"二字《珠林》讹作"苑中",旧本同,据《宋志》、《晋志》改。

183 太兴地震

元帝太兴元年四月,西平地震,涌水出。十二月,庐陵、豫章、武昌、西陵地震,涌水出,山崩。王敦陵上之应也。

本条见《宋书·五行志五》、《晋书·五行志下》,《文献通考》卷三〇一《物异考》据《晋志》采入。《宋志》文中称“干宝曰”,《晋志》称“干宝以为”,当出本书,据《晋志》辑。案:《晋纪》辑本据《晋志》辑入,误。

184 陈门牛生子两头

元帝大兴中〔一〕,割晋陵郡封少子,以嗣太傅东海王。俄而世子母石婕妤疾病。使郭璞筮之,遇《明夷》之《既济》,曰:“世子不宜裂土封国,以致患悔,母子并贵之咎也。法所封内,当有牛生一子两头者,见此物则疾瘳矣。”其七月,曲阿县陈门牛生子两头〔二〕,郡县图其形而上之。元帝以示石氏,石氏见而有间。或问其故,曰〔三〕:“晋陵王土,上所以受命之邦也。凡物莫能两大,使世子并其方,其气莫以取之。故致两头之妖,以为警也〔四〕。”

本条《开元占经》卷一一七引,出《搜神记》,据辑。校以《宋书·五行志五》、《晋书·五行志下》。

〔一〕元帝大兴中　《宋志》作“晋愍帝建武元年”,《晋志》作“元帝建武元年七月”。

〔二〕曲阿县陈门牛生子两头　“曲阿”,原讹作“曲河”,案《宋志》载:“曲阿门牛生犊,一体两头。”又据《宋书·州郡志一》,晋陵郡属县有曲阿。据改。“陈门”,《晋志》下有“才”字,疑为姓名。

〔三〕曰　此字原无,以意补之。

〔四〕案:旧本据《晋志》辑,文曰:“晋元帝建武元年七月,晋陵东门有牛生犊，一体两头。京房《易传》曰：‘牛生子，二首一身，天下将分之象也。’”“陈门”讹作“东门”。

185 武昌灾

元帝太兴中，王敦镇武昌，武昌灾。火起，兴众救之，救于此而发于彼，东西南北数十处俱应，数日不绝〔一〕。此臣而君行〔二〕，亢阳失节。是为王敦陵上，有无君之心，故灾也。

本条见《宋书·五行志三》、《晋书·五行志上》，《宋志》中称“干宝云”，《晋志》作“干宝以为”。今据《晋志》辑。案：《晋纪》辑本据《晋志》辑入，误。

〔一〕数日不绝　此下旧本据《晋志》辑入“旧说所谓滥灾妄起，虽兴师不能救之谓也”十七字。案：《宋志》“旧说”作“班固”，以下引干宝语“此臣而君行”云云，显非本书之文，旧本误。

〔二〕此臣而君行　旧本“君行”乙作“行君”。

186 中兴服制

晋中兴，着帻者以带缚项〔一〕。下逼上，上无地也。作袴者直幅为口，无杀，下大失裁也〔二〕。王敦之征〔三〕。

本条着帻事见《开元占经》卷一一四引，作袴事见《太平御览》卷六九五、《天中记》卷四七引，并出《搜神记》，据《开元占经》、《御览》辑。校以《宋书·五行志一》、《晋书·五行志上》。

〔一〕着帻者以带缚项　《宋志》、《晋志》"帻"作"帽"。

〔二〕下大失裁也　《御览》、《天中记》"下"讹作"不"，"失"讹作"夫"，据《宋志》改。

〔三〕案：旧本据《晋志》辑，文曰："太兴中，兵士以绛囊缚紒。识者曰：'紒在首为乾，君道也。囊者为坤，臣道也。今以朱囊缚紒，臣道侵君之象也。'为衣者，上带短，才至于掖；着帽者，又以带缚项。下逼上，上无地也。为袴者，直幅无口，无杀，下大之象也。寻而王敦谋逆，再攻京师。"兵士以绛囊缚紒之事，系滥辑，佚文中无此。"为衣者"以下多有讹误，"上带短，才至于掖"，原作"又上短，带才至于掖"，"无口"原作"为口"。

187 仪仗生华

王敦在武昌[一]，铃下仪仗生华，如莲花状，五六日而萎落。说曰：铃阁，尊贵者之仪；铃下，主威仪之官。《易》称："枯杨生华，何可久也[二]。"今狂花生于枯木，又在铃阁之间，言威仪之富，荣华之盛，皆如狂花之发，不可久也。其后终以逆命，没又加戮，是其应也。

本条《艺文类聚》卷八二、《太平御览》卷九九九、《全芳备祖》前集卷一一、《古今合璧事类备要》别集卷三五、百卷本《记纂渊海》(《四库全书》)卷九三、《天中记》卷五三、《山堂肆考》卷一九九引，并出《搜神记》。《宋书·五行志一》、《晋书·五行志上》及《太平广记》卷三五九引《广古今五行记》载此事，中称"干宝曰"或"干宝以为"，当亦本《搜神记》。今据《宋志》、《御览》互校辑录。案：《晋纪》辑本据《晋志》、《宋志》辑入，误。

〔一〕王敦在武昌　《晋志》前云"元帝太兴四年",旧本据补"太兴四年"四字。《广古今五行记》首作"元帝时"。

〔二〕何可久也　《御览》影印宋本"久"讹作"及",据《四库全书》本、鲍崇城校宋刊本及《易经·大过》改。

188 吴郡晋陵讹言

太兴四年〔一〕,吴郡民讹言有大虫在纻中及樗树上,啮人即死。晋陵民又言曰,见一老女子居市,被发从肆人乞饮,自言:"天帝令我从水门出,而我误由虫门。若还,天帝必杀我,如何?"于是百姓共相恐动,云死者已十数也。西及京都,诸家有樗、纻者伐去之,无几自止。此事未之能论。

本条见《宋书·五行志二》,下条为永昌四年京邑讹言事,末云:"此二事,干宝云'未之能论'。"乃包括此条在内。案:干宝《晋纪》纪事"自宣帝迄于愍帝五十三年"(《晋书》本传),此二事必属《搜神记》,今辑。旧本未辑。

〔一〕太兴四年　《宋志》前冠"晋元帝"三字,当非原有,今删。

189 京邑讹言

永昌元年〔一〕,宁州刺史王逊遣子澄人质,将渝、濮杂夷数百人。京邑民忽讹言宁州人大食人家小儿,亲有见其蒸煮满釜甑中者。又云失儿皆有主名,妇人寻道,拊心而哭。于是百姓各禁录小儿,不得出门。寻又言已得食人之主,官当大航头大杖考竟，而日有四五百人晨聚航头，以待观行刑。朝廷之士相问者，皆曰信然，或言郡县文书已上。王澄大惧，检测之，事了无形，民家亦未尝有失小儿者，然后知其讹言也。此事未之能论。

本条见《宋书·五行志二》，末云："此二事，干宝云'未之能论'。"前一事即太兴四年吴郡讹言事。今辑。案：旧本未辑。

〔一〕永昌元年　《宋志》前冠"晋元帝"三字，当非原有，今删。

搜神记卷一五

妖怪篇之六

190 鹏鸟赋

贾谊为长沙王太傅，四月庚子日，有䴙鸟飞入其舍，止于坐隅，良久乃去。谊发书占之，曰："野鸟入处[一]，主人将去。"谊忌之，故作《䴙鸟赋》，齐死生而等祸福，以致命定志焉。

本条《法苑珠林》卷三一引，出《搜神记》，据辑。

〔一〕处 《珠林》《四库全书》本（卷四二）作"室"。案：《汉书》卷四八《贾谊传》作"室"，《史记》卷八四《贾生列传》作"处"。

191 翟宣

王莽居摄，东郡太守翟义，知其将篡汉世，谋举义兵。兄宣教授，诸生满堂。群鹅雁数十在中庭[一]，有狗从外入而啮之，皆惊，比救之〔二〕，皆已断头〔三〕。狗走出门，求不知处。宣大恶之。后数月〔四〕，莽夷其三族。

本条《太平御览》卷八八五、《太平广记》卷三五九引，出《搜神记》，今互校酌定，校以《汉书》卷八四《翟义传》。

〔一〕群鹅雁数十在中庭 《广记》无“鹅”字。

〔二〕皆惊比救之 《御览》《四库全书》本作“皆死，惊救之”，旧本同。鲍崇城校宋刊本作“皆死，比救，惊之”。

〔三〕皆已断头 原无“已”字，据《广记》明钞本、孙潜校本补。

〔四〕后数月 《御览》、《广记》“月”作“日”，旧本同。案：《汉书》卷八四《翟义传》云“后数月败”，《汉书》卷九九上《王莽传上》载，居摄二年九月翟义举义兵，十二月王邑破义于圉。据改。

192 公孙渊

魏司马太傅懿，平公孙渊，斩渊父子。先时，渊家有犬，着朱帻绛衣〔一〕。襄平城北市生肉，长围各数尺，有头目口喙，无手足而动摇〔二〕。占者曰：“有形不成，有体无声，其国灭亡。”

本条《太平广记》卷三五九、《太平御览》卷八八五引，出《搜神记》。今据《广记》，参酌《御览》、《三国志·魏书·公孙渊传》、《宋书·五行志二》、《晋书·五行志中》辑录。

〔一〕渊家有犬着朱帻绛衣 旧本作“渊家数有怪，一犬着冠帻绛衣上屋。欻有一儿，蒸死甑中”，乃据《魏书》增补。

〔二〕长围各数尺有头目口喙无手足而动摇 《广记》、《御览》引文有删削，据《魏书》补“长围各数尺”、“口喙”七字。

193 诸葛恪

诸葛恪征淮南归，将朝会，犬衔引其衣。恪曰：“犬不欲我行乎？”还坐，有顷复起，犬又衔衣。乃令逐犬，遂升车，入而被害〔一〕。恪已被杀，其妻在室，语使婢曰：“汝何故血臭？”婢曰：“不也。”有顷愈剧。又问婢曰：“汝眼目视瞻，何以不常？”婢蹷然起跃，头至于栋，攘臂切齿而言曰：“诸葛公乃为孙峻所杀。”于是大小知恪死矣，而吏兵寻至。

本条《三国志・吴书・诸葛恪传》注、《艺文类聚》卷三五、《太平御览》卷五〇〇并引，出《搜神记》。今据《吴书》注校辑，补以《宋书・五行志二》。

〔一〕“诸葛恪征淮南归”至“入而被害” 《吴书》注引曰：“恪入，已被杀。”前当有省略。《类聚》引作“诸葛恪已被诛”，《御览》“诛”作“杀”，馀同《类聚》。案：本传载，恪征淮南还，孙峻与孙亮谋，置酒请恪，欲害之。恪将入朝，“犬衔引其衣，恪曰：‘犬不欲我行乎？’还坐，顷刻乃复起，犬又衔其衣，恪令从者逐犬，遂升车”。《宋书・五行志二》、《晋书・五行志中》亦载此事，旧本即据《吴书》、《晋志》补此节。今姑据《宋志》补，以其多取《搜神记》也。

194 王周南

中山王周南，正始中为襄邑长。有鼠从穴出，在厅事上，语曰："周南，尔以某月某日当死。"周南急往不应，鼠还穴。后至期复出，更冠帻皂衣而语曰〔一〕："周南，汝日中当死。"周南复不应，鼠复入穴。斯须复出，语曰："向日适欲中。"鼠入复出，出复入〔二〕，转行数语如前〔三〕。日适中〔四〕，鼠复曰："周南，汝不应，我复何道〔五〕？"言讫，颠蹶而死，即失衣冠。周南使卒取视，俱如常鼠〔六〕。

本条《法苑珠林》卷三一、《太平寰宇记》卷二《东京下·襄邑县》引，出《搜神记》。事采《列异传》（《古小说钩沉》，《北堂书钞》卷一五八，《艺文类聚》卷九五，《太平御览》卷八八五、卷九一一引），又采入《幽明录》（《太平广记》卷四四〇引）及《宋书·五行志五》、《晋书·五行志下》。今据《珠林》，参酌诸书校辑。

〔一〕更冠帻皂衣而语曰　《寰宇记》及《列异传》"皂衣"作"绛衣"，《幽明录》、《宋志》、《晋志》作"皂衣"。

〔二〕斯须复出语曰向日适欲中鼠入复出出复入　《珠林》宣统本、《大正新修大藏经》本作"斯须复出复入"，径山寺本、《四库全书》本（卷四二）及《法苑珠林校注》本作"斯须复出，出复入"，据《书钞》引《列异传》补。

〔三〕转行数语如前　《书钞》引《列异传》及《宋志》、《晋志》"行"作"更"。

〔四〕日适中　《珠林》《大正藏》本及《寰宇记》"适"作"过"。

〔五〕汝不应我复何道　《类聚》引《列异传》作"汝不应，死，我复何道"，《四库全书》本《御览》两引《列异传》同，旧本据此。影印宋本《御览》卷八八五同《珠林》，卷九一一作"汝不应我，死，我复何道"。

〔六〕周南使卒取视俱如常鼠　《校注》本"使"讹作"便"。旧本作"就视之,与常鼠无异",乃据《广记》引《幽明录》。

195 留宠

东阳留宠〔一〕,字道弘〔二〕。居于湖熟〔三〕。每夜,门庭自有血数升〔四〕,不知所从来,如此三四日。后宠为折冲将军,见遣北征。将行,而炊饭尽变为虫,其家人蒸糗〔五〕,亦变为虫。其火逾猛,其虫逾壮。宠遂北征,军败于檀丘,为徐龛所杀。

本条《法苑珠林》卷三一,《太平广记》卷三五九,《太平御览》卷八八五、卷九四四并引,出《搜神记》,又《广记》卷一四二引《法苑珠林》。今据《珠林》,参酌《广记》、《御览》校辑。

〔一〕留宠　《御览》及《广记》卷三五九作"刘宠",旧本同。案:《晋书》卷八一《蔡豹传》载,晋元帝时太山太守徐龛叛归后赵石勒,元帝敕徐州太守蔡豹、征虏将军羊鉴等进讨。豹进据卞城,时后赵石虎屯钜平,将攻豹,豹退守下邳。徐龛袭取豹辎重于檀丘,将军留宠、陆党力战,死之。作"留"是。

〔二〕道弘　《御览》卷八八五作"道和",旧本同。案:《广记》卷三五九亦作"道弘","和"字当讹。

〔三〕湖熟　《珠林》各本作"湖孰",《大正新修大藏经》本作"姑熟",《广记》引《珠林》乃作"湖熟",《御览》卷八八五、《广记》卷三五九作"姑熟"。案:《晋书·地理志下》,扬州丹杨郡有湖熟,与徐州界邻近,而姑熟远在其西南方向,当作"湖熟",据《广记》改。《法苑珠林校注》所据底本为道光董氏刊本,作"湖熟",校注据

《高丽藏》本改作“姑熟”，误。

〔四〕升　《珠林》《大正藏》本及《广记》卷三五九作“斗”。

〔五〕其家人蒸粆　《珠林》各本及《广记》卷三五九“粆”作“炒”，旧本同，惟《大正藏》本作“粆”，《广记》卷一四二乃作“麨”。案：“粆”同“麨”，炒米也。作“炒”讹。

196 东莱陈氏

东莱有一家，姓陈，家百馀口。朝炊，釜不沸。举甑看之，忽有一白头公从釜中出。便诣师，师云〔一〕：“此大怪，应灭门。便归，大作械。械成，使置门壁下，坚闭门在内，有马骑麾盖来叩门者，慎勿应。”乃归，合手伐得百馀械，置门屋下。果有人至，呼不应，主帅大怒，令缘门入。从人窥门内，见大小械百馀。出门还说如此，帅大懊惋〔二〕，语左右云：“教速来，不速来，遂无复一人当去。何以解罪也？从此北行，可八十里，有一百三口，取以当之。”后十日中，此家死亡都尽，此家亦姓陈。

本条《太平广记》卷三二三引，出《搜神记》。孙潜校本作《续搜神记》。今姑断为干书，据辑。

〔一〕便诣师师云　旧本作“便诣师卜，卜云”。

〔二〕懊惋　原作“惶惋”，据明钞本、孙校本改。

197 聂友板

聂友，字文悌，豫章新淦古暗切。人。少时贫贱，常好射猎。

夜照,见一白鹿,射中之。明寻踪,血既尽,不知所在。且已饥极,便卧一梓树下。仰见箭着树枝,视之,乃是昨射鹿箭。怪其如此,于是还家赍粮,命子侄持斧以伐之,树微有血。遂裁截为二板,牵着陂塘中。板常沉池〔一〕,然时复浮出,出辄家有吉庆〔二〕。友每欲致宾客,辄便常乘此板。或于中流欲没〔三〕,客大惧,聂君呵之,还复浮出。仕宦大如意,位至丹阳太守。在郡经时〔四〕,外司白云:"涛入石头,聂君陂中板来耳〔五〕。"来日,自视之,果然〔六〕。聂君惊曰:"此陂中板来〔七〕,必有意。"即解职归家。下船便闭户,二板挟两边,一日即至豫章。自尔之后,板出便反有凶祸,家大轗轲。今新淦北二十里馀曰封溪,有聂友所截梓树板系着牂柯处。所用樟木为牂柯者,遂生为树。今犹存,其木合抱,乃聂友回日所栽。始倒植之,今枝叶皆向下生〔八〕。

本条《太平御览》卷七六七、《太平广记》卷四一五引,《广记》注出《搜神记》,《御览》作《续搜神记》。亦见梁殷芸《小说》(《说郛》卷二五)引《志怪》,乃片断,又《广记》卷三七四引,文大同,谈恺本脱出处,明钞本误作《宣室志》(唐张读撰),孙潜校本作《□异记》。案:聂友为吴人,姑断为干宝书,旧本《后记》辑入。刘宋雷次宗《豫章记》亦载(《北堂书钞》卷一三八、《御览》卷七七一引),殆据本书。今据《御览》,以《广记》、《豫章记》校补。

〔一〕池　《御览》影印宋本作"地",据鲍崇城校刊本改。

〔二〕出辄家有吉庆　《御览》原无"出"字,《广记》作"出家必有吉",据补。

〔三〕辄便常乘此板或于中流欲没　《御览》原作"辄便此板于中流欲

没”，据《广记》补。

〔四〕时　旧本作“年”。

〔五〕涛入石头聂君陂中板来耳　《御览》影印宋本原作“涛入石头聂然聂君以板破中板来耳”，文字多有讹误，今校正如此。鲍崇城校刊本作“涛入石头，中板来耳”。旧本改作“涛中板入石头来”。案：《御览》《四库全书》本作“涛入石头，夜闻神语曰：聂君板来”，情事有异。

〔六〕来日自视之果然　“来日”二字据《御览》《四库全书》本补，“自”字据鲍崇城校刊本补。

〔七〕聂君惊曰此陂中板来　《御览》原作“聂君以板来”，据《广记》补正。

〔八〕“今新淦北二十里馀曰封溪”至“今枝叶皆向下生”　此节《御览》无，《广记》引有。《广记》原作：“今新涂北二十里馀曰封溪，有聂友截梓树版涛牂柯处。牂柯有樟树，今犹存，乃聂友回日所栽，枝叶皆向下生。”文有脱讹。《御览》引《豫章记》云：“新淦县北二十五里曰封溪，今有聂友所伐梓系着牂柯处。……所用樟木为牂柯者，遂生为树。今犹存，其木合抱。始倒植之，今枝条皆向下。”据以补正。牂柯，系舟船之木桩。《御览》卷七七一引《异物志》：“牂柯者，系船筏也。”旧本据《广记》，“樟树”作“梓树”，“回日”作“向日”，并误。

198 豫章人

豫章人好食蕈，有黄姑蕈者，尤为美味。有民家治舍，烹此蕈以食工人。工人有登厨屋施瓦者〔一〕，下视无人，唯釜煮物，以盆覆之。俄有小儿裸身绕釜而走〔二〕,倏忽没于釜中〔三〕。顷之,主人设蕈,工独不食,亦不言其故〔四〕。既暮,食蕈者皆卒。

本条《太平广记》卷四一七引作《稽神录》,今本《稽神录》卷六辑入。案:《永乐大典》卷八五二七引《稽神异苑》有此条。《稽神异苑》南朝人作,作者可能是陈朝焦僧度(说详拙著《唐前志怪小说史》修订本),摘编前人书而成。其"韩冯"、"紫珪"、"飞涎乌"皆引自《搜神记》。而《广记》所引,或将《搜神记》、《稽神录》相混,卷一三三"建业妇人",注出《搜神记》,实为《稽神录》也。故疑本条为《搜神记》文,据《广记》、《大典》及今本《稽神录》校辑。

〔一〕工人有登厨屋施瓦者　《广记》无"厨"字,据《稽神录》补。《大典》"厨屋"作"厨"。

〔二〕俄有小儿裸身绕釜而走　《稽神录》"小儿"作"一小鬼"。

〔三〕倏忽没于釜中　《稽神录》"没"作"投"。

〔四〕亦不言其故　"其故"二字据《稽神录》补。

搜神记卷一六

变化篇之一

案:《荆楚岁时记》注引“干宝《变化论》”,《法苑珠林》卷三二《变化篇·感应缘·通叙神化多种之变》云:“故干宝《记》云。”是则原书有《变化篇》。诸凡物怪精魅变化之事皆系此篇。

199 变化

天有五气,万物化成。木精则仁,火精则礼,金精则义,水精则智,土精则恩〔一〕。五气尽纯,圣德备也。木浊则弱,火浊则淫,金浊则暴,水浊则贪,土浊则顽。五气尽浊,民之下也。中土多圣人,和气所交也;绝域多怪物,异气所产也。苟禀此气,必有此形,苟有此形,必生此性。故食谷者智慧而夭〔二〕,食草者多力而愚,食桑者有丝而蛾,食肉者勇憨而悍,食土者无心而不息,食气者神明而长寿,不食者不死而神。大腰无雄,细腰无雌。无雄外接,无雌外育。三化之虫,先孕后交;兼爱之兽,自为牡牝。寄生因夫高木，女萝托乎茯苓。木株于土，萍植于水。鸟排虚而飞，兽跖实而走，虫土闭而蛰，鱼渊潜而处。本乎天者亲上，本乎地者亲下，本乎时者亲旁，则各从其类也。千岁之雉，入海为蜃；百年之雀，入江为蛤〔三〕。千岁龟鼋，能与人语〔四〕；千岁之狐，起为美女；千岁之蛇，断而复续；百年之鼠，而能相卜：数之至也。春分之日，鹰变为鸠；秋分之日，鸠变为鹰：时之化也。故腐草之为萤也，朽苇之为蛬也〔五〕，稻之为蛩也，麦之为蛱蝶也〔六〕，羽翼生焉，眼目成焉，心智存焉，此自无知而化为有知，而气易也。鹤之为麞也〔七〕，蛇之为鳖也〔八〕，蛬之为虾也，不失其血气而形性变也。若此之类，不可胜论。应变而动，是为顺常；苟错其方，则为妖眚。故下体生于上，上体生于下〔九〕，气之反者也；人生兽，兽生人，气之乱者也；男化为女，女化为男，气之背者也〔一〇〕。鲁牛哀得疾，七日化而为虎。形体变易，爪牙施张，其兄将入〔一一〕，搏而食之。当其为人，不知将为虎；当其为虎，不知当为人〔一二〕。故太康中，陈留阮士禽伤于虺〔一三〕，不忍其痛，数嗅其疮，已而双虺成于鼻中。元康中，历阳纪元载客食道龟，已而成瘕。医以药攻之，下龟子数升，大如小钱，头足觳备，文甲皆具，唯中药已死。夫嗅非化育之气〔一四〕，鼻非胎孕之所，亨道非下物之具〔一五〕。从此观之，万物之生死也，与其变化也，非通神之思，虽求诸己，恶识所自来？然朽草之为萤，由乎腐也；麦之为蛱蝶，由乎湿也。尔则万物之变，皆有由也。农夫止麦之化者，沤之以灰〔一六〕；圣人理万物之化者，济之以道。其与不然乎〔一七〕？

本条《荆楚岁时记》注，《法苑珠林》卷三二，《艺文类聚》卷八二，《初学记》卷三〇,《太平广记》卷四五七及《天中记》卷五六、《稗史汇编》卷一六二引《穷神秘苑》,《太平御览》卷七四二、卷八三八、卷八八八(两引)、卷九三四、卷九四九,《海录碎事》卷二一下,《埤雅》卷一〇《释虫》,《周易集传》卷九,百卷本《记纂渊海》(《四库全书》)卷一〇〇,《古微书》卷四《尚书五行传》按语,《天中记》卷四五、卷五七(三引)、卷五八、卷五九,《骈志》卷一八,《陆氏诗疏广要》卷下之下《释虫》,《六家诗名物疏》卷二四《蟋蟀》并引。《荆楚岁时记》引作"干宝《变化论》",《珠林·变化篇》作"干宝《记》"(案:《珠林》此卷"孔子厄于陈"条末注"右十三验出《搜神记》"),《埤雅》作"干宝云",其馀皆作《搜神记》(《御览》卷九四九作干宝《搜神记》)。此当为《变化篇》序论。又《宅经》卷上云:"《搜神记》云精灵鬼魅皆化为人,或有人自相感变为妖怪。"当是概述大意。百卷本《记纂渊海》(《四库全书》)卷九七引《变化论》:"鸳鸯交颈。"误。上条引《搜神记》韩凭事,"鸳鸯交颈"实出该条。今据《珠林》,参酌诸书校辑。

〔一〕"木精则仁"至"土精则恩"　以上五句之"精",旧本改作"清"。《古微书》亦作"清",殆据胡刊本《搜神记》(案:《古微书》有河间范景文序,序文提及《笔丛》,即胡应麟《少室山房笔丛》,初刊于万历三十三年,时为胡应麟卒后三年。是知《古微书》极可能作于胡震亨刊《搜神记》之后)。案:《礼记·中庸》郑玄注:"木神则仁,金神则义,火神则礼,水神则信,土神则知。"意义与此相近,而作"神"。精、神同义。"土精则恩",《古微书》"恩"作"信",旧本讹作"思"。《法苑珠林校注》据旧本改"精"为"清",改"恩"为"思",大误。

〔二〕夭　原讹作"文",嘉靖伯玉翁旧钞本《类说》卷三七《法苑珠林》(案:天启刊本卷四三无此条)亦作"文",据《淮南子·墬形训》改。《抱朴子·杂应篇》:"食谷者智而不寿。""不寿"亦

“夭”义。

〔三〕入江为蛤　旧本“江”作“海”。案:作“海”虽于义可通,《广弘明集》卷五曹植《辩道论》有“燕入海为蛤”语,《尔雅翼》卷一五亦有“雀入海为蛤”语,然“海”字与上句重,作“江”是,《珠林》各本及《类说》旧钞本皆作“江”。

〔四〕能与人语　《珠林》宣统本、径山寺本、《四库全书》本(卷四三)作“能语人语”,此从《大正新修大藏经》本与《类说》旧钞本及《御览》卷八八八。《法苑珠林校注》据《高丽藏》本改“语”为“与”。

〔五〕朽苇之为蛬也　《类说》旧钞本“蛬”作“蚕”,下同。

〔六〕麦之为蛱蝶也　《御览》卷九四九“蛱蝶”作“蝇蝶”,《四库全书》本作“蝴蝶”,旧本同。案:《本草纲目》卷四〇虫部之二《蛱蝶》:“释名:蝇蝶,蝴蝶。”

〔七〕鹤之为麞也　《御览》卷八八八作“鹝之为麏也”。

〔八〕蛇之为鳖也　旧本脱此句。

〔九〕上体生于下　《珠林》此句原无,据文意应有此句,今补。旧本亦补有此句。

〔一〇〕气之背者也　《珠林》各本“背”作“质”,《四库全书》本作“贸”,旧本同。《类说》旧钞本作“背”,从改。案:质,抵押;贸,淆乱。《说文系传》贝部:“贸,犹乱也。交互之义。”作“贸”义亦通。

〔一一〕其兄将入　旧本作“其兄启户而入。”案:《淮南子·俶真训》:“其兄掩户而入觇之。”《太平御览》卷八八八引作“兄启户而入”,疑据此而改。

〔一二〕不知当为人　径山寺本“当”作“尝”,《校注》本作“常”,《四库全书》本作“其尝”。

〔一三〕故太康中陈留阮士禽伤于虺　《珠林》“太康”前有“晋”字，今删。“阮士禽”，《御览》卷九三四作“阮士禹”，鲍崇城校刊本“禹”作“瑀”，旧本同。《御览》卷七四二作“阮瑀”，案阮瑀卒于建安十七年（见《三国志·魏书·王粲传》），当脱“士”字。

〔一四〕夫嗅非化育之气　《珠林》径山寺本、《四库全书》本“嗅”讹作“妻”，旧本同。道光董氏刻本讹作“毒”，《校注》据《高丽藏》本改作“嗅”。《类说》旧钞本作“疾”，亦讹。

〔一五〕亨道非下物之具　“亨”字原作“享”，《校注》据文义改作“亨”，是也。亨道，四通八达之大道。《周易·亨》：“何天之衢，亨。”孔颖达疏：“乃天之衢亨，无所不通也。”“下”字据《珠林》《四库全书》本补。此句谓通衢大道非食用下物（龟）之酒席。具，酒食，宴席。《类说》旧钞本“下”作“生”，亦通。生物，活物。

〔一六〕沤之以灰　《御览》卷八三八、卷八八八及《天中记》卷四五“沤”作“区”。《御览》《四库全书》本、鲍崇城校刊本卷八八八作“沤”。

〔一七〕案：《珠林》以下有“今所觉事者”云云一节，乃道世语，不取。

200 龙易骨

龙易骨，麋易骼。蛇类解皮，蟹类易壳，又折其螯足，随复更生。縠之化为虫也，妖气之所生焉。

本条《感应经》（《说郛》卷九）引，出《搜神记》，据辑。案：此节文字疑在《变化篇》序论中。旧本未辑。

201 木蠹

木蠹生虫，羽化为蝶。

本条《天中记》卷五七引作《搜神记》，当转引他书，据辑。《六帖》卷九五亦引，无出处。案：此节文字疑在《变化篇》序论中。

202 贲羊

季桓子穿井，获如土缶，其中有羊焉〔一〕。使问之仲尼曰〔二〕："吾穿井而获狗，何耶?"仲尼曰："以丘所闻，羊也。丘闻之：木石之怪，蚑蛧蜽〔三〕；水中之怪是龙罔象〔四〕；土中之怪曰贲羊〔五〕。"

《夏鼎志》曰："罔象如三岁儿，赤目，黑色，大耳，长臂，赤爪，索缚则可得食〔六〕。"《王子》曰："木精为毕方，火精为游光〔七〕，金精为清明也。"

本条《法苑珠林》卷六、《天中记》卷五四引，出《搜神记》，据辑，校以《国语·鲁语下》。

〔一〕焉　《珠林》各本讹作"马"，《四库全书》本（卷一一）、《法苑珠林校注》本作"焉"，与《国语》同，据改。

〔二〕使问之仲尼曰　《珠林》各本"使"作"便"，《四库全书》本、《校注》本作"使"，与《国语》同，据改。

〔三〕蚑蛧蜽　"蚑蛧"，《四库全书》本作"蚑夔"，《大正新修大藏经》本作"驱蛧"。案：《国语》、《孔子家语·辨物》、《说苑·辨物》、《史记·孔子世家》均作“夔”。旧本改作“夒”。

〔四〕水中之怪是龙罔象　《珠林》宣统本“是龙罔象”作“是罔象”，径山寺本、《大正藏》本、《校注》本作“是龙罔”，《四库全书》本作“龙罔象”。案:《国语》、《孔子家语》、《说苑》、《史记·孔子世家》其怪均作“龙罔象”，今补“龙”字。

〔五〕贲羊　《国语》作“羵羊”，一本作“坟羊”，《说苑》、《孔子家语》作“羵羊”，《史记·孔子世家》作“坟羊”。

〔六〕罔象如三岁儿赤目黑色大耳长臂赤爪索缚则可得食　案:《珠林》卷四五引《白泽图》作:“水之精名曰罔象，其状如小儿，赤目，黑色，大耳，长爪。以索缚之则可得，烹之吉。”

〔七〕王子曰木精为毕方火精为游光　原引作“王子曰木精为游光”，旧本同。案:《王子》即东汉王逸《正部论》，又称《王逸子》。《隋书·经籍志》儒家类著录后汉王符《潜夫论》十卷，注云:“梁有王逸《正部论》八卷，后汉侍中王逸撰。……亡。”《艺文类聚》卷八三引有王逸《正部论》，又卷七三、卷八八引《王逸子》。《意林》卷四摘录《正部》(作十卷)，中一条云:“山神曰螭，物精曰魅，土精曰羵羊，水精曰罔象，木精曰毕方，火精曰游光，金精曰清明。天下有道，则众精潜藏。”其称“火精曰游光”，木精者乃毕方。毕方为木精，本《淮南子·泛论训》:“山出枭阳，水生罔象，木生毕方，井生坟羊。”“毕方”注:“木之精也。”《珠林》所引与此有异，然非讹“火”为“木”，亦非讹“毕方”为“游光”，盖有脱文。原干宝之意，乃引《夏鼎志》及《王子》以证五行之怪，故疑“木精”下脱“为毕方火精”五字。而五怪只引木火金三者，盖土精羵羊、水精罔象前已言之，故略之，木精虽已有述，然名称不同，故亦引述。今据《意林》补。

203 犀犬

元康中，吴郡娄县怀瑶家，忽闻地中有犬子声隐隐。视声所自发，有小穿，大如蚓穴。瑶以杖刺之，入数尺，觉如有物。乃掘视之，得犬子，雌雄各一，目犹未开，形大于常犬也。哺之而食，左右咸往观焉。长老或云："此名犀犬，得之者令家富昌，宜当养之。"以目未开，还置穿中，覆以磨砻。宿昔发视，左右无孔，遂失所在。瑶家积年无他福祸也。大兴中，吴郡府舍中又得二枚，物如初。其后太守张茂为吴兴兵所杀〔一〕。

《尸子》曰："地中有犬，名曰地狼；有人，名曰无伤。"《夏鼎志》曰："掘地而得狗，名曰贾〔二〕；掘地而得豚，名曰邪；掘地而得人，名曰聚。聚，无伤也〔三〕。此物之自然，无谓鬼神而怪之。"然则与地狼名异〔四〕，其实一物也。《淮南万毕》曰："千岁羊肝，化为地宰；蟾蜍得苽，卒时为鹑。"此皆因气作，以相感而惑也〔五〕。

本条《法苑珠林》卷六、《太平御览》卷四七二、《太平广记》卷三五九、《天中记》卷五四、《琅邪代醉编》卷五并引，出《搜神记》(《御览》作干宝《搜神记》)。又《吴郡志》卷四七及《至正昆山郡志》卷六引《法苑珠林》、《搜神记》。南宋凌万顷《玉峰志》卷下《异闻》亦引，无出处。今据《珠林》，参酌诸书校录。

〔一〕"大兴中"至"其后太守张茂为吴兴兵所杀"　《宋书·五行志二》所叙与此略同，然《晋书·五行志中》载云："元帝太兴中，吴兴太守张懋闻斋内床下犬声，求而不得。既而地自坼，见有二犬子,取而养之,皆死。寻而懋为沈充所害。”盖本何法盛《晋中兴书·征祥说》(见汤球辑本卷三,《大唐开元占经》卷一一九引),旧本乃据而辑补,未妥。吴郡太守张茂,《晋中兴书》、《晋志》“茂”作“懋”,《宋志》作“茂”。案:《晋书·元帝纪》载,永昌元年四月王敦将沈充陷吴国,吴国内史张茂遇害。《丁潭传》附《张茂传》载茂出补吴兴内史,沈充反而遇害。《列女传·张茂妻陆氏》载茂为吴郡太守,被沈充所害。又《晋书·孔愉传》亦作“茂”。惟《晋中兴书》作“懋”,《晋书·五行志》盖因之。茂之所官,诸记有吴郡太守、吴兴内史、吴国内史之别。案晋制,诸王国行政长官称内史,当郡太守之任。据《晋书·武十三王传》,太康十年司马晏封吴王,食丹杨、吴兴、吴三郡,永嘉末遇害,其五子均无嗣吴王者。其国虽废,然犹虚存,故《晋阳秋》(《世说新语·规箴》注引)云:“充(案:沈充)字士居,吴兴人。少好兵,谄事王敦。敦克京邑,以充为车骑将军,领吴国内史。”盖代张茂。然称吴郡太守亦不误,乃因其国实已废为郡,而吴国以吴郡为治耳。

〔二〕贾　《开元占经》卷一一九引《夏鼎志》作“假”。案:《珠林》卷四五引《白泽图》:“千载木,其中有虫,名曰贾诎。状如豚,有两头,烹而食之,如狗肉味。”似与此有关联,其名作“贾诎”。

〔三〕无伤也　《珠林》《大正新修大藏经》本“无”作“毋”。

〔四〕然则与地狼名异　旧本“与”上有“贾”字。案:《珠林》诸本皆无此字。寻文意,与地狼名异者乃犀犬,非《夏鼎志》所云名贾者。旧本妄增。

〔五〕此皆因气作以相感而惑也　《四库全书》本(卷一一)“作”作“化”,“惑”作“成”,旧本同。

204 彭侯

吴先主时，陆敬叔为建安太守。使人伐大樟树，下数斧〔一〕，忽有血出。至树断，有一物人头狗身，从树穴中出走。敬叔曰："此名彭侯。"烹而食之，其味如狗。

《白泽图》曰："木之精名彭侯，状如黑狗，无尾，可烹食之。"

本条《法苑珠林》卷六三、《太平御览》卷八八六、《太平广记》卷四一五、《永乐大典》卷八五二七、《本草纲目》卷五一下、《天中记》卷二五、《物理小识·总论》并引，出《搜神记》。今据《珠林》，参酌诸书校辑。明末方以智《通雅》卷二一引《白泽图》"木精曰樟侯"句下注云："即《异苑》陆敬叔所言之彭侯。"今本《异苑》无此，方氏亦不可能得见《异苑》之古本，疑误记《搜神记》为《异苑》。

〔一〕下数斧 《广记》、《天中记》"下"作"不"。《广记》陈鳣校本作"下"。

205 怒特祠

武都故道有怒特祠，土生梓树焉〔一〕。秦文公二十七年，使人伐之〔二〕，树创随合，经日不断。文公乃益发卒，持斧者至四十人，犹不断。士疲还息。其一人伤足不能去，卧树下，闻鬼相与言〔三〕："劳乎攻战〔四〕？"其一人曰："何足为劳〔五〕！"又曰："秦公必将不休，如之何？"答曰："秦公其如予何〔六〕！"又曰："赭衣灰坌，子如之何〔七〕？"默然无言。卧者以告〔八〕，于是令工皆衣赭，随斫创坌以灰[九]。树断，化为牛[一〇]。使骑击之，不胜。或堕于地[一一]，髻解被发，牛畏之，乃入水，不敢出。故秦自是置旄头骑，使先驱[一二]。

本条《后汉书·郡国志五》注、《太平御览》卷九〇〇引，出干宝《搜神记》。事又载《列异传》、《玄中记》、《录异传》（并见《古小说钩沉》）。《玄中记》、《录异传》记事稍近，然异辞亦多，《列异传》则近本书，殆为所据。《天中记》卷五五引《录异传》、《搜神记》，乃缀合《史记·秦本纪正义》引《录异传》及《御览》引《搜神记》而成，旧本辑录本条，即主要依据《天中记》。今据《御览》辑录，以《列异传》等校补。

〔一〕武都故道有怒特祠土生梓树焉　《御览》《四库全书》本及《天中记》"土生梓树焉"作"祠上生梓树焉"，旧本同，惟删"焉"字。《水经注》卷一七《渭水》引《列异传》作"武都故道县有怒特祠，云神本南山大梓也"。

〔二〕使人伐之　旧本此下有"辄有大风雨"五字，盖据《天中记》，而此为《录异传》中文字，见《史记·秦本纪正义》及《太平寰宇记》卷三〇《凤翔府·宝鸡县》引《录异传》。

〔三〕闻鬼相与言　旧本作"闻鬼语树神曰"，与《天中记》同。此为《录异传》中文字，见《史记·秦本纪正义》及《寰宇记》引《录异传》，"闻"下有"有"字。《列异传》则作"闻鬼相与言曰"。

〔四〕劳乎攻战　《水经注》引《列异传》作"劳攻战乎"。

〔五〕何足为劳　《水经注》引《列异传》作"足为劳矣"。

〔六〕秦公其如予何　《御览》影印宋本"予"讹作"子"，据《四库全书》本、鲍崇城校刊本及《天中记》改。《水经注》引《列异传》作"其如我何"。

〔七〕赭衣灰坌子如之何　《水经注》引《列异传》作“赤灰跋,于子何如”,“赤”下当脱“衣”字。坌,粘附之意,跋,泼也,义近。旧本作“秦若使三百人被发,以朱丝绕树,赭衣灰坌伐汝,汝得不困耶”,乃据《天中记》而又增“三百”二字。《史记·秦本纪正义》及《寰宇记》引《录异传》,无“赭衣灰坌”,《天中记》综合成文。旧本所增“三百”二字,乃据《玄中记》,《御览》卷六八〇引云:“秦王使三百人被头,以赤丝绕树伐汝,得无败乎?”(案:诸书引《玄中记》此事者颇多,详《古小说钩沉》。)

〔八〕默然无言卧者以告　旧本作“神寂无言,明日,病人语所闻”,乃据《天中记》,系《录异传》文字。

〔九〕于是令工皆衣赭随斫创坌以灰　《水经注》引《列异传》作“令士皆赤衣,随所斫,以灰跋”。

〔一〇〕化为牛　旧本作“中有一青牛出,走入丰水中。其后青牛出丰水中”,全同《天中记》,实是《录异传》文字。

〔一一〕或堕于地　旧本作“有骑堕地复上”,全同《天中记》,实是《录异传》文字。

〔一二〕使先驱　据《北堂书钞》卷一三〇、《后汉书·光武帝纪》注、《御览》卷三四一引《列异传》(《御览》讹作《列仙传》)补。案:《玄中记》、《录异传》无此三字。

206 白头老公

桂阳太守江夏张辽〔一〕,字叔高〔二〕,居鄢陵〔三〕。田中有大树,十馀围,盖六亩,枝叶扶疏,蟠地不生谷草〔四〕。遣客斫之,斧数下,树大血出〔五〕。客惊怖,归白叔高。叔高怒曰:“老树汁赤,此何得怪〔六〕!”因自斫之,血大流出。叔高更斫枝,有一空处,白头老公长四五尺,突出趁叔高。叔高以刀逆斫,杀之,四五老公并死〔七〕。左右皆惊怖伏地,叔高神虑恬然如旧。诸人徐视,似人非人,似兽非兽。此所谓木石之怪夔魍魉者乎?其伐树年中,叔高作辟司空侍御史、兖州刺史〔八〕。

本条《法苑珠林》卷三一引,出《搜神记》,又《太平广记》卷三五九引《法苑珠林》。事出《风俗通义·怪神篇》,又载《列异传》(《太平御览》卷八八六引)。今据《珠林》,参酌他书校辑。

〔一〕桂阳太守江夏张辽　《珠林》各本作“张遗”,《广记》同,《四库全书》本(卷四二)作“张辽”,与《风俗通义》同,据改。旧本前加“魏”字,大谬。应劭东汉人,焉得记魏事?疑误为魏将张辽,魏张辽字文远,雁门马邑人,见《三国志》卷一七《魏书·张辽传》。

〔二〕叔高　《珠林》各本作“升高”,据《四库全书》本、《广记》、《风俗通义》、《列异传》改,下同。

〔三〕居鄢陵　《风俗通义》作“去鄢令”,即罢去鄢陵县令。旧本下有“家居买田”四字,乃据《风俗通义》妄增。

〔四〕盖六亩枝叶扶疏蟠地不生谷草　旧本作“枝叶扶疏,盖地数亩,不生谷”,乃据《风俗通义》。

〔五〕树大血出　旧本作“有赤汁六七斗出”,乃据《太平广记》卷四一五引《风俗通》。

〔六〕老树汁赤此何得怪　《珠林》《大正新修大藏经》本“得”作“等”,《广记》引《珠林》作“老树汗出,此等何怪”,《风俗通义》作“老树汁出,此何等血”,《广记》引《风俗通》作“树老赤汁,有何等血”。旧本乃作“树老汁赤,如何得怪”。

〔七〕“因自斫之”至“四五老公并死” 旧本作“因自严行,复斫之,血大流洒。叔高使先斫其枝,上有一空处,见白头公,可长四五尺,突出,往赴叔高。高以刀逆格之,如此凡杀四五头,并死”,乃据《风俗通义》增补。

〔八〕叔高作辟司空侍御史兖州刺史 “侍御史”,《珠林》各本原作“御史”,《广记》引同。《四库全书》本作“应司空辟侍御史、兖州刺史”,《风俗通义》作“其年司空辟侍御史,后为兖州刺史”,乃为侍御史。案:据《后汉书·百官志一·司空》注、《百官志三·御史中丞》及注,汉成帝绥和元年罢御史大夫,法周制,初置司空,领御史中丞一人,治书侍御史二人,侍御史六人。到献帝建安十三年又罢司空,置御史大夫,不领中丞及侍御史,只置长史一人。是则作“侍御史”是,据《四库全书》本及《风俗通义》改。又案:旧本此下云:“以二千石之尊,过乡里,荐祝祖考,白日绣衣荣羡,竟无他怪。”乃据《风俗通义》及《广记》引文滥增。

207 池阳小人

王莽建国三年〔一〕,池阳有小人景〔二〕,长一尺馀,或乘车〔三〕,或步行,操持万物,大小各自称〔四〕,三日止〔五〕。

《管子》曰:“涸泽数百岁,谷之不徙,水之不绝者〔六〕,生庆忌。庆忌者,其状若人,长四寸,衣黄衣,冠黄冠〔七〕,戴黄盖,乘小马,好疾驰〔八〕。以其名呼之,可使千里外一日反报〔九〕。”然池阳之景者,或庆忌也乎?又曰:“涸川之精生蟡〔一〇〕,蟡者一头而两身，其状若蛇，长八尺。以其名呼之，可使取鱼鳖。”

本条《法苑珠林》卷五、《天中记》卷九引，出《搜神记》，今据《珠林》辑，校以《汉书·王莽传中》、《管子·水地篇》。案：《珠林》分作三条，末注：“右三事见《搜神记》。”《大正新修大藏经》本分作二条，末注作“二事”。嘉靖伯玉翁旧钞本《类说》卷三七《法苑珠林》亦分为二条，注“出《搜神记》”（案：天启刊本卷四三《法苑珠林》无此条）。〕然三事文字相连属，原应为一条。

〔一〕王莽建国三年　《珠林》、《天中记》“三”作“四”。案：此事原载《汉书》，系在始建国三年。《太平广记》卷一三九引《广古今五行记》亦载，盖本本书。《广记》作“三年”。据改。旧本作“四年”。

〔二〕小人景　《广古今五行记》无“景”字，当脱。

〔三〕或乘车　《汉书》作“或乘车马”，《广古今五行记》作“或乘马”。

〔四〕大小各自称　《汉书》作“小大各相称”，注：“车马及物皆称其人之形。”《广古今五行记》作“小人皆自相称”，“人”乃“大”字之讹。

〔五〕三日止　旧本此下据《广古今五行记》滥补“莽甚恶之。自后盗贼日甚，莽竟被杀”十四字。

〔六〕谷之不徙水之不绝者　《珠林》宣统本、径山寺本（卷八）、《法苑珠林校注》本原作“谷之下水不绝者”，《大正藏》本同，惟“下”作“不”，皆文有脱讹。《四库全书》本乃作“谷不徙水不绝者”。今据《管子》改。案：《白泽图》所载，庆忌乃故水石精。《珠林》卷四五引曰：“故水石者精名庆忌，状如人，乘车，盖一日驰千里。以其名呼之，则可使入水取鱼。”

〔七〕衣黄衣冠黄冠　《珠林》作“衣黄冠”，有脱文，据《管子》补。

〔八〕好疾驰　《珠林》“驰”作“游”，据《管子》改。

〔九〕一日反报　《珠林》“日”字讹作“名”，据《管子》改。《类说》旧钞本作“夕”。

〔一〇〕涸川之精生蟡　《珠林》原作“涸小水精生蚔”，旧本同。《类说》旧钞本作“涸水生蚿”。《管子》作“涸川之精者生于蟡”。案：《玉篇》卷二五“虫”部：“蟡，于为切，似蛇，又音诡。”《集韵》“纸”韵：“蟡，涸水之精曰蟡。”皆本《管子》而作“蟡”，是知“蚔”、“蚿”皆讹。蚔，蚁卵也。《尔雅·释虫》：“蚍蜉……其子蚔。”郭璞注：“蚔，蚁卵。”《说文》“虫”部：“蚔，蚁子也。”蚿，《广韵》“先”韵：“马蚿虫，一名百足。”今据《管子》改。

208 傒囊

诸葛恪为丹阳太守〔一〕，出猎。两山之间，有物如小儿，伸手欲引人。恪令伸之，仍引去故地，去故地即死。既而参佐问其故，以为神明。恪曰：“此事在《白泽图》内，曰：‘两山之间，其精如小儿，见人则伸手欲引人，名曰傒囊〔二〕，引去故地则死。’无谓神明而异之，诸君偶未之见耳。”众咸服其博识。

本条《法苑珠林》卷六四、《太平御览》卷八八六、《太平广记》卷三五九、《太平寰宇记》卷八九《润州·丹徒县》、《天中记》卷二五、《琅邪代醉编》卷二四、《稗史汇编》卷三三并引，出《搜神记》。今据《广记》，参酌他书校辑。

〔一〕诸葛恪为丹阳太守　《寰宇记》“太守”作“尹”。案：丹阳又作丹杨,《三国志·吴书·诸葛恪传》:“权(孙权)拜恪抚越将军,领丹杨太守。”作“丹阳尹”误。据《晋书·地理志下》,吴、西晋丹杨皆为郡,长官则为太守,元帝渡江,建都扬州,改丹杨太守为尹。

〔二〕傒囊　《珠林》诸本、《广记》作“俟”,疑有脱讹,此从《珠林》《四库全书》本(卷八〇)及《御览》、《天中记》。《寰宇记》作“系囊”,《琅邪代醉编》作“傒”,《稗史汇编》作“侯”。

209 治鸟

越地深山中有鸟,大如鸠,青色,名曰治鸟〔一〕。穿大树作巢,如五六升器,户口径数寸,周饰以土垩,赤白相分,状如射侯。伐木者见此树,即避之去。或夜冥,人不见鸟〔二〕,鸟亦知人不见已也,便鸣唤曰:“咄!咄!上去!”明日便宜急上去〔三〕。曰:“咄!咄!下去!”明日便宜急下去。若不使去,但言笑而不已者〔四〕,人可止伐也。若有秽恶及犯其所止者,则有虎通夕来守,人不去,便伤害人〔五〕。此鸟白日见其形,是鸟也;夜听其鸣,亦鸟也。时有观乐者,便作人形,长三尺。至涧中取石蟹,就人火炙之,人不可犯也。越人谓此鸟是越祝之祖也〔六〕。

本条《法苑珠林》卷六、《太平御览》卷九二七、《本草纲目》卷四九引,出《搜神记》(《本草纲目》有干宝名)。又《本草纲目》卷五一下云:“《搜神记》之治鸟。”今以《珠林》、《御览》互校酌定,校以《本草纲目》及《博物志》卷三《异鸟》。

〔一〕治鸟　《博物志》作“冶鸟”。明姚旅《露书》卷二《异鸟》云:“治鸟者，木客之类。鸟形而人语，时作人形，高三尺，入涧取蟹，就人火炙食之。今《博物志》、《搜神记》并作'冶鸟'。恐久而眩人，聊记以正之。"案：旧本作"冶鸟"，姚旅所言《搜神记》，即通行二十卷本。然"治"、"冶"之义均不详为何，难以断其正误。

〔二〕人不见鸟　"人"字据《博物志》补。

〔三〕明日便宜急上去　"宜"字据《珠林》《四库全书》本（卷一一）、《法苑珠林校注》本及《御览》鲍崇城校刊本补。《博物志》作"明日便宜急上树去"。

〔四〕但言笑而不已者　"不"字据《珠林》《四库全书》本及《博物志》补。

〔五〕"若有"至"便伤害人"　《本草纲目》作"犯之则能役虎害人，烧人庐舍"，当为后人增饰之辞。

〔六〕越人谓此鸟是越祝之祖也　《本草纲目》作"山人谓之越祀之祖"，非原文。

搜神记卷一七

变化篇之二

210 落头民

秦时,南方有落头民[一],其头能飞。其种人部有祭祀[二],号曰“虫落[三]”,故因取名焉。吴时,将军朱桓得一婢,每夜卧后,头辄飞去,或从狗窦,或从天窗中出入,以耳为翼。将晓复还,数数如此。旁人怪之,夜中照视,唯有身无头,其体微冷,气息才属,乃蒙之以被。至晓头还,碍被不得安,两三度堕地,噫咤甚愁。而其体气急,状若将死。乃去被,头复起傅颈,有顷平和,复瞑如常人[四]。桓以为巨怪,畏不敢畜,乃放遣之。既而详之,乃知天性也[五]。时南征大将亦往往得之,又尝有覆以铜盘者,头不得进,遂死。

本条《艺文类聚》卷一七,《法苑珠林》卷三二,《太平御览》卷三六四、卷八八八,《本草纲目》卷五二,《天中记》卷二二并引,出《搜神记》,《酉阳杂俎》前集卷四引作于氏《志怪》。“于”当为“干”字之讹,《志怪》当指《搜神记》,泛言志怪之书。汪绍楹以为“《志怪》或亦本书篇名之一”。案南朝以《志怪》名书者极多,所记皆种种怪异之事,非有专类,以为篇名似非。事又载《博物志》卷三《异虫》。今据《珠林》,参酌他书校辑。

〔一〕落头民　《珠林》宣统本、径山寺本、《大正新修大藏经》本、《法苑珠林校注》作“落民”,《类聚》、《酉阳杂俎》同。《四库全书》本(卷四三)、《御览》、《天中记》作“落头民”,今从之。《博物志》作“落头虫”。

〔二〕其种人部有祭祀　《博物志》作“其种人常有所祭祀”。

〔三〕虫落　《御览》影印宋本卷八八八讹作“蛊落”,《四库全书》本作“虫落”。

〔四〕复瞑如常人　此句据《类聚》补。

〔五〕乃知天性也　《珠林》宣统本、《校注》本“天性”作“大怪”,《大正藏》本作“天怪”,径山寺本、《四库全书》本作“天性”。《御览》影印宋本、鲍崇城校刊本卷八八八作“天怪”,《四库全书》本作“天性”。“天性”义胜,今从之。

211 刀劳鬼

临川间诸山县有妖魅〔一〕,来常因大风雨,有声如啸,能射人,其所着者如蹄,有顷头肿大〔二〕。毒有雌雄,雄急雌缓,急者不过半日,缓者不延经宿〔三〕。其方人,常有以求之〔四〕,求之少晚则死〔五〕。俗求之〔六〕,名曰“刀劳鬼”。

故外书云:“鬼神者,其祸福发扬之验于世者也。”《老子》

曰:“昔之得一者,天得一以清;地得一以宁;神得一以灵;谷得一以盈〔七〕;侯王得一,以为天下贞。”然则天地鬼神,与我并生者也。气分则性异,域立则形殊〔八〕,莫能相兼也。生者主阳,死者主阴。性之所托,各安其方。太阴之中,怪物存焉。

本条《法苑珠林》卷六、《太平御览》卷八八四引,出《搜神记》,据《珠林》、《御览》互校酌定。

〔一〕临川间诸山县有妖魅　《御览》作“临川间诸山有妖物”,旧本同。

〔二〕其所着者如蹄有顷头肿大　《珠林》宣统本、《大正新修大藏经》本、径山寺本(卷一〇)、《法苑珠林校注》本作“其所着者如蹄,头肿大”,《四库全书》本作“其所着者,有顷便肿大”,《御览》同,旧本从之。今据宣统本等,复补“有顷”二字。

〔三〕急者不过半日缓者不延经宿　《御览》作“急者不过半日间,缓者经宿”,旧本同。

〔四〕其方人常有以求之　《珠林》宣统本、径山寺本、《大正藏》本、《校注》本原作“其有旁人,常以救之”,《四库全书》本作“其旁人常有以救之”,《四库全书》本《御览》亦同,旧本从之。影印宋本及鲍崇城校刊本乃作“其方人常有以求之”,今从。作“旁”作“救”皆讹。

〔五〕求之少晚则死　此据《御览》影印宋本及鲍崇城校刊本。《珠林》作“救之小免则死”,“救”、“免”皆讹。《四库全书》本《珠林》及《御览》“少晚”皆作“少迟”,旧本同。

〔六〕俗求之　据《御览》鲍崇城校刊本补“求之”二字。

〔七〕谷得一以盈　《老子》原文此句之下有“万物得一以生”一句。

〔八〕域立则形殊　《珠林》《四库全书》本"立"作"别",旧本同。

212 蜮

汉中平年内〔一〕,有物处于江水,其名曰蜮,一曰短狐。能含沙射人,所中者则身体筋急,头痛发热,剧者至死。江人以术方抑之,则得沙石于肉中。

《诗》所谓"为鬼为蜮,则不可得"也〔二〕。今俗谓之溪毒。先儒以为南方男女同川而浴,乱气之所生也〔三〕。

本条《法苑珠林》卷六三、《文选》卷二八鲍照《苦热行》注、《太平御览》卷七四引,出《搜神记》(《文选》注作干宝《搜神记》,《唐钞文选集注汇存》卷五六引李善注"干"讹作"于"),又《太平广记》卷四七八引《感应经》引云"《搜神记》及《洪范五行传》曰"。今据《珠林》辑。

〔一〕汉中平年内　旧本"中平"前妄加"光武"二字。中平乃东汉灵帝年号。

〔二〕则不可得也　旧本"得"讹作"测"。案:《诗经·小雅·何人斯》:"为鬼为蜮,则不可得。"郑玄笺:"使女为鬼为蜮也,则女诚不可得见也。"

〔三〕先儒以为南方男女同川而浴乱气之所生也　《珠林》宣统本、径山寺本等"乱"作"湿",《大正新修大藏经》本作"涂",《法苑珠林校注》本作"淫"。案:《汉书·五行志下之上》:"刘向以为蜮生南越,越地多妇人,男女同川,淫女为主,乱气所生,故圣人名之曰蜮。蜮犹惑也,在水旁,能射人,射人有处,甚者至死。南方谓之短狐。"《感应经》引《洪范五行传》(案:刘向撰):"蜮者,淫女惑乱之气所生。”先儒者即指刘向,然则“湿”、“涂”、“淫”当为“乱”之讹,据改。旧本“同川而浴”下据《汉志》增“淫女为主”四字。

213 鬼弹

汉时,永昌郡不韦县有禁水〔一〕,水有毒气,唯十一月、十二月可渡涉〔二〕,自正月至十月不可渡,渡辄得病杀人。其气中有恶物,不见其形,其作有声〔三〕,如有所投击。中木则折〔四〕,中人则害〔五〕,土俗号为“鬼弹”。故郡有罪人,徙之禁旁,不过十日皆死也〔六〕。

本条《法苑珠林》卷六三、《太平御览》卷八八四、《天中记》卷九引,出《搜神记》。《天中记》所引,实据《水经注》卷三六《若水》。今参酌《珠林》、《御览》校辑,校以《水经注》。

〔一〕永昌郡不韦县有禁水　旧本“韦”讹作“违”。案:《汉书·地理志上》载,益州郡有不韦县。《后汉书·郡国志五》载,益州永昌郡有不韦县。注引《华阳国志》曰:“孝武置不韦县,徙南越相吕嘉子孙宗族居之,因名不韦,以章其先人之恶。”不韦即吕不韦。

〔二〕唯十一月十二月可渡涉　旧本据《水经注》,“可”上增“差”字。

〔三〕其作有声　“作”字《珠林》讹作“似”,旧本承其误。据《水经注》、《天中记》改。《御览》作“作声”。

〔四〕中木则折　《珠林》前有“内”字,旧本同。据《御览》、《水经注》删。

〔五〕中人则害　《御览》卷八八四引《南中八部志》作“中人则奄然

青烂”。

〔六〕故郡有罪人徙之禁旁不过十日皆死也　此数语见于《水经注》、《天中记》。案:《水经注》所载当本《搜神记》,疑原应有此,姑据补。“旁”《天中记》讹作“防”。武英殿聚珍版《水经注》“防”作“旁”,戴震校语云:“案近刻讹作防。”《天中记》亦沿讹未改。旧本辑此条,所据为《珠林》,然末有此数语,盖据《天中记》补缀,亦讹作“防”。

214 犬蛊

蛊有怪物,若鬼。其妖形变化,杂类殊种,或为狗豕,或为虫蛇。其人皆自知其形状,常行之于百姓,所中皆死〔一〕。鄱阳赵寿有犬蛊,有陈岑诣寿,忽有大黄犬六七,群出吠岑。后余伯妇与寿妇食,吐血几死,屑桔梗以饮之,乃愈〔二〕。

本条《太平御览》卷七三五、卷七四二、卷九〇五、卷九九三引,并出《搜神记》。《隋书·地理志下》云:“新安、永嘉、建安、遂安、鄱阳、九江、临川、庐陵、南康、宜春……此数郡往往畜蛊,而宜春偏甚。其法以五月五日聚百种虫,大者至蛇,小者至虱,合置器中,令自相啖,馀一种虫者留之,蛇则曰蛇蛊,虱则曰虱蛊,行以杀人。因食入人腹内,食其五藏,死则其产移入蛊主之家。三年不杀他人,则蓄畜者自踵其弊。累世子孙相传不绝,亦有随女子嫁焉。干宝谓之为鬼,其实非也。”所云干宝谓之为鬼,当指此条。今据《御览》卷七四二、卷九九三校辑。

〔一〕“蛊有怪物若鬼”至“所中皆死”　据《御览》卷七四二辑。

〔二〕“鄱阳赵寿有犬蛊”至“乃愈”　据《御览》卷九九三辑。案:赵寿犬蛊事，旧本置于“蛊有怪物若鬼”之前。

215 张小

余外姊夫蒋士先〔一〕，得疾下血。医言中蛊，家人乃密以蘘荷置其席下〔二〕，不使知。忽大笑曰〔三〕：“蛊食我者，张小也〔四〕。”乃收小，小走〔五〕。自此解蛊药多用之〔六〕，往往验。《周礼》庶氏以嘉草除蛊毒，其蘘荷乎〔七〕？

本条《齐民要术》卷三、《玉烛宝典》卷一一、《太平御览》卷九八〇、《重修政和证类本草》卷二八《图经》、《通志略·昆虫草木略一·蔬类》、《增广注释音辩唐柳先生集》卷四三《种白蘘荷》注、《离骚草木疏》卷二、《普济方》卷二五二、《本草纲目》卷一五、《天中记》卷四六、《正杨》卷四、《三才图会·草木》卷一〇并引，《玉烛宝典》作“干宝云”，《政和本草》、《唐柳先生集》注、《离骚草木疏》、《本草纲目》、《正杨》、《三才图会》作干宝《搜神记》，馀作《搜神记》。今据《政和本草》，参酌诸书校辑。

〔一〕余外姊夫蒋士先　《御览》作“余外妇姊夫蒋士有佣客”，《天中记》作“蒋士有佣客”。案：《玉烛宝典》、《本草纲目》、《三才图会》亦作“外姊夫蒋士先”，“妇”字当衍而脱“先”字。《政和本草》卷二八《图经》引《荆楚岁时记》佚文云“蒋士先得疾下血”，亦无“有佣客”三字。旧本据《御览》辑，误。

〔二〕家人乃密以蘘荷置其席下　《御览》、《天中记》“蘘荷”作“蘘荷根”，旧本同。《玉烛宝典》、《离骚草木疏》、《本草纲目》、《正杨》、《三才图会》、《普济方》则作“蘘荷”。案：《荆楚岁时记》佚文云“蜜（密）以根布席下”，孙思邈《千金翼方》卷一九《杂病中》："白蘘荷根，主诸恶疮，杀蛊毒。"然《医心方》卷一八《治蛊毒方》引《葛氏方》云："蘘荷叶密着病人卧席下，亦即呼蛊主姓名。"《政和本草》引陶隐居云："中蛊者服其汁，并卧其叶，即呼蛊主姓名。"又引《梅师方》："治卒中蛊毒，下血如鸡肝，昼夜不绝，藏腑败坏待死。叶密安病人席下，亦自说之，勿令病人知觉，令病者自呼蛊姓名。"然则蘘荷根叶均可治蛊。

〔三〕忽大笑曰　《御览》、《天中记》作"乃狂言曰"，旧本同。

〔四〕蛊食我者张小也　《政和本草》作"蛊我者张小也"，《御览》影印宋本及《天中记》作"食我蛊者乃张小人也"，《御览》《四库全书》本作"蛊我者张小小也"。今从《玉烛宝典》及《政和本草》。旧本作"食我蛊者乃张小小也"。案：《御览》卷七四二引《续搜神记》："剡县有一家事蛊，人啖其食饮，无不吐血死。"蛊毒投于食物中，误食者中蛊。"食我蛊"、"蛊食我"意同，皆谓以蛊毒投我食中，令我食而中蛊也。

〔五〕乃收小小走　《政和本草》同。《御览》、《天中记》作"乃呼小，小亡去"。旧本据此，而讹"去"作"云"。

〔六〕自此解蛊药多用之　《御览》、《天中记》作"今世攻蛊，多用蘘荷根"，旧本同。

〔七〕周礼庶氏以嘉草除蛊毒其蘘荷乎　《政和本草》原作"《周礼》庶氏以嘉草除蛊毒，宗傈以为嘉草即蘘荷，是也"。《通志略》云："《周礼》庶掌除蛊毒，以嘉草攻之。宗懔谓嘉草即此也。"《本草纲目》作"《周礼》庶氏以嘉草除蛊毒，宗懔谓嘉草即蘘荷也"。盖本《政和本草》。案：宗傈当作宗懔，梁人，撰《荆楚岁时记》，隋杜公瞻注。《荆楚岁时记》今本不全，原书有治蛊之事，《图经》引宗傈（懔）《荆楚岁时记》曰："仲冬以盐藏蘘荷，以备冬储，又以防蛊。”杜注当引《搜神记》本条以为佐证。“宗懔以为嘉草即蘘荷，是也”乃《图经》隐括杜注（误为宗懔语）之语。《玉烛宝典》作“《周礼》治毒周（当为用字之讹）嘉草，其蘘荷乎”，据补“其蘘荷乎”四字。《御览》、《天中记》作“蘘荷或谓嘉草”，乃隐括语，旧本与之同。

216 霹雳

扶风杨道和，夏末于田内获，值天雷雨，止桑树下。霹雳下击之，道和以锄格之，折其左肱〔一〕，遂落地，不得去。唇如丹〔二〕，目如镜，毛如牛角〔三〕，长三尺馀〔四〕，状如六畜，头似猕猴。

本条《北堂书钞》卷一五二，《开元占经》卷一〇二，敦煌写本伯三六三六号类书残卷（《敦煌宝藏》），《太平广记》卷三九三，《太平御览》卷一三、卷七六四，《古今事文类聚》前集卷四，《古今合璧事类备要》前集卷三，《天中记》卷二并引，出《搜神记》。又《类说》卷七摘录《搜神记》、《说郛》卷四摘录干宝《搜神记》亦有此条。《稗史汇编》卷四亦引，无出处。今据《书钞》，参酌诸书校辑。

〔一〕折其左肱　《书钞》“肱”作“胁”，类书残卷作“股”，《开元占经》《四库全书》本作“股”，钞本作“肱”。他书亦多作“肱”。《御览》卷七六四“左”作“右”。

〔二〕唇如丹　《开元占经》作“赤如丹”，类书残卷、《御览》两引、《类说》、《古今合璧事类备要》、《天中记》作“色如丹”，《说郛》、《古今事文类聚》、《稗史汇编》作“色丹”，脱“如”字。

〔三〕毛如牛角　《书钞》、《开元占经》"毛"作"手"，据类书残卷、《御览》卷一三等改。

〔四〕长三尺馀　旧本"尺"作"寸"，误。诸书所引皆作"尺"。

217 大青小青

庐江睆、枞阳二县境上〔一〕，有大青小青，里居〔二〕。山野之中，时闻有哭声，多者至数十人，男女大小，如始丧者。邻人惊骇，至彼奔赴，常不见人。然于哭地必有死丧，率声若多则为大家，声若小者则为小家。

本条《法苑珠林》卷七引，出《搜神传记》，据辑。

〔一〕庐江睆枞阳二县境上　《珠林》"睆"作"晥"，《大正新修大藏经》本作"腕"，校云一本作"晼"，一本作"睆"。旧本作"吭"。案：《汉书·地理志上》，庐江郡属县有枞阳、睆。"睆"，《后汉书·郡国志四》作"晥"。"晥"、"睆"通"皖"。据改。

〔二〕里居　《珠林》"里"作"黑"。旧本同。案：《珠林》卷五六引《搜神记》阴生事，其"旋复见黑"一句，"黑"乃"里"之讹，此当与之同，今改作"里"。里居者，言其居于乡里，故下文有邻人之谓也。

218 猳国

蜀中西南高山之上有物，与猴相类，长七尺，能作人行，善走逐人，名曰猳国，一名马化，或曰玃猿〔一〕。伺道行妇女年少者〔二〕，辄盗取将去,人不得知。若有行人经过其旁,皆以长绳相引,犹故不免。此物能别男女气臭,故取女,男不取也〔三〕。若取得人女,则为家室。其无子者,终身不得还,十年之后,形皆类之,意亦迷惑,不复思归。若有子者,辄抱送还其家,产子皆如人形。有不养者,其母辄死,故惧怕之,无敢不养。及长,与人不异。皆以杨为姓,故今蜀中西南多姓杨〔四〕,率皆是猳国马化之子孙也。

本条《法苑珠林》卷六、《太平广记》卷四四四、《太平御览》卷四九〇、《稗史汇编》卷一五八并引,出《搜神记》。原载《博物志》卷三《异兽》。今据《广记》,参酌他书校辑。

〔一〕玃猿 《广记》、《御览》、《稗史汇编》作"玃",《珠林》作"玃猨",从改。《博物志》作"猳玃"。

〔二〕伺道行妇女年少者 《珠林》各本作"伺道行妇女有长者",《四库全书》本(卷一一)"长"作"美",《御览》作"伺行道人有后者",《博物志》作"伺行道妇女有好者"。旧本同《四库全书》本《珠林》。

〔三〕男不取也 诸引"取"皆作"知",案:《御览》卷九一〇引《博物志》作"不取男",于义为胜,据改。旧本亦改作"取"。

〔四〕姓杨 《珠林》"姓"作"诸",旧本同。《广记》孙潜校本亦作"诸"。《博物志》作"谓"。

219 秦瞻

秦瞻居曲阿彭皇野〔一〕,忽有物如蛇,突入其脑中。蛇来,先闻臭死气,便于鼻中入,盘其头中,觉泓泓冷〔二〕。闻其脑间,食声哑哑，数日而出去。寻复来，取手巾急缚口鼻，亦被入〔三〕。积年无他病，唯患头重。

本条《太平御览》卷九三四引，出《搜神记》，据辑。《太平广记》卷四五七引《广古今五行记》亦载，当采本书。

〔一〕彭皇野　《御览》《四库全书》本"皇"作"王"，《广古今五行记》作"星"。

〔二〕泓泓冷　《御览》《四库全书》本讹作"哄哄仅"，旧本同。

〔三〕亦被入　《广古今五行记》作"故不得入"。

220 李寄

东越闽中有庸岭，高数十里。其下北隙中有大蛇〔一〕，长七八丈，围一丈〔二〕。土俗常病〔三〕，东冶都尉及属城长吏多有死者〔四〕。祭以牛羊，故不得福〔五〕。或与人梦，或下喻巫祝，欲得啖童女年十二三者。都尉令长并共患之，然气厉不息。共请求人家生婢子，兼有罪家女养之，至八月朝，祭送蛇穴口。蛇辄夜出，吞啮之。累年如此，前后已用九女。一岁，将祀之〔六〕，复预募索，未得其女。将乐县李诞家有六女，无男，其小女名寄〔七〕，应募欲行，父母不听。寄曰："父母无相〔八〕，唯生六女，无有一男，虽有如无。女无缇萦济父母之功，既不能供养，徒费衣食。生无所益，不如早死。卖寄之身，可得少钱，以供父母，岂不善耶？"父母慈怜，终不听去。寄自潜严〔九〕，不可禁止。寄乃行告贵〔一〇〕，请好剑及咋蛇犬。至八月朝，便诣庙中坐，怀剑将犬。

先作数石米餈〔一一〕,疾资切。用蜜灌之〔一二〕,以置穴口。蛇夜便出,头大如囷,目如二尺镜〔一三〕。闻餈香气,先啖食之。寄便放犬,犬就啮咋,寄从后斫,得数创。创痛急,蛇因踊出,至庭而死。寄入视穴,得其九女髑髅,悉举出,咤言曰:"汝曹怯弱,为蛇所食,甚可哀愍。"于是寄女缓步而归。越王闻之〔一四〕,聘寄女为后,拜其父为将乐令,母及姊皆有赐赏。自是东冶无复妖邪之物。其歌谣至今存焉。

本条《北堂书钞》卷一二二,《艺文类聚》卷九四,《法苑珠林》卷三一,《太平御览》卷三四四、卷四三七、卷四四一、卷九〇五并引,出《搜神记》(《御览》卷四三七、卷四四一作干宝《搜神记》)。《天中记》卷五六引作《搜神记》、《坤元录》。《坤元录》即《括地志》,唐魏王李泰等撰,其书亦载此事,当据本书,见《太平寰宇记》卷一〇一《邵武军·邵武县》、《太平御览》卷四七引。《舆地纪胜》卷一三四《邵武军·景物下》亦据《寰宇记》转引。又《太平广记》卷二七〇、《榕阴新检》卷一〇引《法苑珠林》。《青琐高议》前集卷三有《李诞女》,殆本《广记》。今据《珠林》,参酌诸书校辑。

〔一〕其下北隙中有大蛇　"隙",《珠林》《大正新修大藏经》本,《书钞》,《类聚》,《御览》卷三四四、卷四三七、卷九〇五,《御览》卷四七与《寰宇记》引李泰《坤元录》,《广记》,《青琐高议》,《天中记》俱作"隰",《御览》卷四四一作"湿"。案:隰为下湿之地,当以"隙"为是。《珠林》《四库全书》本(卷四二)"下"作"西"。旧本作"西北隰"。

〔二〕围一丈　《书钞》,《类聚》,《御览》卷三四四、卷四三七、卷九〇五,《天中记》俱作"大十馀围",旧本同,《御览》卷四四一作"大十围"。

〔三〕土俗常病　《珠林》"病"作"惧",旧本同,今从《书钞》、《类聚》、《御览》卷四四一。

〔四〕东冶都尉及属城长吏多有死者　"东冶",《珠林》宣统本、径山寺本、《法苑珠林校注》本及《御览》卷四四一作"治";《四库全书》本、《大正藏》本作"东冶",旧本同。案:《史记》卷一一四《东越列传》载:汉击项籍,原闽越王驺无诸、越东海王驺摇,率越人佐汉。高祖五年,复立无诸为闽越王,王闽中故地,都东冶。据改。

〔五〕故不得福　旧本"福"作"祸"。案:《珠林》各本及《御览》卷四四一皆作"福",盖以牛羊不称意,故不肯赐福也。旧本改作"祸",是不明文意,颇谬。

〔六〕一岁将祀之　《珠林》各本及《御览》卷四四一皆作"尔时",旧本同,今从《广记》、《青琐高议》。

〔七〕其小女名寄　《坤元录》、《天中记》"寄"讹作"奇"。

〔八〕父母无相　《广记》作"无相留",《青琐高议》、《榕阴新检》作"毋相留",《御览》卷四四一则作"父母无相"。案:相,命相。

〔九〕严　《珠林》《大正藏》本及《四库全书》本作"行",旧本同。《御览》卷四四一作"发"。案:严,装束,整饬。《校注》据《高丽藏》本改"严"为"行",盖不明"严"义。

〔一〇〕寄乃行告贵　《珠林》《大正藏》本作"乃往告贵",《广记》及《御览》卷四四一作"寄乃行",旧本作"寄乃告"。

〔一一〕先作数石米餈　《书钞》,《类聚》,《御览》卷三四四、卷四三七,《天中记》"石"作"斛"。

〔一二〕用蜜灌之　《珠林》原作"蜜麨灌之",《广记》、《青琐高议》、《榕阴新检》无"灌之"二字,《榕阴新检》"麨"作"面"。《类聚》、

《御览》卷四三七作“蜜灌之”。今从《书钞》、《御览》卷四四一、《寰宇记》引《坤元录》、《天中记》(《书钞》讹作“密”)。旧本作“用蜜麨灌之”。

〔一三〕目如二尺镜　《御览》卷四四一“二”作“三”。

〔一四〕越王闻之　《御览》卷九〇五、《天中记》“闻”作“奇”。

221 司徒府二蛇

咸宁中〔一〕,魏舒为司徒。府中有蛇二,其长十丈〔二〕,居厅事平橑之上〔三〕。止之数年,而人不知,但怪府中数失小儿及鸡犬之属。后一蛇夜出,经柱侧,伤于刃,病不能登,于是觉之。发徒数百,共攻击移时,然得杀之〔四〕。视所居,骨骼盈宇之间。于是毁府舍,更立之。

本条《太平广记》卷四五六引,据辑,校以《宋书·五行志五》、《晋书·五行志下》。

〔一〕咸宁中　前原有“晋”字,今删。

〔二〕府中有蛇二其长十丈　明钞本“十”作“十馀”。旧本作“府中有二大蛇,长十许丈”,乃据《晋志》改。

〔三〕居厅事平橑之上　原作“屋厅事平脊之上”,明钞本“屋”作“居”。据《宋志》、《晋志》改。《说文》“木”部:“橑,椽也。”

〔四〕然得杀之　明钞本“然”作“乃”。旧本“得”改作“后”。江苏广陵古籍刻印社校订重刊《笔记小说大观》本《广记》亦改作“后”。案:然,表示承接关系,于是、然后之谓也。改“得”为“后”者,乃不明“然”义。

搜神记卷一八

变化篇之三

222 五酉

孔子厄于陈，弦歌于馆中。夜有一人，长九尺馀，着皂衣高冠，大吒，声动左右。子贡进，问："何人耶？"便提子贡而挟之。子路引出，与战于庭，有顷未胜。孔子察之，见其甲车间时时开如掌，孔子曰："何不探其甲车，引而奋之〔一〕？"子路如之，没手仆于地，乃是大鳀鱼也，长九尺馀。孔子叹曰："此物也，何为来哉？吾闻物老则群精依之，因衰而至。此其来也，岂以吾遇厄绝粮，从者病乎？夫六畜之物及龟蛇鱼鳖草木之属，久者神皆依凭，能为妖怪，故谓之五酉。五酉者，五行之方，皆有其物。酉者老也，故物老则为怪矣。杀之则已，夫何患焉！或者天之未丧斯文，以是系予之命乎？不然，何为至于斯也？"弦歌不辍。子路烹之，其味滋，病者兴。明日遂行。

本条《法苑珠林》卷三二、《太平御览》卷八八六、《太平广记》卷四六八、《孔子集语》卷下《孔子先》、《天中记》卷五六、《骈志》卷一四、《古微书》卷二五《论语纬》按语并引,出《搜神记》。今据《珠林》,参酌《御览》、《广记》校辑。

〔一〕引而奋之　《天中记》“之”作“登”,旧本同。案:《古微书》亦作“登”,殆据胡刊本《搜神记》。

223 竹中长人

临川陈臣家大富。永初元年,臣在斋中坐。其宅内有一町筋竹。白日忽见一人,长丈许,面如方相,从竹中出,迳语陈臣〔一〕:“我在家多年,汝不知。今去〔二〕,当令汝知之。”去一月许日,家大失火,奴婢顿死。一年中,便大贫。

本条《太平广记》卷二九五引,出《搜神记》,据辑。

〔一〕迳语陈臣　明钞本“迳”作“遥”。

〔二〕今去　旧本作“今辞汝去”。

224 张汉直

陈国张汉直至南阳,从京兆尹延叔坚学《左氏传》。行后数月,鬼物持其妹,为之扬言曰:“我病死,丧在陌上,常苦饥寒。操一二量不借〔一〕,挂屋后楮上。傅子方送我五百钱,在北牖下〔二〕,皆忘取之。又买李幼牛一头,本券在书箧中。”往索〔三〕,

悉如其言。妇尚不知有此。妹新归宁〔四〕,非其所及。家人哀伤,益以为审。父母兄弟,椎结迎丧〔五〕。去精舍数里〔六〕,遇汉直与诸生相随〔七〕。汉直顾见家人,怪其如此。家见汉直,良以为鬼也。惝怳有间〔八〕,汉直乃前,为父说其本末如此〔九〕,得知妖物之为。

本条《太平广记》卷三一六引,谈恺刻本注出《风俗通》,明钞本作《搜神记》。案:《风俗通义》卷九《怪神篇》载之,殆为本书所取。据《广记》辑,校以《风俗通义》。

〔一〕操一二量不借　“二”原作“三”,据《四库全书》本改。《风俗通义》作“一量”。旧本“一三”改作“二三”。案:吴树平《风俗通义校释》:操,作也。量,即两,一量即一双。不借,麻鞋。《方言》云:“丝作之者谓之履,麻作之者谓之不借。”

〔二〕在北牖下　《风俗通义》“牖”作“墉”,旧本同。

〔三〕往索　旧本下多“取之”二字。

〔四〕妹新归宁　《风俗通义》作“女新从聟家来”,旧本同。

〔五〕父母兄弟椎结迎丧　《风俗通义》作“父母诸弟,衰绖到来迎丧”,旧本同。

〔六〕去精舍数里　旧本脱“精”字。案:《风俗通义》亦有此字。

〔七〕与诸生相随　《风俗通义》“诸生”下有“十馀人”三字,“随”作“追”,旧本同。

〔八〕良以为鬼也惝怳有间　《风俗通义》作“谓其鬼也,惝惘良久”,旧本同。

〔九〕汉直乃前为父说其本末如此　《风俗通义》作“汉直乃前为父拜,说其本末,且悲且喜。凡所闻见,若此非一”,旧本同。

225 虞国

馀姚虞国[一]，有好仪容。同县苏氏女，亦有美色，国尝见，悦之。后见国来，主人留宿，中夜告苏公曰："贤女令色，意甚钦之，此夕宁能令暂出否？"主人以其乡里贵人，便令女出从之。往来渐数，语苏公："无以相报，若有官事，其为君任之[二]。"主人喜。自尔后，有役召事，往造国。国大惊曰："都未尝面命[三]，何由便尔？此必有异。"具说之，国曰[四]："仆宁当请人之父而淫人之女[五]？君复见来[六]，便斫之。"后果得怪。

本条《太平广记》卷三六〇引，谈恺刻本、明钞本、许自昌刻本、黄晟校刊本、《四库全书》本注出《搜神记》，孙潜校本、陈鳣校本作《续搜神记》。今从谈本等，据辑。

〔一〕馀姚虞国　"虞国"，原作"虞定国"。旧本同。案：晋虞预《会稽典录》（鲁迅辑本）有虞国，字季鸿，后汉人，曾为日南太守。卒官丧还，墓在馀姚。《水经注》卷二九《沔水》："又东至会稽馀姚县，东入于海。"注："江水又经官仓，仓即日南太守虞国旧宅，号曰西虞，以其兄光居县东故也。"汪绍楹以为虞定国疑即虞国，"定"字误衍，说是，今删正，下同。

〔二〕其为君任之　明钞本、旧本"其"作"某"。

〔三〕面命　汪绍楹校："明钞本《太平广记》'面命'作'会面'。"孙校本无"命"字。

〔四〕国曰　《广记》谈本作"定公曰"，与上文称谓不一，明钞本、孙校本及《四库全书》本作"定国"，今改。

〔五〕仆宁当请人之父而淫人之女　旧本“当”作“肯”。

〔六〕君复见来　旧本“君”作“若”。

226 度朔君

袁绍在冀州〔一〕，有神出河东，号“度朔君〔二〕”。百姓为立庙，庙有主簿大福。陈留蔡庸为清河太守，过谒庙。有子名道，亡已三十年。度朔君为庸设酒，曰：“贵子昔来，欲相见。”须臾子来。度朔君自云父祖昔作〔三〕。兖州有人士苏氏〔四〕，母病，往祷。主簿云：“君逢天士留待。”闻西北有鼓声而君至。须臾一客来，着皂单衣〔五〕，头上五色毛，长数寸，去〔六〕。复一人着白布单衣，高冠，冠似鱼头。谓君曰：“吾昔临庐山，共食白李〔七〕，忆之未久，已三千岁。日月易得，使人怅然。”去后〔八〕，君谓士曰：“先来南海君也〔九〕。”士是书生，君明通《五经》，善《礼记》，与士论礼，士不如也。士乞救母病，君曰：“卿所居东有故桥，坏久之。此桥乡人所行，卿母犯之。卿能复桥〔一〇〕，便差。”曹公讨袁谭，使人从庙换千匹绢，君不与。曹公遣张郃毁庙，未至百里，君遣兵数万，方道而来。郃未达二里，云雾绕郃军，不知庙处。君语主簿：“曹公气盛，宜避之。”后苏并邻家有神下，识君声，云：“昔移入胡〔一一〕，阔绝三年。”乃遣人与曹公相闻，欲修故庙，地衰不中居，欲寄住。公曰：“甚善。”治城北楼以居之。数日，曹公猎，得物，大如麑，大足〔一二〕，色白如雪，毛软滑可爱，公以摩面，莫能名也。夜闻楼上哭云：“小儿出行不还。”太祖拊掌曰：“此物合衰也〔一三〕。”晨将数百犬绕楼下，犬得气，冲突内外，见有物大如驴，自投楼下。犬杀之，庙神乃绝。

本条《太平广记》卷二九三引，出《搜神记》，《列异传》（《古小说钩沉》）已载，为本书所本。据《广记》辑，校以《列异传》。

〔一〕袁绍在冀州　旧本"袁绍"下增"字本初"三字。

〔二〕度朔君　《齐民要术》卷一〇、《初学记》卷二八、《艺文类聚》卷八六、《太平御览》卷八八二及卷九六八引《列异传》均作"度索君"。梁何逊《七召·佃游》："擒高楼之度索，走大树之神牛。"前句即用此典，亦作"度索"。按：度朔君之号疑本度朔山，亦作度索山，见本书卷二四《荼与郁垒》。

〔三〕度朔君自云父祖昔作　此下有阙文。

〔四〕兖州有人士苏氏　明钞本"人士"作"士人"。"苏氏"二字原无，《列异传》作"兖州苏氏母病"，而本条下文云"后苏并邻家有神下"，知脱人士姓氏，据补。旧本补"姓苏"二字。

〔五〕皂单衣　旧本"皂"误作"皂角"。

〔六〕去　孙潜校本无此字。

〔七〕吾昔临庐山共食白李　"共"字原无，据《列异传》补。《列异传》无"吾"字。旧本同《列异传》。

〔八〕去后　此二字原无，据《列异传》补。旧本亦补。

〔九〕先来南海君也　《列异传》"先来"作"此"。案：诸书所引《列异传》，无皂衣客，只有白衣客，故诸书作"此南海君也"。然则"先来"者实为刚才来人之谓，非指皂衣客也。观白衣客"冠似鱼头"，即可知矣。

〔一〇〕坏久之此桥乡人所行卿母犯之卿能复桥　原作"人坏之，此桥所行，卿母犯之，能复桥"，旧本同。今从汪绍楹校引明钞本。

〔一一〕胡　孙校本作“湖”，旧本同。

〔一二〕大足　汪绍楹校：明钞本“大”作“六”。

〔一三〕此物合衰也　原作“此子言真衰也”，旧本同。汪绍楹校：明钞本作“此物合衰也”。今从。

227 顿丘魅

魏黄初中，顿丘界有人骑马夜行。见道中有物，大如兔，两眼如镜，跳梁遮马〔一〕，令不得前。人遂惊惧堕马，魅便就地把捉〔二〕，惊怖暴死。良久得苏，苏已失魅，不知所在。乃更上马，前行数里，逢一人相问讯，因说向者之事变如此，“今相得为伴，甚佳欢喜”。人曰：“我独行，得君为伴，快不可言。君马行疾，且前，我在后相随也。”遂共行。语曰：“向者物何如？乃令君如此惧怖耶？”对曰：“其身如兔，两眼如镜，形甚可恶。”伴曰：“试顾视我耶？”人顾视之，犹复是也。魅便跳上马，人遂堕地，怖死。家人怪马独归，即行推觅，于道边得之。宿昔乃苏，说状如是。

本条《法苑珠林》卷六、《太平广记》卷三五九引，出《搜神记》，今互校辑录。

〔一〕跳梁遮马　旧本作“跳跃马前”。

〔二〕把捉　《广记》作“犯之”，此从《珠林》。

228 东郡老翁

建安中，东郡民家有怪者，无故盆器自发〔一〕，訇訇作声，若有人击焉。盘案在前,忽然便失之。鸡生辄失子〔二〕。如是数岁,甚疾恶之。乃多作美食,覆盖,着一室中,阴藏户间伺之。果复重来,发声如前〔三〕。便闭户,周旋室中,更无所见〔四〕。为暗,但以杖挝地〔五〕。良久,于室隅间有所中,呼曰〔六〕:"哊哊,冥死〔七〕。"乃开户视之,得一老翁,可百馀岁,言语了不相当,貌状颇欲类兽。遂行推问,乃于数里上得其家人〔八〕,云失来十馀年,得之哀喜。后岁馀日,复更失之。闻在陈留界复作妖怪如此,时人犹以为此翁也。

本条《法苑珠林》卷三一、《太平广记》卷三六七引,出《搜神记》。今据《珠林》,参酌《广记》校辑。

〔一〕无故盆器自发 《广记》"盆"作"瓮",旧本同。

〔二〕鸡生辄失子 《珠林》《四库全书》本(卷四二)作"鸡生子辄失去",旧本同。

〔三〕果复重来发声如前 《广记》作"果复来发,闻声"。

〔四〕更无所见 《广记》"更"作"了",旧本同。

〔五〕为暗但以杖挝地 《珠林》《四库全书》本作"乃暗中以杖挝之",《广记》同,惟无"中"字。旧本同《广记》。

〔六〕于室隅间有所中呼曰 《广记》作"于室隅闻有呻呼之声"。旧本改作"于室隅间有所中,便闻呻吟之声曰"。

〔七〕冥死 《珠林》《四库全书》本"冥"作"宜",旧本同。案:冥,幽暗。冥死谓黑暗中将被打死。

〔八〕乃于数里上得其家人 《珠林》《四库全书》本及《广记》"上"作"外",意同。

229 倪彦思家魅

吴时，嘉兴倪彦思，居县西埏里。有鬼魅在其家，与人语，饮食如人，唯不见形。彦思奴婢有窃骂大家者，云今当以语。彦思治之，无敢詈之者。彦思有小妻，魅从求之，彦思乃迎道士逐之。酒肴既设，魅乃取厕中草粪〔一〕，布着其上。道士便盛击鼓，召请诸神。魅乃取伏虎，于神座上吹作角声音〔二〕。有顷，道士忽觉背上冷，惊起解衣，乃伏虎也。于是道士罢去。彦思夜于被中窃与妪语，共患此魅。魅即屋梁上谓彦思曰："汝与妇道吾，吾今当截汝屋梁。"即隆隆有声。彦思惧梁断，取火照视，魅即灭火，截梁声愈急。彦思惧屋坏，大小悉遣出，更取火视，梁如故。魅大笑，问彦思："复道吾不？"郡中典农闻之曰："此神正当是狸物耳。"此魅即往谓典农曰："汝取官若干百斛谷，藏着某处。为吏污秽，而敢论吾！今当白于官，将人取汝所盗谷〔三〕。"典农大怖而谢之，自后无敢道。三年后去，不知所在。

本条《太平广记》卷三一七引，出《搜神记》。又南宋张尧同《嘉禾百咏·韭溪》："溪上有西埏里，见《搜神记》。"《录异传》（《古小说钩沉》）亦载，盖本本书。今据《广记》辑。

〔一〕魅乃取厕中草粪　"魅"字原作"鬼"，案上下文皆作"魅"，必为"魅"字之讹，今改。

〔二〕于神座上吹作角声音　《北堂书钞》卷一三五、《太平御览》卷七一二引《录异传》下有"以乱音"一句。

〔三〕将人取汝所盗谷　孙潜校本"人"作"入"。

230 狸神

博陵刘伯祖〔一〕，为河东太守。所止承尘上有神，能语，常呼伯祖与语，及京师诏书告下消息〔二〕，辄豫告伯祖。伯祖问其所食啖，答曰："欲得羊肝。"遂买羊肝，于前切之，脔脔随刀不见，辄尽两羊肝。有一老狸，眇眇在案前〔三〕，持刀者欲举刀斫之〔四〕，伯祖诃止，自举着承尘上。须臾大笑曰："向者啖肝醉，忽然失形，与府君相见，大惭愧。"后伯祖当为司隶，神复先语伯祖云："某月某日诏书当到。"到期如言。及入司隶府，神随逐在承尘上，辄言省内事。伯祖大恐惧，谓神曰："今职在刺举〔五〕，若左右贵人闻神在此〔六〕，因以相害。"神答曰："诚如府君所虑，当相舍去。"遂绝无声。

本条《北堂书钞》卷一三二，《法苑珠林》卷五六，《太平御览》卷七〇一、卷九一二，《天中记》卷四九并引，《珠林》脱出处，馀作《搜神记》，又《太平广记》卷四四二引《法苑珠林》。今参酌诸书校辑。

〔一〕博陵刘伯祖　《珠林》前有"晋"字。案：道世《珠林》"感应缘"引事，前皆冠年代名，以《搜神记》出于晋，故妄加"晋"。刘伯祖实乃东汉人。《后汉书》卷六七《党锢列传》载："刘祐，字伯祖，中山安国人也。安国后别属博陵。"历仕尚书侍郎、任城令、扬州刺史、河东太守，桓帝延熹四年拜尚书令，出为河南尹，转司隶校尉。本书云"为河东太守"，"为司隶"，与本传全合。

〔二〕告下消息　《御览》卷七〇一"告"作"诰"，意同。告下即敕告。《广记》"告"作"每"，《天中记》作"若"。

〔三〕眇眇在案前　《广记》"眇眇"作"露形"。

〔四〕持刀者欲举刀斫之　《珠林》各本"持刀者"作"持者"，《大正新修大藏经》本"持"作"侍"，《广记》作"视"，明钞本乃作"侍"。

〔五〕举　《法苑珠林校注》本作"奸"。

〔六〕若左右贵人闻神在此　"若"字《御览》影宋本卷九一二原作"君"，当讹，据《四库全书》本及鲍崇城校刊本改。

231 吴兴老狸

吴兴一人〔一〕，有二男，田中作。作时，见父来骂詈打拍之〔二〕。儿归以告母，母问其父，父大惊，知是鬼魅，便令儿斫之，鬼便寂不复往。父忧恐儿为鬼所困，便自往看。儿谓是鬼，便杀而埋之。鬼便归，作其父形，且语其家："二儿已得杀妖矣。"儿暮归，共相庆贺，遂积年不觉。后有一师过其家，语二儿云："君尊侯有大邪气〔三〕。"儿以白父，父大怒。儿出，以语师，令速去。师便作声入，父即成大老狸，入床下，遂擒杀之。往所杀者，乃真父也，改殡治服。一儿遂自杀，一儿忿懊亦死。

本条《法苑珠林》卷三一、《太平广记》卷四四二引，出《搜神记》，今互校辑录。

〔一〕吴兴一人　《珠林》前有"晋时"二字，乃道世引录时所加，《广记》引无。旧本据《珠林》。

〔二〕打拍之　此据《珠林》，《广记》作"赶打之"，旧本同。

〔三〕君尊侯有大邪气　"侯"《珠林》作"候"，《广记》、《珠林》《四库全书》本（卷四二）及《大正新修大藏经》本作"侯"，旧本同。尊侯，对他人父亲之尊称。

232 句容狸妇

句容县麋村民黄审，于田中耕。有一妇人过其田，自塍上度，从东适下而复还。审初谓是人，日日如此，意甚怪之。审因问曰："妇数从何来也？"妇人少住，但笑不言，便去。审愈疑之，预以长镰伺其还，未敢斫妇，但斫所随婢。妇化为狸走去，视婢，但狸尾耳。审追之，不及。后人有见此狸出坑头，掘之，无复尾焉。

本条《太平广记》卷四四二引，出《搜神记》，据辑。

233 狸客

董仲舒尝下帷独咏〔一〕，忽有客来诣，语遂移日。风姿音气，殊为不凡。与论《五经》，究其微奥。仲舒素不闻有此人，而疑其非常。客又云："欲雨。"仲舒因此戏之曰："巢居知风，穴居知雨〔二〕。卿非狐狸，则是鼷鼠〔三〕。"客闻此言，色动形坏，化成老狸〔四〕，蹶然而走。

本条《太平广记》卷四四二、《太平御览》卷九一二、《记纂渊海》（万历重编百卷本）卷九八、《天中记》卷三又卷六〇引作《幽明录》（或作《幽冥录》）。《雕玉集》卷一二引作《前汉书》，《岁华纪丽》卷二无出处，二书文字不同于《幽明录》。《分门集注杜工部诗》卷一一《五盘》"野人半巢居"泰伯（李觏）注曰："《搜神记》云'巢居知风'。"《九家集注杜诗》卷六同，是则《搜神记》亦有此事,《幽明录》盖采自《搜神记》。今姑据《广记》、《御览》,并参酌他书校辑。案:旧本文字与《记纂渊海》引《幽冥录》全同,盖据《记纂渊海》辑录。据《四库全书总目提要》,《记纂渊海》重编百卷本刊于万历己卯七年(一五七九)。

〔一〕尝下帷独咏 《记纂渊海》作"下帷讲诵",旧本同,《雕玉集》作"居室读书",《岁华纪丽》作"读书于窗下"。

〔二〕巢居知风穴居知雨 此从《御览》,《岁华纪丽》、《记纂渊海》同。《广记》作"巢居却风,穴处知雨",《天中记》同。《雕玉集》作"巢居知风,穴处知雨"。

〔三〕则是鼷鼠 此从《御览》,《记纂渊海》同。《广记》作"即是老鼠",《天中记》同。《岁华纪丽》作"必是老鼠",《雕玉集》作"则是其甥舅耳"。

〔四〕化成老狸 《御览》作"化成老狐狸也",《岁华纪丽》作"化为野狐而去"。

234 庐陵亭

吴时,庐陵郡都亭重屋中,常有鬼魅,宿者辄死,自后使官莫敢入亭止宿。时丹阳人姓汤名应者,大有胆武,使至庐陵,便入亭宿焉。吏启不可止此,应不随谏,尽遣所将人还外止宿〔一〕,唯持一口大刀,独卧亭中。至三更中〔二〕,忽闻有扣阁者。应遥问是谁,答云:"部郡相闻。"应使进,致词而去。经须臾间,复有扣阁者如前曰:"府君相闻。"应复使进,身着皂衣。去后,应谓是人,了无疑也。顷复有扣阁者,言是部郡、府君诣来。应乃疑曰："此夜非时，又府君、部郡不应同行。"知是鬼魅，因持刀迎之。见有二人，皆盛衣服，俱进。坐毕，称府君者便与应谈。谈未毕，而部郡者忽起，跳至应背后。应乃回顾，以刀击中之。府君者即下座走出。应急追，至亭后墙下及之，斫伤数下。去其处已，还卧。达曙，将人往寻之，见有血迹，追之皆得。云称府君者是老狶魅〔三〕，狶，猪也。云部郡者是老狸魅。自后遂绝，永无妖怪。

本条《法苑珠林》卷三一、《太平御览》卷八八五、《太平广记》卷四三九并引，出《搜神记》。今互校酌定。

〔一〕尽遣所将人还外止宿　旧本作"迸从者还外"。案：《广记》《四库全书》本及中华书局点校本作"悉屏从者还外"，谈恺刻本"屏"作"迸"。迸，通"屏"，退避。

〔二〕中　《广记》作"竟"，旧本同。

〔三〕老狶魅　《珠林》作"老狐魅"，《御览》、《广记》作"老狶"，旧本同。案：《广记》"狶"下注"猪也"，当是本书原注（注者不详），是应作"狶"，盖《珠林》讹作"狐"，今从《御览》、《广记》。

235 阿紫

后汉建安中，沛国陈羡〔一〕，为西海都尉〔二〕。其部曲士灵孝〔三〕，无故逃去，羡欲杀之。居无何，孝复逃走。羡久不见，囚其妇，其妇实对。羡曰："是必魅将去，当求之。"因将步骑数十，领猎犬，周旋于城外求索，果见孝于空冢中。闻人犬声，怪避。

羡使人扶以归,其形颇象狐矣。略不复与人相应,但啼呼索"阿紫"。阿紫,雌狐字也〔四〕。后十馀日,乃稍稍了寤,云:"狐始来时,于屋曲角鸡栖间,作好妇形,自称'阿紫',招我。如此非一。忽然便随去,即为妻,暮辄与共还其家。遇狗不觉〔五〕,云乐无比也。"道士云:"此山魅。"

《名山记》曰:"狐者,先古之淫妇也,其名曰'阿紫',化而为狐,故其怪多自称'阿紫'也〔六〕。"

本条《太平广记》卷四四七、《海录碎事》卷二二上、《琅邪代醉编》卷八引,出《搜神记》。《海录碎事》只"狐媚人自称阿紫"七字。又《艺文类聚》卷九五引《名山记》曰:"狐者,先古之淫妇也,其名曰紫,化而为狐,故其怪多自称阿紫。"而《天中记》卷六〇引此节文字,末注《名山记》、《搜神记》。今据《广记》辑,补以《类聚》。

〔一〕沛国陈羡 "沛国"原作"沛国郡",旧本同。案:《后汉书·郡国志二》,沛为国,非郡,今删正。

〔二〕为西海都尉 汪绍楹校:"按:汉无西海都尉。《后汉书·和帝纪》:'永元元年,复置西河上郡属国都尉。'疑'海'或'河'字之讹。"案:据《汉书·地理志下》,张掖郡居延县为都尉治所,《后汉书·郡国志五》有张掖居延属国,东汉则为属国都尉之治。刘昭注:"献帝建安末立为西海郡。"至汉末改西海郡,则为太守。此事在建安中,西海都尉者盖指居延都尉,而用其今称。

〔三〕其部曲士灵孝 旧本"士"作"王"。案:古有士姓,见《元和姓纂》卷六。

〔四〕雌狐字也 旧本脱"雌"字。

〔五〕遇狗不觉 汪绍楹校:"按:本句有讹字,'不'疑作'乃'。"案:

"不"字不讹。意谓狐魅畏狗,故闻犬声而避去,而士灵孝虽遇狗犹昏然失智,了不醒悟,仍觉其乐无比也。

〔六〕"名山记曰"至"故其怪多自称阿紫也" "名山记曰"四字《广记》无,据《类聚》补。案:《名山记》云云乃干宝征引书证,当为条末所系论赞。

236 胡博士

有一书生居吴中,皓首,自称"胡博士"。以经传教授诸生,假借诸书。经涉数载〔一〕,忽不复见。后九月九日〔二〕,士人相与登山游观,但闻讲诵声。命仆寻觅,有一空冢,入数步,群狐罗列〔三〕。见人迸走〔四〕,唯有一老狐独不去,是皓首书生,常假书者。

本条《太平御览》卷三二、卷九〇九,《岁时广记》卷三六,《天中记》卷六〇,《骈志》卷一八引。《御览》卷九〇九、《天中记》、《骈志》作《搜神记》,《御览》卷三二、《岁时广记》作《续搜神记》。《岁时广记》与《御览》卷三二文同,当据《御览》卷三二转引。今从《御览》卷九〇九,姑断为干书,据诸引互校辑录。案:旧本所辑,与《四库全书》本《御览》卷九〇九全同,惟"十九日"旧本作"初九日",乃又同《天中记》。

〔一〕假借诸书经涉数载 影印宋刊本《御览》卷三二"涉数"作"传年",此据鲍崇城校刊本改。《四库全书》本作"假借诸经书涉载",《岁时广记》作"假借诸经书涉数载"。

〔二〕九月九日 《四库全书》本《御览》卷九〇九"九日"讹作"十九日"。

〔三〕群狐罗列　《御览》卷三二、《岁时广记》"狐"作"狸"，《御览》卷九〇九、《天中记》、《骈志》作"狐"，下同。案：《御览》卷九〇九为"狐"门，且其妖既称"胡博士"，必为狐无疑，胡谐狐也。盖古人以狐、狸同类，每相混淆，故或误"狐"为"狸"。今从《御览》卷九〇九。

〔四〕见人迸走　《御览》卷九〇九及《天中记》"迸"作"即"。

237 宋大贤

南阳西鄂有一亭〔一〕，人不可止，止则害人〔二〕。邑人宋大贤，以正道自处，不可干。尝宿亭楼，夜坐鼓琴而已，不设兵仗。至于夜半时，忽有鬼来登梯，与大贤语，嗔目磋齿〔三〕，形貌可恶。大贤鼓琴如故，鬼乃去。于市取死人头来，还语大贤曰："宁可行小熟啖〔四〕？"因以死人头投大贤前。大贤曰："甚佳，吾暮卧无枕，正当得此。"鬼复去，良久乃还，曰："宁可共手搏耶？"大贤曰："善。"语未竟，大贤前便逆捉其胁〔五〕，鬼但急言："死！死！"大贤遂杀之。明日视之，乃是老狐也。因止亭毒，更无害怖〔六〕。

本条《法苑珠林》卷三一引，出《搜神记》，《太平广记》卷四四七引《法苑珠林》。今参酌二书校辑。

〔一〕南阳西鄂有一亭　《广记》前有"隋"字，乃妄加。又"西鄂"作"西郊"，《珠林》《四库全书》本（卷四二）同。案：《晋书·地理志下》，南阳为国，属县有西鄂。下文既称"邑人宋大贤"，所指必为县邑，非南阳，作"西郊"误。旧本作"西郊"。

〔二〕害人　《广记》作"有祸"，旧本同。

〔三〕嗔目磋齿　《广记》"嗔"作"瞪"，旧本同。

〔四〕宁可行小熟啖　《珠林》《四库全书》本及《广记》作"宁可少睡耶"，旧本同。

〔五〕胁　《广记》作"腰"，旧本同。《广记》孙潜校本作"胁"。

〔六〕因止亭毒更无害怖　《广记》作"自此亭舍更无妖怪"，《珠林》《四库全书》本同，惟"此"作"是"。旧本同《珠林》《四库全书》本。

238 斑狐书生

张华字茂先，范阳人也。惠帝时为司空〔一〕。于时燕昭王墓前有一斑狐〔二〕，积年能为幻化。乃变作一书生，欲诣张公。过问墓前华表曰："以我才貌，可得见张司空否？"华表曰："子之妙解，无为不可。但张司空智度，恐难笼络，出必遇辱，殆不得返。非但丧子千岁之质，亦当深误老表。"书生不从，遂诣华〔三〕。华见其总角风流，洁白如玉，举动容止，顾盼生姿，雅重之。于是论及文章，辨校声实，华未尝闻此。复商略三史，探赜百家，谈老庄之奥区，被风雅之绝旨，包十圣，贯三才，箴八儒，擿五礼，华无不应声屈滞。乃叹曰："天下岂有此年少！若非鬼怪，则是狐狸〔四〕。"书生乃曰："明公当尊贤容众，嘉善而矜不能，奈何憎人学问？墨子兼爱，其若是耶？"言卒便请退。华已使人防门，不得出。既而又谓华曰："公门置甲兵兰锜〔五〕，当是疑于仆也。将恐天下之人卷舌而不言，智谋之士望门而不进，深为明公惜之。"华不应，而使人御防甚严。时有丰城令雷焕，字孔章〔六〕，博物士也。华谓孔章曰："今有男子，少美高论。"孔章谓华曰："当是老精。闻魑魅忌狗，可试之。"华曰："狗所别者数百年物耳〔七〕，千年老精不复能别。唯有千年枯木，照之则形见。闻燕昭王墓前有华表柱，向千年，可取照之，当见。"乃遣人伐之。使人既至，闻华表叹曰："老狐自不自知，果误我事。"于华表穴中得青衣小儿，长二尺馀。将还，未至洛阳，而变成枯木。遂燃以照之，书生乃是一斑狐。茂先叹曰："此二物不值我，千年不复可得〔八〕。"

本条《太平御览》卷九〇九、《古今事文类聚》后集卷三七、《古今合璧事类备要》别集卷七八、《韵府群玉》卷三、《山堂肆考》卷二一九引，出《搜神记》。《古今事文类聚》、《古今合璧事类备要》等书与《御览》文句全同，惟字或有讹，当转钞《御览》。仅有六十馀字，删削颇剧，文曰："燕昭王墓有老狐，化男子诣（《事类备要》、《山堂肆考》讹作听）张华讲说。华怪之，谓雷孔章（《山堂肆考》讹作璋）曰：'今有男子，少美高论。'孔章曰：'当是老精，闻燕昭王墓有华表柱，向千年，可取照之，当见。'如言，化为狐。"案：《雕玉集》卷一二引《晋抄》、《太平广记》卷四四二引《集异记》、《续齐谐记》皆载此事，文句大同，《续齐谐记》尤近《集异记》，惟稍简耳，《晋抄》乃似有增饰。《晋抄》疑即《晋书钞》，《隋书·经籍志》杂史类著录《晋书钞》三十卷，梁豫章内史张缅撰。《集异记》刘宋郭季产作，《续齐谐记》则出梁吴均。三书皆出干宝后，当据干书，古小说陈陈相因，固如此也。今姑据《集异记》，参酌《晋抄》、《续齐谐记》及《御览》校录。至于《青琐高议》别集卷五《张华相公》及八卷本《搜神记》所载者，多后世增饰之辞，不取。《天中记》卷六〇引《齐谐记》（案：当作《续齐谐记》），注："《搜神记》作狐。"其所云《搜神记》即八卷本，引文实以《续齐谐记》为主又搀合八卷本，如末节青衣小儿问使者云云及末句"华乃烹之"，皆八卷本文字。旧本所辑，据《集异记》、《天中记》缀合而成。

〔一〕惠帝时为司空　《集异记》前原有“晋”字，今删。

〔二〕有一斑狐　《集异记》、《晋抄》、《续齐谐记》俱作“斑狸”，《御览》、《古今事文类聚》、《古今合璧事类备要》、《韵府群玉》引作“狐”，今改。《青琐高议》作“狐”，八卷本《搜神记》作“狐狸”、“狸”。

〔三〕遂诣华　旧本“遂”下有“持刺”二字，与《天中记》同，乃八卷本中文字。

〔四〕则是狐狸　旧本下有“乃扫榻延留，留人防护”，与《天中记》同，乃八卷本中文字。

〔五〕兰锜　《集异记》及《天中记》讹作“栏骑”，旧本同，据《晋抄》改。案：《文选》卷二《西京赋》：“武库禁兵，设在兰锜。”薛综注：“锜，架也。武库，天子主兵器之官也。”李善注：“刘逵《魏都赋》注曰：‘受他兵曰兰，受弩曰锜。’”兰锜，即兵器架，借指兵器。《续齐谐记》作“阑锜”，“兰”通“阑”。

〔六〕丰城令雷焕字孔章　《集异记》、《续齐谐记》无“字孔章”三字，《晋抄》作“丰城令雷孔章”，《御览》、《古今事文类聚》引曰“华怪之，谓雷孔章曰”，则焕字孔章，补此三字以贯通文意。

〔七〕可试之华曰狗所别者数百年物耳　“可试之华曰狗”六字据《晋抄》补。案：《集异记》、《续齐谐记》皆以下文“狗所别者数百年物耳”云云为雷焕语，然此与后文张华云“此二物不值我，千年不复可得”不合。详文意，欲以张华、雷焕两相比较，以见焕之博物不及华耳。疑《集异记》、《续齐谐记》行文皆有省略，或传钞有阙，遂使华语误入焕语。《御览》、《古今事文类聚》所引亦然，疑删缩所致。

〔八〕案:旧本"博物士也"以下,与《集异记》颇不同,乃据《天中记》,而《天中记》则删节自八卷本。兹录于下:"来访华,华以书生白之。孔章曰:'若疑之,何不呼猎犬试之?'乃命犬以试,竟无惮色。狐曰:'我天生才智,反以为妖,以犬试我,遮莫千试万虑,其能为患乎?'华闻益怒,曰:'此必真妖也。闻魑魅忌狗,所别者数百年物耳;千年老精,不能复别。惟得千年枯木照之,则形立见。'孔章曰:'千年神木,何由可得?'华曰:'世传燕昭王墓前华表木,已经千年。'乃遣人伐华表。使人欲至木所,忽空中有一青衣小儿来,问使曰:'君何来也?'使曰:'张司空有一年少来谒,多才巧辞,疑是妖魅。使我取华表照之。'青衣曰:'老狐不智,不听我言,今日祸已及我,其可逃乎!'乃发声而泣,倏然不见。使乃伐其木,血流,便将木归。燃之以照书生,乃一斑狐。华曰:'此二物不值我,千年不可复得。'乃烹之。"

搜神记卷一九

变化篇之四

239 黑头白躯狗

山阳王瑚,字孟琏,为东海兰陵令。夜半时,辄有黑帻白单衣吏诣县扣阁,迎之则忽然不见。如此数年〔一〕。后令于外伺之,见一老狗,黑头白躯犹故,至阁便为人。使人以白孟琏,杀之乃绝。

本条《艺文类聚》卷九四、《太平御览》卷九〇五、《太平广记》卷四三八并引,出《搜神记》。今参酌诸书校辑。

〔一〕数年　《广记》明钞本作"数四"。

240 沽酒家狗

司空南阳来季德〔一〕,停丧在殡。忽然见形,坐祭床上,颜色服饰，真德也。见儿妇孙子，次戒家事，亦有条贯〔二〕，鞭朴奴婢，皆得其过。饮食既饱〔三〕，辞诀而去。家人大小，哀割断绝〔四〕。如是四五年〔五〕。其后饮酒多，醉而形露，但见老狗，便共打杀。因推问之，则里中沽酒家狗也。

本条《太平广记》卷四三八引，出《搜神记》。《天中记》卷五四引桓谭《新论》，注云："《搜神记》以李德事同。"文字有讹。事本《风俗通义·怪神篇》。据《广记》辑，校以《风俗通义》。

〔一〕司空南阳来季德　原作"司空东莱李德"，有误。案：《后汉书》卷一五《来歙传》载，来艳字季德，南阳新野人，灵帝时再迁司空。据《风俗通义》改。

〔二〕"颜色服饰"至"亦有条贯"　旧本作"颜色服饰声气，熟是也。孙儿妇女，以次教戒，事有条贯"，乃据《风俗通义》。

〔三〕饮食既饱　旧本"饱"讹作"绝"。《风俗通义》"既饱"作"饱满"。

〔四〕哀割断绝　《风俗通义》"割"作"剥"。《广记》明钞本作"哀痛号绝"。

〔五〕如是四五年　《广记》孙潜校本无"年"字。《风俗通义》作"如是三四"，旧本作"如是数年"。

241 白狗魅

北平田琰〔一〕，母丧，恒处庐。向一期〔二〕，夜忽入妇室。密怪之，曰："君在毁灭之地，幸可不甘〔三〕。"琰不听而合。后琰暂入，不与妇语，妇怪无言，并以前事责之。琰知魅，临暮竟未眠，衰服挂庐[四]。须臾，见一白狗攫庐，衔衰服，因变为人，着而入。琰随后逐之，见犬将升妇床，便打杀之。妇羞愧病死。

本条《太平广记》卷四三八引，谈恺刻本出《搜神记》，明钞本、陈鳣校本出《续搜神记》。今姑断为干书。据辑。

〔一〕田琰　陈校本作"申琰"。

〔二〕向一期　"期"原作"暮"，旧本同。汪绍楹校："明钞本《太平广记》'暮'作'期'。当据正。"据改。孙潜校本亦作"期"。一期，一周年。

〔三〕幸可不甘　明钞本作"岂可如此"。

〔四〕衰服挂庐　明钞本、孙校本、陈校本"衰"作"缞"。"衰"同"缞"，丧服也。

242 吴郡士人

有一士人姓王[一]，家在吴郡。于都假还，至曲阿，日暮，引船上当大埭。见塘上有一女子，年十七八，甚美，便呼之留宿。至晓，士解金铃系其臂[二]，令暮更来。遂不至。明日，使人至家寻求，都无女人。因过猪栏中[三]，见一母猪，臂有金铃也[四]。

本条《太平广记》卷四三九引，出《搜神记》。明钞本、陈鳣校本作《续搜神记》。案：孙潜校本、黄晟校刊本亦作《搜神记》，今姑断为干书。事又载祖台之《志怪》（《古小说钩沉》，《北堂书钞》卷一三五，《太平御览》卷七一七、卷九〇三引），当取本书。今据《广记》，参酌《志怪》校辑。

〔一〕有一士人姓王　《广记》前有"晋"字，乃《广记》编纂者所加，今删。

〔二〕士解金铃系其臂 《书钞》、《御览》卷九〇三“铃”作“钤”。钤，锁也。《御览》卷七一七作“合”，同“盒”。案：《晋书》卷六四《清河康王遐传》：“所佩金铃，欻生一隐起如麻粟。”

〔三〕因过猪栏中 《广记》谈恺刻本“过”作“逼”，中华书局点校本据明钞本改作“过”。《书钞》、《御览》皆作“过”。旧本作“逼”。

〔四〕臂有金铃也 《广记》明钞本“臂”作“足”。

243 安阳亭

安阳城南有一亭[一]，廨不可宿也[二]，若宿杀人[三]。有一书生明术数，乃过宿之。亭民曰：“此不可宿，前后宿此，未有活者。”书生曰：“无苦也，吾自能谐。”遂住廨舍，乃端坐诵书，良久乃休。夜半后，有一人着皂单衣，来往户外，呼：“亭主。”亭主应曰：“诺。”“亭中有人耶？”答曰：“向者有一书生在此读书久，适休，似未寐。”乃喑嗟而去。须臾，复有一人，冠帻赤衣[四]，来呼亭主。亭主应诺，亦复问：“亭中有人耶？”亭主答如前，复喑嗟而去。既去寂然[五]。于是书生无他[六]。即起诣向者呼处，微呼亭主[七]，亭主亦应诺。复问：“亭中有人耶？”亭主答如前。乃问：“向者黑衣来者谁？”曰：“北舍母猪也。”又曰：“赤冠帻来者谁？”曰：“西舍老雄鸡父也。”曰：“汝复谁耶？”曰：“我是老蝎也。”于是书生密便诵书至明，不敢寐。天明，亭民来视，惊曰：“君何以得活耶？”书生曰：“汝促索臿来[八]，吾与卿取魅[九]。”乃掘昨夜应处[一〇]，果得老蝎，大如琵琶[一一]，毒长数尺[一二]。

于西家得老雄鸡父，北舍得老母猪。凡杀三物，亭毒遂静，永无灾横也。

本条《法苑珠林》卷三一，《太平御览》卷九一八、卷九四七，《太平广记》卷四三九，《太平寰宇记》卷五五《相州·安阳县》，《天中记》卷五七并引，出《搜神记》(《御览》作干宝《搜神记》)，今据《珠林》，参酌他书校辑。

〔一〕安阳城南有一亭　《寰宇记》"安阳城"作"相州安阳县"。案：安阳县晋属魏郡(《晋书·地理志上》)，唐宋为相州治所。《寰宇记》称"相州"，乃是用北宋地名，非原文。

〔二〕廨不可宿也　《珠林》"廨"原作"庙"。案：《广记》无此字，而下文云"遂住廨舍"，《珠林》"廨"作"庙"，知"庙"乃"廨"之讹，据《广记》改。旧本改作"夜"。

〔三〕若宿杀人　《御览》作"宿者辄死"；《广记》作"宿辄杀人"，旧本同；《寰宇记》、《天中记》作"宿者辄死"。

〔四〕冠帻赤衣　《广记》作"冠赤帻者"，旧本同。

〔五〕既去寂然　此句据《珠林》《四库全书》本(卷四二)及《广记》补。

〔六〕于是书生无他　《广记》作"书生知无来者"，旧本同。

〔七〕微呼亭主　《广记》"微"作"效"，旧本同。

〔八〕汝促索臿来　《广记》作"促索剑来"，旧本同。汪绍楹校："《太平广记》陈鳣校本'剑'作'锸'。当据正。"

〔九〕吾与卿取魅　《广记》"卿"作"乡"。

〔一〇〕乃掘昨夜应处　《广记》作"乃握剑至昨夜应处"，旧本同。汪绍楹校："《太平广记》陈鳣校本作'乃掘昨夜应处'。当据正。"

〔一一〕大如琵琶　"琵琶"，《珠林》宣统本、《法苑珠林校注》作"鞞婆”,《大正新修大藏经》本及《四库全书》本作“琵琶”,径山寺本作“婆”,脱“鞞”字。《寰宇记》、《御览》两引及《天中记》均作“琵琶”。《广记》作“鼙”,亦脱“婆”字,陈校本乃作“箕”。五代郭忠恕《佩觿》卷上:“《搜神记》谓琵琶为鼙婆。”后世元熊忠《古今韵会举要》卷七《五·婆》及阴劲弦《韵府群玉》卷五《吴歌》:“《搜神记》琵琶一名鼙婆。”《洪武正韵》卷四《十四歌·婆》:“《搜神记》以琵琶为鼙婆。”清吴玉搢《别雅》卷二:“《搜神记》(今本无此语)琵琶一名鼙婆。”皆本郭说。明潘之淙《书法离钩》卷六:“《搜神记》以琵琶为婆娑。”乃误“鼙婆”为“婆娑”。鼙婆、鞞婆,即琵琶,写法不同耳。

〔一二〕毒长数尺　《御览》卷九一八作“身长四尺”,《寰宇记》作“毒长四尺”。

244 高山君

汉齐人梁文好道,其家有神祠,建室三四间,座上施皂帐,供神像其中〔一〕。积十数年。后因祀事,帐中忽有人语,自呼“高山君”。大能饮食,治病有验,文奉事甚肃。积数年,得进其帐中。神醉,文乃乞得奉见颜色。谓文曰:“授手来。”文纳手,得捋其颐〔二〕,髯须甚长。文渐绕手,卒然引之,而闻作杀羊声。座中惊起,助文引之,乃袁公路家羊也,失之七八年,不知所在。杀之乃绝。

本条《太平广记》卷四三九引,出《搜神记》,明钞本作《续搜神记》。案:此乃汉事,姑辑为干书。

〔一〕供神像其中　原作“常在其中”，据明钞本改。

〔二〕得捋其颐　“捋”原作“持”，汪绍楹校：“明钞本《太平广记》作‘捋其颐’。当据正。”据改。

245 獭妇

吴郡无锡有上湖大陂，陂吏丁初，天每大雨，辄循堤防。春盛雨，初出行塘。日暮间，顾后有小妇人，姿容可爱，上下青衣，戴青伞，追后呼：“初掾待我。”初时怅然，意欲留伺之，复疑本不见此，今忽有妇人冒阴雨行，恐必鬼物。初便疾行，顾见妇人，追之亦速。初因急走，去之转远，顾视妇人，乃自投陂中，泛然作声，衣盖飞散，视是大苍獭，衣伞皆荷叶也〔一〕。此獭化为人形，数媚年少者也。

本条《艺文类聚》卷八二，《太平御览》卷七〇二，《太平广记》卷四六八，《全芳备祖》前集卷一一，《古今合璧事类备要》别集卷三五，《天中记》卷四九、卷六〇，《山堂肆考》卷一九九并引，出《搜神记》（《天中记》卷六〇作《搜神记》并《上道四番志》）。《天中记》卷六〇所引文字多不同，盖据《上道四番志》。《太平寰宇记》卷九二《常州·晋陵县》引《郡国志》亦载，当据本书。今据《广记》，参酌诸书校辑。

〔一〕衣伞皆荷叶也　“荷叶”，《类聚》、《全芳备祖》、《古今合璧事类备要》、《山堂肆考》作“荷花”，《御览》、《天中记》卷四九作“莲荷”，《寰宇记》作“芰制”。

246 蛇讼

汉武帝时，张宽为扬州刺史。先是，有老翁二人争山地，诣州讼疆界，连年不决，宽视事，复来。宽窥二翁，形状非人，令卒持戟将入，问："汝何等精？"翁欲走，宽呵格之，化为二蛇〔一〕。

本条《太平广记》四五六、《太平御览》卷三五三、《天中记》卷五六引，出《搜神记》(《御览》作干宝《搜神记》)，今互校辑录。

〔一〕二蛇　《御览》、《天中记》作"巨蛇"。

247 阿铜

道士丹阳谢非，往石城冶买釜〔一〕。还，日暮，不及家。山中有庙舍于溪水上，入中宿，大声语曰："吾是天帝使者，停此宿。"犹畏人劫夺其釜〔二〕，意若搔搔不安〔三〕。夜二更中，有来至庙门者，呼曰："阿铜〔四〕。"铜应诺。"庙中有人气，是谁？"铜云："有人，言是天帝使者。"少顷便还。须臾又有来者，呼铜，问之如前，铜答如故，复叹息而去。非惊扰不得眠，遂起，呼铜问之："先来者是谁？"铜答言："是水边穴中白鼍。""汝是何等物？"云〔五〕："是庙北岩嵌中龟也。"非皆阴识之。天明，便告居人，言："此庙中无神，但是龟鼍之辈，徒费酒肉祀之。急具锸来，共往伐之。"诸人亦颇疑之，于是并会伐掘，皆杀之。遂坏庙绝祀，自后安静。

本条《太平广记》卷四六八引，据辑。

〔一〕往石城冶买釜　旧本“冶买”二字误乙。案：冶指冶炼金属之作坊，铁铺之类。石城即石头城。《文选·吴都赋》注：“石城，石头坞也。在建业西，临江。”

〔二〕釜　谈恺刻本讹作“金”，据黄晟校刊本及《四库全书》本改。

〔三〕意若搔搔不安　“若”原作“苦”，据明钞本改。

〔四〕阿铜　“阿”谈恺刻本原作“何”，明钞本作“阿”。案：六朝人小名多作“阿某”，如阿恭、阿平、阿源、阿龄等等，见《世说新语》。今从。旧本作“何”。

〔五〕云　此字据孙潜校本补，明钞本作“曰”。

248 鼍妇

鄱阳人张福〔一〕，船行还野水边。忽见一女子〔二〕，甚有容色，自乘小舟，来投福，云：“日暮畏虎，不敢夜行。”福曰：“汝何姓，作此轻行？无笠雨驶，可入，见就避雨〔三〕。”因共相调，遂入就福寝〔四〕，以所乘小舟系福船边。三更许，雨晴月照，福视妇人，乃见一大白鼍，枕福臂而卧。福惊起，欲执之，遽走入水。向小舟乃是一枯楂段，长丈馀。

本条《太平广记》卷四六八、《太平御览》卷九三二、百卷本《记纂渊海》（《四库全书》）卷九九引，出《搜神记》，今据《广记》、《御览》互校辑录。

〔一〕鄱阳人张福　《御览》影印宋本“鄱阳”作“荣阳”，鲍崇城校刊本作“荥阳”，旧本同，《广记》作“鄱阳”。案：鼍（即扬子鳄）产江淮,应以“鄱阳”为是。

〔二〕忽见一女子　《御览》作“夜有女子”。旧本据而改“忽”作“夜”。

〔三〕见就避雨　明钞本“见就”作“吾船”,属上读。旧本“见”作“船”。

〔四〕遂入就福寝　旧本“福”下有“船”字。

249 鼠妇

豫章有一家,婢在灶下,忽有人长数寸,来灶间[一]。婢误以履践杀一人。须臾,遂有数百人着缞麻[二],持棺迎丧,凶仪皆备。出东门,入园中覆船下。就视,皆是鼠妇。作汤浇杀[三],遂绝。

本条《太平御览》卷九四九、《太平广记》卷四七八引,出《搜神记》(《御览》作干宝《搜神记》),据《御览》辑。

〔一〕来灶间　《御览》《四库全书》本下有“壁”字,旧本同,误。

〔二〕缞麻　旧本下有“服”字。

〔三〕作汤浇杀　旧本前有“婢”字。

250 蝉儿

淮南内史朱诞,字永长,吴孙皓世为建安太守[一]。诞给使妻,有鬼病,其夫疑之为奸。后出行,密穿壁窥之,正见妻在机中织,遥瞻桑树上,向之言笑。给使仰视,树上有年少人,可十四五，衣青布褶〔二〕，青幧头。给使以为信人也，张弩射之，化为鸣蝉，其大如箕，翔然飞去。妻亦应声惊曰："噫！人射汝。"给使怪其故。后久时〔三〕，给使见二小儿在陌上共语，曰："何以不复见汝？"其一即树上小儿也，答曰："前不谨〔四〕，为人所射，病疮积时。"彼儿曰："今何如？"曰："赖朱府君梁上膏以傅之，得愈。"给使白诞曰："人盗君膏药，颇知之否？"诞曰："吾膏久致梁上，人安得盗之？"给使曰："不然，府君视之。"诞殊不信，为试视之，封题如故。诞曰："小人故妄作〔五〕，膏自如故。"给使曰："试开之。"则膏去半焉，所揞刮见有趾迹〔六〕。诞自惊，乃详问之，给使具道其本末。

本条《艺文类聚》卷九七、《太平广记》卷四七三引，出《搜神记》。据《广记》，参酌《类聚》校辑。

〔一〕淮南内史朱诞字永长吴孙皓世为建安太守　旧本作"吴孙皓世，淮南内史朱诞，字永长，为建安太守"，汪绍楹校："《太平广记》'吴孙皓世'四字在'为建安太守'上。按：朱诞为淮南内史，见《晋书·陆机传》；为建安太守，见《艺文类聚》八六及《太平御览》九六六引《吴录》。《吴录》称诞为'朱光禄'。据《太平寰宇记》九一称诞为'晋光禄大夫'，知朱光禄即诞。是诞于吴时为建安太守，入晋为淮南内史。当据《太平广记》移正。"案：汪说是，旧本实属妄改。

〔二〕衣青布褶　《广记》作"衣青衿袖"，旧本同，此据《类聚》。

〔三〕后久时　《广记》谈恺刻本"后"讹作"役"，据孙潜校本、陈鳣校本、《四库全书》本改。

〔四〕谨　《广记》谈本原作"遇"，旧本同。中华书局点校本据明钞本改作"谨"。

〔五〕作　旧本作"言",疑为辑录者改。案:"作",通"诈"。

〔六〕则膏去半焉所掊刮见有趾迹　旧本"焉"作"为",无"所"字,殆亦为妄改。

251 细腰

魏郡张奋,家巨富[一],忽衰死财散[二],遂卖宅与黎阳程应。应入居,举家疾病,转卖与邺人何文[三]。文先独持大刀,暮入北堂梁上坐。至一更中[四],忽有一人长丈馀,高冠赤帻[五],升堂呼问曰:"细腰。"细腰应诺。其人曰:"舍中何以有人气?"答曰:"无之。"便去。须臾,复有一高冠青衣者,次之,又有高冠白衣者,问答并如前。及将曙,文乃下堂中,因往向呼处,如向法呼细腰,问曰:"向赤衣冠谓谁?"答曰:"金也,在堂西壁下。""青衣者谁也?"曰:"钱也,在堂前井西五步[六]。""白衣者谁也?"曰:"银也,在堂东北角柱下。"问:"君是谁?"答云:"我杵也,今在灶下。"及晓,文按次掘之,得金银各三百斤[七],钱千馀万,烧去杵。由此大富,宅遂清宁。

本条《艺文类聚》卷六四,《初学记》卷二四,《太平御览》卷四七二、卷八一一,《事类赋注》卷九,《古今事文类聚》续集卷六,《古今合璧事类备要》外集卷六一,《分门类林杂说》卷一五,《天中记》卷五〇,《山堂肆考》卷一七一并引,《古今事文类聚》、《古今合璧事类备要》无出处,馀出《搜神记》(《初学记》、《御览》卷四七二、《类林杂说》作干宝《搜神记》)。事取《列异传》(《古小说钩沉》,《太平御览》卷七六二、《太平广记》卷四〇〇引)。诸书引《搜神记》皆不全,惟《天中记》稍详,盖已据《广记》校补。今据《初学记》,酌取诸书及《列异传》校补。

〔一〕魏郡张奋家巨富　《初学记》原作"魏郡张氏大富",《御览》卷四七二作"魏郡张巨本富",《类聚》、《古今事文类聚》、《古今合璧事类备要》作"魏郡张本富",《御览》卷八一一、《事类赋注》作"魏郡张巨",《类林杂说》作"魏郡张氏本富",皆有脱讹,《天中记》作"魏郡张奋",已校改。据《广记》引《列异传》补正。《御览》引《列异传》作"张旧",亦讹。

〔二〕忽衰死财散　《初学记》"死"作"老",旧本同。此据《类聚》。《广记》引《列异传》作"后暴衰"。

〔三〕鄄人何文　《御览》引《列异传》作"荆民"。《广记》孙潜校本"鄄人"作"邻人",旧本同。

〔四〕至一更中　《广记》引《列异传》作"至二更竟",《御览》无"竟"字。旧本作"至三更竟"。

〔五〕高冠赤帻　《列异传》、《天中记》"赤帻"作"黄衣",旧本同。

〔六〕在堂前井西五步　《广记》引《列异传》及《天中记》"西"作"边",旧本同。此据《御览》引《列异传》。

〔七〕三百斤　《列异传》、《天中记》"三"作"五",旧本同。

252 文约

魏景初中,阳城县吏王臣〔一〕,家有怪,无故闻拍手相呼,伺无所见。其母夜作倦,就枕寝息〔二〕。有顷,复闻灶下有呼曰:"文约,何以不见〔三〕?"头下应曰〔四〕:"我见枕,不能往,汝可就我[五]。"至明,乃饭臿也[六]。即聚烧之,怪遂绝。

本条《太平广记》卷三六八引,出《搜神记》,事本《列异传》(《古小说钩沉》,《太平御览》卷七〇七、卷七六〇引)。今据《广记》辑,以《列异传》校补。

〔一〕阳城县吏王臣 "阳城",《御览》卷七六〇引《列异传》作"城阳",卷七〇七引《列异传》作"咸阳",旧本同。案:《晋书·地理志》,魏晋时阳城县属河南尹,城阳乃郡,属青州;咸阳,魏晋无此县。然则作"城阳"、"咸阳"并误。"王臣",《广记》无,据《御览》卷七〇七引《列异传》补。《御览》卷七六〇引《列异传》作"王巨",《四库全书》本乃作"王臣"。

〔二〕其母夜作倦就枕寝息 《御览》卷七〇七作"夜倦,枕枕卧",卷七六〇作"尝作倦,枕机卧"。

〔三〕文约何以不见 《御览》卷七〇七作"文纳,何不以之",有讹误,《四库全书》本作"承约,何以不来"。《御览》卷七六〇作"文纳,何以在人",与下文"头下"连读。旧本作"文约,何以不来"。

〔四〕头下应曰 旧本"头下"增"枕"字。

〔五〕汝可就我 《四库全书》本《御览》卷七〇七作"汝来就我饮",旧本同,"来"上有"可"字。

〔六〕至明乃饭臿也 《御览》卷七〇七作"至乃饮缶也",《四库全书》本无"饮"字。《御览》卷七六〇作"至乃饭函也"。案:函、臿、缶形近。饭函即饭盒,饭臿则饭铲。至于缶者,则饭盆水盆也。

253 秦巨伯

琅邪秦巨伯,年六十。尝夜行饮酒,道经蓬山庙。忽见其两孙迎之，扶持百馀步，便捽伯颈着地[一]，骂："老奴，汝某日捶我，我今当杀汝。"伯思惟，某时信捶此孙。伯乃佯死，乃置伯去。伯归家，欲治两孙，孙惊惋叩头，言："为子孙，宁可有此！恐为鬼魅，乞更试之。"伯意悟。数日，乃诈醉，行此庙间。复见两孙来，扶持伯。伯乃急持，动作不得[二]。达家，乃是两偶也[三]。伯着火炙之，腹背俱焦坼。出着庭中，夜皆亡去，伯恨不得之[四]。后月[五]，又佯酒醉夜行，怀刃以去，家不知也。极夜不还，其孙恐又为此鬼所困，乃俱往迎之，伯乃刺杀之。

本条《太平广记》卷三一七引，出《搜神记》，据辑。

〔一〕便捽伯颈着地　孙潜校本"颈"作"头"。

〔二〕动作不得　旧本前增"鬼"字，妄也。

〔三〕乃是两偶也　"偶"原作"人"，旧本同，《四库全书》本作"偶"。案：观下文"着火炙之，腹背俱焦坼"，二妖乃蓬山庙木偶，据改。

〔四〕伯恨不得之　旧本"之"上增"杀"字。

〔五〕后月　旧本"月"下增"馀"字。

搜神记卷二〇

变化篇之五

254 瑶草

姑媱山〔一〕,帝之女死,化为瑶草〔二〕,其叶兟成〔三〕,其华黄色,其实如菟丝。故服瑶草者,恒媚于人焉。

本条《法苑珠林》卷三二引,出《搜神记》,据辑。原出《山海经·中山经》,据校。

〔一〕姑媱山　原讹作"舌埵山",旧本同,据《山海经》改。《博物志》卷三《异草木》载此,讹作"右詹山"。

〔二〕瑶草　原作"怪草",旧本同。《山海经》作"䔄草"。案:姑媱即帝女名,《文选》卷一六江淹《别赋》注引宋玉《高唐赋》:"我帝之季女,名曰瑶姬。"(案:今本无。)则作瑶姬。《水经注》卷三四《江水》亦作瑶姬。"瑶"、"媱"相通。䔄草之名由媱而生,是故䔄草又作瑶草,《别赋》:"惜瑶草之徒芳。"注:"《山海经》曰:

‘姑瑶之山，帝女死焉，名曰女尸。化为䔄草，其叶胥成，其花黄，其实如兔丝，服者媚于人。’郭璞曰：‘瑶与䔄并音遥。’然䔄与瑶同。”故疑“怪”即“瑶”字之形讹，今改作“瑶”。下同。《博物志》讹作“詹草”。

〔三〕其叶㛹成　《珠林》宣统本“㛹”讹作“蕊”，据《大正新修大藏经》改。《山海经》作“胥”，郭璞注：“言叶相重也。”《珠林》径山寺本（卷四三）“㛹成”作“蕊茂”，《四库全书》本及《博物志》作“郁茂”，旧本同。

255 蒙双氏

昔者高阳氏，有同产而为夫妇。帝放之于崆峒之野，相抱而死。神鸟以不死草覆之〔一〕。七年，男女同体而生，二头四足四手〔二〕，是为蒙双氏〔三〕。

本条《法苑珠林》卷三二、《太平御览》卷八八八引，出《搜神记》，据《珠林》辑。

〔一〕神鸟以不死草覆之　《齐民要术》卷一〇引《外国图》“草”作“竹”。《博物志》卷二《异人》与此同。

〔二〕二头四足四手　《珠林》宣统本、径山寺本、《四库全书》本（卷四三）作“二头四足手”，《御览》同，据《大正新修大藏经》本补一“四”字。《外国图》作“同颈异头，共身四足”，《博物志》作“同颈二头四手”，意皆同。

〔三〕蒙双氏　《外国图》、《博物志》“氏”作“民”。

256 蚕马

寻旧说云：太古之时，有大人远征，家无馀人，唯有一男一女〔一〕，并牡马一疋〔二〕，女亲养之。穷居幽处，女思念其父，乃戏马曰："尔能为我迎得父还，吾将嫁汝。"既承此言，马乃绝缰而去，径至父所。父见马惊喜，因取而乘之。马望所自来，悲鸣不息，父曰："此马无事如此，我家得无有故乎？"乃亟乘以归。为畜生有非常之情，故厚加刍养。马不肯食，每见女出入，辄喜怒奋系〔三〕，如此非一。父怪之，密以问女，女具以告父，必为是故也。父曰："勿言，恐辱家门，且莫出入。"于是伏弩射而杀之，曝皮于庭〔四〕。父行，女与邻女之皮所戏，以足蹙之曰〔五〕："汝是畜生，而欲取人为妇耶？招此屠剥，如何自苦？"言未及竟，马皮蹶然而起，卷女以行。邻女忙怕，不敢救之，走告其父。父还求索，已出失之。后经数日，得于大树枝间，女及马皮尽化为蚕，而绩于树上。其茧纶理厚大，异于常蚕。邻妇取而养之，其校数倍〔六〕。因名其树曰桑。桑者，丧也。由斯百姓竞种之，今世所养是也。言桑蚕者，是古蚕之馀类也。

案《天官》："辰为马星。"《蚕书》曰："蚕曰龙精〔七〕。月当大火，则浴其种。"是蚕与马同气也。《周礼》马质职掌"禁原蚕者〔八〕"，注云："物莫能两大，禁原蚕者，为其伤马也。"汉礼，皇后亲采桑，祀蚕神，曰苑窳妇人、寓氏公主。公主者，女之尊称也；苑窳妇人，先蚕者也。故今世或谓蚕为女儿者，是古之遗言也。

本条《稽神异苑》(《类说》卷四〇),《齐民要术》卷五,《玉烛宝典》卷二,《法苑珠林》卷六三,《艺文类聚》卷八八,《太平御览》卷七六六、卷八二五,《事物纪原》卷九,《海录碎事》卷一七,《鼠璞》卷下,《天中记》卷五一并引,出《搜神记》。又北宋任广《书叙指南》卷一七:"蚕曰女儿。"注《搜神记》。今据《珠林》,参酌诸书校辑。

〔一〕唯有一男一女　《稽神异苑》、《齐民要术》、《玉烛宝典》、《类聚》、《御览》、《事物纪原》、《天中记》均无"一男",旧本同。

〔二〕牡马一疋　《珠林》宣统本、径山寺本、《四库全书》本(卷八〇)"牡"均作"壮",据《大正新修大藏经》本改。

〔三〕奋系　《珠林》径山寺本、《四库全书》本、《大正藏》本及《齐民要术》"系"作"击",旧本同。《御览》卷七六六、《天中记》作"夺击",《御览》卷八二五作"夺系"。《法苑珠林校注》据《高丽藏》本改"系"为"击"。案:作"击"讹。奋系,奋力挣脱束缚。

〔四〕庭　《鼠璞》作"苞中",《海录碎事》作"庖中"。《墉城集仙录》卷六《蚕女》作"庭中"。

〔五〕以足蹙之曰　《校注》据《高丽藏》本、《碛砂藏》本、《南藏》本、《嘉兴藏》本改"蹙"为"蹴",以为"蹙"字讹。案:《集韵·屋韵》:"蹴,或作蹙。""蹙"字不误。

〔六〕其校数倍　《珠林》《大正藏》本"校"作"核",《四库全书》本、《校注》本及《天中记》作"收",旧本同。《类聚》、《御览》卷七六六作"其收亦倍",《御览》卷八二五及《中华古今注》卷下作"其收二倍"。

〔七〕蚕曰龙精　此句诸书皆无,惟见《绀珠集》卷七干宝《搜神记》摘录,汪绍楹辑为《搜神记佚文》。案:《周礼·夏官司马·马质》"禁原蚕者"郑玄注:"原,再也。《天文》:'辰为马。'《蚕书》:

‘蚕为龙精。月直大火，则浴其种。’是蚕与马同气。物莫能两大，禁再蚕者，为伤马与？”本条“案《天官》”云云即本此。据《绀珠集》补。

〔八〕周礼马质职掌禁原蚕者　“马质”原误作“校人”，据《周礼·夏官司马》改。校人之职，“掌王马之政”，见《夏官司马》。

257 江夏黄母

汉灵帝时，江夏黄氏之母浴，伏盘水中，久而不起，变为鼋矣。婢惊走告，比家人来，鼋转入深渊。其后时时出现。初浴簪一银钗，犹在其首。于是黄氏累世不敢食鼋肉。

本条《法苑珠林》卷三二引，出《搜神记》，据辑。《天中记》卷五七引作《搜神记后志》，疑误。

258 宣骞母

吴宝鼎元年六月晦日，丹阳宣骞母，年八十矣，亦因池浴〔一〕，化为鼋，其状如黄氏。骞兄弟四人闭户卫之，掘堂上作大坑〔二〕，泻水。其鼋入水中游戏〔三〕，一二日间，恒延颈出外望〔四〕。伺户小开，便轮转自跃，入于深渊，遂不复还。

本条《法苑珠林》卷三二引，出《搜神记》，据辑，校以《宋书·五行志五》、《晋书·五行志下》及《太平广记》卷四七一引《广古今五行记》。

〔一〕池浴　径山寺本、《四库全书》本（卷四三）“池”作“洗”，旧本同。

〔二〕大坑　《宋志》、《晋志》、《广古今五行记》作“大坎”，旧本同。

〔三〕其鼋入水中游戏　旧本据《宋志》、《晋志》“其”下补“中”字，连上读。

〔四〕恒延颈出外望　“外”字《珠林》讹作“亦”，《四库全书》本及《宋志》、《晋志》、《广古今五行记》无“出”字，“亦”作“外”，旧本同，据改“亦”为“外”。

259 玉化蜮

晋献公二年〔一〕，周惠王居于郑。郑人入王府，多取玉焉。玉化为蜮〔二〕，射人。

本条《法苑珠林》卷三二引，出《搜神记》，据辑。

〔一〕二年　《开元占经》卷一二〇、《太平御览》卷九五〇、《太平广记》卷四七三《感应经》引《竹书纪年》俱作“二年春”。

〔二〕多取玉焉玉化为蜮　《珠林》原引作“多脱化为蜮”，文有脱讹。据《感应经》补正。《广记》“焉”讹作“马”。

260 貙人

江汉之域有貙人〔一〕，其先廪君之苗裔也〔二〕，能化为虎。长沙所属蛮县东高居民，曾作槛捕虎。虎槛发，明日众人共往格之，见一亭长，赤帻大冠，在槛中坐。民因问：“君何以入此中？”亭长大怒曰：“昨忽被县召，夜避雨，遂误入此中耳。急出我。”

民曰:“君见召,必当有文书〔三〕。”即出怀中召文书,于是即出之。寻视之,乃化为虎,上山走。俗云:貙虎化为人,好着葛衣〔四〕,其足无踵,虎有五指者皆是貙。

本条《太平御览》卷八九二、卷九〇八,《太平广记》卷四二六,《天中记》卷六〇,《琅邪代醉编》卷三八并引,出《搜神记》。今参酌诸书校辑。

〔一〕江汉之域有貙人 “江汉”,《御览》卷八九二作“汉江”,此从《御览》卷九〇八、《天中记》。案:《文选》卷四左思《蜀都赋》李善注、《御览》卷八八八引《博物志》:“江汉有貙人。”今本讹作“江陵有猛人”。

〔二〕其先廪君之苗裔也 《御览》影宋本卷九〇八“廪”字空阙,《四库全书》本及鲍崇城校刊本作“禀”,旧本同。案:《后汉书·南蛮传》载,巴郡南郡蛮之先曰廪君,“廪君死,魂魄世为白虎。巴氏以虎饮人血,遂以人祠焉”。是则阙字应为“廪”,据补。

〔三〕必当有文书 《御览》《四库全书》本卷八九二作“不当有文书耶”,旧本同。

〔四〕葛衣 《博物志》卷二《异人》作“紫葛衣”,旧本同。

261 新喻男子

豫章新喻县男子,见田中有六七女,皆衣毛衣。不知是鸟,匍匐往,得其一女所解毛衣,取藏之。即往就诸鸟,诸鸟各飞去,一鸟独不得去,男子取以为妇,生三女。其母后使女问父,知衣在积稻下,得之,衣而飞去。后复以衣迎三儿,亦得飞去。

本条《太平广记》卷四六三引，出《搜神记》，据辑。

262 零陵太守女

汉末，零陵太守史满有女[一]，悦门下书吏[二]。乃密使侍婢取吏盥手残水饮之，遂有孕，十月而生一子。及晬[三]，太守令抱儿出门，使求其父，儿匍匐入吏怀[四]。吏推之，仆地化为水。穷问之，具省前事，太守遂以女妻其吏。

本条《艺文类聚》卷八、《独异志》卷中、《太平御览》卷五九、《太平广记》卷三五九、《天中记》卷九并引，出《搜神记》（《独异志》作干宝《搜神记》）。今据《广记》，参酌诸书校辑。

〔一〕零陵太守史满有女　"零陵"，旧本讹作"零阳郡"。案：据《汉书·地理志上》及《后汉书·郡国志四》，汉无零阳郡，而有零阳县，属武陵郡。汉有零陵郡，西汉治零陵县，东汉移治泉陵。"史满"，《广记》作"史"，注"阙其名"，据《独异志》、《天中记》补。

〔二〕书吏　《类聚》、《御览》、《天中记》作"书佐"，旧本同。

〔三〕及晬　《类聚》、《御览》、《天中记》作"至能行"，旧本同。晬，周岁。

〔四〕儿匍匐入吏怀　《类聚》、《御览》作"儿直上书佐膝"。《天中记》作"儿匍匐直入书佐怀中"，旧本同。

搜神记卷二一

案：据《晋书》本传，干宝感其父婢及兄复生事而撰《搜神记》，疑原书有《复生篇》（或曰再生、重生）。本卷所辑为复生事。

263 田无啬儿

汉哀帝建平四年四月，山阳方与有女子田无啬[一]，孕，未生二月[二]，儿啼腹中。及生不举，葬之陌上。三日有人过，闻儿啼声，母掘养之。

本条《法苑珠林》卷九七引，出《搜神记言》（《大正新修大藏经》本作《搜神异记》），据辑，校以《汉书·五行志下之上》。

〔一〕山阳方与有女子田无啬　《珠林》宣统本、《大正藏》本、径山寺本（卷一一六）原作"山阳方有女子田无壹"，《四库全书》本"壹"作"啬"，《法苑珠林校注》本作"山阳方与女子田无啬"，今据《汉志》改。颜师古注："方与者，山阳之县也。"案：《汉书·地理志上》山阳郡属县有方与。《汉志》"田无啬"下有"生子"

二字，旧本据补。

〔二〕孕未生二月 《汉志》"孕"作"先"。旧本改作"未生二月前"。

264 冯贵人

汉冯贵人死将百岁，盗贼发冢，贵人颜色如故，但肉微冷。群盗共奸之，致妒忌争斗，然后事觉〔一〕。

本条《法苑珠林》卷九七引，出《搜神记言》（《大正新修大藏经》本作《搜神异记》），《太平御览》卷五五九引作《搜神记》。《列异传》已载之，见《艺文类聚》卷三五引，文详。今据《御览》、《珠林》互校酌定。

〔一〕"汉冯贵人死将百岁"至"然后事觉" 《列异传》云："汉桓帝冯夫人病亡。灵帝时，有贼盗发冢，七十馀年，颜色如故，但小冷。共奸通之，至斗争相杀。窦太后家被诛，欲以冯夫人配食。下邳人陈公达议，以贵人虽是先所幸，尸体秽污，不宜配至尊。乃以窦太后配食。"案：《后汉书》卷六五《段颎传》载：灵帝建宁三年春，"有盗发冯贵人冢"。卷五六《陈球传》载，灵帝熹平元年，窦太后崩，中常侍曹节等欲别葬太后，而以冯贵人配祔桓帝，廷尉陈球下议云："且冯贵人冢墓被发，骸骨暴露，与贼并尸，灵魂污染，且无功于国，何以上配至尊？"冯贵人卒年不详，然桓帝本初元年（一四六）即位，其卒自在此后，至建宁三年（一七〇）至多二十年左右，安得谓"死将百岁"或"七十馀年"？《幽明录》（《雕玉集》卷一四引）载此事云卅馀年，相差亦多。考和帝（八八—一〇五在位）妃亦有冯贵人（见《后汉书·邓皇后纪》），年时相近，疑盗发冢者讹传为和帝冯贵人。然《列异传》下文言以冯贵人配食事,明为桓帝妃矣。传闻多误,不必深究。又案:“陈公达议”有讹,陈公即陈球,字伯真,下邳淮浦人。汪绍楹疑“达”当作“建”,甚是,《后汉书》本传即载赵忠云“陈廷尉建此议甚健”。旧本全取《列异传》,惟又据《珠林》略事补订。

265 史姁

汉陈留考城史姁〔一〕,字威明。年少时尝得病,临死谓其母曰:“我死当复生,埋我,以竹杖柱我瘗上。若杖拔〔二〕,掘出我。”及死埋之,柱杖如其言。七日往视之,杖果拔出。即掘尸出,已活,走至井上浴已,平复如故。后与邻人乘船至下邳卖锄,不时售,思欲归。谓人曰:“我方暂归。”人不信之,曰:“何有千里暂得归耶?”答曰:“一宿便还,即不相信,作书取报,以为验实。”其一宿便还,果得报书,具知消息。考城令江夏鄳贾和闻之〔三〕,姊病在乡里〔四〕,欲急知消息,请往省之。路遥三千,再宿报书,具知委曲。

本条《法苑珠林》卷九七、《太平广记》卷三七五、《琅邪代醉编》卷一六引,《珠林》注出《搜神记言》(《大正新修大藏经》本作《搜神异记》),《广记》、《琅邪代醉编》注出《搜神记》。原载《列异传》,见《御览》卷七一〇引,文简。今据《珠林》、《广记》及《列异传》互校酌定。

〔一〕史姁 《列异传》作“史均”。

〔二〕拔 《广记》作“折”,旧本同。《珠林》、《琅邪代醉编》、《列异传》作“拔”。案:拔,挺出。《广雅》卷一下《释诂》:“拔……出也。”

〔三〕考城令江夏鄳贾和闻之 《珠林》、《广记》、《琅邪代醉编》"鄳"作"鄍",旧本同。汪绍楹校:"明钞本《太平广记》'鄍'作'郑'。按《续汉书·郡国志》,荆州江夏郡有鄳县。疑当作'鄳'。'鄍'、'郑'均讹字。"说是,据改。

〔四〕乡里 《广记》谈恺刊本"乡"讹作"邻",明钞本作"乡"。案:旧本此条全据《广记》辑录,亦讹作"邻"。

266 长沙桓氏

献帝初平中,长沙桓氏死。月馀,其母闻棺中有声,发之,遂生〔一〕。

本条《法苑珠林》卷九七引,出《搜神记言》(《大正新修大藏经》本作《搜神异记》),据辑。原见《后汉书·五行志五》,旧本据《后汉志》辑。

〔一〕"献帝初平中"至"遂生" 《后汉志》作:"献帝初平中,长沙有人姓桓氏,死,棺敛。月馀,其母闻棺中声,发之,遂生。占曰:'至阴为阳,下人为上。'其后曹公由庶士起。"旧本全同。案:《珠林》所引无占辞,干宝此记虽取自司马彪《续汉书·五行志》,然未必占辞亦取之,旧本并占辞亦辑入,未妥。

267 李娥

建安四年二月〔一〕,武陵充县女子李娥〔二〕,年六十馀,病死,埋于城外,已十四日。娥比舍有蔡仲,闻娥富,谓殡当有金宝,盗发冢。剖棺,斧数下,娥于棺中言曰:"蔡仲,汝护我头。"仲惊遽，便出走。会为吏所见，遂收治，依法当弃市。娥儿闻，来迎出娥，将去。武陵太守闻娥死复生，召见问事状。娥对曰："闻谬为司命所召，到得遣出。过西门，适见外兄刘伯文〔三〕，为相劳问，涕泣悲哀。娥语曰：'伯文，一日误见召，今得遣归，既不知道，又不能独行，为我得一伴不？又我见召，在此已十馀日，形体又当见埋藏，归当那得自出？'伯文曰：'当为问之。'即遣门卒与户曹相问〔四〕：'司命一日误召武陵大女李娥〔五〕，今得遣还。娥在此积日，尸丧又当殡敛，当作何等得出？又女弱独行，岂当有伴邪？是吾外妹，幸为便安之。'答曰：'今武陵西界民李黑〔六〕，亦得遣还，便可为伴。'辄令黑过，敕娥比舍蔡仲，令发出娥也〔七〕。于是娥遂得出，与伯文别。伯文曰：'书一封，以与儿佗。'娥遂与黑俱归。事状如此。"其语具作鬼声〔八〕。太守慨然叹曰〔九〕："天下事真不可知也。"乃表以为蔡仲虽发冢，为鬼神所使，虽欲无发，势不得已，宜加宽宥，诏书报可。太守欲验语虚实，即遣马吏于西界推问李黑，得之，黑语协。乃致伯文书与佗，佗识其纸，乃是父亡时送箱中文书也，表文字犹在也，而书不可晓。乃请费长房读之，曰："告佗：当从府君出案行〔一〇〕，当以八月八日日中时，武陵城南沟水畔顿，汝是时必往。"到期，悉将大小于城南待之，须臾果至，但闻人马隐隐之声，诣沟水，便闻有呼声曰："佗来，汝得我所寄李娥书不邪？"曰："即得之，故来至此。"伯文以次呼家中大小问之〔一一〕，悲伤断绝，曰："死生异路，不能数得汝消息。吾亡后，儿孙乃尔许人〔一二〕。"良久，谓佗曰："来春大病，与此一丸药，以涂门户，则辟来年妖厉矣。"言讫忽去，竟不得见其形。至前春，武陵果大病，白日见鬼，唯伯文之家鬼不敢向。费长房视药曰:"此方相脑也〔一三〕。"

本条《后汉书·五行志五》注、《法苑珠林》卷九七、《才鬼记》卷一、《东汉文纪》卷二七引,《才鬼记》系据《后汉志》注转引。《后汉志》注、《才鬼记》、《东汉文纪》云干宝《搜神记》,《珠林》云出《搜神记言》(《大正新修大藏经》本作《搜神异记》)。《太平广记》卷三七五引《穷神秘苑》(唐焦璐撰)采此。《后汉志》注引文颇备,当近原文。今据《后汉志》注辑录,校以《珠林》及《穷神秘苑》。

〔一〕建安四年二月　《后汉志》注无此,《才鬼记》同,《珠林》引作"汉建安中"。案:《后汉志》正文云"建安四年二月",故注文省去纪时,今据《后汉志》补。旧本亦补。

〔二〕李娥　《广记》引《穷神秘苑》作"李俄",明钞本、孙潜校本作"李娥"。《珠林》讹作"李妖"。

〔三〕外兄刘伯文　《穷神秘苑》作"内兄刘文伯",误。

〔四〕即遣门卒与户曹相问　旧本"户"作"尸"。

〔五〕大女李娥　旧本"大女"作"女子"。案:大女指成年女子。《管子·海王》:"终月大男食盐五升少半,大女食盐三升少半,吾子食盐二升少半。"

〔六〕今武陵西界民李黑　《后汉志》注"界"原作"男"。案:古籍中未见有"男民"一词,男性平民但称民耳。下文云"即遣马吏于西界推问李黑",而《穷神秘苑》此句作"今武陵西界有男子李黑"(旧本同),知"男"当为"界"之讹,据改。

〔七〕辄令黑过敕娥比舍蔡仲令发出娥也　《穷神秘苑》作"兼敕黑过俄邻舍,令蔡仲发出"。

〔八〕其语具作鬼声　此句《后汉志》注无,据宣统本《珠林》姑补于此。《大正藏》本、《四库全书》本、径山寺本（卷一一六）、《法苑珠林校注》本“声”作“神”。

〔九〕太守慨然叹曰　《穷神秘苑》“太守”下有“闻之”二字，旧本据补。

〔一〇〕当从府君出案行　旧本作“我当从府君出案行部”。案：案行即行部，皆官员巡视所辖地方之意，“部”字妄增。

〔一一〕呼家中大小问之　旧本“问”作“久”，误。

〔一二〕儿孙乃尔许人　“人”旧本作“大”，误。尔许，如此。此句意谓想不到儿孙竟有这么些人。

〔一三〕此方相脑也　《后汉志》“脑”原作“临”，《才鬼记》作“脑”，《琅邪代醉编》卷一六引《续汉志》同，旧本亦作“脑”。案：唐段成式《酉阳杂俎》前集卷一三《尸穸》云：“据费长房识李娥药丸，谓之方相脑，则方相或鬼物也，前圣设官象之。”李时珍《本草纲目》卷五一下云：“罔两，一作魍魉，又作方良。《周礼》方相氏执戈入圹以驱方良，是矣。罔两好食亡者肝，故驱之。其性畏虎、柏，故墓上树石虎植柏。《国语》云：‘木石之怪，夔罔两；水石之怪，龙罔象。’即此。《述异记》云：‘秦时陈仓人猎得兽，若彘若羊。逢二童子曰：“此名弗述，又名蝹，在地下食死人脑。但以柏插其首则死。”’此即罔两也。虽于药石无与，而于死人则关，故录之。其方相有四目，若二目者为魌，皆鬼物也。古人设人像之。昔费长房识李娥药丸，用方相脑。则其物亦入辟邪方药，而法失传矣。”方相者驱鬼之神兽，喜食死人脑，故鬼畏之。辟邪药丸名方相脑者，殆此意也。据改。

268 贾偶

建安中，南阳贾偶〔一〕，字文合，得病卒亡。死时，有吏将诣太山,同名男女十人。司命阅呈〔二〕,谓行吏曰:“当召某郡文合来,何以召此人?可速遣之。”时日暮,治下有禁,不得舍,遂至郭门外大树下宿。有好女独行无伴,文合问之曰:“子似衣冠家,何为步行?姓字为谁?”女曰:“我三河人也,父见为弋阳令〔三〕。昨错被召来,今得遣去。遂逼日暮,惧获瓜田李下之讥,望君之容,似类贤者,是以停留,依凭左右。”文合曰:“悦子之心,愿交欢于今夕。”女曰:“闻之诸姑,妇人以贞专为德,洁白为称。”文合与相反复,终无动志,天明别去〔四〕。文合死已再宿,停丧当敛,视其面有色,摸心下稍温,半日间苏〔五〕。文合将验其事,遂至弋阳,问其令,则女父也。修刺谒令,因问曰:“某月某日君女宁卒亡而却生耶?”具说女姿颜服色,言语相反复本末。令入问女,所言皆与文合同。令大惊叹,竟以女配文合焉。

本条《太平御览》卷八八七、《太平广记》卷三八六、《新编分门古今类事》卷一六、《琅邪代醉编》卷三三引,出《搜神记》,又见《类说》卷七摘录《搜神记》。今据《御览》,参酌诸书校辑。

〔一〕贾偶　旧本“偶”作“俩”。案:贾字文合,名当为偶。诸书皆作“偶”,旧本误。

〔二〕呈　《广记》作“簿”,旧本同。孙潜校本作“呈”。

〔三〕弋阳令　《御览》“弋阳”作“易阳”,《类说》、《古今类事》、《琅邪代醉编》同,鲍崇城校宋本及《广记》作“弋阳”,《广记》下文明钞本、孙校本则作“易阳”。案:据《后汉书·郡国志》,弋阳属豫州汝南郡,与荆州南阳郡相邻,而易阳属冀州赵国,与南阳相距遥远,应作“弋阳”,据改。下同。

〔四〕天明别去　《广记》、《类说》“别”作“各”,旧本同。

〔五〕半日间苏　《广记》作"少顷却苏",旧本同。

269 柳荣

临海松阳人柳荣,从张悌至杨府拒晋军。荣病死船中二日〔一〕,时军已上岸,无有埋之者,忽然大呼言:"人缚军师!人缚军师!"声激扬,遂活。人问之,荣曰:"至上天北斗门下〔二〕,卒见人缚张军师〔三〕,意中大愕,不觉大呼言:'何以缚张军师?'门下人怒荣,叱逐使去。荣便去,怖惧,口馀声发扬耳。"其日,悌战死。荣至元帝时犹在〔四〕。

本条《三国志·吴书·孙皓传》注、《太平御览》卷八八七、《骈志》卷一二引,出《搜神记》。又《赤城志》卷三二《人物门》:"张悌,临海人,为吴丞相。天纪四年为晋兵所杀。见《吴志》及《搜神记》。"今互校辑录。

〔一〕荣病死船中二日　《真诰》卷一三《稽神枢》:"孙皓败将张悌军人柳荣,病死已三日。"

〔二〕至上天北斗门下　"至"字据《真诰》补。

〔三〕张军师　《御览》、《骈志》作"张军帅"。案:《三国志》:"(天纪三年)八月,以军师张悌为丞相。"天纪四年注引干宝《晋纪》:"吴丞相军师张悌。"据改。

〔四〕荣至元帝时犹在　《三国志》注原作"晋元帝",干宝晋人,不当云"晋",今删。

270 河间男女

武帝世〔一〕,河间郡有男女相悦〔二〕,许相配适。既而男从军，积年不归。父母以女别适人，女不愿行。父母逼之而去〔三〕，无几而忧死〔四〕。其男戍还，问女所在，其家具说之。乃至冢所，始欲哭之叙哀〔五〕，而已不胜其情，遂发冢开棺，女即时苏活。因负还家，将养数日，平复。其夫闻，乃往求之。其人不还，曰："卿妇已死，天下岂闻死人可复活耶？此天赐我，非卿妇也。"于是相讼。郡县不能决，以谳廷尉。廷尉奏以精诚之至〔六〕，感于天地，故死而更生。在常理之外，非礼之所处，刑之所裁，断以还开冢者〔七〕。

本条《法苑珠林》卷七五、《太平御览》卷八八七、《太平广记》卷三七五并引，出《搜神记》，又《广记》卷一六一引《法苑珠林》。明梅鼎祚编《西晋文纪》卷二〇辑入《廷尉为男感女重生奏》，末注："王琰《冥祥记》引《搜神记》。"然《冥祥记》佚文未见此事（参见王国良《冥祥记研究》）。今参酌诸书校辑。

〔一〕武帝世　《珠林》、《御览》、《广记》前原有"晋"字，今删。《宋书·五行志五》作"晋惠帝世"，《晋书·五行志下》作"元康中"，元康乃惠帝年号。

〔二〕河间郡有男女相悦　《宋志》、《晋志》云"梁国女子许嫁"，以为梁国人。旧本"相"作"私"。

〔三〕父母逼之而去　此句据《广记》卷三七五。旧本据《宋志》、《晋志》在"而去"上补"不得已"三字。

〔四〕无几而忧死　旧本作"寻病死"，乃据《广记》卷三七五。

〔五〕始欲哭之叙哀　旧本、《学津讨原》本"叙"作"尽"，《津逮秘书》本乃作"叙"。案：诸书所引皆作"叙"。

〔六〕廷尉奏以精诚之至　《宋志》、《晋志》云"秘书郎王导议曰"。

案:《宋志》所记此事当别有所据,非本本书,《晋志》乃袭《宋志》。《晋书》卷六五《王导传》载:"王导……年十四,陈留高士张公见而奇之……司空刘寔寻引为东阁祭酒,迁秘书郎、太子舍人、尚书郎,并不行。"王导咸康五年(三三九)薨,年六十四,应生于武帝咸宁二年(二七六),十四岁时为武帝太康十年(二八九),两年后武帝崩矣。据《晋书》卷四一《刘寔传》,惠帝元康九年(二九九)策拜刘寔为司空,《晋书·惠帝纪》乃称永康元年(三〇〇),是则王导迁秘书郎殆在惠帝永康前后。《宋志》所记乃晋惠帝时事,称秘书郎王导议自可,而本书为晋武帝时事,断不当涉秘书郎王导也。诸书所引皆作"廷尉",旧本据《宋志》、《晋志》而改"廷尉"为"秘书郎王导",误甚。《四库全书》本《御览》亦作"秘书郎王导",疑为四库馆臣据今本《搜神记》妄改(案:《四库全书考证》卷五八《太平御览考证》未有此条校记)。

〔七〕在常理之外非礼之所处刑之所裁断以还开冢者　此据《珠林》、《御览》(《御览》无"在"字),《广记》卷三七五作"是非常事,不得以常理断,请还开棺(明钞本作冢)者"。案:《宋志》、《晋志》作"此是非常事,不得以常理断之,宜还前夫",下又云"朝廷从其议",与本书不同。旧本此节依据《宋志》、《晋志》,而又删"宜还前夫"四字。

271 颜畿

咸宁中〔一〕,琅邪颜畿,字世都。得病,就医张瑳自治〔二〕,死于瑳家〔三〕。家人迎丧,旐每绕树木不可解,送丧者或为之伤[四]。乃托梦曰[五]:"我寿命未应死,但服药太多,伤我五脏耳。今当复活,慎无葬我也。"父拊而祝之曰:"若尔有命,复当更生,岂非骨肉所愿?今但欲还家,不葬尔也。"旐乃解,还家。乃开棺,形骸如故,微有人色,而手爪所刮摩,棺板皆伤[六]。于是渐有气息,以绵饮沥口,能咽,遂乃出之。日久饮食稍多[七],能开目视瞻,屈伸手足,然不与人相当,不能言语,饮食犹常人[八]。如此者十馀年,家人疲于供护,不复得操事。其弟弘都,绝弃人事,躬自侍养,以知名[九]。后气力稍更衰劣,卒复还死也[一〇]。

本条《太平御览》卷八八七、《太平广记》卷三八三引,出《搜神记》。今互校辑录。

〔一〕咸宁中 《御览》、《广记》原有"晋"字,今删。案:《宋书·五行志五》记此事云晋武帝咸宁二年二月,《晋书·五行志下》云咸宁二年十二月。旧本据《晋志》补入年月。

〔二〕就医张瑳自治 《御览》"瑳"作"嵯",当讹,据《四库全书》本、鲍崇城校刊本及《广记》改。《广记》孙潜校本作"瑳"。"自",鲍崇城校刊本作"使",旧本同。案:作"自"亦不误,自治者谓自行处置或管理。《史记》卷四八《陈涉世家》:"诸将徇地……其所不善者,弗下吏,辄自治之。"《索隐》:"谓朱房、胡武等以素所不善者,即自验问,不往下吏。"《汉书》卷九五《南粤传》:"服岭以南,王自治之。"

〔三〕死于瑳家 旧本此句下据《宋志》、《晋志》补"棺敛已久"四字。

〔四〕送丧者或为之伤 此据《御览》。鲍崇城校刊本"伤"作"凭"。旧本改作"人咸为之感伤"。

〔五〕乃托梦曰　此据《广记》。《御览》作“乃言曰”。《四库全书》本作“引丧者忽颠仆，称畿言曰”，旧本同。案：《晋书》卷八八《颜含传》详载此事，此作“引丧者颠仆，称畿言曰”，旧本实据此而改，而《四库全书》本疑亦为馆臣改，非原文也。《宋志》、《晋志》作“家人咸梦畿谓己曰”，事与《广记》同。

〔六〕乃开棺形骸如故微有人色而手爪所刮摩棺板皆伤　旧本作：“其妇梦之曰：‘吾当复生，可急开棺。’妇便说之。其夕，母及家人又梦之。即欲开棺，而父不听。其弟含，时尚少，乃慨然曰：‘非常之事，自古有之。今灵异至此，开棺之痛，孰与不开相负。’父母从之，乃共发棺，果有生验，以手刮棺，指爪尽伤，然气息甚微，存亡不分矣。”全据《晋书·颜含传》。

〔七〕日久饮食稍多　旧本“日久”作“将护累月”，乃据《晋书·颜含传》。

〔八〕饮食犹常人　旧本作“饮食所须，托之以梦”，乃据《晋书·颜含传》。

〔九〕以知名　《御览》《四库全书》本、鲍崇城校刊本下有“州党”二字，旧本同。

〔一〇〕卒复还死也　案：《宋志》、《晋志》云“二年复死”。《晋书·颜含传》云：“含（颜含，字弘都）乃绝弃人事，躬亲侍养，足不出户者十有三年。石崇重含淳行，赠以甘旨，含谢而不受。……畿竟不起。”则十三年后畿死。

272 杜锡婢

杜锡，字世嘏〔一〕。家葬，而婢误不得出。后十馀年，开冢祔葬，而婢尚生。其始如瞑，有顷渐觉。问之，自谓当一再宿耳。初婢埋时，年十五六。及开冢后，姿质如故，犹十五六也。嫁之，有子〔二〕。

本条《艺文类聚》卷三五、《法苑珠林》卷九七、《初学记》卷一九、《太平广记》卷三七五、《太平御览》卷五〇〇并引，出《搜神记》（《珠林》宣统本作《搜神记言》，《大正新修大藏经》本作《搜神异记》，《初学记》作干宝《搜神记》）。《宋书·五行志五》、《晋书·五行志下》亦载，当采本书。今参酌诸书校辑。

〔一〕杜锡字世嘏　《类聚》、《初学记》作"晋杜嘏"，《珠林》作"汉杜嘏"（《四库全书》本卷一一六据《搜神记》改"汉"为"晋"，改"嘏"为"锡"，见《四库全书考证》卷七二），《广记》作"汉杜锡"，《御览》作"晋杜士嘏"（《四库全书》本、鲍崇城校刊本"士"作"世"）。案：《晋书》卷三四《杜预传》附《杜锡传》载，杜锡乃杜预子，字世嘏。诸书所引或名或字，且多有脱讹，然据知原文当著其字，今据《晋书》本传补正。《宋志》、《晋志》姓名不误，事系于惠帝世。

〔二〕犹十五六也嫁之有子　此据《类聚》、《初学记》、《御览》，《宋志》、《晋志》同。《珠林》、《广记》俱作"更生十五六年，嫁之有子"，旧本据辑。案：婢更生十五六年，三十馀岁矣，方得嫁人，于情理难合，今不取。

273 贺瑀

会稽山阴贺瑀，字彦琚。曾得疾，不知人，惟心下尚温。居三日乃苏，云："吏将上天，见官府，府君居处甚严，使人将瑀入曲房。房中有层架，其上层有印，中层有剑，使瑀唯意取之。印虽意所好〔一〕，而瑀短不及上层，取剑以出。门吏问曰：'子何得也？'瑀曰：'得剑。'吏曰：'恨不得印，可以驱策百神。今得剑，唯得使社公耳。'"疾既愈，果有鬼来白事，自称社公。每行，即社公拜谒道下，瑀深恶之。

本条《太平御览》卷三四四引，出《搜神记》。后又载《录异传》（《北堂书钞》卷八七、《初学记》卷一三、《太平广记》卷三八三引，见《古小说钩沉》辑本），文句多同而稍详，知采本书。今参酌《御览》、《录异传》校辑。

〔一〕印虽意所好　《广记》谈恺刻本"印"讹作"及"，据明钞本、《四库全书》本改。

274 冯棱妻

冯棱妻死，棱哭之恸，乃叹曰："奈何不生一子而死！"俄而妻复苏。后孕，十月产讫而死。

本条《独异志》卷中引，出《搜神记》，据辑。案：旧本未辑。汪绍楹辑入《搜神记佚文》。

275 李通

蒲城李通死，来云：见沙门法祖，为阎罗王讲《首楞严经》。又见道士王浮，身被锁械，求祖忏悔，祖不肯赴。

本条见唐释道宣编《集古今佛道论衡》卷丁《今上在东都有洛邑僧静泰敕对道士李荣叙道事第五》："显庆五年八月十八日，敕召僧静泰、道士李荣在洛宫中。帝问僧曰：'《老子化胡经》述化胡事，其事如何？可备详其由绪。'静泰奏言：'……泰据《晋代杂录》及裴子野《高僧传》，皆云道士王浮与沙门帛祖对论，每屈，浮遂取《汉书·西域传》，拟为《化胡经》。《搜神记》、《幽明录》等，亦云王浮造伪之过。'"据此，知《搜神记》有王浮造《老子化胡经》事。案：王浮事迹略载于梁释僧祐《出三藏记集》卷一五《法祖法师传》："帛远字法祖，本姓万氏。……晋惠之末……奄然命终。……后少时，有一人姓李名通，死而更苏，云见祖法师在阎罗王处，为王讲《首楞严经》，讲竟应往忉利天。又见祭酒王浮，一云道士基公，次被锁械，求祖忏悔。昔祖平素之日，与浮每争邪正，浮屡屈。既意不自忍，乃作《老子化胡经》，以诬谤佛法。殃有所归，故死方思悔。"梁释慧皎《高僧传》卷一《帛远传》亦载，文字全同。唐释法琳《辩正论》卷五《佛道先后篇》引《晋世杂录》云："道士王浮，每与沙门帛远抗论，王浮屡屈焉。遂改换《西域传》为《化胡经》，言喜与躰化胡作佛，佛起于此。"陈子良注引梁裴子野《高僧传》云："晋慧帝时，沙门帛远，字法祖。每与祭酒王浮，一云道士基公，次共诤邪正，浮屡屈焉。既嗔不自忍，乃托《西域传》为《化胡经》，以诬佛法。遂行于世，人无知者。殃有所归，致患累载。"又引刘义庆《幽明录》云："蒲城李通死，来云：见沙门法祖，为阎罗王讲《首楞严经》。又见道士王浮，身被锁械，求祖忏悔，祖不肯赴。"下有"辜负圣人，死方思悔"二句，当为注者语。据唐释智升《开元释教录》卷一"无量寿经二卷"注，《晋世杂录》，晋末竺道祖撰。《晋世杂录》等所载，虽为一事，但各不相同，故而陈注引裴子野《高僧传》及《幽明录》以注《晋世杂录》。颇疑《幽明录》据《搜神记》，今姑据《幽明录》辑录。旧本未辑。

搜神记卷二二

案：本卷及下卷所辑为鬼事。

276 周式

汉下邳周式，尝至东海，道逢一吏〔一〕，持一卷书，求寄载。行十馀里，谓式曰："吾暂有所过，留书寄君船中，慎勿发之。"去后，式盗发视书，皆诸死人录，下条有式名。须臾吏还，式首道视书〔二〕，吏怒曰："故以相告，而勿视之〔三〕。"式叩头流血。良久，吏曰："感卿远相载，此书不可除。卿今日已去〔四〕，还家，三年勿出门，可得度也。勿道见吾书。"式还不出，已二年馀，家皆怪之。邻人卒亡，父怒，使往吊之。式不得止〔五〕，适出门，便见此吏。吏曰："吾令汝三年勿出，而今出门，知复奈何？吾求汝不见，连累为得鞭杖〔六〕。今已见汝，无可奈何。后三日日中，当相取也。"式还涕泣，具道如此。父故不信，母昼夜与相守涕泣〔七〕。至三日日中时见来取〔八〕，便死。

本条《法苑珠林》卷四六引,出《搜神记》,《太平广记》卷三一六引《法苑珠林》,又《太平御览》卷八八四引《南中八部志》亦载,文大同。今据《珠林》,参酌《御览》、《广记》校辑。

〔一〕吏　《御览》作"使"。

〔二〕式首道视书　《珠林》脱"道"字,《广记》乃又改"首"为"犹",旧本同。今据《御览》补"道"字。首道,向道也。《史记·淮阴侯列传》:"北首燕路。"《正义》:"首,音狩,向也。"

〔三〕而勿视之　《广记》"而勿"作"何忽"。旧本据改"勿"为"忽"。

〔四〕此书不可除卿今日已去　旧本"卿"下加"名"字,属上读。《法苑珠林校注》据旧本补"名"字,不当。

〔五〕止　《御览》及《广记》明钞本作"已",旧本同。

〔六〕吾求汝不见连累为得鞭杖　《珠林》、《广记》无"汝"字,据《御览》补。《珠林》《大正新修大藏经》本及《广记》"累"作"相",《御览》同。

〔七〕母昼夜与相守涕泣　旧本脱"涕泣"二字。

〔八〕至三日日中时见来取　旧本"见"上加"果"字。

277 陈仲举

陈仲举微时,尝宿黄申家,而申妇方产。有扣申门者,家人咸不知。久久方闻屋里有言〔一〕:"宾堂下有人,不可进。"扣门者相告曰:"今当从后门往。"其一人便往。有顷还,留者问之:"是何等?名为何?当与几岁?"往者曰:"男也,名为奴,当与十五岁。""后应以何死?"答曰:"应以兵死。"仲举告其家曰:"吾能相，此儿当以兵死。”父母惊之，寸刃不使得执也。至年十五，有置凿于梁上者，其末出。奴以为木也，自下以长木钩钩之，凿从梁落，陷脑而死。后仲举为豫章太守，故遣吏往饷之申家，并问奴所在，其家以此具告仲举。仲举叹此谓命矣〔二〕。

本条《太平御览》卷三六一、卷七六三引，出《搜神记》。卷三六一末注“《幽明录》同”，然与《太平广记》卷一三七、卷三一六所引《幽明录》情事实有不同。又宋末王应麟《困学纪闻》卷一七《评文》云：“按《搜神记》陈仲举宿黄申家，《列异传》华子鱼宿人门外，皆因所宿之家生子，而夜有扣门者，言所与岁数。”今据《御览》卷三六一，参酌《御览》卷七六三校辑。

〔一〕久久方闻屋里有言　《御览》卷七六三作“须臾门里言”。

〔二〕仲举叹此谓命矣　《四库全书》本《御览》卷三六一作“仲举叹曰此命也”，旧本作：“仲举叹曰：‘此谓命也。’”

278 苏韶

故中牟令苏韶〔一〕，有才识，咸宁中卒〔二〕。乃昼现形于其家，诸亲故知友闻之，并同集。饮噉言笑，不异于人。或有问者：“中牟在生，多诸赋述，言出难寻。请叙死生之事，可得闻耶？”韶曰：“何得有隐。”索纸笔，著《死生篇》。其词曰：“运精气兮离故形，神眇眇兮爽玄冥〔三〕。归北帝兮造酆京，崇墉郁兮廓峥嵘。升凤阙兮谒帝庭〔四〕，迩卜商兮室颜生。亲大圣兮项良成〔五〕，希吴季兮慕婴明〔六〕。抗清论兮风英英，敷华藻兮文璨荣。庶擢身兮登昆瀛，受祚福兮享千龄。”馀多不尽录〔七〕。初见其词，若存若亡〔八〕。

本条《道宣律师感通录》及《律相感通传》（案：二者乃一书）引，前云："余曾见太常于（干字之讹）宝撰《搜神录》，述……"《律相感通传》文详，据辑。案：旧本未辑。汪绍楹据《道宣律师感通录》辑入《搜神记佚文》。

〔一〕故中牟令苏韶　前原有"晋"字，乃道宣转述语，宝书不当称"晋"，今删。

〔二〕咸宁中卒　《道宣律师感通录》"咸宁"讹作"感冥"。案：《建康实录》卷九咸康二年载干宝事迹，注引《三十国春秋》："是年，天台令苏韶卒。"《太平御览》卷三七三引王隐《晋书》乃云苏"咸宁初亡"。则应作"咸宁"。咸宁，晋武帝年号，而咸康东晋成帝年号，干宝卒于咸康二年。

〔三〕神眇眇兮爽玄冥　《道宣律师感通录》"眇眇"作"渺渺"。

〔四〕升凤阙兮谒帝庭　《道宣律师感通录》讹作"叔凤阙兮词帝庭"。

〔五〕项良成　《道宣律师感通录》作"颂梁成"，"颂"字讹。案：《太平广记》卷三一九引王隐《晋书》："鬼之圣者，今项梁成；贤者，吴季子。"《太平御览》卷八八三引王隐《晋书》作"梁成"，无"项"字。《真诰》卷一五《阐幽微第一》注引《苏韶传》云："鬼之圣者有项梁城，贤者有吴季子。但不知项是何世人也。或恐是项羽之叔项梁，而不应圣于季子也。"此据《学津讨原》本，《道藏》本《真诰》作"项梁义"。

〔六〕慕婴明　《道宣律师感通录》"慕"作"英"。

〔七〕馀多不尽录　"录"字据《道宣律师感通录》补。

〔八〕案：苏韶亡魂显灵事，他书多有载，兹录以备参。《建康实录》卷九咸康二年注引《三十国春秋》："是年，天台令苏韶卒。卒后，韶从弟节见韶乘马昼日而行，着黑介帻、黄彩单衣。节问曰：'兄何由来？'韶曰：'欲改葬。'节因问幽冥之事，韶曰：'死者为鬼，俱行天地之中，在人间而不与生者接。颜回、卜商今见为修文郎。死之与生，略无有异，死虚生实，此有异尔。'节曰：'死者何故不复归其尸乎？'对曰：'譬若断兄一臂以投地，就剥削之，于兄有患否？死者尸骸亦如此也。'节曰：'厚葬爽垲，死者乐乎？'韶曰：'何乐之有！'节曰：'若然，兄何故改葬？'韶曰：'述生时事耳。'言终而不见。"《蒙求集注》卷上亦引。又《太平广记》卷三一九引王隐《晋书》曰："苏韶，字孝先，安平人也，仕至中牟令，卒。韶伯父承，为南中郎军司而亡。诸子迎丧还，到襄城。第九子节，夜梦见卤簿，行列甚肃。见韶，使呼节曰：'卿犯卤簿，罪应髡刑。'节俛受剃。惊觉摸头，即得断发。明暮，与人共寝，梦见韶曰：'卿髡头未竟。'即复剃如前夕。其日暮，自备甚谨，明灯火，设符刻。复梦见韶，髡之如前夕者五。节素美发，五夕而尽。间六七日，不复梦见。后节在车上，昼日，韶自外入。乘马，着黑介帻，黄练单衣，白袜幽履，凭节车辕。节谓其兄弟曰：'中牟在此。'兄弟皆愕视，无所见。问韶：'君何由来？'韶曰：'吾欲改葬。'即求去，曰：'吾当更来。'出门不见。数日又来。兄弟遂与韶坐，节曰：'若必改葬，别自敕儿。'韶曰：'吾将为书。'节授笔，韶不肯，曰：'死者书与生者异。'为节作其字，像胡书也。乃笑，即唤节，为书曰：'古昔魏武侯，浮于西河，而下中流，顾谓吴起曰："美哉河山之固，此魏国之宝也。"吾性爱好京洛，每往来出入，瞻视邙上，乐哉，万世之墓也。北背孟津，洋洋之河；南望天邑，济济之盛。此志虽未言，铭之于心矣。不图奄忽，所怀未果。前去十月，便速改葬。在军司墓次，买数亩地，便足矣。'节与韶语，徒见其口动，亮气高声，终不为旁人所闻。延韶入室，设坐祀之，不肯坐。又无所飨，谓韶曰：'中牟平生好酒鱼,可少饮。'韶手执杯饮尽,曰:'佳酒也。'节视杯空。既去,杯酒乃如故。前后三十馀来,兄弟狎玩。节问所疑,韶曰:'言天上及地下事,亦不能悉知也。颜渊、卜商,今见在为修文郎。修文郎凡有八人。鬼之圣者,今项梁成;贤者,吴季子。'节问死何如生,韶曰:'无异,而死者虚,生者实,此其异也。'节曰:'死者何不归尸体?'韶曰:'譬如断卿一臂以投地,就剥削之,于卿有患不?死之去尸骸,如此也。'节曰:'厚葬以坟垅,死者乐此否?'韶曰:'无在也。'节曰:'若无在,何故改葬?'韶曰:'今我诚无所在,但欲述生时意耳。'弟(明钞本作节)曰:'儿尚小,嫂少,门户坎坷,君顾念否?'韶曰:'我无复情耳。'节曰:'有寿命否?'韶曰:'各有。'节曰:'节等寿命,君知之否?'曰:'知语卿也。'节曰:'今年大疫病何?'韶曰:'刘孔才为太山公,欲反,擅取人以为徒众。北帝知孔才如此,今已诛灭矣。'节曰:'前梦君剪发,君之卤簿导谁也?'韶曰:'济南王也。卿当死,吾念护卿,故以刑论卿。'节曰:'能益生人否?'韶曰:'死者时自发意念生,则吾所益卿也。若此自无情,而生人祭祀以求福,无益也。'节曰:'前梦见君,岂实相见否?'韶曰:'夫生者梦见亡者,亡者见之也。'节曰:'生时仇怨,复能害之否?'韶曰:'鬼重杀,不得自从。'节下车,韶大笑节短,云:'似赵麟舒。'赵麟舒短小,是韶妇兄弟也。韶欲去,节留之,闭门下锁钥,韶为之少住。韶去,节见门故闭,韶已去矣。韶与节别曰:'吾今见为修文郎,守职不得来也。'节执手,手软弱,捉觉之,乃别。自是遂绝。"《太平御览》卷三七三、卷五五四、卷八八三亦引。卷三七三引云:"故中牟令苏韶,字孝先,咸宁初亡。诸子迎丧到襄城。第九子节,梦见卤簿,行列甚肃,见韶曰:'卿犯卤簿,应髡刑。'节俛受剔。觉，循见头发视，截如指大。后又梦见韶截之。节素美发，五截而尽。”卷五五四引云：“苏韶，安平人也。为中牟令。第九子名节，昼日见韶入，乘马介，黄练衣。曰：‘吾欲改葬。’乃授节，为书曰：‘吾性爱好京洛，每往来，瞻睹芒山上，乐哉乎！此万代之基也。背孟津洋洋之河，南望天邑济济之盛。此志虽未言，铭之于心。不图奄忽，所怀未果。前至十月，可速改葬。买数亩地，便自足矣。’”卷八八三引云：“苏韶，字孝先，安平人也。仕至中牟令，卒。韶伯父第九子节，在车上。昼日韶自外入，乘马。日黑，又介帻，黄疏单衣，白袜丝履，凭节车辕。节谓兄弟曰：‘中牟在此。’兄弟皆愕视，无所见。问韶：‘君何由来？’韶曰：‘吾欲改葬。’即求去。数日又来，兄弟遂与韶坐。节曰：‘若必改葬，别自敕儿。’韶曰：‘吾将为书。’节授笔，韶不肯，曰：‘死者书与生者异。’为节作其字，像胡书也。乃笑，唤节，为书曰：‘昔魏武侯，浮于西河，而下中流，顾谓吴起曰：“美哉河山之固，此魏国之宝也。”吾性爱好京洛，每往来出入，瞻视邙山，乐哉，万世之基也。北背孟津，洋洋之河；南望天邑，济济之盛。此志虽未言，铭之于心矣。不图奄忽，所怀未果。前去十月，便速改葬。买数亩地，便足矣。’节延韶入室，设坐祀之，不肯坐。又无所飨，谓韶曰：‘中牟平生好酒，可少饮。’韶手执杯饮尽，曰：‘佳酒也。’节视杯空。既去，杯酒乃如故。前后三十馀来，兄弟狎玩。节问所疑，韶曰：‘言天上及地下事，亦不能悉知也。颜渊、卜商，今见在为修文郎。凡有八人。鬼之圣者梁成，贤者吴季子。’节问死何如生，韶曰：‘无异耳。死者虚，生者实，此其异也。’节曰：‘死者何不归尸骸？’韶曰：‘譬如断卿一臂以投地，就剥削之，于卿有患乎？死之去尸骸，如此也。’节曰：‘厚葬美坟，死者乐乎?'韶曰:'无在也。'节曰:'若无在,何改葬?'韶曰:'今我诚无所在,但欲述生时意耳。'韶欲去,节留之,闭门下锁钥,韶为之少住。韶去,节见门故闭,韶已去矣。韶与节别曰:'吾今见为修文郎,守职不下得来也。'节执手乃别。自是遂绝。"又,《真诰》卷一五注引《苏韶传》云:"鬼之圣者有项梁成,贤者有吴季子。""修门郎有八人,乃言颜渊、卜商,今见居职。"卷一六注引《苏韶传》:"刘孔才为太山公,欲反,北帝已诛灭之。""杨雄、张衡等为五帝"。《广记》卷三二一《郭翻》(谈本阙出处,《四库全书》本作《幽异录》,异当作冥,即《幽明录》),中云"苏孝先多作此语久","在昔有苏韶",即指苏韶显灵事。又者,《艺文类聚》卷五六引陈沈炯《八音诗》,中云"神女嫁苏韶",则苏尚有遇合神女事,惜已不传。

279 孤竹君

汉令支县有孤竹城〔一〕,古孤竹君之国也。灵帝光和元年,辽西人见辽水中有浮棺,欲斫破之。棺中人语曰:"我是伯夷之父孤竹君也〔二〕。海水坏我棺椁,是以漂流,汝斫我何为?"人惧,乃不敢斫,因为立庙祀祠。吏民有欲发视者,皆无何而死〔三〕。

本条《法苑珠林》卷九七、《太平御览》卷五五一、《路史·后纪》卷四《炎帝下》注引,《御览》、《路史》出《搜神记》,《珠林》作《搜神记言》(《大正新修大藏经》本作《搜神异记》)。今据《珠林》,参酌《御览》校辑。

〔一〕汉令支县有孤竹城　"令支",径山寺本《珠林》卷一一六讹作

"今支",《御览》讹作"令有"。《御览》《四库全书》本、鲍崇城校刊本作"不其",旧本同。案:《后汉书·郡国志五》幽州辽西郡载:"令支有孤竹城。"注:"伯夷、叔齐本国。"不其属青州东莱郡,非县,乃侯国,《郡国志四》载:"不其侯国,故属琅邪。"作"不其"亦误。"孤竹城",《御览》影印宋本讹作"孙孤城",鲍崇城本作"孤城"。

〔二〕我是伯夷之父孤竹君也 《珠林》《大正藏》本、径山寺本、《四库全书》本、《法苑珠林校注》本"父"均作"弟",《御览》、《路史·后纪》同,旧本从之,惟《珠林》宣统本作"父"。《博物志》卷七亦云:"灵帝和光(案:当作光和)元年,辽西太守黄翻上言,海边有流尸,露冠绛衣,体貌完全,使翻感梦云:'我伯夷之弟孤竹君也。海水坏吾棺椁,求见掩藏。'民有襁褓视,皆无疾而死。"案:孤竹君乃伯夷、叔齐之父,史有明文,故范宁校云:"《史记·伯夷列传》曰:'伯夷、叔齐,孤竹君之二子也。'《水经·濡水注》、《路史·后纪》卷四、《文选·桓元子荐谯元彦表》李注引并作'孤竹君之子'。据此,知'孤竹'下有'之子'二子,宜补。"《水经注》云"余孤竹君之子,伯夷之弟",《文选》注引《博物志》作"余孤竹君之子",《路史》注云"予伯夷之弟,孤竹君之子也"。今本《博物志》补"之子"二字,则亦读作"我伯夷之弟,孤竹君之子也",与《路史》注全同。依以上诸书所言,皆谓浮棺之主为叔齐。案伯夷、叔齐相互让国而逃,入周谏武王伐纣不得,不食周粟,饿死首阳山,叔齐之棺何得能浮于辽西?虽为诞言怪说,要亦契合事理者。而古孤竹国在今河北卢龙,正为辽西之地,古濡水经此入海,则必为伯夷、叔齐父孤竹君也。诸书误"父"为"弟",人以其于史不合,叔齐不得称孤竹君,遂加"之子”二字以弥合，固不知“弟”之误也。《水经注》卷一四《濡水》引《晋书·地道志》曰：“辽西人见辽水有浮棺，欲破之，语曰：‘我孤竹君也，汝破我何为？’因为立祠焉。祠在山上，城在山侧，肥如县南十二里，水之会也。”正作孤竹君，得其实矣。

〔三〕皆无何而死　《珠林》《四库全书》本“何”作“病”。《御览》作“无疾而死”，《四库全书》本“疾”作“病”。案：《路史·后纪》注云：“汉光和元年，柳城岸坏，辽守虞翻梦人白：‘予伯夷之弟，孤竹君之子也。辽海见漂。’旦往视之，有浮棺尸绛衣露冠者，葬之。《搜神记》云：‘见浮棺，破之而语，破者寻死。民有襁褓视者，皆无病而死。’此其异者。”所引《搜神记》文字有异。

280 鹄奔亭

汉九江何敞为交趾刺史〔一〕，行部到苍梧高要县〔二〕，暮宿鹄奔亭〔三〕。夜犹未半，有一女子从楼下出，呼曰：“明使君，妾冤人也！”须臾，至敞所卧床下跪曰：“妾本居广信县，修里人。早失父母，又无兄弟，嫁与同县施氏，薄命先死。有杂缯百十疋〔四〕，及婢致富一人。妾孤穷羸弱，不能自振，欲之旁县卖缯。从同县男子王伯赁牛车一乘，直钱万二千，载缯，妾乘车，致富执辔，乃以前年四月十日到此亭外。时日暮，行人断绝，不敢复进，因即留止。致富时暴得腹痛，妾之亭长舍乞浆取火，而亭长龚寿操刀持戟〔五〕，来至车旁，问妾曰：‘夫人何从来？车上何载？丈夫何在？何故独行？’妾应曰：‘何劳问之？’寿因持妾臂曰：‘年少爱有色，冀可乐也〔六〕。’妾惧怖不应〔七〕，寿即持刀刺胁下，一疮立死[八]。又刺致富，亦死。寿掘楼下合埋，妾在下，婢在上。取财物而去，杀牛烧车，车釭及牛骨贮在亭东空井中[九]。妾既冤死，痛感皇天，无所告诉，故来自归于明使君。”敞曰：“今欲发之，汝何以为验？”女子曰：“妾上下着白衣、青丝履，皆未朽也。妾姓苏，名娥，字始珠[一〇]。愿访乡里，以散骨归死夫[一一]。”掘之，果然。敞乃驰还，令吏捕寿，考问具服。问广信县[一二]，与娥语合。寿父母兄弟，皆捕系狱。敞表：“寿常律杀人，不至于族。然寿为恶[一三]，隐密经年，王法所不得治[一四]。今鬼神自诉者[一五]，千载无一。请皆斩之，以明鬼神，以助阴教[一六]。”上报听之[一七]。初掘时，有双鹄奔其亭，故曰“鹄奔亭[一八]”。

本条《太平御览》卷八八四、《太平寰宇记》卷一五九《端州·高要县》、《舆地纪胜》卷九六《肇庆府·古迹》、《方舆胜览》卷三四《肇庆府·古迹》、《大明一统志》卷八一《肇庆府·宫室》、《天中记》卷一四、《新编古今奇闻类纪》卷一〇、《山堂肆考》卷一七二、《东汉文纪》卷九并引，出《搜神记》（《寰宇记》、《舆地纪胜》、《方舆胜览》作干宝《搜神记》，《奇闻类纪》作《搜神记》及《一统志》）。《天中记》所引只末节：“方掘其尸时，有双鹄来奔其亭，故名鹄奔。”谢承《后汉书》、《列异传》已有载，见《文选》卷三九江淹《诣建平王上书》注、《御览》卷一九四引谢承《后汉书》，末注：“《列异传》曰鹄奔亭。”又《北堂书钞》卷七九引作《汉书》、《异传》，书名有脱误。所引《后汉书》、《列异传》皆极简。后又载隋颜之推《冤魂志》，见《法苑珠林》卷七四（百二十卷本卷九二）、《太平广记》卷一二七引（《广记》作《还冤记》，同书异名），乃据本书而记，文详。今据《御览》卷八八四，参酌诸书校辑。

〔一〕汉九江何敞为交趾刺史　“何敞”,《文选》注、《御览》卷一九四引谢承《后汉书》作“周敞”,《书钞》讹作“周勃”。案:《书钞》卷九三引谢承《后汉书》:“陈茂,性永有异志,交趾刺史吴郡周敞辟为别驾从事。”而《书钞》卷三五、《艺文类聚》卷一〇〇引本书有吴郡人何敞。本书既袭自《列异传》(由皆曰鹄奔亭可知),疑应作“周敞”,其姓形讹为“何”。而讹作“何敞”者,盖因后汉有扶风人何敞,正直能“举冤狱”,其行一也(见《后汉书》卷四三《何敞传》)。《水经注》卷三七《泿水》略记此事,亦作“何敞”,则其误已久,是故《冤魂志》亦承本书传本之误。惟敞之所出有九江、吴郡之异,不可解也。“交趾刺史”,旧本改作“交州刺史”,误。案:《宋书·州郡志四》:“交州刺史,汉武帝元鼎六年,开百越,交趾刺史治龙编。汉献帝建安八年,改曰交州,治苍梧广信县,十六年,徙治南海番禺县。”诸书所引《搜神记》及《列异传》皆作“交趾刺史”。

〔二〕苍梧高要县　旧本误作“苍梧郡高安县”。《文选》注引谢承《后汉书》作“行宿高安鹊巢亭”。案:《后汉书·郡国志五》,交州刺史部苍梧郡有高要县。高安县即建城县,汉属豫章郡,唐武德五年改为高安县,见《旧唐书·地理志三》。

〔三〕鹄奔亭　谢承《后汉书》作“鹊巢亭”,《冤魂志》作“鹊奔亭”,《广记》明钞本、孙潜校本“鹊”作“鹄”。案:《冤魂志》既袭《搜神记》,当亦作“鹄”,形讹耳。

〔四〕有杂缯百十疋　《御览》《四库全书》本、鲍崇城校刊本及《寰宇记》、《舆地纪胜》、《方舆胜览》及《珠林》引《冤魂志》“十”上有“二”,《广记》“缯”下有“帛”字。旧本作“有杂缯帛百二十疋”。

〔五〕操刀持戟　《还冤记》“刀”作“戈”,旧本同。

〔六〕冀可乐也　《珠林》引《冤魂志》作“宁可相乐耶”。

〔七〕妾惧怖不应　《珠林》引《冤魂志》作“妾时怖惧，不肯听从”。旧本据以改“应”为“从”。

〔八〕一疮立死　《珠林》引《冤魂志》“疮”作“创”，旧本同。案：“疮”同“创”，伤也。

〔九〕车釭及牛骨贮在亭东空井中　旧本“釭”讹作“缸”。案：《说文》：“釭，车毂中铁也。”缸则为陶制容器。《广记》引《还冤记》作“杠”，亦指车釭。《寰宇记》作“扛”，同“杠”。

〔一〇〕妾姓苏名娥字始珠　《水经注》云“广信苏施妻始珠”，《舆地广记》卷三五同，“始珠”上有“名”字；《南村辍耕录》卷一四引《风俗通》作“苏珠娘”，皆有异。

〔一一〕以散骨归死夫　《寰宇记》“散”作“骸”，旧本同。

〔一二〕问广信县　《珠林》引《冤魂志》作“下广信县验问”，旧本同。

〔一三〕然寿为恶　旧本“恶”下有“首”字。案：诸书皆无此字，龚寿一人杀人，不得谓“恶首”，乃妄增。

〔一四〕王法所不得治　《御览》卷八八四作“王法自所不免”，旧本同。此从光绪八年刊本《寰宇记》及《舆地纪胜》。《寰宇记》嘉庆八年刊本作“王法所不容”。《珠林》引《冤魂志》作“王法所不能得”。

〔一五〕今鬼神自诉者　《御览》《四库全书》本、《寰宇记》、《舆地纪胜》“今”作“令”，嘉庆八年刊本《寰宇记》作“致令”。

〔一六〕教　《珠林》引《冤魂志》作“杀”，《广记》引《还冤记》作“诛”，旧本同《广记》。

〔一七〕上报听之　此句据《珠林》、《广记》引《冤魂志》补。

〔一八〕初掘时有双鹄奔其亭故曰鹄奔亭　据《寰宇记》补。

281 文颖

汉南阳文颖，字叔良〔一〕。建安中，为甘陵府丞。过界止宿，夜三鼓时，梦见一人跪前曰："昔我先人葬我于此，水来湍墓，棺木溺，渍水处半燥〔二〕，然无以自温。闻君在此，故来相依。屈明日暂住须臾，幸之，相迁高燥处〔三〕。"鬼披衣示颖，而背沾湿〔四〕。颖心中怆然，即寤。寤已语左右，左右曰："梦为虚耳，何足可怪？"颖乃还眠。向晨复梦见〔五〕，谓颖曰："我以穷苦告君，奈何不相愍悼乎？"颖梦中问曰："子为是谁？"对曰："吾本赵人兰襄〔六〕，今属注送民之神〔七〕。"颖曰："子棺今为所在？"对曰："近在君帐北十数步，水侧枯杨树下，即是吾墓也。天将明，不复得见，君必念之。"颖答曰："诺。"忽然便寤。天明可发，颖曰："虽云梦不足怪，此何太适。"左右曰："亦何惜须臾，不验之耶？"颖即起，幸之，十数人将导，顺水上，果得一枯杨，曰："是矣。"掘其下，未几果得棺。棺甚朽坏，没半水中。颖谓左右曰："向闻于人，谓为虚矣〔八〕。世俗所传，不可无验。"为移其棺，醊而去之〔九〕。

本条《法苑珠林》卷三二、《文选》卷二三王粲《赠文叔良》注、《太平广记》卷三一七、《古诗纪》卷二五《赠文叔良》注并引，出《搜神记》(《文选》注作干宝《搜神记》)。《文选》注仅为片断。又《水经注》卷五《河水》略载此事，当据本书。今据《珠林》，参酌诸书校辑。

〔一〕字叔良　《广记》"良"讹作"长"，旧本沿误未改。案：王粲诗称

"文叔良",《水经注》云"昔南阳文叔良",颜师古《汉书叙例》:"文颖,字叔良,南阳人。后汉末荆州从事,魏建安中为甘陵府丞。"

〔二〕渍水处半燥　《珠林》《四库全书》本及《广记》脱"燥"字,旧本同。《法苑珠林校注》据旧本删"燥"字,误。

〔三〕屈明日暂住须臾幸之相迁高燥处　《珠林》《四库全书》本(卷四四)及《广记》作"欲屈明日暂住须臾,幸为相迁高燥处",旧本同。

〔四〕而背沾湿　"背"原作"皆",据严一萍《太平广记校勘记》,孙潜钞宋本作"背",据改。

〔五〕向晨复梦见　《珠林》《四库全书》本"晨"作"瘄",旧本同,误。

〔六〕吾本赵人兰襄　《珠林》、《广记》皆无赵人姓名,旧本同。《水经注》云"赵人兰襄梦求改葬",据补姓名。

〔七〕注送民之神　《珠林》《四库全书》本及《广记》作"汪芒氏之神",旧本同。案:《国语·鲁语下》:"客曰:'防风何守也?'仲尼曰:'汪芒氏之君也,守封、嵎之山者也,为漆姓。在虞、夏、商为汪芒氏,于周为长狄,今为大人。'"韦昭注:"封,封山,嵎,嵎山,今在吴郡永安县也。"汪芒氏为上古江南之神,而甘陵东汉、西晋属清河国,晋改名清河县(见《后汉书·郡国志二》、《晋书·地理志上》),赵人死后若隶属汪芒神而又于甘陵乞移葬,不可解也。"汪芒氏"当是"注送民"之讹。注送民即注死送生者,冥神也。《法苑珠林校注》据旧本改作"汪芒氏",误。

〔八〕向闻于人谓为虚矣　《广记》"为"作"之",旧本同。明钞本、孙校本作"为"。《水经注》作"若闻人传此,吾必以为不然"。

〔九〕醊而去之　《广记》作"葬之而去",旧本同。明钞本、孙校本

“葬”作“醊”。

282 宗定伯

南阳宗定伯〔一〕,少年时夜行,忽逢一鬼。问曰:“谁?”鬼曰:“鬼也。”寻复问之:“卿复谁?”定伯乃欺之曰:“我亦鬼也。”鬼问:“欲至何所?”答曰:“欲至宛市。”鬼言:“我亦欲至宛市。”遂相与为侣向宛。共行数里,鬼言:“步行太极〔二〕,可共递相担也。”定伯曰:“大善。”鬼便先担定伯数里。鬼言:“卿太重,将非鬼也?”定伯言:“我新死,故身重耳。”定伯因复担鬼,鬼略无重。如是再三。定伯复问鬼曰:“我新死,不知鬼悉何所畏忌。”鬼答曰:“唯不喜人唾耳。”于是共行。道遇水,定伯令鬼先渡,听之了无声音。定伯自渡,漕漼作声〔三〕。鬼复言:“何以作声?”定伯曰:“新死不习渡水故尔,勿怪吾也。”行欲至宛市,定伯便担鬼着顶上〔四〕,急持之,鬼大呼,声咋咋然,索下,不复听之。径诣宛市中,下着地,鬼化为一羊。定伯恐其变化,亟唾之。卖之,得钱千五百,乃去。买者将还系之,明旦视之,但绳在〔五〕。时人语曰〔六〕:“宗定伯卖鬼,得钱千五百。”

本条《艺文类聚》卷九四,《太平御览》卷八二八、卷九〇二,《海录碎事》卷一三下,百卷本《记纂渊海》(《四库全书》)卷九八,《天中记》卷五四并引,出《搜神记》。原出《列异传》(《古小说钩沉》,《法苑珠林》卷六,《御览》卷三八七、卷八八四,《太平广记》卷三二一引),文详于此,引文较少删削。今据《御览》卷九〇二,参酌诸引及《列异传》校补。

〔一〕宗定伯　诸书引《搜神记》俱作“宗”,《御览》卷三八七、卷八八四引《列异传》,《医心方》卷二六《辟邪魅方》引《兼明菀》同,惟《珠林》、《广记》引《列异传》作“宋”,旧本同。《广记》孙潜校本亦作“宗”。案:宗氏望出南阳,宋邵思《姓解》卷一云:“南阳宗氏,周卿宗伯之后也。”作“宗”是。

〔二〕步行太极　此从《御览》卷八八四引《列异传》,《珠林》、《广记》“极”俱作“迟”,旧本同。案:极,疲也,义胜。《御览》卷九〇二作“远行极困”,虽为概括语,亦用“极”字。《类聚》作“行倦”。

〔三〕漕漼作声　《御览》卷八八四引《列异传》作“漼漼”,《珠林》、《广记》作“漕漼”,旧本同。

〔四〕定伯便担鬼着顶上　《类聚》、《记纂渊海》、《天中记》“顶”作“头”,《珠林》、《御览》引《列异传》亦作“头”,义同。《广记》作“肩”,旧本同,明钞本、孙校本则作“头”。《医心方》作“项”。《御览》卷八二八作“酒瓮”,当误。

〔五〕买者将还系之明旦视之但绳在　此据《类聚》。旧本据《广记》辑,无此数语。

〔六〕时人语曰　此据《类聚》。《珠林》作“于时石崇言”,《广记》作“当时有言”,孙校本乃作“时石崇言”。旧本据《广记》、《珠林》连缀作“当时石崇有言”。

搜神记卷二三

283 无鬼论

吴兴施绩[一]，为吴寻阳督，能言论。有门生，亦有意理[二]，常秉“无鬼论”。门生后渡江，忽有一单衣白袷客来[三]，因共言语，遂及鬼神。移日，客辞屈，乃语曰：“君辞巧，理不足。仆便是鬼，何以云无？”问鬼何以来，答曰：“受使来取君，期尽明日食时。”门生请乞酸苦，鬼问：“有人似君者不？”云：“施绩帐下都督，与仆相似。”鬼许之，便与俱归。与都督对坐，鬼手中出一铁凿，可长尺馀，安着都督头，便举椎打之。放凿便去，顾语门生：“慎勿道。”俄而都督云头觉微痛，还所住。向来转剧，至食时便亡[四]。

本条《太平广记》卷三二三引作《搜神记》，孙潜校本及《太平御览》卷三九六、卷八八四作《续搜神记》。案事出三国吴，姑断为干书。今据《御览》卷三九六，参酌《御览》卷八八四及《广记》校辑。

〔一〕吴兴施绩　“绩”原作“续”，旧本同，据汪绍楹校改。汪校：“按《吴志·朱然传》，朱然本姓施。子绩，孙权五凤年中，表还为施氏。然，丹阳故障人。据《宋书·州郡志》，孙皓宝鼎元年，分丹阳立吴兴郡，故障属之，故可称吴兴。此‘施续’疑当作‘施绩’。《真诰》十二《施淑女》条云：‘淑女，施绩女也。绩，吴兴人。’可证。”案：汪说极是。施绩仕吴为平魏将军、乐乡督、镇东将军、骠骑将军、上大将军、都护督等，官终左大司马。此言寻阳督，本传失载耳。今本《建康实录》卷二载朱然事，亦讹“绩”为“续”，中华书局点校本改作“绩”。

〔二〕意理　旧本作“理意”，乃据《御览》卷八八四。

〔三〕忽有一单衣白袷客来　《御览》《四库全书》本、鲍崇城校刊本卷八八四“单”作“黑”，旧本同。

〔四〕至食时便亡　《广记》作“食顷便亡”，旧本同。明钞本、孙校本“顷”作“时”。

284 王昭平

新蔡王昭平〔一〕，犊车在厅事上，夜无故自入斋室中，触壁而后出。又数闻呼噪攻击之声，四面而来。昭乃聚众，设弓弩战斗之备，指声弓弩俱发，而鬼应声接矢数枚，皆倒入土中。

本条《太平广记》卷三二二引，出《搜神记》，据辑。

〔一〕新蔡王昭平　前原有“晋世”二字，乃《广记》编纂者所加，盖以《搜神记》出晋世，故以为晋事。今删。汪绍楹校注本以“平”字属下句，以为《晋书·新蔡王司马腾传》载腾有子绍，此句当是

"新蔡王子绍","平"字当连下为句。平辀车即平舆车、平肩舆之类,以别于重载之车。案:平辀车之称于古无征。"新蔡王"恐非谓封爵,乃指地名姓氏。《元和姓纂》卷五《王》:"天水、新平、新蔡、新野、山阳、中山、章武、东莱、河东者,殷王比干子孙,号王氏。"是知新蔡固为王姓郡望之一,然则文中所称乃新蔡人王昭平也。下文称"昭"而不称"昭平"者,盖省辞。新蔡,郡、县名。县置于秦。晋惠帝分汝阴郡置新蔡郡,新蔡县为郡治。

285 石子冈

孙峻杀朱主,埋于石子冈。归命即位,将欲改葬之〔一〕。冢墓相亚,不可识别。而宫人颇有识主亡时所着衣服,乃使两巫各住一处,以伺其灵,使察战鉴之〔二〕,不得相近。久时,二人俱白:见一女人,年可三十馀,上着青锦束头,紫白袷裳,丹绨丝履,从石子冈上。半冈,而以手抑膝,长太息。小住须臾,进一冢上便住,徘徊良久,奄然不见。二人之言,不谋而同。于是开冢,衣服如之。

本条《三国志·吴书·妃嫔传》注、《建康实录》卷四引,出《搜神记》。今据《吴书》注,参酌《建康实录》校辑。

〔一〕归命即位将欲改葬之　《建康实录》作"后主欲改葬主"。案:后主即孙皓,晋伐吴出降,封归命侯。

〔二〕使察战鉴之　《吴书》注无"战"字,旧本同,据《建康实录》补。案:察战,官名。《吴书·孙休传》:永安五年,"是岁使察战到交趾调孔爵、大猪。"裴松之注:"察战,吴官名号。今扬都有察战卷。"《建康实录》"鉴"作"监"。案:鉴,察也,与"监"同义。

286 夏侯恺

夏侯恺因疾死〔一〕。宗人字苟奴〔二〕,察见鬼神〔三〕。见恺来收马〔四〕,并病其妻。着平上帻,单衣,入坐生时西壁大床,就人觅茶饮。

本条《茶经》卷下引,出《搜神记》。《天中记》卷四四亦引《搜神记》,文同《茶经》。案:《太平广记》卷三一九引王隐《晋书》亦载此事,文详,文句亦有相合,然情事有所不同,疑因《茶经》删削所致。王隐、干宝同时,俱在著作,此事不知原出孰手,或竟各记所闻欤?姑据《茶经》校辑。

〔一〕夏侯恺因疾死　旧本作"夏侯恺字万仁,因病死",盖据《广记》引王隐《晋书》补其字。

〔二〕宗人字苟奴　王隐《晋书》作"恺家宗人儿狗奴"。旧本作"宗人儿苟奴",盖据王隐《晋书》改"字"为"儿"。

〔三〕察见鬼神　王隐《晋书》作"素见鬼",旧本同。

〔四〕见恺来收马　王隐《晋书》作"见恺数归,欲取马",旧本同。

287 史良

渤海太守史良,好一女子〔一〕。许嫁而未果,良怒,杀之,断其头而归,投于灶下,曰:"当令火葬。"头语曰:"使君,我相从,何图当尔〔二〕!"后梦见曰:"还君物。"觉而得昔所与香缨金钗之属。

本条《太平御览》卷三六四、卷九八一引，出《搜神记》，所引各为片断，今据校辑。

〔一〕好一女子　《四库全书》本《御览》卷九八一“好”讹作“姊”，与上连读，旧本同。

〔二〕何图当尔　《御览》卷三六四“尔”原作“耳”，旧本校改为“尔”，今从之。

288 紫珪

吴王夫差小女，名紫珪〔一〕。童子韩重有道术，紫珪悦之，许与韩重为婚。韩重乃学于齐鲁之间，临去，属其父求婚。王怒，不与女，紫珪结气亡，葬于阊门之外。重三年归，闻其死哀恸，至紫珪墓所哭祭之。紫珪忽魂出冢旁，见重流涕。重与言，乃左顾宛颈而歌曰：“南山有鸟〔二〕，北山张罗。鸟既高飞，罗将奈何〔三〕。志欲从君〔四〕，谗言孔多。悲结生疾〔五〕，没命黄垆〔六〕。命之不造，冤如之何！”“羽族之长，名为凤凰。一日失雄，三年感伤。虽有众鸟，不为匹双〔七〕。故见鄙姿，逢君辉光。身远心近〔八〕，何尝暂忘〔九〕！”遂邀重入冢。三日三夜，重请还。临去，紫珪取径寸明珠并昆仑玉壶以送重〔一〇〕。重赍二物诣夫差，夫差大怒，按其发冢。紫珪见梦于父，以明重之事。夫差异之，悲咽流涕，因舍重，以子婿之礼待之〔一一〕。

本条《艺文类聚》卷八四，《太平御览》卷五七三、卷七六一、卷八〇三、卷八〇五，《吴郡志》卷四七、卷一〇，《姑苏志》卷五九，《古诗纪》卷二、卷一四四《紫玉歌》，《古乐苑》卷五二《紫玉歌》并引，出《搜神记》。又载《录异传》,《太平广记》卷三一六、《吴郡志》卷四七、《吴都文粹》卷一〇、《才鬼记》卷一引。《吴都文粹》转引自《吴郡志》,《才鬼记》当转引自《广记》。《稽神异苑》(《永乐大典》卷二二五六、卷一三一三六引)亦有此事。案:《稽神异苑》多引《搜神记》,此条必采本书。《广记》引《录异传》文特详,旧本即据《广记》辑录。《录异传》情事与本书有不合处,似别有所本,故《吴郡志》引《录异传》之后又以"又一说"引本书(《吴都文粹》全同)。又《五色线集》卷中、《天中记》卷一九引,无出处。《琅邪代醉编》卷三三亦引,作《搜神记》,然实据《吴郡志》所引《录异传》而略有删略,盖缘《吴郡志》末所注《搜神记》而误。而《姑苏志》所引亦本《吴郡志》,大抵删削《录异传》,末节"夫差异之,悲咽流涕,因舍重,以子婿之礼待之",乃又取《搜神记》文。今据《御览》卷五七三及《吴郡志》,参考他引及《稽神异苑》、《录异传》辑校。

〔一〕紫珪　《类聚》、《御览》、《姑苏志》、《古诗纪》、《古乐苑》皆引作"玉",《录异传》、《太平寰宇记》卷九一《苏州·吴县》引《山川记》亦作"玉"(案:《寰宇记》光绪八年刊本作"夫差小女曰玉",然嘉庆八年刊本无"曰玉"二字),《稽神异苑》、《五色线集》、《吴郡志》、《天中记》乃作"紫珪"。今本《异苑》卷六"刘元"条,实据《吴郡志》卷四七引《稽神异苑》辑录,非《异苑》本文,辑录者改"珪"为"玉"。《天中记》末注:"《搜神记》作紫玉。"《乐府诗集》卷八三作"紫玉",《古诗纪》、《古乐苑》歌名《紫玉歌》,当本《乐府诗集》。旧本作"紫玉",疑据《天中记》改。今姑从《稽神异苑》、《吴郡志》等。

〔二〕鸟　《广记》引《录异传》作"乌",《吴郡志》、《姑苏志》、《古诗纪》、《古乐苑》、《才鬼记》、《天中记》、《琅邪代醉编》并作"乌",《乐府诗集》载《紫玉歌》亦作"乌"。

〔三〕鸟既高飞罗将奈何　此八字据《姑苏志》、《古诗纪》、《古乐苑》及《吴郡志》引《录异传》补,《琅邪代醉编》"既"作"已"。

〔四〕志欲从君　《吴郡志》、《姑苏志》、《琅邪代醉编》"欲"作"愿"。《乐府诗集》、《古诗纪》卷一四四、《古乐苑》、《天中记》"志欲"作"意欲",《古诗纪》、《古乐苑》注:"一作志愿。"《才鬼记》注:"志欲,《搜神记》作意欲。"旧本即作"意欲"。

〔五〕悲结生疾　《吴郡志》、《姑苏志》、《琅邪代醉编》"结"作"怨"。《乐府诗集》、《古诗纪》、《古乐苑》、《才鬼记》、《天中记》"生疾"作"成疹",《才鬼记》注:"一作生疾。"

〔六〕没命黄垆　《古乐苑》注:"命,一作身。"《古诗纪》、《才鬼记》注亦云。《琅邪代醉编》"垆"作"墟"。

〔七〕虽有众鸟不为匹双　此八字据《姑苏志》、《古诗纪》及《广记》、《吴郡志》、《才鬼记》引《录异传》与《乐府诗集》、《天中记》补。

〔八〕身远心近　《古诗纪》卷一四四、《古乐苑》、《才鬼记》注:"近,一作迩。"《姑苏志》作"迩"。

〔九〕何尝暂忘　《才鬼记》注:"尝,《记》作曾,一作当。"《记》指《搜神记》,然旧本作"当"。《乐府诗集》、《古诗纪》卷一四四、《古乐苑》作"曾",《古诗纪》、《古乐苑》注:"曾一作当。"《吴郡志》、《姑苏志》、《琅邪代醉编》、《天中记》作"当"。

〔一〇〕紫珪取径寸明珠并昆仑玉壶以送重　"昆仑玉壶",《御览》卷八〇五"壶"作"盂",《吴郡志》作"玉壶",《永乐大典》卷二二五六引《稽神异苑》作"白玉壶",此从《御览》卷七六一。案:《录异传》所送之物无昆仑玉壶,《五色线集》、《天中记》作"赠以径寸珠并白玉壶"。

〔一一〕案:《录异传》结末颇异,兹据《广记》录下备参:"重脱走,至玉墓所诉玉，玉曰：'无忧，今归白王。'玉妆梳忽见，王惊愕悲喜，问曰：'尔何缘生？'玉跪而言曰：'昔诸生韩重来求玉，大王不许。今名毁义绝，自致身亡。重从远还，闻玉已死，故赍牲币，诣冢吊唁。感其笃终，辄与相见，因以珠遗之。不为发冢，愿勿推治。'夫人闻之，出而抱之，正如烟然。"末句"正"字，《吴郡志》、《才鬼记》皆同，旧本改作"玉"。

289 谈生

有谈生者〔一〕，年四十，无妇。常感激读经书〔二〕，通夕不卧。至夜半时，有一好女，年十五六，姿颜服饰，天下无双，来就谈生，遂为夫妇。言曰："我不与人同，夜，君慎勿以火照我也。至三年之后，乃可照耳。"谈生与为夫妇，生一儿，已二岁矣。生不能忍，夜伺其寐，便盗照视之。其腰已上生肉如人，腰已下但是枯骨〔三〕。妇觉，遂言云："君负我。我已垂变身〔四〕，何不能忍一年，而竟相照耶？"谈生辞谢，涕泣不可复止。云："与君虽大义，今将离别。然顾念我儿，恐君贫，不能自谐活〔五〕，暂逐我去，方遗君物。"将生入华堂奥室，物器不凡，乃以一珠袍与之〔六〕，曰："可以自给。"裂取谈生衣裾留之，辞别而去。后谈生持袍诣市，睢阳王家买之，直钱千万。王识之曰："是我女袍，那得在市？此人必发吾女冢。"乃收考谈生，谈生具以实对。王犹不信，乃往视女冢，冢全如故。乃复发视，果于棺盖下得衣裾。呼其儿视，貌似王女，王乃信之。即出谈生，而复赐之遗衣，遂以为女婿，表其儿为侍中〔七〕。

本条《北堂书钞》卷一二九,《法苑珠林》卷七五,《太平御览》卷三七五、卷六九三,《天中记》卷四七并引,出《搜神记》。原出《列异传》(《太平广记》卷三一六引)。今据《珠林》,参酌他书及《列异传》校辑。

〔一〕有谈生者　《珠林》前有"汉"字,乃自加,诸书皆无,今删。

〔二〕常感激读经书　《广记》谈恺刻本"读经书"作"读诗经",旧本同,明钞本作"读书"。

〔三〕其腰已上生肉如人腰已下但是枯骨　《珠林》"上"、"下"互倒,他引及《列异传》俱作腰上生肉腰下枯骨,据改。

〔四〕我已垂变身　《广记》作"我垂生矣",旧本同。

〔五〕恐君贫不能自谐活　《广记》作"若贫不能自偕活者","谐"作"偕",旧本同。

〔六〕乃以一珠袍与之　《珠林》"袍"作"被",疑讹,此从《书钞》、《御览》卷六九三、《天中记》及《列异传》。

〔七〕侍中　《珠林》作"郎中",《列异传》作"侍中"。案:《通志·职官略·门下省·侍中》:"汉侍中为加官……旧用儒者勋贵子弟,荣其观好,至乃襁褓坐受勋位。"据《列异传》改。

290 挽歌

《魁櫑》[一],丧家之乐。挽歌者,执绋者相偶和之声也[二]。挽歌词有《薤露》、《蒿里》二章,出田横门人。横自杀,门人伤之,为悲歌[三]。言人如薤上露,易晞灭也[四];亦谓人死,精魂归于蒿里。故有二章。其一章曰:"薤上朝露何易晞[五],露晞明朝更复落[六],人死一去何时归?"二章曰:"蒿里谁家地,聚敛魂魄无贤愚〔七〕。鬼伯一何相催促，人命不得少踟蹰。”

本条《北堂书钞》卷九二、《初学记》卷一四、《太平御览》卷五五二、《杜工部草堂诗笺》卷二《送孔巢父谢病归游江东兼呈李白》注、《古今事文类聚》前集卷五九《群书要语》及《古今事实》、《记纂渊海》卷一七八、百卷本《记纂渊海》(《四库全书》)卷七九、《古今合璧事类备要》前集卷六八、《资治通鉴》卷一五〇普通六年胡三省注、《骆丞集》卷一《乐大夫挽诗》注、《山堂肆考》卷一五六、《古乐苑》卷一四并引(《古今合璧事类备要》引《丧乐》、《薤露》、《蒿里》三节)，出干宝《搜神记》(《书钞》、《古今事文类聚·群书要语》、《资治通鉴》注、《山堂肆考》、《古乐苑》无撰人，《古今合璧事类备要》前引作者姓名讹作“吉”)，今据《初学记》，参酌诸书校录。案：旧本据《风俗通》辑录(卷六)，又据《初学记》别辑为一条(卷一六)，未妥。又案：此条非记事之文，疑原为某条论赞。

〔一〕魁櫑　《书钞》原讹作“魁昙”，《后汉书·五行志一》注引《风俗通》：“时京师宾婚嘉会，皆作《魁櫑》，酒酣之后，续作挽歌。《魁櫑》，丧家之乐；挽歌，执绋相偶和之者。”据改。

〔二〕案：“魁櫑”至“执绋者相偶和之声也”，旧本据《后汉书·五行志一》注引《风俗通》辑为一条，曰：“汉时，京师宾婚嘉会，皆作《魁櫑》。酒酣之后，续以挽歌。《魁櫑》，丧家之乐；挽歌，执绋相偶和之者。天戒若曰：‘国家当急殄悴，诸贵乐皆死亡也。’自灵帝崩后，京师坏灭，户有兼尸虫而相食者。《魁櫑》、挽歌，斯之效乎？”

〔三〕横自杀门人伤之为悲歌　《骆丞集》注作“田横自杀，门人不敢哭，但随柩哀歌曰”，疑非原文。

〔四〕易晞灭也　旧本“晞”讹作“稀”。案：《说文》日部：“晞，干也。”

〔五〕薤上朝露何易晞　《乐府诗集》卷二七《薤露》无“朝”字。

〔六〕露晞明朝更复落　《初学记》原作"明朝更复露",《记纂渊海》亦五字,惟"露"作"落",《御览》卷五五二引《古辞》同《初学记》。此据《古今事文类聚》、《古今合璧事类备要》、《骆丞集》注。《文选》卷二八陆机《挽歌诗三首》其一注引崔豹《古今注》、《乐府诗集》同,《顾氏文房小说》等本《古今注》卷中作"露晞明朝更复滋"。

〔七〕聚敛魂魄无贤愚　《古今事文类聚》、《记纂渊海》"魂"作"精",《御览》引《古辞》同。

搜神记卷二四

案:本卷及下卷所辑为神话及历史传说。

291 神农

神农以赭鞭鞭百草,尽知其平毒寒温之性,臭味所主,以播百谷,故天下号曰神农皇帝也。

本条《太平御览》卷六四九、《路史·后纪》卷三《炎帝》注、百卷本《记纂渊海》(《四库全书》)卷九一、《天中记》卷四〇引,出《搜神记》。今据《路史》注,参酌《御览》、《天中记》校辑。

292 荼与郁垒

《黄帝书》云:上古之时有二神人,一名荼与,二名郁垒〔一〕,性能执鬼〔二〕。度朔山山上有大桃树〔三〕,二人依树而住。于树东北有大穴,众鬼皆出入此穴。荼与、郁垒主统领简择万鬼,鬼有妄祸人者，则缚以苇索〔四〕，执以饴虎。于是黄帝作礼欧之〔五〕，立桃人于门户，画荼与、郁垒与虎以象之。今俗法，每以腊终除夕饰桃人，垂苇索〔六〕，画虎于门，左右置二灯，象虎眼，以袪不祥。

本条唐慧琳《一切经音义》卷一一引，云："於宝《搜神记》及《风俗通义》并引《黄帝书》云……"案：《大正新修大藏经》本校，一本"於"作"于"。皆为"干"字之讹。《风俗通义》所引见今本《祀典篇》。事又载《论衡·订鬼篇》、《史记·五帝本纪集解》、《后汉书·礼仪志中》注、《初学记》卷二八引《山海经》佚文。今据《一切经音义》辑，校以《风俗通义》及《山海经》佚文。旧本未辑。汪绍楹辑入《搜神记佚文》。

〔一〕一名荼与二名郁垒　二神人之名，《风俗通义》今本作"有荼与、郁垒昆弟二人"，《后汉志》刘昭注引作"有神荼与、郁櫑兄弟二人"，《艺文类聚》卷八六引作"有兄弟二人荼与、郁律"，《太平御览》卷三三引作"兄弟二人曰荼与、郁律"，卷八九一引作"有神荼与、郁垒兄弟二人"（《事类赋注》卷二〇引同），卷九六七引作"兄弟二人曰荼与、郁律"。"荼与"乃其一神之名，《路史·馀论》卷三《神荼郁垒》称《风俗通》"曰荼曰郁律"，盖以"荼与"之"与"为连词，而又称"神荼"者则沿古人之误。此误肇始于王充《论衡》，《订鬼篇》引《山海经》曰"一曰神荼，一曰郁垒"，又《乱龙篇》曰"有神荼郁垒昆弟二人"，而下文又云"荼与郁垒缚以卢索"。《山海经》原文必是"有神荼与、郁垒昆弟二人"，"神"字乃神人之谓，在句中统摄"荼与、郁垒"二神名。王充之误乃误以"与"为连词，而以"荼"字与"有神"之"神"字相连，故言"神荼"也。《战国策·齐策三》高诱注"一曰神荼，一曰郁雷”,蔡邕《独断》卷上“神荼、郁垒”,《文选》卷三《东京赋》:“度朔作梗,守以郁垒,神荼副焉。”薛综注“一曰神荼,二曰郁垒”,《史记·五帝本纪》裴骃《集解》引《海外经》“一名神荼,一名郁垒”,《后汉志》刘昭注引《山海经》“一曰神荼,一曰郁櫑”,而《齐民要术》卷一〇引《汉旧仪》云“一曰荼,二曰郁櫑”,凡此皆承王充之误。吴树平《风俗通义校释》据《后汉志》刘昭注、《东京赋》薛综注等在“有”字下补“神”字,而以“神荼”为专名,以“与”字为连词,不考之过也。又者,《一切经音义》在“二名郁垒”下有“又一名郁律”五字。案诸书引《风俗通》多作“郁律”,《路史·馀论》且云“独《风俗通》作郁律”,故疑《一切经音义》所引《搜神记》作“郁垒”,而《风俗通》作“郁律”,故加此五字以存其异,二书原文不当如此,今删。“垒”字作“律”,又作“櫑”、“雷”,皆一声之转。

〔二〕性能执鬼　此四字据今本《风俗通义》及《论衡·乱龙篇》补。《御览》卷三三“执”作“伏”。

〔三〕度朔山山上有大桃树　《史记集解》、《初学记》严可均校本卷二八引《山海经》、《艺文类聚》卷八六(脱出处)“朔”作“索”。《初学记》卷二八引西晋傅玄《桃赋》:“望海岛而慷慨兮,怀度索之灵山。”北宋张君房编《云笈七签》卷一〇〇《轩辕本纪》:“《黄帝书》说东海有度索山,或曰度朔山,讹呼也。”注:“此山间以竹索悬而度也。”元赵道一《历时真仙体道通鉴》卷一《轩辕皇帝》采用此说。案:汉人书皆作“朔”,疑后世不明度朔之义,臆改为“索”字,而以西域之悬度山为解,谓缘索而度。《汉书·西域传上》:“乌秅国……其西则有县度……县度者,石山也。溪谷不通,以绳索相引而度云。”颜师古注:“县绳而度也。县,古悬字。"《后汉书》卷四七《班超传》:"超遂逾葱岭,迄县度。"李贤注:"县度,山名。县音玄。谓以绳索县縋而过也。其处在皮山国以西,罽宾国之东也。"

〔四〕则缚以苇索　《论衡·乱龙篇》"苇"作"卢"。

〔五〕于是黄帝作礼欧之　《论衡·订鬼篇》作"于是黄帝乃作礼,以时驱之"。案:"欧"同"敺"、"驱"。

〔六〕苇索　《风俗通义》今本作"苇茭"。《东京赋》薛注、李善注引《风俗通》作"苇索"。

293 帝喾

帝喾与颛顼平九黎之乱〔一〕,始立五行之官者也。

本条《北堂书钞》卷四九引,出《搜神记》,据辑。案:旧本未辑。汪绍楹辑入《搜神记佚文》。

〔一〕帝喾与颛顼平九黎之乱　"帝喾"原作"帝",据上所引《左传》、《帝王世纪》补一字。

294 盘瓠

高辛氏有老妇人,居于王宫。得耳疾历时,医为挑治〔一〕,出顶虫〔二〕,大如茧。妇人去后,盛以瓠蓠〔三〕,覆之以盘。俄尔顶虫乃化为犬,其文五色,因名"盘瓠",遂畜之。时戎吴盛强,数侵边境,遣将征讨,不能擒胜。乃募天下有能得戎吴将军首者,购金千斤,封邑万户,又赐以少女。后盘瓠衔得一头,将造王阙。王诊视之，即是戎吴。“为之奈何？”群臣皆曰：“盘瓠是畜，不可官秩，又不可妻，虽有功，无施也。”少女闻之，启王曰：“大王既以我许天下矣，盘瓠衔首而来，为国除害，此天命使然，岂狗之智力哉！王者重言，霸者重信，不可以子女微躯，而负明约于天下，国之祸也。”王惧而从之，令少女随盘瓠。盘瓠将女上南山，山草木茂盛，无人行迹。于是女解去上衣〔四〕，为仆鉴之结〔五〕，着独力之衣〔六〕，随盘瓠升山入谷，止于石室之中。王悲思之，遣往视觅，天辄风雨，岭震云晦，往者莫至。盖经三年，产六男六女。盘瓠死后，自相配偶，因为夫妻。织绩木皮，染以草实。好五色衣服，裁制着用，皆有尾形。经后母归，以语王。王遣追之男女〔七〕，天不复雨。衣服褊裢〔八〕，言语侏离〔九〕，饮食蹲踞，好山恶都。王顺其意，有诏赐以名山广泽，号曰“蛮夷”。蛮夷者，外痴内黠，安土重旧〔一○〕。以其受异气于天命，故待以不常之律。田作贾贩，无关繻符传、租税之赋。有邑君长，皆赐印绶。冠用獭皮，取其游食于水。今即梁、汉、巴、蜀、武陵、长沙、庐江群夷是也〔一一〕。用糁杂鱼肉，叩槽而号，以祭盘瓠，其俗至今。故世称“赤髀横裙〔一二〕，盘瓠子孙”。

本条《艺文类聚》卷九四，《法苑珠林》卷六，《初学记》卷二九，《六帖》卷九八，《太平御览》卷七五八、卷九○五，《古今事文类聚》后集卷四○，《古今合璧事类备要》别集卷八四，《韵府群玉》卷一一，《山堂肆考》卷二二二并引，出《搜神记》（《初学记》、《御览》卷九○五作干宝《搜神记》）。《天中记》卷五四引《后汉》，注云“《搜神》作吴将军”。又载《风俗通义》（《后汉书·南蛮传》注、《路史发挥》卷一引）、《魏略》（《后汉书·南蛮传》注引）、干宝《晋纪》（《后汉书·南蛮传》注、《御览》卷七八五引）、《后汉书·南蛮传》。今据《珠林》,参酌诸书校辑。

〔一〕得耳疾历时医为挑治　《六帖》作"有疾,毙桃沼中",多有讹误。

〔二〕出顶虫　《六帖》作"有物",《御览》卷七五八"顶虫"作"卵"。

〔三〕盛以瓠蓠　"瓠蓠",《类聚》、《魏略》作"瓠",《初学记》,《御览》卷七五八、卷九〇五,《古今事文类聚》,《古今合璧事类备要》"蓠"作"离",《珠林》《大正新修大藏经》本作"篱"。

〔四〕上衣　《后汉书·南蛮传》作"衣裳",旧本据改。

〔五〕仆鉴之结　《珠林》原讹作"仆竖之扮",《珠林》《四库全书》本(卷一一)作"仆竖之结",旧本同。据《后汉书》改。李贤注:"仆鉴、独力,皆未详。流俗本或有改'鉴'字为'竖'者,妄穿凿也。"

〔六〕独力之衣　《珠林》"力"作"拗",《大正藏》本作"拘",据《后汉书》改。

〔七〕王遣追之男女　《珠林》《四库全书》本作"王遣迎诸男女",旧本同,"遣"下有"使"字。

〔八〕褊裢　《后汉书》作"班兰"。

〔九〕侏离　旧本作"侏㒧",音义皆同。

〔一〇〕安土重旧　《珠林》"旧"作"赐",《四库全书》本及《后汉书》作"旧",今从之。

〔一一〕庐江群夷是也　旧本"群"讹作"郡"。

〔一二〕赤髀横裙　《珠林》宣统本、《大正藏》本、《法苑珠林校注》所据道光董氏刻本作"赤髀横䫋",径山寺本作"赤髀横䫋",《四库全书》本作"赤髀横裙"。案:《后汉书·南蛮传》注引干宝《晋纪》作"赤髀横裙"(《太平御览》卷七八五引干宝《晋纪》,"髀"讹作"髓")。赤髀谓赤腿,横裙谓横布为裙。布横幅短窄,围腰为裙,故裙短也。髀,意义不详。頵,头大貌。《说文》:“頵,头頵頵大也。”作“髀”、“頵”当讹,据《晋纪》改。

295 汤祷桑林

汤既克夏,大旱七年,洛川竭。汤乃以身祷于桑林,剪其发〔一〕,自以为牺牲,祈福于上帝。于是大雨总至,洽于四海。

本条《太平御览》卷一一引,出干宝《搜神记》,据辑。

〔一〕剪其发　旧本“发”作“爪发”。案:《御览》卷八三引《帝王世纪》:“汤自伐桀后,大旱七年,洛川竭。……遂斋戒,剪发断爪,以己为牲,祷于桑林之社。”疑据此增“爪”字。

296 武王伐纣

武王伐纣,至河上,雨甚,疾雷,晦冥,扬波于河。众甚惧,武王曰:“余在,天下谁敢干余者?”风波立济。

本条《初学记》卷二、《六帖》卷二、《岁华纪丽》卷二、《太平御览》卷一〇、《天中记》卷三、《骈志》卷二〇引,出《搜神记》,据《御览》辑。

297 苌弘

苌弘见杀〔一〕,蜀人藏其血,故三年而为碧〔二〕。

本条《法苑珠林》卷三二引,出《搜神记》,据辑。

〔一〕苌弘见杀　旧本前有“周灵王时”四字。汪绍楹校注：“此四字《法苑珠林》无。按：苌弘死，《史记·封禅书》、《庄子》《胠箧》及《外物》篇司马彪注（见成玄英《外物篇疏》引）、《王子年拾遗记》三以为在周灵王时。《左传》哀三年传、《国语·周语》、《吕氏春秋·必己篇》高注以为在周敬王时。《汉书·郊祀志》则以为灵王时大夫，敬王时被杀。三说不同，可参考《文选李注义疏》四。”案：《史记·封禅书》云“是时苌弘以方事周灵王”，此四字当据《史记》自增。

〔二〕故三年而为碧　《珠林》《四库全书》本卷四三作“三年化而为碧”，旧本同，惟“化”上多“乃”字。

298 萧桐子

齐惠公之妾萧桐子〔一〕，见御有身，以其贱，不敢言也。取薪而生顷公于野〔二〕，又不敢举也。有狸乳而鹯覆之，人见而收之，因名无野〔三〕。是为顷公，代有齐国〔四〕。

本条《太平御览》卷三六二，《补侍儿小名录》，《天中记》卷二四、卷六〇引，出《搜神记》。今据《御览》，参酌《小名录》、《天中记》校辑。

〔一〕齐惠公之妾萧桐子　“萧桐子”，《小名录》作“萧同叔子”，《天中记》卷六〇作“萧桐叔子”。案：《左传》成公二年：“萧同叔子，寡君（案：指齐顷公）之母也。”作“萧同叔子”。《水经注》卷二三《获水》亦云：“萧女聘齐为顷公之母，郤克所谓萧同叔子也。”《史记·齐太公世家》作“萧桐叔子”，《集解》引杜预曰：“桐叔，萧君之字，齐侯外祖父。子，女也。”《史纪·晋世家》作

“萧桐侄子”。“萧桐子”当为省称。旧本改作“萧同叔子”。

〔二〕取薪而生顷公于野　《天中记》卷二四“顷”讹作“项”。

〔三〕人见而收之因名无野　《小名录》作“取而养之,字曰无野”。

〔四〕代有齐国　此四字据《小名录》补。

299 古冶子

齐景公渡于江沈之河〔一〕,鼋衔左骖没之,众皆惊惕。古冶子于是拔剑从之,邪行五里,逆行三里,至于砥柱之下,乃杀鼋也〔二〕。左手持鼋头,右手挟左骖,燕跃鹄踊而出,仰天大呼,水为逆流三百步,观者皆以为河伯也。

本条《水经注》卷四《河水》,《太平御览》卷四二、卷九三二,百卷本《记纂渊海》(《四库全书》)卷九九,《天中记》卷五七并引,出《搜神记》。今参酌诸书校辑。

〔一〕江沈之河　《御览》二引及《天中记》“沈”俱作“沅”。旧本同。《水经注》云:“亦或作‘江沅’字者,若因地而为名,则宜在蜀及长沙。按《春秋》,此二土并景公之所不至,古冶子亦无因而骋其勇矣。刘向叙《晏子春秋》,称古冶子曰:‘吾尝济于河,鼋衔左骖,以入砥柱之流。当是时也,从而杀之,视之乃鼋也。’不言江沅矣。……又云观者以为河伯,贤于江沅之证,河伯本非江神,又河可知也。”案:郦道元辨之甚是,《史记·夏本纪正义》引《括地志》:“底柱山,俗名三门山,在陕州硖石县东北五十里黄河之中。孔安国云:‘底柱,山名。河水分流,包山而过,山见水中如柱然也。’”然“江沈”不知何义,郦氏未释,《晏子春秋·内篇谏下》但言“吾尝从君济于河”。

〔二〕乃杀鼋也　《水经注》、《御览》卷九三二无“杀”字，《御览》卷四二作“乃杀鼋头”，据补“杀”字。旧本于“乃鼋也”前增补“杀之”二字。

搜神记卷二五

300 熊渠

楚熊渠夜行〔一〕，见寝石，以为伏虎，弯弓射之，没金饮羽〔二〕。下视，知其石也，复射之，矢摧无迹。汉世复有李广，为右北平太守，射虎得石，亦如之。

刘向曰："诚之至也，而金石为之开，况人乎？夫唱而不和，动而不随，中必有不合者也〔三〕。夫不降席而匡天下者，求之己也。"

本条《法苑珠林》卷二七引，出《搜神记》。此取刘向《新序·杂事第四》，而《新序》又本《韩诗外传》卷六第二十四章。今据《珠林》辑，校以《新序》、《韩诗外传》。

〔一〕楚熊渠夜行　"熊渠"，《新序》、《韩诗外传》作"熊渠子"。《新序》赵仲邑注："《史记·龟策列传》称为'雄渠'，《集解》引作'雄渠子'。即楚君熊渠。见《资治通鉴外纪》卷三下。"旧本改作“熊渠子”。

〔二〕没金饮羽　《珠林》“饮”作“镞”，当讹。《新序》作“灭矢饮羽”，《韩诗外传》作“没金饮羽”，据改。旧本讹作“锻”字。

〔三〕中必有不合者也　“合”原作“全”。许维遹《韩诗外传集释》：“‘合’旧作‘全’。维遹案：‘全’当作‘合’，字之误也。《淮南子·缪称》篇、《文子·精诚》篇均作‘合’，今据正。《新序·杂事》四作‘全’，误与此同。”石光瑛《新序校释》乃云：“不全，犹不足也，内不足者，不可以感人。《淮南·缪称训》云：‘故倡而不和，意而不戴，中心必有不合者也。’合，乃全之误。”赵仲邑注亦称：“中必有不全者矣：其内心必然是有欠缺之处了。”案：《文子·精诚篇》云：“唱而不和，意而不载，中必有不合者也。”《淮南子·缪称训》同，“中”作“中心”。李定生、徐慧君《文子校释》释云：“不合，谓不相接也。唱者诚之动也，和者诚之应也，唱而不和，意而不载，诚心必有不相接也，乃其所宗者异。”，据改。旧本作“全”。

301 三王墓

楚干将莫耶[一]，为楚王作剑[二]，三年乃成。王怒，欲杀之。其剑有雄雌。其妻重身当产，夫语妻曰：“吾为王作剑，三年乃成，王怒，往必杀我。汝若生子是男，大，告之曰：‘出户望南山，松生石上，剑在其背。’”于是即将雌剑，往见楚王。楚王大怒，使相之，剑有二，雄雌[三]，雌来雄不来。王怒，诛杀之。莫耶子名赤比[四]，后壮，问其母曰：“吾父所在？”母曰：“汝父为楚王作剑，三年乃成，王怒，杀之。去时嘱我：‘语汝子：出户望南山，松生石上，剑在其背。'”于是子出户南望，不见有山，但睹堂前松柱下，石砥之上，则以斧破其背〔五〕，得剑，日夜思欲报楚王。楚王梦见一儿，眉间广尺〔六〕，欲报雠，王即购之千金。儿闻之，亡去。入山行歌〔七〕，客有逢者，谓：“子年少，何哭之甚悲耶？”曰：“吾干将莫耶子也。楚王杀吾父，吾欲报之。”客曰：“闻王购子头千金，将子头与剑来，为子报之。”儿曰：“幸甚。”即自刎，两手捧头及剑奉之，立僵〔八〕。客曰：“不负子也。”于是尸乃仆〔九〕。客持头往见楚王，楚王大喜。客曰：“此乃是勇士头也，当于汤镬煮之。”王如其言煮头，三日三夕不烂〔一〇〕，头踔出汤中，踬目大怒。客曰：“此儿头不烂，愿王自临视之，是必烂也。”王即临之，客以剑拟王，王头堕汤中。客亦自拟己颈，头复堕汤。三皆俱烂〔一一〕，不可识别。分其汤肉葬之，故通名“三王墓”。今在汝南北宜春县界。

本条《法苑珠林》卷二七引，出《搜神记》。又《太平御览》卷三四三引《列士传》，注：“《列异传》曰‘莫耶为楚王作剑，藏其雄者’，《搜神记》亦曰‘为楚王作剑’，余悉同也。”然《珠林》所引，文句与之不同，盖“余悉同”者，其事耳。《列士传》（案：刘向撰）此文又见引于《北堂书钞》卷一二二、《御览》卷三六五。《分门集注杜工部诗》卷一五《前出塞九首》杜修可注引《烈士传》，当为《列士传》之误，然情事颇异。《御览》卷三六五引《列仙传》，盖《列异传》之讹。又《御览》卷三四三引《孝子传》（案：当为刘向书），卷三六四引《吴越春秋》佚文，其事亦同。《增广分门类林杂说》卷一亦引《孝子传》（案：《类林杂说》引有萧广济《孝子传》，疑此亦萧书），事多增饰，与《分门集注杜工部诗》注所引《烈（列）士传》多同。今据《珠林》校辑。

〔一〕楚干将莫耶　《孝子传》:"父干将,母莫耶。"《吴越春秋》卷四《阖闾内传》:"莫耶,干将之妻也。"《博物志》卷六:"莫邪,干将妻也。"而《汉书·贾谊传》:"莫邪为钝兮。"注:"应劭曰:莫邪,吴大夫也。"似以莫邪为干将之名,干将则姓也。

〔二〕为楚王作剑　"楚王",《列士传》作"晋君",《孝子传》作"晋王",然《杜工部诗》注引作"楚王"。

〔三〕雄雌　旧本改作"一雄一雌"。

〔四〕莫耶子名赤比　"赤比",《列士传》、《孝子传》、《列仙(异)传》作"赤鼻",《孝子传》又称"眉间赤名赤鼻"。《吴越春秋》佚文、《杜工部诗》注、《类林杂说》作"眉间尺"。

〔五〕则以斧破其背　《珠林》《四库全书》本卷三六"则"作"即",旧本同。

〔六〕眉间广尺　《御览》引《列士传》作"眉广三寸",《书钞》"三"作"二"。《列仙(异)传》作"眉间一尺",《杜工部诗》注作"眉间广一尺",《类林杂说》作"眉间阔一尺"。

〔七〕入山行歌　《列士传》云"乃逃朱兴山中"。

〔八〕立僵　《珠林》《大正新修大藏经》本作"立不僵"。

〔九〕于是尸乃仆　《珠林》宣统本、径山寺本"仆"作"僵",据《四库全书》本、《大正藏》本改。《法苑珠林校注》原文亦作"僵"(案:底本为道光董氏刊本),据《高丽藏》本改作"仆"。

〔一〇〕三日三夕不烂　《吴越春秋》佚文、《类林杂说》作"七日七夜不烂"。

〔一一〕三皆俱烂　《珠林》《四库全书》本"皆"作"首",旧本同。案:"皆俱"乃同义复词。《弘明集》卷五:"又不时勤苦过度,是以身生子,皆俱伤而筋骨血气不充强,故多凶短折,中年夭卒。"

《云笈七签》卷八："皇清乃上清三仙皇之真人也，洞真乃上清元老之君也，皆俱合生于太无之外，俱合死于广汉之上。"盖旧本辑校者不明词义，以形讹妄改"皆"为"首"，而四库馆臣校《珠林》，乃又据旧本误改。

302 养由基

楚王游于苑，白猿在焉。王命善射者，令射之。数发，猿搏矢而嬉。乃命养由基〔一〕。由基抚弓，则猿抱木而号。及六国时，更赢谓魏王曰："臣能为虚发而下鸟。"魏王曰："然则射可至于此乎？"更赢曰："可。"有间雁从东方来〔二〕，而更赢虚发而鸟下焉〔三〕。

本条《法苑珠林》卷六四引，出《搜神记》，据辑。

〔一〕养由基　原作"由基"，目录作"楚养由基善射术"，据补姓氏。

〔二〕有间雁从东方来　"间"原讹作"闻"，据《战国策·楚策四》改。《珠林》《四库全书》本卷八〇"闻"作"顷"，旧本同。

〔三〕而更赢虚发而鸟下焉　原脱"赢"，据《四库全书》本、《大正新修大藏经》本、《法苑珠林校注》本补。

303 澹台子羽

澹台子羽〔一〕，赍千金之璧渡河，河伯欲之。阳侯风波忽起〔二〕，两龙夹舟〔三〕。子羽曰："吾可以义求，不可以威劫。"左掺璧,右操剑,奋剑斩龙,波乃止。登岸,投璧于河,河伯三归之。子羽毁璧而去。

本条《文选》卷五左思《吴都赋》刘逵注引,出干宝《搜神记》。明孙瑴《古微书》卷二五按语亦引《搜神记》。事又载《博物志》卷七《异闻》、《水经注》卷五《河水》,文字较详。今据《文选》注,参酌《博物志》、《水经注》校辑。案:旧本未辑。汪绍楹据《文选》注辑入《搜神记佚文》。

〔一〕澹台子羽　《古本蒙求》卷上引《博物志》作"澹台灭明,字子羽"。

〔二〕阳侯风波忽起　《文选》注无"阳侯"二字,《水经注》作"阳侯波起",《博物志》、《古微书》作"至阳侯波起"。案:《淮南子·览冥训》:"武王伐纣,渡于孟津。阳侯之波,逆流而击。"注:"阳侯,陵阳国侯也。其国近水,休水而死。其神能为大波,有所伤害,因谓之阳侯之波。"《水经注》同卷引《论衡》:"武王伐纣,升舟,阳侯波起,疾风逆流。"《水经注》卷一九《渭水》载:"渭水东分为二水……又东径阳侯祠北,涨辄祠之。此神能为大波,故配食河伯也。"阳侯配食河伯,则为河伯之佐,故河伯觊觎子羽璧而使阳侯起风波也。据补"阳侯"二字。《博物志》等作"至阳侯","至"字疑衍,或原当作"至阳侯祠"亦未可知。

〔三〕两龙夹舟　《博物志》、《古微书》"龙"作"鲛",《太平御览》卷九三〇引作"蛟",《水经注》亦同。

304 韩冯夫妇

宋时大夫韩冯〔一〕,娶妻而美〔二〕,康王夺之〔三〕。冯怨〔四〕,王因之,论为城旦。妻密遗冯书,缪其辞曰〔五〕:"其雨淫淫,河大水深,日出当心。"既而王得其书,以示左右,左右莫解其意。臣苏贺对曰:"'其雨淫淫',言愁且思也;'河大水深',不得往来也;'日出当心',心有死志也。"俄而冯乃自杀。其妻乃阴腐其衣。王与之登台,妻遂自投台下,左右揽之,衣不中手而死。遗书于带曰:"王利其生,妾利其死,愿以尸骨,赐冯合葬。"王怒弗听,使里人埋之,冢相望也。王曰:"尔夫妇相爱不已,若能使冢合〔六〕,则吾弗阻也。"宿昔之间,便有文梓木生于二冢之端〔七〕,旬日而大盈抱,屈体以相就,根交于下,枝错于上。又有鸳鸯〔八〕,雌雄各一,恒栖树上,晨夜不去,交颈悲鸣,音声感人〔九〕。宋人哀之,遂号其木曰"相思树"。相思之名,起于此也。今睢阳有韩冯城,其歌谣至今存焉〔一〇〕。

本条《稽神异苑》(《永乐大典》卷一四五三六引),《艺文类聚》卷四〇,《法苑珠林》卷二七,《北户录》卷三,《岭表录异》卷中(《太平广记》卷四六三亦有引),《独异志》卷中,《太平御览》卷五五九、卷九二五,《太平寰宇记》卷一四《济州·郓城县》,《海录碎事》卷二二上,《六帖补》卷一〇,《古今事文类聚》后集卷四六,《古今合璧事类备要》别集卷六八,百卷本《记纂渊海》(《四库全书》)卷九七,《韵府群玉》卷六,《唐诗鼓吹》卷六王初《青帝》注,《天中记》卷一八,《皇霸文纪》卷六,《骆丞集》卷二《棹歌行》注,日本庆安五年刊本《游仙窟》注并引,出《搜神记》(《岭表录异》、《北户录》、《御览》卷九二五、《唐诗鼓吹》、《皇霸文纪》作干宝《搜神记》)。《列异传》已载此事,见《艺文类聚》卷九二引,虽删削颇剧,犹可见本书因袭之迹。今据《珠林》,参酌诸书校辑。

〔一〕宋时大夫韩冯　《御览》卷九二五、《寰宇记》、《唐诗鼓吹》、《皇霸文纪》“冯”作“凭”。《唐诗鼓吹》末注:“韩凭亦名朋。”《岭表录异》作“朋”,注:“一云冯。”《古今事文类聚》亦作“朋”,注:“一作凭。”《古今合璧事类备要》同,惟“一作凭”在正文。《记纂渊海》作“凭”,注:“一作朋。”《独异志》、《海录碎事》、《韵府群玉》、《骆丞集》注亦作“朋”。案:“冯”通“凭”,唐世又转音为“朋”,敦煌写本有《韩朋赋》(《敦煌变文集》卷二)。明杨慎《古音骈字》卷上《十蒸·韩朋》云:“韩凭,《搜神记》,古‘朋’字亦有‘凭’音。”旧本此句作“宋康王舍人韩凭”,盖据《天中记》卷一八改,详下。

〔二〕娶妻而美　旧本作“娶妻何氏美”。《皇霸文纪》亦称“韩凭妻何氏”。案:诸引俱不言韩妻姓氏,而《天中记》卷一八引《九国志》、《玉台新咏》曰:“韩冯,战国时为宋康王舍人,妻何氏美。王欲之,捕舍人筑青陵台。何氏作《乌鹊歌》以见志,遂自缢死:‘南山有乌,北山张罗。乌自高飞,罗当奈何。乌鹊双飞,不乐凤凰。妾是庶人,不乐宋王。’”又卷一五引《彤管新编》曰:“韩凭为宋康王舍人,妻何氏美,王欲之,捕舍人筑青陵台,何氏作《乌鹊歌》以见志,遂自缢死,韩亦死。”《九国志》,宋路振撰,今本无此,盖佚文。《玉台新咏》无《乌鹊歌》,疑出处有误。《彤管新编》明张之象编(案:《四库全书总目》卷一九二总集类存目著录八卷,提要称辑录自周迄元诗歌铭颂辞赋赞诔序诫书记奏疏表)。《皇霸文纪》明梅鼎祚编,盖亦取《九国志》或《天中记》。又《分类补注李太白诗》卷四《白头吟》宋杨齐贤注所载与《九国志》大同,亦云“妻何氏美”。诸书所载增入青陵台、《乌鹊歌》,皆后起之说,何氏者当亦后世增饰。旧本当据《天中记》增补韩妻姓氏,未妥。

〔三〕康王夺之 《稽神异苑》"康王"误作"晋康王"。

〔四〕冯怨 《游仙窟》注"怨"作"怒"。

〔五〕缪其辞曰 《御览》卷五五九、《游仙窟》注"缪"作"谬"。

〔六〕若能使冢合 《游仙窟》注"合"作"徙"。

〔七〕便有文梓木生于二冢之端 "文梓木",《岭表录异》、《御览》卷九二五作"梓木";《珠林》、《类聚》作"交梓木";《天中记》、《游仙窟》注作"大梓木",旧本同。今从《北户录》及《御览》卷五五九。古书多言文梓,有文理之梓木也。如《墨子·公输》:"荆有长松、文梓、楩枏、豫章。"

〔八〕又有鸳鸯 《御览》卷九二五作"有鸟如鸳鸯"。

〔九〕案:《岭表录异》所引止于"朝暮悲鸣",下云:"南人谓此禽即韩朋夫妇之精魂,故以韩氏名之。"《古今事文类聚》、《古今合璧事类备要》所引全同《岭表录异》,惟删"故以韩氏名之"一句。此二句乃《岭表录异》作者刘恂语,非干宝原文,南人者岭表人也。旧本据而辑入"南人谓此禽即韩凭夫妇之精魂"一句,大误。

〔一〇〕案:《稽神异苑》、《独异志》所引颇异,《稽神异苑》曰:"晋康王以韩冯妻美纳之,遣冯运土,筑吴公台。后病死,其妻请临葬,遂投隧而卒,遗书于王曰:'王利其生,不利其死,愿以尸骸,赐冯合葬。'王不许,使人埋之,令冢相望。既而王谓之:'尔夫妇相从,则吾不利。'一夕忽有梓树生于二冢之上,后合抱,身亚相就。因此有雌雄鸳鸯,于树上交颈悲鸣。因呼为相思树。"《独异志》曰:"宋康王以韩朋妻美而夺之,使朋筑青凌台,然后杀之。其妻请临丧,遂投身而死,王令分埋台左右。期年,各生一梓树。及大,树枝条相交,有二鸟哀鸣其上,因号之曰相思树。"《稽神异苑》南朝人作,摘编诸书而成(参见《郡斋读书志》卷一三),疑所据版本有异,而《大典》引用又事删削也。《独异志》晚唐李伉作,引书多不据原文,率意所为,青凌台之说即本晋袁山松《郡国志》,《太平寰宇记》卷一四《济州·巨野县》引曰:"宋王纳韩凭之妻,使凭运土,筑青陵台。至今台迹依然(案:嘉庆八年刊本'然'作'约')。"《六帖补》云:"《齐州图经》曰:'郓城南有青陵台、韩凭冢。'按《搜神记》云:'宋康王取韩凭妻,使凭运土筑此台。……'"盖据《寰宇记》为说。而《寰宇记》所引,中云:"左右揽之,着手化为蝶。"亦援入后起化蝶之说。《李义山诗集》卷六《青陵台》:"青陵台畔日光斜,万古真魂倚暮霞。莫许韩凭为蛱蝶,等闲飞上别枝花。"知化蝶之说起于唐。

305 爰剑

爰剑者〔一〕,羌豪也。秦时,拘执为奴隶,后得亡去。秦人追之急迫〔二〕,藏于穴中。秦人焚之,有景象如虎,为蔽火〔三〕,故得不死。诸羌神之,推以为豪〔四〕。其后种落炽盛续也。

本条《北堂书钞》卷一五八引,出干宝《搜神记》。事又载《后汉书·西羌传》。今据《书钞》辑,校以《后汉书》。

〔一〕爰剑者　《书钞》"爰"作"表",校:"俞本(案:即明俞安期《唐类函》)表作爰。"案:《后汉书》作"爰",据改。旧本讹作"袁"。

〔二〕秦人追之急迫　《书钞》原无"人"字,校:"(俞本)追上有人字。"案:《后汉书》云"而秦人追之急",据补。

〔三〕为蔽火　"火"原讹作"父",据《后汉书》改。旧本作"来为蔽"。

〔四〕豪　旧本作"君"。案:《后汉书》云"其后世世为豪",疑旧本妄改。

306 扶南王

《扶南传》云:扶南王范寻,常养虎五六头,养鳄鱼十数头〔一〕。若有犯罪,投与虎不噬,投与鳄鱼不噬者,乃赦之,无罪者皆不噬〔二〕。

本条《太平寰宇记》卷一六四《梧州·苍梧县》、《舆地纪胜》卷一〇八《梧州·景物下》、《方舆胜览》卷四〇《梧州·山川》、《大明一统志》卷八四《梧州府·山川》、《山堂肆考》卷二四引(《舆地纪胜》、《大明一统志》引二处),出《搜神记》。今参酌《寰宇记》等宋代三书校辑。

〔一〕养鳄鱼十数头　《寰宇记》嘉庆八年刊本及《舆地纪胜》无“数”字。王文楚等点校本删“数”字。

〔二〕案:旧本所辑与此文字不同,曰:“扶南王范寻养虎于山,有犯罪者,投与虎,不噬,乃宥之。故山名大虫,亦名大灵。又养鳄鱼十头,若犯罪者,投与鳄鱼,不噬,乃赦之。无罪者皆不噬。故有鳄鱼池。又尝煮水令沸,以金指环投汤中,然后以手探汤。其直者,手不烂;有罪者,入汤即焦。”出处不详。然大虫山、鳄鱼池盖据方志滥补。《舆地纪胜》“大虫山”条下注云:“在州(案:梧州)东三里。《搜神记》云:扶南王范寻,常养虎五六头,若有犯罪,投与虎不噬乃赦之。因此得名山。”(案;咸丰刻本作“山因此得名”。)《方舆胜览》作“因名”二字。则山因虎而得名大虫山也。《大明一统志》且云:“故山名大虫,亦名大灵。”鳄鱼事,《舆地纪胜》系于“鳄鱼池”下,则池亦因鳄鱼得名。《寰宇记》、《舆地纪胜》、《方舆胜览》、《大明一统志》引此事皆在"梧州"或"梧州府",《寰宇记》于"鳄鱼池"注称"在州北一里",《舆地纪胜》、《方舆胜览》于"大虫山"注称"在州东三里",《大明一统志》于"大虫山"注称"在府城东三里",于"鳄鱼池"注称"在府城东",则皆以扶南王范寻之地在宋之梧州(今属广西)。又清汪森编《粤西文载》卷一四《苍梧县》云:"考《搜神记》:扶南王范寻养数虎于大云山,以罪人投之,无罪者虎不食,乃赦之。又于池养鳄鱼十数头,投之如大云法。"其称"大云山在城东北隅,有伏虎岩"。大云山盖即大灵山。明邝露《赤雅》卷三《忽雷》亦称大云山。案:扶南国非在梧州而在今柬埔寨境内。《梁书·诸夷传》:"扶南国,在日南郡之南,海西大湾中,去日南可七千里,在林邑西南三千余里。……大将范蔓……自号扶南大王。……蔓姊子旃,时为二千人将,因篡蔓自立。……蔓死时,有乳下儿名长,在民间。至年二十,乃结国中壮士袭杀旃,旃大将范寻又杀长而自立。……国法无牢狱。有罪者先斋戒三日,乃烧斧极赤,令讼者捧行七步。又以金镮、鸡卵投沸汤中,令探取之。若无实者,手即焦烂,有理者则不。又于城沟中养鳄鱼,门外圈猛兽(案:猛兽指虎,唐初人避李渊祖李虎讳改),有罪者辄以喂猛兽及鳄鱼,鱼兽不食为无罪,三日乃放之。……吴时,遣中郎康泰、宣化从事朱应使于寻国。"亦载《南史·貊夷传上》,文同。康泰据出使扶南诸国见闻撰有《吴时外国传》,《水经注》、《艺文类聚》、《太平御览》等书有引,或题《扶南土俗传》、《扶南传》等。《御览》卷九三八引有《吴时外国传》范寻鳄鱼事,云:"鳄鱼,大者长二三丈,有四足,似守宫,常吞食人。扶南王范寻敕捕取,置沟堑中。寻有所忿者,缚以食鳄。若罪当死，鳄便食之；如其不食，便解放，以为无罪。”《梁书》载扶南国当据康书，而本条引自《扶南传》，亦即康泰《吴时外国传》。康书记扶南绝不可能记及所谓梧州鳄鱼池、大虫山。考唐有笼州扶南郡，在今广西西南，与梧州同属岭南道（见《新唐书·地理志七上》）。疑宋人误以扶南国为唐之扶南郡，又移扶南于梧州，遂据范寻事而附会出大虫山、鳄鱼池。然则《舆地纪胜》“因此得名山”与《方舆胜览》“因名”以及《大明一统志》“故山名大虫，亦名大灵”乃志书编纂者语，非《搜神记》之文，而“鳄鱼池”、“大虫山”自亦非《搜神记》原文所有。旧本辑此条，据《大明一统志》而云“故山名大虫，亦名大灵”，又自增“故有鳄鱼池”语，误也。又据《太平御览》卷七一八引《扶南传》补探汤取金指镮事，亦未见妥。

307 患

汉武帝东游，未出函谷关〔一〕，有物当道。其身长数丈〔二〕，其状象牛，青眼而曜睛，四足入土，动而不徙〔三〕。百官惊惧，东方朔乃请以酒灌之，灌之数十斛而怪物始消〔四〕。帝问其故，答曰：“此名为‘患’，忧气之所生也〔五〕。此必是秦家之狱地；不然，则是罪人徒作之所聚也。夫酒是忘忧，故能消之也。”帝曰：“吁！博物之士，至于此乎！”

本条《法苑珠林》卷七、《太平御览》卷六四三、《太平广记》卷三五九、《天中记》卷二五并引，《御览》、《广记》、《天中记》出《搜神记》，《珠林》作《搜神传记》。今据《珠林》，参酌《御览》、《广记》校辑。

〔一〕未出函谷关　《广记》、《天中记》作“至函谷关”。

〔二〕其身长数丈　《珠林》作“其身数十丈”，此从《广记》、《御览》，《御览》无“长”字。

〔三〕动而不徙　《御览》“徙”作“死”。

〔四〕灌之数十斛而怪物始消　《御览》“数十”作“十”。

〔五〕此名为患忧气之所生也　《广记》、《天中记》作“此名忧，患之所生也”。《广记》孙潜校本作“此名为患，忧之所生也”，与《珠林》同。

308 焦尾琴

蔡邕在吴〔一〕，吴人有烧桐以爨者〔二〕，邕闻其爆声曰：“此良桐也。”因请之，削以为琴。而烧不尽，因名“焦尾琴”，有殊声焉〔三〕。

本条《艺文类聚》卷四四、《太平御览》卷五七七、《事类赋注》卷一一、《春渚纪闻》卷八、百卷本《记纂渊海》(《四库全书》)卷五三、《玉海》卷一一〇并引，出《搜神记》，今据《类聚》辑，校以他书。

〔一〕蔡邕在吴　据《玉海》补。

〔二〕吴人有烧桐以爨者　《春渚纪闻》作“吴人有以枯桐为爨者”。

〔三〕案：旧本此条作：“汉灵帝时，陈留蔡邕，以数上书陈奏，忤上旨意，又内宠恶之，虑不免，乃亡命江海，远迹吴会。至吴，吴人有烧桐以爨者，邕闻火烈声，曰：‘此良材也。’因请之，削以为琴，果有美音。而其尾焦，因名‘焦尾琴’。”与《类聚》等所引不同。考《后汉书》卷六〇下《蔡邕传》载：蔡邕字伯喈，陈留圉人。灵帝时为议郎，多次上书，得罪权贵，流放五原。赦归时又得罪五原太守王智，“智衔之，密告邕怨于囚放，谤讪朝廷。内宠恶之。邕虑卒不免，乃亡命江海，远迹吴会。往来依太山羊氏，积十二年，在吴。吴人有烧桐以爨者，邕闻火烈之声，知其良木，因请而裁为琴，果有美音，而其尾犹焦，故时人名曰‘焦尾琴’焉”。旧本盖据《后汉书》本传。

搜神记卷二六

案：本卷所辑为吏治异闻。

309 谅辅

谅辅，字汉儒[一]，广汉新都人。少给佐史[二]，浆水不交。为郡督邮、州从事，大小毕举，郡县敛手焉。夏枯旱，太守自暴中庭，而雨不降。时以五官掾出祷山川，三日无应，乃曰："辅为郡股肱，不能进谏纳忠，荐贤退恶，和调阴阳[三]，至令天下否滆[四]，万物焦枯，百姓喁喁[五]，无所告诉，咎尽在辅。太守内省责己，自曝中庭，使辅谢罪，为民祈福，三日无效[六]。今敢自誓[七]，至日中雨不降，请以身塞无状。无状谓祈雨不降[八]。"乃积薪柴，将自焚焉。至禺中时[九]，山气转起[一〇]，雷雨大作，一郡沾润也。世以此称其至诚[一一]。

本条《北堂书钞》卷七七，《艺文类聚》卷八〇、卷一〇〇，《太平御览》卷三五，《文苑英华辨证》卷一，《天中记》卷三，《东汉文纪》卷一八并引，出《搜神记》。又《山谷别集诗注》卷下《次韵任道雪中同游东皋之作》注引《搜神记》"万物焦枯,百姓嗷嗷"八字,《分门集注杜工部诗》卷一《大雨》王洙注(又见《补注杜诗》卷一〇、《九家集注杜诗》一〇)引《搜神记》亦同。今据《类聚》,参酌他书校辑,并校以《后汉书》卷八一《独行列传》。

〔一〕汉儒　《御览》作"洪儒",案:《后汉书》、《华阳国志》卷一〇《先贤士女》作"汉儒"。

〔二〕佐史　旧本作"佐吏"。案:《汉书·百官公卿表上》:"县令、长……皆有丞、尉,秩四百石至二百石,是为长吏。百石以下有斗客、佐史之秩,是为少吏。"颜师古注:"佐史月俸八斛也。"《后汉书·百官志五》注引《汉官》:"雒阳令……乡有秩、狱史五十六人,佐史、乡佐七十七人……"《后汉书》卷一四《城阳恭王祉传》:"置啬夫、佐吏各一人。"刘攽《两汉书刊误》:"案《后汉志》县小吏有啬夫,有佐史,则此'吏'字当作'史'也。"

〔三〕阴阳　旧本作"百姓",误。《后汉书》亦作"阴阳"。

〔四〕天下否溷　《后汉书》、《天中记》作"天地否隔",旧本同。《书钞》作"天地不能格"。

〔五〕喁喁　《山谷别集诗注》、《分门集注杜工部诗》作"嗷嗷"。

〔六〕三日无效　《类聚》原作"曰无效",案前有"三日无应"语(据《北堂书钞》),疑"曰"乃"日"字之讹,而上脱"三"字,姑补。旧本无此句,而有"精诚恳到,未有感彻"八字,乃据《后汉书》补。

〔七〕今敢自誓　《类聚》"今"讹作"令",据《后汉书》、《天中记》改。

〔八〕无状谓祈雨不降　此注见《御览》卷三五,当为原书所有。《搜神记》之注,何人所作不详。

〔九〕至禺中时　《御览》卷三五"禺"作"日",旧本同。案:禺中,近午之时。南宋赵与时《宾退录》卷一:"按古之漏刻,昼有朝、禺、中、晡、夕,夜有甲、乙、丙、丁、戊。”

〔一○〕山气转起　旧本“转”下多一“黑”字。

〔一一〕世以此称其至诚　《类聚》原无“世”、“此”二字,据《后汉书》补。《类聚》《四库全书》本及《天中记》、《东汉文纪》亦有“世”字。

310 何敞

何敞,吴郡人。少好道艺,隐居。重以大旱〔一〕,民物憔悴。太守庆洪,遣户曹掾致谒,奉印绶,烦守无锡。敞不受,退,叹而言曰:“郡界有灾,安能得怀道?”因跋涉之县,驻明星屋中,修殷汤天下事之术。蝗蝝消死〔二〕,敞即遁去。后举方正、博士,皆不就,卒于家。

本条《北堂书钞》卷三五、卷七八,《艺文类聚》卷一○○并引,出《搜神记》,今以《类聚》为据,互校辑录。

〔一〕重以大旱　旧本“重”妄改作“里”。案:《广韵·钟韵》:“重,复也,叠也。”重以大旱,谓连年大旱。

〔二〕蝗蝝消死　《书钞》“蝝”作“虫”。案:《尔雅·释虫》:“蝝,蝮蜪。”郭璞注:“蝗子未有翅者。”郝懿行《义疏》:“今呼蝝为蝮蝻子。”

311 徐栩

徐栩,字敬卿,吴由拳人〔一〕。少为狱吏,执法详平。为小黄令。时属县大蝗，野无生草，至小黄界，飞过不集〔二〕。

本条《太平御览》卷二六八引，出《搜神记》，据辑。

〔一〕吴由拳人　原作“吴曲拳人”。案：《艺文类聚》卷一〇〇引谢承《后汉书》云“吴郡徐栩”，据《后汉书·郡国志四》，吴郡属县有由拳，据改。

〔二〕飞过不集　谢承《后汉书》下云：“刺史行部，责栩不治。栩弃官，蝗应声而至。刺史谢，令还寺舍，蝗即皆去。”旧本据而补入。

312 王业

王业〔一〕，和帝时为荆州刺史。每出行部，沐浴斋洁〔二〕，以祈于天地：“当启佐愚心，无使有枉百姓。”在州七年，惠风大行，苛慝不作，山无豺狼〔三〕。

本条《北堂书钞》卷三五、《太平御览》卷五三〇、《天中记》卷六〇引，出《搜神记》，今互校辑录。

〔一〕王业　旧本下有“字子香”三字。案：《天中记》卷六〇引《耆旧传》云“王业字子香”，《太平御览》卷八九二引《陈留耆旧传》“香”讹作“春”。《水经注》卷三四《江水》云：“县（枝江县）有陈留王子香庙。”旧本即据此补其字。

〔二〕沐浴斋洁　《御览》《四库全书》本“洁”作“素”，旧本同。

〔三〕山无豺狼　旧本此下多出一节：“卒于湘江。有二白虎，低头曳尾，宿卫其侧。及丧去，虎逾州境，忽然不见。民共为立碑，号曰‘湘江白虎墓’。”案:白虎事见《书钞》卷一〇二、《御览》卷八九二、《天中记》卷六〇引《陈留耆旧传》,又见《书钞》卷三五引《抱朴子》、《水经注》卷三四《江水》、《宋本太平寰宇记》卷一《开封府·雍丘县·白虎墓》。《御览》引云:“王业字子春,为荆州刺史,有德政,卒于支江(案:《四库全书》本作枝江)。有三白虎,低头曳尾,宿卫其侧。及丧去,逾州境,忽然不见。民共立碑文,号曰‘枝江白虎’。”《书钞》、《天中记》所引大略相同,《书钞》作“二白虎”、“枝江白虎墓”。旧本即据此增补,且将“枝江”讹作“湘江”。

313 葛祚

葛祚,字元先〔一〕,丹阳句容人也。吴时,作衡阳太守。郡境有大槎横水,能为妖怪,百姓为之立庙。行旅必过,要祷祠槎,槎乃沉没;不者〔二〕,槎浮,则船为破坏。祚将去官,乃大具斤斧之属,将伐去之〔三〕。明日当至。其夜,庙保及左右居民,闻江中汹汹有人声非常,咸怪之。旦往视,槎移去,沿流流下数里,驻在湾中。自此行者无复倾覆之患。衡阳人美之,为祚立碑曰:“正德所禳,神等为移〔四〕。”

本条《法苑珠林》卷六三、《独异志》卷中引,出《搜神记》。《独异志》引书多为作者转述,非录原文,故文句与《珠林》不合。《太平广记》卷二九三引《幽明录》,文句与《珠林》大同,《幽明录》盖本本书。今据《珠林》,校以《幽明录》。案:旧本据《广记》辑。

〔一〕元先 《珠林》宣统本、径山寺本、《四库全书》本(卷八〇)“元”

作“亢”,《大正新修大藏经》本作“元”,疑是,据改。《法苑珠林校注》亦据《高丽藏》本改“亢”作“元”。

〔二〕不者　《珠林》“者”讹作“著”,据《幽明录》改。

〔三〕将伐去之　《幽明录》作“将去民累”,旧本同。

〔四〕正德所禳神等为移　《幽明录》作“正德祈禳,神木为移”,旧本同。《广记》明钞本、孙潜校本“祈”作“所”。

搜神记卷二七

案:本卷所辑为地理异闻。

314 二华之山

二华之山,其本一山也。当河,河水过之而曲流。有神排而分之,以利河流,其手足迹,于今存焉〔一〕。故张衡作《西京赋》,所称"巨灵赑屃,高掌远跖〔二〕,以流河曲"是也。

本条《法苑珠林》卷六三引,出《搜神记》。据辑。

〔一〕有神排而分之以利河流其手足迹于今存焉　旧本作"河神巨灵,以手擘开其上,以足蹈离其下,中分为两,以利河流。今观手迹于华岳上,指掌之形具在。脚迹在首阳山下,至今犹存"。案:《文选》卷二《西京赋》薛综注:"华,山名也。巨灵,河神也。巨,大也。古语云:此本一山,当河,水过之而曲行。河之神以手擘开其上,足踏离其下,中分为二,以通河流。手足之迹,于今尚在。"《初学记》卷五引薛综注《西京赋》乃云:"华山对河东首阳山，黄河流于二山之间。古语云：此本一山，当河，河水过之而曲行。河神巨灵，以手擘开其上，以足蹈离其下，中分为两，以通河流。今睹手迹于华岳上，指掌之形具在。脚迹在首阳山下，亦存焉。"旧本即据《初学记》妄改。

〔二〕高掌远跖　《珠林》各本"跖"原作"迹"，《法苑珠林校注》所据道光董氏刊本作"跖"。案：《西京赋》作"跖"，据改。《校注》据《高丽藏》本、《碛砂藏》本、《南藏》本、《嘉兴藏》本改作"迹"，误也。跖，脚掌。

315 霍山

汉武徙南岳之祭，着庐江灊县霍山之上，无水。庙有四镬，可受四十斛〔一〕。至祭时，水辄自满，用之足了，事毕即空。尘土树叶，莫之污也。积五十岁，岁作四祭。后但作三祭，一镬自败。

本条《初学记》卷五、《太平御览》卷三九引徐灵期《南岳记》注、《御览》卷七五七、《太平寰宇记》卷一二九《寿州·六安县》、《元丰九域志》卷五《寿州·古迹》、《天中记》卷八并引，出《搜神记》（《初学记》、《御览》卷三九作干宝《搜神记》）。今参酌诸书校辑。

〔一〕庙有四镬可受四十斛　《寰宇记》、《元丰九域志》作"庙中有大铁镬，受三十石"。

316 樊山

樊山〔一〕，若天大旱，以火烧山，即致大雨，今往往有验。

本条《太平御览》卷四八、《太平寰宇记》卷一一二《鄂州·武昌县》引，出《搜神记》(《御览》、《寰宇记》作干宝《搜神记》)，据《寰宇记》辑。

〔一〕樊山　旧本前有“樊东之口有”五字。案:《初学记》卷八引《武昌记》:“樊口之东有樊山。”旧本盖据此增补，而文字错乱。《水经注》卷三五《江水》引《武昌记》:“樊口南有大姥庙。”《太平御览》卷六八〇引《武昌记》:“樊口南百步有樊山。”虽有东、南之异，而皆作“樊口”。

317 孔窦

徵在生孔子空桑之地〔一〕，今名为孔窦〔二〕，在鲁南山之穴〔三〕。外有双石，如桓楹起立，高数丈。鲁人只敬，世祭祠〔四〕。穴中无水，每当祭时，洒扫以告，辄有清泉自石间出，足以周事。既已，泉亦止。其验至今在焉。今俗名女陵山〔五〕。

本条《北堂书钞》卷一五八引干宝《搜神记》，《太平寰宇记》卷二一《兖州·曲阜县》引作“干宝云”，明陈士元《论语类考》卷七《人物考·伊尹》引作“干宝《记》云”。又《史记·孔子世家正义》引干宝《三日纪》，疑为《晋纪》之讹。然《晋纪》似不当载此，殆为《搜神记》之误也。今据《书钞》，参酌《寰宇记》、《史记正义》校辑。

〔一〕空桑之地　《寰宇记》“空”作“穷”。旧本讹作“空乘之地”。

〔二〕孔窦　《史记正义》作“空窦”。旧本讹作“孔宝”。

〔三〕穴　《史记正义》作“空”。

〔四〕鲁人只敬世祭祠　旧本作“鲁人弦歌祭祀”。

〔五〕今俗名女陵山　此句据《史记正义》补。旧本无此句。

318 澧泉

太山之东有澧泉[一]，其形如井，本体是石也。欲取饮者，皆洗心致[二]，跪而挹之，则泉出如流[三]，多少足用。若或污慢，则泉缩焉[四]。盖神明之常志者也。

本条《法苑珠林》卷六三引，出《搜神记》，又《太平广记》卷一六一引《法苑珠林》，据辑。

〔一〕澧泉　《广记》"澧"作"醴"。

〔二〕皆洗心致　《广记》无"致"字。《珠林》《四库全书》本（卷七九）"致"作"志"，旧本同。

〔三〕流　旧本作"飞"。

〔四〕则泉缩焉　旧本"缩"作"止"。

319 湘东龙穴

湘东新平县有一龙穴，穴中有黑土。岁旱，人则共壅水以塞此穴[一]，穴淹则立大雨。

本条《太平御览》卷一一、《太平广记》卷三七四引，出干宝《搜神记》，今据《御览》，参酌《广记》校辑。

〔一〕人则共壅水以塞此穴　《初学记》卷二引张勃《吴录》作"人共遏水渍此穴"。

320 虬塘

武昌南有虬山，山之阴有龙穴。居民每见神虬飞翔出入，祷雨即应。后人筑塘其下，曰虬塘。

本条《舆地纪胜》卷八一《寿昌军·景物上》引，云："虬塘，在武昌南百五十里。有虬山，山之阴有龙穴。《搜神记》云：居民见神虬飞翔，祷雨即应。"《大明一统志》卷五九《武昌府·山川·虬山》引作《续搜神记》。云："在武昌县南一百五十里，山阴有龙穴。《续搜神记》：居人每见神虬飞翔出入，旱祷即雨。后人筑塘其下，曰虬塘。"又《嘉庆重修大清一统志·武昌府·山川》引《搜神后记》，同《大明一统志》。今据二书互校辑录，姑断为干书。案：旧本《搜神后记》辑入。

321 泽水神龙

巴郡有泽水〔一〕，民谓神龙。不可鸣鼓其旁，即使大雨。

本条《后汉书·郡国志五》注引，出干宝《搜神记》，据辑。案：旧本未辑。汪绍楹辑入《搜神记佚文》。

〔一〕巴郡有泽水　原无"巴郡"二字。案此注乃"巴郡"注，据补。

322 马邑城

昔秦人筑城于武州塞内〔一〕，以备胡，城将成而崩者数矣。

忽有马驰走一地，周旋反复。父老异之，因依走迹以筑城，城乃不崩，遂名之为马邑〔二〕。

本条《后汉书·郡国志五》注，《后汉书·安帝纪》注，《水经注》卷一三《㶟水》，《史记·高祖本纪正义》，《太平御览》卷一九三、卷八九七，《太平寰宇记》卷五一《朔州·鄯阳县》，《事类赋注》卷二一，《杜工部草堂诗笺》卷一四《遣兴三首》其二注，《资治通鉴》卷五〇元初六年胡三省注，《龙筋凤髓判》卷二又卷三注，《天中记》卷一三，《骈志》卷九，《山堂肆考》卷二九并引，出《搜神记》(《后汉志》、《水经注》、《草堂诗笺》、《龙筋凤髓判》注作干宝《搜神记》)。又《御览》卷一九三引《太康地记》亦载。今据《水经注》，参酌诸书校辑。

〔一〕昔秦人筑城于武州塞内　“武州”，《后汉书·安帝纪》注、《史记·高祖本纪正义》、《寰宇记》、《资治通鉴》注、《天中记》、《骈志》、《山堂肆考》并作“武周”，旧本同；《后汉书·郡国志》注、《水经注》、《御览》卷八九七、《事类赋注》则作“武州”。案：《水经注》王先谦校云：“‘州’，近刻讹作‘周’。”武州，县名，西汉置，属雁门郡，即今山西左云县，马邑亦雁门属县，在武州西南，即今山西朔州市(参见《汉书·地理志八下》)。武州山在今山西大同市西，云岗石窟即在此，《魏书·高祖孝文帝纪》载太和中三次幸武州山石窟寺。《史记·匈奴列传》载元光二年匈奴“以十万骑入武州塞”，武州塞即指今大同以西至左云一带要塞地区。据此，山、塞作“武州”为是，然“武周”流讹已久，遂成其别称矣。又，《草堂诗笺》“武州”作“代州”。案：代州隋始置，《元和郡县图志》卷一四：“隋开皇五年，改肆州为代州，大业三年改为雁门郡。”作“代州”误。

〔二〕遂名之为马邑　旧本下有“其故城今在朔州”一句。案：《后汉书·安帝纪》注末称“其故城今朔州也”,乃注者语,非本文。辑录者不察而误辑。朔州,北齐置,治新城,在今山西朔州东北,寻移治马邑城。干宝晋人,焉得言及朔州?

323 代城

代城始筑,立板干。一旦亡西南板,四五十里于泽中自立〔一〕,结苇为外门,因就营筑焉。故其城周圆三十五里〔二〕,为九门。故城处呼之以为东城。

本条《后汉书·郡国志五》注引,出干宝《搜神记》,据辑。原出《博物志》卷七《异闻》,《太平御览》卷一九二亦引,据校。案:旧本未辑。汪绍楹辑入《搜神记佚文》。

〔一〕一旦亡西南板四五十里于泽中自立　今本《博物志》作“一旦亡西南四五十板,于泽中自立”,《御览》引作“一旦亡,西南五十里于泽中自立”。

〔二〕三十五里　“里”原引作“丈”,《博物志》作“三十七里”。案:城围三十五丈,不足四分之一里,而竟有九门。必有误。据《博物志》改“丈”为“里”。

324 延寿城

缑氏县有延寿城〔一〕。

本条《后汉书·郡国志一》注引,出干宝《搜神记》,据辑。案:旧本未辑。汪绍楹辑入《搜神记佚文》。

〔一〕缑氏县有延寿城　原无“缑氏”二字。此注乃“河南尹缑氏县”注，据补。

325 由拳县

由拳县〔一〕，秦时长水县。秦始皇东巡，望气者云：“五百年后，江东有天子气。”始皇至，令囚徒十万人掘污其地〔二〕，凿审山为硖，北迤六十里，至天星河止〔三〕。表以恶名，故改之曰由拳县〔四〕，言囚倦也〔五〕。由拳即嘉兴县。始皇时童谣曰：“城门有血，城当陷没为湖。”有妪闻之，朝朝往窥。门将欲缚之，妪言其故。后门将以犬血涂门，妪见血走去。忽有大水欲没县，主簿令干入白令〔六〕，令曰：“何忽作鱼？”干曰：“明府亦作鱼。”遂沦为湖。

本条《初学记》卷七、《太平御览》卷六六、《学林》卷六、《嘉禾百咏·由拳废县》、百卷本《记纂渊海》（《四库全书》）卷七、《大明一统志》卷三九《嘉兴府·古迹》、《山堂肆考》卷二六并引，出干宝《搜神记》（《记纂渊海》、《大明一统志》、《山堂肆考》无撰名）。又《后汉书·郡国志四》注引干宝《搜神记》一节（《舆地纪胜》卷三《嘉兴府·嘉兴县》引《东汉志》注引“干宝《搜神记》”，《分类补注李太白诗》卷六《丁都护歌》萧士赟注称“《后汉书·地理志》吴郡丹徒曲阿由拳注引于〔干〕宝《搜神记》”即此），当在此条中。又，宋潜说友《咸淳临安志》卷二四《山川三·馀杭县·由拳山》云：“在县南二十六里，高一百八十九丈九尺，周回一十五里。按《搜神记》云由拳即嘉兴县。吴大帝时，县人郭暨猷与由拳山人隐此。因以为名。”

清许瑶光等修《嘉兴府志》卷一二《山川·嘉兴县·由拳山》亦云:"嘉兴县故由拳县,有由拳山……按《搜神记》云……"以下全同《咸淳临安志》。清张吉安等修《馀杭县志》卷七《山水·山·由拳山》亦本《咸淳临安志》为说,云:"在县南二十六里。按《搜神记》:吴大帝时,县人郭暨猷自由拳来隐此。因以为名。"文字有异。《嘉庆重修大清一统志·杭州府·山川·大涤山》亦云:"又据干宝《搜神记》,由拳即嘉兴县名。吴大帝时,郭暨猷自由拳来,隐居于此。"案:由拳山在馀杭县南,非在嘉兴。《元和郡县图志》卷二六《杭州·馀杭县》云:"由拳山,晋隐士郭文举所居。旁有由拳村,出好藤纸。"《太平寰宇记》卷九三《杭州·馀杭县》云:"由拳山,本馀杭山也,一名大辟山。《郡国志》云青障山,高峻为最,在县南十八里。山谦之《吴兴记》云晋隐士郭文字文举,初从陆浑山来居之,王敦作乱,因逸归入此处。今傍有由拳村,出藤纸。""吴大帝"云云当非《搜神记》文字,今不取。今据《初学记》辑录,以《后汉书》注等校补。

〔一〕由拳县　《初学记》、《御览》引作"由权县",《后汉书》注等引作"由拳县"。案:《汉书·地理志上》作"由拳",属会稽郡,《后汉书·郡国志四》同,属吴郡,据改。又《水经注》卷二九《沔水》及所引《神异传》作"由卷县",《水经注》云:"故就李乡槜李之地。秦始皇恶其势王,令囚徒十馀万人污其土表,以污恶名,改曰囚卷,亦曰由卷也。吴黄龙三年,有嘉禾生卷县,改曰禾兴,后太子讳和,改为嘉兴。《春秋》之槜李城也。"《方舆胜览》卷三《嘉兴府·山川》引《神异传》则作"拳"。案:"卷"通"拳"。

〔二〕"秦始皇东巡"至"令囚徒十万人掘污其地"　据《后汉书》注、《嘉禾百咏》补。《嘉禾百咏》"万"作"万馀"。

〔三〕"凿审山为硖"至"至天星河止"　据《嘉禾百咏》补。

〔四〕表以恶名故改之曰由拳县　据《后汉书》注补。

〔五〕言囚倦也　据《嘉禾百咏》补。

〔六〕主簿令干入白令　“令干”,《水经注》引《神异传》同。案:古有令姓。《太平广记》卷四六八引《神鬼传》载此事作“何干”,唐李伉《独异志》卷中作“全干”。

搜神记卷二八

案:本卷所辑为方物异闻。

326 鲛人

南海之外有鲛人[一],水居如鱼,不废绩织[二]。时从水中出,向人家寄住,积日卖绡[三]。鲛人临去,从主人索器,泣而出珠满盘,以与主人。

本条《艺文类聚》卷六五、卷八四,《太平御览》卷八〇三,《杜工部草堂诗笺》卷七《渼陂西南台》、卷三七《客从》注,《分门集注杜工部诗》卷四《渼陂西南台》王洙注(又见《补注杜诗》卷二、《九家集注杜诗》卷二、《集千家注杜工部诗集》卷二),《古今事文类聚》续集卷二五并引,出《搜神记》。《草堂诗笺》卷七注引文最备,据辑。

〔一〕鲛人 《草堂诗笺》卷三七注作"鲛人室"。

〔二〕绩织 原作"缉绩",《分门集注杜工部诗》等杜诗注同,据《类聚》卷六五改。《草堂诗笺》卷三七注作"机织",《博物志》卷二《异人》作“织绩”，旧本同。

〔三〕积日卖绡　《文选》卷五《吴都赋》注、《古今事文类聚》续集卷二五引《博物志》此句下有“绡者竹孚俞也”六字。

327 飞涎鸟

东南海去会稽三千馀里〔一〕，有犬国〔二〕。国中有飞涎乌〔三〕，似鼠而翼如鸟，而脚赤。然每至晓，诸栖禽未散之前〔四〕，各占一树〔五〕，口中有涎如胶，绕树飞，涎如雨，沾洒众枝叶。有他禽之至，如网也，然乃食之〔六〕。如竟午不获，即空中逐而涎惹之，无不中焉。若人捕得，脯之，治痟渴。其涎每布，至后半日即干，干自落，落即复布之。

本条见《永乐大典》卷二三四五引《稽神异苑》，首称“《搜神记》曰”。《太平广记》卷四六三引此，出《外荒记》。今据《稽神异苑》，参酌《外荒记》校辑。案：旧本未辑。

〔一〕东南海去会稽三千馀里　《外荒记》“东南海”作“南海”。

〔二〕犬国　原作“人国”，《外荒记》作“狗国”，疑“人”乃“犬”字之讹，今改。

〔三〕飞涎乌　《外荒记》“乌”作“鸟”。

〔四〕然每至晓诸栖禽未散之前　原作“然每至晚，诸禽来栖之前”，据《外荒记》改。散，言诸禽出巢散于林间。

〔五〕树　《广记》明钞本作“枝”。

〔六〕然乃食之　《广记》明钞本作“旋取食之”。

328 骊龙珠

河上翁家贫，恃纬萧而食。其子没川，得千金之珠。父曰："夫珠在骊龙颔下。子遭其睡也，使其寤，子当为齑粉，尚奚珠之有哉！"

本条《唐诗鼓吹》卷九谭用之《赠索处士》郝天挺注引，出《搜神记》，据辑。案：《六帖》卷九五、《古今事文类聚》续集卷二五、《古今合璧事类备要》外集卷六三均有引，无出处，《事类备要》别集卷六三乃引作《庄子》。《庄子·列御寇》载："河上有家贫恃纬萧而食者，其子没于渊，得千金之珠。其父谓其子曰：'取石来，锻之。夫千金之珠，必在九重之渊，而骊龙颔下。子能得珠者，必遭其睡也。使骊龙而寤，子尚奚微之有哉！'"《唐诗鼓吹》等所引皆作"河上翁"，与原文有异。若《太平御览》卷八〇三引《庄子》"河上有贫穷"云云，则无"翁"字也。颇疑《搜神记》从《庄子》取入此事。旧本未辑。

329 余腹

东海名馀腹者〔一〕，昔越王为脍〔二〕，割而未切，堕半于水内，化为鱼〔三〕。

本条《北堂书钞》卷一四五、《太平御览》卷九三八、《医心方》卷三〇引，出《搜神记》，今参酌三书校辑。

〔一〕东海名馀腹者　"东海"，旧本作"江东"。案：《初学记》卷三〇引《南越记》："比目鱼，不比不行。"注："江东呼为王馀。"旧本即据此而改。“馀腹”,《博物志》卷三《异鱼》作“吴王鲙馀”。《文选》卷五《吴都赋》:“片则王馀。”《初学记》卷三〇引《南越记》亦作“王馀”。《医心方》末云“化鱼名王鱼也”,作“王鱼”。

〔二〕昔越王为脍　“越王”,《博物志》作“吴王”。《吴都赋》注、《南越记》作“越王”。

〔三〕“昔越王为脍”至“化为鱼”　《医心方》“水内”作“海中”。旧本作“昔吴王阖闾江行,食脍有馀,因弃中流,悉化为鱼。今鱼中有名吴王脍馀者,长数寸,大者如筯,犹有脍形”。案:此实据《博物志》,原无“阖闾”二字,其馀全同。

330 土蜂

土蜂名曰蜾蠃,今世谓之蠮螉[一],细腰之类也。其为物,纯雄而无雌,不交不产,常负桑虫之子而育之[二],则皆化成己子焉[三]。

本条《法苑珠林》卷三二、《太平御览》卷八八八、《考古质疑》卷六引,出《搜神记》。今参酌《珠林》、《御览》二书校辑。

〔一〕蠮螉　《御览》作“蜩蜜”,《珠林》作“蛔蝷”,《音释》:“蛔蝷,正作蠮螉。”《大正新修大藏经》本作“蠮螉”。案:《尔雅·释虫》:“果蠃,蒲卢。”郭璞注:“即细腰蠭也,俗呼为蠮螉。”郝懿行《义疏》:“陶(案:陶弘景)注《本草》蠮螉云……”《方言》第十一:“蠭,燕赵之间谓之蠓螉,其小者谓之蠮螉。”郭璞注:“小细腰蠭也。”《酉阳杂俎》前集卷一七《虫篇》:“蠮螉,成式书宅多此虫。”又曰:“蠮螉寇汝无处奔。”续集卷八《支动》:“蜾蠃,今谓之蠮螉也。”今从《珠林》《大正藏》本。旧本作“蛔蝾”。

〔二〕常负桑虫之子而育之　《珠林》《大正藏》本、《四库全书》(卷四三)本及《御览》“负”作“取”。案:《诗经·小雅·小宛》:“螟蛉有子,果蠃负之。”今从《珠林》宣统本、《法苑珠林校注》本。旧本此句作“常取桑虫或阜螽子育之”,“或阜螽”乃据《博物志》卷四《物性》妄补。

〔三〕则皆化成己子焉　旧本此句下有“《诗》曰:‘螟蛉有子,果蠃负之。’是也”十二字,乃据《博物志》妄补。

331 青蚨

南方有虫,名蟓音敦。蜗音隅。〔一〕,其形似蝉而差大〔二〕,味辛美,可食。每生子,必着草叶,大如蚕种。人得子以归,则母飞来就之,不以远近,虽潜取,必知处。杀其母以涂钱,以其子涂贯〔三〕,用钱货市,旋则自还。故《淮南子万毕术》以之还钱,名曰“青蚨〔四〕”,云:“青蚨,一名鱼伯。以母血涂八十一钱,以子血涂八十一钱,置子用母,置母用子,皆自还也〔五〕。”

本条《初学记》卷二七,《太平御览》卷八三六、卷九五〇,《事类赋注》卷一〇,《钜宋广韵》卷一“虞”韵,《重修政和证类本草》卷二二,《五色线集》卷上,《通志略·昆虫草木略二·虫鱼类》,《锦绣万花谷》后集卷三一,《古今事文类聚》续集卷二六,《古今合璧事类备要》外集卷六五,《分门类林杂说》卷一四,《韵府群玉》卷三,《五音集韵》卷二《八虞》,《本草纲目》卷四〇,《天中记》卷五七,《山堂肆考》卷一八五并引,出《搜神记》(《初学记》、《御览》卷八三六、《古今事文类聚》、《类林杂说》作干宝《搜神记》,《古今合璧事类备要》讹作“于宝《搜神录》”),亦见《绀珠集》卷七干宝《搜神记》、《类说》卷七《搜神记》摘录。又《酉阳杂俎》前集卷一七《虫篇》、续集卷八《支动》亦载，盖有采本书。今据《御览》卷九五〇，参酌诸书校辑。

〔一〕蟟蝺 《太平广记》卷四七七引《酉阳杂俎》"蝺"作"蝺"，今本作"蝺"，《广韵》亦作"蝺"。《政和本草》、《通志略》、《天中记》作"蜖蠋"。

〔二〕大 《广韵》、《五音集韵》作"长"。

〔三〕杀其母以涂钱以其子涂贯 《初学记》作"杀其母，以血涂其子，以其子涂母"，《锦绣万花谷》同，惟脱"血"字。

〔四〕青蚨 《御览》卷八三六、《事类赋注》、《山堂肆考》讹作"青凫"。案：《御览》卷九五〇引《淮南万毕术》及《酉阳杂俎》续集卷八俱作"青蚨"。

〔五〕"云青蚨一名鱼伯"至"皆自还也" 此节据《政和本草》、《通志略》补辑。《类说》作"以母血涂钱八十一文，以子血涂八十一文，每市物，或先用母钱，或先用子钱，皆复飞归，轮还无已"，旧本与之同，《五色线集》、《绀珠集》、《古今事文类聚》文字亦大同。《类林杂说》作："杀其子以血涂钱八十一文，杀其母以血涂钱八十一文，置之于一器中。每市物，用其子所涂钱，则勿用其母所涂者，则钱复来；用其母所涂者市物，则留其子，所涂钱其来亦如之。"《淮南万毕术》原文云："以其子母各等，置瓮中，埋东行阴垣下，三日后开之，即相从。以母血涂八十一钱，亦以子血涂八十一钱，以其钱更牙市。"注："置子用母，置母用子，钱皆自还。"

332 长卿

蟛蜞，蟹也。尝通梦于人，自称"长卿"，今临海人多以"长卿”呼之。

本条《容斋四笔》卷六《临海蟹图》、《天中记》卷五七、《山堂肆考》卷二二五引作《搜神记》。《古今事文类聚》后集卷三五《蟹有十二种》,未著出处,实全录《容斋四笔》。《古今合璧事类备要》别集卷八八引作傅嘉祐《蟹十二种论》,此前又引傅肱《蟹谱》。案:《古今事文类聚》之《蟹有十二种》前引《蟹谱总论》,撰名署傅肱,小字注嘉祐。嘉祐指年号。《四库全书》收傅肱《蟹谱》二卷,自序称作于嘉祐四年(一〇五九),《提要》云傅肱字自翼。《古今合璧事类备要》全抄《古今事文类聚》(后书编成于淳祐六年即一二四六年,前书编成于宝祐五年即一二五七年),而误以嘉祐为字,又误以《蟹十二种论》亦出傅手,殊为可哂。《容斋四笔》云:“四曰彭蜎,螯微毛,足无毛,以盐藏而货于市。《尔雅》曰:‘彭螺,小者螃。’云小蟹也。螺音泽,螃音劳,吴人呼为彭越。《搜神记》言此物尝通人梦,自称‘长卿’,今临海人多以‘长卿’呼之。”《天中记》盖本此。案:《中华古今注》卷下:“蟛蚏,小蟹也。生海边涂中,食土。一名长卿。”旧题元伊世珍《琅嬛记》卷上引《成都旧事》:“王吉夜梦一蟛蜞在都亭作人语曰:‘我翌日当舍此。’吉觉异之,使人于都亭候之,司马长卿至。吉曰:‘此人文章当横行一世。’天下因呼蟛蜞为长卿。卓文君一生不食蟛蜞。”皆据此为说。今据《天中记》辑。

333 火浣布

昆仑之墟,地首也,是惟帝之下都。故其外绝以弱水之深,又环以炎火之山。山上有鸟兽草木,皆生育滋茂于炎火之中,故有火浣布。非此山草木之皮枲,则其鸟兽之毛羽也。汉世,西域旧献此布,中间久绝。至魏初,时人疑其有文无实。文帝以为火性酷烈〔一〕，无含育之气，著之《典论》，明其不然，曰："不然之事〔二〕，绝智者之听。"及明帝立，诏三公曰："先帝昔著《典论》，不朽之格言。其利刊石于庙门之外及太学，与石经并，以为永示后世。"至此，西域使至，始献火浣布焉〔三〕。于是刊灭此论，而天下笑之。

本条《三国志·魏书·齐王芳纪》注，《艺文类聚》卷七，《法苑珠林》卷二八，《六帖》卷五，《太平御览》卷三八、卷八二〇，《纬略》卷四、卷一二，《野客丛书》卷三〇，《说略》卷二一，《骈志》卷一一并引，出《搜神记》。《天中记》卷五〇转引《三国志》注，然未注出处。今据《御览》卷八二〇，参酌诸书校辑。

〔一〕烈　旧本讹作"裂"。

〔二〕曰不然之事　旧本阙"曰不然"三字。

〔三〕西域使至始献火浣布焉　《珠林》作"西域使人献火浣布袈裟"，旧本同。汪绍楹校："《魏志》注、《太平御览》'袈裟'二字作'焉'。按：'袈裟'本作'毠毟'。写作'袈裟'，始葛洪《字苑》（见《玄应音义》十四）。虽干宝与葛洪同时，容可采用。然洪所著《抱朴子·论仙》篇，亦只云'切玉之刀，火浣之布'，未云'火浣布袈裟'。疑此……《法苑珠林》增改，以张其教。非本书原来如此。"

334 阳燧阴燧

夫金锡之性〔一〕，一也。以五月丙午日中铸为阳燧，以十一月壬子夜半铸为阴燧。言丙午日铸为阳燧，可取火；壬子日铸为阴燧，可取水[二]。

本条《太平御览》卷二二、百卷本《记纂渊海》(《四库全书》)卷一、《本草纲目》卷五引,出《搜神记》(《本草纲目》作干宝《搜神记》),据《御览》辑。

〔一〕夫金锡之性　《御览》《四库全书》本无"锡"字,旧本同。

〔二〕案:注文非《御览》编纂者加,乃古注。《记纂渊海》末无注,然有"则就日月,出火出水"二句,疑非干宝原文所有。

搜神记卷二九

案：本卷所辑为动物报恩之事。

335 随侯珠

随侯行〔一〕，见大蛇被伤，救而治之。其后蛇衔珠以报之。其珠径盈寸，纯白而夜有光明，如月之照，可以烛堂〔二〕，故历世称“随侯珠”焉，一名“明月珠”〔三〕。

本条《艺文类聚》卷八四、卷九六，玄应《一切经音义》卷八，慧琳《一切经音义》卷二八，《太平御览》卷八〇三、卷九三四，《太平广记》卷四〇二，《太平寰宇记》卷一四四《随州·随县》，《事类赋注》卷九及卷二八，《通志略·氏族略二》，《东坡先生诗集注》卷一六《送推官赴华州监酒》注，《古文苑》卷九《杂体报范通直》章樵注，《古今事文类聚》续集卷二五、别集卷三一，百卷本《记纂渊海》（《四库全书》）卷一〇〇，《古今合璧事类备要》续集卷五六，《朱文公校昌黎先生文集》卷六《初南食贻元十八》注，《九家集注杜诗》卷三四《舟中出江陵》注，《集千家注杜工部诗集》卷一九《酬郭十五判官》注,《资治通鉴》卷一〇四太元四年胡三省注,《山堂肆考》卷一三八并引,出《搜神记》(玄应《一切经音义》作干宝《搜神记》)。唐写本伯二五二四号类书残卷《报恩篇》(《鸣沙石室古籍丛残》、《敦煌宝藏》)亦引,无出处。《天中记》卷五六引作《说苑》、《搜神记》、《水经注》,卷五八作《搜神记》。今据《类聚》卷八四,参酌诸书校辑。

〔一〕随侯行　“随”原作“隋”,诸书多作“随”。案:《广韵》“支”韵:“隋,国名,本作随。《左传》曰:‘汉东之国随为大。’汉初为县,后魏为郡,又改为州。隋文帝去辶。”据改。

〔二〕堂　《古今事文类聚》作“百里”。

〔三〕案:《寰宇记》所引与诸书颇异,录下备考:“随侯出猎,见白蛇被伤。乃筑坻于县(案:指随县)东北骸山侧收养,既愈放之。后衔径寸珠以报德。”又案:《山堂肆考》卷二二三引《搜神记》:“隋侯姓祝,字符畅。往齐国,见一蛇在沙中,头上有血。隋侯以杖挑放水中而去。后回至蛇所,乃见蛇衔一珠来,隋侯不敢取。夜梦踏一蛇,惊觉,乃得双珠。”《格致镜原》卷九九亦据此转引。此实见于《孟子注疏·尽心章句下》孙奭疏,惟文字微有删削,《山堂肆考》出处误。又案:旧本此条辑作:“隋县溠水侧,有断蛇丘。隋侯出行,见大蛇,被伤中断,疑其灵异,使人以药封之,蛇乃能走。因号其处断蛇丘。岁馀,蛇衔明珠以报之。珠盈径寸,纯白,而夜有光明,如月之照,可以烛堂。故谓之隋侯珠,亦曰灵蛇珠,又曰明月珠。丘南有隋季良大夫池。”乃据《天中记》卷五六辑录,又据《类聚》、《广记》稍有补缀。

336 哙参

哙参寓居河内〔一〕,养母至孝〔二〕。曾有玄鹤,为弋人所射,穷而归参〔三〕。参抚视,箭创甚重,于是以膏药摩之。月馀渐愈,放而飞去。后数十日间,鹤夜到门外。参秉烛视之,鹤雌雄双至,各衔一明月珠,吐之而去,以报参焉。

本条《艺文类聚》卷八四,《六帖》卷九四,《太平御览》卷四七九、卷八〇三,《事类赋注》卷九,《锦绣万花谷》后集卷三九,《古今事文类聚》续集卷二五,《古今合璧事类备要》别集卷六四、外集卷六三,《九家集注杜诗》卷三四《南浦奉寄郑少尹审》注,《焦氏易林注》卷三《升》、卷四《泰》、卷六《恒》、卷七《井》,《天中记》卷五八,《骈志》卷一七,《山堂肆考》卷一八六、卷二一一并引,出《搜神记》(《御览》卷四七九作干宝《搜神记》)。唐写本伯二五二四号类书残卷《报恩篇》(《鸣沙石室古籍丛残》、《敦煌宝藏》),《分门类林杂说》卷七亦引,无出处。今据《御览》卷八〇三,参酌诸书校辑。

〔一〕哙参寓居河内　《御览》卷八〇三"哙"作"浍",讹,古无浍姓,而有哙姓。《述异记》卷上、唐刘赓《稽瑞》引《孝经援神契》作"哙"。又类书残卷作"曹",《分门类林杂说》作"蒯"。

〔二〕养母至孝　《御览》卷四七九作"虔恭父母"。

〔三〕曾有玄鹤为戎人所射穷而归参　《御览》卷四七九作"忽有单鹤趣之"。《类聚》、《古今事文类聚》、《焦氏易林注》、《山堂肆考》卷一八六"戎"作"弋"。

337 苏易

苏易者,庐陵妇人,善看产。夜忽为虎所取,行六里〔一〕,至大旷〔二〕,厝易置地,蹲而守〔三〕。见有牝虎当产,不得解,匍匐欲死，辄仰视。易悟之[四]，乃为探出之，有三子。生毕，虎负易送还[五]，并送野肉于门内[六]。

本条《太平御览》卷八九二引，出《搜神记》，据辑。

〔一〕六里　旧本作“六七里”。

〔二〕旷　《四库全书》本作“圹”，旧本同。案：圹、旷均指旷野。

〔三〕厝易置地蹲而守　此七字据《四库全书》本及鲍崇城校刊本补。

〔四〕易悟之　旧本“悟”讹作“怪”。

〔五〕虎负易送还　《四库全书》本作“牝虎负易还”，旧本同。鲍本作“牝虎负易送”，脱“还”字。“牝”字或衍，或为“牡”字之讹。

〔六〕并送野肉于门内　《四库全书》本及鲍本“并”作“再三”。

338 庞企远祖

庐陵太守太原庞企[一]，字子及。自说其远祖不知几何世也，坐事系狱，而非其罪，不堪拷掠，自诬伏之。及狱将上，有蝼蛄虫行其左右，其祖乃谓蝼蛄曰：“使尔有神，能活我死，不当善乎？”因投饭与之，蝼蛄食饭尽去。有顷复来，形体稍大，意每异之，乃复与食。如此去来，至数十日间，其大如豚。及竟报，当行刑。蝼蛄夜掘壁根为大孔，乃破械，从之出去。久时遇赦得活。于是庞氏世世常以四节祠祀蝼蛄于都衢处。后世稍怠，不能复特为馔，乃投祭祀之馀以祠之，至今犹尔。

本条《法苑珠林》卷六二、《太平御览》卷九四八、《太平广记》卷四七三、《古今合璧事类备要》外集卷二〇、《天中记》卷五七、《山堂肆考》卷八九并引,出《搜神记》。又宋罗愿《尔雅翼》卷二六《释虫三·蝼》:“此物有神异,故干宝记庞氏常祠蝼蛄。”《幽明录》曾采入(《古小说钩沉》,《初学记》卷二〇、《御览》卷六四三引)。今据《珠林》,参酌诸书校辑。

〔一〕庐陵太守太原庞企　《珠林》《大正新修大藏经》本前有“故”字。《御览》“太原”作“平原”。

339 杨宝

弘农杨宝,年七岁,行于华山中。见黄雀,被蝼蚁所困。宝收养之,疮愈而飞去。后数年,黄雀为黄衣童子,持玉环来,以赠杨宝:“我华岳山使者,为人所伤,劳子恩养,今来报衔。子之世代,皆为三公。”言讫不见。后汉时。

本条唐写本类书残卷伯二五二四号(《鸣沙石室古籍丛残》、《敦煌宝藏》)、斯七十八号及斯二五八八号《报恩篇》引,出《搜神记》。引文颇简,止四五十字。事又载今本《续齐谐记》,又见引于《艺文类聚》卷九二,《后汉书》卷五四《杨震传》注,《古本蒙求》卷中,《蒙求集注》卷上,《太平御览》卷四〇三、四七九、卷九二二,《事类赋注》卷一九,《绀珠集》卷一〇,《类说》卷六。旧本即据《续齐谐记》辑录,未当。今据类书残卷三本互校辑录。

搜神记卷三〇

案:凡佚文片断辑入本卷,事皆不详。

340 须长七尺

须长七尺。

本条《北堂书钞》卷一引,出《搜神记》,据辑。案:原属何事不详。旧本未辑。汪绍楹辑入《搜神记佚文》。

341 笑电

电曰笑电。

本条见《绀珠集》卷七干宝《搜神记》。又北宋任广《书叙指南》卷一三:“电曰笑电。”注:“欧阳询《类聚》:或曰出《搜神记》。”今本《类聚》无此。案:原属何事不详。旧本未辑。汪绍楹辑入《搜神记佚文》。

342 仲子

仲子隐于鹊山。

本条清吴任臣《山海经广注》卷一《南山经》引，出《搜神记》，据辑。案：汪绍楹按云："吴注引《搜神记》，皆见本书，惟此条不见，未知所据。"旧本未辑。汪绍楹辑入《搜神记佚文》。

343 袴褶（正文阙）

《事物纪原》卷三《旗旐采章部·袴褶》："干宝《搜神记》亦或言其物，盖晋以来有其制也。"《稗史汇编》卷一三〇《袴褶定制》亦云："干宝《搜神记》亦或言其物。"案：本书佚文中未见有言袴褶者，所出何事不详。《搜神后记》佚文中有之。

搜神后记

搜神后记卷一

1 袁柏根硕

会稽剡县民袁柏、根硕二人猎〔一〕,经深山重岭甚多。见一群山羊,六七头,遂经一石桥〔二〕,桥甚狭而峻,羊去,根等亦随,渡向绝崖。崖正赤壁立,名曰赤城。上有水流下,广狭如疋布,剡人谓之瀑布。羊径有山穴,如门,豁然而过。既入,内甚平敞,草木皆香。有一小屋,二女子住其中〔三〕,年皆十五六,容色甚美,着青衣。一名莹珠,一名□□〔四〕。见二人至,忻然云:"早望汝来。"遂为室家。忽二女出行,云:"复有得婿者,往庆之。"曳履于绝岩上行,琅琅然。二人思归,潜去归路。二女已知,追还〔五〕。乃谓曰:"自可去。"乃以一腕囊与根〔六〕,语曰:"慎勿开也。"于是得归。后出行,家人开其囊,囊如莲花,一重去复一重〔七〕,至五尽〔八〕,中有小青鸟飞去。根还知此,怅然而已。后根于田中耕,家依常饷之,见在田中不动,就视,但有皮壳,如蝉蜕也。

本条《太平御览》卷四一引，出《续搜神记》，据辑。

〔一〕会稽剡县民袁柏根硕二人猎　《御览》《四库全书》本、鲍崇城校刊本“柏”作“相”，旧本同。“根”原作“根”。案：《说文》“木”部：“根，高木也，从木良声。”古无根姓而有根姓，《风俗通义》佚文：“根氏，古贤者根牟子，著书七篇。”（《姓解》卷二引）。旧本作“根”，今改。《四库全书》本作“狼”。案：春秋晋有狼瞫（《左传》文公二年、《汉书·古今人表》），东汉西羌有狼莫（《后汉书·西羌传》），疑“狼”亦为“根”字之讹。

〔二〕遂经一石桥　旧本“遂”作“逐之”。

〔三〕其中　宋本《御览》无“其”字，据《四库全书》本及鲍本补。

〔四〕一名□□　《御览》原脱一女名字，今姑补如此。王国良《搜神后记研究》谓：“疑当作‘一名莹，一名珠。’”

〔五〕二女已知追还　《四库全书》本作“二女追还已知”，旧本同。

〔六〕乃以一腕囊与根　《四库全书》本“腕”作“绛”。旧本“根”下加一“等”字。案：下文所叙为根硕事，则得腕囊者惟根耳。

〔七〕一重去复一重　《四库全书》本作“一重去一重复”，旧本同。

〔八〕至五尽　《四库全书》本“尽”作“重”，旧本讹作“盖”。

2 韶舞

荥阳人姓何，忘其名，有名闻士也。荆州辟为别驾，不就，隐遁养志。尝至田舍，人收获在场上。忽有一人，长一丈，黄疏单衣〔一〕，角巾，来诣之。翩翻举其两手，并舞而来，语何云：“君尝见《韶舞》不？此是《韶舞》。”且舞且去。何寻逐，径向一山。

山有一穴，才容人。其人即入穴〔二〕，何亦随之。初入甚急，前辄开广〔三〕，便失人。见有良田数十顷。何遂垦作，以为世业。子孙于今赖之。

本条《太平御览》卷五七四、卷八二一，《天中记》卷四三引，出《续搜神记》。今据《御览》卷五七四辑，以《御览》卷八二一校补。

〔一〕黄疏单衣　“疏”原作“踈”。汪绍楹校：“按：晋、宋人以练布为衣，‘黄疏’当作‘黄练’。应据改。”案：《释名》卷四《释采帛》：“纺粗丝织之曰疏。疏，寥也，寥寥然也。”“踈”当为“疏”之形讹，今改。《天中记》作“萧踈”，旧本同，误。

〔二〕其人即入穴　《四库全书》本《御览》卷八二一“即”作“命”，旧本同。

〔三〕开广　旧本作“闲旷”。

3 梅花泉

长沙醴陵县有小水一处，名梅花泉。有二人乘船取樵，见崖下土穴中水流出〔一〕，有新斫木片，逐水流。上有深山，有人迹。樵人异之，相谓曰：“可试入水中〔二〕，看何由尔。”一人便以笠自鄣入穴，才容人。行数十步，便开明朗然，不异世上。

本条《北堂书钞》卷一五八、《太平御览》卷五四引，出《续搜神记》。今据《书钞》校辑。

〔一〕见崖下土穴中水流出　《御览》“崖”作“岸”，旧本同，鲍崇城校刊本作“崖”。

〔二〕可试入水中　旧本“入”讹作“如”。

4 武昌山毛人

晋孝武帝世〔一〕，宣城人秦精，尝入武昌山中采茗〔二〕。忽见一人，身长一丈〔三〕，通体皆毛，从山北来。精见之，大怖，自谓必死。毛人径牵其臂，将至山曲，示以大丛茗处，放之便去。精因留采。须臾复来，乃探怀中橘二十枚与精，甘美异常。精甚怖〔四〕，负茗急归〔五〕。

本条《艺文类聚》卷八二，《茶经》卷下，《太平御览》卷四八、卷八六七、卷九六六，《太平寰宇记》卷一一二《鄂州·武昌县》，《文苑英华》卷八三顾况《茶赋》注，《古今合璧事类备要》外集卷四二，百卷本《记纂渊海》（《四库全书》）卷九二，《山堂肆考》卷一七，《天中记》卷四四引作《续搜神记》。又《说郛》卷四摘录晋陶潜《续搜神记》有此条。《类聚》卷八六引作《搜神记》。案：事在晋孝武帝世，必为《续记》。今据《御览》卷八六七，参酌诸书校辑。

〔一〕晋孝武帝世　《文苑英华》作“汉孝武时”。案：下文云武昌山。《三国志·吴书·吴主传》载，黄初二年，孙权“自公安都鄂，改名武昌，以武昌、下雉、寻阳、阳新、柴桑、沙羡六县为武昌郡”。武昌山亦因县而得名。汉无武昌，作“汉孝武时”必误。

〔二〕宣城人秦精尝入武昌山中采茗　《文苑英华》作“宣城有人武邑山采茗”。

〔三〕身长一丈　《类聚》卷八六、《茶经》、《寰宇记》、《御览》卷四八、《山堂肆考》作“长丈馀”。旧本作“身长一丈馀”。

〔四〕怖　《说郛》作“怪”，旧本同。

〔五〕负著急归　“急”字《御览》卷八六七及他引原作“而”，鲍崇城校刊本卷四八作“急”，义胜，据改。

5 吴猛

吴舍人名猛，字世云，蜀人。性至孝。小儿时〔一〕，在父母旁卧，时夏月，多蚊虻〔二〕，而终不摇扇。有同宿人觉，问其故，答云：“惧蚊虻之去我，噆我父母耳。”父母终，行服墓次。蜀贼纵暴，焚烧邑屋，发掘丘陇，民人迸窜。猛在墓侧，号恸不去，贼为之感怆，遂不犯。猛有道术，同县邹惠政迎猛，夜于家中庭烧香。忽有虎来，抱政儿超篱去。猛语云：“无所苦，须臾当还。”虎将去数十步，忽然复送儿归。政遂精进，乞为好道士。尝将弟子回豫章，江水大急，人不得渡。猛乃以手中白羽扇画江水，横流遂成陆路，徐行而过，不用舟楫。过讫，水复依旧。尝守寻阳〔三〕，参军周家有狂风暴起，猛即书符掷着屋上，便有一飞鸟接符去，须臾风静。人问之，答云：“西湖有遭此风者〔四〕，两舫人是道士，跪道福食，呼天求救，故符以止风〔五〕。”

本条性孝事见《艺文类聚》卷二〇、卷九七，《太平御览》卷二二、卷四一三、卷九四五，《事类赋注》卷四，百卷本《记纂渊海》（《四库全书》）卷二、卷一〇〇，《类聚》出《续搜神记》，《御览》、《记纂渊海》、《事类赋注》作《搜神记》；邹惠政事见《御览》卷八九二、《事类赋注》卷二〇引，出《续搜神记》；羽扇画水事见《御览》卷七〇二、《天中记》卷四九引，出《续搜神记》，又见《六帖》卷一四、《古今合璧事类备要》外集卷六〇引，作《搜神记》;书符事见《北堂书钞》卷一〇三、《御览》卷七三六引,《书钞》出《搜神记》,《御览》作《续搜神记》。又唐写本伯二五二四号类书残卷《孝感篇》(《鸣沙石室古籍丛残》、《敦煌宝藏》)引云:"吴猛至孝,母思鲤鱼。向水哀叹,鱼忽跃出。"未注出处,不知是否属本书抑或《孝子传》。旧本《搜神记》卷一"吴猛"条辑入书符、羽扇画水二事,《搜神后记》卷二"吴猛"条辑入邹惠政、吴猛性孝二事。案:《晋书》卷九五《艺术传》,庾亮为江州刺史,迎猛问疾,猛辞以算尽,请具棺服,旬日而死,遂失其尸,而亮疾不起。据《晋书》卷七三《庾亮传》,亮卒于咸康六年,则事在咸康二年干宝卒后(案:干宝卒年见《建康实录》卷七)。猛与干宝同时,宝身前固亦可闻猛事,然属《后记》更为可能,且诸书以引作《续搜神记》者为多,当辑入《后记》为宜。今参酌诸书校辑。

〔一〕小儿时　《敦煌变文集》卷八《孝子传》云"年七岁",《御览》卷九四五引《孝子传》云"七岁时",《太平广记》卷一四引《十二真君传》云"七岁"。

〔二〕蚊虻　《御览》卷九四五、《记纂渊海》作"蚊蚋"。旧本作"蚊虫"。

〔三〕寻阳　《书钞》原作"浔阳"。案:浔阳晋作寻阳,至唐始作浔阳,见《晋书·地理志下》、《新唐书·地理志五》。今改。

〔四〕西湖有遭此风者　《御览》作"南湖",《书钞》作"西湖"。案:《太平寰宇记》卷一一一《江州·德化县》云:"彭蠡湖西湾,夏秋水涨,商徒萦纡牵舟循绕,人力疲劳,号为西疲湾。亦在湖西,江水泛涨,惊波似雪,汹涌嘈囋,因是名焉。又有落星石,又有神林湾,在湖西北湾。中有林木,林下有庙。商旅多于此阻风波,祷庙祈福而获前进,由是名焉。"疑作"西湖"为是,所指乃彭蠡湖西部,多风涛也。

〔五〕案:旧本《搜神记》云:“吴猛,濮阳人。仕吴,为西安令,因家分宁。性至孝。遇至人丁义,授以神方。又得秘法神符,道术大行。尝见大风,书符掷屋上,有青乌衔去,风即止。或问其故,曰:‘南湖有舟,遇此风,道士求救。’验之果然。西安令干庆,死已三日。猛曰:‘数未尽,当诉之于天。’遂卧尸旁。数日,与令俱起。后将弟子回豫章,江水大急,人不得渡。猛乃以手中白羽扇画江水,横流遂成陆路,徐行而过。过讫,水复,观者骇异。尝守浔阳,参军周家有狂风暴起,猛即书符掷屋上,须臾风静。”汪绍楹按云:“本条系后人据《北堂书钞》、《太平御览》所引,掺合《十二真君传》、《太平广记》十四引、《许真君仙传》及《许真君八十五化录》等书为之,非本书原文如此。吴猛非濮阳人,分宁乃唐代县名,干庆非西安令,均可证。”今案:元赵道一《历世真仙体道通鉴》卷二七《吴猛》载:“吴君名猛,字世云,濮阳人。仕吴为西安令,因家焉,今分宁县也。性至孝。齠齔时,夏月手不驱蚊,惧其去,已而嚼亲也。年四十,得至人丁义神方。继师南海太守鲍靓,复得秘法。吴黄龙中,天将白云符,授之,遂以道术大行于吴晋之间。……尝见暴风大作,书符掷屋上,有青鸟衔去,风即止。或问其故,答曰:‘南湖有舟,遇此风,中有二道士求救。’验之果然。西安令于(干)庆,死已三日。世云曰:‘令长数未尽,当为讼之于天。’遂卧于尸旁。数日,与庆俱起。……尝渡豫章,江值风涛,乏舟。世云以所执白羽扇画水而渡,观者骇异。”旧本所辑,颇疑实以《历世真仙体道通鉴》为据。“濮阳人”云云,“至人丁义授以神方”云云,“书符掷屋”、“青乌衔去”、“南湖道士求救”云云,“西安令干庆”云云,皆抄自《体道通鉴》(案:《广记》引《十二真君传》亦有白羽扇画水、书符救南湖道士、于庆死等事，然文句不同)，只是“青鸟”讹作“青乌”。而《体道通鉴》所载渡江事文简，遂易以《六帖》或《事类备要》，而未据《御览》所引(《天中记》同《御览》)，以其亦简也。末所云“过讫水复”，脱“依旧”二字，而据《体道通鉴》补“观者骇异”四字。末节“尝守浔阳”云云，乃据《北堂书钞》，然“须臾风静”之后删去，盖以其与南湖道士事重复也。其实二者本为一事，惟传闻异辞耳。旧本分作两事，失矣。

6 谢允

谢允从武当山还〔一〕，在桓宣武座。有言及左元放为曹公致鲈鱼者，允便云：“此可得耳。”求大瓮盛水，以朱书符投水中〔二〕。俄有一双鲤鱼〔三〕，鼓鬐跃出。即命作脍，一坐皆得遍异味。钩鵅鸣于谯王无忌子妇屋上，谢允作符悬其处〔四〕。

本条桓宣武节《北堂书钞》卷一四五、《杜工部草堂诗笺》卷二《李监宅》注引作《搜神记》，《太平御览》卷九三六、《事类赋注》卷二九作《续搜神记》。谯王无忌节《玉烛宝典》卷一〇引作《续搜神记》。案：桓宣武即桓温，孝武帝宁康元年卒，谥宣武侯(见《晋书・孝武帝纪》、《世说新语・言语》注引《桓温别传》)。谯王无忌即谯烈王司马无忌，穆帝永和六年卒(见《晋书・宗室传》)。二人均晚于干宝，出《后记》无疑，《书钞》误。旧本以《御览》、《事类赋注》所引辑入，而复据《书钞》所引辑为干书，甚谬。《玉烛宝典》所引则漏辑，汪绍楹辑为佚文。今参酌诸书校辑。

〔一〕谢允从武当山还　《书钞》、《草堂诗笺》作“谢紞”，旧本《搜神记》同，《后记》作“谢允”。案：《御览》卷四三、《太平广记》卷四二六引《甄异传》载有谢允事，称允上武当山见戴孟，《水经注》卷二八《沔水》云晋咸和中历阳谢允隐遁武当山，《真诰》卷一四云咸康中谢允入武当山见戴孟受道。作“紦”误。又案：本条所记与《甄异传》所记之事前后连属，疑原为一条，本书当取《甄异传》（晋末戴祚撰），而类书只删取后半，至所引《甄异传》，乃又惟存其前半耳。

〔二〕水中　旧本《搜神记》作“井中”。

〔三〕俄有一双鲤鱼　《草堂诗笺》“一”作“二”。

〔四〕谢允作符悬其处　《玉烛宝典》原讹作“谢充”。

7 麻衣道士

史宗者，不知何许人。常着麻衣，或重之为纳，故世号麻衣道士。身多疮疥，性调不恒。常在广陵白土埭，凭埭讴唱，引絙以自欣畅。得直，随以布施人。栖憩无定所，或隐或显。时高平檀祗为江都令，闻而召来，应对机捷，无所拘滞，博达稽古，辩说玄儒。乃赋诗一首曰：“有欲苦不足，无欲亦无忧。未若清虚者，带索披玄裘。浮游一世间，泛若不系舟。方当毕尘累，栖志且山丘。”檀祗知非常人，遣还所在，遗布二十匹，悉以乞人。后有一道人，不知姓名，常赍一杖一箱自随。尝逼暮来诣海盐令，云：“欲数日行，暂倩一人，可见给不？”令曰：“随意取之。”乃选取守鹅鸭小儿，形服最丑者将去。倏忽之间，至一山上。山上有屋，屋中有三道人，相见欣然共语。小儿不解。至中许〔一〕，道人为小儿就主人索食。得一小瓯食，状如熟艾，食之饥止。向暝，道人辞欲还，闻屋中人问云："君知史宗所在不？其谪何当尽？"道人云："在徐州江北广陵白土埭上，计其谪亦竟也。"屋中人便作书，曰："因君与之。"道人以书付小儿。比晓便至县，与令相见，云："欲少日停此。"令曰："大善。"问箱中有何等，答云："书疏耳。"道人常在听事止眠，以箱杖着床头。令使持时人夜偷取，欲看之。道人已知，暮辄高悬箱杖，当下而卧，永不可得。后与令辞，曰："吾欲小停，而君恒欲偷人，正尒便去耳。"令呼先小儿，问近所经，小儿云道人令其捉杖，飘然而去，或闻足下波浪耳。并说山中人寄书，犹在小儿衣带。令开看，都不解。乃写取，封其本书，令人送此小儿至白土埭，送与史宗。宗开书，大惊云："汝那得蓬莱道人书耶？"宗后南游吴会，尝过渔梁，见渔人大捕。宗乃上流洗浴，群鱼皆散，其潜振物类如此。后憩上虞龙山大寺，善谈庄老，究明论索〔二〕，而韬光隐迹，世莫之知。会稽谢邵、魏迈之、放之等，并笃论渊博，皆师焉。后同止沙门，夜闻宗共语者，颇说蓬莱上事，晓便不知宗所之。

本条见《高僧传》卷一〇《史宗传》，末云："陶渊明记白土埭遇三异法师，此其一也。"陶渊明所记，当指本书。陈寅恪《读书札记三集·高僧传初集之部》引此传，批曰《搜神后记》，亦以此为本书佚文。原书所记，史宗凡遇异道人者三，此之无名道人是其一。《高僧传》所载盖采陶记，据辑。案：旧本未辑。汪绍楹《搜神后记佚文》未录正文。

〔一〕至中许　汤用彤校注本（底本为《大正新修大藏经》本）"许"作"困"。案："中许"，谓约略中午之时。

〔二〕究明论索　汤用彤校注本"索"作"孝"。案："孝"指《孝经》，"论"则指《论语》。"论索"则议论探求之意。

搜神后记辑校卷二

8 镜耗

王文献文献，王导谥〔一〕。曾令郭璞筮己一年中吉凶，璞曰："当有小不吉利。可取广州二大罂，盛水，置床帐二角〔二〕，名曰'镜耗〔三〕'，以厌之。某时撤罂去水，如此其灾可消。"至日忘之，寻失铜镜，不知所在。后撤去水，乃见所失镜在于罂中，罂口数寸，镜大尺馀。王公后令筮镜罂之意〔四〕，璞云："撤罂违期，故致此妖，邪魅所为，无他故也。"使烧车辖以拟镜，镜立出矣。

本条《北堂书钞》卷一三六、《太平御览》卷七一七、《天中记》卷四九引作《续搜神记》，《太平广记》卷三五九、《天中记》卷二五作《搜神记》（《天中记》"神"讹作"投"）。案：《晋书》卷六五《王导传》，王导咸康六年薨，谥文献。时干宝已卒，属《续记》无疑。今据《御览》，参酌《书钞》、《广记》校辑。

〔一〕王导谥　注文中"导"原讹作"道"，今改。案：注文惟见于《御览》,不知何人所加。

〔二〕置床帐二角　《御览》鲍崇城校刊本“帐”讹作“张”,旧本同。

〔三〕耗　旧本讹作“好”。

〔四〕王公后令簏镜罂之意　旧本“后”作“复”。

9 郭璞自占

郭璞每自为卦〔一〕,知其凶终。尝行建康栅塘〔二〕,逢一趋走少年〔三〕,甚寒。璞便牵住,脱青丝袍与之〔四〕。此人不解其意〔五〕,璞曰:“身命卒当在君手,故递相属耳。”此人乃受〔六〕。及当死,果此人行刑,旁人皆为属求利〔七〕,璞曰:“我常托之久矣。”此人为之歔欷哽咽。行刑既毕,乃说如此。

本条《北堂书钞》卷一二九、《太平御览》卷七二八、《天中记》卷四〇引,出《续搜神记》,《御览》卷六九三、《天中记》卷四七作《搜神记》,当误。今据《御览》卷六九三,参酌他引校辑。

〔一〕郭璞每自为卦　旧本前有“中兴初”三字。案:《晋书》卷七二《郭璞传》载:“初,璞中兴初行经越城,间遇一人,呼其姓名,因以袴褶遗之。其人辞不受,璞曰:‘但取,后自当知。’其人遂受而去。至是,果此人行刑。”盖据此而补。

〔二〕栅塘　《书钞》作“见塘”。案:《晋书》卷九八《王敦传》:“今若决波破栅塘,因湖水灌京邑。”《景定建康志》卷一九《山川志三·池塘》:“栅塘在秦淮上。”作“见塘”误。

〔三〕趋走少年　《天中记》“走”讹作“步”,旧本同。

〔四〕脱青丝袍与之　“青丝袍”,《书钞》作“布袍”;《御览》卷七二八及《天中记》卷四〇作“丝布袍”，旧本同。此从《御览》卷六九三及《天中记》卷四七。《四库全书》本《御览》卷六九三作“新丝袍”。

〔五〕此人不解其意　旧本作“其人辞不受”，乃据《晋书》改。

〔六〕身命卒当在君手故递相属耳此人乃受　旧本作“‘但取，后自当知。’其人受而去”，乃据《晋书》改。《四库全书》本《御览》卷六九三、《天中记》卷四七“递”作“逆”。

〔七〕旁人皆为属求利　《御览》卷七二八及《天中记》卷四〇作“旁人皆为求属”，旧本同。此从《御览》卷六九三及《天中记》卷四七。

10 杜不愆

郗超年二十馀得重病〔一〕，庐江杜不愆始学《易》卜〔二〕，屡有验，超令试筮之。卦成，不愆曰："案卦言之，卿所苦寻除〔三〕。然宜于东北三十里上官姓家〔四〕，索其先养雄雉〔五〕，笼而绊之，置东檐下。却后九日辰加午〔六〕，必当有野雌雉飞来与交合，既毕双飞去。若如此，不出二十日，病都除。又是休应，年将八十，位极人臣。若但雌逝雄留者，病一周方差，年半八十，名位亦失。"超依其言，索雉果得〔七〕。至期日〔八〕，超卧南轩下观之。至日晏，果有雌雉飞入笼，与雄交而去，雄雉不动。超叹息曰："虽管、郭之奇，何以尚此！"超病弥年乃起〔九〕，至四十，卒于中书郎。

本条《太平御览》卷七二八引，出《续搜神记》。《晋书》卷九五《艺术传·杜不愆传》亦载,当本本书。今据《御览》辑,校以《晋书》。

〔一〕郗超年二十馀得重病 “郗超”,旧本作“高平郗超字嘉宾”。案:《晋书·杜不愆传》云“高平郗超”,又卷六七《郗超传》云“超字景兴,一字嘉宾”,旧本据补其字里。

〔二〕始学易卜 旧本据《晋书》补作“少就外祖郭璞学《易》卜”。

〔三〕卿所苦寻除 《晋书》同此。《四库全书》本《御览》作“卿所恙寻愈”,旧本同。

〔四〕上官姓家 “上官”原作“上宫”,中华书局点校本《晋书》同。《四库全书》本《御览》及《晋书》作“上官”,旧本同。案:古无上宫姓,据改。

〔五〕索其先养雄雉 旧本据《晋书》改“先”为“所”。

〔六〕辰加午 《晋书》作“丙午日午时”,旧本据改,惟“丙”作“景”。案:唐人避李渊父李昞讳改“丙”为“景”,《晋书》修于唐初,字当作“景”。旧本辑录者所见《晋书》当作“景”,作“丙”者乃后人回改。

〔七〕超依其言索雉果得 旧本作“超时正羸笃,虑命在旦夕,笑而答曰:‘若保八十之半,便有馀矣。一周病差,何足为淹!’然未之信。或劝依其言索雉,果得”,乃据《晋书》。

〔八〕至期日 旧本据《晋书》改作“至景(丙)午日”。

〔九〕超病弥年乃起 《四库全书》本“弥”作“逾”,旧本同。

11 术士戴洋

初,庾亮病〔一〕。术士戴洋曰:“昔苏峻事〔二〕,公于白石祠中祈福〔三〕,许赛车下牛〔四〕,从来未解。为此鬼所考,不可救也。”明年,亮果亡。

本条《世说新语·伤逝篇》注引,作《搜神记》。旧本《搜神记》辑入。案:庾亮卒于咸康六年,咸康二年干宝卒,必非干书,应出《续记》。据辑。

〔一〕初庾亮病　旧本此前多一节,文云:“庾亮字文康,鄢陵人。镇荆州。登厕,忽见厕中一物,如方相,两眼尽赤,身有光耀,渐渐从土中出。乃攘臂以拳击之,应手有声,缩入地。因而寝疾。”案:此实据《太平广记》卷三二一引《甄异录》(即东晋戴祚《甄异传》)缀补,“字文康,鄢陵人”六字《甄异录》无,旧本殆据《晋书》卷三二《明穆庾皇后传》补其里贯(案:《晋书》卷七三《庾亮传》未载里贯,但称亮“明穆皇后之兄也”,《庾皇后传》云“颍川鄢陵人也”)。而云“字文康”大谬,《晋书》本传明谓“字符规”,《世说·德行》“庾公乘马有的卢”,注引《晋阳秋》亦云:“庾亮字符规,颍川鄢陵人也”。《世说·伤逝》称“庾文康”,辑录者误为亮字,殊不知乃其谥号,《晋书》本传云亮薨“追赠太尉,谥曰文康”。

〔二〕昔苏峻事　《建康实录》卷八载此事,“事”作“时”。案:《晋书·庾亮传》载,亮知苏峻必为祸乱,征为大司农,峻与祖约举兵反,至于京都。亮战败,南奔温峤,共推陶侃为盟主。至石头,亮守白石垒,击退苏峻。所谓“苏峻事”即此。

〔三〕公于白石祠中祈福　“祈福”二字据《建康实录》补。

〔四〕车下牛　《建康实录》“车下”作“其”,旧本同。

12 夏侯综

夏侯综为庾安西参军〔一〕,说常见鬼乘车骑马满道〔二〕,与人无异。常与人载行,忽牵人语,指道上一小儿云:“此儿正佘大病[三]。”须臾,此儿果病,殆死。其母闻之,请综[四]。综云:“无他,汝儿向于道中掷涂,涂,盖砖也。误中一鬼脚。鬼嗔[五],故病汝儿耳。但以酒饭贻鬼,即差。”母如言,儿即愈。

本条《太平御览》卷七五五引,出《续搜神记》,据辑。

〔一〕庾安西参军　旧本脱“庾”字。案:“庾安西”指庾亮。《晋书》本传:“亮陈谢,自贬三等,行安西将军。”

〔二〕说常见鬼乘车骑马满道　《四库全书》本无“乘车”二字,旧本同。

〔三〕此儿正佘大病　《四库全书》本、鲍崇城校刊本“佘”作“须”,旧本同。

〔四〕请综　《四库全书》本、鲍崇城校刊本“请”作“语”,旧本作“诘”。

〔五〕嗔　《四库全书》本作“怒”,旧本同。鲍崇城校刊本作“嗔”。

13 范启母墓

顺阳范启,母丧当葬。前母墓在顺阳,往迎之[一]。既至而坟垄杂沓[二],难可识别,不知何许。袁彦仁时为豫州[三],往看之,因云:“闻有一人见鬼[四]。”范即如言,令物色觅之。云:“此墓中一人[五],衣服颜状如之[六]。”即开墓,棺物皆烂,冢中灰壤深尺馀。意甚疑,试令人以足拨灰中土,冀得旧物。果得一砖,铭云“顺阳范坚之妻[七]”,然后信之。

本条《太平御览》卷七六七引，出《续搜神记》，据辑。

〔一〕往迎之　旧本“迎”作“视”。案：范启父名坚，成帝时卒于护军长史任上。《晋书》卷七五本传载：“永嘉中，避乱江东，拜佐著作郎、抚军参军。”范坚渡江前当有妻亡故，葬于故乡顺阳（晋属荆州顺阳郡，今河南淅川县南，见《晋书·地理志下》）。南渡后盖又娶妻，当即启母。母卒当与父合葬，启往顺阳寻前母墓者，欲迁其墓也。作“视”误。

〔二〕杂沓　“杂”字据《四库全书》本及鲍崇城校刊本补。

〔三〕袁彦仁时为豫州　汪绍楹校：“按袁宏字彦伯，谢尚为豫州，引参军事，见《晋书·袁宏传》。疑‘仁’当作‘伯’。”案：汪说颇误。六朝人行文，凡言某为某州（或郡）者，乃指为某州刺史（或某郡太守）。袁宏为豫州参军事，必不能言为豫州。袁彦仁即袁真。《册府元龟》卷六〇五《学校部·注释》载：“袁真字彦仁，为西中郎将，注《老子》二卷。”《晋书》哀帝、海西公二纪载：隆和元年二月，以袁真为西中郎将、监护豫司并冀四州诸军事、豫州刺史，镇汝南。十二月，退镇寿阳。太和四年十月，以寿阳叛。五年二月卒。汝南郡，属豫州，治悬瓠城，即今河南汝南县。寿阳即寿春，今安徽寿县。东晋孝武帝避其祖母郑阿春（简文帝生母）讳改春为阳，遂改称寿阳。西晋属扬州淮南郡，东晋属豫州（见《晋书·地理志下》）。范启在顺阳寻前母墓不见，往看袁真。时真当镇汝南，疑尚未迁镇寿阳。真为荐见鬼者，启遂复往顺阳。本书《阿马》云“陈郡袁真在豫州”，言其送妓女阿马等三人与桓温，阿马生桓玄。据《晋书》卷九九《桓玄传》，玄生太和四年，则真时在寿阳也。

〔四〕间有一人见鬼　《四库全书》本及鲍崇城校刊本“间”作“闻”，

旧本同。

〔五〕云此墓中一人　《四库全书》本无“云”字,“此”作“比”。旧本改作“比至云”。鲍崇城校刊本“比”作“北”。

〔六〕之　旧本作“此”。

〔七〕顺阳范坚之妻　旧本脱“顺阳”二字。

14 李子豫

李子豫〔一〕,少善医方,当代称其通灵。路永为豫州刺史〔二〕,镇历阳。其弟患心腹坚痛十馀年,殆死。居一夜,忽闻屏风后有鬼谓腹中鬼曰:“何不促杀之?不然,明日李子豫当从此过,以赤丸打汝,汝其死矣。”腹中鬼对曰:“吾不畏之。”及旦,于是路永使人候子豫,果来。未入门,病者忽闻腹中有呻吟声。及子豫入视,曰:“鬼病也。”遂于巾箱中出八毒赤丸子与服。须臾,腹中雷鸣鼓转〔三〕,大利数行,遂差。今八毒丸方是也〔四〕。

本条《太平御览》卷七四一、《太平广记》卷二一八、《历代名医蒙求》卷下、《医说》卷一、《名医类案》卷六、《天中记》卷四〇、《稗史汇编》卷五一并引,出《续搜神记》。今据《御览》,参酌《广记》、《历代名医蒙求》校辑。

〔一〕李子豫　《医说》下有“晋时不知何郡人也”一句。案:此事引于《三皇历代名医》,所记皆说明时代。此句乃撰者语,非原文。

〔二〕路永为豫州刺史　《御览》、《广记》、《医说》、《名医类案》、《天中记》、《稗史汇编》“路”作“许”,旧本同。《历代名医蒙求》作“路”。案:《晋书》有路永,东晋咸康元年为龙骧将军,戍牛渚

(《成帝纪》),永和元年为豫州刺史,叛归石虎(《穆帝纪》),据改。

〔三〕鼓转　“鼓”字《广记》谈恺刻本、《四库全书》本、《名医类案》、《天中记》、《稗史汇编》作“彭”,《医说》作“膨”,《广记》明钞本及《历代名医蒙求》作“绞”。

〔四〕今八毒丸方是也　《历代名医蒙求》“丸”作“元”。

15 斛茗瘕

桓宣武有一督将,因时行病后虚热〔一〕,更能饮复茗,必一斛二斗乃饱〔二〕,裁减升合,便以为大不足。非复一日,家贫。后有客造之,正遇其饮复茗,亦先闻世有此病,乃令更进五升。乃大吐,向所饮都尽,有一物随吐后出,如升大〔三〕,有口,形质缩绉,状似牛肚〔四〕。客乃令置之于盆中〔五〕,以一斛二斗复茗浇之,此物噏之都尽,而止觉小胀。又增五升,便悉混然,从口中涌出。既吐此物,病遂差。或问之曰:“此何病?”荅云:“此病名斛茗瘕〔六〕。”

本条《北堂书钞》卷一四四,《封氏闻见记》卷六,《太平御览》卷七四三、卷八六七,《事类赋注》卷一七,《名医类案》卷五,《本草纲目》卷三二,《说略》卷五,《天中记》卷四四,《山堂肆考》卷一九三并引,《书钞》、《本草纲目》误作《搜神记》(《本草纲目》作干宝《搜神记》),馀作《续搜神记》。又《海录碎事》卷五引《封氏见闻记》,宋张杲《医说》卷五《斛二瘕》引封演《见闻录》。今据《御览》卷八六七,参酌诸书校辑。

〔一〕桓宣武有一督将因时行病后虚热　《御览》卷七三四“武”下有

“时”字,旧本同。《本草纲目》讹作“武官周时”,下句云“病后啜茗”。

〔二〕必一斛二斗乃饱　《书钞》、《御览》卷七四三、《本草纲目》“斗”作“升”,下同。

〔三〕如升大　《御览》卷七四三“升”作“斗”。

〔四〕牛肚　《书钞》作“牛脂”,《封氏闻见记》作“牛胰”,雅雨堂本校:“一作肺。”案:《海录碎事》卷五引《封氏见闻记》作“肺”。《说略》亦作“牛肺”。《本草纲目》作“牛脾”。

〔五〕盆中　《封氏闻见记》“盆”作“柈”。“柈”同“盘”。

〔六〕斛茗瘕　《御览》卷七四三、《天中记》、《说略》作“斛二瘕”,《封氏闻见记》作“茗瘕”,而《海录碎事》引作“斛二瘕”。此从《御览》卷八六七及《本草纲目》。旧本作“斛二瘕”,注:“二或作茗。”

16 腹瘕病

昔有一人,与奴俱得腹瘕病〔一〕,治不能愈。奴既死,令剖腹视之,得一白鳖,赤眼,甚鲜明。乃试以诸毒药浇灌之,并内药于鳖口,悉无损动,乃系鳖于床脚。忽有一客,乘白马来看之。既而马溺溅鳖,鳖乃惶遽,疾走避溺。既系之不得去,乃缩颈藏脚,不敢动。病者察之,谓其子曰:“吾疾或可救。”乃试取白马溺以灌鳖,须臾,鳖消灭,成数升水。病者乃顿饮升馀白马溺,病即豁然除。

本条《太平御览》卷七四三、《太平广记》卷二一八、《稗史汇编》卷五一引,出《续搜神记》。又《御览》卷九三二引《志怪》亦载。今据《御览》,参酌《广记》、《志怪》校辑。

〔一〕腹瘕病　“腹”《御览》作“心”。今从《广记》、《稗史汇编》,旧本同。《志怪》作“心腹病”。案:瘕乃腹病,非心病。古称腹中结块或生虫为瘕。《玉篇》“疒”部:“瘕……腹中病也。”

17 蕨蛇

太尉郗鉴镇丹徒也〔一〕,尝出猎。时二月中,蕨始生。有一甲士折一茎食之,即觉心中淡淡欲吐〔二〕。因归家,仍成心腹疾。经半年许,忽大吐,吐一赤蛇,长尺馀,尚活动摇。乃挂着屋檐前,汁稍稍出,蛇渐燋小。经一宿视之,乃是一茎蕨,犹昔之所食也,病遂除差。

本条《太平御览》卷七四三、《太平广记》卷四一六引作《续搜神记》,《医心方》卷三〇、《重修政和证类本草》卷二七、《通志略·昆虫草木略一·蔬类》、《古今合璧事类备要》别集卷六〇、《韵府群玉》卷一八,《本草纲目》卷二七、《天中记》卷四六、《山堂肆考》卷一九六作《搜神记》,《本草纲目》有干宝名。案:《晋书·成帝纪》:咸康四年五月,以司空郗鉴为太尉。干宝卒于咸康二年,必出《续记》,《医心方》等误。今据《御览》,参酌诸书校辑。

〔一〕太尉郗鉴镇丹徒也　“丹徒”,《广记》作“丹阳”。案:《晋书》卷六七《郗鉴传》:“及陶侃为盟主,进鉴都督扬州八郡军事。时抚军将军王舒、辅军将军虞潭皆受鉴节度,率众渡江,与陶侃会于茄子浦。鉴筑白石垒而据之。会舒、潭战不利,鉴与后将军郭默还丹徒，立大业、曲阿、庱亭三垒以距贼。”应作“丹徒”为是。丹徒，时为毗陵郡治所，毗陵属扬州。旧本“郗鉴”下有“字道徽”三字，乃据《晋书》本传妄补。

〔二〕淡淡欲吐　《广记》“淡淡”作“潭潭”。旧本作“淡淡”，下注：“或作潭潭”。

18 周畛奴

寻阳县北山中蛮人有术〔一〕，能使人化作虎，毛色爪身悉如真虎〔二〕。馀乡人前将军周畛有一奴〔三〕，使入山伐薪。奴有妇及妹，亦与俱行。既至山，奴语二人云：“汝且上高树，视我所为〔四〕。”如其言。既而入草，须臾，见一大黄斑虎从草中出，奋迅吼唤，甚为可畏，二人大怖。良久还草中，少时复还为人。奴语二人曰：“归家慎勿道。”后遂向等辈说之。周寻得知，乃以醇酒饮之，令熟醉。使人解其衣服，及身体事事详视〔五〕，了所无异。唯于髻发中得一纸，画作大虎，虎边有符，周密取录之。奴既醒，唤问之。见事已露，遂具说本末。云先尝于蛮中告籴，有一蛮师云有此术。以三尺布、一升米精、一赤雄鸡、一升酒〔六〕，受得此法也。

本条《法苑珠林》卷三二，《太平御览》卷八八八、卷八九二并引，出《续搜神记》。《太平广记》卷二八四引作《冥祥记》。案：其事非干佛法，出处误。故鲁迅《古小说钩沉·冥祥记》未辑。王国良《冥祥记研究》上编《综合探讨》称，《太平广记》所引录《冥祥记》，《周畛奴》等八则俱非《冥祥记》遗文，鲁迅“审慎地评估，予以割爱而不收录，极为正确”。考《广记》多引

《法苑珠林》,疑此条实出《法苑珠林》,观其首亦谓“魏时”可知也。汪绍楹校注《后记》此条,谓“本条见《法苑珠林》四三(案:此据百二十卷本)、《太平御览》八八八、《太平广记》二八四引作《续搜神记》”,所云有误。今据《珠林》,参酌《御览》、《广记》校辑。

〔一〕寻阳县北山中蛮人有术　《珠林》前有“魏时”二字,《广记》同,《御览》无,乃编者道世所妄加,今删。旧本辑此二字。

〔二〕毛色爪身悉如真虎　《珠林》“爪”讹作“介”,据《广记》改。《御览》“爪身”作“爪牙”,旧本同。

〔三〕馀乡人前将军周畛有一奴　“馀乡”,《御览》、《广记》作“乡”,旧本同。“前将军”,《珠林》、《广记》及《御览》卷八八八无,旧本同,据《御览》卷八九二补。“畛”,《珠林》《大正新修大藏经》本校:“一作昣。”《御览》作“眎”,《四库全书》本及《广记》作“昣”,旧本同。

〔四〕视我所为　《广记》作“我欲有所为”。

〔五〕视　《四库全书》本《御览》卷八八八作“悉”,旧本同。

〔六〕以三尺布一升米精一赤雄鸡一升酒　《珠林》《大正藏》本“升”作“斗”,《四库全书》本(卷四三)作“数升米粡”。《御览》卷八八八作“数升米面”,鲍崇城校刊本“面”作“糈”。《御览》卷八九二作“三尺布巾”、“一斗酒”。《广记》“升”亦作“斗”,孙潜校本作“一斗米、一赤雄鸡、一斗酒”。旧本《津逮秘书》本作“数升米粡”,同《珠林》《四库全书》本,《学津讨原》本改“粡”为“糈”。案:字书无“粡”字,“粡”为“糈”字之讹。《楚辞·离骚》:“怀椒糈而要之。”王逸注:“糈,精米,所以享神。”米精亦即精米。

19 胡道人

石虎中〔一〕，有一胡道人知咒术。驱驴作贾客〔二〕，于外国深山中行。下有绝涧，窅然无底。行者恃山为道，鱼贯相连〔三〕。忽有恶鬼，偷牵此道人驴下入涧。道人急性，便大嗔恚，寻迹涧中，并咒誓呼诸鬼神。下远，忽然出一平地，城门外有一鬼，大锁项，脚着大铁桎。鬼见道人便乞食，曰："得食，当与汝。"既至门，乃是鬼王所治。前见王，道人便自说驱驴载物，为鬼所夺，寻迹至此。须臾，即得其驴，载物如故〔四〕。

本条《太平御览》卷九〇一引，出《续搜神记》。《灵鬼志》亦载，见《御览》卷七三六引，文详，语句多合，知二书相承也。今据《御览》卷九〇一辑，以《灵鬼志》校补。

〔一〕石虎中　旧本"中"上妄补"邺"字。《灵鬼志》作"时"，中亦时也。

〔二〕驱驴作贾客　"驱"原作"乘"，据《灵鬼志》改。

〔三〕行者恃山为道鱼贯相连　据《灵鬼志》补。

〔四〕"道人急性"至"载物如故"　原作"道人寻迹，咒誓呼诸鬼王，须臾即驴物如故"，删略颇多。据《灵鬼志》补。

20 沙门昙猷

昙猷道人〔一〕，清苦沙门也。剡县有一家事蛊，人啖其食饮，无不吐血死。猷诣之。主人下食，猷依常咒愿。见一双蜈蚣长尺馀〔二〕，便于盘中跳出。猷因饱食而归〔三〕，安然无他。

本条《太平御览》卷七四二、卷九四六引，出《续搜神记》（《御览》卷九四六作陶潜《续搜神记》）。《太平广记》卷三五九《荥阳廖氏》，注出《灵鬼志》及《搜神记》，明钞本、陈鳣校本作《灵鬼志》及《续搜神记》。凡两事，后事即本条，《御览》卷七四二引前事，出《灵鬼志》。今参酌诸书辑校。

〔一〕昙猷道人　“猷”原作“游”。案：《高僧传》卷一一《竺昙猷传》云：“竺昙猷，或云法猷，敦煌人。少苦行，习禅定。后游江左，止剡之石城山，乞食坐禅。尝行到一蛊家乞食，猷咒愿竟，忽见蜈蚣从食中跳出，猷快食，无他。”汪绍楹谓“《昙猷》条采自本书无疑”，“昙游”当正作“昙猷”。汪说是。昙游，另有其人。《高僧传》卷一二《释法慧传》：“时若耶悬溜山有释昙游者，亦蔬食诵经，苦节为业。”昙游乃宋齐时人，而昙猷东晋人。疑传钞误作“昙游”。《高僧传》尝取材本书，其云“昙猷”必不误，据改。

〔二〕尺馀　《御览》卷七四二作“丈馀”。

〔三〕猷因饱食而归　《御览》卷九四六作“游快饮食”。

21 历阳神祠

淮南胡茂回〔一〕，此人能见鬼，虽不喜见而不可止。后行至杨州，还历阳。城东有神祠，中正值民将巫祝祀之。至须臾顷，有群鬼相叱曰：“上官来。”各迸走出祠去。茂回顾，见二沙门来入祠中。诸鬼两两三三相抱持，在祠边草中伺望，望见沙门皆有怖惧〔二〕。须臾沙门去后，诸鬼皆还祠中。回于是遂少奉佛〔三〕。

本条《法苑珠林》卷四六(《太平广记》卷三一九亦引《法苑珠林》)、《太平御览》卷八八四引,出《续搜神记》。今据《珠林》,参酌《御览》、《广记》校辑。

〔一〕淮南胡茂回　《珠林》前有"晋",乃编纂者道世所加,《御览》无。旧本据《珠林》。

〔二〕望见沙门皆有怖惧　《广记》孙潜校本"见沙门"作"祠"。

〔三〕回于是遂少奉佛　《珠林》作"回于是信佛,遂精诚奉佛",旧本同。疑为道世改,今从《御览》。

22 高荀

荥阳高荀〔一〕,年已五十,为杀人被收,锁项地牢〔二〕,分意必死。同牢人云:"努力共诵观世音。"荀云:"我罪至重,甘心受死〔三〕,何由可免?"同禁劝之,因始发心,誓当舍恶行善。专念观世音〔四〕,不简造次〔五〕。若得免脱,愿起五层佛图,舍身作奴,供养众僧。旬月用心〔六〕,钳锁自解。监司惊怪〔七〕,语高荀云:"佛神怜汝,斩应不死。"临刑之日,举刀未下,刀折刃断。奏得原免。

本条《辩正论》卷七注引,末注:"出《宣验记》也,及《续搜神记》。"案:《太平广记》卷一一一引作《宣验记》。又齐陆杲《系观世音应验记》亦载,文字不同。今据《辩正论》注,参酌《广记》校辑。旧本未辑。

〔一〕高荀　《辩正论》注"荀"作"苟",《广记》作"荀"。董志翘《〈观世音应验记三种〉译注》:“‘苟’写本作‘苟’,《观音义疏》作‘简’,《辩正论》注作‘苟’。前《系观世音应验记》目录上,字迹清晰,作‘高荀’,据改。”今从《广记》。

〔二〕锁项地牢　《广记》“项”作“顿”。明钞本、孙潜校本作“项”。

〔三〕受死　《广记》“死”作“诬”。明钞本、孙校本作“死”。

〔四〕观世音　原无“世”字。案:六朝时译作观世音(或作光世音),唐初避李世民讳始去“世”字,今补。

〔五〕不简造次　《广记》“简”作“离”。明钞本作“简”,孙校本作“间”。

〔六〕旬月用心　《广记》“月”作“日”。

〔七〕惊怪　《广记》“怪”作“惧”。

搜神后记辑校卷三

23 雷公

吴兴人章苟者〔一〕,五月中于田中耕。乘小船以归,饭箩鱼鲑置船中,着菰里。晚饥取食,而饭亦已尽。如此非一。后日晚于菰芦中伺之,见一大蛇偷其食。苟即以鉟步悲反。叉之〔二〕,蛇便走去。苟乘船逐之,至一坂,有穴,蛇便入穴。但闻号哭云:"人斫伤某甲〔三〕。"或云:"当如何?"或云:"符敕雷公〔四〕,令霹雳杀奴。"须臾,云雨四合,震雷伤苟〔五〕。苟于是跳梁大骂云:"天公〔六〕,我贫穷,展力耕垦〔七〕。蛇来偷食我饭,罪当在蛇,反更来霹雳我耶?许是无知雷公。雷公若来,今当以鉟斫汝腹破。"须臾,云雨辄开,乃更还霹雳向穴中,诸蛇死者数十。

本条《开元占经》卷一〇二,《太平御览》卷一三、卷七六四引作《续搜神记》,《太平广记》卷四五六作《搜神记》,疑误。今据《御览》卷一三,参酌诸书校辑。

〔一〕章苟者　《御览》卷一三“苟”作“荀”,《开元占经》《四库全书》本作“狗”,钞本“狗”、“苟”并用,今从《御览》卷七六四及《广记》。

〔二〕苟即以鉦叉之　《御览》卷七六四“鉦”作“鋘”,《广记》作“鍜”,旧本同,《开元占经》作“镬”,又“叉”作“刈”。

〔三〕但闻号哭云人斫伤某甲　《开元占经》作“但闻啼哭,人云斫某甲”,《广记》作“但闻啼声云斫伤我矣”。旧本据《广记》辑,然又改“矣”为“某甲”,致文义不通。

〔四〕符敕雷公　《御览》卷一三、《广记》“符敕”作“付”,旧本同。据钞本《开元占经》改。

〔五〕震雷伤苟　《广记》作“霹雳覆苟上”。

〔六〕天公　《广记》作“天使”,旧本同。

〔七〕垦　《搜神后记》中华书局校注本讹作“恳”。

24 阿香

义兴人姓周,永和年中出都〔一〕,乘马,从两人行。未至村,日暮,道边有一新小草屋〔二〕,见一女子出门望,年可十六七,姿容端正,衣服鲜洁。见周过,谓曰:“日已暮,前村尚远,临贺讵得至?”周便求寄宿,此女为然火作食。向至一更,闻外有小儿唤“阿香”声,女应曰:“诺。”寻云:“官唤汝推雷车。”女乃辞行,云:“今有官事,当去。”夜遂大雷雨。向晓女还。周既上马,自异其处,返寻,看昨所宿处,止见一新冢,冢口有马迹及馀草〔三〕,周甚惊惋。至后五年,果作临贺太守。

本条《北堂书钞》卷一五二、《艺文类聚》卷二、《法苑珠林》卷四六(《太平广记》卷三一九亦引)、《初学记》卷一、《六帖》卷二、《天中记》卷二引作《续搜神记》,《太平御览》卷一三、《事林广记》前集卷一、《锦绣万花谷》前集卷二、《古今事文类聚》前集卷四、《古今合璧事类备要》前集卷三、《韵府群玉》卷六(两引)、《山堂肆考》卷六作《搜神记》,又见《绀珠集》卷七干宝《搜神记》,《类说》卷七《搜神记》。《咸淳毗陵志》卷三〇《纪遗》亦引,无出处。案:事在永和中,当出《续记》。今据《珠林》,参酌诸书校辑。

〔一〕永和年中出都　《锦绣万花谷》"永和"作"永平",永平乃晋惠帝年号。《咸淳毗陵志》末注云:"一云周姓,永和其名。"当为流传之误。《广记》引《珠林》"都"作"郭",明钞本、孙潜校本作"都"。《咸淳毗陵志》作"邑"。

〔二〕新小草屋　《类聚》、《初学记》、《六帖》作"新草小屋",《书钞》"新"作"杂",当讹。

〔三〕冢口有马迹及馀草　《珠林》《大正新修大藏经》本及《广记》"迹"作"尿",旧本同。

25 虹丈夫

庐陵巴丘人陈济者,作州吏。其妇姓秦,独在家。忽疾病,恍惚发狂,后渐差。常有一丈夫,长大〔一〕,仪貌端正,着绛碧袍,采色炫耀,来从之。后常相期于一山涧间。至于寝处,不觉有人道相感接,忽忽如眠耳。如是积年。秦每往期会〔二〕,不复畏难。比邻人观其所至,辄有虹见。秦云:"至水侧,丈夫有金瓶,引水共饮。"后遂有娠。生儿如人,多肉,不觉有手足。济寻假还,秦惧见之,乃内儿着瓮中〔三〕。因见此丈夫,以金瓶与之〔四〕,

令覆儿。济时醉眠在牖下，闻人与秦语，语声至怆，济亦不疑也。又丈夫语秦云："儿小，未可得将去。不须作衣，我自衣之。"即以绛囊与裹之，令可时出与乳。于时风雨晦冥，邻人见虹下其庭。秦常能办佳食肴馔〔五〕，丰美有异于常。丈夫复少时来，将儿去，亦风雨晦冥，人见二虹出其家。数年而来省母。后秦适田，见二虹于涧，畏之。须臾，见丈夫云："是我，无所畏。"从此遂疏。

本条《初学记》卷二、《山堂肆考》卷六引作《续搜神记》，《太平御览》卷一四作《搜神记》，《天中记》卷三作《神异传》、《搜神记》。《初学记》早出，姑从之。事又载《太平广记》卷三九六引《神异录》，文句与《御览》大同。今据《御览》，参酌《初学记》、《广记》校辑。案：旧本主要依据《广记》，阙文较多。

〔一〕长大　旧本作"长丈馀"。

〔二〕秦每往期会　《御览》"秦"原作"春"，当为"秦"之讹，今改。

〔三〕乃内儿着瓮中　《广记》"瓮"作"盆"。

〔四〕以金瓶与之　《御览》"瓶"作"瓮"，《天中记》作"瓶"。案：前有"金瓶"，当作"瓶"，据改。旧本作"瓶"。

〔五〕秦常能办佳食肴馔　《御览》"办"讹作"辨"，《四库全书》本及鲍崇城校刊本作"办"，据改。

26 何参军女

刘广〔一〕，豫章人，年少未婚。至田舍，见一女，云："我是何参军女，年十四而夭。为西王母所养，使与下土人交。"广与之缠绵。其日，于席下得手巾，裹鸡舌香。其母取巾烧之，乃是火浣布。

本条《法苑珠林》卷三六、《太平御览》卷九八一引，出《续搜神记》，据《珠林》辑录。

〔一〕刘广　《御览》"刘"作"王"。

27 竺昙遂

太元中〔一〕，谢家沙门竺昙遂，年二十馀，白皙端正，流俗沙门〔二〕。身尝行经青溪庙前过，因入庙中看。暮归，梦一妇人来，语云："君当来作我庙中神，不复久。"昙遂梦问妇人是谁，妇人云："我是青溪中姑。"如此一月许，便卒病。临死，谓同学年少曰："我无福，亦无大罪，死乃当作青溪庙神。诸君行便，可见看之〔三〕。"既死后，诸年少道人诣其庙。既至，便灵语相劳问，音声如其生时。临去，云："久不闻呗声，甚思一闻之。"其伴慧觐，便为作呗，讫，其犹唱赞。语云〔四〕："歧路之诀，尚有凄怆，况此之乖。形神分散，窈冥之叹，情何可言！"既而歔欷，悲不自胜，诸道人等皆为流涕。

本条《法苑珠林》卷九〇、《太平广记》卷二九四引，出《续搜神记》。今据《珠林》，参酌《广记》校辑。

〔一〕太元中　前原有"晋"字，乃释道世所加，今删。旧本讹作"晋太康中"。

〔二〕流俗沙门　《广记》作"流落沙门"。案：本书《流俗道人》亦有

“流俗”一词，盖指沙门之流于世俗，不精进佛法者。《俱舍论记》卷一五称沙门有四，败坏佛道者为“污道沙门”，所谓“流俗沙门”亦此类，故《珠林》以其人著于《破戒篇》。《广记》误。

〔三〕可见看之　《广记》明钞本、孙潜校本“见看”作“枉顾”。

〔四〕讫其犹唱赞语云　《广记》明钞本、孙校本作“初犹唱赞，后云”。

28 吴望子

会稽鄮音懋。县东野有一女子〔一〕，姓吴，字望子。年十六，姿容可爱。其乡里有鼓舞解事者要之〔二〕，便往。缘塘行，半路忽见一贵人，端正非常人。乘船，手力十馀〔三〕，皆整顿。令人问望子：“今欲何之？”其具以事对。贵人云：“我今正往彼，便可入船共去。”望子辞不敢，忽然不见。望子既到，跪拜神座，见向船中贵人俨然端坐，即苏侯神像也〔四〕。问望子来何迟，因掷两橘与之。数数现形，遂降情好〔五〕。望子心有所欲，辄空中下之。曾思啖脍，一双鲜鲤应心而至。望子芳香流闻数里，颇有神验，一邑共奉事。经历三年，望子忽生外意，便绝往来。

本条《北堂书钞》卷一四五、《锦绣万花谷》后集卷三八引作《搜神记》，《法苑珠林》卷六二、《太平御览》卷九三六作《续搜神记》，《初学记》卷二八作陶潜《搜神后记》，当出《续记》。《珠林》引文详，馀略。旧本《搜神记》据《珠林》辑入，又据《御览》、《初学记》辑为《后记》。今据《珠林》，参酌诸书校辑。

〔一〕会稽鄮县东野有一女子　《珠林》前有“汉”字，诸书皆无，此乃释道世妄加，今删。“鄮县”，《珠林》作“郢县”，《书钞》作“鄮县”，并讹，《御览》作“鄮县”，是也。《晋书·地理志下》，会稽郡有鄮县。

〔二〕其乡里有鼓舞解事者要之　旧本妄改作“其乡里有解鼓舞神者要之”。案：解，禳除，解除。《论衡》有《解除篇》。解事，亦解除之意。鼓舞解事者谓以歌舞祈祷鬼神禳除灾病，巫之职也。《真诰》卷一四：“范伯慈者，桂阳人也。家本事俗，而忽得狂邪，因成邪劳。病顿，卧床席经年。迎师解事，费用家资渐尽，病故不愈。”“迎师解事”，即请来巫师解除病邪。

〔三〕手力十馀　旧本“手力”讹作“挺力”。案：手力，奴仆，差役。《三国志》卷二三《魏书·常林传》注引《魏略》：“林少单贫，自非手力，不取之于人。”《宋书》卷五六《孔琳之传》：“尚书令省事倪宗，又牵威仪手力，击臣下人。”

〔四〕即苏侯神像也　《珠林》“苏侯”作“蒋侯”，《初学记》、《锦绣万花谷》同，旧本据辑。《书钞》、《御览》均云“为苏侯神所爱”。案：据《搜神记》，蒋侯神吴封，祠在建康（案：吴名建业），此在会稽，当为苏侯神。《宋书·礼志四》：“蒋侯，宋代稍加爵，位至相国、大都督、中外诸军事，加殊礼，锺山王。苏侯，骠骑大将军。”

〔五〕遂降情好　旧本“降”作“隆”。

29 掘头船渔父

临淮公荀序，字休玄。母华夫人，怜爱过常。年十岁，从南临归，经青草湖。时正帆风驶〔一〕，音史，疾也。序出塞郭上落水，比得下帆，已行数十里。洪波淼漫，母抚膺远望。少顷，见一掘头船〔二〕，渔父以楫拨船如飞〔三〕，载序还之，云送府君还。荀后位至常伯、长沙相，故云府君也。

本条《太平御览》卷七六九引，出《续搜神记》，明王世贞《弇州四部稿》卷一五九《宛委馀编四》引作《搜神记》。案：《晋书》卷三九《荀顗传》："中兴初，以顗兄玄孙序为顗后，封临淮公。序卒，又绝，孝武帝又封序子恒继顗后。"《晋书》卷七五《荀崧传》："元帝践阼，征拜尚书仆射……从弟馗早亡，二息序、廞，年各数岁，崧迎与共居，恩同其子。太尉、临淮公荀顗国胤废绝，朝庭以崧属近，欲以崧子袭封。崧哀序孤微，乃让封与序，论者称焉。"荀序卒于孝武帝世，时代晚于干宝，应出《续搜神记》。今据《御览》辑。

〔一〕驶音史疾也　中华书局影印宋刊本原作"駚音丈十也"，《四库全书》本及鲍崇城校刊本《御览》作"驶"，注："音史，疾也。"案：据《广韵·十七央》：駚，苦央切，意为"駚马，日行千里"。义同"快"。又《广韵·十六屑》：駚，古穴切，"駚騠，良马，生七日超母也"。本文言"正帆风駚"固可，然注"音丈十也"有误。今从《四库全书》本及鲍校本。旧本作"驶"，无注。

〔二〕掘头船　明方以智《通雅》卷四九引《卮言》（案：实即《宛委馀编》）作"撅头船"，而《宛委馀编四》引作"掘头船"，云："张志和《渔父词》作撅头船，盖掘与通也。"案："掘"通"拙"，秃也；"撅"亦为秃意。

〔三〕渔父以楫拨船如飞　鲍崇城校刊本"拨"作"棹"，旧本同。棹，船桨，亦用为划船之意。

搜神后记辑校卷四

30 阿马

陈郡袁真在豫州，遣妓女纪陵送阿薛、阿郭、阿马三妓与桓宣武。既至经时，三人半夜共出庭前观望。忽见一流星，夜从天直堕盆水中，冏然明净。薛、郭二人更以瓢酌取，皆不得。阿马最后取，星正入瓢中。便饮之，即觉有娠，遂生桓南郡〔一〕。

本条《太平御览》卷三六〇、卷五六八，《补侍儿小名录》，《天中记》卷二引，出《续搜神记》（《天中记》作《续搜神记》、《续晋阳秋》）。事又载《幽明录》（《开元占经》卷七一引），文字大同，当据本书。亦见宋檀道鸾《续晋阳秋》辑本卷三，文句不同。今据《御览》卷三六〇，参酌《幽明录》校辑。

〔一〕案：旧本此条作："袁真在豫州，遣女妓纪陵送阿薛、阿郭、阿马三妓与桓宣武。既至经时，三人半夜共出庭前月下观望，有铜瓮水在其侧。忽见一流星，夜从天直堕瓮中。惊喜共视，忽如二寸火珠，沉于水底，炯然明净。乃相谓曰：'此吉祥也，当谁应之。'于是薛、郭二人更以瓢杓接取,并不得。阿马最后取,星正入瓢中。便饮之,既而若有感焉。俄而怀桓玄。玄虽篡位不终,而数年之中,荣贵极矣。"此实据《天中记》辑录,当又据《御览》略有校改。《天中记》乃缀合《御览》所引本书及《续晋阳秋》而成。《续晋阳秋》所载,见引于《北堂书钞》卷一五〇、《艺文类聚》卷一、《御览》卷五及卷七五八。兹将《类聚》所引录于下,以资对照:"桓玄庶母马氏,本袁真之妓也。与同列薛氏、郭氏,夏夜同出月下,有铜瓮水在其侧。见一流星堕瓮中,惊喜共视,星如二寸火珠,于水底冏然明净。乃相谓曰:'此吉祥也,当谁应之。'于是薛、郭更以瓢杓接取,并不得。马最后取,星正入瓢中。便饮之,既而若有感焉。俄而怀玄。玄虽篡位不终,而数年之中,荣贵极矣。"

31 文晃

庐陵巴丘人文晃者〔一〕,世以田作为业。年常田数十顷〔二〕,家渐富。晋太元初,秋收已过,获刈都毕。明旦至田,禾悉复满,湛然如先〔三〕。即便更获,所获盈仓,于此遂巨富。

本条《艺文类聚》卷八五,《太平御览》卷四七二、卷八三九,《天中记》卷四五并引,出《续搜神记》。今据《类聚》,参酌《御览》、《天中记》校辑。

〔一〕庐陵巴丘人文晃者 《类聚》"文"字缺,据《御览》卷八三九、《天中记》补。《御览》卷四七二讹作"夕"。旧本作"文晃",注"一作周冕"。案:《四库全书》本《御览》卷八三九作"文晃",《类聚》作"周晃",其称"冕"者,盖《类聚》别本如此。

〔二〕年常田数十顷　《御览》卷四七二“常”作“市”,《四库全书》本乃作“常”。

〔三〕湛然如先　《御览》卷四七二作“郁然如先”,卷八三九作“湛然如生”,《四库全书》本“生”作“初”,旧本同。

32 华子鱼

华子鱼为诸生时〔一〕,尝寄宿人门外。主人妇夜生。有顷,两吏来诣其门,便相向辟易却退,相谓曰:“公在此。”因踟蹰良久〔二〕。一吏曰:“籍当定,奈何得住?”乃前向子鱼拜,相将入。出并行,共语曰:“当与几岁?”一人曰:“当与三岁。”天明,子鱼去。后欲验其事,至三岁,故往问儿消息,果已死。子鱼乃自喜曰:“我固当公。”后果为太尉。

本条《太平御览》卷三六一引《列异传》,末注:“《续搜神记》同。”案:《三国志·魏书·华歆传》注、《御览》卷四六七亦引《列异传》此条。今据《御览》卷三六一,参酌《魏书》注及《御览》卷四六七校辑。

〔一〕华子鱼为诸生时　《魏书》注“华子鱼”作“华歆”,案:歆字子鱼。旧本作“平原华歆字子鱼,为诸生时”,乃据《魏书·华歆传》补,传云:“华歆字子鱼,平原高唐人也。”

〔二〕因踟蹰良久　《魏书》注、《御览》卷四六七“踟蹰”作“踌躇”。

33 魏金

上虞魏金〔一〕,家在县北。忽有一人,着孝子服,皂笠,手巾掩口,来诣金家。语曰:“居有钱一千万[二],铜器亦如之,在大柳树之下[三],取钱当得耳。于君家大不吉[四],仆寻为君作此[五]。”便去。自尔出三十年,遂不复来,金亦不取钱[六]。

本条《艺文类聚》卷八九、《太平御览》卷九五七引,出《续搜神记》。今据《类聚》,参酌《御览》校辑。

〔一〕魏金　《御览》“金”作“全”,《四库全书》本作“金”。旧本作“全”。

〔二〕居有钱一千万　《御览》“居”作“君”,旧本同。《御览》《四库全书》本无此字。

〔三〕在大柳树之下　《类聚》、《御览》作“大柳树钱在其下”,据《四库全书》本《御览》改。

〔四〕于君家大不吉　此句据《御览》,《类聚》作“书居大不吉”,有讹误。

〔五〕仆寻为君作此　《御览》作“仆寻为君取于此”,《四库全书》本无“于”字。旧本改“作”为“取”。案:若为“取”字,则下文不当复言“金亦不取钱”,疑有脱讹。

〔六〕金亦不取钱　《御览》鲍崇城校刊本作“全家亦不取钱”,旧本同。

34 赵真

新野赵真家[一],园中所种葱,未经抽拔,忽一日尽缩入地。后经岁馀,真之兄弟,相次分散。

本条《太平御览》卷九七七、《天中记》卷四六引,出《续搜神记》,据

《御览》辑。

〔一〕新野赵真家　《御览》《四库全书》本“真”作“贞”,《天中记》“真”作“直”(《四库全书》本作“真”),下文又作“贞”。旧本作“贞”。

35 程咸

程咸〔一〕,字延祚〔二〕。其母始怀咸,梦老公授药与之:“服此当生贵子。”晋武帝时,历位至侍中,有名于世。

本条《艺文类聚》卷四八、《太平御览》卷二一九引,出《续搜神记》,据《御览》辑录。

〔一〕程咸　旧本注:“一作程武。”案:作“武”误。《晋书》卷四〇《贾充传》:“帝遣侍中程咸犒劳。”《隋书·经籍志》别集类著录《晋侍中程咸集》三卷。

〔二〕字延祚　《类聚》、《御览》“祚”作“休”。案:《北堂书钞》卷五八引王(王隐)《晋书》:“程咸,字延祚。太始十年诏曰:‘王门郎咸,博学洽通,文藻清敏,其以为散骑常侍。’”又引臧荣绪《晋书》:“太始十年诏曰:‘程咸字延祚,博学洽通,文藻清敏,历职左右,劬劳内侍,乃心在公,夙夜不懈,以咸为散骑常侍、左通直郎。’”据改。《御览》卷三六一、卷九八四引王隐《晋书》俱作“延休”。

36 桓哲

桓哲〔一〕,字明期。居豫章时,梅玄龙为太守,先已病矣,哲往省之,语梅曰:“吾昨夜忽梦作卒,迎卿来作太山府君。”梅闻之愕然,曰:“吾亦梦见卿为卒,着丧衣来迎我。”数日,复同梦如先,云二十八日当拜。至二十七日晡后,桓忽中恶,腹胀满,遣人就梅索麝香丸。梅闻,便令作凶具。二十七日桓便亡,二十八日而梅卒。

本条《太平御览》卷九八一、《太平广记》卷二七六、《永乐大典》卷一三一三五、《香乘》卷三引,出《续搜神记》。今据《御览》,参酌《广记》、《大典》校辑。

〔一〕桓哲　《广记》、《大典》、《香乘》“哲”作“誓”。

37 谢奉

会稽谢奉,与永嘉太守郭伯猷善〔一〕。谢忽梦郭与人于浙江上争樗蒲钱,为水神所责,堕水死,已营理郭凶事。既觉,便往郭许,共围棋。良久,谢云:“卿知吾来意不?”因具说所梦。郭闻之怅然,云:“信与人争,如卿所梦,何期太的也〔二〕!”须臾如厕,便倒气绝。谢断理之,如所梦〔三〕。

本条《六帖》卷二三引作《搜神记》,《太平御览》卷四〇〇作《续搜神记》。案:据《世说新语·雅量》及注,谢奉字弘道,会稽山阴人,历安南将军、广州刺史、吏部尚书,与桓温、谢安同时。又据《晋书·礼志中》,升平五年穆帝崩,哀帝立,时奉为尚书。然则奉晚于干宝,当出《续记》,旧本《搜神记》辑入,误。今据《御览》,参酌《六帖》校辑。

〔一〕与永嘉太守郭伯猷善　“郭伯猷”《六帖》作“郑猷”。

〔二〕何期太的也　《四库全书》本、鲍崇城校刊本《御览》"的"作"的的"，旧本同。案：的、的的意同，准确，真实。

〔三〕"郭闻之怅然"至"如所梦"　《六帖》作："猷曰：'吾昨夜梦与人争钱。'惆怅不语。落厕而死，奉为凶具，一如前梦。"旧本据而改"信与人争"为"吾昨夜梦与人争钱"，末七字改为"奉为凶具，一如其梦"。

38 宗渊

宗渊，字叔林，南阳人。晋太元中，为寻阳太守〔一〕。得十头龟〔二〕，付厨敕：旦且以二头作臛〔三〕。便着潘汁，瓮中养之。其暮，梦有十丈夫，并着乌袴褶，自反缚，向宗渊叩头，若求哀。明日，厨中宰二龟。其暮，复梦八人求哀如初。宗渊方悟，令勿杀。明夜，还梦见昨八人来跪谢恩，于是惊觉。明朝，自入庐山放之，遂不复食龟。

本条《太平御览》卷三九九、《天中记》卷五七、《骈志》卷一四引作《续搜神记》，《太平广记》卷二七六作《搜神记》。案：事在太元中，必出《续记》。《广记》卷一一八引《梦隽》亦载，当取本书。今据《御览》，参酌《广记》校辑。案：旧本未辑。汪绍楹辑入《搜神后记佚文》。

〔一〕为寻阳太守　《广记》两引并作"晋阳守"，误。

〔二〕得十头龟　《御览》作"有数十头龟"，此从《广记》卷一一八及《天中记》、《骈志》。《广记》卷二七六"龟"作"鳖"。

〔三〕付厨敕旦且以二头作臛　《广记》、《天中记》、《骈志》作"付厨曰：每日以二头作臛"。

39 王蒙

司徒蔡谟，亲有王蒙者，单独，常为蔡公所收养。蒙长才及三尺〔一〕，似为无骨，登床辄令人抱上。公尝令日捕鱼，获龟如车轮。公付厨，帐下倒悬龟着屋。蒙其夕才眠已厌，如此累夜。公闻而问蒙何故厌，答云：“眠辄梦人倒悬已。”公容虑向龟，乃令人视龟所在，果倒悬着屋。公叹曰：“果如所度。”命下龟于地。于是蒙即得安寝，龟乃去。

本条《太平御览》卷三七五、卷三七八、卷九三一，《天中记》卷二三并引，出《续搜神记》。《古今同姓名录》卷上“三王蒙”下云“一蔡谟亲”，注“《搜神记》”。案：据《晋书》卷七七《蔡谟传》，晋康帝即位，征拜左光禄大夫、开府仪同三司，领司徒，时在干宝卒后，必不出《搜神记》。今据《御览》卷九三一，参酌卷三七五、卷三七八校辑。旧本未辑。汪绍楹辑入《搜神后记佚文》。

〔一〕三尺　《御览》卷三七五、《天中记》“三”作“五”。

40 朱恭

有恶人朱恭〔一〕，每以杀盗为业。夜至莲花寺杀尼盗物，一夜绕院而走，不知出处。遂堕露厕而死，背犹负物。

本条《辩正论》卷七注引作《搜神录》。案：首云宋，当出陶记，梁释慧皎《高僧传序》有称陶渊明《搜神录》，唐释法琳《破邪论》卷下、释道宣《集神州三宝感通录》卷下皆亦称陶元亮《搜神录》,是陶书佛徒亦省称《搜神录》。旧本未辑。

〔一〕有恶人朱恭 《辩正论》注前原有"宋"字,盖因陶书出宋世而自加,今删。

41 沛国士人

沛国有一士人,姓周,生三儿〔一〕,向应可语便哑,皆七八岁〔二〕。忽有一人经门过,来乞饮〔三〕。闻其儿声,问主人:"此是何声?"答云:"是仆儿。频生三子,皆哑,不能语。"客曰:"君冥罪,还内自省,何以致此。我于外待君。"主人异其言,知非常人,便入内思僭。同僁。良久而出,云:"都不忆有罪过。"客曰:"试更思幼时事。"入内,食顷出,谓客曰:"记昔为小儿时,当床上有燕巢,中有三子。其母从外得食哺子,子辄出头作声受之,积日如此。时屋下举手攀得及巢,试以指内巢中,燕子亦出口承之。乃取三蒺藜〔四〕,各与其子吞之,既而皆死。其母寻还,不复见其子,出户徘徊,悲鸣而去。昔有此事,甚实悔之。"客变为道人之容〔五〕,曰:"是矣。君既自知悔罪,今除矣〔六〕。"言讫,便闻其三儿,言语忽然周正,盖能知过之故也。客乃去,不知所在也。

本条《六帖》卷九五,《太平御览》卷七四〇、卷九九七,《太平广记》卷一三一,《古今合璧事类备要》别集卷七三,《群书类编故事》卷二四并引,《群书类编故事》脱出处,馀作《续搜神记》。又载《宣验记》(《御览》卷九二二、《事类赋注》卷一九、《古今事文类聚》后集卷四五引),《宣验记》宋刘义庆撰，当本本书。今据《御览》卷七四〇，参酌诸书校辑，并据《宣验记》补。

〔一〕生三儿　《广记》作"同生三子"，旧本同。

〔二〕向应可语便哑皆七八岁　《广记》作"年将弱冠，皆有声无言"，旧本同。

〔三〕乞饮　《六帖》、《古今合璧事类备要》"饮"作"食"，《御览》卷九九七、《群书类编故事》作"饮"。

〔四〕蒺藜　《广记》作"蔷茨"，旧本同。案：蔷茨即蒺藜。

〔五〕客变为道人之容　此句据《宣验记》补。旧本亦补，又在"客"下增"闻言遂"三字。

〔六〕君既自知悔罪今除矣　据《宣验记》补。旧本亦补。

42 猿母

临川东兴有人入山，得猿子，便将归。猿母自后逐至家，此人缚猿子于庭中树上，以示之。其母便搏颊向人，若哀乞〔一〕，直是口不能言耳〔二〕。此人既不能放，竟击杀之。猿母悲唤，自踯而死〔三〕。此人破腹视之〔四〕，肠皆断裂矣〔五〕。未半年〔六〕，其人家疫，一时死尽灭门。

本条《太平广记》卷一三一、《分类补注李太白诗》卷一一《赠武十七谔》注引，出《搜神后记》，明钞本作《搜神记》。今据《广记》，参酌《李太白诗》注校辑。案：旧本《搜神记》辑入，疑非。

〔一〕若哀乞　旧本作"欲乞哀状"，汪绍楹校："明钞本《太平广记》作'若哀乞状'。"案：谈本《太平广记》作"欲哀乞"，汪绍楹据明钞本改“欲”为“若”，然无“状”字。《李太白诗》注亦作“欲哀乞”。

〔二〕直是口不能言耳　谈本《广记》“是”作“谓”，旧本同，汪校本据明钞本改作“是”。

〔三〕自踯而死　《李太白诗》注“踯”作“掷”，旧本同。案：踯、掷义同，跳跃。

〔四〕此人破腹视之　《广记》“腹”讹作“肠”，旧本同。据《李太白诗》注改。

〔五〕肠皆断裂矣　旧本作“寸寸断裂”。案：《世说新语·黜免》载：“桓公（案：指桓温）入蜀，至三峡中。部伍中有得猿子者。其母缘岸哀号，行百馀里不去。遂跳上船，至便即绝。破视其腹中，肠皆寸寸断。公闻之怒，命黜其人。”疑旧本据此改。

〔六〕未半年　明钞本“半”作“期”，孙潜校本作“一”。

43 黄赭

鄱阳县民黄赭〔一〕，入山采荆杨子，遂迷不知道。数日饥饿，忽见一大龟，赭便咒曰：“汝是灵物，吾迷路不知道，今骑汝背，示吾路〔二〕。”龟即回右膊〔三〕，赭即从行。去十馀里，便至溪水，见贾客行船。赭即往乞食，便语船人云：“我向者于溪边见一龟，甚大，可共往取之。”言讫，面即生疮。既往，亦复不见龟。还家数日，病疮而死。

本条《初学记》卷三〇、《太平御览》卷九三一、《古今事文类聚》后集卷三五、《古今合璧事类备要》别集卷六三、《韵府群玉》卷二、《群书类编故事》卷二四、《天中记》卷五七、《山堂肆考》卷二二五引，出《续搜神记》。今据《御览》校辑。案：旧本未辑。汪绍楹据《御览》、《初学记》辑入《搜神后记佚文》。

〔一〕黄赭　《古今合璧事类备要》作“黄睹”，误。

〔二〕示吾路　《初学记》、《古今事文类聚》、《古今合璧事类备要》、《群书类编故事》作“头向便是路”，《山堂肆考》亦同，“向”下有“处”字。

〔三〕膊　《御览》鲍崇城校刊本及《初学记》、《古今事文类聚》、《古今合璧事类备要》、《群书类编故事》、《天中记》、《山堂肆考》作“转”。

44 流俗道人

顾霈者，吴之豪士也。曾送客于升平亭，时有一沙门在坐，是流俗道人〔一〕。主人欲杀一羊，羊绝绳便走，来入此道人膝中，穿头入袈裟下。道人不能救，主人命即将去而杀之。既行炙，主人先割以啖道人。道人食炙下喉，炙便自走行道人皮中，痛毒不可忍。呼医来针之，以数针贯之，炙犹动摇。乃破肉出之，故是一脔肉耳。道人于是得病，作羊鸣，吐沫。还寺，少时便死。

本条《艺文类聚》卷九四、《太平御览》卷九〇二、《天中记》卷五四、《骈志》卷一四引作《续搜神记》，《太平广记》卷四三九作《搜神记》，明钞本、陈鳣校本作《续搜神记》。今据《御览》，参酌《类聚》、《广记》校辑。

〔一〕时有一沙门在坐是流俗道人　《广记》作“时有沙门流俗者在座中”，案：道人即沙门。

45 石窠三卵

元嘉中〔一〕,广州有三人共入山中伐木。忽见石窠中有三卵〔二〕,大如升,便取煮之。汤始热,便闻林中如风雨声。须臾,有一蛇大十围,长四五丈,径来,于汤中衔卵而去。三人无几皆死。

本条《太平御览》卷八八五、《太平广记》卷四五七引作《续搜神记》,《御览》卷九三四、《广记》卷一三一、明黄衷《海语》卷下引作《搜神记》。案:事在元嘉中,当出《后记》。今据《御览》卷九三四辑录。

〔一〕元嘉中 《御览》卷九三四、《广记》卷一三一前有"宋"字,今删。

〔二〕三卵 《四库全书》本、鲍崇城校刊本《御览》卷八八五"三"作"二",旧本同。

搜神后记辑校卷五

46 阿鼠

元帝末〔一〕,谯郡周子文,家在晋陵郡延陵县。少时喜射猎,尝入山猎,伴侣相失。忽山岫间见一人,长五丈许〔二〕,捉弓箭,箭镝头广二尺许,白如霜雪。此人忽出声唤曰:“阿鼠。”阿鼠,子文小字。〔三〕子文不觉应曰:“诺。”此人牵弓满,镝向子文,子文便失魄厌伏,不能复动。遂不见此人。猎伴寻求子文,都不能语。舆还家,数日而卒。

本条《法苑珠林》卷六四、《太平御览》卷八三二引,出《续搜神记》。事又见《太平广记》卷三一八引《广古今五行记》。案:《广古今五行记》唐窦维鋈撰,多采前人书(参见拙著《唐五代志怪传奇叙录》),本条必是采录本书。《广记》所引文详,殆未删削。今据《广古今五行记》,参酌《珠林》、《御览》校辑。

〔一〕元帝末 《珠林》、《御览》作“晋中兴后”,旧本同。

〔二〕长五丈许 《广古今五行记》“丈”作“尺”,此从《珠林》、《御览》。旧本作“长五六丈”。

〔三〕阿鼠子文小字　注据《珠林》、《御览》补。《御览》以“阿鼠”为正文。《广古今五行记》无注而前云“谯郡周子文,小字阿鼠”。案:《珠林》、《御览》所引《搜神记》、《续搜神记》,多有注文,当为干宝以后人所加。

47 飞燕

代郡张平者,苻坚时为贼帅,自号并州刺史。养一狗,名曰“飞燕”,形若小驴。忽夜上厅事屋上行,行声如常平〔一〕。未经年,果为鲜卑所逐,败走,降苻坚,未几便死。

本条《太平御览》卷八八五引,出《续搜神记》,据辑。

〔一〕常平　《四库全书》本及鲍崇城校刊本作“平常”,旧本同。案:常平亦平常之意。宋末陈世崇《随隐漫录》卷五:“处变如处常平。”

48 死人头

新野庾谨母病〔一〕,兄弟三人,悉在白日侍疾。常燃火〔二〕,忽见帐带自卷自舒〔三〕,如此数四。须臾,闻床前狗斗声非常〔四〕。举家共视,了不见狗,止见一死人头在地,头犹有血,两眼尚动,甚可憎恶。其家怖惧,夜持出门〔五〕,即于后园中埋之。明旦往视之,出土上,两眼犹尔。即又埋之,后旦亦复出〔六〕。乃以砖着头合埋之，不复出也。数日[七]，其母遂亡。

本条《太平御览》卷八八五引，出《续搜神记》。事又载《幽明录》（《太平广记》卷三六〇引），文字大同。今据《御览》辑，校以《幽明录》。

〔一〕新野庾谨母病　宋刊本《御览》“新野”作“新冶”，《四库全书》本及《幽明录》作“新野”（《幽明录》“野”作“埜”）。案：据《晋书·地理志下》，新野属义阳郡；据《宋书·州郡志二》，新冶属晋熙郡，晋安帝立。是则地名皆不误。然庾姓郡望为颍川、新野，东晋庾亮一族出颍川，而《异苑》卷四有新野庾寔，卷六有新野庾绍之，则新野庾也。故当作“新野”，据改。

〔二〕悉在白日侍疾常燃火　旧本将“白日”移在“常”上。

〔三〕自卷自舒　宋刊本《御览》“卷”作“卷上”，据《四库全书》本及鲍崇城校刊本删。

〔四〕闻床前狗斗声非常　旧本作“床前闻狗声异常”。

〔五〕夜持出门　《御览》原作“夜不持出门”，《四库全书》本“夜”作“乃”，旧本同，鲍崇城校刊本作“即”。疑“不”字衍，据《幽明录》删。

〔六〕后旦亦复出　《广记》“亦”作“已”。旧本作“后日复出”。

〔七〕数日　旧本作“他日”。

49 白头公

太元中[一]，乐安高衡为魏郡太守[二]，戍石头。其孙雅之，在厩中，云有神来降，自称白头公，拄杖，光耀照人也[三]。白头公，白玉也。与雅之轻举宵行，暮至京口，晨已来还。后雅之父子，为桓玄所灭[四]。

本条《太平御览》卷八〇五引，出《续搜神记》。又载《幽明录》（《太平广记》卷二九四引）。今据《御览》，以《幽明录》校补。

〔一〕太元中　《广记》前有“晋”字，乃编纂者所加，旧本同。

〔二〕乐安高衡为魏郡太守　《御览》“衡”作“卫”，《四库全书》本作“位”。案：《晋书》卷八四《刘牢之传》：“牢之与东海何谦、琅邪诸葛侃、乐安高衡……等以骁猛应选。”卷一一三《苻坚传上》：“太元四年……晋将谢玄遣将军何谦之、高衡率众万馀，声趣留城。”卷七九《谢玄传》：“玄率东莞太守高衡……次于泗口。”是应作“衡”。

〔三〕光耀照人也　《广记》作“光耀照屋”，旧本同，惟“耀”作“辉”（《御览》《四库全书》本作“辉”）。

〔四〕“与雅之轻举宵行”至“为桓玄所灭”　据《广记》补。

50 桓大司马

桓大司马从南州来，拜简文皇帝陵，问左右殷涓形貌[一]，有人答涓为肥短黑色，形甚丑[二]。公云：“吾见之亦如此[三]。”意恶之。还州遂病[四]，无几而薨。

本条《太平御览》卷三八二引，出《续搜神记》，据辑。

〔一〕问左右殷涓形貌　“殷”原作“商”，乃《御览》编纂者避赵匡胤讳改，《法苑珠林》卷七〇引《冤魂志》、《晋书》卷九八《桓温传》载此事作“殷涓”，据改。案：旧本此句前多一节，云：“左右觉其有异。既登车,谓从者曰:'先帝向遂灵见。'既不述帝所言,故众莫之知。但见将拜时,频言'臣不敢'而已。"乃据《晋书·桓温传》滥补。

〔二〕有人答涓为肥短黑色形甚丑　旧本作"有人答涓为人肥短黑色,甚丑"。

〔三〕吾见之亦如此　旧本作"向亦见在帝侧,形亦如此",前句乃据《晋书·桓温传》补。

〔四〕还州遂病　旧本作"遂遇疾",乃据《晋书·桓温传》"因而遇疾"改。

51 葛辉夫

乌伤葛辉夫〔一〕,义熙中在妇家宿。三更,有两人把火至阶前。疑是凶人,往打之。欲下杖,悉变成蝴蝶,缤纷飞散。有一物冲辉夫腋下〔二〕,便倒地,少时死。

本条《太平广记》卷四七三、《广博物志》卷五〇引,出《搜神记》。案:事在义熙中,应出《续记》。今据《广记》,参酌《异苑》校辑。

〔一〕乌伤葛辉夫　《广记》前有"晋"字。旧本同。案:后既称"义熙中",不当复冠"晋"字。《太平御览》卷八八五引《异苑》无"晋"字(今本卷六有此字,今本乃后人辑),据删。

〔二〕有一物冲辉夫腋下　"一物"二字据陈鳣校本及《异苑》补。

52 两头人

永初三年〔一〕,谢南康家婢行,逢一黑狗,语婢曰:"汝看我背后人〔二〕。”婢举头,见一人长三尺,有两头。婢惊怖返走,人、狗亦随婢后。至家庭中,举家避走。婢问狗:“汝来何为?”狗云:“欲乞食耳。”于是婢与设食。并食食讫,两头人出。婢因谓狗曰:“人已去。”狗曰:“正巳复来。”良久没,不知所在。后家人死丧〔三〕。

本条《太平广记》卷一四一引,出《续搜神记》,据辑。

〔一〕永初三年　前原有“宋”字,旧本同,今删。

〔二〕汝看我背后人　旧本阙“人”字。

〔三〕后家人死丧　旧本“丧”下多“殆尽”二字。

搜神后记辑校卷六

53 虎卜

丹阳县人沈宗，居在县下，以卜为业。义熙中，左将军檀侯镇姑熟，好猎，以格虎为事。忽有一人，着皮袴，乘乌马〔一〕，从者一人，亦着皮袴，以纸裹十馀钱，来诣宗卜。云："西去觅食好？东去觅食好？"宗为作卦，卦成，告之〔二〕："东向吉，西向不利。"因就宗乞饮，内口着瓯中，状如牛饮。既出门，东行百步，从者及马皆化虎。自此以后，暴虎非常〔三〕。

本条《太平御览》卷八九二引，出《续搜神记》，据辑。

〔一〕乘乌马　《四库全书》本无"乌"字，旧本同。

〔二〕告之　旧本"告"作"占"。

〔三〕暴虎非常　旧本"暴虎"乙作"虎暴"。

54 鹿女

有一士人姓车〔一〕，是淮南人。天雨，舍中独坐〔二〕。忽有二年少女来就之，姿色甚美，着紫缬襦、青裙，天雨而衣不濡，立其床前，共语笑。车疑之：天雨如此，女人从外来，而衣服何不沾湿？必是异物。其壁上先挂一铜镜，径数寸。回顾镜中，有二鹿在床前。因将刀斫之，而悉成鹿。一走去，获一枚。以为脯，食之。

本条《初学记》卷二九、《天中记》卷五四引作陶潜《搜神后记》，《太平广记》卷四四三引《五行记》引作陶潜《搜神记》，《广博物志》卷四六亦引《五行记》，文同《广记》，《六帖》卷九七、《太平御览》卷九〇六、《古今合璧事类备要》别集卷七八、《山堂肆考》卷二一八作《搜神记》。《五行记》文详。今据《五行记》，参酌《初学记》等校辑。

〔一〕有一士人姓车　《初学记》作“淮南来氏”；《六帖》、《御览》、《天中记》作“淮南陈氏”，旧本同；《古今合璧事类备要》、《山堂肆考》作“淮南朱氏”。“车”、“来”、“陈”、“朱”形近，必有一讹。案：车姓望出鲁国、南平、淮南、河南，当作“车”。

〔二〕天雨舍中独坐　《广记》孙潜校本作“于江南舍中坐”。《初学记》、《六帖》、《天中记》作“于田种豆”，旧本同，惟“田”作“田中”；《御览》作“于江西种豆”。

55 丁零王猕猴

太元中〔一〕，丁零王翟钊〔二〕，后宫养一猕猴，在妓女房前。前后妓女同时怀娠，各产子三头，出便跳跃。钊方知是猴所为，乃杀猴及十子〔三〕，六妓同时号哭〔四〕。钊问之，云初见一年少，着黄练单衣、白纱帢，甚可爱，语笑如人。

本条《太平广记》卷四四六引，出《续搜神记》，据辑。《广博物志》卷四七引作《搜神记》，误。

〔一〕太元中　前原有“晋”字，乃编纂者所加，今删。旧本有此字。

〔二〕丁零王翟钊　“钊”，原误作“昭”。案：翟钊，翟辽之子。晋太元十三年，丁零人翟辽自称魏天王，改元建光。十六年病卒，子钊代立，改元定鼎。次年投西燕王慕容永，岁馀谋反被杀。见《资治通鉴》卷一〇七、卷一〇八。据改。

〔三〕乃杀猴及十子　案：六妓各产三子，当为十八子，“十子”当有误。旧本删去“十”字，《广博物志》同。

〔四〕六妓同时号哭　旧本改“六妓”为“妓女”，《广博物志》同。

56 伯裘

酒泉郡每太守到官〔一〕，无几辄卒死。后有渤海陈斐见授此郡〔二〕，忧愁不乐。将行，就卜者占其吉凶。卜者曰〔三〕：“远诸侯，放伯裘〔四〕，能解此〔五〕，则无忧。”斐仍不解此语，卜者报曰：“君去自当解之。”斐既到官，侍医有张侯，直医有王侯，卒有史侯、董侯，斐心悟曰：“此所谓‘诸侯’矣。”乃远之。即卧，思“放伯裘”之义，不知何谓。至夜半后，有物来上斐被上。斐觉，便以被冒取之。其物跳踉，音郎〔六〕，訇訇作声。外人闻，持火入，欲杀之。魅乃言曰〔七〕：“我实无恶意，但欲试府君耳。听一相赦，当深报府君恩。”斐曰：“汝为何物？而忽干犯太守？”魅曰：“我本千岁狐也〔八〕，今变为魅，垂垂化为神，而正触府君威怒，甚遭困厄，听一放我〔九〕。我字伯裘，有年矣。若府君有急难，但呼我字，当自解矣。”斐乃喜曰：“真‘放伯裘’之义也。”即便放之，小开被，忽然有赤光如震电，从户出。明日，夜有击户者，斐问曰：“谁？”答曰：“伯裘也。”问曰：“来何为？”答曰：“白事。”问曰：“白何事？”答曰：“北界有贼发，奴也〔一〇〕。”斐案发则验。后每事先以语斐，于是酒泉境界无毫发之奸，而咸曰“圣府君”〔一一〕。后经月馀，主簿李音私通斐侍婢，既而惊惧，虑为伯裘所白，遂与诸侯谋杀斐〔一二〕。伺旁无人，便使诸侯持杖直入，欲格杀之。斐惶怖，即呼：“伯裘，来救我！”即有物如曳一疋绛，剨然作声，音、侯伏地失魂〔一三〕，乃以次缚取之。考问来意故，皆服首。云斐未到官，音已惧失权，与诸侯谋杀斐。会诸侯见斥，事不成。斐即杀音等。伯裘乃谢斐曰：“未及白音奸情，乃为府君所召，虽效微力，犹用惭惶。”后月馀，与斐辞曰：“今得为神矣，当上天去，不得复与府君相见往来也。”遂去不见。

本条《法苑珠林》卷五〇，《太平御览》卷九〇九，《太平广记》卷四四七，《海录碎事》卷九下、卷一三下并引，《御览》、《广记》、《海录碎事》出《搜神记》，《珠林》作《搜神异记》。案：《珠林》所引首称“宋酒泉郡太守”。《宋书·州郡志》无酒泉郡，酒泉时属北魏。酒泉郡西汉置，西晋末沦没。《太平寰宇记》卷一五二《肃州》云：“肃州（原注：酒泉郡，今理酒泉县），《禹贡》雍州之域，与甘州同。昔月氏之地，为匈奴所灭，匈奴令休屠昆邪王守之。汉武时昆邪以众来降，以其地为武威、酒泉郡。……后汉至晋亦因袭不改。前凉张轨、西凉李暠、北凉沮渠蒙逊并都之。后魏太武平沮渠茂虔，乃以酒泉改为军，隶敦煌。后改镇为瓜州，复立郡于此。大统十年以酒泉郡属甘州。隋仁寿二年分甘州福禄县置肃州，以隶凉州总管府。炀帝初州废，以其地入张掖郡。”《珠林》各卷“感应缘”引事皆纪朝代，而其断时常据成书之时，如引《搜神记》称晋，引《幽明录》称宋皆是。本条前加

“宋”者，必是以其出于陶潜《续搜神记》，而书出宋世也。是故《搜神异记》所指实为《续搜神记》，无可疑也。今据《广记》，参酌《珠林》等书校录。

〔一〕酒泉郡每太守到官　《珠林》前原有“宋”字，旧本同，《御览》、《广记》无，据删。

〔二〕后有渤海陈斐见授此郡　《珠林》、《海录碎事》卷一三下“斐”作“裴”，《珠林》《四库全书》本(卷六三)乃作“斐”。

〔三〕卜者曰　《广记》“卜”作“日”，此据《珠林》、《御览》。

〔四〕放伯裘　《御览》影宋本“裘”作“求”，鲍崇城校刊本作“永”，《四库全书》本作“裘”。案：古取狐为裘，《诗经·豳风·七月》：“取彼狐狸，为公子裘。”《礼记·玉藻》：“君衣狐白裘……锦衣狐裘，诸侯之服也。”此狐之字，伯言其行大，裘则正含狐裘之意，作“求”、“永”皆讹。

〔五〕能解此　《珠林》下有“者”字。

〔六〕音郎　此注据《御览》补。《御览》所引本书及《搜神记》多有注文，不知何人加。《四库全书》本及鲍本“郎”作“狼”。

〔七〕魅乃言曰　《广记》“魅”作“鬼”，此据《珠林》。

〔八〕我本千岁狐也　《珠林》作“百岁狐”(《四库全书》本乃作“千岁狐”)，《御览》作“百年狐”(《四库全书》本乃作“千年狐”)。案：《广记》卷四四七引《玄中记》：“(狐)千岁即与天通，为天狐。”伯裘后上天为神，应是千岁狐。

〔九〕今变为魅垂垂化为神而正触府君威怒甚遭困厄听一放我　据《珠林》《大正新修大藏经》本补。《御览》作“今为魅，垂当神，听一放我”。

〔一〇〕北界有贼发奴也　《广记》作“北界有贼也”，此据《珠林》。旧本改作“北界有贼奴发也”，误。《法苑珠林校注》亦据旧本误改，且以“发”为奴之名。此皆不解文意而致妄改。其意谓郡北部边界盗贼作案，盗贼乃奴仆。下句“斐案发则验”，则谓陈斐查办发案情况，果然如此。

〔一一〕而咸曰圣府君　《珠林》“圣府君”作“圣君出”，《四库全书》本乃作“圣府君”，《御览》作“圣君”。

〔一二〕遂与诸侯谋杀斐　《御览》“侯”讹作“仆”，旧本同。《四库全书》本乃作“侯”。

〔一三〕音侯伏地失魂　《御览》讹作“诸仆伏地失魂”，旧本同，《四库全书》本“音侯”作“诸侯”。旧本下文“侯”皆作“仆”。

57 绛绫香囊

襄阳习凿齿〔一〕，为荆州主簿，从桓宣武出猎。时大雪，于江陵城西见草上雪气出，伺视，见一黄物，射之，应箭死。往取，乃一老雄狐，脚上戴绛绫香囊。

本条《太平御览》卷九〇九引，出《续搜神记》。亦见《幽明录》(《御览》卷七〇四引)、《渚宫故事》(《太平广记》卷四四七、《天中记》卷六〇引)。今据《御览》辑，校以《幽明录》。

〔一〕襄阳习凿齿　旧本下有“字彦威”三字，盖据《晋书》卷八二《习凿齿传》补。

58 古冢老狐

吴郡顾旃，猎至一岗，忽闻人语声云：“咄！咄！今年衰。”

乃与众寻觅，岗顶有一穽，是古时冢，见一老狐蹲冢中，前有一卷簿书，老狐对书屈指，有所计校。放犬咋杀之，取视，口中无复齿，头毛皆白〔一〕。簿书悉是奸爱人女名，已经奸者，朱钩头。所疏名有百数，旃女正在簿次。

本条《太平御览》卷九〇九引，出《续搜神记》，《古今事文类聚》后集卷三七、《古今合璧事类备要》别集卷七八、《山堂肆考》卷二一九亦引，作《搜神记》。案：《古今事文类聚》实转钞《御览》，微有删削，后又为《古今合璧事类备要》、《山堂肆考》所袭，书名误。今据《御览》辑录。

〔一〕口中无复齿头毛皆白　旧本脱此九字。

59 林虑山亭

林虑山下有一亭〔一〕，人每过此，宿者或病或死。常云有十许人，男女合杂〔二〕，衣或黑或白〔三〕，辄来为害。时有郅伯夷者过宿〔四〕，明烛而坐诵经。至中夜，忽有十馀人来，与伯夷并坐，自共蒲博。于是伯夷密以镜照之，乃是一群犬。因执烛而起，佯误以烛烧其衣，作燃毛气。伯夷怀刀，捉一人刺之，初作人唤，遂死成犬，馀悉走去。

本条《艺文类聚》卷八九，《初学记》卷二五，《太平御览》卷七一七、卷九〇五，宋释智圆《维摩经略疏垂裕记》卷七《菩萨品》，《锦绣万花谷》续集卷七，《天中记》卷四九并引，出《续搜神记》。原出《抱朴子·登涉篇》。今据《类聚》，参酌诸书校辑。

〔一〕林虑山下有一亭　《类聚》"林"讹作"休"。《维摩经略疏垂裕记》“虑”讹作“卢”。案:《元和郡县图志》卷一六《相州·林虑县》:“林虑山,在县西二十里。山多铁,县有铁官。南接太行,北连桓岳。”

〔二〕男女合杂　《御览》、《天中记》“合”作“各”,与下文“衣”连读。旧本“合杂”改作“杂沓”。

〔三〕衣或黑或白　旧本作“衣或白或黄”。《抱朴子》作“衣色或黄或白或黑”。

〔四〕时有郅伯夷者过宿　《御览》卷九〇五“郅”讹作“刘”。《抱朴子》作“郄”,注“一作郅”。案:《风俗通义·怪神篇》载郅伯夷除亭怪事,云:“北部督邮郅伯夷年三十所,大有才决,长沙太守郅君章孙也。……伯夷举孝廉,益阳长。”《后汉书》卷二九《郅恽传》:“郅恽字君章,汝南西平人也。”旧本《搜神记》卷一八据《风俗通义》辑入此条,滥冒为干书,“郅”讹作“到”。

60 蔡咏家狗

晋穆、哀之世,领军司马、济阳蔡咏家狗,夜辄群众相吠,往视便伏。后日,使人夜伺之,见有一狗,着黄衣,戴白帢,长五六尺,众狗共吠之。寻迹,定是咏家老黄狗〔一〕,即打杀之,吠乃止。

本条《艺文类聚》卷九四、《太平御览》卷九〇五引,出《续搜神记》,今据《类聚》,参酌《御览》校辑。

〔一〕定是咏家老黄狗　《御览》“定”作“乃”。案:定,确定。

61 白狗变形

王仲文〔一〕，为河南郡主簿，居缑氏县北。得休应归，因晚行，道经水泽。见车后有一白狗，仲文甚爱之，欲便取之。忽变如人，长六尺，状似方相，目赤如火，磋齿嚼舌〔二〕，甚可憎恶。欲击之，或却或前〔三〕，如欲上车〔四〕。仲文大怖，便使奴打，不能奈何。因下车，佐奴共又打，亦不禁。并力尽，不能复打，于是舍走。告人家，合十馀人，持刀捉火，共来视之〔五〕，便不知所在。月馀日，仲文将奴共在路〔六〕，忽复见之。与奴并走，未到人家〔七〕，伏地俱死。

本条《太平广记》卷三一九引作《续搜神记》（明钞本作《搜神记》），卷四三八引作《搜神记》。案：《广记》卷四三八首云："宋王仲文，为河南郡主簿，居缑氏县北。""宋"字乃《广记》编者所加，非原书所有，以为宋人者殆据《续搜神记》出于宋而断，则知书名脱"续"字。又者，考《宋书·州郡志二》："司州刺史，汉之司隶校尉也。晋江左以来，沦没戎寇。……武帝北平关、洛，河南底定，置司州刺史，治虎牢，领河南、荥阳、弘农实土三郡。河南领洛阳、河南、巩、缑氏、新城、梁、河阴、陆浑、东垣、新安、西东垣，凡十一县。"据《宋书·武帝纪》，刘裕平关、洛在晋义熙十三年。然则王仲文为河南郡主簿在晋末宋初，事属《续记》无疑也。《广记》卷一四一引《幽明录》亦载。今据《广记》卷三一九，参酌《广记》卷四三八及《幽明录》校辑。

〔一〕王仲文　《广记》卷四三八前有"宋"字，旧本同。今删。

〔二〕磋齿嚼舌　《广记》卷四三八作"差牙吐舌"（明钞本、孙潜校本、陈鳣校本牙作齿）。旧本同，改"差"作"磋"。

〔三〕或却或前　《广记》卷三一九脱“前”字，据《幽明录》补。

〔四〕如欲上车　《广记》卷三一九脱“如”字，据《幽明录》补。

〔五〕共来视之　“共”原作“自”，据明钞本改。

〔六〕仲文将奴共在路　此句据《幽明录》补。

〔七〕人家　《广记》卷四三八无“人”字，旧本同。孙校本有“人”字。

62 会稽老黄狗

太叔王氏〔一〕，后娶庾氏女，年少美色。王年六十，常宿外，妇深无忻。后忽一夕见王还，燕婉异常〔二〕。昼坐，因共食。奴从外来，见之大惊，以白王。王遽入，伪者亦出。二人交会中庭，俱着白帢，衣服形貌如一。真王便先举杖打伪者，伪者亦报打之。二人各敕子弟，令与手〔三〕。王儿乃突前痛打，遂成黄狗。王时为会稽府佐，门士云恒见一老黄狗，自东而来。其妇大耻，发病死。

本条《太平广记》卷四三八引，出《续搜神记》，据辑。《广博物志》卷四七误作《搜神记》。

〔一〕太叔王氏　王国良《搜神后记研究》校语：“太叔，未详。按：会稽郡有太末县（详汉书、晋书地理志）。疑‘尗’与‘末’形近而讹，后人又改‘尗’为‘叔’也。”

〔二〕燕婉异常　“异”原作“兼”，据明钞本、陈鳣校本改。

〔三〕令与手　陈校本、《四库全书》本“与”作“举”。案：“与”字不误。《宋书》卷九五《索虏传》：“泰之（刘泰之）等至，虏都不觉，驰入袭之，杀三千馀人，烧其辎重。……诸亡口悉得东走，大呼云：‘官军痛与手。’虏众一时奔散。”《资治通鉴》卷一八五唐武德元年：“贼徒喜噪动地，化及（宇文化及）扬言曰：‘何用持此物出，亟还与手。’”胡三省注：“与手，魏齐间人率有是言，言与之毒手而杀之也。”

63 素衣女子

钱唐士人姓杜〔一〕，船行。时大雪日暮，有女子素衣来〔二〕。杜曰：“何不入船？”遂相调戏。杜阖船载之，后成白鹭去。杜恶之，便病死也。

本条《太平广记》卷四六二、《天中记》卷五九引，出《续搜神记》，据辑。

〔一〕钱唐士人姓杜　“钱唐”，原作“钱塘”，旧本同。案：《浙江通志》卷五《杭州府·钱塘县》注：“《方舆纪要》：唐，以唐为国号，加土焉。”《晋书·地理志下》作“唐”，两《唐书·地理志》作“塘”。今改。旧本脱“人”字。

〔二〕有女子素衣来　旧本“来”下多“岸上”二字。

64 临海射人

吴末，临海人入山射猎，为舍住。夜中，有一人长一丈，着黄衣白带，来谓射人曰：“我有雠，克明当战，君可见助，当有相报。”射人曰：“自可助君耳，何用报为！”答曰：“明日食时，君可出溪边。敌从北来，我南往应，白带者我，黄带者彼。”射人许之。明出，果闻岸北有声，状如风雨，草木四靡，视南亦尔。唯见二大蛇，长十馀丈，于溪中相遇，便相盘绕。白映势弱，射人因引弩射之，黄映者即死〔一〕。日将暮，复见昨人来辞谢，云："住此一年猎，明年以去，慎勿复来，来必为祸。"射人曰："善。"遂停一年猎，所获甚多，家致巨富。数年后，忆先山多肉，忘前言，复更往猎。复见先白带人语之言："我语君勿复来，君不能见用。雠子已大，今必报君，非我所知。"射人闻之甚怖，便欲走，乃见三乌衣人，皆长八尺，俱张口向之，射人即死。

本条《法苑珠林》卷六四、《太平御览》卷八三二、《太平广记》卷一三一并引，出《续搜神记》。今据《珠林》，参酌《御览》、《广记》校辑。

〔一〕白映势弱射人因引弩射之黄映者即死　《御览》及《四库全书》本《珠林》（卷八〇）"映"作"蛇"，旧本同，《广记》作"鳞"。案：映，光影。白映黄映谓蛇映现白光或黄光者。其人着黄衣白带，于蛇则为黄蛇而有白色光带者。若言白蛇、白鳞，则通体皆白矣。疑"蛇"、"鳞"皆妄改。

65 士人嫁女

太元中〔一〕，士人有嫁女于近村者。至时，夫家遣人来迎，女家好发遣，又令女弟送之〔二〕。既至，重门累阁，拟于王侯。廊柱下有灯火，一婢子严妆直守，后房帷帐甚美。至夜，女抱乳母涕泣，而口不得言。乳母密于帐中以手潜摸之，得一蛇，如数围柱，缠其女，从足至头。乳母惊走出，柱下守灯婢子，悉是小蛇，灯火是蛇眼。

本条《太平广记》卷四五六引，出《续搜神记》，据辑。

〔一〕太元中　前原有“晋”字，乃编者所加，今删。旧本有此字。

〔二〕又令女弟送之　旧本“弟”改作“乳母”。案：女弟乃送亲者，礼毕即归。乳母则随至夫家服侍起居。《广记》各本皆作“弟”，旧本妄改。

66 李颐宅

襄城李颐〔一〕，其父为人不信妖邪。有一宅由来凶，不可居，居者辄死。父便买居之，多年安吉，子孙昌炽。为二千石，当徙家之官，临去请会内外亲戚。酒食既行，父乃言曰：“天下竟有吉凶不？此宅由来言凶，自吾居之，多年安吉，又得迁官，鬼为何在？自今已后，便为吉宅，居者住止，心无所嫌也。”语讫如厕，须臾见壁中有一物，如卷席大，高五尺许，正白。颐父便还，取刀斫之〔二〕，中断，便化为两人。复横斫之，又成四人。便夺取刀，反斫李，杀之。持刀至座上〔三〕，斫杀其子弟，凡姓李必死，唯异姓无他。颐尚幼在抱，家内知变，乳母抱出后门，藏他家，止其一身获免。颐字景真，位至湘东太守。

本条《法苑珠林》卷四六引，出《续搜神记》，又《太平广记》卷三二四引《法苑珠林》。据《珠林》辑，校以《广记》。

〔一〕襄城李颐　前原有“宋”字，乃道世自加。盖以本书出于宋世，故加“宋”以释其时，今删。“李颐”，《珠林》作“李赜”，《大正新修大藏经》本及《法苑珠林校注》本作“李颐”,旧本同,《广记》作“索颐”。案:《册府元龟》卷六〇五《学校部·注释一》:“李颐,字景真。为丞相参军,自号玄道子。注《庄子》三十卷。”《隋书·经籍志》道家类《集注庄子》六卷注:“梁有《庄子》三十卷,晋丞相参军李颐注。”据改。

〔二〕取刀斫之　旧本“斫”讹作“中”。

〔三〕持刀至座上　《珠林》宣统本、径山寺及《四库全书》本(卷五九)无“刀”字,旧本同,据《大正藏》本及《广记》补。

搜神后记辑校卷七

67 蛟子

长沙有人,忘其姓名,家住江边。有女子渚次浣纱〔一〕,觉身中有异,复不以为患〔二〕,遂妊身。生三物,皆如鮧夷、提二音。鱼〔三〕。女以己所生,甚怜异之,乃着澡盘水中养之〔四〕。经三月,此物遂大,乃是蛟子。各有字,大者为"当洪",次者名"破阻",小者名"扑岸〔五〕"。天暴雨水,三蛟一时俱出,遂失所在。后天欲雨,此物辄来。女亦知其当来,便出望之。蛟子亦出头望母〔六〕,良久方复去。经年,后女亡,三蛟子一时俱至其墓所哭之,经日乃去。闻其哭声,状如狗号。

本条《太平御览》卷九三〇、《太平广记》卷四二五引,出《续搜神记》。今据《御览》,参酌《广记》校辑。

〔一〕有女子渚次浣纱　《广记》作"有女下渚浣衣"。

〔二〕复不以为患　《广记》谈恺刻本"复"讹作"后",旧本同。陈鳣校本作“复”。

〔三〕鮧鱼　《广记》谈本作“鰕鱼”，明钞本、陈校本作“鮧鱼”。

〔四〕乃着澡盘水中养之　“澡”原作“藻”，据《广记》改。案：澡盘，盥洗用具。澡，浴也。《御览》卷七一二《服用部十四·澡盘》引魏武《上杂物疏》曰：“御物有纯银盘，又有容五石铜澡盘也。”又引傅玄《澡盘铭》曰：“与其澡于水，宁澡于德。水之清犹可秽也，德之兴不可尘也。”

〔五〕扑岸　《御览》“扑”讹作“揉”。

〔六〕蛟子亦出头望母　《广记》谈本“出”字阙，中华书局点校本据陈校本补，《四库全书》本作“举”，旧本同。

68 宋士宗母

清河宋士宗母〔一〕，以黄初中夏天于浴室里浴，遣家中子女尽出户〔二〕，独在室中。良久，家人不解其意，于壁穿中窥，不见人，正见木盆水中有一大鳖〔三〕。遂开户，大小悉入，了不与人相承〔四〕。尝先着银钗，犹在头上。相与守之啼泣，无可柰何。意欲求去，永不可留。视之积日转懈，遂自捉出户外〔五〕。其去甚驶，逐之不可及，遂便入水。复数日忽还〔六〕，巡行宅舍如平生，了无所言而去〔七〕。时人谓士宗应行丧治服，士宗以母形虽变而生理尚存，竟不治丧。与江夏黄母相似。

本条《艺文类聚》卷九六、《本草纲目》卷五二引作《搜神记》，《法苑珠林》卷三二、《太平御览》卷八八八、《太平广记》卷四七一作《续搜神记》。案：旧本《搜神记》辑入，《学津讨原》本《搜神后记》补辑。《珠林》等三书皆作《续记》,今姑从之。据《珠林》,参酌诸书校辑。

〔一〕清河宋士宗母　《珠林》前有"魏时有"三字,《广记》前有"魏"字,皆为编纂者所加,《珠林》、《广记》体例固如此也。《类聚》、《御览》无,据删。

〔二〕遣家中子女尽出户　《广记》作"遣家中子女阖户",明钞本作"遣家人子女自阖户"。

〔三〕正见木盆水中有一大鳖　《广记》"木"作"沐","鳖"作"鼋"。案:《类聚》及《宋书·五行志五》、《晋书·五行志下》俱作"鳖",作"鼋"讹。

〔四〕了不与人相承　《御览》"了不"作"乃"。

〔五〕遂自捉出户外　《珠林》《大正新修大藏经》本及《御览》"捉"作"投"。

〔六〕复数日忽还　《御览》、《广记》"复"作"后",旧本同。

〔七〕了无所言而去　《广记》明钞本"言"作"畏"。

69 子路

熊无穴,或居大树孔中〔一〕。东土呼熊为"子路",以物击树,云:"子路可起。"于是便下,不呼则不动也。

本条《太平御览》卷九〇八、《六家诗名物疏》卷三七、《本草纲目》卷五一上引,出《续搜神记》,据《御览》辑。又载今本《异苑》卷三,文同。案:旧本未辑。汪绍楹据《御览》辑入《搜神后记佚文》。

〔一〕或居大树孔中　《御览》影印宋刊本无"或"字,据《四库全书》本、鲍崇城校刊本、《六家诗名物疏》及《异苑》补。

70 熊母

晋升平中，有人入山射鹿〔一〕。忽堕一坎，窅然深绝，内有数头熊子。须臾，有一大熊来入，瞪视此人，人谓必以害己。良久，出藏得果栗，分与诸子。末后作一分，以着此人前。此人饥久，于是冒死取噉之。既转相狎习，熊母每旦觅食果还，辄分与之，此人赖以支命。后熊子大，其母一一负将出。子既尽，人分死坎中，穷无出路。熊母寻复还入，坐人边。人解其意，便抱熊之足，于是跳出，遂得无他。

本条《艺文类聚》卷九五、《太平广记》卷四四二、《太平御览》卷九〇八、《古今事文类聚》后集卷三六、《古今合璧事类备要》别集卷七七、《群书类编故事》卷二四、《山堂肆考》卷二一八并引，出《续搜神记》。又《说郛》卷四晋陶潜《续搜神记》亦载。今据《类聚》，参酌他书校辑。

〔一〕鹿　《古今合璧事类备要》作“虎”，当讹。

71 杨生狗

晋太和中，广陵人杨生养一狗，甚怜爱之，行止与俱。后生饮酒醉，行经大泽草中，眠不能动。时冬月，有野火起，风又猛〔一〕。狗周章号唤，生醉不觉。前有一坑水，狗便走往眠水中，还以身压生左右〔二〕。如此数四，周旋跬步〔三〕，草皆沾湿着地。火寻过去〔四〕。生醒，方见之。他日又暗行，堕空井中，狗呻吟彻晓。须臾，有人径过，怪犬向井号，往视见生。生曰：“君可出我，当厚报君。”人问：“以何物见与？”生云：“唯君耳。”人曰：“以此狗见与，便当相出。”生曰：“此狗曾活我于已死，不得相与，馀即无惜，任君所须也。”人曰：“若尔，便不成相出[五]。”狗因下头目井，生知其意，乃语路人：“以狗相与。”人乃出之，系狗而去。却后五日，狗夜走还。

本条《艺文类聚》卷九四、《太平御览》卷九〇五、《太平广记》卷四三七、《古今事文类聚》后集卷四〇、《古今合璧事类备要》别集卷八四、《韵府群玉》卷一二、《群书类编故事》卷二四、《天中记》卷五四、《山堂肆考》卷二二二并引，《类聚》、《御览》、《古今事文类聚》、《古今合璧事类备要》、《群书类编故事》、《天中记》出《续搜神记》，《韵府群玉》作《搜神记》，《广记》谈恺刻本、《四库全书》本、黄晟校刊本出《纪闻》，明钞本、陈鳣校本出《续搜神记》。案：《纪闻》唐人牛肃撰，皆记唐事，谈本等皆误。《广记》与《类聚》、《御览》等文句多有异同。今据《御览》，参酌诸书校辑。

〔一〕时冬月有野火起风又猛　《广记》作“时方冬燎原，风势极盛”，旧本据此，惟“冬”下补“月”字。

〔二〕还以身压生左右　《类聚》、《古今事文类聚》、《古今合璧事类备要》、《群书类编故事》、《天中记》、《山堂肆考》“压”作“洒”。

〔三〕如此数四周旋跬步　据《广记》补。

〔四〕火寻过去　《广记》作“火至免焚”，旧本同。

〔五〕若尔便不成相出　《广记》作“路人迟疑未答”。

72 乌龙

会稽句章民张然，滞役在都，经年不得归。家有少妇，无子，唯与一奴守舍，奴遂与妇私通。然素在都养一犬，甚快，名“乌龙”，常以自随。后假归，奴与妇谋，欲杀然。盛作饮食，共坐下食。妇语然：“与君当大别离，君可强啖。”未得啖，奴已当户倚，张弓栝箭拔刀，须然食毕。然涕泣不能食，以盘中肉及饭掷狗，祝曰：“养汝经年，吾当将死，汝能救我否?”狗得食不噉，唯注睛舐唇视奴〔一〕，然亦觉之。奴催食转急，然决计，拍膝大唤曰〔二〕：“乌龙！与手！”狗应声荡奴〔三〕，奴失刀仗倒地，狗遂咋其阴〔四〕，然因取刀杀奴。以妻付县，杀之。

本条《艺文类聚》卷九四，《云仙杂记》卷九，《太平御览》卷五〇〇、卷九〇五，《太平广记》卷四三七，百卷本《记纂渊海》(《四库全书》)卷五七、卷九八并引作《续搜神记》，《初学记》卷二九“乌龙”条引作陶潜《搜神记》，“注精”条引作《搜神记》，《海录碎事》卷二二下、《锦绣万花谷》后集卷三九、《古今事文类聚》后集卷四〇、《古今合璧事类备要》别集卷八四、《野客丛书》卷二四、《群书类编故事》卷二四、《天中记》卷五四、《山堂肆考》卷二二二作《搜神记》，均脱“续”字。《六帖》卷九八、《稗史汇编》卷一五七亦引，无出处(鲁迅误读《白帖》辑入《齐谐记》)。今据《广记》，参酌诸书校辑。

〔一〕唯注睛舐唇视奴　《类聚》、《初学记》、《六帖》“睛”作“精”。案：作“精”亦不误。注精，全神贯注。《册府元龟》卷八二八《总录部·论荐》：“冀州裴使君……每论《易》及老庄之道，未尝不注精于严瞿也。”

〔二〕拍膝大唤曰　《类聚》、《古今事文类聚》、《记纂渊海》、《古今合璧事类备要》、《群书类编故事》、《稗史汇编》、《山堂肆考》“膝”作“髀”。

〔三〕狗应声荡奴　《类聚》、《初学记》卷二九"注精"条、《广记》、《古今事文类聚》、《古今合璧事类备要》、《群书类编故事》、《天中记》、《稗史汇编》、《山堂肆考》"荡"作"伤"，《广记》明钞本作"咋"。《初学记》严可均陆心源校宋本、《六帖》、《云仙杂记》、《御览》卷九〇五、《记纂渊海》卷九八作"荡"，冲撞也。"荡"字义胜，从改。

〔四〕狗遂咋其阴　《类聚》、《御览》卷五〇〇、《古今事文类聚》、《记纂渊海》、《古今合璧事类备要》、《群书类编故事》、《天中记》、《稗史汇编》、《山堂肆考》"阴"作"头"。

73 毛宝军人

晋咸康中，豫州刺史毛宝戍邾城。有一军人，于武昌市见人卖一白龟子〔一〕，长四五寸，洁白可爱。其人便买取持归〔二〕，着瓮中养之。日渐大，近及尺许〔三〕。其人怜之，持至江边，放于水中，视其游去。后邾城遭石虎败〔四〕，毛宝弃豫州。既赴江，莫不沉溺。所养龟人，于时被铠持刀〔五〕，亦同自投。既入水中，觉如堕一石上，水才至腰，须臾浮去。中流视之，乃是先所养白龟，甲已长六七尺〔六〕。既送至东岸，出头视此人，徐游而去，中江犹顾者数四焉〔七〕。

本条《艺文类聚》卷九六，《太平御览》卷四七九、卷九三一，《古今事文类聚》后集卷三五，《古今合璧事类备要》别集卷六三，百卷本《记纂渊海》（《四库全书》）卷九八，《群书类编故事》卷二四，《天中记》卷五七，《骈志》卷一四引作《续搜神记》，《六帖》卷九八、《古本蒙求》注卷中、《事类赋注》

卷二八作《搜神记》,误。唐写本类书残卷(《鸣沙石室古籍丛残》)《报恩篇》亦引,无出处。事又载《幽明录》(《太平广记》卷一一八引)、《晋书》卷八一《毛宝传》。今据《御览》卷四七九,参酌诸书校辑。

〔一〕有一军人于武昌市见人卖一白龟子　类书残卷引作"毛宝行江边,见人钩得白龟子",《六帖》、《古今合璧事类备要》引作"毛宝见渔人钓得白龟",《古本蒙求》注引作"毛宝行于江上,见渔父钓得一白龟",《事类赋注》同,皆误以毛宝为救龟者。故宋朱翌《猗觉寮杂记》卷五辨云:"毛宝白龟,《蒙求》引《搜神杂记》为投江获救龟者,《晋书·宝》以为养龟人。"明陈耀文《天中记》亦辨云:"按本传邾城之役,宝亦溺死,庾亮痛哭,发疾遂薨。其军人放龟事,亦附传末。《白氏六帖》引《搜神记》,直以为宝事,而后之《合璧》、《记纂》、《对类》等书,俱承误不改。《尔雅翼》复以毛宝过江,白龟载之而渡为异,何耶?"《晋书》卷八一有《毛宝传》。

〔二〕其人便买取持归　《御览》卷九三一"其人"作"宝",误。

〔三〕日渐大近及尺许　《御览》卷九三一作"日日大,近欲尺许",《四库全书》本"日日"作"七日",鲍崇城校刊本作"七日渐大",旧本与鲍本同。

〔四〕后邾城遭石虎败　《御览》卷九三一、《记纂渊海》"石虎"作"石勒"。《天中记》、《骈志》作"石季龙"。案:《晋书·毛宝传》:"亮(庾亮)谋北伐,上疏解豫州,请以授宝。于是诏以宝监扬州之江西诸军事、豫州刺史,将军如故,与西阳太守樊峻以万人守邾城。石季龙恶之,乃遣其子鉴与其将夔安、李菟等五万人来寇,张狢渡二万骑攻邾城。宝求救于亮,亮以城固,不时遣军,城遂陷。宝、峻等率左右突围出,赴江死者六千人,宝亦溺死。"

（案：据《晋书》卷七《成帝纪》，时在咸康五年九月。）石季龙即石虎，字季龙，石勒从子。石勒已于咸和八年卒（《晋书·成帝纪》），作“石勒”误。

〔五〕所养龟人于时被铠持刀　《御览》卷九三一作“宝于时被铠持刀”，《记纂渊海》作“毛宝被铠”，并误。

〔六〕甲已长六七尺　《蒙求》注作“长五六尺”。

〔七〕中江犹顾者数四焉　旧本作“中江犹回首视此人而没”。

74 山獲

元嘉初〔一〕，富阳人姓王，于穷渎中作蟹断〔二〕。旦往视之，见一材〔三〕，长二尺许，在断中，而断裂开，蟹都出尽。乃修治断，出材岸上。明往视之，见材复在断中，断败如前。王又治断出材。晨视，所见如初。王疑此材妖异，乃取内蟹笼中，束头担归〔四〕，云至家当斧斫然之。未至家三里，闻笼中窣窣动〔五〕。转顾，见向材头变成一物，人面猴身，一手一足〔六〕，语王曰：“我性嗜蟹，比日实入水破君蟹断，入断食蟹。相负已尔，望君见恕，开笼出我。我是山神，当相佑助，并令断大得蟹。”王曰：“汝犯暴人，前后非一，罪自应死。”此物恳告，苦请乞放〔七〕，王回顾不应。物曰：“君何姓何名〔八〕？我欲知之。”频问不已，王亦不答〔九〕。去家转近，物曰：“既不放我，又不告我何姓名，当复何计，但应就死耳。”王至家，炽火焚之，后寂然无复异〔一〇〕。土俗谓之山獲〔一一〕，云知人姓名则能中伤人，所以勤勤问王，欲害人自免。

本条《太平广记》卷三六〇引，出《搜神记》。案：事在元嘉初，且东晋简文帝咸安二年（三七二）避郑太后讳改富春县为富阳县，应属《后记》。事又载祖冲之《述异记》（《法苑珠林》卷三一、《太平广记》卷三二三引）、《广古今五行记》（《太平御览》卷九四二引），当据本书。今据《广记》，参酌《述异记》、《广古今五行记》校辑。

〔一〕元嘉初　前原有“宋”字，旧本同，此乃《广记》后加，《广古今五行记》无，今删。

〔二〕断　《广记》引《述异记》作“簖”，字同。陆龟蒙《蟹志》（《全唐文》卷八〇一）：“渔者纬萧承其流而障之，曰蟹断，断其江之道焉。”

〔三〕材　《广记》引《述异记》及《广古今五行记》作“材头”。

〔四〕束头担归　《珠林》引《述异记》“束”作“挛”，旧本同。案：《说文》手部：“挛，系也。”与“束”同义。《广记》引《述异记》作“系担头归”。

〔五〕闻笼中窣窣动　《述异记》“窣”作“倅”，旧本同。

〔六〕一手一足　旧本改“手”为“身”，误。《述异记》、《广古今五行记》皆作“手”。

〔七〕此物恳告苦请乞放　《广记》谈恺刻本作“此物种类，专请乞放”，《珠林》引《述异记》同，《广记》引《述异记》则作“此物转顿，请乞放”。《广记》中华书局点校本据明钞本《广记》改，今从明钞本。旧本作“此物种类，专请包放”。

〔八〕何姓何名　“何姓”二字据《珠林》引《述异记》补。

〔九〕王亦不答　“亦”原作“遂”，据明钞本改。

〔一〇〕异　旧本讹作“声”。《述异记》亦作“异”。

〔一一〕獴　《珠林》宣统本、径山寺本、《四库全书》本（卷四二）引《述异记》作“猕”,《大正新修大藏经》本及《广记》引作“魈”。案:“猕”同“獠”,又写作“獵”,《国语·鲁语下》注:“夔,一足,越人谓之山獵,音‘骚’,或作‘獠’。富阳有之,人面猴身,能言。或云独足。”又作“臊”,见《神异经·西荒经》、《荆楚岁时记》。“獠”又转音为“魈”,为“萧”,见《酉阳杂俎》前集卷一五《诺皋记下》。

搜神后记辑校卷八

75 干宝父妾

干宝字令升，新蔡人。其父有嬖妾，母至妒，宝父葬时，因推着藏中[一]。经十年而母丧，开墓见棺，妾伏棺上，衣服如生。就视，犹暖，渐渐有气息。舆归，经日乃苏。云父常致饮食，与之寝接，恩情如生。在家中[二]，吉凶辄语之，校之悉验。平复数年后方卒[三]。宝因作《搜神记》，中云"有所感起"是也[四]。

本条《太平御览》卷五五六引，出《续搜神记》。事又见《孔氏志怪》(《世说新语·排调篇》注引)、隋萧吉《五行记》(《太平广记》卷三七五引)、《晋书》卷八二《干宝传》、唐李伉《独异志》卷上。案：本条文字与《孔氏志怪》相合，《孔氏志怪》孔约撰(《广记》卷二七六《晋明帝》，出孔约《志怪》)，观其佚文，约出晋末，本条当据《孔氏志怪》。今据《御览》，参酌《孔氏志怪》校辑。

〔一〕因推着藏中　《五行记》此下有"干宝兄弟尚幼，不之审也"二句，《晋书》作"宝兄弟年小，不之审也"。

〔二〕在家中　《御览》止于此，有脱文，以下据《孔氏志怪》补。

〔三〕平复数年后方卒　《五行记》、《晋书》作"地中亦不觉为恶，既而嫁之，生子"。《晋书》下又记宝兄气绝复生事，《孔氏志怪》、《五行记》均无。

〔四〕案：旧本文曰："干宝字令升，其先新蔡人。父莹，有嬖妾。母至妒，宝父葬时，因生推婢着藏中。宝兄弟年小，不之审也。经十年而母丧，开墓，见其妾伏棺上，衣服如生。就视犹暖，渐渐有气息。舆还家，终日而苏。云宝父常致饮食，与之寝接，恩情如生。家中吉凶，辄语之，校之悉验。平复数年后方卒。宝兄尝病气绝，积日不冷。后遂寤，云见天地间鬼神事，如梦觉，不自知死。"所辑缀合《晋书·干宝传》文字颇多，亦掺合《孔氏志怪》一二语。《晋书》本传曰："干宝，字令升，新蔡人也。……父莹，丹杨丞。……宝父先有所宠侍婢，母甚妒忌，及父亡，母乃生推婢于墓中。宝兄弟年小，不之审也。后十馀年，母丧，开墓而婢伏棺如生。载还，经日乃苏。言其父常取饮食与之，恩情如生。在家中吉凶辄语之，考校悉验。地中亦不觉为恶。既而嫁之，生子。又宝兄尝病气绝，积日不冷。后遂悟，云见天地间鬼神事，如梦觉，不自知死。"《孔氏志怪》曰："宝父有嬖人，宝母至妒，葬宝父时，因推着藏中。经十年而母丧，开墓，其婢伏棺上。就视犹暖，渐有气息。舆还家，终日而苏。说宝父常致饮食，与之接寝，恩情如生。家中吉凶辄语之，校之悉验。平复数年后方卒。宝因作《搜神记》，中云'有所感起'是也。"

76 李除

襄阳李除〔一〕，中时气死，其妇守尸。至夜三更中，崛然起坐,挓妇臂上金钏甚遽[二],妇因助脱。既得,手执之,还死。妇伺察之,至晓,心中更暖,遂渐渐得苏。既活,云:"吏将某去,比伴甚多,见有行货得免者,乃许吏金钏。吏令还取,故归取以与吏。吏得钏,便放令还。"见吏取钏去[三],不知犹在妇衣内。妇不敢复着,依事咒埋。

本条《北堂书钞》卷一三六、《太平御览》卷八八七、《太平广记》卷三八三、《露书》卷七并引,出《续搜神记》,《露书》乃据《书钞》转引。今据《广记》,参酌《书钞》、《御览》校辑。

〔一〕李除　《书钞》作"徐阳"。

〔二〕挓妇臂上金钏甚遽　《广记》《四库全书》本"挓"作"搏",《御览》作"脱"。《书钞》"钏"作"环",下文又作"钏"。

〔三〕见吏取钏去　旧本此句下有"后数日"三字。

77 郭茂

郭茂病亡[一],殡殓讫,未得葬。忽然妇及家人梦茂云:"已未应死,偶闷绝耳。可开棺出我,烧车釭以熨头顶。"如言乃活。

本条《太平御览》卷七七六引,出《续搜神记》,据辑。

〔一〕郭茂病亡　《四库全书》本"郭"作"郑",旧本同。

78 陈良

太元中[一],北地人陈良,与沛郡人李焉共为贾[二]。后大得利，焉杀良取物。死十许日，良忽苏活，得归家。说死时见周旋人刘舒〔三〕，舒久已亡，谓良曰："去年春社日祠祀，家中斗争，吾实忿之，作一兕于庭前。卿归，岂能为我说此耶？"良然之。既苏，乃诣官疏李焉，而伏罪〔四〕。良故往报舒家，其怪亦绝。

本条《太平御览》卷四九六引，出《续搜神记》。事又载《幽明录》（《太平广记》卷三七八引），文详，然情事有异。今据《御览》辑，酌取《幽明录》校补。

〔一〕太元中　《御览》讹作"太原"，据《幽明录》改。《御览》前有"晋"字，旧本同，据《幽明录》删。

〔二〕与沛郡人李焉共为贾　《幽明录》作"与沛国刘舒友善，又与同郡李焉共为商贾"，旧本据此辑补。案：沛郡西汉置，东汉改国，西晋因之，东晋复为郡。《晋书》卷七七《蔡谟传》载太尉郗鉴卒，拜谟为征北将军、都督徐兖青三州扬州之晋陵豫州之沛郡诸军事。鉴卒于成帝咸康五年（三三九年，《晋书·成帝纪》），时已称沛郡。《晋书·孝武帝纪》载：太元十年（三八五年）四月，"刘牢之与沛郡太守周次及垂（慕容垂）战于五桥泽"，是则李焉等为沛郡人。然称沛国亦不误，《晋书》举称籍贯，多作沛国。如称"沛国刘毅"（《安帝纪》），"刘惔……沛国相人"（《刘惔传》）等等，皆东晋人。

〔三〕周旋人刘舒　《幽明录》"周旋人"作"友人"，旧本同。案：周旋人谓经常来往之友人。《晋书》卷九四《陶潜传》："其乡亲张野及周旋人羊松龄、宠遵等，或有酒要之，或要之共至酒坐。"《南史》卷二六《袁粲传》："粲镇石头……有周旋人解望气，谓粲曰：'石头气甚凶，往必有祸。'粲不答。"明朱国祯《涌幢小品》卷一八《称谓》:“五代时,称朋友曰周旋人。”

〔四〕“卿归”至“而服罪” 据《幽明录》补。

79 李仲文女

武都太守李仲文〔一〕,在郡丧女,年十八,权假葬郡城北。后有张世之代为郡,世之男字子长,年二十,侍从。在厩中〔二〕,梦一女,年可十七八,颜色不常。自言前府君女,不幸早亡,会今当更生,心相爱乐,故来相就。如此五六夕。忽然昼见,解衣服,熏香殊绝。遂为夫妻,寝息,衣皆有污,如处女焉。后仲文妇遣婢视女墓〔三〕,因过世之妇相闻〔四〕。入厩中〔五〕,见此女一只履在子长床下。取之啼泣,呼言发冢。持履归,以示仲文。仲文惊愕,遣问世之:“君儿何由得亡女履耶?”世之呼问儿,具陈本末。李、张并谓可怪,发棺视之,女体已生肉,颜姿如故,右脚有履,左脚无也。后夕,子长梦女来曰:“夫妇情至谓偕老,而无状忘履,以致觉露。我比得生,今为所发〔六〕。自尔之后,遂死肉烂,不得生矣。万恨之心,当复何言!”泣涕而别。

本条《法苑珠林》卷七五、《太平御览》卷八八七引,出《续搜神记》,又《太平广记》卷三一九引《法苑珠林》。今据《珠林》,参酌《御览》、《广记》校辑。

〔一〕武都太守李仲文 《珠林》前有“晋时”二字,乃道世引录时自加,《御览》无,据删。旧本存此二字。

〔二〕在厩中 《广记》“厩”作“廨”,旧本同。《御览》作“郡”。案:厩,马舍。官府马厩有屋舍可以居处。《晋书·胡威传》:“父质,以忠清著称。……质之为荆州也,威自京都定省……既至,见父,停厩中十馀日。”《宋书·五行志一》:“晋安帝义熙七年,晋朝拜授刘毅世子。毅以王命之重,当设飨宴亲,请吏佐临视。至日,国僚不重白,默拜于厩中。”可证。作“廨”、“郡”皆妄改。

〔三〕后仲文妇遣婢视女墓　《珠林》无“妇”字,旧本同,据《御览》补。

〔四〕相闻　《广记》“闻”作“问”,旧本同。案:相闻,问候,探访。

〔五〕入厩中　《御览》“厩”作“室”。旧本作“廨”。

〔六〕“后夕”至“今为所发”　据《御览》、《广记》补。

80 徐玄方女

东平冯孝将为广陵太守〔一〕,儿名马子,年二十馀。独卧厩中〔二〕,夜梦见一女子,年十八九,言:“我是前太守北海徐玄方女,不幸早亡,亡来出入四年〔三〕。为鬼所枉杀,案生录,当年八十馀,听我更生。要当有依凭了〔四〕,乃得生活,又应为君妻。能从所委,见救活不?”马子答曰:“可尔。”遂与马子克期当出。至期日,床前地头发正与地平〔五〕,令人扫去,逾分明,始悟是所梦见者。遂屏除左右,人便渐渐额出,次头面出,一炊顷,形体顿出〔六〕。马子便令前坐对榻上,陈说语言,奇妙非常。遂与马子寝息,每诫云:“我尚虚,君当自节。”问:“何时得出?”答曰:“出当得本生生日〔七〕。”生日尚未至,遂住厩中〔八〕。言语声音,人皆闻之。女计生日至,具教马子出己养之方法,语毕拜去。马子从其言,至日,以丹雄鸡一只、黍饭一盘、清酒一升,醊其丧前,去厩十馀步。祭讫,掘棺出,开视,女身体完全如故。徐徐抱出,着毡帐中,唯心下微暖,口有气。令婢四人守养护之。常以青羊乳汁沥其两眼,始开〔九〕,口能咽粥,积渐能语〔一〇〕。二百日中持杖起行,一期之后,颜色肌肤气力悉复常。乃遣报徐氏,上下尽来。选吉日下礼聘,为三日,遂为夫妇〔一一〕。生二男一女。长男字符庆〔一二〕,永嘉初为秘书郎中〔一三〕。小男字敬度,作太傅掾。女适济南刘子彦,征士延世之孙也。

本条《法苑珠林》卷七五、《太平御览》卷八八七引,出《续搜神记》,又《太平广记》卷三七五引《法苑珠林》。《幽明录》(《广记》卷二七六引)亦载,文简。今本《异苑》卷八即据《幽明录》妄辑。今据《珠林》,参酌《御览》、《广记》及《异苑》校辑。

〔一〕东平冯孝将为广陵太守　《珠林》前有"晋时"二字,旧本同,《御览》无,据删。"广陵",《珠林》作"广州",旧本同,《御览》作"广陵"。案:《晋书·地理志下》:"广州……吴黄武五年,分交州之南海、苍梧、郁林、高梁四郡,立为广州,俄复旧。永安六年,复分交州置广州,分合浦立合浦北郡,以都尉领之。孙皓分郁林立桂林郡。及太康中,吴平,遂以荆州始安、始兴、临贺三郡来属。合统郡十,县六十八。"广陵,郡名,汉置,晋属徐州。又《晋书·职官志》:"州置刺史……郡皆置太守。"广州为刺史,今据《御览》改。《异苑》亦误作"广州太守",《幽明录》作"广平太守",广平郡魏置,晋属司州,见《晋书·地理志上》。

〔二〕独卧厩中　《御览》"厩"误作"殿"。

〔三〕亡来出入四年　《御览》作"来至今四年"。案:"出入"乃约略估计之辞,《韩非子·十过篇》:"献公不幸离群臣,出入十年矣。”可证。疑《御览》纂录者不明“出入”此义，而妄改为“至今”。旧本改作“今已”。

〔四〕要当有依凭了　《珠林》宣统本、《大正新修大藏经》本、径山寺本、《四库全书》本（卷九二）、《法苑珠林校注》本“凭了”作“马子”，旧本同。《大正藏》校语云宋本、元本、宫本作“凭了”。《广记》引《珠林》作“凭”。《御览》全句作“要当有所依凭”。案：下文云“又应为君妻”，此处似不应云“有依马子”。寻徐女之意，乃谓己之复生当有赖于他人相助，不能自生，而又命该为马子妻，故来就马子。疑《珠林》今本讹“冯”（同“凭”）为“马”，讹“了”为“子”，而《广记》、《御览》以“了”字义涩而删之。了，了结，了断，附“依凭”之后，以强调确定落实。今据《大正藏》本《珠林》校语改。

〔五〕床前地头发正与地平　《广记》“地”作“有”。《御览》作“床前地仿佛如人，正与地平”，《四库全书》本作“床前头发如人，正与地平”。案：《广记》卷三七五引《通幽记》（唐陈劭撰）韦讽女奴事，叙其复生经过曰：“小童薙草锄地，见人发，锄渐深，渐多而不乱，若新梳理之状。讽异之，即掘深尺馀。见妇人头，其肌肤容色，俨然如生。更加锹锸，连身背全，唯衣服随手如粉。其形气渐盛，顷能起。”与此极似，是古有此说，床地出发不误也。

〔六〕一炊顷形体顿出　《珠林》“一炊顷”讹作“一次项”，据《御览》改。《四库全书》本《御览》作“又次肩项形体尽出”，旧本同，惟“尽”作“顿”。颇疑库本实是据旧本妄改，又不明“顿”之为义乃全也，而妄改为“尽”。《法苑珠林校注》亦据旧本改，甚误。

〔七〕本生生日　旧本改作“本命生日”，甚无谓也。本生，自身之谓，此处与“本命”义同。《校注》据旧本妄改。

〔八〕遂住厩中　《珠林》、《御览》“住”作“往”，旧本同。案：徐女出于马子所居之室，不得云“遂往厩中”。《校注》作“住”，据改。

〔九〕始开　旧本前增“渐渐”二字。

〔一〇〕积渐能语　《御览》《四库全书》本作“既而渐能语”，旧本同，惟无“渐”字。

〔一一〕选吉日下礼聘为三日遂为夫妇　《珠林》原作“选吉日下礼，聘为夫妇”，此据《御览》。案：汉魏六朝婚俗，三日成礼，期间宴集宾客，三日后正式成为夫妇。本书《卢充》：“时为三日，供给饮食。”《搜神记·紫珪》：“遂邀重入冢。三日三夜，重请还。”《世说·文学篇》：“婚后三日，诸婿大会。”皆是也。

〔一二〕元庆　《御览》及《广记》孙潜校本“庆”作“度”。

〔一三〕永嘉初为秘书郎中　孙校本“永嘉”作“元嘉”。案：下文云济南刘子彦征士延世之孙，据《三国志》卷一一《魏书·王修传》注引《汉晋春秋》，济南刘兆字延世，以不仕显名，知乃魏晋人。元嘉乃宋文帝年号，永嘉乃晋怀帝年号，作“永嘉”是也。《御览》、《广记》无“中”字。案：《通志略·职官略·秘书郎》云：“晋秘书郎掌中外三阁经书，校阅脱误，进贤一梁冠，绛朝服。亦曰郎中。武帝分秘书图籍，例为甲乙丙丁四部，使秘书郎中各掌其一。”是则作“秘书郎”、“秘书郎中”皆不误。

81 马势妇

吴国富阳人马势，妇姓蒋。村人应病死者，蒋辄恍惚，熟眠经日。见人死〔一〕，然后省觉，则具说。家中不信之。语人云：“某甲病〔二〕，我欲杀之，怒强魂难杀，未即死。我入其家内，架上有白米饭，几种鲑。我暂过灶下戏，婢无故犯我，我打脊甚〔三〕，使婢当时闷绝，久之乃苏。”其兄病，有乌衣人杀之〔四〕。向其请乞，终不下手。醒语兄云：“当活。”

本条《太平广记》卷三五八引，注出《搜神记》。汪绍楹云明钞本作《续搜神记》。孙潜校本、陈鳣校本亦作《续搜神记》。案：《宋书·州郡志一》载，吴郡富阳，“本曰富春……晋简文郑太后讳春，孝武改曰富阳”。时在干宝后，当出本书，旧本《搜神记》辑入，误。三国吴时无富阳之名而称富春，此称“吴国富阳”者用今称耳。

〔一〕见人死　原作“见人人死”，疑衍一“人”字，今删。旧本改作“病人”。

〔二〕某甲病　“甲”原作“中”，旧本同。汪绍楹校：“明钞本《太平广记》‘中’作‘甲’，当据正。”据改。陈校本亦作“甲”。

〔三〕我打脊甚　“脊”字《广记》谈本讹作“眷”，据孙校本、陈校本、《四库全书》本改。旧本改作“我打其脊”。

〔四〕有乌衣人杀之　原作“有乌衣人令杀之”，据孙校本、陈校本删“令”字。

搜神后记辑校卷九

82 曹公载妓船

合肥口有一大舶船〔一〕，覆在水中，水小时便出见，云是曹公舶船〔二〕。尝有渔人夜宿其旁，以船系之，但闻筝笛弦节之音〔三〕，又香气氤氲非常。渔人又梦人驱遣去，云勿近官船〔四〕。此人惊觉，即移船去。相传云，曹公载数妓，船覆之于此也。今犹存焉。

本条《北堂书钞》卷一三七，《艺文类聚》卷四四，《法苑珠林》卷三六，《太平御览》卷七五、卷七六九，《太平寰宇记》卷一二六《庐州·合肥县》并引，出《续搜神记》，又见《说郛》卷四晋陶潜《续搜神记》。《太平御览》卷九八一、《舆地纪胜》卷四五《庐州·合肥县·景物下·筝笛浦》引作《搜神记》，当误。《御览》卷三九九引《灵魂志》亦载，鲁迅以为"魂当是鬼字之讹"，辑入《灵鬼志》(《古小说钩沉》)。又载于唐《广古今五行记》(《太平广记》卷三二二引)。案：旧本《后记》据《御览》卷七五等辑入本条，而《搜神记》亦辑之(主要据《广古今五行记》)，致一事而两见，甚误。今据

《御览》卷七六九，参酌诸书校辑。

〔一〕合肥口有一大舶船　“合肥口”，《灵鬼志》、《广古今五行记》作“濡须口”，旧本《搜神记》同。汪绍楹按云：“《通典》一八一：‘和州历阳县西南一百八十里，有濡须水。孙权筑坞于此，以拒曹公（操）。’《魏志》建安十八年：‘（操）进军濡须口，相拒月馀。’又《吴志·孙权传》注引《吴历》：‘曹公出濡须，作油船，夜渡洲上。权以水军围取，得三千馀人。其没溺者数千人。’均即此地。《太平御览》作合肥，以魏淮南郡与吴以巢湖为界。吴守东兴，魏守合肥。湖滨诸境，皆为隙地（见《后汉书集解》引谢锺英说）。据地言之，亦可称合肥。”案：《太平寰宇记》卷一二六《合肥县》载：“肥水出县西南八十里蓝家山，东南流入于巢湖。”又云：“濡须水，《郡国志》云濡须水自巢湖出，谓之马尾沟，有偃月坞焉。”肥水又称施水，所谓合肥口即肥水入湖处。濡须水自巢湖东南入江，濡须口即其入江处。二地相距约百馀里。据《三国志·魏书·武帝纪》及《吴书·吴主传》，建安十四年七月，曹操出肥水，军合肥。十七年，孙权闻曹操将来侵，作濡须坞。十月，曹征孙权。十八年正月，曹进军濡须口，攻破孙权江西营，权相拒月馀，曹引军还。十九年七月，孙权征合肥，曹操迎战，合肥未下，权彻军还，曹亦自合肥还。二十一年十月，曹次于居巢，攻濡须，十一月还谯。据此，濡须、合肥均为曹操用兵处，所谓曹公载妓船覆水之处，两地皆有可能。盖传闻异辞。《御览》卷七五作“庐江筝笛浦”，旧本《后记》同。《舆地纪胜》作“筝笛浦”。《寰宇记》作“竽笛浦”（《四库全书》本作“筝笛浦”）。据《寰宇记》载，筝笛浦亦在合肥县境内。又有藏舟浦，“即魏帝与孙权藏舰于此”。《舆地纪胜》谓筝笛浦“在古城内后土庙侧”，古城指合肥古城。又谓藏舟浦“在金斗门外，广十丈，袤八十丈”。盖后人附会。

〔二〕云是曹公舶船　旧本《搜神记》作“长老云是曹公船”，乃据《广古今五行记》改。

〔三〕但闻筝笛弦节之音　“筝”，《寰宇记》作“竽”。“节”，《灵鬼志》作“管”。《广古今五行记》全句作“但闻竽笛弦歌之音”，旧本《搜神记》同。《广记》孙潜校本“竽”作“管”。

〔四〕渔人又梦人驱遣去云勿近官船　《广古今五行记》作“渔人始得眠，梦人驱遣，云勿近官妓”。旧本《搜神记》同。又《类聚》、《灵鬼志》“官船”亦作“官妓”。

83 鲁肃墓

王伯阳者，家在京口。家东有一大冢，传是鲁肃墓。伯阳妇，郗鉴兄女也，丧，乃平其坟以葬焉。后数年〔一〕，忽一日，伯阳方在厅事中。忽见一贵人乘平肩舆，将从数百，人马络绎，皆浴铁〔二〕，径来坐。怒谓伯阳曰：“身是鲁子敬〔三〕，安冢在此二百许年矣。君何敢遽毁坏身冢？”因目左右：“何不与手〔四〕？”左右遂牵伯阳下床，以刀环筑之数百而去。伯阳登时绝，良久乃苏，其筑破处皆发疽。疽溃，数日而死〔五〕。

本条《太平御览》卷五五九、卷八八四，《太平寰宇记》卷八九《润州·丹徒县》引作《续搜神记》，《太平广记》卷三八九作《搜神记》，又《舆地纪胜》卷七《镇江府·古迹》引《祥符图经》引作《搜神记》。案：王伯阳妇乃郗鉴兄女，郗鉴卒于晋成帝咸康五年，年七十一（见《晋书·成帝纪》及本传),与干宝为同时人,伯阳乃又晚之,且言其妇丧身死,出《续记》无疑。今据《御览》卷八八四,参酌诸书校辑。

〔一〕后数年　《广记》“年”作“日”。

〔二〕皆浴铁　汪绍楹校:“明钞本《太平广记》‘浴’作‘络’。当据正。”案:《广记》作“人马络绎”,无“皆浴铁”,此三字惟见《御览》卷五五九。浴铁,披甲。《资治通鉴》卷一六三梁简文帝大宝元年三月,“侯景请上幸西州……景浴铁数千,翼卫左右”。胡三省注:“浴铁者,言铁甲坚滑,若以水浴之也。”所释未确。浴者谓披挂。

〔三〕身是鲁子敬　《御览》卷五五九“身”作“吾”,《寰宇记》作“我”,旧本同。案:身即我。《尔雅·释诂上》:“卬、吾、台、予、朕、身、甫、余,言,我也。朕、余、躬,身也。”郭璞注:“今人亦自呼为身。”

〔四〕何不与手　《御览》卷八八四“与”原作“举”,旧本同。案:六朝人以下毒手、下狠手为“与手”。本书《会稽老黄狗》“二人各敕子弟,令与手”,《乌龙》“乌龙与手”,皆其例。《资治通鉴》卷一八五唐武德元年:“贼徒喜噪动地,化及(宇文化及)扬言曰:‘何用持此物出,亟还与手。’”胡三省注:“与手,魏齐间人率有是言,言与之毒手而杀之也。”今改。《寰宇记》作“与之毒手”。

〔五〕案:《广记》下云:“一说,伯阳亡,其子营墓,得二漆棺,移置南冈。夜梦肃怒云:‘当杀汝父。’寻复梦见伯阳云:‘鲁肃与吾争墓,吾日夜不得安。’后于灵座褥上见数升血,疑鲁肃之故也。墓今在长广桥东一里。”《御览》卷三七五引《幽明录》与此同,《广记》“一说”云云实引自《幽明录》,而出处只注《搜神记》。旧本一并辑入,大谬。其中“吾日夜不得安”一句(此据明钞本、孙潜校本),谈本原作“若不如不复得还”,疑有脱误,旧本亦同,惟“如”下增“我”字。

84 山中髑髅

永嘉五年,高荣为高平戍逻主〔一〕。时遭曹嶷贼寇乱〔二〕,人民皆坞垒自保固。见山中火起,飞埃绝焰十馀丈,树巅火猋,响动山谷。又闻人马铠甲声〔三〕,谓嶷贼上,人皆怕惧,并严出〔四〕,将欲击之。引骑到山下,无有人,但见碎火来洒,人袍铠、马毛鬣皆烧,于是军人走还。明日往视,山中无燃火处,唯有髑髅百头,布散山中。

本条《艺文类聚》卷一七、《太平御览》卷三七四、《天中记》卷二三并引,出《续搜神记》。今据《御览》,参酌《类聚》校辑。

〔一〕高荣为高平戍逻主　《类聚》“高荣”作“张荣”,旧本同,注:“一作高。”

〔二〕时遭曹嶷贼寇乱　《御览》、《天中记》作“时曹嶷贼寇离乱”,旧本同。此据《类聚》。

〔三〕又闻人马铠甲声　《类聚》“又”作“久”。

〔四〕并严出　旧本“严”改作“戒严”,误。案:严指整顿兵马车甲。

85 王戎

安丰侯王戎〔一〕,尝赴人家殡敛,主人治棺未竟,送者悉在厅事上。安丰车中卧，忽见空中有一异物如鸟，熟视转大。渐近，见一乘赤马车，一人在中，着帻，赤衣，手持一斧。至地下车，径入王车中，回几容之。谓王曰："君神明清照，物无隐情，亦有身〔二〕，故来相从。然当赠君一言，凡人家殡殓葬送，苟非至亲，不可急往。良不获已，可乘青牛〔三〕，令髯奴御之，及乘白马，则可禳之。"谓戎："君当致位三公。"语良久，主人内棺当殡，众客悉入，此鬼亦入。既入户，鬼便持斧，行棺墙上。有一亲趣棺，欲与亡人诀。鬼便以斧正打其额，即倒地，左右扶出。鬼丁棺上视戎而笑。众悉见，鬼亦持斧而出。

本条《太平广记》卷三一九引，出《续搜神记》，据辑。明钞本作《搜神记》。

〔一〕安丰侯王戎　旧本下多"字浚冲琅邪临沂人也"九字，乃据《晋书》卷四三《王戎传》滥补。

〔二〕身　旧本作"事"。案：《广记》各本皆作"身"。身者言身份地位，疑辑录者不明此意，遂妄改为"事"。

〔三〕可乘青牛　旧本"青牛"作"赤车"。案：《广记》各本皆作"青牛"。青牛、髯奴以制鬼，此说又见东晋裴启《语林》及梁殷芸《小说》所载宗岱（一作宋岱）事。《语林》云："宗岱为青州刺史，禁淫祀。著《无鬼论》，甚精，莫能屈。后有一书生，葛巾，修刺诣岱。与谈论，次及《无鬼论》。书生乃振衣而去，曰：'君绝我辈血食二十馀年。君有青牛、髯奴，所以未得相困耳。奴已叛，牛已死，今日得相制矣。'言绝而失。明日而岱亡。"（据《古小说钩沉》）旧本辑录者不明青牛之说，见前文所言鬼乘赤马车，遂妄改为"赤车"。

86 索逊

升平中,徐州刺史索逊,乘船往晋陵。会暗发,回河行数里,有人寄索载,云:"我家在韩冢,脚痛不能行,寄君船去。"四更时至韩冢〔一〕,此人便去。逊二人牵船〔二〕,过一渡,施力殊不便,骂此人曰:"我数里载汝来,径去,不与人牵船。"欲与痛手。此人便还,与牵,不觉用力而得渡。此人便径入诸冢间〔三〕。逊疑非人,使窃寻看,此人经冢间〔四〕,便不复见。须臾复出,至一冢呼曰:"载公。"有出者应。此人说:"我向载人船来,不为共牵,奴便欲打我。今当往报之。欲暂借甘罗来。"载公曰:"坏我甘罗,不可得。"此人曰:"无所苦〔五〕,我试之耳。"逊闻此,即还船。须臾,岸上有物来,赤如百斛篅〔六〕,长二丈许,径来向船。逊便大呼:"奴载我船,不与我牵,不得痛手。方便载公甘罗,今欲击我。今日要当打坏奴。"甘罗忽然失却〔七〕,于是遂进。

本条《太平广记》卷三二〇引,出《续搜神记》,据辑。明钞本作《搜神记》。案:升平乃东晋穆帝年号(三五七—三六一),其出《续记》无疑。

〔一〕四更时至韩冢　谈本"时"讹作"守",旧本同。明钞本作"时",《四库全书》本作"舟"。

〔二〕逊二人牵船　旧本"二"改作"遣"。

〔三〕此人便径入诸冢间　"此"字据《四库全书》本补。

〔四〕此人经冢间　"人"字据明钞本、《四库全书》本补。

〔五〕此人曰无所苦　"曰"字据《四库全书》本补。

〔六〕篅　旧本讹作"钥"。案:《说文》竹部:"篅,以判竹圜以盛谷也。”乃竹制圆形粮囤。钥,管乐器。《尔雅·释乐》:“大钥谓之产。”郭璞注:“钥如笛,三孔而短小。”

〔七〕今日要当打坏奴甘罗忽然失却　旧本误作“我今日即打坏奴甘罗,言讫,忽然便失”。案:奴乃骂人之语,此指求载之人(鬼),非指甘罗。

87 冯述

上党冯述,元熙中为相府将,假归虎牢〔一〕。忽逢四人,各持绳及杖来赴述,述策马避,马不肯进〔二〕。四人各捉马一足,倏然便到河上〔三〕,问述:“欲渡否?”述曰:“水深不测,既无舟楫,何由得过?君正欲见杀耳。”四人云:“不相杀,当持君赴官。”遂复捉马脚,涉河而北。述但闻波浪声,而不觉水。垂至岸,四人相谓曰:“此人不净,那得将去?”时述有弟服〔四〕,深恐鬼离之,便当溺水死。乃鞭马作势,径登岸。述辞谢曰:“既蒙恩德,何敢复烦劳!”

本条《太平广记》卷三二〇引,出《续搜神记》,据辑。

〔一〕元熙中为相府将假归虎牢　“元熙”,《广记》前有“晋”字,旧本同。疑为《广记》编者所加,今删。“相府将”,旧本“相府”下加“吏”字,“将”属下读,误。案:相府,殆指相国刘裕(即宋武帝)之官署。《宋书·武帝纪中》载:晋安帝义熙十二年进授刘裕相国,封宋公,进扬州牧。所谓相府将,即相国府将官。冯述假归虎牢,时虎牢(在今河南荥阳西北)属晋地。《晋书》卷一一九《姚泓传》载:义熙十二年(四一六)刘裕北伐后秦姚泓,至成皋,阳城及成皋、荥阳、武牢（即虎牢，唐初避讳改虎为武）诸城悉降。又《魏书·太宗纪》载，泰常二年（即义熙十三年）二月，司马德宗（即晋安帝）荥阳守将傅洪请以虎牢降，求魏军赴接。但魏战刘裕不胜，帝诏止诸军。八年（即宋少帝景平元年，四二三），魏司空奚斤围虎牢，宋刘义符（即少帝）守将毛德祖距守不下。由此可知，晋恭帝元熙中（四一九—四二〇），虎牢属晋地。汪绍楹注云元熙乃北汉刘渊年号，误。据《晋书》卷一〇一《刘元海载记》，晋惠帝永兴元年（三〇四），刘渊称汉王，年号元熙，置百官，以刘宣为丞相。与晋军交战并州，进据河东之地。晋怀帝永嘉二年（三〇八），刘渊称帝，改元永凤，自左国城（今山西离石东北）迁都平阳（今山西临汾西南）。刘渊元熙中势力未及河南，即帝位后遣其子刘聪等两次犯洛阳，皆败归。是则假归虎牢之冯述定非北汉相府将也。

〔二〕马不肯进　“马”原作“焉”，据明钞本、孙潜校本改。旧本作“马”。

〔三〕便到河上　谈本“到”讹作“倒”，据《四库全书》本改。

〔四〕时述有弟服　旧本“弟”下加“丧”字。案：弟服谓为弟服丧。

88 刘他苟家鬼

乐安刘他苟〔一〕，家在夏口〔二〕。忽有一鬼，来住刘家。初因暗，仿佛见形如人，着白布袴。自尔后，数日一来，不复隐形，便不去。喜偷食，不以为患，然且难之，初不敢呵骂。吉翼子者，强梁不信鬼，至刘家，谓主人：“卿家鬼何在？唤来，今为卿骂之。”即闻屋梁作声。时大有客，共仰视，便纷纭掷一物下，正着翼子面，视之，乃主人家妇女亵衣，恶犹着焉。众共大笑为乐，吉大惭，洗面而去。有人语刘："此鬼偷食，乃食尽，必有形之物，可以毒药中之。"刘即于他家煮冶葛〔三〕，取二升汁，密赍还家。向夜，令举家作糜。食馀一瓯，因泻冶葛汁着内，着于几上，以盆覆之。至人定后，更闻鬼从外来，发盆取糜。既讫〔四〕，掷破瓯出去。须臾，闻在屋头吐，嗔怒非常，便棒打窗户。刘先以防备，与斗，亦不敢入户。至四更中寂然，然后遂绝。

本条《北堂书钞》卷一四四、《初学记》卷二六、《太平御览》卷八五九、《太平广记》卷三一九、《天中记》卷四六并引，出《续搜神记》。又载《述异记》（《御览》卷九九〇引）、《广古今五行记》（《广记》卷三二二引），情事有异。今据《广记》，参酌诸书校辑。

〔一〕刘他苟　《广记》作"刘他"，当脱一字，据《书钞》、《御览》卷八五九、《天中记》补。《初学记》作"刘池苟"，旧本同（《学津讨原》本"苟"讹作"居"）。《述异记》、《广古今五行记》作"刘遁"。

〔二〕夏口　《广记》作"下口"。此据《初学记》、《御览》、《天中记》。《述异记》作"居江陵"。

〔三〕冶葛　《初学记》、《御览》卷八五九讹作"治葛"（《四库全书》本作"冶葛"）。《广古今五行记》作"野葛"，旧本同。案：冶葛，又作野葛，一名钩吻。王充《论衡·言毒》："草木之中有巴豆、野葛，食之凑懑，颇多杀人。"又云："毒螫渥者……在草则为巴豆、冶葛。"《南方草木状》卷上："冶葛，毒草也。蔓生，叶如罗勒，光而厚。一名胡蔓草。"

〔四〕讫　原作"吃"，据明钞本、孙潜校本改。旧本亦改作"讫"。

89 远学诸生

有诸生远学〔一〕,其父母然火夜作。儿忽至前,叹息曰:“今我但魂魄耳,非复生人。”父母问之,儿曰:“此月初病,以今日某时亡。今在琅琊任子成家,明日当殓,来迎父母。”父母曰:“去此千里,虽复颠倒,那得及汝?”儿曰:“外有车乘,但乘之去,自得至耳。”父母从之。上车忽若睡,顷比鸡鸣,已至其所。视其驾乘,但魂车木马。遂与主人相见,临儿悲哀。问其疾,消息如言。

本条《太平广记》卷三二二引作《续搜神记》,《法苑珠林》卷九七作《搜神记》(《四库全书》本卷一一六作《续搜神记》)。案:《珠林》首云“宋时”,盖据书出之时而加,当为陶书,今本作《搜神记》者误。今据《珠林》,参酌《广记》校辑。

〔一〕有诸生远学　《珠林》前有“宋时”二字,《广记》无,据删。

90 竺法度

沙门竺法度者〔一〕,会稽人。先与北中郎将王坦之友善〔二〕,每共论死生罪福报应之事,茫昧难明〔三〕,未审有无。因便共为要,若先无常〔四〕,其神有知,及罪福决定者,当相报语。既别后,王坦后在都〔五〕,于庙中忽见师来,王便惊云:“上人何处来〔六〕?”答曰:“贫道以某月日命过〔七〕,罪福皆不虚,事若影响〔八〕。檀越但当勤修道德，以升济神明耳〔九〕。先与君要，先死者相报，故来相语。”言讫，而不见耳〔一○〕。

本条《辩正论》卷七注、《法苑珠林》卷二一、《太平广记》卷三二二引，出《续搜神记》。《佛法金汤编》卷二引作“本传并《搜神记》”，作《搜神记》误。事又载《晋书》卷七五《王坦之传》、《建康实录》卷九，盖据本书。今据《辩正论》注，参酌他书辑校。

〔一〕沙门竺法度者　《珠林》、《广记》、《晋书》、《建康实录》“度”作“师”，旧本同。《高僧传》卷四《支道林传》作“仰”。

〔二〕先与北中郎将王坦之友善　“北中郎将”，《辩正论》注原作“比中中郎将”，《大正藏》本校刊记云元本、明本作“北中郎将”，《珠林》、《广记》俱作“北中郎”，旧本同。案：当作“北中郎将”，《建康实录》卷九：“（孝武帝宁康三年）夏五月丙午，中书令、徐兖二州刺史、北中郎将、蓝田侯王坦之卒。”汉晋有东西南北四中郎将，见《通志·职官略·武官》。据改。“王坦之”，《珠林》及《广记》谈恺刻本“坦”讹作“恒”，《广记》《四库全书》本作“坦”。“友善”二字《珠林》、《广记》作“周旋甚厚”。

〔三〕茫昧难明　《辩正论》注、《珠林》“茫”作“情”，此从《广记》，旧本同。

〔四〕若先无常　《珠林》、《广记》作“若有先死”，旧本同，末多“者”字。案：佛教以无常指称人死。南朝宋释法显《佛国记》：“念昔世尊住此二十五年，自伤生在边地，共诸同志游历诸国，而或有还者，或有无常者。”

〔五〕王坦后在都　《珠林》作“王恒在都”，亦讹“坦”为“恒”。案：东晋及南北朝，凡以“之”为双名之末字者，皆可省略。《南史》卷六二《朱异传》:“谦之兄巽之,即异父也。”而《梁书》卷三六《朱异传》:“朱异……父巽,以义烈知名。”是则朱巽之省作朱巽。《魏书》卷四二《寇赞传》:“赞弟谦之,有道术,世祖敬重之。”《北史》卷二七《寇赞传》作:“赞弟谦,有道术,太武敬重之。”是则寇谦之省作寇谦。《南齐书》卷五二《贾渊传》:“贾渊字希镜,平阳襄陵人也。祖弼之,晋员外郎。父匪之,骠骑参军。世传谱学。”而《南史》卷五九《王僧儒传》载:“始晋太元中,员外散骑侍郎、平阳贾弼笃好簿状。”是则贾弼之省作贾弼。此类事例不胜枚举,此处“王坦”即是“王坦之”省称。

〔六〕上人何处来　《珠林》“上人”作“和尚”。

〔七〕命过　旧本“过”改作“故”。案:命过指死。

〔八〕事若影响　《珠林》、《广记》“事”作“应”,旧本同。

〔九〕以升济神明耳　《广记》“济”作“跻”,旧本同。

〔一〇〕而不见耳　《大正藏》本校勘记云宋本、元本、明本作“忽然不见矣”,《珠林》、《广记》作“不复见”。旧本作“忽然不见,坦之寻亦卒”,末五字乃据《晋书》本传补。

91 朱弼

会稽朱弼,为王国郎中令〔一〕,营立第舍,未成而卒。同郡谢子木代其事,以弼死亡,乃定簿书,多张功费,长百馀万,以其赃诬弼,而实入子木。子木夜寝,忽闻有人道弼姓字者。俄顷而到子木堂前立,谓之曰:“卿以枯骨腐肉专可得诬〔二〕,当以某日夜更相书〔三〕。”言终,忽然不见。

本条《太平御览》卷二四八引，出《续搜神记》，据辑。

〔一〕为王国郎中令　旧本脱“王”字，与《四库全书》本同。案：《晋书·职官志》载，王国“有郎中令、中尉、大农，为三卿”。

〔二〕卿以枯骨腐肉专可得诬　旧本脱“肉”字，与《四库全书》本同。

〔三〕当以某日夜更相书　旧本“相书”作“典对证”。案：相书，似谓录取口供。

92 承俭

承俭者，东莞音管。人。病亡，葬本县界。葬后十年，忽夜与其县令梦云：“没故民承俭，今见劫，明府急见救。”令便敕外内装束，作百人仗，便令驰马往冢上。日已向出，天忽大雾，对面不相见，但闻冢中讻讻破棺声。有二人坟上望，但雾冥，不见人往。令既至，百人同声大叫，收得冢内三人，坟上二人遂得逸走。棺木坏，令即使人修复之。即其夜，又梦俭云：“二人虽得走，民悉志之。一人面上有青志，如藿叶；一人㧑其前两齿折〔一〕。明府但案此寻觅，自得也。”令从其言追捕，皆擒获。

本条《太平御览》卷三九九、卷五五九引，出《续搜神记》。今据卷三九九，参酌卷五五九校辑。

〔一〕一人㧑其前两齿折　《御览》卷五五九“㧑”作“斫”，《四库全书》本作“断”，旧本同。案：㧑，击也。

93 殷仲堪

荆州刺史殷仲堪，布衣时在丹徒。忽梦见一人，自说：“己是会稽上虞人，死亡，浮丧飘江中，明日当至。君有济物之仁，岂能见移着高燥处，则恩及枯骨。”殷明日与诸人共江上看，果见一棺逐水流下，飘飘至殷坐处。令人牵取，题如梦所〔一〕。即移着岗上，酹以酒饭。其夕，又梦此人来谢恩。

本条《太平御览》卷三九九引，出《续搜神记》，据辑。事又载今本《异苑》卷七、《太平广记》卷二七六引《梦隽》，据校。

〔一〕题如梦所 《四库全书》本作“题如所梦”，旧本同。案：梦所，梦境，梦中情景。

搜神后记辑校卷一〇

94 懊恼歌

庐江杜谦为诸暨令。县西山下有一鬼，长三丈，着赭布袴褶〔一〕，在草中拍张〔二〕。又脱褶掷草上，唱《懊恼歌》。百姓皆看之。

本条《太平御览》卷五七三引，出《续搜神记》，据辑。

〔一〕赭布袴褶　“褶”前原衍“布”字。案：《晋书·舆服志》：“袴褶之制，未详所起。近世凡车驾亲戎、中外戒严服之。”据删。《四库全书》本讹作“赭衣袴布褶”，旧本讹作“赭衣袴在褶”。

〔二〕拍张　“拍”原讹作“相”，《四库全书》本作“拍”。案：《南史》卷二二《王俭传》：“帝……后幸华林宴集，使各效伎艺。褚彦回弹琵琶，王僧虔、柳世隆弹琴，沈文季歌《子夜来》，张敬儿舞。……于是王敬则脱朝服袒，以绛纠髻，奋臂拍张，叫动左右。上不悦，曰：‘岂闻三公如此。’答曰：‘臣以拍张，故得三公，不可忘拍张。’时以为名答。”卷四五《王敬则传》：“善拍张，补刀戟左右。宋前废帝使敬则跳刀，高出白虎幢五六尺，接无不中。仍抚髀拍张，甚为儇捷。”又卷三三《何逊传》：“逊从叔僩，字彦夷，亦以才著闻。宦游不达，作《拍张赋》以喻意。”据改。

95 陈阿登

会稽句章人至东野〔一〕，还，暮不及门〔二〕。见路旁小屋然火〔三〕，因投宿止。有一少女，不欲与丈夫共宿，呼邻人家女自伴，夜共弹箜篌〔四〕。至晓，此人谢去，问其姓字，女不答〔五〕，弹弦而歌戏曰〔六〕：“连绵葛上藤，一绥复一組〔七〕。汝欲知我姓〔八〕，姓陈名阿登。”明至东郭外，有卖食母在肆中。此人寄坐，因说昨夜所见。母闻阿登，惊曰：“此是我女，近亡，葬于郭外。”

本条《法苑珠林》卷四六、《太平御览》卷八八四引，出《续搜神记》。《太平广记》卷三一六引，误作《灵怪集》（唐张荐撰），前条《周氏》注出《法苑珠林》，知此条亦当出《法苑珠林》。事又载《幽明录》（《北堂书钞》卷一〇六、《御览》卷五七三、《永乐琴书集成》卷一七引），当本本书。今据《珠林》，参酌诸书校辑。

〔一〕会稽句章人至东野　《珠林》前有“汉时”二字，旧本同。《御览》及《幽明录》均无，乃道世妄加，今删。

〔二〕暮不及门　《御览》《四库全书》本作“暮不及至家”，旧本同。

〔三〕见路旁小屋然火　《御览》及《琴书集成》引《幽明录》作“见路旁有小屋灯火”。

〔四〕夜共弹箜篌　《御览》及《琴书集成》引《幽明录》“箜篌”作“琴

箜篌”。

〔五〕至晓此人谢去问其姓字女不答　据《御览》及《琴书集成》引《幽明录》补。

〔六〕弹弦而歌戏曰　“弹弦而”三字据《御览》及《琴书集成》引《幽明录》补。

〔七〕一绥复一絚　“绥”,《珠林》、《御览》原作“缓”,《御览》及《琴书集成》引《幽明录》同。《四库全书》本《御览》卷八八四作“绥”,据改。案:绥、絚,皆为绳索,以喻藤葛。《说文》糸部:“緪,大索也。”“絚”同“緪”。《论语·乡党》:“升车必正立执绥。”邢昺疏:“绥者,挽以上车之索也。”《四库全书》本《御览》卷五七三、《书钞》引《幽明录》讹作“援”,《古小说钩沉·幽明录》同。《御览》卷八八四“絚”讹作“组”(《四库全书》本作“絚”)。

〔八〕汝欲知我姓　《御览》及《琴书集成》引《幽明录》作“欲知我姓名”,旧本同;《书钞》作“欲问我姓名”。

96 张姑子

诸暨县吏吴详者〔一〕,惮役委顿,将投窜深山。行至一溪,日欲暮,见年少女子,采衣〔二〕,甚端正〔三〕。女云:“我一身独居,又无乡里〔四〕,唯有一孤妪,相去十馀步耳。”详闻甚悦,即便随去。行一里馀,即至女家。家甚贫陋,为详设食。至一更竟,闻一妪唤云:“张姑子。”女应曰:“诺。”详问是谁,答云:“向所道孤独妪也。”二人共寝息。至晓鸡鸣,详去,二情相恋,女以紫巾赠详,详以布手巾报〔五〕。行至昨所遇处〔六〕,过溪,其夜水大瀑溢,深不可涉。乃回向女家,都不见昨处,但有一冢耳。

本条《法苑珠林》卷四六引,出《续搜神记》,《太平广记》卷三一七引《法苑珠林》。事又载《太平御览》卷七一六引《志怪》,《北堂书钞》卷一三六引《神怪录》。今据《珠林》,参酌《广记》、《志怪》、《神怪录》校辑。

〔一〕诸暨县吏吴详者　《珠林》前有“汉时”二字,旧本同。《志怪》、《神怪录》并无,乃道世妄加,今删。《广记》引《珠林》“详”作“祥”。

〔二〕采衣　旧本“采”讹作“来”,连上读。《法苑珠林校注》据《搜神后记》改作“来”,误。

〔三〕案:《志怪》云:“会稽人吴详,见一女子溪边洗脚。”有溪边洗脚之事。

〔四〕乡里　旧本作“邻里”。

〔五〕女以紫巾赠详详以布手巾报　《志怪》“布”上有“白”字。《神怪录》作“紫手巾”、“白手巾”。

〔六〕行至昨所遇处　《珠林》“遇”作“应”,旧本同。此据《广记》。

97 卢充

卢充者〔一〕,范阳人。家西三十里,有崔少府墓〔二〕。充年二十时,先冬至一日,出宅西猎戏。见有一麞,举弓便射之〔三〕。射已,麞倒而复走起,充步步趁之,不觉远去。忽见道北一里许,高门〔四〕,瓦屋四周,有如府舍,不复见麞。到门中,有一铃下唱:“客前。”充问铃下:“此何府也〔五〕?”铃下对曰:“崔少府府也。”充曰:“我衣弊恶,那得见贵人〔六〕?”须臾〔七〕,复有一人捉一幞新衣〔八〕，曰："府君以此衣将迎郎君〔九〕。"充便取着，尽皆可体。进见少府，具展姓名。少府赐坐，为设酒。酒炙数行〔一〇〕，少府语充曰："尊府君不以仆门鄙陋，近得书，为君索小女为婚，故相迎耳。"充起谦让，少府便出书示之〔一一〕。父亡时充虽小，然已识父手迹，便即歔欷，无复辞托。少府便敕内："卢郎已来，便可使女郎庄严，既就东廊。"至黄昏，内白女郎严饰竟。少府语充："君可至东廊。"既至廊，妇已下车，立席头，即共拜。时为三日，供给饮食。三日毕，还见少府，少府谓充曰〔一二〕："君可归去。若女有娠相〔一三〕，生男，当以相还，无相疑；生女，当自留养。"敕外严车送客，充便辞出。少府送至中门，执手涕零，离别之感，无异生人〔一四〕。出门见一犊车〔一五〕，驾青牛〔一六〕。又见本所着衣及弓箭，故在门外。寻遣传教，将一人提幞衣与充，相问曰："姻援始尔〔一七〕，别甚怅恨。今故致衣一袭，被褥自副〔一八〕。"充便上车去，驰如电逝。须臾至家，母见悲喜，推问其故〔一九〕，充悉以状对。知少府是亡人，所见屋宅，并皆坟墓，追以懊惋〔二〇〕。别后四年，至三月三日，充临水戏。忽见傍水有二犊车〔二一〕，乍沉乍浮。既而上岸，四坐皆见。而充往开其车后户，见崔氏女，与其三岁男儿共载。充见之忻然，欲捉其手。女举手指后车曰："府君，见之〔二二〕。"即回视，便见少府，充便趋往问讯〔二三〕。女抱儿以还充，又与金鋺别，并赠诗一首曰："煌煌灵芝质，光丽何猗猗！华艳当时显，嘉异表神奇〔二四〕。含英未及秀，中夏罹霜萎。荣耀长幽灭，世路永无施。不悟阴阳运，哲人忽来仪。会浅离别速，皆由灵与祇。何以赠余亲，金鋺可颐儿。爱恩从此别，断肠伤肝脾〔二五〕。今时一别后，何得重会时？"充取儿、鋺及诗毕，忽不见二车处〔二六〕。充将儿还,四坐谓是鬼魅,佥遥唾之,而儿形貌如故。问儿:"谁是汝父?"儿径就充怀。众初怪恶,传省其诗,慨然叹死生之玄通,人鬼之合礼也〔二七〕。充后乘车诣市卖鋺,高举其价,不欲速售〔二八〕,冀有识者。欻有一老婢识此鋺,问充得鋺之由〔二九〕。还白大家曰:"市中见一人乘车,卖崔氏女郎棺中金鋺。"大家即是崔氏亲姨母也。遣儿视之,果如婢言。乃上车叙其姓名,语充曰:"昔我姨姊,少府女,未出而亡〔三〇〕,家亲痛之,赠一金鋺着棺中。今视卿鋺甚似〔三一〕,可说得鋺本末不?"充以事对,此儿亦为悲咽。便赍还白母,母即令诣充家迎儿还。五亲悉集。儿有崔氏之状,又复似充之貌。儿鋺俱验。姨母曰:"此我外甥也〔三二〕。我甥三月末间产〔三三〕,父曰:'春暖温也,愿休强也〔三四〕。'即字温休。温休者是幽婚也,其兆先彰矣〔三五〕。"儿大,遂成令器,历数郡二千石,皆著绩〔三六〕。子孙冠盖,相承至今。其后植,字子幹,为汉尚书,子毓,为魏司空〔三七〕,有名天下。

本条《艺文类聚》卷四、《法苑珠林》卷七五、《太平御览》卷三〇、《事类赋注》卷四、《天中记》卷四、《山堂肆考》卷一〇引作《续搜神记》,《六帖》卷四、《岁华纪丽》卷一、《御览》卷八八四、《太平广记》卷三一六、《岁时广记》卷一九作《搜神记》。《稗史汇编》卷一三五亦引,无出处。案:事又见《孔氏志怪》(《世说新语·方正篇》注引,文详,《分门类林杂说》卷一三、《杜工部草堂诗笺》卷二七《诸将五首》其一注、《古本蒙求》注卷上所引文略,《古本蒙求》注讹作《孙氏志怪》,《蒙求集注》卷上引旧注不误,又《雕玉集》卷一二引《世说》,文亦详)。《才鬼记》卷一亦引《搜神记》及《孔氏志怪》,乃转引《广记》及《世说》注。《天中记》卷一九引《志怪》,亦转引《世说》注。孔氏名约(《广记》卷二七六《晋明帝》引作孔约《志怪》),观其书佚文，当出晋末，则本条殆取《孔氏志怪》，似属陶书。旧本《搜神记》、《搜神后记》皆辑入，惟一繁一简而已。周叔迦等《法苑珠林校注》于此条校云："出《搜神记》卷一六，作《续搜神记》误。"不知今本《搜神记》本非原书而误断如此，良为可叹。今据《珠林》，参酌诸引校辑，并以《世说》注、《雕玉集》校补。

〔一〕卢充者　《珠林》前原有"晋时有"三字，乃道世妄加，今删。《蒙求》注前有"汉"字，《雕玉集》称"卢充，后汉范阳人也"。

〔二〕家西三十里有崔少府墓　《蒙求》注、《分门类林杂说》作"家西四十里有崔少府女墓"。

〔三〕举弓便射之　"举弓"二字据《世说》注、《雕玉集》补。

〔四〕忽见道北一里许高门　《珠林》作"忽见道北一里门"。《类聚》、《世说》注引《孔氏志怪》作"忽见一里门"，旧本《后记》同。《御览》卷三〇、《事类赋注》、《天中记》卷四作"忽见一黑门"。此据《御览》卷八八四及《广记》。

〔五〕充问铃下此何府也　《类聚》、《御览》卷三〇、《事类赋注》、《天中记》卷四作"问铃下"，据《世说》注补。

〔六〕充曰我衣弊恶那得见贵人　据《世说》注补。

〔七〕须臾　据《雕玉集》补。

〔八〕复有一人捉一幞新衣　《御览》卷八八四、《广记》"捉"作"投"；《世说》注引《孔氏志怪》作"提"，旧本同。下文"将一人捉幞衣与充"，旧本亦作"提"。

〔九〕府君以此衣将迎郎君　《御览》卷八八四作"府君以此系郎"，《四库全书》本"系"作"遗"；《广记》作"府君以遗郎"。旧本同《四库全书》本。

〔一〇〕"充便取着"至"酒炙数行"　《珠林》原作"充便取着以进见"，

据《世说》注、《雕玉集》补。

〔一一〕充起谦让少府便出书示之　《珠林》原作“便以书示充”，此据《雕玉集》。

〔一二〕还见少府少府谓充曰　《珠林》原作“谓充曰”，据《雕玉集》补。《世说》注“少府”作“崔”。

〔一三〕娠相　“娠”字据《世说》注补。

〔一四〕离别之感无异生人　据《世说》注、《雕玉集》补。

〔一五〕犊车　《珠林》“犊”作“独”，《广记》作“犊”。案：“犊”又作“犢”，盖以“独”、“獨”形似而致讹。据《广记》改。

〔一六〕驾青牛　《广记》谈恺刊本“牛”讹作“衣”，旧本同。明钞本作“牛”。

〔一七〕姻援始尔　《珠林》各本及《广记》谈刻本“援”原作“授”。《广记》孙潜校本作“缘”。案：姻援，即姻缘。《宋书》卷九五《索虏传》：“至此非唯欲功名，实是贪结姻援。”《魏书》卷五八《杨椿传》：“吾自惟文武才艺、门望姻援，不胜他人。”又卷一〇三《蠕蠕传》：“予成知悔前非，遣使请和，求结姻援。”“授”字当为“援”字形讹，今改。《珠林》《大正新修大藏经》本作“媛”。姻媛，亦姻缘之意。宋代李焘《六朝通鉴博议》卷七：“吾远来至此，非欲为功名，实欲继好息民，示结姻媛。”《太平广记》卷三四四引《河东记·成叔弁》：“有田家郎君愿结姻媛。”旧本《搜神记》改作“姻缘”。《广记》中华书局点校本据《搜神记》改。《四库全书》本、《笔记小说大观》本亦皆作“姻缘”，疑皆亦据《搜神记》今本所改。《法苑珠林校注》谓《高丽藏》本作“媛”，然乃据《搜神记》改，未妥。

〔一八〕被褥自副　《世说》注、《雕玉集》“自”作“一”。

〔一九〕母见悲喜推问其故　《珠林》原作“母问其故”，《御览》卷八八四、《广记》作“母见问其故”，《世说》注作“家人相见，悲喜推问”，据《世说》注补。

〔二〇〕知少府是亡人所见屋宅并皆坟墓追以懊惋　据《世说》注、《雕玉集》补。《世说》注原作“知崔是亡人，而入其墓，追以懊惋”，《雕玉集》原作“少府乃是亡人，所见屋宅，并皆坟墓”。

〔二一〕忽见傍水有二犊车　《珠林》原作“忽见傍水有独车”，《世说》注作“忽见一犊车”，《古小说钩沉·孔氏志怪》“一”字校改为“二”，旧本《搜神记》同。徐震堮《世说新语校笺》云：“案：作‘一’似不误。初时但见一车，乍沉乍没，初不注意其后尚有一车，及女举手指示方知。鬼神之事，倏忽隐现，情事逼真。若先已见二车，则充往开车后户，为前车耶，后车耶，不能无所说明，似无如此鹘突文字。不得据后之‘二’字以疑前之‘一’字也。”案：徐说非，古人叙事朴拙，初不明视点转移之法，既来二车必言所见二也。《雕玉集》、《蒙求》注、《分门类林杂说》正引作“二”，据改。

〔二二〕充见之忻然欲捉其手女举手指后车曰府君见之　据《世说》注补。“府君见之”，《世说》注“之”原作“人”，旧本同。徐震堮校：“沈校本（案：即沈宝砚据传是楼藏宋椠本所作校语）作‘之’，是。”据改。

〔二三〕即回视便见少府充便趋往问讯　据《世说》注、《雕玉集》补。《世说》注原作“即见少府，充往问讯”，《雕玉集》原作“即回视，便见少府，趋往问讯”。

〔二四〕嘉异表神奇　《珠林》“异”作“会”，此据《广记》、《世说》注。

〔二五〕“会浅离别速”至“断肠伤肝脾”　《珠林》、《广记》原无此六句，而以“今时一别后，何得重会时”作结，而《世说》注有此二句。今据《世说》注姑插补于此。旧本同《世说》注。

〔二六〕忽不见二车处　《珠林》原作“妇车忽然不见”，此据《世说》注。

〔二七〕“充将儿还”至“人鬼之合礼也”　据《世说》注，并参酌《雕玉集》补。

〔二八〕高举其价不欲速售　据《世说》注补。

〔二九〕欻有一老婢识此鋺问充得鋺之由　《珠林》原作“有一婢识此鋺”，据《世说》注补。

〔三〇〕昔我姨姊少府女未出而亡　《珠林》脱“未”字。《广记》作“昔我姨嫁少府，女未出而亡”。旧本同，“女”上加“生”字。《四库全书》本《御览》卷八八四与之同，疑实据《搜神记》改。

〔三一〕今视卿鋺甚似　据《世说》注补。

〔三二〕此我外甥也　《珠林》宣统本等“甥”作“生”，《大正新修大藏经》本等作“甥”，《广记》同。《校注》据《高丽藏》本、《碛砂藏》本改“生”为“甥”。案：“生”通“甥”。《世说·方正篇》：“郗公……常携兄子迈及外生周翼二小儿往食。”

〔三三〕我甥三月末间产　据《世说》注补。《世说》注“甥”上原有“舅”，余嘉锡《世说新语笺疏》引李慈铭云：“舅字亦衍文。”徐震堮校：“‘甥’，影宋本及沈校本作‘生’。按‘舅甥’、‘舅生’皆不可通。此文疑原作‘我甥’，传钞时误离‘甥’字为‘男生’二字，‘男’又误为‘舅’，后人又改‘生’为‘甥’，辗转沿讹，愈不可解。”《雕玉集》作“我甥三月末产”，据删。

〔三四〕父曰春暖温也愿休强也　据《世说》注、《雕玉集》补。

〔三五〕其兆先彰矣　据《世说》注、《雕玉集》补。

〔三六〕历数郡二千石皆著绩　《珠林》原作“为郡守”，《御览》卷八八四及《广记》作“历郡守”，据《世说》注补。

〔三七〕其后植字子幹为汉尚书子毓为魏司空　《珠林》、《广记》原作“其后植，字子幹（《广记》脱“子”字）”，旧本同。《御览》卷八八四作“其后植，子毓”。据《世说》注补。

98 匹夫匹妇

有匹夫匹妇，忘其姓名〔一〕。与妇同寝，天晓，妇先起出，后夫寻亦出外。妇还，谓夫尚寝，既还内，见其夫犹在被中眠。须臾，奴子自外来云：“郎令我取镜〔二〕。”妇以奴诈，乃指床上以示奴。奴云：“适从郎处来也。”于是驰白其夫。其夫大愕，便入，夫妇共视，被中人高枕安寝，正是其形，了无一异。虑是其魂神，不敢惊动，乃共以手徐徐抚床，遂冉冉入席，渐渐消灭。夫妇惋怖不已。如此少时，夫忽得病，性理乖错，于是终卒〔三〕。

本条《法苑珠林》卷九七引作《续搜神记》，《太平广记》卷三五八作《搜神记》，孙潜校本作《续搜神记》。案：《珠林》所引前有“宋时”二字，此虽为道世所加，然亦知必不出干书，盖以《续记》书出宋时也，《广记》谈本误。又载《录异传》（《文房四谱》卷四引），有异。今据《珠林》，参酌《广记》校辑。

〔一〕有匹夫匹妇忘其姓名　《珠林》原作“宋时有一人，忘其姓名”，旧本同，唯“名”作“氏”。此据《广记》，“名”亦作“氏”。《录异传》以为王肇事，其妻韩氏。

〔二〕郎令我取镜　《录异传》作“郎索纸百幅”。

〔三〕于是终卒　《广记》作“终身不愈”，旧本同。

99 顾恺之

顾恺之字长康〔一〕,常悦一邻女,乃画女于壁,当心钉之。女患心痛,告于长康,拔去钉,乃愈。

本条《历代名画记》卷五引,末注:“此一节事亦见刘义庆与(案:与字疑衍)《幽明录》,而小不同,云思江陵美女,画像簪之于壁玩之。亦出《搜神记》也。”《天中记》卷四一亦引此事,末注:“《搜神》,思江陵美女,画像簪之于壁,玩之。”当转据《历代名画记》而误读原文。《太平御览》卷七四一引《幽明录》曰:“顾长康在江陵,爱一女子。还家,长康思之不已,乃画作女形,簪着壁上,簪处正刺心。女行十里,忽心痛如刺,不能进。”考顾恺之义熙初为散骑常侍,年六十二卒于官(见《晋书》卷九二《文苑传》),干宝咸康二年卒时顾尚未出生,是故必不出《搜神记》,当为《续记》。今据《历代名画记》辑。旧本未辑。

〔一〕顾恺之字长康　此六字据《历代名画记》补。

引用参考书目

周易集传　〔宋〕朱震撰，《四部丛刊续编》景印宋刊本

尚书正义　旧题〔汉〕孔安国传，〔唐〕孔颖达疏，《十三经注疏》本，中华书局影印，一九八三年

毛诗正义　〔汉〕毛亨传，〔汉〕郑玄笺，〔唐〕孔颖达疏，《十三经注疏》本，中华书局影印，一九八三年

韩诗外传集释　〔汉〕韩婴撰，许维遹校释，中华书局，一九八〇年

仪礼注疏　〔汉〕郑玄注，〔唐〕贾公彦疏，《十三经注疏》本，中华书局影印，一九八三年

周礼注疏　〔汉〕郑玄注，〔唐〕贾公彦疏，《十三经注疏》本，中华书局影印，一九八三年

礼记正义　〔汉〕郑玄注，〔唐〕孔颖达疏，《十三经注疏》本，中华书局影印，一九八三年

穀梁传　〔晋〕范宁集解，〔唐〕杨士勋疏，《十三经注疏》本，中华书局影印，一九八三年

论语注疏　〔魏〕何晏集解,〔宋〕邢昺疏,《十三经注疏》本,中华书局影印,一九八三年

论语类考　〔明〕陈士元撰,《景印文渊阁四库全书》本

孟子注疏　〔汉〕赵岐注,〔宋〕孙奭疏,《十三经注疏》本,中华书局影印,一九八三年

古微书　〔明〕孙瑴编,《丛书集成初编》影印《墨海金壶》本

尔雅义疏　〔晋〕郭璞注,〔清〕郝懿行义疏,同治四年郝氏家刻本,上海古籍出版社影印,一九八三年

方言　〔汉〕扬雄撰,〔晋〕郭璞注,《四部丛刊初编》景印宋刊本

说文解字注　〔汉〕许慎撰,〔清〕段玉裁注,嘉庆二十年刻本,上海古籍出版社影印,一九八一年

释名疏证补　〔汉〕刘熙撰,〔清〕王先谦疏证补,光绪二十二年刻本,上海古籍出版社影印,一九八四年

广雅疏证　〔魏〕张揖撰,〔清〕王先谦疏证,上海古籍出版社影印嘉庆本,一九八三年

陆氏诗疏广要　〔吴〕陆玑撰,〔明〕毛晋广要,《景印文渊阁四库全书》本

玉篇　〔梁〕顾野王撰,〔唐〕孙强增补,〔宋〕陈彭年等重订,《四部丛刊初编》景印元刊本

经典释文　〔唐〕陆德明撰,《景印文渊阁四库全书》本

佩觿　〔五代后周〕郭忠恕撰,《丛书集成初编》影印《铁华馆丛书》本

集韵　〔宋〕丁度等撰,《四部备要》排印《楝亭五种》本

钜宋重修广韵 〔宋〕陈彭年等撰，宋乾道五年刻本，上海古籍出版社影印，一九八三年
六经正误 〔宋〕毛居正撰，《景印文渊阁四库全书》本
埤雅 〔宋〕陆佃撰，《丛书集成初编》影印《五雅全书》本
尔雅翼 〔宋〕罗愿撰，《景印文渊阁四库全书》本
五音集韵 〔金〕韩道昭撰，《景印文渊阁四库全书》本
古今韵会举要 〔明〕熊忠撰，《景印文渊阁四库全书》本
洪武正韵 〔明〕乐韶凤等撰，《景印文渊阁四库全书》本
六家诗名物疏 〔明〕冯复京撰，《景印文渊阁四库全书》本
古音骈字 〔明〕杨慎撰，《景印文渊阁四库全书》本
正字通 〔明〕张自烈、〔清〕廖文英编，中国工人出版社，一九九六年
别雅 〔清〕吴玉搢撰，《景印文渊阁四库全书》本

国语 〔吴〕韦昭注，上海师范大学古籍整理研究所点校，上海古籍出版社，一九九〇年；《景印文渊阁四库全书》本
古本竹书纪年辑校 〔清〕朱右曾辑录，王国维校补，《海宁王忠悫公遗书》本，一九二七年海宁王氏石印本
战国策笺注 〔汉〕刘向编，张清常、王延栋笺注，南开大学出版社，一九九三年
史记 〔汉〕司马迁撰，〔南朝宋〕裴骃集解，〔唐〕司马贞索隐，〔唐〕张守节正义，中华书局点校本，一九七五年
汉书 〔汉〕班固撰，〔唐〕颜师古注，中华书局点校本，一九八七年

东观汉记 〔汉〕班固、刘珍等撰,〔清〕姚之骃等辑,《四部备要》排印武英殿聚珍版本

后汉纪 〔晋〕袁宏撰,张烈点校,《两汉纪》,中华书局,二〇〇二年

后汉书 〔南朝宋〕范晔撰,〔唐〕李贤等注,中华书局点校本,一九八七年

后汉书志(续汉书志) 〔晋〕司马彪撰,〔梁〕刘昭注补,中华书局点校本,一九八七年

三国志 〔晋〕陈寿撰,〔南朝宋〕裴松之注,中华书局点校本,一九八五年

王隐晋书 〔晋〕王隐撰,〔清〕汤球辑,《丛书集成初编》排印《史学丛书》本

干宝晋纪 〔晋〕干宝撰,〔清〕汤球辑,《丛书集成初编》排印《史学丛书》本

晋中兴书 〔南朝宋〕何法盛撰,〔清〕汤球辑,《丛书集成初编》排印《史学丛书》本

续晋阳秋 〔南朝宋〕檀道鸾撰,〔清〕汤球辑,《丛书集成初编》排印《史学丛书》本

臧荣绪晋书 〔南朝齐〕臧荣绪撰,〔清〕汤球辑,《丛书集成初编》排印《史学丛书》本

晋书 〔唐〕房玄龄等撰,中华书局点校本,一九八七年

晋书斠注 吴士鉴、刘承幹注,《广雅书局丛书》本

宋书 〔梁〕沈约撰,中华书局点校本,一九八七年

南齐书 〔梁〕萧子显撰,中华书局点校本,一九八七年

梁书　〔唐〕姚思廉撰，中华书局点校本，一九八七年
陈书　〔唐〕姚思廉撰，中华书局点校本，一九八七年
十六国春秋　〔北魏〕崔鸿撰，乾隆四十一年欣托山房重刊本
十六国春秋辑补　〔清〕汤球辑补，《丛书集成初编》排印《史学丛书》本
魏书　〔北齐〕魏收撰，中华书局点校本，一九八七年
南史　〔唐〕李延寿撰，中华书局点校本，一九八七年
北史　〔唐〕李延寿撰，中华书局点校本，一九八七年
隋书　〔唐〕魏徵等撰，中华书局点校本，一九八七年
通典　〔唐〕杜佑撰，《景印文渊阁四库全书》本
建康实录　〔唐〕许嵩撰，张忱石点校，中华书局，一九八六年
旧唐书　〔五代后晋〕刘昫等撰，中华书局点校本，一九八六年
新唐书　〔宋〕欧阳修、宋祁撰，中华书局点校本，一九八六年
资治通鉴　〔宋〕司马光撰，〔元〕胡三省音注，清嘉庆胡克家刊本，上海古籍出版社影印，一九八七年
资治通鉴考异　〔宋〕司马光撰，《四部丛刊初编》景印宋刊本
六朝通鉴博议　〔宋〕李焘撰，《景印文渊阁四库全书》本
九国志　〔宋〕路振撰，张唐英补，《笔记小说大观》本
通志　〔宋〕郑樵撰，世界书局排印本，中华书局影印，一九八七年
通志略　〔宋〕郑樵撰，上海古籍出版社影印，一九九〇年
文献通考　〔元〕马端临撰，《景印文渊阁四库全书》本
宋史　〔元〕脱脱等撰，中华书局点校本，一九七七年
辽史　〔元〕脱脱等撰，中华书局点校本，一九八三年

元史 〔明〕宋濂等撰，中华书局点校本，一九八六年

明史 〔清〕张廷玉等撰，中华书局点校本，一九八四年

十七史商榷 〔清〕王鸣盛撰，《丛书集成初编》排印《史学丛书》本

吴越春秋辑校汇考 〔汉〕赵晔撰，周生春辑校汇考，上海古籍出版社，一九九七年

会稽典录 〔晋〕虞预撰，鲁迅辑录，《会稽郡故事杂集》，《鲁迅辑录古籍丛编》第三卷，人民文学出版社，一九九九年

华阳国志 〔晋〕常璩撰，《丛书集成初编》排印《函海》本

孝子传 《敦煌变文集》本，王重民等编，人民文学出版社，一九八四年

路史 〔宋〕罗泌撰，〔宋〕罗苹注，《四部备要》排印本

列朝诗集小传 〔清〕钱谦益撰，上海古籍出版社，一九八三年

绎史 〔清〕马骕撰，王利器整理，中华书局，二〇〇二年

三辅黄图校释 〔汉〕佚名撰，何清谷校释，中华书局，二〇〇五年

南方草木状 〔晋〕嵇含撰，《百川学海》本

水经注 〔北魏〕郦道元撰，陈桥驿点校，上海古籍出版社，一九九〇年

括地志辑校 〔唐〕李泰等撰，贺次君辑校，中华书局，一九八〇年

元和郡县图志 〔唐〕李吉甫撰，〔清〕孙星衍校，张驹贤考证，

《丛书集成初编》排印《畿辅丛书》本

岭表录异 〔唐〕刘恂撰，鲁迅校勘，广东人民出版社，一九八三年

北户录 〔唐〕段公路撰，〔唐〕崔龟图注，《丛书集成初编》排印《十万卷楼丛书》本

太平寰宇记 〔宋〕乐史撰，光绪八年金陵书局刊本；嘉庆八年刊本影印本，咸丰十年刊本影印本，台湾文海出版社有限公司，一九七一年；王文楚等点校本，中华书局，二〇〇七年

宋本太平寰宇记 〔宋〕乐史撰，中华书局影印，二〇〇〇年

元丰九域志 〔宋〕王存等撰，《景印文渊阁四库全书》本

庐山记 〔宋〕陈舜俞撰，《丛书集成初编》排印《守山阁丛书》本

赤城志 〔宋〕陈耆卿撰，《景印文渊阁四库全书》本

玉峰志 〔宋〕凌万顷等撰，宣统元年刊本，《中国方志丛书》影印，台北成文出版社有限公司，一九八三年

吴郡志 〔宋〕范成大撰，《丛书集成初编》排印《守山阁丛书》本

淳熙三山志 〔宋〕梁克家撰，《景印文渊阁四库全书》本

景定建康志 〔宋〕周应合撰，清嘉庆六年刊本，《中国方志丛书》影印，台北成文出版社有限公司，一九八三年

咸淳毗陵志 〔宋〕史能之撰，清嘉庆二十五年刊本，《中国方志丛书》影印，台北成文出版社有限公司，一九八三年

咸淳临安志 〔宋〕潜说友撰，〔清〕汪远孙校补，道光十年重刊本，《中国方志丛书》影印，台北成文出版社有限公司，一九

七〇年

漱水志 〔宋〕常棠撰,《澉水新志》附刊,民国二十四年排印本

舆地广记 〔宋〕欧阳忞撰,《士礼居黄氏丛书》本

六朝事迹编类 〔宋〕张敦颐撰,张忱石点校,上海古籍出版社,一九九五年

舆地纪胜 〔宋〕王象之撰,道光二十九年刊本;咸丰十年刊本影印本,台湾文海出版社有限公司,一九七一年

舆地纪胜校勘记 〔清〕刘文淇、刘毓崧撰,道光二十九年刊本

方舆胜览 〔宋〕祝穆撰,〔宋〕祝洙增订,宋咸淳刻本影印本,上海古籍出版社,一九八六年

至元嘉禾志 〔元〕单庆修,徐硕纂,道光十九年刻本影印本,《宋元方志丛刊》,中华书局,一九九〇年

至正金陵新志 〔元〕张铉撰,《宋元方志丛刊》,中华书局,一九九〇年

至正昆山郡志 〔元〕杨譓撰,宣统元年刻本,《宋元方志丛刊》,中华书局,一九九〇年

大明一统志 〔明〕李贤等撰,明天顺五年刻本,三秦出版社影印,一九九〇年

海语 〔明〕黄衷撰,《景印文渊阁四库全书》本

姑苏志 〔明〕王鏊撰,《景印文渊阁四库全书》本

续澉水志 〔明〕董穀撰,《澉水新志》附刊,民国二十四年排印本

嘉兴府志 〔明〕刘应钶等撰,万历二十八年刊本,《中国方志丛书》影印,台北成文出版社有限公司,一九八三年

赤雅　〔明〕邝露撰,《景印文渊阁四库全书》本
海盐县图经　〔明〕樊维城、胡震亨等撰,天启四年刊本,《中国方志丛书》影印,台北成文出版社有限公司,一九八三年
嘉庆重修大清一统志　〔清〕和珅等撰,《四部丛刊续编》景印清史馆写本
浙江通志　〔清〕嵇曾筠等撰,《景印文渊阁四库全书》本
江西通志　〔清〕尹继善等撰,《景印文渊阁四库全书》本
海宁州志　〔清〕战鲁村撰,道光二十八年重刊本,《中国方志丛书》影印,台北成文出版社有限公司,一九八三年
嘉兴府志　〔清〕许瑶光等修,光绪五年刊本,《中国方志丛书》影印,台北成文出版社有限公司,一九七〇年
馀杭县志　〔清〕张吉安等修,民国八年重刊本,《中国方志丛书》影印,台北成文出版社有限公司,一九七〇年
澉水新志　〔清〕方溶撰,民国二十四年排印本
确山县志　民国二十年排印本,《中国方志丛书》影印,台北成文出版社有限公司,一九七六年
中国历史地图集　谭其骧主编,中国地图出版社,一九九〇年

荆楚岁时记　〔梁〕宗懔撰,〔隋〕杜公瞻注,《丛书集成初编》排印《宝颜堂秘笈》本
玉烛宝典　〔隋〕杜台卿撰,《丛书集成初编》影印《古逸丛书》本
岁华纪丽　〔唐〕韩鄂撰,《丛书集成初编》影印《秘册汇函》本
岁时广记　〔宋〕陈元靓编,《丛书集成初编》排印《十万卷楼丛

书》本

古今同姓名录　〔梁〕萧绎编，〔唐〕陆善经续，〔元〕叶森补，《景印文渊阁四库全书》本

元和姓纂　〔唐〕林宝撰，岑仲勉校记，中华书局，一九九四年

补侍儿小名录　〔宋〕王铚编，《丛书集成初编》排印《稗海》本

续补侍儿小名录　〔宋〕温豫编，《丛书集成初编》排印《稗海》本

姓解　〔宋〕邵思撰，《古佚丛书》影印北宋本，江苏广陵古籍刻印社影印，一九九七年

姓氏急就篇　〔宋〕王应麟撰，《玉海》附，嘉庆丙寅刻本

万姓统谱　〔明〕凌迪知撰，《景印文渊阁四库全书》本

氏族博考　〔明〕凌迪知撰，《景印文渊阁四库全书》本

日本国见在书目录　〔日〕藤原佐世撰，《古逸丛书》本

崇文总目　〔宋〕王尧臣等撰，〔清〕钱东垣等辑释，《中国历代书目丛刊》影印本，现代出版社，一九八七年

郡斋读书志校证　〔宋〕晁公武撰，孙猛校证，上海古籍出版社，一九九〇年

遂初堂书目　〔宋〕尤袤撰，《中国历代书目丛刊》影印本，现代出版社，一九八七年

中兴馆阁书目　〔宋〕陈骙撰，赵士炜辑考，《中国历代书目丛刊》影印本，现代出版社，一九八七年

直斋书录解题　〔宋〕陈振孙撰，徐小蛮等点校，上海古籍出版

社，一九八七年
文渊阁书目　〔明〕杨士奇等撰，《丛书集成初编》排印《读画斋丛书》本
菉竹堂书目　〔明〕叶盛撰，《粤雅堂丛书》本
百川书志　〔明〕高儒撰，古典文学出版社，一九五七年
古今书刻　〔明〕周弘祖撰，古典文学出版社，一九五七年
赵定宇书目　〔明〕赵用贤撰，古典文学出版社，一九五七年
汲古阁珍藏秘本书目　〔明〕毛扆撰，《士礼居丛书》本
千顷堂书目　〔清〕黄虞稷撰，上海古籍出版社，一九九〇年
四库全书总目　〔清〕永瑢等撰，浙江杭州刻本，中华书局影印，一九六五年
郑堂读书记　〔清〕周中孚撰，吴兴刘氏嘉业堂刻本
补晋书艺文志　〔清〕文廷式撰，《二十五史补编》本
仪顾堂题跋　〔清〕陆心源撰，光绪刻本
四库提要辨证　余嘉锡撰，中华书局，一九八〇年
丛书集成初编目录　中华书局，一九八三年

六韬　《四部丛刊初编》影印影宋钞本
老子　〔晋〕王弼注，《诸子集成》本，中华书局重印，一九八六年
管子校正　〔唐〕尹知章注，〔清〕戴望校正，《诸子集成》本，中华书局重印，一九八六年
晏子春秋校注　张纯一校注，《诸子集成》本，中华书局重印，一九八六年
墨子间诂　〔清〕孙诒让间诂，《诸子集成》本，中华书局重印，一

九八六年
文子校释　〔战国〕文子撰，李定生、徐慧君校释，上海古籍出版社，二〇〇四年
韩非子集解　〔战国〕韩非撰，〔清〕王先慎集解，《诸子集成》本，中华书局重印，一九八六年
吕氏春秋　〔战国〕吕不韦撰，〔汉〕高诱注，〔清〕毕沅校正，《诸子集成》本，中华书局重印，一九八六年
淮南子　〔汉〕刘安撰，〔汉〕高诱注，〔清〕庄逵吉疏证，《诸子集成》本，中华书局重印，一九八六年
说苑疏证　〔汉〕刘向撰，赵善诒疏证，华东师范大学出版社，一九八五年
新序详注　〔汉〕刘向撰，赵仲邑注，中华书局，一九九七年
新序校释　〔汉〕刘向撰，石光瑛校释，中华书局，二〇〇一年
论衡　〔汉〕王充撰，上海人民出版社，一九七四年
风俗通义校释　〔汉〕应劭撰，吴树平校释，天津人民出版社，一九八〇年
独断　〔汉〕蔡邕撰，《四部丛刊三编》影印明弘治癸亥刊本
孔子家语　〔魏〕王肃注，明覆宋刊本，上海古籍出版社影印，一九九〇年
古今注　〔晋〕崔豹撰，《四部备要》排印《汉魏丛书》本
文心雕龙注　〔梁〕刘勰撰，范文澜注，人民文学出版社，一九六二年
齐民要术　〔北齐〕贾思勰撰，《丛书集成初编》排印《渐西村舍丛刊》本

颜氏家训　〔隋〕颜之推撰，《诸子集成》本，中华书局重印，一九八六年
史通　〔唐〕刘知几撰，《四部丛刊初编》影印明万历刊本
中华古今注　旧题〔五代后唐〕马缟撰，《四部备要》排印《汉魏丛书》本

封氏闻见记校注　〔唐〕封演撰，赵贞信校注，中华书局，一九五八年
苏氏演义　〔唐〕苏鹗撰，张秉戍校点，辽宁教育出版社，一九九八年
云仙杂记　旧题〔唐〕冯贽撰，《四部丛刊续编》景印明刊本
五色线集　〔宋〕佚名编，《四库全书存目丛书》影印明弘治刻本
春渚纪闻　〔宋〕何薳撰，张明华点校，中华书局，一九八三年
学林　〔宋〕王观国撰，《景印文渊阁四库全书》本
唐诗纪事　〔宋〕计有功撰，上海古籍出版社，一九八七年
云谷杂纪　〔宋〕张淏撰，《景印文渊阁四库全书》本
猗觉寮杂记　〔宋〕朱翌撰，《景印文渊阁四库全书》本
玉照新志　〔宋〕王明清撰，汪新森、朱菊如校点，上海古籍出版社，一九九一年
容斋随笔　〔宋〕洪迈撰，上海古籍出版社，一九九六年
纬略　〔宋〕高似孙撰，《丛书集成初编》排印《守山阁丛书》本
野客丛书　〔宋〕王楙撰，王文锦点校，中华书局，一九八七年
孔子集语　〔宋〕薛据撰，《景印文渊阁四库全书》本
鹤林玉露　〔宋〕罗大经撰，王瑞来点校，中华书局，一九八三年

考古质疑　〔宋〕叶大庆撰，李伟国校点，上海古籍出版社，一九八五年

鼠璞　〔宋〕戴埴撰，《景印文渊阁四库全书》本

宾退录　〔宋〕赵与时撰，齐治平校点，上海古籍出版社，一九八三年

困学纪闻　〔宋〕王应麟撰，《四部丛刊三编》景印元刊本

随隐漫录　〔宋〕陈世崇撰，《景印文渊阁四库全书》本

琅嬛记　旧题〔元〕伊世珍辑，《津逮秘书》本

南村辍耕录　〔元〕陶宗仪撰，中华书局点校本，一九八〇年

正杨　〔明〕陈耀文撰，《景印文渊阁四库全书》本

甲乙剩言　〔明〕胡应麟撰，上海文明书局石印《说库》本，浙江古籍出版社影印，一九八六年

少室山房笔丛　〔明〕胡应麟撰，中华书局上海编辑所点校本，一九六四年

琅邪代醉编　〔明〕张鼎思撰，明万历二十五年陈性学刊本，《四库全书存目丛书》影印，齐鲁书社，一九九五年

说略　〔明〕顾起元撰，《景印文渊阁四库全书》本

才鬼记　〔明〕梅鼎祚编，明万历三十三年刻本，《四库全书存目丛书》影印，齐鲁书社，一九九五年

通雅　〔明〕方以智撰，《景印文渊阁四库全书》本

物理小识　〔明〕方以智撰，《景印文渊阁四库全书》本

碧里杂存　〔明〕董穀撰，上海涵芬楼影印明刻《盐邑志林》本

见只编　〔明〕姚士粦撰，上海涵芬楼影印明刻《盐邑志林》本

涌幢小品　〔明〕朱国祯撰，《笔记小说大观》本，江苏广陵古籍

刻印社校订重刊,一九八三年

露书　〔明〕姚旅撰,明天启二年序刻本

池北偶谈　〔清〕王士禛撰,中华书局点校本,一九八二年

四库全书考证　〔清〕王太岳等纂辑,《景印文渊阁四库全书》本

札迻　〔清〕孙诒让撰,雪克、陈野校点,齐鲁书社,一九八九年

山海经校注　袁珂校注,上海古籍出版社,一九八〇年

山海经广注　〔清〕吴任臣注,《景印文渊阁四库全书》本

神异经　〔汉〕佚名撰,〔晋〕张华注,《景印文渊阁四库全书》本

西京杂记校注　〔汉〕刘歆撰,〔晋〕葛洪集,向新阳、刘克任校注,上海古籍出版社,一九九一年

海内十洲记　〔汉〕佚名撰,《景印文渊阁四库全书》本

博物志校证　〔晋〕张华撰,范宁校证,中华书局,一九八〇年

搜神记　〔晋〕干宝撰,《津逮秘书》本;《盐邑志林》本;《学津讨原》本;汪绍楹校注本,中华书局,一九七九年

搜神记(八卷本)　《广汉魏丛书》本;《稗海》本,《搜神后记》附录,中华书局,一九八一年

拾遗记　〔晋〕王嘉撰,〔梁〕萧绮录,齐治平校注,中华书局,一九八一年

搜神后记　〔南朝宋〕陶潜撰,《津逮秘书》本;《学津讨原》本;汪绍楹校注本,中华书局,一九八一年

世说新语笺疏　〔南朝宋〕刘义庆撰,〔南朝梁〕刘孝标注,余嘉锡笺疏,中华书局,一九八三年

世说新语校笺　〔南朝宋〕刘义庆撰,〔南朝梁〕刘孝标注,徐震堮校笺,中华书局,一九八四年
异苑　〔南朝宋〕刘敬叔撰,范宁校点,中华书局,一九九六年
《观世音应验记三种》译注　董志翘著,江苏古籍出版社,二〇〇二年
述异记　〔梁〕任昉撰,《随庵徐氏丛书》影刻宋刊本
续齐谐记　〔梁〕吴均撰,《虞初志》本,扫叶山房排印,中国书店影印,一九八六年
冤魂志校注　〔隋〕颜之推撰,罗国威校注,巴蜀书社,二〇〇一年
搜神记　〔唐〕句道兴撰,《敦煌变文集》本,王重民等编,人民文学出版社,一九八四年
游仙窟　〔唐〕张鷟撰,佚名注,日本庆安五年刊本
玄怪录　〔唐〕牛僧孺撰,程毅中点校,中华书局,二〇〇六年
酉阳杂俎　〔唐〕段成式撰,方南生点校,中华书局,一九八一年
独异志　〔唐〕李伉撰,张永钦、侯志明点校,中华书局,一九八三年
稽神录　〔五代南唐〕徐铉撰,白化文点校,中华书局,一九九六年
青琐高议　〔宋〕刘斧撰辑,上海古籍出版社点校本,一九八三年
搜神秘览　〔宋〕章炳文撰,《续古逸丛书》影印日本福井氏崇兰馆藏本
绿窗新话　〔宋〕皇都风月主人编,上海《艺文杂志》一九三六年

二至六期

编珠　〔隋〕杜公瞻撰,〔清〕高士奇补,《景印文渊阁四库全书》本

雕玉集　佚名撰,《丛书集成初编》影印《古逸丛书》本

唐写本类书残卷　《鸣沙石室古籍丛残》景印本

北堂书钞　〔隋〕虞世南编,光绪十四年孔广陶校刊本,天津古籍出版社影印,一九八八年;《景印文渊阁四库全书》本

略出籯金　〔唐〕李若立撰,《鸣沙石室古籍丛残》景印本

艺文类聚　〔唐〕欧阳询编,汪绍楹点校,上海古籍出版社,一九八二年;《景印文渊阁四库全书》本

龙筋凤髓判　〔唐〕张鷟撰,〔明〕刘允鹏注,《景印文渊阁四库全书》本

初学记　〔唐〕徐坚等编,中华书局点校本,一九八〇年

事始　〔唐〕留存撰,《说郛》(卷一〇)本,中国书店影印,一九八六年

古本蒙求　〔唐〕李翰撰注,《佚存丛书》本

蒙求集注　〔唐〕李翰撰,〔宋〕徐子光重注,《景印文渊阁四库全书》本,上海古籍出版社影印,一九九二年

白孔六帖　〔唐〕白居易编,佚名注,〔宋〕孔传续编,《景印文渊阁四库全书》本,上海古籍出版社影印,一九九二年

续事始　〔五代后蜀〕冯鉴撰,《说郛》(卷一〇)本,中国书店影印,一九八六年

太平御览　〔宋〕李昉等编,商务印书馆影宋本,中华书局影印,

一九八五年;《景印文渊阁四库全书》本;嘉庆中鲍崇城校宋刊本
太平广记　〔宋〕李昉等编,汪绍楹点校,中华书局,一九八一年;乾隆黄晟校刊本;《景印文渊阁四库全书》本,上海古籍出版社影印,一九九〇年;《笔记小说大观》本,江苏广陵古籍刻印社校订重刊,一九八三年
太平广记钞　〔宋〕李昉等编,〔明〕冯梦龙评纂,陈朝晖、钟锡南点校,团结出版社,一九九六年
太平广记校勘记　严一萍校勘,台北艺文印书馆,一九七〇年
太平广记会校　〔宋〕李昉等编,张国风会校,北京燕山出版社,二〇一一年
事类赋注　〔宋〕吴淑撰注,冀勤等校点,中华书局,一九八九年
册府元龟　〔宋〕王钦若等编,中华书局影印明本,一九八二年
事物纪原　〔宋〕高承撰,《丛书集成初编》排印《惜阴轩丛书》本
书叙指南　〔宋〕任广编,《景印文渊阁四库全书》本
海录碎事　〔宋〕叶廷珪编,《景印文渊阁四库全书》本,上海古籍出版社影印,一九九一年;李之亮校点本,中华书局,二〇〇二年
事林广记　〔宋〕陈元靓编,中华书局影印元刊本,一九六三年
新编分门古今类事　〔宋〕委心子编,金心点校,中华书局,一九八七年
六帖补　〔宋〕杨伯岩编,《景印文渊阁四库全书》本
锦绣万花谷　〔宋〕佚名编,《北京图书馆古籍珍本丛刊》影印宋

刻本,配明刻本,一九八七年;《景印文渊阁四库全书》本
锦绣万花谷别集 〔宋〕阙名编,《续修四库全书》影印宋刊本
记纂渊海 〔宋〕潘自牧编,影印宋刻本,中华书局,一九八八年;《景印文渊阁四库全书》本(明万历重编百卷本)
古今事文类聚 〔宋〕祝穆、〔元〕富大用、〔元〕祝渊编,乾隆二十八年重刻本
古今合璧事类备要 〔宋〕谢维新编,《景印文渊阁四库全书》本
全芳备祖 〔宋〕陈咏(景沂)编,农业出版社影印日藏宋刻本(配徐乃昌旧藏钞本之过录本),一九八二年;《景印文渊阁四库全书》本
玉海 〔宋〕王应麟撰,嘉庆丙寅刻本
增广分门类林杂说 〔金〕王朋寿编,《嘉业堂丛书》本
韵府群玉 〔元〕阴劲弦(时遇)编,阴复春注,《景印文渊阁四库全书》本
永乐大典 〔明〕解缙、姚广孝等编,中华书局影印本,一九八六年
海外新发现永乐大典十七卷 上海辞书出版社影印,二〇〇三年
群书类编故事 〔明〕王罃编,《宛委别藏》本,江苏广陵古籍刻印社影印,一九九〇年
天中记 〔明〕陈耀文编,光绪戊寅听雨山房重刻本,江苏广陵古籍刻印社影印,一九八八年;《景印文渊阁四库全书》本
新编古今奇闻类纪 〔明〕施显卿编,明万历四年刊本,《四库全书存目丛书》影印,齐鲁书社,一九九五年

稗史汇编　〔明〕王圻编，明刊本，北京出版社影印，一九九三年
三才图会　〔明〕王圻纂集，王思义续集，万历三十五年刊本，台北成文出版社影印，一九七〇年
榕阴新检　〔明〕徐𤊹编，明万历三十四年刊本，《四库全书存目丛书》影印，齐鲁书社，一九九五年
骈志　〔明〕陈禹谟编，《景印文渊阁四库全书》本
山堂肆考　〔明〕彭大翼编，《景印文渊阁四库全书》本
广博物志　〔明〕董斯张编，《景印文渊阁四库全书》本
渊鉴类函　〔清〕张英等编，《景印文渊阁四库全书》本

茶经　〔唐〕陆羽撰，《丛书集成初编》排印《百川学海》本
历代名画记　〔唐〕张彦远撰，《王氏书画苑》本
蟹谱　〔宋〕傅肱撰，《景印文渊阁四库全书》本
文房四谱　〔宋〕苏易简撰，《十万卷楼丛书》本
蟹略　〔宋〕高似孙撰，《景印文渊阁四库全书》本
永乐琴书集成(前集)　〔明〕明成祖敕撰，台北新文丰出版公司影印明内府写本，一九八三年
书法离钩　〔明〕潘之淙撰，《景印文渊阁四库全书》本
香乘　〔明〕周嘉胄撰，《景印文渊阁四库全书》本

列仙传　〔汉〕刘向撰，明正统《道藏》本，上海古籍出版社影印，一九九五年
列仙传校正　〔汉〕刘向撰，〔清〕王照圆校正，《龙溪精舍丛

书》本
神仙传　〔晋〕葛洪撰,《广汉魏丛书》本;影印《四库全书》本,上海古籍出版社,一九九五年
抱朴子　〔晋〕葛洪撰,〔清〕孙星衍校正,《诸子集成》本,中华书局重印,一九八六年
真诰　〔梁〕陶弘景撰,《学津讨原》本;明正统《道藏》本,《道藏要籍选刊》影印,上海古籍出版社,一九八九年
墉城集仙录　〔五代前蜀〕杜光庭撰,明正统《道藏》本,商务印书馆影印,一九二四年
云笈七签　〔宋〕张君房编,明正统《道藏》本,《道藏要籍选刊》影印,上海古籍出版社,一九八九年;李永晟点校本,中华书局,二〇〇三年
三洞群仙录　〔宋〕陈葆光撰,明正统《道藏》本,《道藏要籍选刊》影印,上海古籍出版社,一九八九年
南华真经义海纂微　〔宋〕褚伯秀撰,《景印文渊阁四库全书》本
历世真仙体道通鉴　〔元〕赵道一撰,明正统《道藏》本,《道藏要籍选刊》影印,上海古籍出版社,一九八九年
新编连相搜神广记　〔元〕秦晋编,《绘图三教源流搜神大全(外二种)》影印元刻本,上海古籍出版社,一九九〇年
搜神记(六卷本)　〔明〕佚名编,《续道藏》本
新刻出像增补搜神记(六卷本)　〔明〕佚名编,万历富春堂刊本,《续修四库全书》影印,上海古籍出版社,一九九〇年
重刊绘图三教源流搜神大全　〔明〕佚名编,清宣统元年郎园校刊本影印本,上海古籍出版社,一九九〇年

庄子翼　〔明〕焦竑撰,《景印文渊阁四库全书》本

杂譬喻经　〔东汉〕支娄迦谶译,《大正新修大藏经》第四卷排印本
旧杂譬喻经　〔吴〕康僧会译,《大正新修大藏经》第四卷排印本
众经撰杂譬喻　〔后秦〕鸠摩罗什译,《大正新修大藏经》第四卷排印本
杂宝藏经　〔北魏〕吉迦夜、昙曜译,《大正新修大藏经》第四卷排印本
百喻经　〔古印度〕僧迦斯那撰,〔南齐〕求那毘地译,《大正新修大藏经》第四卷排印本
高僧传　〔梁〕释慧皎撰,影印碛沙《藏》本,《高僧传合集》,上海古籍出版社,一九九一年;汤用彤校注本,中华书局,一九九二年
弘明集　〔梁〕释僧祐编,《四部丛刊初编》影印明本
出三藏记集　〔梁〕释僧祐撰,《大正新修大藏经》第五十五卷排印本
破邪论　〔唐〕释法琳撰,《大正新修大藏经》第五十二卷排印本
辩正论　〔唐〕释法琳撰,《大正新修大藏经》第五十二卷排印本
广弘明集　〔唐〕释道宣编,《四部丛刊初编》影印明本
集神州三宝感通录　〔唐〕释道宣撰,《大正新修大藏经》第五十二卷排印本
集古今佛道论衡　〔唐〕释道宣编,《大正新修大藏经》第五十二卷排印本

道宣律师感通录　〔唐〕释道宣撰,《大正新修大藏经》第五十二卷排印本
律相感通传　〔唐〕释道宣撰,《大正新修大藏经》第四十五卷排印本
续高僧传　〔唐〕释道宣撰,《高僧传合集》,上海古籍出版社,一九九一年
中天竺舍卫国只洹寺图经　〔唐〕释道宣撰,《大正新修大藏经》第四十五卷排印本
俱舍论记　〔唐〕释普光述,《大正新修大藏经》第四十一卷排印本
护法沙门法琳别传　〔唐〕释彦琮撰,《大正新修大藏经》第五十卷排印本
法苑珠林　〔唐〕释道世编,清宣统二年刻本(百卷本),《海王邨古籍丛刊》影印,中国书店,一九九一年;日本《大正新修大藏经》第五十三卷排印本(百卷本);《四部丛刊初编》景印径山寺本(百二十卷本);《四库全书》本(百二十卷本)
法苑珠林校注　周叔迦、苏晋仁校注,中华书局,二〇〇三年
一切经音义　〔唐〕释玄应撰,《丛书集成初编》影印《海山仙馆丛书》本
一切经音义　〔唐〕释慧琳撰,《大正新修大藏经》第五十四卷排印本
开元释教录　〔唐〕释智升撰,《大正新修大藏经》第五十五卷排印本
宋高僧传　〔宋〕赞宁撰,范祥雍点校,中华书局,一九八七年

维摩经略疏垂裕记　〔宋〕释智圆撰,《大正新修大藏经》第三十八卷排印本
释氏稽古略　〔元〕释觉岸撰,《大正新修大藏经》第四十九卷排印本
佛法金汤编　〔明〕沙门心泰编,《大藏新纂卍续藏经》第八十七卷,台北白马精舍印经会印

焦氏易林注　旧题〔汉〕焦赣撰,无名氏注,《四部丛刊初编》影印元刊本
宅经　《景印文渊阁四库全书》本
千金翼方校注　〔唐〕孙思邈撰,朱邦贤、陈文国等校注,上海古籍出版社,一九九九年
大唐开元占经　〔唐〕瞿昙悉达撰,南开大学图书馆藏钞本;《景印文渊阁四库全书》本;李克和校点本,岳麓书社,一九九四年
稽瑞　〔唐〕刘赓撰,《后知不足斋丛书》本
医心方　〔日〕丹波康赖撰,高文铸等校注,华夏出版社,一九九六年
重修政和经史证类备用本草　〔宋〕唐慎微撰,〔宋〕寇宗奭衍义,〔金〕魏存惠重修,《四部丛刊初编》景印金泰和甲子晦明轩刊本
历代名医蒙求　〔宋〕周守忠撰注,《天禄琳琅丛书》影印宋刊本
医说　〔宋〕张杲撰,《景印文渊阁四库全书》本
普济方　〔明〕朱橚撰,《景印文渊阁四库全书》本
名医类案　〔明〕江瓘编,《景印文渊阁四库全书》本

本草纲目 〔明〕李时珍撰,《景印文渊阁四库全书》本

意林 〔唐〕马总编,《四部丛刊初编》景印武英殿聚珍版本
续谈助 〔宋〕晁载之编,清光绪十三年序刻本
绀珠集 〔宋〕朱胜非编,明天顺刻本,《景印文渊阁四库全书》本
类说 〔宋〕曾慥编,明天启六年刻本,文学古籍刊行社影印,一九五五年;严一萍校订本(以天启六年刊本为底本,以明嘉靖伯玉翁旧钞本校订),台湾艺文印书馆,一九七〇年
说郛 〔元〕陶宗仪编,涵芬楼张宗祥校明抄本,中国书店影印,一九八六年
重编说郛 〔明〕陶珽编,清顺治四年刊本影印本,上海古籍出版社,一九八八年
国色天香 〔明〕吴敬所编,《古本小说集成》影印明万历十五年刊本,上海古籍出版社,一九九〇年
绣谷春容 〔明〕羊洛敕里起北赤心子汇辑,《古本小说集成》影印世德堂刻本,上海古籍出版社,一九九四年
古小说钩沉 鲁迅辑录,《鲁迅辑录古籍丛编》第一卷,人民文学出版社,一九九九年
小说备校 鲁迅辑,《鲁迅辑录古籍丛编》第一卷,人民文学出版社,一九九九年

楚辞补注 〔汉〕刘向编,〔汉〕王逸章句,〔宋〕洪兴祖补注,白化文等点校,中华书局,一九八三年

离骚草木疏　〔宋〕吴仁杰撰,《景印文渊阁四库全书》本
文选　〔梁〕萧统编,〔唐〕李善注,清嘉庆十四年胡克家校刊本,中华书局影印,一九七七年
六臣注文选　〔梁〕萧统编,〔唐〕李善、吕延济、刘良、张铣、吕向、李周翰注,《四部丛刊初编》影印宋刊本
唐钞文选集注汇存　〔梁〕萧统编,〔唐〕佚名集注 上海古籍出版社影印本,二〇〇〇年
玉台新咏　〔陈〕徐陵编,中国书店影印世界书局一九三五年排印本,一九八六年
古文苑　〔唐〕无名氏编,〔宋〕章樵注,《四部丛刊初编》景印宋刊本
鸣沙石室古籍丛残　罗振玉编,民国六年罗氏景印本;《敦煌丛刊初集》影印,黄永武主编,台北新文丰出版公司,一九八五年
敦煌变文集　王重民等编,人民文学出版社,一九八四年
敦煌宝藏　黄永武主编,台北新文丰出版公司,一九八一——一九八六年
文苑英华　〔宋〕李昉等编,中华书局影印本,一九八二年
文苑英华辨证　〔宋〕彭叔夏撰,中华书局影印本,一九八二年
乐府诗集　〔宋〕郭茂倩编,中华书局点校本,一九九一年
增修笺注妙选群英草堂诗馀　〔宋〕何士信编,无名氏注,《四部丛刊初编》景印明刊本
三体唐诗　〔宋〕周弼编,《景印文渊阁四库全书》本
吴都文粹　〔宋〕郑虎臣编,《景印文渊阁四库全书》本

唐诗鼓吹　〔金〕元好问编，〔元〕郝天挺注，《景印文渊阁四库全书》本
唐音　〔元〕杨士弘编，张震辑注，《景印文渊阁四库全书》本
古诗纪　〔明〕冯惟讷编，《景印文渊阁四库全书》本
古乐苑　〔明〕梅鼎祚编，《景印文渊阁四库全书》本
皇霸文纪　〔明〕梅鼎祚编，《景印文渊阁四库全书》本
东汉文纪　〔明〕梅鼎祚编，《景印文渊阁四库全书》本
西晋文纪　〔明〕梅鼎祚编，《景印文渊阁四库全书》本
全唐文　〔清〕董诰等编，上海古籍出版社影印本，一九九〇年
粤西文载　〔清〕汪森编，《景印文渊阁四库全书》本
汉学堂丛书（黄氏佚书考）　〔清〕黄奭辑，光绪刊本
鲁迅辑录古籍丛编　人民文学出版社，一九九九年

笺注陶渊明集　〔南朝宋〕陶潜撰，〔宋〕李公焕笺注，《四部丛刊初编》景印宋刊本
骆丞集　〔唐〕骆宾王撰，〔明〕颜文选注，《景印文渊阁四库全书》本
分类补注李太白诗　〔唐〕李白撰，〔宋〕杨齐贤集注，〔元〕萧士赟补注，《四部丛刊初编》景印明刊本
分门集注杜工部诗　〔唐〕杜甫撰，〔宋〕佚名集注，《四部丛刊初编》影印宋刊本
杜工部草堂诗笺　〔唐〕杜甫撰，〔宋〕鲁訔编次，〔宋〕蔡梦弼会笺，《古逸丛书》本
补注杜诗　〔唐〕杜甫撰，〔宋〕黄希原、黄鹤补注，《景印文渊阁

四库全书》本
九家集注杜诗　〔唐〕杜甫撰，〔宋〕郭知达编，《景印文渊阁四库全书》本
集千家杜工部诗集　〔唐〕杜甫撰，佚名编，《景印文渊阁四库全书》本
增广注释音辩唐柳先生集　〔唐〕柳宗元撰，〔宋〕童宗说注，《四部丛刊初编》景印元刊本
朱文公校昌黎先生文集　〔唐〕韩愈撰，〔宋〕王伯大音释，《四部丛刊初编》景印元刊本
李义山诗集　〔唐〕李商隐撰，《四部丛刊初编》景印明嘉靖刊本
禅月集　〔唐〕释贯休撰，《景印文渊阁四库全书》本
王荆公诗笺注　〔宋〕王安石撰，〔宋〕李壁注，乾隆六年张宗松刻本
东坡先生诗集注　〔宋〕苏轼撰，〔宋〕王十朋集注，明刻本
后山诗注　〔宋〕陈师道撰，〔宋〕任渊注，《四部丛刊初编》景印高丽活字本
山谷诗集注　〔宋〕黄庭坚撰，〔宋〕任渊注，《四部备要》排印本
山谷外集诗注　〔宋〕黄庭坚撰，〔宋〕史容注，《四部备要》排印本
山谷别集诗注　〔宋〕黄庭坚撰，〔宋〕史季温注，《四部备要》排印本
增广笺注简斋诗集　〔宋〕陈与义撰，〔宋〕胡穉笺，《四部丛刊初编》影印宋刊本

嘉禾百咏　〔宋〕张尧同撰,《景印文渊阁四库全书》本
弇州四部稿　〔明〕王世贞撰,《景印文渊阁四库全书》本
少室山房类稿　〔明〕胡应麟撰,《续金华丛书》本

中国小说史略　鲁迅著,人民文学出版社,一九六三年
中国小说的历史的变迁　鲁迅著,《鲁迅全集》第八卷,人民文学出版社,一九五七年
搜神后记研究　王国良著,台北文史哲出版社,一九七八年
魏晋南北朝志怪小说研究　王国良著,台北文史哲出版社,一九八四年
颜之推冤魂志研究　王国良著,台北文史哲出版社,一九九五年
冥祥记研究　王国良著,台北文史哲出版社,一九九九年
唐前志怪小说史　李剑国著,南开大学出版社,一九八四年;重修订本,人民文学出版社,二〇一一年
唐前志怪小说辑释　李剑国著,上海古籍出版社,一九八六年;修订本,上海古籍出版社,二〇一一年
敦煌文学丛考　项楚著,上海古籍出版社,一九九一年
唐五代志怪传奇叙录　李剑国著,南开大学出版社,一九九三年,一九九八年;增订本,中华书局,二〇一七年
中国古代小说百科全书　刘世德主编,中国大百科全书出版社,一九九三年
干宝研究全书　王尽忠著,中州古籍出版社,二〇〇九年
胡从经书话　胡从经著,北京出版社,一九九八年

胡应麟年谱　吴晗著,《吴晗史学论着选集》第一卷,北京市历史学会主编,人民出版社,一九八四年

中国历史大辞典·魏晋南北朝史　胡守为、杨廷福主编,中国辞书出版社,二〇〇〇年

读书札记三集　陈寅恪著,《陈寅恪集》,生活·读书·新知三联书店,二〇〇一年

八卷本搜神记考辨　范宁著,《天津民国日报》一九四七年七月十八日、二十五日

论魏晋中国小说的传播和知识分子思想分化的关系　范宁著,《北京大学学报(人文科学)》一九五七年第二期

关于《搜神记》　范宁著,《文学评论》一九六四年第一期

敦煌写本《搜神记》考辨—兼论二十卷本、八卷本《搜神记》　张锡厚著,《文学评论丛刊》第十六辑,文化艺术出版社,一九八二年

干宝事迹材料稽录　葛兆光著,《文史》第七辑,中华书局,一九九七年

胡震亨的家世生平及著述考略　周本淳著,《杭州大学学报》一九七九年第四期

八卷本《搜神记》语言的时代　江蓝生著,《中国语文》一九八七年第四期

从词汇史看八卷本《搜神记》语言的时代　汪维辉著,《汉语史研究集刊》第三、四辑

干宝《搜神记》の编纂　〔日〕小南一郎著,《东方学报》第六十

九册，一九九七年；第七十册，一九九八年
《神女传》《杜兰香传》《曹着传》考论　李剑国著，《明清小说研究》一九九八年第四期
干宝生平事迹新考　张庆民著，《文学遗产》二〇〇九年第五期
古代丛书琐谈　程毅中著，《学林漫录》十四集，中华书局，一九九九年

新版修订后记

余昔年辑校《新辑搜神记》、《新辑搜神后记》二编，二〇〇七年三月由中华书局出版，列于《古体小说丛刊》。至去年四月已印五次，印数过万。其中二印、三印本有修改，以三印为多。三印本有《修改后记》。前年秋中华书局朱兆虎主任告知，此书拟列入《中国古典文学基本丛书》，为求与该丛书若校注笺注之类相似，故建议改动书名。经相互酌商，决定改为《搜神记辑校》、《搜神后记辑校》。原题"新辑"者，乃以见与明辑本有别，而今以"辑校"为名，实亦与"新辑"者不悖，明其非循明本也。《搜神》二书辑校，原多有不足，引为憾事。此次修订，逐字校读，广有补正。书末增《人名索引》，以备查检。夫辑校古书，求备求善，须博览群籍，殚竭思虑，方臻胜境。余常年俯白首于灯下，握青编于案前，无他，惟求入乎此境。然书山千道，览而无尽，学海万里，思而有限，不免终留缺憾。予之惴惴，固在此焉。时语云"理想很丰满，现实很骨感"，洵如是哉！

昔年为本书作跋末附一绝，今亦仿之，仍用前韵，诗曰：

神道宣明本不诬，搜今稽古兔毫枯。
一编写尽荒茫事，千载传名鬼董狐。

李剑国

二〇一八年八月廿九日识于钓雪斋

人名索引

说明：凡《搜神记》、《搜神后记》中之人名，包括姓名、字号、帝号、爵号、官称等及神仙鬼怪专名一概列入。名称多出者择其通用显豁者列为词头，其他名称列入括号中。名称未用本姓名或省略不详者在括号中标出本名或全称。相同名称者或择其一或皆在括号中注其身份，以相区别。词头后所标数字为条目序号，出于《搜神后记》者前标“后”字。人名依现代汉语音序排列。

C

D

E

F

G

H

J

K

L

M

S

T

W

X

Y

Z